चाँदघाटी की अनारो

चाँदघाटी की अनारो

सविता शर्मा नागर

वाणी प्रकाशन

प्रकाशन के उत्कृष्टतम 61 वर्ष

सजिल्द पहला संस्करण : 2024

vaniprakashan.com

वाणी प्रकाशन

4695, 21-ए, दरियागंज, नयी दिल्ली-110 002

फ़ोन : + 91 11 23273167, 23275710

शाखाएँ

अशोक राजपथ, पटना-800 004, बिहार

कॉफ़ी हाउस कैम्पस, महात्मा गांधी मार्ग, प्रयागराज-211 001, उत्तर प्रदेश

महात्मा गांधी अन्तरराष्ट्रीय हिन्दी विश्वविद्यालय, वर्धा-442 001, महाराष्ट्र

sales@vaniprakashan.in
vaniprakashan@gmail.com

Chandghati Ki Anaro
by Savita Sharma Nagar

ISBN : 978-93-5775-350-0

Novel

मूल्य : ₹ 495

आर. टेक. ऑफ़सेट, दिल्ली-110 032 में मुद्रित

वाणी प्रकाशन का लोगो मक़बूल फ़िदा हुसेन की कूची से

समर्पण

श्रद्धेय नाना जी पद्मभूषण अमृतलाल नागर जी, जिनकी कृतियों को पढ़कर मैंने लिखना सीखा एवं मेरे पति संदीपन विमलकांत नागर, जिन्होंने साहित्य से मेरा परिचय करवाया।

अपनी बात

अहहह...मेरा पहला वृहद उपन्यास 'चाँदघाटी की अनारो' पहले, दूसरे, तीसरे ड्राफ्ट और अब टाइप होकर छुट-पुट टंकण की त्रुटियों व थोड़ा बहुत भाषाओं पर काम करके (भाषाओं इसलिए क्योंकि इस उपन्यास में पुंछी, मेवाती, ब्रजभाषा व हिन्दी भाषा का समावेश है) अब पाठकों तक पहुँचने के लिए तैयार है।

मैं कभी यह उपन्यास ना लिख पाती यदि मेरा विवाह साहित्यिक परिवेश में जन्मे, पले, बढ़े सन्दीपन विमलकान्त नागर से ना हुआ होता। क्योंकि विवाह से पहले साहित्य की दुनिया से मैं कोसों दूर थी। माता-पिता के घर न पढ़ने-लिखने का माहौल था, न ही किसी की किताबों के प्रति रुचि। हाँ...कॉलेज की पढ़ाई के समय रंगमंच से मेरा जुड़ाव हो गया था। स्कूल के समय से ही अभिनय की ओर रुझान रहा। कई टेलीफिल्मों व धारावाहिकों में अभिनय करते-करते एक टेलीफिल्म 'बहुरानी' का निर्माण किया जिसे निर्देशित किया था सन्दीपन नागर जी ने और बस सन्दीपन जी के साथ काम करते-करते मेरी पहचान साहित्य की दुनिया से हो गई। पर लेखन...सोच में था ही नहीं।

वर्ष 2004 के दौरान आकाशवाणी दिल्ली के लिए रेडियो धारावाहिक के निर्माण का अवसर प्राप्त हुआ। रेडियो के लिए मेरा पहला निर्माण कार्य था माँ आदरणीय डॉ. अचला नागर जी द्वारा लिखित 13 कहानियों की शृंखला 'बोल मेरी मछली' जिसमें निर्माण के साथ-साथ अभिनय भी किया और इसी के साथ मेरा सम्बन्ध बतौर कलाकार, निर्माता व निर्देशक रेडियो के साथ जुड़ गया। इसी समय मुझे कई और रेडियो धारावाहिकों का निर्माण करने का अवसर प्राप्त हुआ जिनमें पद्मभूषण आदरणीय अमृतलाल नागर जी द्वारा लिखित 'अमृत और विष' भी था। जब मैंने 'अमृत और विष' को पढ़ा तो मैं नानाजी श्री अमृतलाल नागर जी के लेखन से इस कदर प्रभावित हुई कि उनकी दो-एक रचनाओं को छोड़ सभी रचनाएं पढ़ डालीं। यदि मैंने इन कृतियों को न पढ़ा होता तो मेरी कलम कभी चल ही नहीं पाती। नागर

जी की यह कृतियां मेरे लेखन का विद्यालय बनीं। मैं अपने आप को सौभाग्यशाली मानती हूँ कि मेरा सम्बन्ध नागर जी जैसे उत्कृष्ट लेखक के परिवार से है।

'चाँदघाटी की अनारो', मेरे इस उपन्यास का कालखंड आज़ादी मिलने के लगभग एक दशक बाद का है और पृष्ठभूमि राजस्थान की, जहाँ मेरे दादाजी भारत-पाकिस्तान स्थित तहसील प्लन्द्री, गाँव पप्पेनाड़, ज़िला पुंछ से विभाजन के नरसंहार से बचकर आये। अधिकतर 'पुंछी' कश्मीरियों को सर्वप्रथम भारत आने पर जम्मू-कश्मीर के कई पहाड़ी व मैदानी इलाक़ों में बसाया गया। परंतु जम्मू में जगह की कमी हो जाने के कारण मेरे दादाजी के साथ कई और कश्मीरी कुनबों को राजस्थान में अलवर शहर के नज़दीक खेती व रहने की व्यवस्था भारत सरकार द्वारा कर दी गई और वे यहाँ बस गये।

अपनी सरज़मीं से विस्थापित होकर आये यह 'पुंछी कश्मीरी ब्राह्मण' ना सिर्फ अपने सगे-सम्बन्धियों का नरसंहार देखकर आये थे बल्कि वहशियत का ख़ौफनाक मंज़र भी इनकी आँखों के सामने से गुज़रा था, जिसमें इनकी बिन ब्याही बहन-बेटियों को घरों से निकाल उनकी अस्मत लूट कर मारा जा रहा था या जबरन उनका धर्म परिवर्तन किया जा रहा था। अपनी कुँवारी बहन-बेटियों की लुटती अस्मत देख आनन-फानन में रातों-रात उनके ब्याह कर दिये जाने लगे। ना गोत्र देखे गये, ना कुंडली मिलाई गई, ना उम्र का मेल किया गया, ना रंग रूप का। इस तरह से आनन-फानन में की गई बेमेल शादियों के दंश को कश्मीरी स्त्री समुदाय ने तो सहन कर लिया, पर कश्मीरी पुरुष वर्ग कुंठित हो गया। राजस्थान आकर बसने के बाद बेमेल विवाह से ग्रसित पुंछी कश्मीरी पुरुषों ने अपनी कुंठा और निराशा को यहाँ-वहाँ तलाशना शुरू कर दिया।

राजस्थान में अलवर व भरतपुर के आसपास का क्षेत्र मूलत: 'मेवाती जनजाति' बहुल क्षेत्र है। मेवाती जनजाति जिन्हें 'मेव' कहा जाता है, इस्लाम धर्म के अनुयायी हैं। शरणार्थी कश्मीरी ब्राह्मण चूंकि विभाजन के नरसंहार में मुसलमानों द्वारा अपने सगे-सम्बन्धियों का क़त्लेआम देख कर आये थे, जिस कारण इन मेवों के घर का ना यह खाते ना इन्हें अपने रीति-रिवाजों में शामिल ही किया करते। पाकिस्तान स्थित कश्मीर के ठंडे इलाक़ों से आये इन कश्मीरी ब्राह्मणों का महिला वर्ग जहाँ राजस्थान के तपते तापमान से तालमेल बैठा रहा था, वहीं अपने बेमेल विवाह की कुण्ठा से ग्रसित पुरुष कश्मीरी वर्ग दिन के उजाले में भले ही जात-पात, छुआछूत या ऊँच-नीच के प्रपञ्च रचता पर रात के अँधेरे में सारा ब्राह्मणत्व त्याग छोटी व नीच कही जाने वाली बस्तियों की औरतों के आग़ोश में अपने तन और मन तृप्त करने में लग गया।

कुछ समय राजस्थान में रहने के बाद मेरे पिता को दिल्ली में सरकारी नौकरी मिल गई और वह दिल्ली रहने आ गये। मेरा जन्म यहीं हुआ। परन्तु जम्मू और राजस्थान से कभी नाता टूटा नहीं। स्कूल की गर्मियों की छुट्टियों के कई दिन हम राजस्थान स्थित अपने गाँव में बिताया करते।

सिर पर तीन-तीन घड़े उठाए लाल, पीले, हरे आसमानी चटक रंगों वाले परिधान, चाँदी के गहनों से लदी-फदी, पिण्डलियों तक चाँदी के आभूषणों को पहने हुए पाँच बरस से पचहत्तर बरस की मेवाती औरतें, मेवातियों के ब्याह शादियों में बजने वाले पारंपरिक वाद्य यंत्रों की आवाज़ें, कुओं और तालाबों पर कश्मीरी, मेवाती व ठाकुर मर्द औरतों की चुहलबाज़ियाँ, पंछियों व पशुओं की आवाज़ें, सुबह-शाम कच्चे आँगन में पानी के छिड़काव से उठती मिट्टि की सोंधी महक, कश्मीरी औरतों के सांझा चूल्हे (तन्दूर) पर गीतों और गप्पों की महफिलें और इन सब के साथ ही कुछ दृश्य ऐसे भी जिन का अर्थ अब समझ में आता है। कुछ अनुसूचित जनजाति के लोगों का हमारे घर के मुख्य द्वार से बाहर बैठना, उनको अलग बर्तनों में खाने की चीज़ें देना, उनके घर का ना खाना, कुछ महिलाओं और पुरुषों का दो जून रोटी के लिए ब्याह शादियों में चाकरी करना, मेरी दादी व घर के बड़ों के आगे उनका धरती पर उकड़ू बैठकर बातें करना, उनके चेहरे के शून्यता से भरे वह भाव, ऊँची-नीची जातियों के आधार पर कुएँ का बँटवारा इत्यादि विवाह होने के बाद गाँव ना जा पाने के लंबे अन्तराल के बावजूद यह सभी दृश्य आँखों से ओझल ना हुए।

कई बार मन में विचार आया कि मैं यह सब लिखूं। पर कैसे लिखूं? यह समझ ना आता था। पर अभी कुछ ही वर्ष पहले जब मैं एक विवाह में गाँव गई तो मेरे एक क़रीबी रिश्तेदार ने ब्याह में काम करने आये कुछ ग्रामीण लोगों से मुझे मिलवाया और मेरे साथ उनकी तस्वीरें भी लीं और अगले दिन जब मैं मोबाइल पर उन तस्वीरों को सबके साथ देख रही थी तो मेरी एक रिश्तेदार बोली, 'इस बावरनी का यह लड़का उसी कश्मीरी का है...'। मैं यह सुन हैरान रह गई 'क्या...? कश्मीरी आदमी ने बावरनी से औलाद पैदा की...?' मेरी रिश्तेदार बोली 'आदमी का क्या है...आदमी तो औलाद पैदा करके अपने घर लौट आया...पर ये बावरनी अपना घरवाला मर जाने के बाद भी इस कश्मीरी को अपना घरवाला मानती है और सुहागन की तरह सिंदूर बिंदी लगाकर घूमती है'' इसका समाज और गाँव वाले इसे कुछ नहीं कहते?' 'समाज क्या कहेगा...जब इसने अपने समाज के सामने कह दिया...मेरा घरवाला मरा है पर मेरे बेटे का बाप अभी जिंदा है...'

यह सब सुनकर मैं सन्न रह गई। 'बावरिया जनजाति' जो हमारे देश की पिछड़ी जनजातियों में भी अति पिछड़ी जनजाति कही जाती है, उस समुदाय की औरत पूरे

समाज, पूरे गाँव के सामने अपनी सच्चाई कह कर जीने की हिम्मत कर सकती है... यह बात मेरे मन में घर कर गई और बस मुझे बचपन की स्मृतियों को लिखने का सिरा मिल गया।

पहले मन में आया कि इस विषय पर कहानी लिखूं। पर जब लिखने बैठी तो कहानी के किरदार मेरा हाथ थाम आगे-आगे चलने लगे और मेरी कलम उनके पीछे-पीछे। कहानी कब उपन्यास का रूप ले गई पता ही ना चला।

उपन्यास लिखते समय मेरे सामने सबसे बड़ी चुनौती आ रही थी, कश्मीरी किरदारों की 'पुंछी भाषा'। 'पुंछी भाषा' डोगरी भाषा से काफी मेल खाती है पर फिर भी भिन्न है। मेवाती और बृज भाषा तो आसानी से समझ में आती हैं पर 'पुंछी भाषा' पाठक नहीं समझ पायेंगे। इसलिए पहले मैंने संवादों में कुछ पुंछी शब्दों को लिख बाकी हिन्दी में पुंछी कश्मीरी किरदारों के संवाद लिखे। पर ऐसा करने पर पुंछी कश्मीरी किरदारों में वह रंग ना आ रहा था जो प्रान्तीयता का होता है। फिर यह तय किया कि कश्मीरी किरदारों की भाषा पूरी की पूरी पुंछी ही लिखी जाए और उन संवादों का हिन्दी में अनुवाद करती चलूं ताकि पाठकों को प्रान्तीय भाषा (जो कि पाकिस्तान से आने के बाद अब तक बदस्तूर बोली जा रही है) का अर्थ भी पूरी तरह समझ में आ जाए।

अति पिछड़ी बावरिया जनजाति में जन्मी, पली-बढ़ी उपन्यास की नायिका 'अनारो' के माध्यम से यह उपन्यास आगे बढ़ता है। वर्षों की गुलामी के उपरांत मिली आज़ादी और विभाजन के बाद के भारत का ग्रामीण दौर, ग्रामीण परम्पराएँ व परिवेश उपन्यास में अनारो के माध्यम से दिखाई पड़ता है। अनारो प्रतिनिधित्व कर रही है उन तमाम स्त्रियों का जिनका तन-मन, जिनके एहसास, जिनकी सोच को हमारा पुरुष प्रधान समाज सदियों से रौंदता आया है। नवरस के रंगों से गढ़े हुए अपने चरित्र के साथ क्या अनारो सामाजिक परम्पराओं और बन्धनों के आगे घुटने टेक कर बैठ जाएगी या उनका सामना कर कुछ ऐसा करेगी कि समाज उसका मुँह ताकता रह जाए, यह तो इस उपन्यास को पढ़कर ही जाना जा सकता है।

और इस प्रकार शरणार्थी बनकर आये कश्मीरी ब्राह्ममणों और राजस्थान की प्रान्तीयता की पूरी महक और रंगों के साथ उपन्यास पूरा हुआ।

मैं इस उपन्यास को ना लिख पाती यदि आदरणीय माँ डॉ. अचला नागर जी ने मेरी लिखी कुछ कहानियों को पढ़ने के पश्चात् मुझे अपना नाम छपा पेन देते हुए ना कहा होता 'अच्छा लिख लेती हो...लेखन जारी रखना।' इसके कुछ समय बाद जब दिल्ली आने पर एक अंश पढ़कर माँ को सुनाया तो उनके मुँह से एक जगह 'वाह' निकला, जिससे मेरा हौसला बढ़ गया। मैं आभारी हूँ हिन्दी अकादमी दिल्ली की

सह संपादिका आदरणीय निशा निशान्त जी की, जो उपन्यास के आरंभ से मेरे लिखे को सुनकर मेरा मनोबल बढ़ातीं और कुछ दृश्यों में उत्तेजनापूर्ण संवादों और ग्रामीण किरदारों के द्वारा गाली-गलौज पर ख़ूब बहस किया करतीं। पर मैं अपने लेखिका होने के अधिकार द्वारा उनसे बहस करती और कहती यह भाषा मेरी नहीं किरदारों की भाषा है जिससे समझौता मैं नहीं करूँगी और यह सुन वह मुस्कुरा देतीं। मैं आभारी हूँ अपनी बेटी मन्नत नागर की जो मेरे हर लिखित सीन को बड़े ध्यान से सुना करती और किसी कुशल पाठक की तरह अपनी प्रतिक्रिया दिया करती और उपन्यास पूरा करने के लिए मुझे साहस भी देती। आभारी हूँ उन मित्रों की जिन्होंने मुझे लेखन के प्रति प्रेरित किया। यह उनसे मिली प्रेरणा ही है कि वर्षों से जो कहना चाह रही थी उसे स्वरूप प्रदान कर पाई। मेरी टाइपिस्ट संगीता गुप्ता जी की भी आभारी हूँ जिन्होंने टाइपिंग के दौरान किसी आलोचक की तरह मेरे उपन्यास की मुख्य चरित्र अनारो व अन्य किरदारों की विवेचना कर मेरा हौसला बढ़ाया। और अन्त में आदरणीय कुसुम अंसल आंटी को अवश्य धन्यवाद दूँगी, जिन्होंने मेरे उपन्यास की पूरी पाण्डुलिपि दो ही दिन में पढ़कर अपनी आलोचनात्मक प्रतिक्रिया से मेरा मनोबल बढ़ाया।

यह सब तो सही है पर उपन्यास असल में कैसा लिखा गया है यह तो पाठक ही तय करेंगे।

—सविता शर्मा नागर

1

गोद में नन्हे वेद को उठाये अपनी अठारह वर्षीय बेटी लाडो की डोली विदा कर सावित्री देवी छोटी बेटी कुसुम और अपनी बहन बबली के साथ भण्डार घर में से जाने वाले सगे-सम्बन्धियों को कपड़े, भाजी के लड्डू, मठरी और तोशे के साथ रुपये बाँध विदा कर रही थी कि बाहर से दौड़ी-दौड़ी दर्शन की वोटी (पत्नी) आयी और सावित्री के कान में कछ फुस-फुसाई, जिसे सुन सावित्री के हाथ से भाजी के लड्डू छूट कर धरती पर जा गिरे और लड्डुओं के साथ ही सावित्री भी धम्म से एक ओर लुड़की और वेद को वहीं छोड़ नागिन की तरह फुफकारती, इधर-उधर निगाह घुमा किसी को ढूँढ़ती सीधी शान्ति देवी के सामने जा खड़ी हुई। सावित्री की साँसें चल रही थीं, आँखों से आग बरस रही थी, पूरा शरीर काँप रहा था और मुट्ठियाँ कसी जा रही थीं। चारों तरफ़ मेहमानों से घिरी शान्ति देवी सावित्री की हालत देख कुछ पूछने ही वाली थीं कि सावित्री के सब्र का बाँध टूट गया और उसकी ज़ुबान से अंगारे बरसने लगे।

"हाँ, जिस कोलां डरनी सीयां ओ होईया...तुसानी पोत्री नी डोली उसने सौरे घर पौंची वी नयी...के तुसांना पुत्तर अपनी रन्न की लेई आया...मैं आखेया सा तुसांकी पैले वी, के तुसांना पुत्तर म्हाड़े नाल गलत करन लगा ना...पर तुसां म्हाड़ी कदै ना बुज्जी...तुसांकी तुसांना पुत्तर कदै गलत लगेया ई नयी...तुसांनी उसै शै अज्ज म्हाड़ा घर तबा करी शोडेया...हुन दस्सा...म्हाड़ा तै म्हाड़े बच्चेयां ना कै बनसी..."

(जिससे डरती थी वह हो गया...आपकी पोती की डोली उसके ससुराल-घर पहुँची भी नहीं कि आपका बेटा अपनी दुलहन ले आया है...मैंने कहा था कि आपका बेटा मेरे साथ गलत कर रहा है...पर आपने मेरी कभी ना सुनी...आपको आपका बेटा कभी गलत लगा ही नहीं...आपकी उसी शय ने आज मेरा घर तबाह कर दिया... अब बताओ...मेरा और मेरे बच्चों का क्या होगा)। कहते-कहते सावित्री चीख़ें मार

कर रोने लगी। शान्ति देवी सावित्री के बोलों की तपिश के आगे कुछ ना बोलीं, पर भीतर-ही-भीतर ताने-बाने बुनने लगीं और कुछ ही पलों में रिश्तेदारों से आँखें बचाकर अपनी सोटी (छड़ी) उठा सावित्री के घर से उठ बाहर निकल गयीं।

सावित्री की चिल्लाकर कही बातों और क्रन्दन से वहाँ मौजूद नाते-रिश्तेदारों में फुसफुसाहट शुरू हो गई। किसी ने आगे बढ़कर सावित्री को एक ओर बिठाया तो कोई पानी लेने भागा। पानी का गिलास मुँह के पास आते ही सावित्री ने हाथ मार गिलास को दूर झटक दिया और फिर इधर-उधर देख उठ दौड़ी और हालात की ख़बर लगने से सिर पकड़े एक ओर बैठे अपने भाई को झिंझोड़ते हुए बोली–

"वीर.. हुनै-के-हुनै पंचां की बुला...जल्दी पंचैत कट्ठी कर...हुन फ़ैसला पंचैत ई करसी।"

(भाई...अभी-के-अभी पंचों को बुला...जल्दी पंचायत इकट्ठी कर...अब फ़ैसला पंचायत ही करेगी)। पंचायत का नाम सावित्री देवी के मुँह से सुन वहाँ खड़े सावित्री के देवर, देवरानी, नन्द-नन्दोई और अन्य रिश्तेदारों ने उसे सब्र से काम लेने और घर का मामला घर ही में सुलझाने और शान्त होकर सोचने की सलाह देना शुरू कर दिया। पर सावित्री अब किसी की सुनने वाली नहीं थी। आख़िर अपने जीते जी वह अपनी सौत कैसे बर्दाश्त कर सकती है, वो भी तब जब उसके बच्चे ब्याहे जा रहे हैं। अभी कुछ देर पहले ही तो बड़ी बेटी की डोली उठी है, दूसरी नवीं जमात में पढ़ रही है, तीसरी छठी में है और बड़ी मन्नतों से हुआ वेद गोद का। चार-चार बच्चों की ज़िम्मेदारी, आदमी की सरकारी नौकरी है तभी इतनी बड़ी गृहस्थी राज़ी-ख़ुशी चल रही है। ख़ाली खेती-बाड़ी से कैसे गुज़ारा हो सकता है। देवर अपनी-अपनी गृहस्थी में फंसे हैं-वैसे भी अपने बच्चों का निवाला कौन भाई के बच्चों के मुँह में डालता है। ननदें ब्याई-थियाई हैं। जिधर पलड़ा भारी उधर की हो जायेंगी। मायके में भाई भाभियों का मुँह देखकर काम करते हैं और इधर घर की मुखिया सास 'शान्ति देवी' रहेंगी तो अपने बेटों की ही माँ। वैसे भी उन्हें अपने बड़े पुत्तर के आगे कोई और दिखाई ही कब देता है। यही सब सोच सावित्री ने वहाँ मौजूद भाइयों को अपना फ़ैसला सुना दिया।

"हुनै-के-हुनै पंचां की ख़बर करो...नई तै मैं अपने बच्चेयां की लेई खू विच छाल मारी देसां।"

(अभी-के-अभी पंचों को ख़बर करो...नहीं तो मैं अपने बच्चों को लेकर कुएँ में छलाँग मार दूँगी)।

कुछ रिश्तेदारों ने सावित्री का साथ देते हुए उसके भाइयों से सावित्री के मन मुताबिक पंचायत बुलाने की बात को सही ठहराते हुए अपनी पंचायत शुरू कर दी...

"हाय-हाय...बेशर्मी नी हद मुकाई शोड़ी परताप तै...ऐ वी कोई उमर ई उसनी दुऐ ब्या नीं?"

(हाय-हाय...बेशर्मी की हद कर दी है प्रताप ने...ये भी कोई उम्र है उसकी दूसरे ब्याह की)...

"हुन शान्ति मासी बोलै ना...कियां उठी तै चली गई..."

(अब शान्ति मासी कहे ना...क्यूँ उठ कर चली गई)...

"बड़ी जबानै आली बननी ...हुन बोलै ना अपने पुत्तरै नी करतूत पर.."

(बड़ी ज़ुबान वाली बनती है...अब बोले ना अपने बेटे की करतूत पर)...

"अड़िये...दुऐ ने घरै नी सुल्झाना सौखा होना...हुन अपने घरै नी बिगड़ी...तै हुन बोलै ना...उठी-निकली कियां गई अपणीं सोट्टी चाई कै.." (अरी...दूसरे के घर की सुलझाना बड़ा आसान होता है...अब अपने घर की बिगड़ी तो अब बोले ना...उठ कर निकल क्यूं गई अपनी छड़ी उठाकर)...

"हये परमात्मा...केड़ा जुलम होया असांनी सावित्री पर...परताप जीजे तै सच्ची हद मुआई शोड़ी।"

(हे भगवान...कैसा जुल्म हुआ हमारी सावित्री पर...प्रताप जीजा ने तो सच में हद कर दी)। तभी सावित्री की भाभी को कोहनी मारती सावित्री की एक रिश्तेदार आँखें तरेरती बोली

"हये मड़े...ओस बेशर्म कुड़ी की वी तै देक्खा...अपणीं कोलां दूणीं उम्रै ने बन्दे संग नस्सी तै आई रई...शर्म नीं आई ओस कंजरी की..."

(हाय-हाय...उस बेशर्म लड़की को भी तो देखो...अपनी से दुगनी उम्र के आदमी संग भाग कर आ गई...शर्म नहीं आयी उस कंजरी को)। यह सुन पास खड़ी गाँव की पड़ोसन अपने दुपट्टे में मुँह ढँक अपना घूँघट सरकाती हुई बोली–

"ओस कुडी नां कै कसूर...शान्ति ताई दोवां की पूरी छूट देई रखी नी सी...मैं अपनियां अक्खां नाल देखेया ना शान्ति ताई की ओस कुड़ी की घ्यो बाई बाई चूरियां खिलानेयां...ऐ सब तमाशा पूरे टब्बर नीं मिली भगत नाल होया...रब्ब मिकी माफ करै...पर मैं सच छुपाई ना कसनियाँ।"

(उस लड़की का क्या कसूर...शान्ति ताई ने दोनों को पूरी छूट दे रखी थी... मैंने अपनी आँखों से देखा है शान्ति ताई को उस लड़की को घी डाल-डालकर चूरी खिलाते हुए ...ये सब तमाशा पूरे ख़ानदान की मिलीभगत से हुआ है...भगवान मुझे माफ करे...पर मैं सच छुपा नहीं सकती)। तभी सावित्री की बड़ी भाभी कड़क आवाज़ में बोली–

"सारियां गल्लां बन्द करो, तां हुन बस पंचैत बुलाओ, तै परताप जीजे की बिरादरी तूं बार कड्डो बस..."

(सब बातें बन्द करो और अब बस पंचायत बुलाओ, और प्रताप जीजा को बिरादरी से बाहर करो बस।) सावित्री की बड़ी भाभी का यह कहना था कि वहीं खड़ी बड़ी देर से सबकी जली कटी सुन रही प्रताप की बड़ी बहन वीरां तैश में आ सबको घूरते हुए सावित्री देवी की भाभी को पीछे धकेल बोली

"मेहमान बनी तै आयी ऐं तै मेहमान बनी तै रै...त्वाड़ी ननान, ऐ सावित्री वी कोई कसर नीं रक्खी असां नाल...ऐस असां पैण परां तै असानीं माँ की कदै अपना नी सम्जेया...ऐ तां अपने पेके की औ अपना मन्नी आई...म्हाड़े परा नाल व्या करने ने दो साल वी ऐस कोलां सांझेदारी निबाई ना गई...असां ने परा की लेई बक्ख होई गई सी...ऐस चुल्ला अलग करी मारेया...ऐ तां असां अपने परा नी शरम करी तै इसने वेड़े आयी रैने आं...देखनियां केड़ा म्हाड़े परा की बिरादरी तूं बार कड्डन नी हिम्मत करना।"

(मेहमान बनकर आयी है तो मेहमान बनकर रह...तेरी ननद, इस सावित्री ने भी कोई कसर नहीं रखी हमारे साथ...इसने हम बहन-भाइयों और हमारी माँ को कभी अपना नहीं समझा...ये तो अपने मायके को ही अपना मानती आयी है...मेरे भाई से ब्याह करने के दो साल तक भी इससे सांझेदारी नहीं निभाई गई...हमारे भाई को लेकर अलग हो गई...ये तो हम अपने भाई की शर्म करके इसके दरवाज़े आ जाते हैं...देखती हूँ कौन मेरे भाई को बिरादरी से बाहर निकालने की हिम्मत करता है...) यह कह वीरां ने हाथ में पकड़े भाजी के लड्डू तोशे वहीं पटके और अपने बच्चों और घर वाले को ले पैर पटकती वहाँ से निकल गई। वीरां के वहाँ से निकलते ही वहाँ खड़े आठ-दस रिश्तेदार भी धीरे-धीरे मुँह बिचकाते सरकने लगे। रिश्तेदारों के निकलते ही सावित्री ने अपने भाइयों को घूरा जो अभी तक वहीं खड़े थे। सावित्री की नज़र-से-नज़र मिलते ही छोटा भाई उठा और पंचों को ख़बर करने निकल गया।

अभी चार-छह घंटे ही बीते थे कि यह ख़बर पूरे गाँव में फैल गई कि शान्ति देवी की बड़ी बहू सावित्री ने आने वाले मंगल यानि तीन दिन बाद पंचायत बुलाई है। बस फिर क्या था, कुछ ही देर में जंगल में लगी आग की तरह यह ख़बर पड़ोसी गाँवों तक भी फैल गई।

गाँव में तो पंचायत मंगल को होनी थी पर शान्ति देवी ने आज रात ही अपने घर पंचायत लगा ली, जिसमें मुद्दई शान्ति देवी, गवाह शान्ति देवी और पंच भी ख़ुद शान्ति देवी ही थीं। दरअसल शान्ति देवी सावित्री के तेवर देख उसी पल भांप गई थीं कि अब वो उफनती नदी की तरह कभी भी किनारे तोड़ बेकाबू हो सकती

है। बात पंचों तक पहुँच ही चुकी है और पंचों का फ़ैसला क्या होगा यह भी शान्ति देवी जानती थीं।

शान्ति देवी जीवन भर दाँव खेलती आयी थीं। उन्होंने यह तो तय कर ही लिया कि वो अपने बेटे और अपने कुल पर कोई दाग़ नहीं लगने देंगी। दिनभर शान्ति देवी कमरे में बन्द रहीं। ना कुछ खाया, ना पिया। घर भर में किसी की उनका दरवाज़ा खुलवाने की हिम्मत भी न पड़ी। दिन छिपे कहीं जाकर कमरे का दरवाज़ा खुला। शान्ति देवी ने इधर-उधर नज़र दौड़ाई और फिर घर में काम कर रहे नौकर फंडू को भेज अपने होने वाले समधी रिटायर्ड सूबेदार मंगतराम को बुलाने भेजा और दरवाज़ा अन्दर से बन्द कर तख़त पर पड़ गयीं। बड़ी मिन्नत के बाद तीनों बेटों ने दरवाज़ा खुलवाकर रोटी की थाली माँ के आगे रखी पर एक निवाला शान्ति देवी ने मुँह में ना लिया और फिर कुछ ही देर में सूबेदार मंगतराम के आते ही मंगतराम के अलावा सबको कमरे से बाहर निकाल कुर्सी की ओर इशारा कर शान्ति देवी बोलीं...

"सूबेदार, बै कुर्सी पर।"

(सूबेदार, बैठ कुर्सी पर।)

शान्ति देवी के चेहरे का तेज, उनकी रौबदार आवाज़ और उनके दिमाग़ी पैंतरों के आगे अच्छे-से-अच्छा तिकड़मी भी पानी भरता है। शान्ति देवी के इस रौबदार व्यक्तित्व का कारण है उनकी औलादें। बड़ा बेटा प्रताप सरकारी पद पर, दो बेटे पुलिस (राजस्थान) में अफसर और छोटा बेटा फ़ौज में। ऊपर से लम्बी-चौड़ी ज़मीन जायदाद शान्ति देवी के रौबदार व्यक्तित्व में और बढ़ोतरी करती है।

सुफियाने रंग की पूरी बाजुओं की कफ़दार बटन बन्द लम्बी कुर्ती, घेरवाली खुले पांचों की सलवार और सिर पर लम्बा-चौड़ा सूती मलमल का सफ़ेद दुपट्टा, दंदासे (अखरोट की छाल की दातुन) से रंगे सुर्ख होंठ और पैरों में तिल्लेवाली जुत्ती पहन जब शान्ति देवी घर से निकलती हैं, तो क्या मजाल कि सामने से गुज़रने वाला आम-ओ-ख़ास झुककर दुआ सालम ना कर आगे से गुज़र जाये।

सूबेदार के कुर्सी में धँसते ही कुर्सी के ठीक सामने बिछे तख़त पर किसी रियासत की ज़मीदारनी/मालकिन की तरह शान्ति देवी अपने दुपट्टे को सिर पर सरकाते एक पाँव ऊपर कर बैठ गयीं। अपनी कुर्ती की जेब से नसवार (ख़ास तरह का तम्बाकू) की डिबिया निकाल चुटकी भर नसवार जीभ के नीचे दबा सूबेदार की आँखों-में-आँखें डाल बोलीं

"जेड़ी गल्लै की अग्गै पिच्छे ने ग्रां जानी चुके ...ओ गल्ल त्वाड़े कन्नां तक ना पुज्जी वै...ऐ तै होई नी सकनां...त्वाड़ी कुड़ी ऐस घर च अश्ने आली ऐ...केड़ी करतूत करी तै अश्नी ऐ वी तूं जाननां ऐं..."

(जिस बात को आगे-पीछे के गाँव जान चूके...वो बात तेरे कानों तक ना पहुँची हो यह तो हो ही नहीं सकता...तेरी लड़की इसी घर में आने वाली है...क्या करतूत करके आ रही है ये भी तू जानता है)। शान्ति देवी की बात की चुभन से सूबेदार की मुट्ठी कस गई और आँखों में लपटें उतर आयीं। सूबेदार ने तमतमाकर शान्ति देवी की ओर जैसे ही देखा शान्ति देवी क़रीब रखा हाथ का पंखा सूबेदार की ओर बढ़ा झट बोलीं

"तैश विच ना आ...जाननीआं म्हाड़े पुत्तरै ना ई या...पर होया तै व्या तूं पैल्लै ई ना...याद रक्ख...त्वाड़ी इज्जत ढक रईआं...ऐसान मन्न म्हाड़ा तै अपनी कुडी ऊपर जरा नजर रख...हुन व्या तूं पैल्लै कोई होर तमाशा नीं चाईना मिकी...कन्न खोली तै बुज...जिस तरां मैं त्वाड़ी इज्जत ढक रई आं...ओसी तरां तूं वी म्हाड़े घरै नीं इज्जत की बचा..."

(तैश में ना आ...जानती हूँ मेरे बेटे का ही है...पर है तो ब्याह से पहले ही ना... याद रख तेरी इज्जत ढक रही हूं...एहसान मान मेरा और अपनी लड़की पर ज़रा नज़र रख...अब ब्याह से पहले कोई और तमाशा नहीं चाहिए मुझे...कान खोलकर सुन... जिस तरह मैं तेरी इज्जत ढक रही हूँ उसी तरह तू भी मेरे घर की इज्जत को बचा)।

यह सुन सूबेदार का थूक हलक में ही अटक गया। किसी तरह हिम्मत कर सूबेदार के होंठ फड़फड़ाये–

"हुन तै पंचैत जेड़ा फ़ैसला करसी असां की मनना पैसी...पंचां ने मामलेच असां..."

(अब तो पंचायत जो फ़ैसला करेगी हमें मानना पड़ेगा...पंचों के मामले में हम...) सूबेदार की बात बीच में ही काट शान्ति देवी तैश में आकर सूबेदार से गुर्राते हुए बोली–

"पंज पंचा च हेक्क पंच त्वाड़ा कुड़म वी आ...हुनै औस संग गल्ल कर... आखना कै या ओ मैं दस्सां...बस म्हाड़ा परताप बिरादरी चूं बार नी होना चाईना...म्हाड़े परताप ने ख़िलाफ़ फ़ैसला होया...तां समज...त्वाड़े नाल असांना रिश्ता खतम..."

(पाँच पंचों में से एक पंच तेरा समधी भी है...अभी उससे बात कर...कहना क्या है वो मैं बताऊँगी...बस मेरा प्रताप बिरादरी से बाहर नहीं होना चाहिए...मेरे प्रताप के ख़िलाफ़ फ़ैसला हुआ...तो समझ. तेरे साथ हमारा रिश्ता ख़त्म)। यह सुन सूबेदार के माथे पर पसीने की बूँदें उभर आयीं। उसकी बेटी ने जो करतूत शान्ति देवी के बेटे के साथ कर डाली थी, उसका निबटारा तो अब दोनों के ब्याह से ही हो सकता था। वरना उसे मुँह छिपाने की जगह नहीं मिलने वाली थी। सूबेदार दोनों ही तरफ़

से मुश्किल में फंस गया। बेइज़्ज़ती दोनों ही कारणों से उसकी ही होनी थी। सूबेदार उधेड़ बुन कर रहा था कि शान्ति देवी की कर्कश आवाज़ ने उसकी तन्द्रा भंग की–

"चल हुन बुज. किस तरां करना ऐ कम्म..."

(चल अब सुन...किस तरह करना है यह काम)। यह कह शान्ति देवी ने इधर-उधर दायें-बायें नज़र दौड़ाई और सूबेदार के क़रीब सरक उसके कान के नज़दीक जा कुछ समझाने लगीं। इस समय शान्ति देवी के हाव-भाव ऐसे थे मानो किसी युद्ध को जीतने की रणनीति अपने सेनापति को समझा रही हों। शान्ति देवी की सारी योजना को ठीक से समझ कुछ ही देर में माथे से पसीना पौंछता सूबेदार कमरे से बाहर निकल बायीं दिशा की ओर बढ़ घर से बाहर चला गया। सूबेदार के जाते ही शान्ति देवी ने दोनों हाथ उपर उठा ज़ोरदार अंगड़ाई लेते आवाज़ लगायी...

"कुथै मरी गऐ सारे-ने-सारे...अज्ज म्हाड़े की चा ना घुट वी लबसी के नई..."

(कहाँ मर गये सारे-के-सारे...आज मुझे चाय का घूँट मिलेगा या नहीं)। शान्ति देवी की इस वज़नदार आवाज़ को सुन दोनों बेटे माँ के कमरे की ओर दौड़े और दोनों बहुएँ रसोई की ओर चाय बनाने के लिए दौड़ गयीं।

जब से सावित्री को प्रताप और रानी के बीच की नज़दीकियों की भनक पड़ी थी, उसने प्रताप को रानी के मोह जाल से सकुशल निकालने में कोई कोर कसर ना छोड़ी थी। झाड़-फूँक, गण्डा-तावीज़, पण्डित-मौलवी, पीर-फकीर कुछ ना छोड़ा था। अपने सौरे गाँव से लेकर आस-पास, दूर-दराज के गाँवों तक जहाँ जो कहता किसी बहाने पहुँच जाती। पर आज जब प्रताप के रानी से ब्याह कर लेने की ख़बर लगी, सावित्री ने चुन-चुन कर सब गण्डे-तावीज़ निकाल चूल्हे की आग में झोंक दिये और पंचायत का फ़ैसला आ जाने तक ख़ुद को कोप भवन में क़ैद कर लिया। अन्न का एक दाना उसके भीतर ना गया।

निवाला तो शान्ति देवी के मुँह में भी न गया था। शान्ति देवी एक-एक पल सूबेदार की प्रतीक्षा कर कर रही थीं और इन सब से दूर प्रताप और रानी गाँव में चल रही शतरंजी बिसातों से अलग-थलग अपने आज और कल के ख्वाबों को मन में संजोए एक-दूसरे में खोये थे। हाँ जिस मित्र की सहायता से वे दोनों विवाह के सूत्र में बंध एक हुए थे उसने गाँव के हालात और दो दिन बाद गाँव में होने वाली पंचायत का ब्योरा प्रताप को दे दिया।

दो दिन गुज़रते पता ही ना चला कि मंगलवार आ गया और फिर गाँव के कश्मीरियों के मन्दिर के ठीक सामने खुले मैदान में पंचायत का अखाड़ा लग गया। मूड्ढों पर बैठे पंचों के सामने अपनी-अपनी सेना सहित दोनों गुट मोर्चा बाँधे दरियों पर बैठे थे। शान्ति देवी ने बूटियों वाली सलवार-कमीज़ के ऊपर मलमल

का किनारी लगा सफ़ेद दुपट्टा पहन अपने बेटों के साथ रौबदार अपनी जानी पहचानी मुद्रा में बैठ सावित्री को घूरा तो सावित्री ने भी पहले शान्ति देवी और फिर उनकी बगल में बैठे प्रताप को हिकारत भरी नज़रों से देख गरदन घुमा ली। फिर शुरू हुआ शब्दों का घमासान पक्ष और प्रतिपक्ष में। आज तो सावित्री ने न घूँघट का मान याद रखा, न छोटे-बड़े की परवाह की और न ही शान्ति देवी के रौब के आगे डरी। उसने प्रताप के असामाजिक और ग़ैर-क़ानूनी ब्याह के भूत और वर्तमान की साफ़-साफ़ तस्वीर पूरे विलाप के साथ पंचायत के सामने बयां कर दी। जिसका खण्डन शान्ति देवी ने और प्रताप की बहनों ने अपनी-अपनी तरह किया। पर सावित्री के रूदन, उसकी दलीलें और चार-चार बच्चों के पालन-पोषण का सवाल उठाकर सावित्री के भाइयों ने प्रताप के ख़िलाफ़ पंचायत का फ़ैसला करने का पूरा माहौल बना दिया।

जब दोनों पक्षों को सुनने के बाद मुख्य पंच सावित्री के पक्ष में अपना मत रखते हुए प्रताप को बिरादरी व गाँव से हुक्का पानी बन्द करने का फ़ैसला सुनाने ही वाला था कि एक पंच ने सावित्री द्वारा ससुराल के प्रति ग़ैर ज़िम्मेदाराना व मायके के प्रति अत्यधिक लगाव के रहते प्रताप की कमाई अपने भाइयों तक पहुँचाने और ससुराल के सदस्यों के साथ उसके ख़राब रवैये को प्रताप के दूसरे ब्याह का कारण बताकर पूरे दृश्य को परिवर्तित कर दिया। अन्ततः प्रताप के दूसरे ब्याह को स्वीकारते हुए और सावित्री की परिस्थिति व चार-चार बच्चों के पालन-पोषण को मद्देनज़र रखते हुए व गाँव में फिर कोई इस तरह का कृत्य ना करे, प्रताप के हिस्से का घर जहाँ ससुराल से अलग होकर सावित्री रह रही थी, उसके हिस्से की सारी खेती-बाड़ी की ज़मीन जिसमें उसके पिता का वो हिस्सा भी जो वो मरते समय अलग से प्रताप के नाम कर गये थे व प्रताप की स्व: अर्जित ज़मीन सब सावित्री देवी के नाम कर पंचायत ने अपना फ़ैसला सुना दिया।

पंचों के फ़ैसले के बाद शान्ति देवी ने एक नज़र सूबेदार मंगतराम की ओर दौड़ाई। सूबेदार मंगतराम ने भी अपनी गर्दन झुकाकर शान्ति देवी को अपनी फरमाबरदारी का शुक्राना कुबूल किया। फिर सावित्री को घूरते हुए उदास बैठे प्रताप की पीठ थपथपा उसका हाथ पकड़ अपनी बुलन्द आवाज़ में शान्ति देवी बोलीं–

"जुल खड़ा हो...होई गया जेड़ा होना सा...शेर किसै गल्लै ना मातम नर्नीं करने होने...फिकर ना कर..."

(चल खड़ा हो, हो गया जो होना था...शेर किसी बात का मातम नीं किया करते...फ़िक्र मत कर) यह कह प्रताप का हाथ पकड़ सावित्री को आँखें दिखाती शान्ति देवी अपने कुनबे के साथ वहाँ से निकल गयीं।

उस रात शान्ति देवी के घर में प्रताप और रानी का ऐसा स्वागत हुआ मानों दोनों कोई किला फतह करके आये हों। सारी रात ढोल ताशे बजे। घर और क़रीबी रिश्तेदारों को बुलाकर दावत दी गई। सारी रात नाच गाना चला, और उधर दूसरी ओर पीपल वाले चौराहे के नज़दीक बने प्रताप के घर जो अब सिर्फ सावित्री का घर हो गया था, मातम पसरा हुआ था। खुरैड़ी खाट पर गोद के वेद को बग़ल में समेटे सावित्री आसमान में टिमटिमाते तारों पर टिकटिकी बाँधे अपने अतीत को खुरच रही थी। शान्ति देवी के घर से आती ढोल ताशों की आवाज़ें सावित्री के कलेजे को बींध रही थीं। यही आवाज़ें उस दिन मन में हिलौरे उत्पन्न कर रही थीं जिस दिन सावित्री लाल जोड़े में लिपटी शांति देवी के घर प्रताप की वोटी (दुलहन) बन कर आयी थी। अपना अतीत याद कर सावित्री की हिचकी बँध गई। उसने पास चारपाई पर सो रही कुसुम और लाडो पर एक नज़र डाली और फिर एक नज़र अपनी छाती से लगे वेद पर। अब तो वेद ही उसकी आगे की ज़िन्दगी का सहारा है। वेद के सिर पर ममता भरा हाथ फेर उसे अपने सीने से चिपका सावित्री सिसक पड़ी।

कुछ दिन शान्ति देवी के पास रह प्रताप रानी को लेकर दिल्ली चला गया और अपनी नयी गृहस्थी बसाने में मगन हो गया। इधर सावित्री देवी ने भी कुछ दिन प्रताप और अपने टूटे रिश्ते का मातम मनाया और फिर ज़मीन-जायदाद को सँभाल अपने बच्चों के पालन-पोषण में लग गई।

समय पंख लगा कर उड़ने लगा। कुछ सालों बाद शान्ति देवी का राम नाम सत्य हो गया और उनके परलोक जाने के बाद चारों बेटे जिनमें प्रताप तो पहले ही दिल्ली का हो गया था, बाकी तीनों भी अपनी-अपनी गृहस्थी लेकर अलग हो गये। शान्ति देवी का कुनबा बँट गया। कुनबे के बँटवारे के साथ ज़मीन-जायदाद के भी टुकड़े हो गये। अब ना ज़मीन-जायदाद की ताब रही, ना वो ठाट-बाट ही रहे। हर आम ग्रामवासी की तरह शान्ति देवी का कुनबा भी गुज़र-बसर करने लगा। इधर एक-एक कर तीनों बेटियों का विवाह करने के बाद सावित्री देवी ने अपने गबरू जवान बेटे वेद का ब्याह बड़े गाजे-बाजे के साथ किया। कुछ दिन-महीने तो बहू की पकी पकाई दोनों माँ-बेटे ने बड़े चैन से खाई, पर फिर सास-बहू में ऐसी तनी कि चूल्हे अलग हो गये। सावित्री ने भी धूप में बाल सफ़ेद ना किए थे। ज़मीन-जायदाद और बेटा जीते जी अपनी अंटी से जाने ना दिया। यही कारण था कि वेद पूरी तरह अपनी वोटी (बीवी) का ना हो सका और उसकी वोटी (बीवी) किरना इसी जलन कुढ़न में जवानी में ही बूढ़ी लगने लगी। अब मर्द का क्या है...वो तो खुला साँड़ रहा है... मेड़ तोड़कर जगह-जगह मुँह मारने की तो फितरत रही है उसकी...और जब वो मर्द वेद हो...लम्बी-चौड़ी ज़मीन-जायदाद का इकलौता वारिस। गाँव में दो ही तो चीज़ें

होती हैं जिन पर मर्द की चौड़ होती है, पहली ज़मीन-जायदाद और दूसरी सुन्दर नार यानी घरवाली। ज़मीन-जायदाद की तो वेद के पास कमी ना थी पर सुन्दर घरवाली की हसरत तो हसरत ही रही जो इधर-उधर ताक झाँक कर ही पूरी होती। पर अब तो ताँक-झांक का ज़माना भी जाता रहा। साथ की सभी अब अपने बाल बच्चों में रम गई थीं। हाँ उसके खेतों में बनी आरामदायक झोंपड़ी, खेतों में काम करने वाली मज़दूर औरतों और इधर-उधर से बुलाई गई औरतों से ज़रूर आबाद थी।

एक औरत और दूसरी गाँव की सरपंची। यह दो ही तो हसरतें हैं वेद की। दूसरी तो जैसे-तैसे पूरी हो जायेगी पर कोई ऐसी औरत जो उसके मन की हो, बस इस कसक ने वेद के मन में आज भी खलबली मचाई हुई है। खेतों में औरतबाज़ी से वेद घर और गाँव में बदनाम भी हुआ। लेकिन गाँव भर में सबसे ज़्यादा ज़मीन जायदाद का मालिक होने के नाते वेद की चौड़ में कोई कमी ना थी। होती भी कैसे...न कोई बँटवारा, न कोई हिस्सेदारी। पूरे गाँव का मिलाकर जितना अनाज होता उतना अकेले वेद के खेतों से उसके घर आता। यही कारण था कि घर से जब वेद मूँछों पर ताव दे जिस गली-मोहल्ले से गुज़रता, हर छोटा-बड़ा उसके आगे नतमस्तक हो जाता। कपड़े-लत्तों का वेद को कभी शौक ना रहा। देसी खान-पान और देसी पहनावा। बनना सँवरना उसे कभी ना भाया, ज़रूरत भी नहीं थी। विधाता ने ख़ुद ही उसे कामदेव सा रूप और काया देकर भेजा था। हाँ, अपनी मूँछों से उसे बेहद लगाव रहा है। वेद के चेहरे पर उसकी मूँछों से बड़ा रुआब पड़ता है। चौड़ी छाती, ऊँचा क़द, पहलवानों सा शरीर, गुलाबी गोरा रंग, बड़ी-बड़ी आँखें, सिर पर घने सियाह काले बाल, ठोड़ी पर छोटा सा गड्ढा और इस सबके ऊपर वेद का रंगीन मिज़ाज किस औरत को उसका दीवाना ना बना दे। वेद अपने शुद्ध देहाती लिबास कॉलर वाली लम्बी कमीज, चैकदार लुंगी, पाँव में देहाती जूती और गले में साफा पहन जब कभी अड्डे पर बनी नाई की दुकान पर हज़ामत कराने जाता तो उसकी उम्र से आधी उम्र के नौजवान उसके आगे फीके पड़ बग़लें झाँकने लगते। और जब कभी हँसी-मज़ाक़ में कोई वेद से दाँव-पेच लड़ा बैठता तो उसे मुँह की खानी पड़ती और वेद अन्त में यह कहकर कि

"ओए सालेयो, लड़ने लई शरीर नी नई...दिमागै नी ताकत ज्यादा लानी पैनी।"

(ओए सालो...लड़ने के लिए शरीर की नहीं दिमाग़ की ताक़त ज़्यादा लगानी पड़ती है) उठ खड़ा होता और वहाँ बैठे तमाम लड़के-लफाड़े वेद के आगे चूहे बन उसे जाते देखते रह जाते। वेद के इस रुआब का मुख्य कारण था वेद की ज़मीदारी। वेद की खेती-बाड़ी इतनी लम्बी चौड़ी थी कि गेहूँ की कटाई के वक़्त तो और गाँव वालों के खेत काटने के लिए मज़दूर ही न मिलते। अधिकतर वेद के खेतों की कटाई में ही लगे होते। पूरे 'चाँदघाटी गाँव' में वेद का जलवा ज़ोरों-शोरों पर था।

2

चारों ओर हरे-भरे खेतों से घिरा 'चाँदघाटी गाँव' जो बसा है राजस्थान के अलवर शहर से कोई बीस किलोमीटर दूर अरावली पहाड़ियों की तलहटी में। बरसों पहले इस गाँव के सामने से बरसाती नदी बहा करती थी, जिसे पार करके ही चाँदघाटी आगमन हुआ करता था। घुटनों से लेकर कई बार तो कंधे तक पानी चढ़ जाता था। चाँदघाटी में कहावत कही जाती थी–

"चाँदघाटी ग्रां जेड़ा वडेया...सुच्चे पैरीं वडेया।"

(चाँदघाटी गाँव जो आया, पवित्र पैरों से आया)। पर बरसात की कमी के कारण तीसरी पीढ़ी आते-आते यह बरसाती नदी सूखी नदी में तब्दील हो गई। कभी-कभार अच्छी बारिश पड़ जाये तो पाँव डूबने लायक पानी आज भी इस नदी में दिखलाई पड़ जाता है।

बस अड्डे की पक्की सड़क से सूखी नदी पार कर दोनों ओर लम्बे-लम्बे सरकण्डों (देसी लम्बी झाड़ी) के बीच लबालब रेत से भरे रास्ते को पार कर चाँदघाटी आना पड़ता है। चैत्र से आषाढ़ मास की तपती दोपहर में यह रेत चूल्हे की आँच सी तप जाती है। गर्मी के मौसम में कीकर, नीम, पीपल, बबूल, शीशम, गुल्लर व लसूड़े के पेड़ राहगीरों को राहत देते हैं, और चाँदघाटी गाँव इन पेड़ों से लदा-फदा है। यूँ तो इस गाँव में रहने वाले लोग हर तरह से ख़ुशहाल हैं, बस एक ही रंज है कि इस गाँव से कभी कोई सरपंच न बन पाया। कारण एक ही है आपसी रंजिश।

अड्डे की पक्की सड़क से सटे दगड़े (सरकण्डों के बीच रेत से भरा रास्ता) से कोई दो सौ मीटर पैदल चलने के बाद विशाल छतरी से फैले शीशम के पेड़ से शुरू हो जाता है कश्मीरी पंडितों के कोई चालीस कुनबों का मोहल्ला, जो बँटवारे के बाद POK यानी पाकिस्तान अधिकृत कश्मीर के पुंछ प्रान्त से आ यहाँ की सरकार द्वारा भूमि आबंटित किये जाने पर इस चाँदघाटी गाँव में आ बसा। खेती-बाड़ी के अतिरिक्त कुछ कश्मीरी घरों के नौजवान फ़ौज में भर्ती हो गये और अधिकतर ने

यहाँ-वहाँ तफरी बाज़ी कर समय बिता लेने को अपने जीवन का लक्ष्य बना लिया। पढ़े लिखे होने के कारण मर्दों ने कहीं सरकारी तो कहीं ग़ैर-सरकारी कार्यालयों में नौकरियाँ पा लीं और औरतों ने घर गृहस्थी के कामों में ख़ुद को खपा लिया। रोटी-कपड़े, झाड़ू-बरतन, चूल्हे-चौके के बाद शाम को टोली बनाकर खेतों के पार शौच जाने पर घर-गृहस्थी के सुख-दुख कह-सुन लेना या फिर कुएँ पर जा कपड़े धोते हुए गप्पबाज़ी या किसी एक के घर तन्दूर तपने पर अपना-अपना आटा लगा इकट्ठी हो गाते-बजाते हुए हँसी-ठिठोली की बातें करते टापें (तन्दूरी रोटियाँ) लगाना इनका शगल रहता है।

कश्मीरियों के मोहल्ले से सटे हैं मेवातियों के घर। इन्हें 'मेव' कहा जाता है। यह राजस्थान की मुस्लिम जनजाति है। पहले ये मेवाती बाड़ों में रहते थे। हर बाड़े का एक सरदार हुआ करता था। ये बाड़े आगे चल कर गोत-पाल में तब्दील हो गये। पूरी मेव कौम 12 पाल और 52 गोतों में बटी हुई है। शुरुआत में ये लोग छप्पर वाले मिट्टी के कच्चे घरों में रहते थे। पर अब बड़े-बड़े पत्थरों से बने घरों में इनका निवास है। औरतें घरों में और मर्दों का ठिकाना घर से अलग बनी बैठक में रहता है। सादी धोती-कुर्ता, सिर पर पगड़ी और पाँव में जूती मेव मर्दों का परिधान है तो वहीं रंग-बिरंगी चटख चूंदड़ी, लम्बी पूरी बाज़ुओं की बटन बन्द कुर्ती, घेर वाली सलवार, मींडियों काढ़े बालों पर लट्टू सा लटकता बोरला, गले से नाभी तक लटकते चाँदी के हार, पाँवों में पिण्डलियों तक चाँदी के परम्परागत आभूषण पहने मेवाती औरतें सिर पर तीन-तीन घड़े ले जब कुएँ पर आती हैं तो इनके आभूषणों की छनकार वातावरण में संगीत बिखेर देती है। शिक्षा में रुचि न होने के कारण अधिकतर मेवाती खेती-बाड़ी और पशुपालन द्वारा ही अपना जीवन यापन करते हैं।

कश्मीरी और मेवाती मोहल्लों के पीछे की ओर बावरिया जनजाति के कोई तीस-बत्तीस घर हैं, जिनका भरण-पोषण भेड़-बकरियों के पालन और कश्मीरियों के खेतों और घरों में मज़दूरी करके होता है।

बावरियों के अतिरिक्त सिक्ख समुदाय जिनमें जटसिक्ख और राजसिक्खों के घर हैं। स्वभाव से शान्त यह क़ौम रिक्शे चला और चारपाइयाँ बुनने का काम कर कड़ी मेहनत से अपना गुज़ारा करती है। इन्हीं के साथ एक मोहल्ला है ठाकुरों का, और इन सबसे अलग-थलग कुछ दूरी पर हैं कच्चे मिट्टी और गोबर से लिपे कोई बीस-बाईस घरों का हरिजन मोहल्ला, जहाँ घरों के बाहर कीचड़ में लोट-पोट करते सूअर धमाचौकड़ी मचाते दिखाई पड़ते हैं। इनका मुख्य पेशा है मृत जानवरों के चमड़े से जूती चप्पल का निर्माण और गाँव वालों के ब्याह शादी में श्रम करना। श्रम भी वो जिसमें उनकी छुअन ना हो। चाँदघाटी गाँव में कुल मिलाकर तीन कुएँ हैं। पहला

और दूसरा कुआँ जिसमें से कश्मीरी, ठाकुर और मेव लोग पानी भरते हैं और तीसरा कुआँ जिसमें से हरिजन बस्ती के लोग ही पानी लेते हैं, वो अछूत कुआँ कहलाता है।

यहाँ बसे शरणार्थी ब्राह्मण कश्मीरियों का रहन-सहन और खान-पान मेवातियों से ख़ासा भिन्न होने के कारण काफी बहस-मुबाहिसों के बाद पीपल के पास वाले कुएँ के एक ओर इन्होंने अपनी चरखी लगाकर इस चरखी से मेवातियों के पानी भरने पर सख़्त रोक लगा दी। मेवाती मर्द काफी सेहतमंद और महिलाएँ बड़े जुझारू हैं। शुरुआत में वे सब बाल्टी में रस्सी बाँध बाजुओं की ताक़त से ही कुएँ से पानी खींच लिया करते थे, पर कुछ समय बाद इन कश्मीरी पण्डितों की देखा-देख इन्होंने भी अपनी ओर पानी खींचने के लिए लकड़ी के हत्थे पर लोहे की चरखी लगवा ली।

अब कुएँ के दायीं ओर का हिस्सा कश्मीरी पण्डितों का और बाँया हिस्सा मेवों व अन्य जातियों का। क्या मजाल जो भूल से भी कोई कश्मीरियों की ओर से पानी भर ले। कश्मीरी पण्डित मेवों के घर का ना खाते ना छूते, पर दोनों की ही बाल्टियों में पानी एक ही कुएँ का होता। बस बात तब बिगड़ जाती जब कुएँ के भीतर दोनों की बाल्टियाँ टकरा जातीं। तब जो घमासान होता तो पंचायत तक जाकर ही शान्त होता और जिस पार्टी की हार होती उसे जुर्माना देकर जान छुड़ानी पड़ती।

मेवाती समाज बहुतायत में होने के कारण व यहाँ की मूल जनजाति होने के कारण मेवों का कश्मीरियों से कोई ऐसा ख़ासा काम न पड़ता। लेकिन मेवों की भागीदारी के बिना या अन्य जातियों के बग़ैर कश्मीरियों का जीवन अधूरा था। मेवाती भाषा चूंकि समस्त प्रांत की मूल भाषा थी इसलिए कश्मीरियों ने मेवों की बोली अच्छी ख़ासी सीख ली पर मेवों और अन्य जातियों ने इन कश्मीरियों की पुंछी बोली सीखने में कोई दिलचस्पी ना दिखाई। यूँ भी निबाह तो कश्मीरियों को ही इनके साथ करना था।

पुंछी कश्मीरियों के रीति-रिवाजों में तन्दूर (साँझा चूल्हा) आज भी जलता है। शादी ब्याह बड़े परम्परागत तरीक़े से होते हैं। यूँ तो ये कश्मीरी हिन्दू-मुस्लिम भाईचारे की मिसालें देते हैं, पर कुछ दमनकारी नीतियाँ आज भी इनकी सोच में जड़ें जमाये बैठी हैं। रहन-सहन में ठाट-बाट और पढ़े-लिखे होने के कारण व जाति से ब्राह्मण होने के कारण इन कश्मीरियों ने जल्द ही इस पूरे इलाक़े में अपना वर्चस्व स्थापित कर लिया। जहाँ मेव, ठाकुर और कश्मीरी समाज के लोग धूम-धाम से शादी-ब्याह और तीज-त्योहार मनाते हैं, वहीं बावरियों और हरजिन समाज को धूमधाम से शादी ब्याह और तीज-त्योहार मनाने की मनाही है। यहाँ तक कि बावरियों और हरिजन समाज में यदि विवाह होता है तो दूल्हा घोड़ी पर न जाकर पैदल ही बारात लेकर जाता है या आता है। ब्याह इतनी सादगी से होता है कि अन्य लोगों को गाँव में ख़बर ही नहीं लगती कि कोई ब्याह हुआ भी है।

ऐसे ही लगते चैत्र चाँदघाटी गाँव के बावरियों के मोहल्ले से बड़ी सादगी से एक बारात गई और बड़ी ही सादगी से बिदा होकर दुल्हन ससुराल घर आ तो गई, पर इस ब्याह ने पूरे गाँव के मर्दों और औरतों में तब हलचल मचा दी जब उस दिन कुएँ पर भयंकर तरह से गिरधर की नयी नवेली बींदणी की समाज की औरतों द्वारा मुँह दिखाई की रस्म हुई। गिरधर की बींदणी के नयन-नक्श, कद-काठी और उसके इंटर पास होने के चर्चे बावरिया मोहल्ले की औरतों से उनके मर्दों, बावरिया समाज के मर्दों से मेवों और मेवों से होते-होते कश्मीरी समाज के मर्दों के कानों तक भी पहुँच गये।

उस दिन अभी सूरज निकला भी ना था कि बावरिया मोहल्ले की रामकली ताई गिरधर की नयी ब्याहता को कुएँ की ओर इशारा कर पानी भरने को कह बकरियों के पीछे-पीछे निकल गई ताकि बकरियाँ ज़्यादा दूर ना निकल जायें और कहीं गुलाम मुहम्मद के खेतों में ना घुस जायें। चटख लाल रंग की चांदी-सी झिलमिलाती टिकड़ियों वाली लम्बी चूंदड़ी, गहरे पीले रंग का घाघरा-चोली, हाथों में लाक का नगों जड़ा चूड़ा और पैरों में बाजणी पायल की छम-छम करती गिरधर की बींदणी ने घड़ा सिर से उतार कुएँ के साथ बनी मुँड़ेर पर रखा। साथ लेकर आयी नेजू बाल्टी में बाँध बाल्टी कुएँ में लटका दी और कुएँ से खींच पानी घड़े में डाला। अभी दूसरी बार बाल्टी कुएँ में लटकाई ही थी कि कुएँ के ठीक बाईं ओर बने कश्मीरियों के मन्दिर की मुँड़ेर के पीछे से पण्डिताइन ज़ोर से चिल्लाई–

"अरी कौण है री तू...नास जाये तेयूरो...कांई कर रई है...अपणी तरफ़ री चरखड़ी सूं कांई ना भर रई पाणी...म्हारां धरम कांई भिरस्ट कर रई है...अरी कौण की लुगाई है री तू...तेयूरो नास पिट जाये तेयूरो...डट जा..." कहती हुई पण्डिताइन कुएँ की ओर दौड़ी। पण्डिताइन का शोर सुन आसपास के कश्मीरी घरों के औरत-मर्द भी शोर सुनकर कुएँ पर इकट्ठा हो गये।

सभी ने स्थानीय वेशभूषा और चटख रंगों से सजी औरत को अपनी ओर की चरखड़ी से पानी भरने पर पण्डिताइन के सुर-में-सुर मिला चिल्लाना शुरू कर दिया, जिससे गिरधर की बींदणी का रोना फूट पड़ा। कुएँ पर घमासान चल ही रहा था कि सामने से कश्मीरी घरों की दो-चार औरतें पानी भरने के लिए घड़े सिर पर रखे कुएँ पर आईं और घमासान में शामिल हो गईं।

सबके ज़ोर-ज़ोर से चिल्लाने पर गिरधर की बींदणी घूँघट में लिपट बस रोए ही जा रही थी कि बकरियों को दूर से चराकर हाँक कर लाती रामकली ने कुएँ पर पसरा कोहराम सुना तो दूर से ही सारा माजरा समझ गई और तेज़ क़दम चल कुएँ पर पहुँच हाथ जोड़ गिड़गिड़ाते हुए बोली–

"म्हाणे माफ कर दो बाई सा...मेयूरी बींदणी है...मयूरां सूं गलती हो गी... मैं...मैणै बतायो कोणी कोणरी तरप सूं पाणी भरणो है...म्हाणे माफ कर दो...थारा आगे हाथ जोड़ूँ..." रामकली गिड़गिड़ाई तो माहौल कुछ शान्त हुआ।

रामकली को सारा गाँव जानता था। कश्मीरियों के घरों में चौका लीपने से लेकर बर्तन माँजना, ढोर-डांगर, खेती-बाड़ी सभी तरह की मज़दूरी रामकली करती आयी है। रामकली को सबके आगे हाथ जोड़ मिन्नत करते देख आदमी एक ओर निकल गये और पंण्डिताई मन्दिर से गंगाजल ला अपनी ओर की चरखड़ी पर गंगाजल छिड़क उसे पवित्र करती बुदबुदाती हुई हाथ घुमा मंत्र पढ़ने लगी। अभी चरखड़ी और कुएँ का शुद्धीकरण चल ही रहा था कि कुएँ से पानी खींचती हुई नीलम गिरधर की बींदणी को निहारती हुई बोली

"बड़ी जल्दी गिरधर कूं बिहा लाई रामकली ताई...कांई नाम है तेयूरी बींदणी कां...मुँह तो दिखा ने अपणी बहू कां ताई...।" रामकली झट आगे बढ़ बहू का घूँघट ऊपर सरका गदगदाती हुई बोली

"अनारो...अनारो नाम है बहू कां...अभी पिछले बिरसपत ही तौ ब्याह करां है गिरधर कां..." और जैसे ही रामकली ने अनारो का घूँघट सरकाया, कुएँ पर मौजूद कश्मीरी औरतें अनारो के मुखड़े की बनावट देख एक दूसरे को हैरान नज़रों से देखने लगीं। कद-काठी नाप-तौल की, रंग-साँवला था पर चेहरे का एक-एक नक्श मानो विधाता ने अपने हाथ से गढ़ा हो। तीखी नाक, हिरणी सी बड़ी-बड़ी गहरी पलकों वाली आँखें, गहरी काली भवें, सुन्दर गुलाबी होंठ, सुराहीदार गरदन और लम्बे क़द पर नागिन सी बल खाती लम्बी चोटी। वहाँ मौजूद गोरी चमड़ी वाली कश्मीरनें अनारो की साँवली सूरत के आगे फीकी पड़ रही थीं। नीलम ने झट दुपट्टे की गाँठ खोल दो रुपये का नोट अनारो की हथेली पर रखा और रामकली से बोली

"घणीं मलूक बींदणी लाई है ताई...सँभाल कै राखियो...घर जाकै नजर उतार दीजो बहू की...कहीं म्हारां मैं सूं कांई री नजर ना लग गी हो..." रामकली बहू की तारीफ सुनकर और गद्‌गदा गई और तभी झट अनारो ने घूँघट नीचे सरका हाथ में पकड़ा नोट रामकली को दे दिया और कुएँ की मुँड़ेर पर रखा पानी से भरा घड़ा सिर पर रखवा दोनों सास बहू घर की ओर हो लीं।

घर पहुँच अनारो ने नेजू बाल्टी अहाते में रखा और घड़ा सिर से उतार जंगले के पास आले में बने खाँचे पर रख दिया। रामकली ने दोनों बकरियों को खूँटे से बाँधा और फिर चूल्हे से अंगारा निकाल चिलम में रख उस पर तम्बाकू डाल चिलम सुलगा गुरड़-गुरड़ कर चिलम पीने लगी। अनारो ने इस बीच झाड़ू-बुहार निबटा कर झटपट नहा धो चूल्हा सुलगा दिया। भगोनी में चाय चढ़ा साथ-साथ सब्ज़ी काट ली।

फिर सास और सोए हुए गिरधर के सिरहाने के पास रखी चौकी पर उसकी चाय रख सब्ज़ी छौंकने लगी। सब कुछ सामान्य रूप से चल रहा था, पर आज कुएँ पर हुई घटना ने अनारो को अनमना कर दिया। दहशत सी भर गई उसके मन में। उसके गाँव में भी दूसरी जातियों के समुदाय थे, पर ऐसा छुआ-छात उसने ना देखा था। देखती भी कैसे, पूरे ज़िले में इंटर की परीक्षा में अव्वल आयी थी। कलेक्टर ने घर आकर शाबाशी दी थी उसे। उसके बाद तो अपने पूरे गाँव में अनारो सबकी चहेती हो गई थी। जो अचानक माँ ना मर गई होती तो अभी ब्याह ना हुआ होता उसका। उसे तो अभी आगे पढ़ना था। पर आज जो कुएँ पर हुआ उससे अनारो के भीतर कुछ टूट सा गया। ऊपर से गिरधर-सुबह, दोपहर, शाम ना जाने कहाँ पड़ा रहता है। घर आता है तो मुँह से शराब की बास। नज़दीक आते ही अनारो का दम घुटकर रह जाता। घर की माली हालत भी बस दो जून रोटी भर की। रामकली सारा-सारा दिन लोगों के घरों में काम कर कुछ बटोर लाती तो पेट भरने लायक हो जाता।

आज सुबह से अनारो खुशी-खुशी काम निबटा रही थी क्योंकि पति के संग मायके जो जाता था। गिरधर जब अपनी नयी नवेली बींदणी को पगफेरे के लिए उसके पीहर ले जाने के लिए निकला तो तिराहे-चौराहे और थड़ियों पर बैठे गाँव के निठल्ले-मनचले आड़े-तिरछे होकर नयी नवेली की एक झलक पाने की भरपूर मेहनत करने लगे। कुछ एक ने तो कहकर अपनी दबी इच्छा को ज़ाहिर भी कर दिया और फिर कहने में डर भी कैसा। गिरधर कौन कलेक्टर था जो किसी को उसका डर होता। कश्मीरियों का बिल्लू अपनी ज़ुल्फे सँवारता बोला–

"और भाई गिरधर...लुगाई वालां हो गयां...लुगाई को मुँह तौ दिखा न..."

तभी साथ बैठा गफूर बोला–

"लुगाई तेयूरी है... पर हमारी बी तौ कुछ लगे है...म्हारा सूं बी मुँह दिखाई करवा दै...सुणां है बड़ी फूटरी लुगाई लायां है तू।" गिरधर चुपचाप मनचलों की सुनकर धरती में नज़रें गाड़े खड़ा रहा और साथ खड़ी अनारो ने छिछोरी बातों को सुन अपना घूँघट और नीचे सरका लिया। जब मनचले क़रीब आ बींदणी को ऊपर से नीचे तक देखने लगे तो गिरधर खिसियाकर अनारो की चूंदड़ी पकड़ उसे खींचता आगे बढ़ गया। वो जानता था किसी तरह की बहस से नयी ब्याहता के सामने उसकी इज्जत उछल जाएगी। मनचले हिरणी सी छम-छम चलती जा रही गिरधर की बींदणी को देख आहें भरने लगे।

अनारो को अभी महीना भर ही हुआ था चाँदघाटी ब्याह कर आये कि घर में उसका जी घुटने लगा। बस इस गाँव में एक ही जगह ऐसी थी जहाँ पहुँचकर अनारो का जी ख़ुश हो जाता, वह जगह थी गाँव का विद्यालय। सुबह शौच से आते हुए

अनारो कुछ पल विद्यालय की मुँडेर से सट कर खड़ी हो जाती। कई बार तो घर का काम-काज निबटा पेट में दर्द की बात कह अनारो घर से निकलकर विद्यालय की दीवार के ऊपर से विद्यालय की गतिविधि को निहारती रहती। अनारो बच्चों को पढ़ते देखती तो मन-ही-मन कल्पना करने लगती जैसे वो ख़ुद मास्टरनी बन उन्हें पढ़ा रही हो।

ऐसे ही एक रोज़ शौच से लौटते हुए अनारो के पाँव जैसे ही विद्यालय की ओर बढ़े कि साथ आई कस्तूरी बीरो को ईशारा कर बोली–

"लै...या तौ फिर आज देर करवायेगी...जाणे या अनारो कूं कांई मिलै इस इस्कूल मै'।" कस्तूरी की बात सुन बीरो आगे बढ़ अनारो का हाथ पकड़ खींचते हुए बोली

"अरी अनारो...तेरे कैणे पै दूसरी बेर जंगल कूं आई हूँ...अब तू फेर खड़ी हो जायेगी इस्कूल के सामणै तौ देर हो जायेंगा...मेयूरी सास कलेस मचा देगी...चाल जल्दी घर।" यह सुन मिन्नत करती अनारो बोली *"बस भाबी...थोड़ी देर और रुक जाओ ने।'* यह सुन बीरो बोली

"तुझै चलणो होय तौ चल अनारो...नाय तौ खड़ी रै य्हईं।" और यह कह बीरो के पीछे कस्तूरी भी निकल गई। विद्यालय की गतिविधि में खोई अनारो को उन दोनों के चले जाने का कोई होश ना रहा। अनारो वृक्ष के नीचे पढ़ रहे बच्चों को देख अपनी कल्पनाओं में खोई थी कि पीछे से आई आवाज़ ने उसे चौंका दिया–

"ऐसे रोज़ यहाँ आकर आप अपने बच्चे को देखेंगी तो पढ़ेगा कैसे आपका बच्चा?" अनारो चौंक कर पीछे मुड़ी तो देखा विद्यालय के कोई अध्यापक उसे ऐसे देखने पर डाँट रहे थे। सहमी हुई अनारो बोली–

"मेरा कोई बच्चा नहीं पढ़ता मास्टर जी इस विद्यालय में ...मैं तौ बस... ।" अध्यापक अभी अनारो से बात कर ही रहे थे कि स्कूल के भीतर से मास्टर धनराज आये और जब उन्होंने ग़ौर से अनारो को देखा तो किशनलाल मास्टर जी से बोले

"अरे किशनलाल जी! ये तो हमारे गाँव की अनारो है...इंटर में पूरे ज़िले में अव्वल आयी थी...बड़ी लगन रही इसकी पढ़ाई में...पढ़-लिखकर अध्यापिका बनना चाहती थी ये...पर।" और फिर अनारो को देख बोले–

"तुम्हारा ब्याह हो गया ?...कब...?" धरती पर निगाहें गड़ाए अनारो बोली

"अभी एक महीना हुआ है मास्साब।" मास्टर धनराज कुछ महीने पहले अनारो के पास वाले विद्यालय से तबादला होकर इस गाँव में आये थे। गहरी साँस छोड़ते हुए बोले–

"ये तो भौत बुरा हुआ...हमने तो सोचा था तुम पढ़-लिखकर मास्टरनी बनोगी... पर अब तौ... ।' यह सुन मास्टर किशनलाल अनारो को देख बोले–

"अध्यापक बनने के लिए किसी स्कूल की इमारत के बाहर खड़े रहने की ज़रूरत नहीं है...अध्यापक तो कोई कहीं भी रहकर बन सकता है...इस गाँव में कई ऐसे बच्चे हैं जो इस विद्यालय तक नहीं पहुँच पाते...उन्हें तुम अपने घर पर ही पढ़ाकर और फिर उन्हें इस विद्यालय तक पहुँचाकर अपने सपने को पूरा कर सकती हो... ।" और यह कहकर मास्टर किशनलाल और मास्टर धनराज विद्यालय की ओर चले गये। मास्टर जी के शब्दों ने अनारो के सपने को मानो दिशा दे दी हो। मास्टर जी के शब्दों को मन में संजोये अनारो घर की ओर चल पड़ी।

'चाँदघाटी' गाँव नीम, शीशम, पीपल, गूलर, लसूड़े, कीकर और बबूल से लदा-फदा होने के कारण शाम होते-ना-होते गाय-भैंसों, पक्षियों और पंछियों की आवाज़ों से संगीतमय हो उठता है और पंछियों में भी मोर। मोरों के झुरमुट यहाँ घरों के आँगन में विचरण कर अपने बसेरों की ओर रुख़ करते हैं। सत्या के चम्बे-चौड़े चौका लिपे आँगन में मोरों ने बोलना शुरू किया ही था कि मंजे (खाट) पर बैठ जोले बटती (सेवियाँ/जवे तोड़ती) सत्या की सास ऊँची आवाज़ में बोली

" कुड़िये...चिर होई गया....केड़े वेलै बालन पासैं तन्दूरैच।"

(देर हो रही है...तन्दूर में ईंधन/जलावन कब डालेगी)। सास की आवाज़ सुन चूल्हे पर माँ-छोले (उड़द, चने) की दाल में कड़छी चलाती सत्या उठी और बाहर ही वेड़े में बने तन्दूर में उसने कच्ची कोठरी से लाकर लम्बी-लम्बी लकड़ियाँ और सरकण्डे तोड़-मरोड़ कर डाल दिये ताकि लकड़ियाँ जल्दी आग पकड़ लें। दस-बारह थापियों (उपले) के टुकड़े भी डाल दिये। कुछ ही देर में लकड़ियों ने आग पकड़ ली और धूँ-धूँकर ऊँची-ऊँची लपटें तन्दूर से निकलने लगीं। पिछले हफ़्ते से सत्या की सास ने टापों (तन्दूरी रोटी) की रट लगाई हुई थी। माँ छोले की दाल बन ही चुकी थी। झटपट सत्या ने त्रामीं (परात) में आटा गूंथा। सत्या की ये फुर्ती टापें जल्दी लगाने की नहीं थी बल्कि तन्दूर पर लगने वाली जनानियों की पंचायत की वजह से थी। उसे भी तो गप्पें लड़ानी थीं। सत्या के वेड़े से उठता धुआँ देख किरना, चन्द्री, गुड्डो, चंचल और दर्शना ने भी आटा लगा लिया और अपनी-अपनी तरामियों (परातों) पर रंग-बिरंगे थालपोश ढक सत्या के वेड़े में पहुँचने लगीं। गर्मियों में अधिकतर कश्मीरी घरों में टापों से ही काम चलाया जाता है। कश्मीरी औरतें टापें लगाने में बड़ी ख़ुश रहती हैं। एक तो तपती धूप में कौन चूल्हे के आगे बैठ रोटियों का ढेर पकाये, दूसरा इसी बहाने रल-मिल गीतों और सास-ननानों के क़िस्से कर मन हल्का हो जाता है। इसीलिए हफ़्ते दस दिन में कोई ना कोई जनानी तन्दूर बाल ही लेती है।

जब तन्दूर अन्दर से तप कर लाल हो गया तो त्रामीं के पास रखी पानी भरी पतीली से सत्या ने बाहर निकलती लपटों को शान्त करने के लिए पानी का छींटा

मारा। लपटें शान्त हो गईं और तन्दूर टापें लगाने के लिए तैयार हो गया। पहली खेप सत्या ने टापों की लगानी शुरू की और बाकी औरतें तन्दूर से सटी मिट्टी की कंदों मुँडेरों पर बैठ गप्पें लगातीं अपने-अपने आटे के पेड़े बना त्रामीं में रखती जा रही थीं कि चंचल पेड़े बनाती-बनाती गुड्डो को कोहनी मार बोली–

"मूं कीयां सीतानाये...कर कोई गीत शुरू।"

(मुँह क्यूँ सी रखा है...कर न कोई गीत शुरू)। गुड्डो की अवाज़, उसके गीतों की तर्ज़ के चर्चे आसपास के गाँवों तक में मशहूर हैं। गुड्डो भी गाने का मौक़ा मिलते ही शुरू हो जाती है। चंचल के कहते ही गुड्डो ने पेड़े बनाते-बनाते गीत शुरू कर दिया और गुड्डो के गाते ही बाकी सब भी गुड्डो के सुर-में-सुर मिलाने लगीं:-

बागां बैठी कड्डां कसीदा,
नैन परी-परी रौनियाँ।
बाबल जी दे नौकर पुछदे,
कियां पैने तू रौनियें।।
–तुसां बाबल दूर जो रैंदे,
–मैं परदेसन रौनियाँ...

इन पुंछी शरणार्थियों को पाकिस्तान से राजस्थान आकर बसे बरसों हो गये पर इनके गीतों में लाहौर-पेशावर आज भी बसते हैं–

–लाहौरै नीं मैंदी, पिशोरै नीं मैंदी,
मँगाई दे बीबो रात चांणन या।।
–रात चाणंनया, डेरे छावन या,
–शाओ आयो बीबो रात चांणनया।।

सत्या बनी हुई टापों पर मक्खन लगा, कपड़े में लपेट छकोर में दबाकर रसोई में रख कर गुड्डो के गीतों का मज़ा ले रही थी और गीत गाते-गाते गुड्डो टापें तन्दूर में लगा रही थी कि तेज़ क़दमों से चलती नीलम क्रोशिये से बुने रंगीन थालपोश से ढँकी आटे की त्रामी (परात) सिर पर रखे आई और त्रामी तन्दूर की मुँड़ेर पर रख चलते गीत के बीच में ही हाथ नचाते हुए बोली–

"ओए कंजरियो...बन्द करो तुसांना गाणा-शाणा...तै जेड़ी खबर मैं लेई कै आई आं ओ सुनो।"

(बन्द करो अपना गाना-वाना और जो ख़बर मैं लाई हूँ...वो सुनो)। नीलम के स्वभाव से सब वाकिफ थीं कि गाँव की कोई ख़बर ऐसी नहीं जो नीलम की निगाह से बच जाए और ऊपर से किसी बात को सुनाने का नीलम का अन्दाज़ किसी मंझे

हुए क़िस्सागो से कम ना था। ऐसे चलते गीत को बीच में रोक देने से चिढ़कर गुड्डो नीलम को घूरते हुए बोली–

"मरजानिये, मिकी गानेयां रोकी रई ऐं...जराऐक सबर नीं रखी सकनीसिंये।"

(मुझे गाते हुए रोक दिया, ज़रा सा सब्र नहीं रख सकती थी)। नीलम गुड्डो को पीछे धकेल आँखे नचाती बोली

"खस्समखाइये त्वाड़े गीत तै असां रोज बुजनेयां...तूं कुथैं मरने आली ऐं... फेर बुज्जीनसां....पर मैं जेड़ी खबर लेई तै आई आं....ओ त्वाड़े गीतां कोलां ज्यादा जरूरी ऐ।"

(तेरे गीत तो हम रोज सुनते हैं...तू कहाँ मरने वाली है...फिर सुन लेंगे...पर मैं जो ख़बर लेकर आयी हूँ वो तेरे गीतों से ज़्यादा ज़रूरी है)।

"ओए होए...हुन दस्स वी तै सई कै देक्खी तै आई ऐं।"

(ओए होए अब बता भी तो सही क्या देखकर आई है) चन्द्री ने बेसब्री दिखाते हुए पूछा तो नीलम किसी खोजी पत्रकार को मिली बेशक़ीमती जानकारी की तरह मुँड़ेर पर आसन जमा बड़ी-बड़ी आँखें तरेरती बोली

"ओए ओ जेड़ी रामकली बावरनी है ना...ओस अपने जाकत ना ब्या करी शोड़ेया!"

(अरी वो जो रामकली बावरनी है न...उसने अपने लड़के का ब्याह कर दिया है)। इतना सुनना था कि गुड्डो आगे बढ़ नीलम को धक्का मार मुँड़ेर से नीचे धकेलते हुए बोली

"बेखस्मिये, ऐस गल्लै पिच्छै तूं मिकी गानेयां रोकेया...कोई तै अक्कलै नी गल्ल करेया कर।'

(इस बात के पीछे तूने मुझे गाने से रोक दिया...कोई तो अकल की बात किया कर)। गुड्डो के कहते ही सब औरतें नीलम पर हँसने लगीं। सब को अपने ऊपर हँसता देख नीलम तैश में आ बोली–

"कंजरियो...म्हाड़ी पूरी गल्ल बुज्जी नई तै शुरू करी शोड़ी पंचैत...मेन गल्ल ऐई के मैं अज्ज बल्लै रामकली नी नूं ना मूं देख्या...हायो रब्बा...बऊ कै ई अग्ग ई अग्ग।"

(कंजरियो...मेरी पूरी बात सुनी नहीं और शुरू कर दी पंचायत...मेन बात ये है कि आज सुबह मैंने रामकली की बहू का मुँह देखा...हाय राम...बहु क्या है आग है आग)। नीलम के हाव-भाव को देख सब हँस पड़ी और हँसते हसते किरना बोली–

"नीलम...आपनियां अक्खां ना इलाज करा...इनां बावरनियां की पेट परी तै रोट्टी तै लबनी नी होनी...लोकां ने खेतां तै घरां विच कम्म करी-करी तै शरीरै चूँ ख़ून निचुड़ी गया होना...ना ऐन्ना ने नैन ना नक्श...बस जनानी ना शरीर ई होना ऐन्ना कोल।"

(नीलम...अपनी आँखों का इलाज करा...इन बावरनियों को पेट भर कर रोटी तो मिलती नहीं...लोगों के खेतों और घरों में काम करके इनके शरीर से ख़ून निचुड़ गया होता है...न इनके नैन न ही नक्श...बस औरत का शरीर ही होता है इनके पास)। तभी टापों पर कपड़ा लपेटती चंचल नीलम की हँसी उड़ाती बोली–

"नीलम परजाई बिन्दी सुरखी लायी नवीं वोट्टी देक्खी तै लगी तरीफां करन।"

(नीलम भाभी ने बिंदी सुरखी लगाई दुलहन देखी और लगी तारीफ़ें करने)। पास खड़ी दर्शना भी नीलम की खिल्ली उड़ाती बोली–

"नीलम, त्वाडी अक्खां सच्ची हुन खराब होई रईयां...चल अपनियां टापां ला नीं तां तन्दूर ठण्डा होई रैसी...दूआ बालन नीं बान देन लगी सत्या नीं सस्स...फेर बालेयां चुल्ला घर अपने गच्छीतै।"

(नीलम तेरी आँखें अब सच्ची खराब हो गई है...चल अपनी टापें लगा नहीं तो तन्दूर ठण्डा हो जायेगा...दूसरी बार ईंधन नहीं डालने देगी सत्या की सास...फिर जलाना चूल्हा अपने घर जाकर)। यह सुन नीलम ने झटपट हथेली पर आटे का पेड़ा ले थपा थप रोटीयां बना तन्दूर में लगानी शुरू कर दीं और तिरछी निगाहों से वहाँ खड़ी औरतों को देख बोली–

"म्हाड़ियाँ अक्खां नई तुसां सारियाँ ना दमाग सडेयानाया जेडियाँ म्हाड़ी गल्लै पर दमाग नीं लानियांओ...तुसांकी तां पता लगसी जिस वेलै तुसाने खसम तुसाने हत्थां विच्चूं निकली रैसन...अपने खसमां की सँभाली तै रक्खो...खास करी तै तूं किरना... तूं वेद ने ऊपर चंगी नजर रखेयां।"

(मेरी आँखे नहीं तुम सबका दिमाग़ जल चुका है, जो मेरी बात पर दिमाग़ नहीं लगा रही हो...तुम्हें तब पता लगेगा जब तुम्हारे खसम तुम्हारे हाथ से निकल जायेंगे...अपने खसमों को सँभाल कर रखो...ख़ासकर तू किरना...तू वेद पर ठीक से नज़र रखना)। किरना ने नीलम की बात सुनी तो अपनी रोटियों की त्रामीं (परात) उठा चलते-चलते पलट कर बोली

"तुसां अपने खसमां की सँभालो...म्हाड़ा सम्बलेयानाया।"

(तुम अपने खसमों को संभालो...मेरा सँभला हुआ है)। यह कहकर किरना अपने घर की ओर बढ़ गई और किरना के जाते ही गुड्डो और वहाँ मौजूद सभी ने नीलम को डांटा। सत्या नीलम को गुस्सा करती हुई बोली–

" अग्गखाइए, जरूरी सा ओसना दमाग खराब करना... चुप्प नीं रई सकनीसियें।"

(आग लगे तुझे, ज़रूरी था उसका दिमाग़ खराब करना. चुप नहीं रह सकती थी)। यह सुन नीलम अपने मसखरे अन्दाज़ में आँखें मटका बोली–

"लै...मैं केड़ा गलत आखेया...किरनाच तां वेद की कुज दिसना नई...इदर-उदर मूं मारना ई रैना...केडी जनानी है जिस संग वेद उल्जेया ना होवै...कियां...याद नई...सत्ते नीं साली ने किसतरां पिच्छै पेई गया सा...सारा-सारा दिन उसकी लेई तै खेंता पर पेया रैना सा...वेद नीं असलियत सारा ग्रां जानना...मेवनी होवै या बावरनी, कश्मीरन होवै या बस्ती नी कोई जनानी...वेद की तां दुई जनानी चाईनी ई चाईनी... हुन वेद वी कै करै...सड़ी-सड़ी तै किरना वेद नीं माँ वी तां लग्गन लग्गी...बचारा वेद...सोणां गबरू जवान आ..."

(लो...मैंने क्या गलत कहा...किरना में तो वेद को कुछ दिखता ही नहीं... इधर-उधर मुँह मारता रहता है...कौन सी औरत है जिसके साथ वेद उलझा ना हो... क्यूँ याद नहीं...सत्ते की साली के कैसे पीछे पड़ गया था...सारा-सारा दिन उसको लेकर खेतों पर पड़ा रहता था...वेद की असलियत सारा गाँव जानता है....मेवनी हो या बावरनी, कश्मीरन हो या बस्ती की कोई औरत...वेद को तो दूसरी औरत चाहिए-ही-चाहिए...अब वेद भी क्या करे...जल-जल कर किरना वेद की माँ लगने लगी है...बेचारा वेद सुन्दर, जवान, छैला...) यह कहते-कहते नीलम वेद का नाम ले आहें भरने लगी तो उसकी पीठ पर मुक्का मारती गुड्डो बोली–

"कंजरिये...बन्द कर अपना नाटक तै टापां की पूनेच लपेट...तै जुल घरै ने पासै...त्वड़ियाँ गल्लांच असानियां टापां वी ठंडियाँ होई रैसन...त्वाड़ी सस्स तै गां ई...पर असानीं सस्सां पूरियां अग्ग खाईयां असां ने चूंडे पट्टी शोड़सन।"

(कंजरी...बन्द कर अपना नाटक और रोटियों को कपड़े में लपेट और चल घर की तरफ़...तेरी बातों में हमारी रोटियाँ भी ठण्डी हो जायेंगी...तेरी सास तो गाय है पर हमारी सासें दुष्ट हैं हमारी चोटी उखाड़ फेकेंगी)। यह सुन सभी ने अपनी-अपनी त्रामियाँ (परातें) उठायीं और 'जुलो-जुल-जुल अड़िये...' (चलो चल-चल) कहतीं अपने-अपने घर की ओर निकल गईं।

हर दिन की तरह आज भी सिर पर घड़ा उठाए और बकरियों को हांकती हुई रामकली घर के भीतर तक लाई तो भीतर आते ही बकरियाँ आँगन में धमाचौकड़ी मचाने लगीं। रामकली ने खाट पर औन्धे पड़े गिरधर को आवाज़ लगाई–

"गिरधर...खड़ां हो कै मेय्‌रा सिर सूं घड़ो उतार...।" रामकली ने दुबारा गिरधर को आवाज़ लगाई पर गिरधर वैसे-का-वैसा खाट पर पड़ा रहा। घर के अन्दर से अनारो ने माई की आवाज़ सुनी तो दौड़कर माई के सिर से घड़ा उतार जंगले में

घड़ों के लिए रखी ईंढी पर रखा और फिर दौड़कर एक-एक बकरी के गले में रस्सी बाँध उन्हें उनके खूँटे से बाँध हाथ धो लुटिया लेने भीतर दौड़ी। इस बीच रामकली हाँफती-हाँफती गिरधर को जली-कटी सुनाती जा रही थी–

"लुगाई वालां हो गयां है पर जिम्मेदार बनणे को कोई काम नाय करै...मेय्रा करम मै राम जी नै छोरा तौ लिख दियां...पर छोरा को सुख कोणी लिखां...।" रामकली बड़बड़ाये जा रही थी कि छम-छम करती अनारो ने घड़े से लुटिया भर ला रामकली के हाथ में पकड़ा दी और बहू के इस व्यवहार को देख गिरधर को कोसना छोड़ रामकली अनारो को निहारती राम जी को हाथ जोड़ शुकराना करने लगी।

गिरधर के लापरवाह और बेफ़िक्र रवैये के बावजूद अनारो किसी तरह ख़ुद को घर के कामों में खपाते हुए अपनी नयी नवेली गुहस्थी में रंग भर रही थी। उसने ऊबड़-खाबड़ घर के आँगन को लीप-पोतकर इकसार कर दिया। घर की दहलीज़ और आँगन के बीचोंबीच गेरू और खड़िया से कलात्मक आकृतियाँ बनाईं। जब रामकली मज़दूरी करने निकल जाती और गिरधर अपनी मण्डली के संग घर से बाहर होता तो अनारो गेहूँ की तीलियों को रंग-बिरंगे रंगों में रंग धूप में सुखा उनसे डलिया और चंगेरी बना लेती। ब्याह को महीना भर भी ना बीता था कि अनारो ने रामकली के उजड़े-टूटे घर का नक्शा ही बदल दिया। फटे-पुराने कपड़ों से गूदड़ी और बिछौनी बना लीं। अपनी मुँह दिखाई की रस्म पर जब रामकली ने फटी-पुरानी बिछौनी उसके नीचे बिछाई थी तो घूँघट में से अनारो ने अपनी ससुराल के रहन-सहन का अन्दाज़ा उसी पल लगा लिया था। रही सही कसर उस रात मुँह से बास मारते नशे में धुत्त गिरधर ने उसके जिस्म पर विजय पाते हुए उसे लहू-लुहान कर पूरी कर दी थी। किससे कहती कि सुहाग की पहली रात कैसी बीती। अब तो सारा जीवन इसी घर में बिताना है। यह सोच अनारो ने रंग-बिरंगे कपड़ों के टुकड़ों से गूदड़ी में फूँदने भी टाँक दिये जिनसे गूदड़ी की सुन्दरता और बढ़ गई। एक दिन अनारो ने अपनी सास से कह चिकनी मिट्टी मँगवा उस मिट्टी से चूल्हा और अंगीठी बनाई। चूल्हे की बाहरी तरफ़ माटी की गोल-गोल छोटी-छोटी गोली झाड़ू की सीख में पिरो लटकन टाँकीं और चारों तरफ़ चूल्हे के ऐसे सुन्दर कंगूरे बनाऐ कि दूर से ही चूल्हे पर नज़र जाये बिना ना रहे। घर की कच्ची कोठरी में सड़क से गोबर बीन-बीन कर रामकली ने उपले फैला रखे थे जिन्हें एकसार लगा कर बाहर बरामदे के एक ओर अनारो ने सुन्दर डिज़ाइन उकेर कर बटेवड़ा बना दिया और उस पर फूस की छान बाँध दी जिससे बरसात में उपलों को नुकसान ना हो। आस-पड़ोस की बावरनियों ने रामकली के घर का बदला हुआ नक्शा देखा तो अनारो से कुछ-न-कुछ सीखने कोई-न-कोई लुगाई रामकली ताई के घर आ बैठती और जब

अनारो की पढ़ाई-लिखाई की ख़बर मोहल्ले में फैली कि कैसे अनारो इंटर में पूरे ज़िले में अव्वल आयी थी और ख़ुद कलेक्टर ने उसे घर आकर शाबाशी के संग इनाम में सौ रुपये का नोट दिया था तो सबने अपने-अपने बाल-बच्चे अनारो से पढ़ने भेजने शुरू कर दिये। अनारो न केवल अपने बल्कि अब तो हरिजन बस्ती के बच्चों को भी पढ़ाने लगी। अपनी बहू का हुनर और घर में बाल-बच्चों की रौनक से रामकली गाँव भर में इतराती फिरती। बच्चों को पढ़ाने से गिरधर के गंवार रवैये के बावजूद अनारो का मन अपनी गृहस्थी में रम रहा था। मोहल्ले में सबने अनारो को मास्टरनी कहना शुरू कर दिया। अनारो की सूरत और सीरत ने गाँव में गिरधर की भी हैसियत बढ़ा दी।

सुबह-सुबह जब सिर पर दो-दो घड़े और हाथ में नेजू बाल्टी ले छम-छम करती अनारो कुएँ की ओर जाती तो उसकी कद-काठी, चाल-ढाल और नागिन सी दायें-बायें होती चोटी देख घरों के बाहर थड़ी पर बैठे मनचलों के दिल में हिलोरें उठने लगतीं। वो तो रामकली ताई संग होती नहीं तो अनारो के देवर बन चुके मनचले अपनी भाभी का रास्ता ही रोक लेते।

दरअसल, इसी तरह के कारनामों से ही इस गाँव के नौजवानों का टाइम पास होता है। कश्मीरियों के कुछ घरों को छोड़कर चाँदघाटी गाँव में ज़्यादातर नौजवान बाप-दादाओं की ज़मीन-जायदाद पर पलते आये हैं। पढ़ाई-लिखाई में भी कम ही दिलचस्पी होने के कारण बिना बात की हँसी-मखौल, इधर-उधर बैठ कर दिन बिताना ही यहाँ के नौजवानों ने सीखा है।

एक दिन अड्डे पर 'शंकर टी स्टॉल' के बाहर लगी बैंचों पर बैठे ये निट्ठल्ले गिरधर को घेर कर बैठ गये। सभी गिरधर से उसकी लुगाई को लेकर तफरीह कर रहे थे। मेवों का रमज़ान भी साथ ही 'मॉडर्न हेयर कट' की दुकान पर बड़े से शीशे के आगे बैठ बाल कटवाते हुए बाहर चल रही मौज-मस्ती की महफिल का मज़ा लूट रहा था कि जैसे ही शीशे में दूर से आते वेद के ट्रैक्टर पर उसकी निगाह पड़ी, वह कुर्सी से उठ बाहर दौड़कर आया और वेद की ओर इशारा कर बोला–

"भाया...थे सारे जितणी मौज-मस्ती कर लो...पर वेद के रहते ना तो थे सब गिरधर की लुगाई के देवर बण सकैंगा ना जेठ...लो आरां है वा...अर वाकां आते ही थारी बोलती बन्द हो जायेंगा..." कहकर रमज़ान ज़ोर-ज़ोर से हँसने लगा। कुछ ही पलों में वेद ने ट्रैक्टर सड़क के दूसरी ओर 'इमाम मोटर मकैनिक' की दुकान के सामने लगाया और सामने बैठे दोस्तों की महफिल में तफरी बाज़ी करने शंकर की दुकान की ओर बढ़ गया। तफरीबाज़ों के नज़दीक आ रमज़ान की पीठ पर हाथ मार वेद बोला–

"साले...जब देखो नाई की दुकान मै ई दीखै तू...जलालुद्दीन चाचा सूं कैहणी पड़ैगी...आजकल खेतन मै बी ना दीख रां है तू...हैं...?" वेद का हाथ पड़ने से रमज़ान पूरा-का-पूरा हिल गया और खिसियाकर बोला–

"नाय...बाल घणा बढ गां हैं...कटवाणे आयो हूँ..." कहकर रमज़ान नाई की दुकान में जा घुसा और वेद अपने यार दोस्तों की ओर बढ़ गया। वेद को देखते ही वेद के लिए बैंच ख़ाली पहले ही कर दी गई थी और बेंच पर बैठते ही सबकी ओर निगाह डाल वेद बोला

"होर बई...कै चलना इत्थै..."

(और भई...क्या चल रहा है यहाँ)। सामने बैंच पर बैठा बिल्लू बोला

"कुज नीं यारा...बस ऐस गिरधर संग मजे हिन्नेसेयां।"

(कुछ नहीं यार...बस इस गिरधर से मज़े ले रहे थे)। गिरधर वेद के सामने बैठते ही और खिसिया गया और नीची निगाह किये उँगली से मिट्टी कुरेदने लगा। वेद समझ गया कि ये लोग गिरधर से क्या तफरीह कर रहे होंगे। वेद ने गिरधर की ओर निगाह घुमाई और बोला–

"और भई गिरधर...सुणां है बड़ी मलूक अर पढ़ी-लिखी लुगाई लायां है तू... आते ही मास्टरनी बी बणगी...।" धरती पर उकड़ू बैठा गिरधर निगाह नीची किये ही बैठा रहा। तभी सत्ते बोला–

"अरै कितणी किलास पढ़ी है तेयूरी लुगाई बता नै...।" सत्ते ने झिड़कते हुए पूछा तो नीची निगाह किये ही गिरधर बोला–

"इंटर तक।' तभी बालों पर हाथ फेरता रमज़ान नाई की दुकान के अन्दर से बोला–

"अर-तू कितणा पढ़ो है गिरधर...? लुगाई दसवीं तक पढ़ी है...अर या गिरधर दस बेर इस्कूल के भीतर जाकै बाहर आयां है...।" बिल्लू के कहते ही सारी मण्डली ज़ोर-ज़ोर से ठहाके लगाने लगी कि वेद हँसता-हँसता बोला–

"माइयव्यो...असां केडी बी.ए. पास कीतीनी...तै असांनी जनानियां वी अनपढ़ ...इसकी देक्खा...पढ़ी-लिखी जनानी लेई आया...होर बुजेया...बड़ी खूबसूरत वी लगनी..."

(सालो...हमने कौन सी बी.ए. पास की है...और हमारी पत्नियाँ भी अनपढ़... इसको देखो...पढ़ी-लिखी औरत ले आया और सुना है बड़ी ख़ूबसूरत भी लगती है)। फिर गिरधर की ओर देखकर वेद बोला *"अरै, तेयूरी लुगाई मास्टरनी है... थोड़ी पढ़ाई हमकू भी सिखवा दै ने अपणी लुगाई सूँ...।"*

गिरधर वैसे-का-वैसा उकड़ू बैठा रहा कि तभी बिल्लू वेद को देख बोला–

"*कोई होर पढ़ै ना पढ़ै...पर तूं तै इसनी जनानी कोलां पड़ी तैई रैसैं यारा...*" फिर वेद के कान में फुसफुसाता हुआ बोला–

"*कोई तै असां गरीबां लेई वी छोड़ी शोड़...या सारियां जनानियां ना ठेका तूं ही हिन्दा ना...*"

(कोई और पढ़े ना पढ़े पर तू तो इसकी बीबी से पढ़ कर ही रहेगा...यार कोई तो हमारे लिए भी छोड़ दे...या सारी औरतों का ठेका तूने ही ले रखा है)। यह सुन वहाँ बैठे सब हँस पड़े। भीतर-ही-भीतर सब वेद से जल भी रहे थे। अभी गिरधर से हँसी मज़ाक चल ही रहा था कि सामने से ताई सन्तो दूर से चिल्लाती हुई आई–

"*ओए कंजरो...तुसां इस गिरधर की इत्थै घेरी तै बैठे ओ...तै मैं इसकी सारे ग्रां विच लब्बी तै आई आं...*"

(अरे कंजरो...तुम इस गिरधर को यहाँ घेर कर बैठे हो, और मैं इसको सारे गाँव में ढूँढ़ कर आयी हूँ)। फिर गिरधर को देख बोली–

"*तू यहाँ अड्डा पै बैठो गप्प लड़ा रां है...तोय कही ना ही भैंसन के ग्वाड़े (तबेले) मै पड़ो मलबा उठानो है...चाल जल्दी।*' ताई सन्तो ने झिड़क कर कहा तो गिरधर चुपचाप उठ खड़ा हुआ और सन्तो ताई के पीछे-पीछे चल दिया। गिरधर के जाते ही वेद बोला–

"*ओए कियां इसकी परेशान करने ओ...यो तै ईयांई परेशान आ के दिमागदार जनानी की सँभालै किसतंरा।*"

(अरे क्यूँ इसको परेशान करते हो...ये तो वैसे ही परेशान है कि दिमाग़दार औरत को सँभाले कैसे)। तभी चाय की सुड़की भरता लब्बू बोला–

"*गिरधर कोलां न सँभली तै तूं केड़ा दूर ऐं...तुकी तै ईयां वी जादा मेनत कीते नीं लोड़ नीं है....अज नीं तां कल अनारो की त्वाड़े खेतां पर तै गश्नाइया...*"

(गिरधर से न सँभली तो तू कौन सा दूर है...तुझे तो वैसे भी ज़्यादा मेहनत करने की ज़रूरत नहीं है...नहीं तो कल अनारो को तेरे खेतों पर तो पहुँचना ही है)। यह सुन वेद ने मूँछों पर ताव दिया और जीते की पीठ पर हाथ मार बोला–

"*सालेयो, अपनी-अपनी किस्मतई* (सालो...अपनी-अपनी क़िस्मत है)" यह कह वेद वहाँ से उठ खड़ा हुआ और फिर वहाँ बैठी मण्डली अपनी-अपनी पत्नियों से सुनी और आस-पास बैठे बावरियों से अनारो की तफतीश कर हासिल की हुई जानकारी कह-सुन अपनी दोपहर पार करने में जुट गई।

अनपढ़, गँवार, नशेड़ी और निकम्मे गिरधर को पढ़ी-लिखी और ख़ूबसूरत लुगाई मिल जाने से जहाँ कश्मीरी समाज हैरान और परेशान हो रहा था तो उधर गिरधर का अपना

बावरिया समाज भी जला भुला जा रहा था। बावरनियाँ अनारो के नैन-नक्श से अपना जी जला रही थीं तो दूसरी ओर गिरधर की अपनी मित्र मण्डली ऐसी कुड़ी बैठी थी कि उसकी गृहस्थी में सेंध लगाने की हर मुमकिन कोशिश में लगी थी और अपनी इस मुहीम को अंजाम देने के लिए गिरधर के मित्रों ने उसे शराब और जुए की अपनी महफिल में बग़ैर नागा बुलाना शुरू कर दिया। गिरधर कोई ख़ास काम-काज तो यूँ भी नहीं करता था। इस निकम्मेपन में दोस्तों की फोकट की शराब उसे क्यूं ना भाती। दोपहर से ही निट्ठल्ले दोस्तों की महफिल सज जाती और इस महफिल से देसी शराब पीकर दिन छिपे गिरधर घर घुसता और कई-कई दिन बत्ती गुल हो जाने से डिबरी की रोशनी में उसकी बाट जोह रही अनारो पर अपनी मर्दानगी साबित कर जो गहरी नींद में खर्राटे भरता तो दिन चढ़ आने पर ही उठता।

इसी सबमें समय अपनी रफ़्तार से आगे बढ़ रहा था। ब्याह के साल भर पूरे होते-ना-होते गिरधर एक छोरी का बाप बन गया। पोती सिया का मुँह देखने के बाद रामकली अनारो के दूसरे जापे से पोते का मुँह देखने की आस में दिन गिनने लगी। घर तो पहले भी जैसे-तैसे बूढ़ी रामकली की मज़दूरी से मिली कमाई पर ही चल रहा था, पर अब गृहस्थी बढ़ गई थी। नन्ही सिया की हारी-बीमारी, कपड़े-लत्ते ऊपर से रामकली की उम्र और ढलता शरीर। फिर भी कश्मीरियों के घरों में चौका-बर्तन, गोबर-कण्डे थापने के काम से और थोड़ा बहुत अनारो की ट्यूशन से गृहस्थी खिंच ही रही थी। बस अब तो रामकली को गेहूँ की कटाई की ही आस थी। सालभर खाने को अनाज और कुछ कपड़े लत्ते की पूर्ति इसी कटाई पर टिकी थी।

3

होली के साथ ही यानी चैत्र माह से खेतों में गेहूँ की कटाई शुरू हो जाती है। इस समय मेव, बावरिया, सपेरे, हरिजन और कुछ एक सिक्ख परिवार के औरत-मर्द खेतों में मज़दूरी करने को निकल पड़ते हैं। मेव लोग शुरू से ही बड़े जुझारू रहे हैं इसलिए अपने खेतों की ख़ुद ही कटाई करते हैं। कश्मीरी अधिकतर अपने खेत बाँटे पर देकर तपती दोपहर पंखे के नीचे लेट-बैठकर बिताने में ख़ुश रहते हैं, जिसका फ़ायदा मेव आधी फसल के हिस्सेदार बनकर उठा लेते हैं और कश्मीरी आधी फसल का अनाज घर बैठे पाकर सन्तुष्ट रहते हैं। पर वेद इस मामले में पक्का किसान है। पढ़ाई-लिखाई में भले ही अँगूठा छाप पर ज़मींदारी में पूरा खिलाड़ी। क्या मजाल जो खेती-बाड़ी के काम में कोई चूक हो जाये। पूरे चाँदघाटी में सबसे ज़्यादा फसल और मुनाफे में वेद को कभी कोई पछाड़ ना पाया। अच्छे खाद-पानी और देखभाल के कारण उसका अनाज गुणवत्ता में भी उत्तम दर्जे का रहता है जिस कारण उसके खेतों की फसल हाथों-हाथ मुँहमाँगे दाम पर ठेकेदार ख़रीद लेते हैं। यही कारण है कि मज़दूरों को औरों के मुक़ाबले अच्छी मज़दूरी वेद के खेतों पर काम करके मिलती है इसलिए कटाई से पहले ही बिना बुलाये मज़दूर वेद के घर के चक्कर काम पाने के लिए लगाने लगते हैं।

इस बार भी वेद के खेतों में अनाज की बालियों ने सोना बिखेर रखा था। अपने खेतों में बनी झोंपड़ी की दाईं ओर लगे ट्यूबवेल की हौद पर बैठ वेद खेतों में खड़ी फसलों को देख मन-ही-मन ख़ुश हो रहा था। यह ख़ुशी सिर्फ गेहूँ की सुनहरी बालियों की ही ना थी। इस बार खेत काटने आने वाले मज़दूर-मज़दूरनियों में चाँदघाटी में आयी नयी-नवेली की आस भी घुली थी। कल ही तो बावरिया मोहल्ले का छंगा वेद को बता गया था कि उसकी लुगाई से अनारो कह रही थी कि इस बार वो भी खेत काटने अपनी सास के संग जायेगी।

मज़दूरी की आस में गाँव के और लोगों की तरह जब से रामकली वेद के घर मज़दूरी की बात कर आयी थी, तब से ही गिरधर की मिन्नत कर हार गई कि दो जन मज़दूरी करेंगे तो फ़ायदा ज़्यादा होगा। पर गिरधर के कान में एक ना पड़ी। हारकर रामकली ने अपना मन समझाया और बुदबुदाते हुए खेत की कटाई पर जाने की तैयारी में जुट गई। सन्दूक पर चढ़ टाँड पर से दराँत निकाली और चद्दर लपेट कर दराँत उसमें खोंस ली। यह सब करते-करते रामकली के होंठ बुदबुदाते ही जा रहे थे–

"*छोरा-छोरा करती रही...राम जी नै छोरा दियां बी पर मेय्रां भाग मै छोरा को सुख कोंणी लिक्खां...ईसो ई इसको बाप....कोई सुख ना दियां म्हाणे...छोड़ गयां मेय्रां छाती पै या नालायक छोरा जणकै...सारां जीवण या छोरा कू जवान करने मै निकल गयां...पर आज बी छोरा को सुख म्हारा भाग मै नाय है...नास जायै मेय्रां छोरा कू बिगाड़णे वालां का...।*" बुदबुदाते-बुदबुदाते रामकली ने बकरियों को खूंटे से खोला और जैसे ही बकरियों को हाँक बरामदे से बाहर की ओर बढ़ने लगी कि पीछे से छम-छम की आवाज़ अपनी ओर आती सुन रामकली मुड़ी तो देखा हाथ में दराँत पकड़े अनारो उसके पीछे चली आ रही है। रामकली अनारो को घूरती हुई बोली–

"*कांई कर री है...मेय्रां पीछे कांई आ री है...?*" दबी ज़बान से अनारो बोली–

"*इस उमर मै थे मज़दूरी कर सका हां...तौ मै बी अपणे टाबर खातर मजदूरी करण थारा संग चलूँगी।*"

"*बावली हो गी है तू...सिया कू कौण देखेंगा।*" रामकली ने त्योरियाँ चढ़ाते हुए कहा तो धरती में नज़रें गड़ाये अनारो बोली–

"*गिन्नो री सास सूं बात कर ली है....उसणै सिया को ध्यान राखणे की हामी भरी है...थे फिकर कोणी करो...कुछ दिणां री तो बात है...थारा इकली की मजदूरी सूं पूरो ना पड़ैंगा...हम दो जण काम करैंगा तो फायदा बी जादा होयेंगा...*" इस बार अनारो की आवाज़ में निर्णय ले लेने की झलक थी। अनारो की बात सुन रामकली की आँखें भर आईं। भीतर-ही-भीतर रामकली ख़ुशी से भर गई। अनारो वो कह रही थी जो रामकली गिरधर के मुँह से सुनना चाहती थी। पर चलो, बहू भी तो इसी घर की है। रामकली अनारो के इस निर्णय को टालती भी कैसे। अपने लाडेसर से तो उसे उम्मीद भी ना थी और दुगुनी आमदन की घर को बहुत ज़रूरत थी। एक नज़र प्यार से अनारो को देख रामकली बोली–

"*अब मैं कांई कहूँ...जब तैणै सोच ही लियां है तौ चाल...*" कहकर रामकली आगे बढ़ी तो झट घूँघट मुँह पर डाल दौड़कर ज़ीने के नीचे रखी जूती पाँव में पहन अनारो भी सास के पीछे-पीछे हो ली।

चाँदघाटी गाँव के सभी मोहल्लों के पिछवाड़े से कोई आधा किलोमीटर पैदल पार करते ही जिधर नज़रें घुमाओ खेत-ही-खेत नज़र आते हैं। इन खेतों के बीचों-बीच से रेलवे लाईन गुज़रती है। देखने में नज़ारा बड़ा सुहावना दिखाई देता है। सुबह उगता सूरज हो या फिर ढलता हुआ नारंगी किरणें बिखेरता सूरज, खेतों के बीच से छुक-छुक गुज़रती पैसेंजर या फिर मालगाड़ी, इस नज़ारे को और सुहावना बना देती है।

चैत्र माह के साथ खेतों में गेहूँ की सुनहरी बालियाँ कटाई के लिए एकदम तैयार खड़ी थीं। धरती पर जैसे सोना बिखरा पड़ा था। जिनके छोटे-मोटे खेत थे वो ख़ुद ही कटाई के काम में जुट गये थे। इससे पहले कि मौसम के तेवर बदल जायें वेद भी अपने खेतों में खड़ी फसल मण्डी और घर तक पहुचाना चाहता था। आज से मज़दूर-मज़दूरनियाँ उसके खेतों में आकर कटाई के काम में लग गये थे। मज़दूर-मज़दूरनियों के खेतों में आते ही रौनक दिखने लगी। पर वेद का अन्तस अभी भी बेरौनक ही था। निगाहें एक जगह रुक ही ना रही थीं। यूँ भी जीवन में नीरसता छाई हुई थी। घर, गली, मोहल्ला कहीं जी ना लगता था। किरना ने जब से शारीरिक दूरी वेद से बनाई वेद भी खुला साँड़ हो गया था। यूँ तो खेतों में बनी झोंपड़ी आये दिन किसी-न-किसी बाज़ारू या तन-मन-धन की ज़रूरतमन्द औरत से आबाद रहती। बावजूद इस सबके मन ख़ाली-का-ख़ाली ही था। मन के किसी कोने में एक ऐसी औरत की छटपटाहट कुलबुला रही थी जो उसकी इस तलाश को विराम दे दे। जिस औरत में आकर्षक तन-बदन के साथ बुद्धि का कौशल भी हो। कोई ऐसी औरत जो वेद को चारों खाने चित्त करने का दम-खम रखती हो। जब से वेद ने अनारो के चर्चे सुने और आते-जाते अनारो की झलक देखी थी, मन के भीतर अहसास सा जाग उठा कि अब उसके मन की तलाश पूरी होने वाली है और जब से छंगा ने बताया कि इस बार अनारो खेत काटने आने वाली है वेद के मन की छटपटाहट और बढ़ गई थी।

वेद खेतों में बनी झोंपड़ी के दाहिने हिस्से में बने कुएँ से पानी की बाल्टी निकाल हाथ-पाँव धो रहा था कि दूर से क़रीब आती बकरियों के मिमियाने के संग छम-छम की आवाज़ ने वेद का ध्यान अपनी ओर खींचा। वेद ने हाथ-पाँव धोते-धोते पीछे मुड़कर देखा तो खेतों के बीच बनी पगडण्डी पर रामकली के पीछे-पीछे लम्बा घूँघट काढ़े छम-छम क़दम बढ़ाती कोई लुगाई इसी ओर चली आ रही है। वेद के भीतर ख़ुशी की लहर सी दौड़ गई यह सोचकर कि हो-न-हो यह गिरधर की लुगाई अनारो ही है। वेद ने उनकी ओर से मुँह घुमाया और झपपट हाथ-पाँव धो मुँह पर छींटा मार मूँछों को ताव दिया, पाँव पोंछ जूती में फँसाये और मज़दूर-मज़दूरनियों की ओर बढ़ उन्हें हिदायत देने लगा–

"जल्दी-जल्दी हाथन कू चलाओ ...दुपहर सूं पहलै खेत को या हिस्सा कट जाणो चइयै...।" वेद अपने मालिकाना तेवर मज़दूरों को दिखा ही रहा था कि रामकली बकरियों की रस्सी हाथ में पकड़े वेद के क़रीब आ बोली–

"माफ करणा बेद बेटा...आणे मै थोड़ी देर होगी...।" रामकली की आवाज़ सुन वेद उनकी ओर पलटा और रामकली को देख बोला–

"अपणे संग या कोण कू ले कै आई है ताई...बात तो खेत काटणे की तैणै अपणी करी...फेर संग क़ौण कू ले आई...?" वेद की बात से खिसियाती हुई रामकली मिन्नत भरे लहजे में बोली–

"ना-ना लाडेसर...कांई और कू ना लाई...या मेय्रा गिरधर की लुगाई है...बच्चाण की छुट्टी पड़गां है नै...घर मै दिण मै टैम कोणी कटै...बोली...म्हां वी चालांगा थारा संग...थे तो म्हारा अपणा माणस हो...इतणा मजदूर काम पै लगा हैं...मेय्री बींदणी कूं बी काम पै राख लै बेटा...काम रा संग-संग थारा हिसाब-किताब बी सँभाल लेंगा...दस तक पढ़ाई करां है इसणै।"

वेद ने बड़े ग़ौर से अनारो को ऊपर से नीचे तक देखा। जिसकी सुन्दरता और गुणों के साल भर से चर्चे सुनता आ रहा था, आज इतने क़रीब से उसे देख रहा है। चेहरा घुँघट से ढका है पर फिर भी कितना आकर्षण है अनारो की देह में। लम्बा क़द, छरहरा जिस्म, सुराही सी गरदन, बाज़ुओं में दमकता सुर्ख़ लाक का चूड़ा। अनारो पर नज़रें गड़ाये-गड़ाये वेद बोला–

"हूँ.. जाणूं हूँ तेय्री बहू मास्टरनी है ताई...पर इतणा लाम्बा घूँघट काढ़ कै तेय्री बहू खेत कैसै काटैगी..."

"म्हाणै खेत काटणो आवे है..."

झट घूँघट के भीतर से अनारो के शब्द फूटे। शब्द क्या थे, वेद के कानों में अनारो की आवाज़ ने रस सा घोल दिया। एक दम साफ़ स्पष्ट आवाज़। आवाज़ में अजब सी खनक थी। इससे पहले कि वेद कुछ और कहता रामकली हैरान हो अनारो की ओर देखने लगी। एक दम अनारो ऐसे वेद के आगे बोल पड़ेगी यह रामकली को उम्मीद ना थी। अनारो की बात से हड़बड़ाई रामकली वेद के आगे हाथ जोड़ बोली–

"अ...हा...हा...हा...घणीं होसियार है मेयूरी बींदणी...थे इसका काम देखेंगा तौ पतो चाल जायेंगा थाणे...इण लुगाइयाँ सूं जादा गेहूँ ना काटै तौ मेय्रो नाम रामकली नाय...।" रामकली वेद की मिन्नत किये जा रही थी। रामकली अपनी बात कह चुप हुई तो कुछ पलों की चुप्पी तोड़ वेद अनारो से नज़रें हटा रामकली को देख बोला–

"हूँ...काम तौ दीख ही जायेंगा ताई...अर हिसाब-किताब तौ इसणै देखणा ही पड़ैंगा..., पर पहलै जाँच तौ लूँ के पढ़णों जाणै बी है या के नाय।" यह कह वेद ने खेत में काम कर रहे एक मज़दूर को आवाज़ लगाई–

"किसनलाल...यूहां आ..." खेत काटता-काटता किशनलाल दराँती वहीं छोड़ वेद के क़रीब आ गया। वेद बोला–

"जा...भीतर सूं अखबार उठा कै ला..." किशनलाल वेद की बात सुन झोंपड़ी की ओर चला गया। वेद को भले ही पढ़ना न आता था पर अख़बार वह नियम से मँगवाता था और एक-एक अक्षर जोड़-तोड़कर पढ़ने की कोशिश किया करता। पढ़ाई का शौक़ बचपन से रहा पर परिस्थितियों ने कभी पढ़ाई करने का मौक़ा ही न दिया। यही कारण था कि आज भी उसकी अपने पिता से नफ़रत बरकरार थी। झट किशनलाल झोंपड़ी में से अख़बार ले आया और वेद के हाथ में थमा खेत काटने चला गया। अख़बार अनारो की ओर बढ़ाते हुए वेद बोला–

"ताई...कै तेरी बींदणीं सूं पढ़ कै सुणायै।" झट वेद के हाथ से अख़बार ले अनारो को देते हुए रामकली बोली–

"लै री बींदणी...बांच दै इसै...बेद बेटा कूं भरोसा हो जायेंगा तेयूरी पढ़ाई-लिखाई कां।" अनारो ने सास के हाथ से अख़बार लिया और वेद की ओर से ओट कर घूँघट एक ओर से ऊपर सरका अख़बार पढ़ने लगी। पूरा एक कॉलम अनारो ने धारा प्रवाह पढ़ डाला। अनारो अख़बार पढ़ती जा रही थी और वेद एक टक अनारो को देखता जा रहा था। ऐसा लग रहा था मानो वह रेडियो पर समाचार सुन रहा हो। कॉलम पढ़ने के बाद अनारो ख़ामोश हुई तो वेद बोला–

"ताई...गिरधर की लुगाई तो सांची घणीं होसियार है..."

यह सुनना था कि रामकली मारे ख़ुशी के गद्‌गदा गई–

"मैणै कही ना लाडेसर...घणीं होसियार है मेयूरी अनारो..."

"ठीक है ताई...वैसै बी तेरी बात टालणे को तो सवाल ही ना है।" वेद का इतना कहना था कि झट रामकली अनारो का हाथ पकड़ बकरियों को पेड़ से बाँध खेत में कटाई कर रहे मज़दूरों की ओर बढ़ गई।

नन्ही सिया को गिन्नो की बूढ़ी सास किशनदेई के पास छोड़कर अनारो और रामकली तपती दोपहर में वेद के खेतों में मज़दूरी कर रही थीं और उधर गिरधर पूरी दोपहर अपने यार-दोस्तों के संग 'जैसबाँध' की छतरियों पर बैठ कच्ची शराब के मज़े लूट रहा था। झील पर बना 'बाँध' जिसे जोधपुर के महाराणा जयसिंह द्वारा बनवाई कृत्रिम झील पर बनवाया गया था, यह अरावली की पहाड़ियों के बीच बसा विशाल जलाशय है। इसे 17वीं शताब्दी के मध्य बनवाया गया था। असल में इसका सही नाम 'जैयसमंड बाँध' है। इस जलाशय की सीमाओं पर 18 बेहद ख़ूबसूरत लाल पत्थर से बनवाई गई छतरियाँ हैं, जो राजस्थानी कलात्मकता का नमूना हैं। उस समय से लेकर आज तक राहगीरों की थकान मिटाने का ठिकाना रही हैं ये छतरियाँ। यह

'बाँध' महाराणा ने उचित सिंचाई व्यवस्था के लिए बनवाया था। बरसात का जल सबसे पहले 'सिलीसेढ़ झील' में भरता था और सिलीसेढ़ झील के पूरा भर जाने पर ओवरफ्लो होने पर पानी 'जैयसमंड बाँध' जिसे यहाँ के ग्रामवासी 'जैसबाँध' कहते हैं, इस जैसबाँध में आ जाता था। और फिर जैसबाँध से नहरों के रास्ते सिंचाई के लिए खेतों तक पहुँचता था। पूर्व महाराणा जयसिंह एवं महाराजा कृष्णसिंह के बीच पानी को लेकर एक समझौते का करार हुआ जिसके तहत बारा वीयर में आने वाले पानी का क़रीब 53 प्रतिशत हिस्सा भरतपुर एवं 47 प्रतिशत अलवर को मिलना तय हुआ। पानी दोनों ज़िलों को समझौते की तय प्रतिशत के अनुसार मिल सके, इसके लिए जल बँटवारे के स्थल की ऊँचाई नाप-तौल कर रखी गई थी। कई वर्षों तक पानी का बँटवारा सही अनुपात से होता रहा, परन्तु बाद में वर्षा के पानी के साथ मिट्टी बह कर आने से और बारा वीयर में अलवर के जल प्रवाह की राह में मिट्टी जमा हो जाने से वह स्थान ऊँचा होता चला गया जिस कारण 'जैसबाँध' में पानी की आवक कम होती चली गई। परन्तु इस बार अच्छी बरसात हो जाने के कारण बाँध लबालब पानी से भरा था। छतरियों पर बैठ जाओ तो एक ओर अरावली के पहाड़ और दूसरी ओर कीकर, बबूल, नीम और पीपल से लदे गाँवों का नज़ारा आँखों को बड़ा भाता है। पर हाँ, अब इन छतरियों पर थके हारे राहगीर कम ही अपनी थकान मिटाने आते हैं। अब यहाँ मनचलों के जमघट अधिक लगते हैं जो शराब, बीड़ी, तम्बाकू लेकर यहाँ मजलिस जमाया करते हैं।

बावरिया मोहल्ले के निखट्टू-निकम्मे आज गिरधर को अपनी चहेती भाभी अनारो के ख़िलाफ़ भड़काने के इरादे से पूरे साजो-सामान के साथ 'जैसबाँध' की छतरी पर अड्डा जमाकर बैठ गये। तीन-चार गिलास शराब गटकने के बाद जब नशा सब पर तारी होने लगा तो गिरधर के कंधे पर हाथ रख करतार बोला–

"भाई गिरधर...लुगाई तौ मेयूरी बी है...जो मेयूरी इज्जत नाय करै तौ देऊं दारी के कान के नीचै एक...पर अनारो भाबी नै तेयूरी इज्जत ना करी...एक बात तो जरूर है...भाबी जब सूं ब्याह कै म्हारा गांम मै आयी है...म्हारा बच्चान के भाग खुल गां हैं...बस यार....तेयूरी इज्जत नाय करै भाबी...इस बात कां बड़ो दुख है...।" करतार गिरधर को हमदर्दी जता ही रहा था कि बिरमू करतार को आँख मार फिर गिरधर की ओर सरकता हुआ बोला–

"अरै कांई इज्जत-इज्जत कर रां है तू करतार....अनारो भाबी जैय्सी मलूक लुगाई जिसै मिल जाये...वाकू और का चइयै...मेयूरां सूं पूछ...घर जाणे कौ जी नाय करै...देखो भाया लुगाई सँभालणी आणी चईयै...म्हारां गिरधर कूं भाबी सँभालणी कोणी आयी...।" कहते-कहते बिरमू ने अपना गिलास भरना शुरू कर दिया और

गिरधर के गिलास में भी शराब उड़ेल दी। तभी नशा चढ़ जाने से चित्त हो चुका महिन्दर लेटा-लेटा बोला–

"भाई गिरधर किस्मत वालां है...इसै पढ़ी-लिखी मलूक लुगाई मिली है...।"

कहते-कहते महिन्दर उठ बैठा और गिरधर के क़रीब सरक बोला–

"साले...एक बात सुण लै...सारा गाम मै भाबी की चर्चा है ...कांई दिणां दिमाग खराब नाय हो जाये भाबी कां...तू सख्ती सूं काम लै...जो तेय्री इज्जत नाय करै तौ लगा कान के नीचै...मलूक है....पढ़ी-लिखी है...तौ कांई सिर पै बैठैगी म्हारा यार के...।" सभी पियक्कड़ों ने महिन्दर की बात में हामी भरनी शुरू कर दी जिसे सुन बिदकता हुआ गिरधर लड़खड़ाती ज़ुबान से बोला–

"कांई मलूक-मलूक लगा राखी है...भैंचो...वा अनारो मेय्री कोई बात नाय सुणै...अपणी चलावै...एक तौ दारी की बात ऐसै करै जैयसै कहीं की कलट्टरनी होयै...माई पै ईसो जादू कर दियां है के माई के संग मजूरी करणै बी चली गई...।" मज़दूरी की बात सुन गिलास में पड़ी एक घूँट में गटकते हुए बिरमू बोला–

"कौण के खेत मै...?"

बिरमू की बात पर नशे में बेक़ाबू हो चुका गिरधर हाथ-पैर फैला पसरते हुए बोला–

"मोय कांई पतो...गया होयंगा कांई मादरचो...कस्मीरी के खेतण मै।" यह सुन महिन्दर हमदर्दी जताते हुए गिरधर से बोला–

"हम बी जाणै हैं अर तू बी बावलो ना है गिरधर...इन स्साले कस्मीरीन री नजर सूं बचा के राख भाबी नै...देख लै...कहीं वा भैनचो...बेद के खेत पै तो ना पौंच गई है भाबी...।" महिन्दर की इस बात ने गिरधर की चढ़ी हुई उतार दी। तुरन्त गिरधर उठ बैठा और जैसे-तैसे खड़ा हो लड़ाखड़ाता छतरी की सीढ़ी उतरने लगा। दोस्तों ने ख़ूब रोकना चाहा पर गिरधर ना रुका और जैसे ही गिरधर छतरी से उतर घर की ओर बढ़ा वहाँ चित्त पड़े सभी ज़ोर-ज़ोर से हँसने लगे। हँसते-हँसते बिरमू बोला–

"स्साले महिन्दर...आज तौ तैणै यार कू जादा ही भड़का दियां...आज तौ अनारो भाबी की खैर ना है...।" महिन्दर दोनों बाहें फैलाते हुए बोला–

"कुछ ना है स्साला गिरधर के बस मैं...अब तौ भाबी मजूरी करण लागी भाई... वा बी कस्मीरीयन के खेतण मै...।" यह सुनना था कि सभी ज़ोर-ज़ोर से हँसने लगे।

गिरधर 'बाँध' से लड़खड़ाता हुआ घर तक पहुँचा और साँकल खोल दरवाज़े को लात मार भीतर दाख़िल हुआ। रसोई की ओर गया तो देखा बरतन औंधे पड़े थे। जंगले में रखे घड़े से लुटिया भर पानी निकाल पिया और फिर भीतर जा सन्दूक में

से अनारो की कॉपी-किताबें निकाल चूल्हा सुलगा चूल्हे में झौंक दीं। एक-एक कर किताबें फूँकने के बाद गिरधर लड़खड़ाता हुआ बरामदे में बिछी खाट पर जा पड़ा।

उधर, गाँव की और मज़दूर औरतों और मर्दों के संग रामकली और अनारो तपती धूप में खेत से गेहूँ की बाली काट कर पूली बनाती जा रही थीं। खेतों की मुँड़ेर के साथ पेड़ से बँधी बकरियाँ आस-पास उगी हरी घास और पत्तियां खाकर अपना पेट भर रही थीं। पेड़ के नीचे खाट पर औंधा लेटा वेद खेत में काम कर रहे मज़दूर-मज़दूरनियों के काम की निगरानी कर रहा था, पर घूम फिर कर उसकी निगाहें अनारो पर ही आ टिकतीं।

दोपहर जब भोजन का अवकाश हुआ और भोजन कर सभी मज़दूर-मज़दूरनियाँ कुछ पल विश्राम के लिए पेड़ तले कमर सीधी करने लगे तो माई को कह अनारो तेज़ क़दमों से चल गिन्नो के घर जा सिया को गोद में ले अपना दूध पिलाने लगी। अभी सवा साल की ही तो है सिया। ऊपर का ज़्यादा खाती नहीं। पहली बार इतनी देर सिया से अलग रहना हुआ। छाती में दूध उतरने से अनारो भी अनमनी हुई जा रही थी। सिया को छाती से लगा अनारो ने राहत महसूस की। फिर अनारो ने सिया को गिन्नो के बच्चों के संग खेल में लगाया और दौड़ पड़ी खेतों की ओर।

आज मज़दूरी का पहला दिन अनारो के लिए बड़ा भारी कटा। अभी तक तो घर पर रहती आयी थी। चूल्हा-चौका और शाम को बच्चों को पढ़ाकर समय कब कट जाता था पता ही ना चलता था। पर आज चिलचिलाती धूप में खेत पर मज़दूरी करते हुए एक दिन महीने सा कटा। घर आकर रोटी-पानी से निबटने के बाद रोज़ कुछ पढ़कर सोने की आदत अनुसार जब अनारो सोने से पहले सन्दूक में से किताब निकालने लगी तो वहाँ एक भी किताब ना थी। जानती थी यह काम किसका है। पर वह तो मन बना चुकी थी कि माई के संग मेहनत का हाथ बँटाकर ज़्यादा-से-ज़्यादा गेहूँ काटेगी, ताकि मेहनताने की पूली से अनाज घर आ सके, यही सोच अनारो ने गिरधर की इस घटिया हरकत को ज़्यादा तूल नहीं दिया, पर सारी रात वह सुबकती रही।

4

बूढ़ी माँ और अनारो को खेतों पर वो भी वेद के खेतों पर काम करने की ख़बर और यार दोस्तों की कही बातें कि 'इन कस्मीरीन की नजर सूं बचा कै राखियो भाबी कूं' ने गिरधर का चैन छीन लिया। दो दिन इधर-उधर बैठ-उठ के बाद अचानक एक दिन माई और अनारो के पीछे-पीछे गिरधर वेद के खेतों पर पहुँच सीधा वेद के क़रीब धरती पर उकड़ू जा बैठा और बोला–

"राम-राम मालिक।" वेद ट्रैक्टर के इंजन की मरम्मत कर रहा था। गिरधर ने 'राम-राम' करी तो बोनट नीचे कर वेद गिरधर को देख हाथ कपड़े से पोंछता हुआ बोला–

"और गिरधर...तू तौ बाँध पै यार दोस्तन के संग मौज उड़ावै...आज यहां कांई कर रां है...अच्छो...अपणी लुगाई सूं मिलणै आयो है...हैं...?" धरती में नज़रें गड़ाये गिरधर बोला–

"नाय मालिक...मैं तौ काम मांगणै आयो हूँ...कुछ काम मिल जाये तौ दो पैइसा की आमदण हो जायेगी...।" वेद ने कुछ देर सोचा फिर बोला–

"टैक्टर चलाणों जाणे है...?" गिरधर ने तुरन्त गरदन हिलाई–

"चला लूंगो मालिक।"

"हूं...तौ ठीक है...दाणे खेत सू घर पोंचाणे अर अनाज कू मण्डी ले जाणे के काम मै लग जा...बोल करैंगा?" गिरधर हाथ जोड़ 'हाँ' में गर्दन घुमा वेद के पाँव पड़ गया। जब गिरधर की माई और अनारो ने गिरधर को वेद से बात करते देखा तो माई ने भगवान को हाथ जोड़े। वेद गिरधर को देख उसके आने का कारण पहले ही जान गया था। गिरधर को नौकरी ना देना उसके लिए अड़चन बन सकता था। पर वेद भी कम खिलाड़ी नहीं था। कुछ सोच कर ही खेतों पर काम न दे, वेद ने गिरधर को बाहर के कामों में उलझा दिया।

खेत में मज़दूरों पर वेद पूरी नज़र रखता पर सभी मज़दूरों पर नज़र रखते-रखते कब उसकी निगाह अनारो पर जाकर थम जाती ख़ुद वेद को पता नहीं चलता। खेत में और भी महिला मज़दूर थीं पर अनारो की कद काठी सबसे अलग दिखाई पड़ती। अभी उम्र भी तो जवानी के उफान की थी उसकी। जचगी के बाद तो अनारो के जिस्म में और भी उभार और निखार आ गया था।

वेद अनारो पर नज़र रख रहा है यह चर्चा खेत में काम कर रही महिला-मज़दूरनियों में कुछ-कुछ ज़ोर पकड़ ही रही थी कि एक दिन वेद के मन में अनारो के लिए चल रहे भाव पूरी तरह सबके सामने उजागर हो गये। वो तो भला हुआ जो उस समय उसकी सास वहाँ मौजूद नहीं थी और गिरधर भी अनाज मण्डी गया हुआ था। अगर उस दिन रामकली और गिरधर वहाँ होते तो शायद जो भविष्य में अनारो के साथ घटना था वह नहीं घटा होता और कहानी इसी जगह ख़त्म हो गई होती।

उस दिन कटाई का तीसरा दिन था। हर दिन की तरह सभी मज़दूर भोजन अवकाश के समय कुएँ से बाल्टी खींच हाथ मुँह धोकर पेड़ की छांव तले बिछौनी बिछा अपनी-अपनी रोटी की पोटली खोल खाने बैठे थे। सबको जल्दी-से-जल्दी खा-पीकर कुछ देर पेड़ की छांव में दो घड़ी कमर सीधी करने और एक झपकी लेने का लालच रहता। पुरुष मज़दूरों को नींद से ज़्यादा बीड़ी तम्बाकू का लालच रहता और इसलिए वह अपनी मजलिस महिला मज़दूरों से अलग लगाते। अनारो की सास की तबीयत धूप लगने से बिगड़ गई जिस कारण वो वेद से कह घर चली गई थी। रामकली जाते-जाते अनारो से कह गई कि वो सिया को सँभाल लेगी। अनारो भी सिया की चिन्ता से निश्चिन्त हो अन्य मज़दूरनियों के संग बड़ के पेड़ तले लेट गई। इस बीच छंगा वेद के घर से रोटी ले आया था। किरना और वेद के बीच मन-मुटाव भले ही चलता हो पर वेद के खान-पीन में किरना ने कभी कमी ना छोड़ी थी। देसी घी से तड़का लगी दाल, प्याज़, लाल खड़ी मिर्च और लहसुन की कच्ची कैरी (कच्चा आम) की खट्टी-मीठी चटनी जो वेद को बेहद पसन्द थी, साथ में छाछ और ताज़ा निकला मक्खन। वेद भी रोटी खा झोंपड़ी में रखी चारपाई पर पड़ गया।

सरकण्डों और फूस की बनी झोंपड़ी पर दिन में दो-तीन बार छंगा पानी छिड़क दिया करता। फिर जो बाहर से आती गर्म हवा पानी पड़ जाने से ठण्डी होकर झोंपड़ी में प्रवेश करती तो चैत्र के माह में कार्तिक की गुलाबी ठण्डक का अहसास करा देती। यूँ भी वेद अपने ऐश-ओ-आराम में कोई कसर ना रहने देता। दोपहर में रोटी खाने के बाद आधे घंटे की नींद लेना वेद की बरसों पुरानी आदत है। पर जब से अनारो ने खेतों में क़दम रखा वेद की नींद ग़ायब हो गई थी। झोंपड़ी के भीतर सरकण्डों की झिर्री से अनारो का चेहरा देखने का लालच भी नींद को क़रीब ना आने देता,

पर अनारो थी कि घूँघट को चेहरे से हटने ही न देती और वेद की अनारो का चेहरा देखने की तमाम कोशिशें असफल हो जातीं।

वेद समय का बड़ा पाबन्द था और मज़दूरों के रवैये से भी अनजान ना था। कुछ देर करवटें बदलने के बाद वेद झोंपड़ी से निकला और आराम कर रहे मज़दूर-मज़दूरनियों की ओर बढ़ने लगा। वेद को झोंपड़ी से निकलते देख सभी एक-एक कर अपने काम पर लगने के लिए उठने लगे पर अनारो को ना जाने क्या हुआ कि वह बेसुद सोई रही। मज़दूरनियों की अनारो पर नज़र भी गई पर किसी ने भी पीछे मुड़ उसे उठने को नहीं कहा। अनारो बेसुद बिछौनी पर सो रही थी कि तभी तेज़ बयार के झोंके ने अनारो के चेहरे पर पड़ी ओढ़नी को कब सरका दिया उसे होश ही ना रहा। वेद के क़दम अनारो की ओर अनायास बढ़ते जा रहे थे। कुछ ही पलों में वेद अनारो के निकट आ खड़ा हुआ। अनारो के चेहरे से घूँघट का पर्दा हटा हुआ था। जिस अनारो को क़रीब से देखने की ना जाने कब से वो बाट जोह रहा था, वह आज बेपर्दा उसके इतने क़रीब थी कि वेद स्पष्ट अनारो का चेहरा देख पा रहा था। न जाने अनारो के पके साँवले रंग...उसके चेहरे की नक्काशी में क्या बात थी कि गोरा-चिट्टा वेद एकटक अनारो के साँवले चेहरे और उसके जिस्म के उतार-चढ़ाव में खो सा गया। वेद को यह भी होश न रहा कि क़रीब ही खेत में काम कर रहे अनारो के मोहल्ले के लोग-लुगाइयों की निगाहें उसी पर हैं। वेद को अनारो में खोये देख हँसी की माई बीरो दौड़ी-दौड़ी वेद के क़रीब आई और मसखरी करती बोली–

"बेद बणा, थे कहो तो अनारो कूं उठा दूं...? घणा काम पड़ां है...।" बीरो की आवाज़ से अनारो में खोया वेद चौंका और झट सहज हो बोला–

"तू अपणा काम कर...उठ जायेगी अपणे आप...दो घड़ी और सो जायेगी तो कोई फरक ना पड़ेंगा...।" बीरो ने सुना तो अनारो को घूरती हुई खेत की ओर जा कटाई करने लगी। कटाई करते-करते मज़दूरनियों में खुसर-पुसर शुरू हो गई। सभी के हाथ कटाई कर रहे थे पर निगाहें अनारो और वेद पर ही टिकी थीं। वेद अब भी वहीं खड़ा अनारो को जी भर देख रहा था कि तभी पेड़ से एक सूखा पत्ता झड़ कर अनारो के चेहरे पर आ गिरा जिससे हड़बड़ा कर अनारो की आँख खुल गई। अपने सामने वेद को खड़े देखा तो एक झटके से घूँघट चेहरे पर सरका अनारो उठ खड़ी हुई और पास रखी दराँती हाथ में ले खेत की ओर दौड़ गई। दौड़ कर आने से अनारो की साँसें तेज़ चल रही थीं। पास ही खेत काट रही महिलाएँ अनारो की खिसियाहट पर मसखरी करने लगीं। कस्तूरी गेहूँ की बाली पर दराँती चलाती बोली–

"आज गिरधर की बची तौ ना चढ़ा कै आई अनारो...के सोती ही रह गई..." तभी पास ही काम कर रही कैलासो बोली–

"बच कै रहियो अनारो...तुझपै बेद बणा घणा रीझ रां है...अब तौ तेय्रां घूँघट बी हट गां है वा कां सामणै...।" तभी सन्तरा हाथ में गेहूँ की पूली लिये अनारो के क़रीब आ बोली–

"*अरी ...किस्मत वाली है तू अनारो...इस झोंपड़ी मै कई आती-जाती देखी हैं हमणै...पर कांई पै इसै रीझते ना देखां बेद बणा कूं...* "अनारो कुछ देर तक सुनती रही फिर जब औरतें चुप न हुईं तो अनारो उन्हें घूरते हुए बोली–

"*कांई फालतू बात कर रई हो...जो थाणे मेरी परवाह होती तो म्हाणे पहलै ही उठा देतीं...।*"यह कह ग़ुस्से में सभी की ओर देख अनारो गेहूँ काटने लगी कि तभी बीरो दराँती चलाते-चलाते बोली–

"*तेय्रे कूं उठाणै गई मैं...पर बेद बणा नै जब थारा कूं उठाणे सूं मणा कर दियां... तौ मैं कांई करती।*"बीरो ने ऐसे बात कही कि अनारो के पास कुछ कहने को ही ना रहा और काम कर रही महिलाएँ एक-दूसरे को देख आँखें मटकाने लगीं। अनारो ने घूँघट की आड़ से देखा तो वेद कुएँ की मुँड़ेर पर बैठ उसकी तरफ ही देख रहा था। झट अनारो ने मुँह फेरा और गेहूँ की कटाई में लग गई।

गेहूँ की कटाई का काम ज़ोर-शोर से चल रहा था। मौसम का मिज़ाज कब बदल जाये इसकी चिन्ता हर किसान के साथ-साथ कटाई पर लगे मज़दूरों को भी थी। रामकली माई की गर्मी से तबीयत ऐसी बिगड़ी कि खाट ही न छूटी। अनारो सुबह पौ फटे उठ झाड़ू-बुहार, चूल्हा-चौका कर, सिया को नहला-खिला सास की हिम्मत बँधा बकरियों को साथ ले खेत पर निकल जाती। देर से खेत पर पहुँचना उसकी धड़कनें बढ़ा देता था। वेद भले ही कुछ न कहेगा पर उसका कुछ न कहना वहाँ काम करने वाले और मज़दूरों के बीच में हलचल तो पैदा कर ही देगा। यही सोच दादी के संग खेल रही सिया से नज़रें बचा तेज़ क़दम चलती अनारो खेतों पर जा पहुँची। हबड़-तबड़ में बकरियाँ पेड़ के तने से बाँध रोटी की पोटली पेड़ में अटका दराँती हाथ में ले अनारो खेत काटने में जुट गई। अभी गेहूँ काटते घंटा भर ही हुआ होगा कि बीरो ने आवाज़ लगायी–

"*अरी अनारो...तेय्री बकरी खुल कै केदार बणां रे खेत री तरप भाग री हैं... अरी पकड़ जल्दी...नाय तौ केदार बणा फजीता कर देंगा।*"अनारो ने बकरियों को देखा तो उन्हें पकड़ने दौड़ी। बकरियाँ रामकली माई से हिली-मिली थीं। जैसे-तैसे दौड़-दौड़कर अनारो ने बकरियों के गले में बँधी रस्सी पकड़ ली और खींचकर बड़ के पेड़ के तने से बाँधने लगी कि दूसरी बकरी ढील मिलते ही भाग खड़ी हुई। अब बकरी आगे-आगे और अनारो उसे पकड़ने के लिए पीछे-पीछे। ट्यूबवेल की हौद के पास नीम के नीचे बिछी खाट पर औंधा लेटा वेद अनारो की कमसिनी पर

नज़रें गड़ाये सब देख रहा था। जब काफी दौड़ भाग करने पर भी बकरी अनारो के हाथ नहीं आई तो वेद उठा और बकरी को पकड़ने में अनारो की मदद करने लगा। बकरी बड़ के घेरे लगाने लगी और वेद के पीछे अनारो भी बकरी के पीछे दौड़ने लगी। कई चक्कर लगाने पर बकरी पकड़ में आई। इस धर-पकड़ में कई बार वेद ने अनारो का हाथ भी पकड़ लिया था। वेद बकरी की रस्सी पेड़ के तने से बाँधते हुए अनारो को देखते हुए बोला–

"गिरधर नै तेय्री कदर नाय करी...गलत जगह ब्याह हो गां तेरा... ।" वेद की बात से अनारो अनमनी हुई। खेत में काम कर रही लुगाईयों की निगाहें वेद और अनारो पर ही गड़ी थीं। अनारो ने खेतों की ओर देखा और फिर उन्हें घूरते मज़दूर-मज़दूरनियों को। इस भागम-भाग में कई बार अनारो का घूँघट कहाँ तक सरक आया था उसे होश ही न रहा। झट अनारो ने घूँघट से चेहरा ढका और खेतों की ओर दौड़ गई। अनारो की साँसें धौंकनी सी चल रही थीं। वह काम कर रहे मज़दूरों से नज़रें चुरा गेहूँ की बालियाँ काटने लगी।

दोपहर भोजन अवकाश हुआ तो सभी महिला मज़दूर अपनी-अपनी रोटी की पोटली खोल खाते-खाते आपस में हँसी-मखौल करते-करते असली मुद्दे पर आ ही गयीं। हँसी की माई बीरो प्याज़ पर हथेली मार प्याज़ का टुकड़ा रोटी के संग मुँह में दबा चबाती हुई बोली–

"अनारो...आज तौ तेय्री बकरी नै तेय्रो दूसरा लगण करवा दियां... ।" हँसी की माई की बात पर आँखें मटकाती छाछ का घूँट भरती कस्तूरी ने भी ज़ुबान खोली–

"बेद के संग तेय्रे बड़ के फेरा लग गयां अनारो...अब तौ तू बी बेद बणां री लुगाई बण गी है... ।" इसके बाद तो वेद के कई औरतों में दिलचस्पी लेने के क़िस्सों की झड़ी लग गई। औरतें जहाँ अनारो को बदनाम कर रही थीं वहीं अनारो में वेद की बढ़ती दिलचस्पी से जली-भुनी भी जा रही थीं। कैलासो ने तो खिसियाते हुए यह तक कह डाला–

"ईसो बी इस अनारो मै कांई दीख रां है बेद बणा कूं...खां भूरा भक्क, मलूक जवान, जमीन-जादाद वाला बेद बणा...अर खां एक छोरी री माँ...पके रंग री या अनारो...हे राम जी...जाणे कांई दीख गया बेद बणा कूं अनारो मै... ।" कैलासो की बात सुन बत्तो बोली–

"अरि रंग पै कांई जा री है... नैण-नकस, कद-काठी कैसी गढ़ी है इसकी राम जी नै...ईसा खिंचाव है दारी की सूरत मै...मेय्री तौ लुगाई होकै याकां ऊपर सूं निगाह नाय हटै...बेद बणा कैसै पीछे रै जायेंगा...वाकूं तौ वैसे बी नई-नई लुगाई चइयैं।" बत्तो ने जिस अन्दाज़ से आहें भरते बात कही वहाँ बैठी सभी महिलाएँ पल्लू में मुँह

छिपा खिसियाई हँसी हँस दीं। यह सब सुन अनारो की बर्दाश्त ख़त्म हो गई और वह बरस पड़ी–

"कई दिणां सूं देख री हूँ थाणे मेरे बारे मै फालतू की लगाई-बुझाई करते... थे सब की सब कितणी दूध री धुली हो...सब पता है म्हाणै...मैं कोण की लुगाई हूँ कौण की ना हूँ...थाणे सोचणे की जरूरत कोणी है... " कहते-कहते अनारो की आँखों से अंगारे बरसने लगे–

"अरी हम तौ मजाक कर रा हां...तू तौ बुरो माण गई..." कैलासो खिसियाई हुई बोली। अनारो ने घूर कर सबको देखा और दराँती उठा खेत की ओर जा गेहूँ की बाली काटने लगी।

घर, बच्ची, बीमार सास, चिलचिलाती धूप में गेहूँ की कटाई, कटाई से आकर फिर बच्ची, चूल्हा-चौका और इस सब के बाद नशे में चूर गिरधर का गिद्द की तरह अनारो के जिस्म को नोंचना अनारो के जिस्म के साथ-साथ उसकी आत्मा को भी घायल कर रहा था। कितनी बार गिरधर को होश में रहते अनारो ने समझाया था–

"थारा इसै नशा करणा...मुँह मै तम्बाकू.. म्हाणै बास आवै...म्हारा कलेजा ऊपर कूं आवे... ।" पर गिरधर ठहरा मर्द और अनारो उसकी लुगाई। लुगाई की क्या मजाल जो अपने मर्द को ऐसे तेवर दिखाये। जब-जब अनारो गिरधर को अपने निकट आने से ना-नुकुर करती उस रात भीतर कमरे के अन्दर से जो रुदन निकलता उसे रामकली भी न रोक पाती। रूदन कुछ देर बाद सिसकियों में तब्दील हो जाता और सिसकियाँ गहरे सन्नाटे में विलीन हो जातीं। अब तो अनारो को इस सब की आदत पड़ चुकी थी। घर में गिरधर से जी जल रहा था और उधर खेतों पर समाज की औरतों की वेद और उसे लेकर दिनों-दिन बढ़ती जा रही मसखरी बातें अनारो के भीतर चैत्र के महीने में भादौ की उमस भर रही थीं।

समाज की औरतें जलती भी क्यूं नहीं अनारो से। जब एक समान मज़दूरी करने पर शाम को मुनाफे की पूली दी जातीं तो अनारो की पूली औरों की मुकाबले भारी होती। किसी-न-किसी बहाने वेद अनारो को झोंपड़ी की सफाई के बहाने अपनी आँखों के आगे बिठा उससे हँसी-ठिठोली करता और बाकी मज़दूर औरतें बाहर धूप में कटाई करतीं। अनारो की भोजन अवकाश के समय आँख लग जाती तो उसे वेद उठाने ना देता। यह सब अनारो से जलन के लिए कम न था और अब तो वेद की अनारो से दिल्लगी वहाँ किसी से छिपी न रही थी।

ऐसे ही एक दिन भोजन अवकाश के समय अपनी जलन-कुढ़न निकालती मज़दूर महिलाएँ वेद को लेकर अनारो से तफरीह कर रही थीं। रोज़-रोज़ की सुन-सुन कर अनारो झल्ला गई। रोटी की पोटली वहीं छोड़ औरतों को घूरती हुई अनारो वहाँ से उठी और तन-तनाती हुई सीधी वेद की झोंपड़ी में जा वेद के सामने खड़ी हो बिफर उठी। वेद के सामने अपने दोनों हाथ जोड़ ग़ुस्से में तमतमायी बोली–

"थे जो बी कर रा हां...मैं थारा आगे हाथ जोड़ूँ...अब इसणै बन्द करो...।" वेद खाट पर लेटा-लेटा अलसाया सा मूँछों पर ताव देते हुए अनारो को देख बोला–

"कांई हुआ...किसी नै कुछ कही है...?" "किसी नै कुछ ना कही...पर दीख तौ रहां है सबकू... " "कांई दीख रां है ...?" वेद अनारो की आँखों-में-आँखें डाल मदमस्त होते बोला तो अनारो और तमतमाती हुई बोली–

"थे कांई सोच रां हो...जो थे कर रां हो कांई ने दीखे कोणी।" "कांई कर रां हूँ मैं...?" यह सुन अनारो और ग़ुस्से में भर बोली–

"थे...थे...मेरी पूली सबसूं भारी...मेरे कूं झोंपड़ी मै थारां बुलाणो...मेरे संग थारी हँसी-ठिठोली, जो या सब बात मेरे घर तक चाल गीं तौ मेरो कहीं ठिकाणो कोणी बचैंगा...थारा तो कुछ ना बिगड़ेंगा...पर मैं...मैं... " कहते-कहते अनारो की साँसें और तेज़ चलने लगीं। वेद अनारो की बात का अर्थ समझ रहा था पर फिर भी अपने मसखरे पने में बोला–

"मेरे रहते चाँदघाटी गाँव मै किसी की हिम्मत ना है जो तुझे हाथ लगा दे... रही बात इन लुगाइन की...तौ तू इनकी परवा मत कर।" वेद की इस बात से अनारो त्यौरियां चढ़ाती हुई बोली–

"थे तो रहो कोणी इनके बीच। पर म्हाणे तौ रहणो है...जो किसी नै मेरी सास सूं कह दियां तौ...?" अनारो की बात के बीच में ही वेद उठा बैठा और उसकी बात काटते हुए बोला–

"कांई कह दियो...कांई होगो ईसो जो... " अनारो तमतमायी हुई बोली–

"सब देख रा हैं...म्हारी सबसूं जबर पूली...म्हारां सूं थारी हँसी-मजाक...म्हाणे थारां झोंपड़ी मै बुलाणों...वा बड़ के फेरा...।" वेद चौंका–

"कांई...कांई कही...बड़ के कांई...?" अब तो अनारो ठिठक सी गई। आगे बोलने में जैसे ज़ोर पड़ रहा हो। झिझकते हुए अनारो बोली–

"वा...वा दिण...बकरी पकड़णे मै म्हारा संग जो...बड़ के...बड़ के पेड़ के फेरा लगाये...सारी लुगाई वा दिण सूं थारां संग...म्हारा...म्हारा नाम जोड़ री हैं... कै री हैं ...थारां संग मेरे फ...फेरा... " यह सुन वेद खाट छोड़ खड़ा हो अनारो के एकदम नज़दीक आ बोला–

"कांई कै री हैं लुगाई...तेरे संग मेरे फेरे पड़गे...?" यह कह वेद हँसते हुए अनारो के और क़रीब आ कर उसके कान में फुसफुसाया–

"फेर तौ तू मेरी लुगाई बण गई... " और यह कह अनारो की आँखों-में-आँखें डाल वेद अनारो की अक्कासी करने लगा। अपनी बातों के जोश में अनारो को यह भी होश नहीं रहा था कि उसका घूँघट उसके चेहरे से ग़ायब है। वेद को अपने इतने क़रीब देख घूँघट का ख़याल आते ही झट घूँघट चेहरे पर डाल अनारो बोली–

"बस वेद बणा...अब और नाय...थे म्हाणे कांई समझ रेया हो...मैं...मैं...

मैं उण लुगाइन मै सै ना हूँ जो लालच मै आकै थारा इशारा पै खिंची चली आऊँगी...सब सुण लिया है मैणे थारां बारे मै...इस झोंपड़ी मै कितणी लुगाई आई हैं...म्हाणै सब पता चल गां है...म्हाणै उण लुगाई जैसी ना समझणा..."

कहते-कहते अनारो की आँखें दहकने लगीं और नथुने फड़फड़ाने लगे। पर वेद अपने उसी दिलकश अन्दाज़ से अनारो में आँखें गड़ाये मुस्कुराता रहा। जो तेवर इस समय वह अनारो के देख रहा था आज तक किसी औरत के ना देखे थे। जिस तरह अनारो वेद से जिरह कर रही थी वेद उस पर मरा मिटा जा रहा था और इसी भावावेश में वेद ने अनारो को कस कर जकड़ लिया। इससे पहले कि अनारो प्रतिक्रिया में चीख-चिल्लाहट करती वेद ने अनारो का घूँघट पीछे सरका उसके मुँह पर अपना हाथ रख उसकी ज़ुबान बन्द कर दी और अनारो को अपने सीने से लगा उसकी आँखों में देख बोला–

"और लुगाइयन जैसी है भी ना तू...जो तैणे सुणी है वा सच है...लुगाई तौ भौत देख लीं...पर तेरे सूं बाद अब और कोई नाय आयेगी मेरे जीवण मै बस इतणो समझ लै..."

और यह कहकर वेद ने अनारो के होंठों पर अपने होंठ रख दिये। अनारो वेद की बाँहों में छटपटाने लगी। उसके मन के भीतर डर कौंध गया कि किसी ने देख लिया तो तूफ़ान खड़ा हो जायेगा। वह चाहकर भी वेद की गिरफ़्त से ख़ुद को निकाल नहीं पा रही थी। वेद की साँसें कसमसाती हुई अनारो की साँसों से टकरा रही थीं। छटपटाती हुई अनारो पूरी ताक़त से ख़ुद को वेद की गिरफत से छुड़ाने की कोशिश करते हुए बोली–

"अच्छो नाय कर रां हां थे म्हारा संग...कोई नै देख लियां तौ...।" अनारो के गालों से होंठों तक अपने होंठ सरकाता हुआ वेद उसके कानों में फुसफुसाया–

"अब तू मेरी होगी है...डरनो छोड़ दै...।" वेद ने यह कह अनारो को और कस कर अपनी ओर खींचा ही था कि तभी ट्रैक्टर की दूर से आती आवाज़ से वेद की पकड़ ढीली पड़ते ही अनारो झट वेद की बाँहों से ख़ुद को छुड़ा झोंपड़ी से बाहर निकल गई। बाहर आते ही अनारो ने देखा खेत में काम कर रहे सभी की नज़र उसी पर थी। अनारो की तेज़ चलती साँसें, बिखरी लटें और चेहरे की उड़ी रंगत झोंपड़ी के भीतर क्या हुआ होगा यह सब बयां कर रही थी। इस समय अनारो में उन सबकी आँखों का सामना करने की हिम्मत न थी। आज जो झोंपड़ी के भीतर हुआ उसने अनारो को भयभीत कर दिया। इस समय उसकी हालत चोरी करते रंगे हाथ पकड़े गये चोर के मानिन्द थी। जैसे-तैसे अनारो ने ख़ुद को सँभाला और दराँती उठा गेहूँ काटने लगी।

5

उस दिन जो हुआ उससे पूरे बावरिया मोहल्ले और बावरिया मोहल्ले से कश्मीरी मोहल्ले तक अनारो और वेद के क़िस्से होने शुरू हो गये। बावरिया, मेव और कश्मीरी समाज के मर्द जहाँ-तहाँ बैठ वेद और अनारो को लेकर तफरीह कर रहे थे और कुछ मनचले वेद से जले-कुढ़े अपने भाग्य को कोस कर मन हल्का कर रहे थे। इधर कुएँ पर कपड़ों की पंड (गठरी) खोल कपड़े धोती कश्मीरी और मेवाती महिलाएँ भी पंचायत कर रही थीं–

"अड़ियो, बुजेया कुज तुसां...? ओ. रामकली नी बऊ अनारो तै वेद ने बारेच...?" (अरी सुना कुछ तुमने...वो रामकली की बहू अनारो और बेद के बारे में?) कुएँ से बाल्टी खींचती सन्तोष ने कपड़े धोती महिलाओं की ओर नज़र डाल कहा तो कपड़ों पर थापी मारती सत्या बोली–

"ऐ केड़ी नयी गल्ल ई...ऐ तै होना ई सा...बई वेद की तै कोई ना कोई जनानी चाईनी ऐ होनी..."

(ये कौन सी नयी बात है...ये तो होना ही था...बेद को तो कोई ना कोई औरत चाहिए ही होती है)। तभी कपड़ों पर साबुन की टिकिया रगड़ती हुई नीलम बोली–

"मैं तां पैली नजर देखनेयां सार सम्जी गई सियां के अनारो अग्ग ई...ओस कोलां अपने खसमां की बचाई तै रखना पैसी...असांने खसम फेर वी रज्जे ने...पर वेद की रोकना किरना ने बसैनी गल्ल नी है..."

(मैं तो पहली नज़र देखते ही समझ गई थी कि अनारो आग है...उससे अपने खसमों को बचा कर रखना पड़ेगा...हमारे खसम फिर भी सन्तुष्ट हैं...पर वेद को रोकना किरना के बस की बात नहीं है)। तभी छम-छम की आवाज़ करती आभूषणों से लदी-फदी, दो-दो घड़े सिर पर और एक कमर पर अटकाये और हाथ में नेजू बाल्टी लिए मेवनी राबिया कुएँ पर आई। घड़े कुएँ की मुंडेर पर रख बाल्टी में रस्सी बाँध कुएँ में बाल्टी लटका कश्मीरी महिलाओं की ओर देख बोली–

"बाई सा...रामकली की बहू, वा अनारो रांड नै गाम मै कीसो तमासो कर दियां है...राँड कू सरम-लिहाज ना है...बाल-बच्चा वाला आदमी को घर बिगाड़ री है...कीड़ा पड़ैंगा छिनाल कै... " कहते-कहते राबिया ने कुएँ से खींची बाल्टी का पानी घड़े में डाल दोबारा बाल्टी कुएँ में डाल दी। राबिया की बात सुन कुएँ से पानी खींचती सत्या राबिया को देख बोली–

"सांची कै री है भैण...पर वेद बी तौ कम ना है...वाकू तौ लुगाई चइयै।" राबिया बाल्टी खींचती बोली–

"वाई तौ खै री हूँ...आदमी का कांई है...पर लुगाई कू तौ सरम होणी चइयै... छिनाल अपणां मरद छोड़ कै दूसरा के पीछे कांई पड़ी है...बेय्चारी किरना को नसीब खराब है... " कहते-कहते राबिया ने पास ही कपड़े धो रही दूसरी मेवनी की मदद से एक के ऊपर एक पानी से भरे घड़े सिर पर रखे, छोटा भरा घड़ा कमर पर लिया और बाल्टी नेजू दूसरे हाथ में ले अपने घर की ओर चली गई। कपड़ों को पानी से खंगालती नीलम बोली–

"नी कंजरिये सत्या, नजरां तै त्वाडियां वी सीयां वेद ऊपर...पर अनारो त्वाड़े कोलां जादा तेज निकली।"

(अरी कंजरी सत्या...नज़रें तो तेरी भी थीं वेद के ऊपर...पर अनारो तेरे से ज़्यादा तेज़ निकली।) कहते-कहते नीलम ने पास ही पत्थर पर कपड़े रगड़ रही सत्या को चिकोटी काटी तो सत्या नीलम पर पानी का छींटा मार बोली–

"बेखस्मिये, शर्म करेया कर...कुथै वी शुरू ना होई जाया कर...खाय खसमै की अनारो तै चुल्लेच गच्छै वेद... "

(शर्म करा कर...कहीं भी शुरू ना हो जाया कर...भाड़ में जाए अनारो और चूल्हे में जाये वेद।) चिढ़कर सत्या ने कहा तो चंचल नीलम की ओर आँखें मटका बोली–

"हाये...बचारी सत्या जेड़ा कम्म ना करी सकी...ओस कल्लै नीं आई बावरनी करी शोडेया...।"

हाय...बेचारी सत्या जो काम न कर सकी...उस कल की आई बावरनी ने कर दिया)। चंचल का इतना कहना था कि कुएँ पर कपड़े धोती सभी जनानियां हँस पड़ीं। अभी अनारो और वेद की चर्चा चल ही रही थी कि गंगा मासी की कंद (दीवार) के पीछे से चीख़ों की आवाज़ें आने लगीं।

"लै, होई गेया शुरू दर्शन अश्ने सार ई...हुनै तै देख्या सा मैं इसकी घर बड़नेयां...।"

(लो...हो गया शुरू दर्शन आते साथ ही...अभी तो देखा था मैंने इसको घर में घुसते) अभी-अभी कपड़ों की पंड (गठरी) कुएँ पर लेकर आयी बसन्ती बाल्टी में नेजू बाँधती हुई बोली। बसन्ती की बात सुन कपड़े खंगालती चंचल बसन्ती को देख बोली–

“अड़िये ऐ तां इन्नां वोटी-मराज ना रोज ना तमाशा या... दर्शन की तां वीरां की कुटने ना बहाना चाईना होना...तै वीरां वी कुट्ट खाई तै उसकी चिल्लियाँ (आटा खोलकर तैयार किए गये चीले...जिन्हें ख़ूब घी और शक्कर के साथ परोसा जाता है... यह खाना शुभ माना जाता है) बनायी खवासी... ।”

(अरी ये तो इन पति-पत्नी का रोज़ का तमाशा है...दर्शन को तो वीरां को मारने का बहाना चाहिए होता है और वीरां भी मार खायेगी और फिर उसको चिल्लियाँ बनाकर खिलायेगी)। तभी वीरां की चीख़ें और तेज़ आने लगीं तो नीलम बाल्टी में भरे पानी से झटपट हाथ धो दुपट्टा सिर पर रख दौड़ी तो पीछे से सत्या चिल्लाई–

“सामने बैठै ने वीरां ने सौरे आले...तै बिच बोलने नीं...तूं जुली ऐं पंच बनी तै...दर्शन नी दो-चार तूं वी खाई तै मुड़सैं... ”

(सामने बैठे है वीरां के ससुराल वाले...और बीच में बोल नहीं रहे...तू चली है पंच बनकर...दर्शन के दो-चार तू भी खाकर आयेगी)। पर नीलम न रुकी, दौड़ती हुई सीधी दर्शन के वेड़े में पहुँची तो देखा लातें-घूँसे मारता हुआ दर्शन वीरां को बाहर खुले वेड़े में लाकर पीट रहा था। दर्शन के दोनों बच्चे सहमे हुए सुबक रहे थे और सामने वीरां के चाचा-ताये ससुर के परिवार वाले चाय-पानी पी रहे थे। नीलम चुन्नी का दोहरा पल्ला (दुपट्टे को दो बार लपेट पर किया गया घूँघट) कर फुर्ती से दर्शन और वीरां के बीच आ गई। किसी तरह ताक़त लगाकर दर्शन को जो कि रिश्ते में उसका जेठ लगता था खींचकर मँजे पर धकेला और वीरां को धरती पर पड़ा दुपट्टा ओढ़ा घड़े से घण्टी (घड़े से पानी निकालने वाली हैंडल लगी-लुटिया) भर पानी ला उसका मुँह धुलाया। दो घूँट पानी वीरां के हलक में डाला पर वीरां की सुबकियाँ बन्द न हुईं। माथे से ख़ून निकलता देख नीलम फुंकारती हुई उठी और दर्शन के नज़दीक जा घूँघट में से बोली–

“शर्म करा वीर...केड़ा जुलम कीता इस वीरां के तुसां डंगरां नी तरां इसकी मारेया...जान्नेया ना के जनानी ऐ तुसां ऊपर हत्थ नीं चान लग्गी...इतनी ताकतइया तै किसै रा चलने बन्दे संग हाथापाई करी देक्खा...ना तुंसा की फ्हन्नी शोड़ै...दस्सा मिकी कै कीता वीरां...?”

(शर्म करो भाई...कौन सा ज़ुल्म किया है वीरां ने ना कि आप इसे जानवरों की तरह मार रहे हैं...जानते हो न कि औरत है...आपके ऊपर हाथ नहीं उठायेगी...इतनी ताक़त है तो किसी राह चलते आदमी के साथ हाथापाई कर देखो...न आपको तोड़ डाले...बताओ मुझे क्या किया है वीरां ने) कहकर नीलम दर्शन के सामने खड़ी हो गई। वीरां को घूरकर देखते हुए दर्शन बोला–

"पुच्छ ऐस भाइयावी की...कुत्ते खानदानै नी की...मैं इसकी आखेया ना के मिकी कड़क रोट्टी चाईनी होनी...पर ऐस औत्रेनीं मिकी सड़ी नी रोट्टी बाई दित्ती... मादरचो...अपने ओस खसम पैनचो...।"

(पूछ इस साली कुत्ते खानदान की से.. मैंने इससे कह रखा है कि मुझे कड़क रोटी चाहिए होती है....पर इस हरामज़ादी ने मुझे जली हुई रोटी डालकर दी... मादरचो...अपने उस खसम भैनचो...) दर्शन का इतना कहना था कि नीलम दर्शन की बात काट गरजती हुई बोली–

"वीर जी बस करा...सालां पुरानी गल्ल की छोड़ा हुन...देक्खा बच्चेयां नी तरफ़...तुसांने ई बच्चे अ...किसतरां डरे-मरे खलते ने।"

(वीर जी बस करो...सालों पुरानी बात को छोड़ो अब...देखो बच्चों की तरफ़... आपके ही बच्चे हैं...किस तरह डरे हुए खड़े हैं) नीलम के बोलते ही दर्शन नफरत से वीरां को देख बोला–

"कै पता म्हाड़े ई ऐ के ओस मादर चो..."

(क्या पता है कि मेरे ही हैं कि उस मादरचो...) दर्शन का इतना कहना था कि वीरां दोनों बच्चों का हाथ पकड़ बाहर की ओर दौड़ने लगी यह कहते हुए कि–

"बस...ईयै बुजना रई गेया सा...जुलनी आं मैं इन्ना की लेई गड्डी ने थल्लै..."

(बस इतना ही सुनना रह गया था...जा रही हूँ मैं इन्हें लेकर रेलगाड़ी के नीचे)। वीरां बिलखते बच्चों का हाथ खींचते हुए दौड़ी तो नीलम वीरां के आगे आ उसे रोक डाँटते हुए बोली–

"बद्‌दमागी कुड़ी...बच्चेयां की लेई तै मरी सकनियें पर ऐस शराबी-कवाबी खसम ना मुकाबला नीं करी सकनियें ...चा औ लंगरी ना सोट्टा तै दै इसकी वी...।"

(बेवकूफ़ लड़की...बच्चों को लेकर मर सकती है पर इस शराबी-कवाबी खसम का मुकाबला नहीं कर सकती...उठा ये ओखली का ठण्डा और मार इसको भी) और फिर सामने तमाशा देख रहे वीरां के ससुराल वालों की ओर बढ़ नीलम गरजी–

"तुसां सारेयां नी अक्खां अग्गै वीर जी वीरां संग जुलम करने...तै तुसां खाने-पीने ओ...इसतरां तां कोई पराया वी नीं करना...जिस त्याड़ै तुसांनी अपणी त्ही संग ए जुलम होसी तां ऐस दर्द ना अन्दाजा लगसी तुसां की..."

(आप सबकी आखों के सामने वीर जी वीरां के साथ जुल्म कर रहे हैं...और आप सब खा-पी रहे हैं...इस तरह तो कोई पराया भी नहीं करता...जिस दिन आपकी अपनी बेटी के संग ये जुल्म होगा तब इस दर्द का अंदाज़ा लगेगा आपको)। नीलम ने सुनाया तो वीरां की सास, ननदें, देवर-जेठ और चाची-ताई सासें अन्दर जा घुसे और मंजे पर चाय के घूँट भरता वीरां का ससुर बोला–

"ओ कुड़िये...जादा भाषण ना देइयै...ऐ इन्ना दोआं ना मामला या...आपूं लड़ी-भिड़ी इक होई रैसना...तू अपनां क्हर सँभाल..."

(ओ लड़की...ज़्यादा भाषण मत दे...ये इन दोनों का मामला है...अपने आप लड़-भिड़ कर एक हो जायेंगे....तू अपना घर सँभाल) और यह कहकर चाय का प्याला मुँह से लगा लिया। नीलम ने एक पल घूँघट की आड़ से वीरां के ससुर को घूरा और फिर वीरां के साथ बच्चों का हाथ पकड़ अन्दर कमरे में ले गई। बाहर रसोई में जा छकोर में से रोटी थाली में लगा मक्खन डाल दोनों बच्चों को दी और दूसरी थाली में रोटी डाल, कुन्नी में बनी रखी छिट्ट (पतली कड़ी) कटोरी में डाली, साथ में रिड़का हुआ मक्खन का पेड़ा रोटी पर रखकर वीरां को दिया तो सुबकती हुई वीरां बोली" हाले उसकी...ओस हाले रोट्टी नी खादी..." (अभी उसको...उसने अभी रोटी नहीं खाई)। नीलम ने वीरां को घूरा और झिड़कते हुए बोली–

"केड़ी मिट्टी नी बनी ऐं...हुन अपने खसमै नी परवाह करनी बन्द कर...ओ करना त्वाड़ी परवाह...गया ना उठी तै बार...जोर होटलै पर गच्छीतै मुर्गा पटसी... हुन अपनी तै अपने बच्चेयाँ नी परवाह कर...बन बेशर्म तूं वी वीर जी नी तरां...ना तूं उन्नाकी छोड़ी सकनियें तै ना ओ तुकी छोड़ी सकने....चल खा म्हाड़े सामने..."

(किस मिट्टी की बनी है तू...अब अपने खसम की परवाह करनी बन्द कर...वो करता है तेरी परवाह...गया ना उठ के बाहर...बढ़िया होटल पर जाकर मुर्गा उड़ायेगा। अब अपनी और अपने बच्चों की परवाह कर...बन बेशर्म तू भी वीर जी की तरह...न तू उनको छोड़ सकती है न वह तुझे छोड़ सकते हैं। चल खा मेरे सामने)। यह कह नीलम ने मक्खन के साथ रोटियों की चूरी बना छिट्ट (पतली कढ़ी) में मरोड़ वीरां के मुँह में गराई (कौरे) दे दी। वीरां को भी नीलम की बात समझ में आयी और वो बच्चों के साथ रोटी खाने लगी। उन्हें खाता देख नीलम वहाँ से मुड़ कुएँ पर लौट आई।

इस बीच बाकी सब अपने-अपने कपड़े धो निकल गई थीं बस सत्या अपने कपड़े धो नीलम के कपड़े निचोड़ बाल्टी में भर रही थी। सत्या नीलम को देख बोली–

"करी आई ऐं फ़ैसला...बड़ी कलकटरानी बनी तै गई सीयें..."

(कर आई फ़ैसला...बड़ी कलेक्टरनी बनकर गई थी)। सत्या के मसखरे तंज़ पर नीलम कुएँ पर बिछे पत्थर पर बैठ साँस छोड़ती बोली–

"अड़िये...पता नी मैं जेड़ा आखी तै आई आं ओ सई आ के नई, मिकी वी नी पता...पर गलत गल्ल म्हाड़े कोलों बदाश नीं होनी...कोई वी जनानी अपने खसमै कोलां मार कीयां खाए..."

(भैन...पता नहीं मैं जो कह कर आई हूँ वह सही है या नहीं...पर गलत बात मुझसे बर्दाश्त नहीं होती...कोई भी औरत अपने खसम से मार क्यूं खाये...) तैश में बोलती जा रही नीलम को चुप करा सत्या बोली–

"तूं इतना अग्गै बड़ी तै तां बोली लैनी ऐं, कियांकी तुकी खसम सिद्दा लब्बी गया...जेड़ा तूं आखनी ऐं उऐ करना ओ...पर सारे बन्दे हेक्क जये नीं होने..."

(तू इतना आगे बढ़कर इसलिए बोल लेती है क्यूँकि तुझे खसम सीधा मिल गया...जो तू कहती है वही करता है वो...पर सारे बन्दे एक जैसे नहीं होते)। कहकर सत्या पास रखी बाल्टी से नेजू (रस्सी) खोलने लगी तो साँस छोड़ती नीलम बोली–

"सई आखनी ऐं अड़िये...बचारी वीरां जायै कुदर...परा-भरजाई दो त्योड़े खिलाई शोड़सन....जिन्दगी तां सौरे घर ई बीतसी..."

(सही कहती है बहन...बेचारी वीरां जाये कहाँ...भाई-भाभी दो दिन खिला देंगे... ज़िन्दगी तो ससुराल घर ही बीतेगी) कहते-कहते सत्या और नीलम ने धुले कपड़े बाल्टी में भरे, पानी से भरा घड़ा सिर पर रखा और हाथों में धुले कपड़ों की बाल्टी ले अपने-अपने घर चली गयीं।

आज दिन भर आग बरसाने के बाद सूरज अपने घर लौट रहा था। इसी समय चरवाहे भी अपनी-अपनी गाय-भैंसों को हाँकते अपने घरों को लौट रहे थे। कुएँ पर पानी भरने आई कश्मीरिनों और मेवातिनों की आवाज़ के साथ कुएँ से निकलते पानी, औरतों के आभूषणों की झनकार से माहौल में संगीत घुला जा रहा था और इस संगीत में गाय-भैंसों के रँभाने की आवाज़ें वातावरण को और रोमांचित कर रही थीं। औरतें अपने-अपने घड़े भर कर सिर पर रख कुएँ से उतर ही रही थीं कि गाय-भैंसों के खुरों से उड़ती रेत और ढलते सूरज की मध्यम पड़ती सन्तरी लालिमा के बीच कश्मीरी मोहल्ले की ढलान से उतरकर आती अनारो पर जैसे ही नीलम की नज़र पड़ी, वह सत्या, गुड्डो, चंचल और किरना को वहीं रोक तिराहे पर खड़ी हो गई।

गेहूँ की पूली सिर पर उठाये अनारो उड़ती रेत और सन्तरी किरणों के बीच से निकलकर आती स्वर्णमण्डित प्रतिमा सी दिखलाई पड़ रही थी। नीलम के सबको रोकने और अनारो के क़रीब आने से किरना समझ गई कि नीलम ज़रूर कोई खुराफात करने वाली है। नीलम के इरादे को भाँप झट किरना बोली–

"जुलो अड़ियो...ऐ नीलम ना तां दिमाग खराब आ...भार चाया ना सिरै ने ऊपर।"

(चलो री...इस नीलम का तो दिमाग़ खराब है....भार उठाया हुआ है सिर के ऊपर)। नीलम किरना को देख हाथ नचाते हुए बोली–

"नीं मरनी ऐं तू...रुक जरा..."

(नहीं मरेगी तू...रुक ज़रा) और जैसे ही अनारो इन औरतों के आगे से अपने मोहल्ले की ओर मुड़ने लगी, नीलम ने पहले सत्या को आँख का इशारा किया और फिर अनारो को आवाज़ लगा अपने पास बुलाया। अनारो के पास आ जाने पर ठिठोली करती नीलम बोली–

"कांई बात है गिरधर की बींदणी...तू तौ पहचाणे बी ना है हमैं...हैं ?" अनारो तुरन्त चेहरे पर मुस्कान ला बोली–

"पहचाणूंगी कांई ना बाई सा...आणे मै घणां देर होगां...तौ बस जल्दी घर..." तभी सत्या बोल पड़ी–

"हूं.. घणीं म्हैनत कर री है तू...आजकल रामकली ताई कांई ना आ री .. कई दिणां हो गयां...म्हारा चौका उखड़ा पड़ां है..."

"माई बीमार है बाईसा...डाक्टर कूं बी दिखाई ... पर आराम कोणीं पड़ रां...।" अनारो ने लूगड़ी से पसीना पोंछते हुए कहा। तभी अनारो को ऊपर से नीचे तक देखती नीलम बोली–

"कोण का खेत मै काम कर री है तू...?" अनारो समझ रही थी कि उससे यह सवाल क्यूँ पूछा जा है। उसने किरना की ओर देख झट से कहा–

"किरना बाई सा के खेत मैं।" अनारो का जवाब सुन नीलम इधर-उधर ताकने लगी और फिर अपनी झेंप मिटाते हुए बोली–

"किरना तौ घर की मालकिन है...खेत को मालिक तो वेद है...तेरी पूली देख कै दीख रां है घणीं म्हैनत कर री है तू...अर वेद बी म्हैनत करने वाली की कदर करणी जाणै है...।" इससे पहले कि कुछ और जाँच-पड़ताल नीलम करती कि किरना ने उसे हाथ मारा–

"जुल हुन...घड़ा चाये-चाये म्हाड़ा सिर दुक्खन लग्गा..."

(चल अब...घड़ा उठाये-उठाये मेरा सिर दुखने लगा) किरना ने कहा तो सभी नीलम को धकेलने लगीं और जाते-जाते सत्या बोली–

"तेरी सास ठीक हो जाय तौ भेज दीयो...म्हारा चौका उखड़ा पड़ां है...।" कहकर सत्या के साथ-साथ सभी अपने-अपने घर की ओर बढ़ गयीं और अनारो भी 'आच्छो बाइसा' कहकर आगे बढ़ गई।

घर पहुँच कर अनारो ने पूली बरामदे में एक ओर पटकी और धरती पर गुड़िया से खेल रही सिया को दौड़कर सीने से चिपका लिया। सिया को सीने से चिपकाते ही छातियों में दूध उतर आया और सिया भी मचलते हुए माँ की छातियों में होंठ लगा दूध की चुस्की लगा मचलने लगी। बूढ़ी बीमार रामकली ने हिम्मत कर चूल्हा सुलगा सींगरी की सब्ज़ी बना परात में आटा गूँथ कर रख दिया था और फिर खऊँ-खऊँ करती बिस्तर से जा लगी थी। दूध पीते-पीते सिया अनारो की गोदी में ही सो गई। सिया को बिछौनी पर लिटा हाथ-मुँह धो अनारो रोटी बना थाली में लगा माई को देते हुए बोली–

"तबीयत ठीक ना है तौ चुल्हा कांई सुलगाया... ।" खाँसती-खाँसती बुखार में तपी रामकली हिम्मत कर उठी और थाली अनारो के हाथ से ले बोली–

"मैं बिस्तर मै पड़ी-पड़ी कांई करूँ...थोड़ा सरीर हिला लियां...तू कितणी म्हैनत कर कै आई है....आकै फेर रसोई को काम...घणां देर हो जांगा...याई सोच कै जैसै-तैसै सब्जी बणा दियां...चाल तू बी खा... ।" अनारो मुड़ी और रसोई समेट खा-पीकर सिया की बगल में जा लेट गई।

कई करवटें बदलीं पर आँखों में नींद का नामोनिशान नहीं। खेत पर इन दिनों वेद के साथ बिताये पलों ने मन में उथल-पुथल मचा रखी थी। एक के बाद एक सिनेमा के दृश्यों की तरह दृश्य आँखों के आगे आ जा रहे थे। तभी सिया की कुलबुलाहट ने सिनेमा के दृश्यों से अनारो का ध्यान भंग किया तो सिया को छातियों से लगा अनारो मन-ही-मन सोचने लगी कि वह वेद के बारे में क्यूँ सोच रही है। उसकी अपनी बसी-बसायी गृहस्थी है और वेद भी बाल-बच्चेदार आदमी है। उसका और वेद का बस मालिक और नौकर का रिश्ता है। गिरधर जैसा भी है उसका मर्द है। उसके समाज के सभी मर्द ऐसे ही हैं। उसके अपने बाप-भाई भी तो कम ज़्यादा ऐसे ही हैं। ऐसा न होता तो सौतेली माँ लाने की जगह उसका बाप उसे पढ़ाता-लिखाता और किसी सही जगह उसका ब्याह करता। सोचते-सोचते अनारो का गला सूखने लगा। वह खाट से उठ बरामदे में आई और घड़े से लुटिया भर ओख लगा पानी पिया और खाट पर आ सिया को सीने से लगा आँखें मूँद पड़ गई। सोने की ख़ूब कोशिश की पर वेद की बड़ी-बड़ी आँखों ने उसका पीछा ही न छोड़ा।

इन दिनों खेतों पर जो कुछ अनारो के साथ हो रहा था वह उसे भा तो नहीं रहा था, पर जिस दिन से वेद की मज़बूत बाँहों ने उसे अपनी गिरफ़्त में लिया था और अपनी आँखें उसकी आँखों में गड़ायी थीं अनारो ने महसूस किया जैसे उसमें गज़ब की फुर्ती-सी आ गई थी। चारों ओर सब कुछ अच्छा-सा लगने लगा था। आज भी बिजली चली जाने पर जब रसोई समेट खाट तारों के नीचे आँगन में बिछा बीजणे से सिया को हवा करती अनारो खाट पर पसरी तो खेतों में झोंपड़ी के बाहर खाट पर औंधे पड़े वेद का उस पर नज़रें गड़ाये रहना, बहाने से उसे झोंपड़ी में बुला उसके क़रीब आ कानों में फुस्फुसाना, गेंहूँ की पूली सिर पर रखवाते हुए उसका हाथ पकड़ लेना...यह सब सोचना शरीर में झुरझुरी सी भर रहा था।

गिरधर अभी तक घर ना लौटा था। यूँ भी उसके लौटने का कोई एक वक़्त ना था। उसकी रोटी डलिया में लपेट कर रख दी थी। बाहर से आती झींगुरों और कुत्तों की आवाज़ें रात गहरी होने पर जी में घबराहट पैदा कर रही थीं। मन में बार-बार आ रहे वेद के ख़यालों से जी हटाने के लिए अनारो उठ कर माई के नज़दीक आई तो

देखा माई की साँसें तेज़-तेज़ चल रही हैं। कुछ देर माई के हाथ-पाँव दबाये तो माई की आँख लगी। फिर बाहर आ दरवाज़े की साँकल खोल इधर-उधर देखा पर गिरधर की कोई आहट ना पाकर दरवाज़ा बन्द कर भीतर आ सिया की बग़ल में लेट गई। घर और बाहर की सोचते-सोचते कब आँख लग गई पता न चला।

अनारो बेसुद सोई पड़ी थी कि अचानक उसे अहसास हुआ मानो उसके शरीर पर कुछ रेंग रहा है। हड़बड़ाकर उसने आँखें खोलीं तो देखा नशे में धुत्त गिरधर उसके जिस्म को टटोल रहा था। गिरधर के मुँह और जिस्म से इतनी बुरी बास आ रही थी कि जैसे ही वह अनारो के चेहरे के क़रीब आया उसे उबकाई आ गई और उसने गिरधर की ओर से मुँह फेर लिया। अनारो को उबकाई लेते देख गिरधर उसे ज़बरदस्ती अपनी ओर खींचते हुए बोला–

"दारी की...मेय्रे पास आणे मै तुझै उबकाई आ री है...मादरचो...आदमी हूँ तेय्रो..." कहकर गिरधर ने अनारो की बाँह को कसकर मरोड़ते हुए अपने और क़रीब खींचा तो दर्द से कराहती हुई अनारो अपनी बाँह छुड़ाती हुई बोली–

"इतणी पी रक्खी है के होश ना है...भीतर जाकै सो जाओ नै..." "चाल ...तू बी चाल भीतर..." कहते हुए गिरधर ने अनारो का हाथ पकड़ लिया। अनारो ने एक नज़र सिया पर डाली और दूसरी माई पर। गिरधर के लिए साँकल खोलने के कारण माई की नींद भी खुल गई थी। घर के संग जुड़े पड़ोसियों के घर थे। आधी रात में कोई तमाशा न हो यह सोच अनारो गिरधर के पीछे भीतर चली गई। भीतर आते ही गिरधर अनारो की लूगड़ी हटा उसके जिस्म तक पहुँचने लगा कि–

"रोटी ले कै आऊँ।" कहकर अनारो जाने लगी ही थी कि गिरधर ने उसे चुटिया से पकड़ खाट पर धकेल दिया और उसके ऊपर गिद्ध की तरह झपट पड़ा।

गिरधर के वहशीपने से अनारो बिलख पड़ी–

"कांई चाओ हो...हालत देखो अपणी...कभी होश मै बी मेरो ख्याल करां है...?" अनारो की हिकारत भरी आँखों को देख गिरधर दो-चार लात-घूँसे अनारो पर जड़ते हुए बोला–

"दारी की...मरद हूँ तेय्रो...मेय्रो ई खा री है...मेय्रे कूं ई आँख दिखा री है..." *"हाँ...बिस्तर पै ई मरद हो...मरद तौ जब जाणूं जब मेरे मण की फिकर करो... टाबर जण देणे सूं मरद कोणी हो जाये...।"* यह कहकर अनारो बाहर जाने लगी तो लड़खड़ाते गिरधर ने जबरन अनारो पर अपने पति होने का हक जताया और फिर किसी प्रतिद्वन्द्वी को हराकर मिली ख़ुशी में मदमस्त विजेता की तरह कमरे से बाहर निकल खुरैड़ी खाट पर पड़ मिनटों में ही खर्राटे भरने लगा और अनारो भीतर गर्मी में सिसकती रही। यह जो कुछ घर में हो रहा था उससे रामकली अनजान न थी। पर

अपने कपूत की करतूत पर उसे कुछ कहने की हिम्मत भी न थी उसमें। खर्राटे भरते गिरधर पर एक निगाह डाल बिस्तर पर पड़े-पड़े बुदबुदाती रही रामकली

"नासपीटो अपणे बाप पै ही गयां है..." फिर खऊँ-खऊँ करती खाट से उठ भीतर जा सिसकती अनारो के सिर पर हाथ फेर बाहर आ पड़ गई और अनारो रात भर सिसकती रही।

आज कटाई का आख़िरी दिन था। रामकली की हालत में कोई सुधार न था। शरीर का रोग हो तो दवा से ठीक हो भी जाये पर मन का रोग दवा कैसे ठीक करे। फिर भी जैसे-तैसे रामकली सिया को सँभाल ही लेती थी। झाड़ू-बुहार कर, नहा-धो रसोई बना, चूल्हा-चौका समेट अनारो खेत पर जाने को तैयार थी और गिरधर अभी तलक लम्बी तान कर सोया पड़ा था। धूप उसके मुँह तक आ गई थी पर उसे होश न था। एक नज़र गिरधर पर डाल अनारो खेतों की ओर बढ़ गई।

खेत पर अब मज़दूर कम ही थे। औरतों में बस अनारो और हीराबती ही बची थीं। बीरपाल गेहूँ बोरियों में भर रहा था। आज काम बस इतना भर ही था कि बचे-कुचे गेहूँ को बोरियों में भरकर टैक्टर की ट्रॉली में लादना और झोंपड़ी की सफ़ाई। खेत पर काम करते हुए बीरपाल को हीराबती से कहते सुना कि गिरधर की वेद ने छुट्टी कर दी है। अनारो समझ गई कि तभी आज गिरधर लम्बी तान कर सोचा पड़ा था। दोपहर तक सारा अनाज ट्रॉली में लद गया। अनाज के अलावा तूड़ी ठेकेदार पहले ही खेत से उठवा चुका था। गेहूँ लद जाने के बाद हीराबती और बीरपाल को वेद ने झोंपड़ी की साफ़-सफ़ाई में लगा दिया। काम निबटाकर अनारो ट्यूबवेल की हौद में भरे पानी से हाथ-पाँव धो रही थी कि वेद चुपचाप आकर उसके पीछे खड़ा हो उसे निहारने लगा। हाथ-मुँह धोकर जैसे ही अनारो हौद से उठ पीछे मुड़ी तो एक टक उसकी ओर देख रहे वेद के आगे से झटपट निकली कि वेद बोला–

"रुक...बात करणी है तुझसै...।" वेद ने कहा तो अनारो वहीं रुक गई। वेद ने ट्यूबवेल की हौद की मुँडेर पर बैठ शरारत से हौद से अँजुली भर पानी अनारो पर उछाला तो झटके से अनारो वेद की ओर मुड़ घूँघट में से बोली–

"कांई कर रां हो...म्हाणे घर सूं निकलवाणे को इरादा है कांई थारो।" वेद एक बार फिर से पानी अनारो पर उछालते हुए बोला–

"डर मत...कोई ना है यहाँ...आज गिरधर ना आयेंगा खेत पै।" "पर हीराबती अर बीरपाल चाचा तौ हैं...सब दीखै भीतर सूं...पर उणसै जादा डर म्हाणै थारां सूं है।" कहकर अनारो मुड़ने लगी तो वेद बोला–

"तेरे घर आऊँगो तौ बड़न तौ देगी अपणां घर मै...घर सूं बाहर तौ ना कर देगी....जाणू हूँ बड़ी जबर है तू...कोई कू घर नाय बड़न दे...।" अनारो वेद की ओर पलटी और घूँघट सिर पर कर हैरानी से बोली–

“म्हारा घर...थे म्हारा घर आओगे...?...पर मेरी सास...मेरो मरद...।” वेद मूँछों पर ताव देते बोला–

“उणकी छोड़-अपणी बता...तू तौ ना भगा देगी...।” अनारो की साँसें ऊपर-नीचे होने लगीं। भला वह वेद की इन बातों का क्या जवाब देती। बस ‘म्हाणे कोणी पतो’ कहकर अनारो अपनी पूली की तरफ़ बढ़ने लगी कि पीछे से वेद की आवाज़ सुनाई दी–

“अब तेरे बिन ना रह सकूँगो...।” अनारो के दिल की धड़कनें यह सुन और बढ़ गयीं। अनारो की धड़कनें वेद की बात से ही नहीं बढ़ी थीं, भीतर से हीराबती जो सब देख रही थी वह भी अनारो की घबराहट बढ़ा रहा था। मजूरी के काम का रुपैया वेद से ले अनारो के साथ हीराबती ने भी अपनी पूली उठाई और दोनों घर की ओर चलने लगीं तो खेतों के बीच पगडंडी पर चलते-चलते हीराबती ने मन में कुलबुला रही बात अनारो से कह डाली–

“भाग की धणीं है तू अनारो...बेद बणां कू कई लुगाइन के पीछे जाते देखां है मैणै...अर कई लुगाइन कूं बेद बणा के आगै-पीछै डोलता बी देखां है...पर जैसै वा तेयूरा पीछै जी जाण सूं पड़ा है...वैसै पहलै ना देखां...तेयूरे पै जी आ गां है बेद बणां का...।” अनारो ने हीराबती की बात सुनकर बस इतना ही कहा–

“म्हाणै वेद बणा सूं कोई मतलब ना है...खेत को काम खतम...अब मैं अपणे घर वेद बणां अपणे घर।” यह कहकर अनारो तेज़ क़दम चलने लगी।

6

मज़दूरी में कमा कर लायी गई गेहूँ की पूलियों में अच्छी ख़ासी धूप लग चुकी थी। अनारो ने अगले ही दिन से पूलियों की कुटाई कर बालियों में से गेहूँ के दाने निकालने का काम शुरू कर दिया। उस दिन रोटी पानी के काम से निबट अनारो गेहूँ की कुटाई कर रही थी कि हाथ से मूसल छूट गया और अनारो वहीं-की-वहीं चक्कर खाकर गिर पड़ी। सिया को सँभाले बैठी रामकली की अनारो पर नज़र गई तो हिम्मत कर घड़े से लुटिया भर पानी लेकर रामकली ने अनारो के मुँह पर छींटे मारे तो कुछ ही पलों में अनारो को होश आ गया। होश आते ही अनारो ने लूगड़ी सिर पर सरकाई और झट काम करने के लिए उठने लगी तो रामकली ने अनारो को भीतर जा आराम करने को कहा। सास की बात सुन अनारो भीतर जा खाट पर पड़ गई। अनारो की हालत देखते ही रामकली समझ गई कि बहू एक बार फिर पेट से है। न जाने कितनी जचगी रामकली करा चुकी थी। चेहरा देखकर बता दिया करती गर्भ कितने महीने कितने दिन का है। अपनी बहू के तो सारे लक्षण उसे यूँ भी पता थे। अनारो के दोबारा गर्भवती होने से रामकली में जान आ गई। पोते का मुँह देखने की आस में तो मौत से भी लड़ने की ताक़त रामकली में भर गई। पर इस बार रामभरोसे नहीं रहने वाली थी रामकली। मन-ही-मन रामकली ने सोच लिया उसे क्या करना है। झट पट रामकली ने चूल्हा सुलगा दलिया ओटा लिया और कटोरा भर दलिया अनारो को सामने बैठ कर खिलाया। उस दिन तो सारा दिन रामकली ने अनारो को खाट से उठने न दिया।

कल रात आयी आँधी ने चाँदघाटी के घरों और आँगनों को धूल-धक्कड़ से भर डाला था। प्रकृति का यह रंग गाँव वालों के लिए कोई नया न था, बस दिनचर्या ज़रूर बाधक हो जाती थी। अनारो उठी और आँगन में बिखरा सामान समेट झाड़ू से सारी धूल एक तरफ़ की फिर नहा-धो चूल्हा सुलगाया तो देखा रामकली नहा धो

साफ़ कपड़े पहन बालों में कंघी फेर रही है। कंघी बालों में फेरते-फेरते रामकली ने नज़रें अनारो की ओर फिरायी और बोली–

"जल्दी चूल्हा रो काम निबटा तैयार हो जा...मेयूरा संग चलणो है। रास्ता कू रोटी बाँध लै... ।" "कहाँ जाना है।" यह पूछने की अनारो ने ज़रूरत ही न समझी। सास के कहे अनुसार अनारो ने चूल्हा-चौका निबटाया। कल हँसी की माई बीरो सींगरी दे गई थी वही बना रोटी में दबा रास्ते के लिए बाँध ली और बची हुई गिरधर के लिए रख छोड़ी। काम निबटा सिया को नहला-धुला कपड़े पहना सन्दूक से चटक घाघरा-चोली और चाँदी-सी चमकती टीकड़ी वाली ओढ़नी ओढ़ अनारो बिन्दी-सुरखी लगा तैयार हो गई। अभी तक सोए पड़े गिरधर के नज़दीक जा रामकली ने उसे हिलाया तो गिरधर बिदकता हुआ दूसरी ओर करवट ले पड़ गया तो मुँह सिकोड़ती रामकली ने इतना ही कहा–

"दो-बालकां रो बाप होणे वालो है पर जिम्मेदारी को नाम नाय...घर को ध्यान राखियो...हमै आणै मै साम हो जायेंगा... " और दोनों सास-बहू घर से बाहर की ओर निकल गईं।

राजस्थान रोडवेज़ की खरड़-खरड़ करती बस में रामकली और सिया को गोद में उठाये अनारो बैठ गयीं। अपने ब्याह के बाद यह अनारो की पहली यात्रा थी। सिया बस में बैठते ही दादी की गोद में जा सो गई। अनारो की निगाहें एकटक बस की खिड़की से बाहर लगी थीं। बस की खिड़की से लम्बे घूँघट के भीतर से बाहर झाँकती अनारो एक भी दृश्य को देखे बगै़र जाने नहीं देना चाह रही थी। ऊँचे-ऊँचे पहाड़ कभी नज़दीक आ जाते तो कभी एकदम दूर, इसी तरह कभी पास-कभी दूर आते-जाते गाँव, खेत-खलिहान, पेड़-बाज़ार सब जी को लुभा रहे थे। सब कुछ सिनेमा जैसा लग रहा था। बस रास्ते भर बस के भीतर बैठे बूढ़े-जवान आदमियों के बीड़ी पीने से उठते धूएँ ने दम घोंट रखा था। कई बार तो अनारो को उबकाई के साथ उल्टी तक आ गई। कोई दो ढाई घंटे की यात्रा पूरी हुई तो बस का कंडेक्टर चिल्लाया–

"अरे...भरतरी (भृतहरी) की सवारी कोई हो तौ अपणो सामाण लेकै खड़ा हो जाओ...बस जादा देर कोणी रुकैगी... ।" 'भरतरी' (भृतहरी) सुना तो रामकली के सीट छोड़ते ही अनारो सिया को गोद में उठा खड़ी हो गई। 'भृतहरी' से कोई आधा घंटे की पैदल यात्रा करने के बाद रामकली के पीछे-पीछे चलती अनारो किसी आश्रम में जा पहुँची। आश्रम पहुँचते ही धरती पर ढोक लगा रामकली अनारो को देख बोली–

"काली चरण बाबा को आसरम है...हाथ जोड़।" रामकली ने कहा तो अनारो ने गरदन झुका हाथ जोड़ लिए। अनारो ने घूँघट में से झाँका तो चारों ओर पेड़ों और लताओं से घिरे ऊँचे से टीले पर धूनी जल रही थी और लम्बी-लम्बी दाड़ी वाले

आदमी इधर-उधर चहल क़दमी करते घूम रहे थे। आश्रम में एक पेड़ से दूसरे पर छलांग मारते बन्दरों को देख सिया डर के मारे अनारो से चिपक गई। अनारो को वहीं खड़ी रहने को कह रामकली पत्थरों की खँडहर बन चुकी कोठरी की ओर गई और वहाँ घूम रहे सेवादार से कुछ पूछताछ कर ख़ुशी के मारे गदगदाती हुई अनारो की ओर तेज़ क़दमों से चलती हुई आई और बोली–

"किस्मत वाली है तू...कालीचरण बाबा आसरम मै ही है...ईसो चमत्कारी बाबा है के जो बाबा रा मुँह सूं निकल जाय उसकी काट कोणी ...जो इस बार म्हारा मण की हो जाय तो रामजी रा बुलावो आणे पै खुसी-खुसी रामजी रा घर चली जाऊँ।" अब अनारो की समझ में आ गया कि माई इतनी लम्बी यात्रा करके उसे यहाँ क्यूं लाई है। तभी भीतर से एक सेवादार आया और बोला–

"माई...चाल भीतर...बाबा जी बुला रा हैं... ।" रामकली ने सुना तो झट अनारो से बोली–

"चाल बींदणी।" यह कहकर माई फुर्ती से बाबा की ओर चलने लगी। रामकली के पीछे-पीछे चलती अनारो देख रही थी कि रामकली में पिछले एक दिन से कैसी ताक़त भर गई है।

उस खँडहर सी कोठरी में आसन जमाये एक अधेड़ उम्र के लम्बी दाड़ी और जटा बन चुके बालों वाले बाबा धूनी लगाये बैठे थे। रामकली ने आगे बढ़ ढोक लगाई तो सास की देखादेख अनारो ने भी ढोक लगा दी। रामकली की पीठ पर ज़ोरदार थपकी लगा बाबा बोले–

"कांई चावे है माई...?" "महाराज...पोता को मुँह देखण कू जी रेया हाँ...बस याई आस लेकै आया हां...म्हाणे पोते रो मुँह दिख जायेगां न...बस इतणी उम्मीद लेकै थारा पास आया हां... ।" कहकर रामकली हाथ जोड़ बाबा के मुख पर टकटकी लगाये आस भरी झोली फैला उकड़ू बैठ गई।

रामकली की मंशा सुन एक नज़र अनारो पर डाल बाबा बोले–

" हूँ...म्हारा सामणे बैठ बींदणी... ।" बाबा की भारी भरकम आवाज़ सुन अनारो सरककर बाबा के सामने आ बैठी तो रामकली ने झटपट सिया को अपनी गोद में ले लिया। कुछ पल अनारो को ऊपर से नीचे देखने के बाद बाबा के होंठ फड़फड़ाये–

"अपणो घूँघट ऊपर सरका... " बाबा ने चेहरे से घूँघट हटाने की बात कही तो अनारो ने गरदन सास की ओर घुमाई। रामकली अनारो को आँखें दिखा तमककर बोली–

"म्हाणै कांई देखरी है...महाराज जी जो कै रां है वीसो कर...महाराज जी साच्छात भगवाण रा रूप है... " सास की बात सुन अनारो ने घूँघट ऊपर सरका

दिया। महाराज ने ग़ौर से अनारो का मुख मण्डल निहारा तो अनारो की निगाहें धरती में गड़ गईं। फिर बाबा ने आँखें मूँद लीं और आँखें मूँदे-मूँदे बोले–

"अपणो उल्टो हाथ आगै कर।" अनारो ने हाथ आगे किया तो बाबा ने जैसे ही अनारो का हाथ अपने हाथ में लिया अनारो की पूरी देह कँपकँपा गई। अनारो का हाथ अपने हाथ में लिये-लिये बाबा ने हस्तरेखाओं का गणित बैठाने के लिए कुछ देर चिन्तन मनन किया और फिर आँखें खोल जैसे ही रामकली की ओर देखा तो चेहरे पर बाबा के मुँह से अपनी आस पूरी होने की भविष्यवाणी सुनने की लालसा में गदगदाई रामकली बाबा को ताकती हुई हाथ जोड़ तनिक आगे सरकी–

"माई...तेरी बींदणी की गिरह दसा कुछ ठीक ना है...छोरी ही छोरी दीखरी हैं इसके भाग मै...सातवाँ या आठवाँ गरभ पै छोरा को योग बणता दीख रां है...।"

इतना सुनना था कि रामकली बेहोशी की सी हालत में हो आयी। अनारो ने माई को सहारा देकर थामने के लिए हाथ बढ़ाया तो रामकली ने उसका हाथ झटक दिया। अनारो ने ग़ौर किया तो देखा माई बाबा की बात सुन पसीने से तर-बतर हो गई थी। बाबा की बात ने कलेजा तो अनारो का भी धड़का दिया पर माई के एकदम उसका हाथ झटकने ने अनारो को अनमना कर दिया। माई की घबराहट देख और कुछ सोच-विचार कर बाबा बोले–

"माई...इतणी मत घबरा...चमत्कारी धूणी पै बैठी है तू...भगवाण की सक्ती मै बड़ो चमत्कार है....इस दफै धीरज धर लै...कुछ दिणा बींदणी नै धूणी री सेवा मै सौंप दै...सेवा मै ही मेवा है...इस जगै मै भगवाण रो वास है...तेरो भी बेड़ो बी पार हो जायेंगा..." "महाराज...जो बींदणी री अगली आस तक मेरे पिरान बच गयां तौ इसै सेवा मै जरूर छोड़ूँ गी।" कहते-कहते रामकली ने लूगड़ी की गाँठ खोल चढ़ावा निकाल बाबा के चरणों में रख ढोक लगा दी। अनारो ने भी ढोक लगायी। बाबा ने हाथ आगे बढ़ा पास रखे घड़े से बताशे निकाल रामकली की झोली में डाल आँखें मूँद लीं। प्रसाद की मुट्ठी बन्द कर दोनों कोठरी से बाहर निकल आयीं।

बाबा की भविष्यवाणी सुन रामकली अधमरी हो गई। पाँवों में जान ही न रही। माई की हालत देख अनारो बोली–

"माई...बाबा भगवान तो ना है जो थे इतणा घबरा रां है...कांई पतो मेरे गर्भ मै छोरो..." यह सुन हिकारत से अनारो को घूरकर देखती रामकली बीच में ही अनारो की बात काटते हुए बोली–

"बाबा री बात आज तक झूठ कोणी निकली...तेयूरो खोटा भाग सूं मेयूरे गिरधर को टाबर अधूरो रैह जायेंगा ...अब जिन्दा नाय बचूंगी मैं...पोता रो मुँह देखे बिण ही...।" कहते-कहते माई सुबकने लगी। बस उसी दिन से रामकली के मन में बात बैठ गई कि पोते का मूहं देखना अब उसके नसीब में नहीं है।

अनारो को सात छोरियों के बाद छोरा होने की ख़बर अगले ही दिन मोहल्ले में फैल गई। कई बड़ी बूढ़ी, लोग-लुगाई ऐसे दुख करने रामकली के पास आये जैसे किसी के मर जाने पर तसल्ली देने आते हैं। गिरधर की मण्डली ने अलग तरह से दुख प्रकट किया। कच्ची शराब दुगुनी तिगुनी मात्रा में दुख हल्का करने के लिए उड़ाई गई। पी-खाकर दोस्तों का जी तो हल्का हो गया पर गिरधर सात छोरियों के पिता बनने की भविष्यवाणी से दिन-दिन और नशे में डूबा रहने लगा। महीने भर में हड्डियों का ढाँचा दिखने लगा। उधर माई की हालत ऐसी बिगड़ी कि खाट से ना उठी।

पिछली रात रामकली की साँसें उखड़ने लगीं। गिरधर नशे में धुत्त खर्राटे भरता रहा और अनारो डिबरी की रौशनी में माई के सिरहाने बैठ छाती मलती रही। मोहल्ले की बड़ी-बूढ़ी रामकली की हालत की ख़बर सुन दिन निकलते ही रामकली को देखने आ बैठीं। माई मेहती खाट पर पड़े गिरधर को देख बरस पड़ी–

"अरै सरम कर...अपणी माई के मरने की बाट देख रां है कांई...डांकधर ना बुलायो जाय तेयूरे सूं...।" मेहती माई ने फटकार लगाई तो गिरधर जैसे-तैसे खाट छोड़ उठा और अड्डे पर टेबल-कुर्सी लगाकर बैठे धेले भर में इलाज बेच रहे डॉक्टर को लिवा लाया। डॉक्टर ने दवा का पर्चा लिख दवा मंगवाने को कहा तो लम्बी-लम्बी साँसें लेती रामकली बड़बड़ाई–

"कांई फालतू का खरचा करवा रां हां डांकधर साब...मेयूरो इलाज तो पोता को मुँह देखणे सूं होयेगां...पर...बहू पोता दे कोणी सकै...सात पोती देखणे सूं पहलै मौत आ जायै तौ अच्छो है...कांई पीसो बरबाद करा रां हो...मैं नाय खाऊँगी दवा"...और फिर हफ़्ता भी ना बीता कि रामकली पोते की आस मन में लिए परलोक सिधार गई।

रामकली की अर्थी उठी तो समाज की औरतों में एक ही चर्चा चल रही थी–

"हाय...बेय्चारी पोता को मुँह नाय देख पाई..." अनारो के क़रीब बैठी बीरो नाक सुड़कती बोली–

"रामकली माउसी बरस दो बरस और जी जाती तौ कांई पतो राम जी की किरपा सूं पोता को मुँह देख ही लेती...।" वहीं पास घुटने पर मुँह टिकाये रामगिरी ने झट बीरो को कुहनी मारी–

"अबकी बी छोरी ही जणैगी अनारो...अर छह छोरी और जणैगी...जब कहीं छोरा की उम्मीद है...कितणां रुकती बेय्चारी चाची" "साँची ताई...कालीचरण बाबा नै ईसो ही कहयो है...?"" "अरी हाँ ... सांची" और फिर सन्तरा अनारो को एक नज़र देख धीरे से पास बैठी कैलासो के कान में फुसफुसाई–

"बताओ...कांई फायदा ईसी पढ़ी-लिखी बींदणी को...जो छोरा जण कै कुल को नाम नाय बढ़ा सकै...रामकली माई कितणां इतराती फिरती अपणी बींदणी को

नाम ले कै...बेय्चारी पोता की आस मण मै लिये दुणिया सूं चली गई...।" अभी औरतें अपना मन कह-सुन कर हल्का कर रही थीं कि मर्दों का समूह श्मशान के कारज निबटा कर घर के आँगन में आकर बैठ गया। ताई किसनी गोडों पर हाथ रख कराहती हुई उठी और गिरधर के कन्धे पर हाथ रख बोली–*"तेय्री माई कू महाराज की बात को सदमो लग गयां...जी सूं लगा लियां वा बात कूं उसणै...कांई करती बेय्चारी...चल, अब तू हिम्मत सूं काम लै...राम जी की मरजी...।"*

माई का क्रियाकर्म करने के बाद गिरधर अपने समाज के लोगों के बीच बैठा दुनियादारी निभा रहा था कि एकाएक वहाँ बैठे सभी की निगाहें दरवाज़े की ओर उठीं तो उठी ही रह गईं। सभी को दरवाज़े की ओर देखते देख गिरधर ने भी निगाह घुमाई तो झट वो खड़ा होकर दरवाज़े की ओर दौड़ा। गहरे नीले रंग की कमीज़, तहमद, पाँव में गहरे भूरे रंग की राजस्थानी जूती, गले में लम्बा साफा और हाथ में सामान से भरा झोला लिए वेद गिरधर के दरवाज़े पर खड़ा था। गुलाबी गोरे वर्ण वाले वेद पर यह ग्रामीण पहनावा बड़ा ही फबता है। ऊपर से वेद के नयन-नक्श, डील-डौल, चौड़ी छोती, ऊँचा क़द किसी और को उसके आगे टिकने ही न देते। एक से बढ़कर एक नौजवान उसके आगे पानी भरता। हाथ जोड़े गिरधर आगे बढ़ वेद को बड़े आदर से बरामदे में लाया। वेद के बैठने के लिए इधर-उधर नज़रें घुमा मूढ़ा उठा कर ला रहा था। पर इससे पहले ही वेद धरती पर बिछी बिछौनी पर बैठ गया। वहाँ बैठे मर्द वेद को ऐसे धरती पर बैठे देख खिसियाकर इधर-उधर ताकने लगे और कुछ हैरान हो आँखों-ही-आँखों में बतियाने लगे। मर्दों के साथ-ही-साथ कुछ ही फासले पर बैठी औरतों में भी वेद को वहाँ बैठा देख खुसुर-फुसुर शुरू हो गई। वेद कुछ पल ख़ामोश बैठने के बाद गिरधर को हिम्मत रखने की बात कह माई का अफ़सोस करने लगा और बीच-बीच में उसकी निगाहें औरतों के बीच बैठी अनारो का हाल भी ले रही थीं, जिसे वहाँ बैठे मर्दों और औरतों ने भाँप लिया था सिवाय गिरधर के। कुछ देर और बैठने के बाद गिरधर को हाथ में लिया झोला थमाने के बाद हिम्मत रखने और माई के काम काज से निबटने के बाद मिलने की बात कहकर वेद उठ खड़ा हुआ और एक निगाह अनारो पर डाल वहाँ से निकल गया। गिरधर ने झोले के भीतर झांका तो उसमें दुख को हल्का करने का अंग्रेज़ी सामान था जिसे देखने के बाद झटपट भीतर जाकर गिरधर ने टाँड पर सहेजकर रख दिया। वेद के जाते ही वहाँ बैठे मर्द और औरतें जो आँखों-ही-आँखों में कह रहे थे उसने शब्दों का रूप ले लिया। बिसेसर रामकला की ओर झुकता हुआ बोला–

"भाई मौत तौ पहलै बी कई हुआ हैं म्हारा समाज मै...पर अब सूं पहलै तौ बेद म्हारा दुख मै सामिल कोणी हुआ...अचानक या कांई हो गयां...।" रामकला

पहले औरतों की ओर एक निगाह फिरा फिर गले में पड़े साफे में मुँह ढाँपते हुए फुसफुसाया–

"भाई...सब अनारो भाबी को जलवा है....देखो नाय तैने...बैठो जरूर बेद म्हारा बीच मै हो पर वाकां निगाह भावी पै ही गड़ा रेयां" "सांची कै रां है तू भाई...इण लुगाइन की माया कोई नाय जाण सकै...वैसै बड़ो ऊँचो हाथ मारा है भाबी नै..." कहते-कहते रामकला की निगाहें अनारो पर जा टिकीं। बिसेसर ने रामकला की कमीज़ खींची तो रामकला ने अनारो पर से निगाह घुमाई। हर कोई वेद के बावरिया मोहल्ले में आने पर अपने मन की कह सुन रहा था। मर्दों के साथ-साथ लुगाईयों की पंचायत भी पूरे उफान पर थी। कस्तूरी अपने चौकस अन्दाज़ में बीरो को कोहनी मारते चुंदड़ी के भीतर से बोली–

"अनारो तौ जितणी हमणै सोची उससै घणीं जादा खिलाड़ी निकली...ईसो बाँधो है बेद अपणी अंटी मै के घर तक बुला लियां...।" कस्तूरी की बात सुन बीरो अपनी मोटी-मोटी आँखों को घुमाती बोली–

"कांई पतो कोई जादू टोटका सीख कै आई है अपणां पीहर सूं...नाय तौ आज तलक कांई कस्मीरी कू या मुहल्ला मै बड़ता नाय देखां...।" तभी हरचन्दी मुँह पर लूगड़ी ढँक सरकाती हुई कैलासो के क़रीब जा उसके कान में बोली–

"राम जी सब देख रां है भैण...जबी रामकली चाची कू उठा लिया या तमासा देखणे सू पहलै ही..." कैलासो हरचन्दी और बग़ल में बैठी हीराबती को देख बोली–

"या तौ कुछ ना है...असली खेल तौ हमणै खेतण मै ही देख लियां...पर इतणी जल्दी या रांड अपणा यार कू घर तक बुला लेगी...या नाय सोची ही...।" हीराबती ने कैलासो के सुर-में-सुर मिलाया और बोली–

"अब चाहै जो कहो...पर अनारो नै वा कर दिया है जो कोई ना कर सकां... क्यूं...जाणो सब हो तुम...कौण-कौण गई बेद की झोंपड़ी मै...पर बेद कू कब्जा मै कोई ना कर पाई...या अनारो नै जरूर कोई ऊपरी चक्कर चलायो है जो बेद खिंचो चलो आयो...दारी की जादूगरनी है जादूगरनी..." कहते-कहते हीराबती ने हिकारत से अनारो को देखा। जो क़िस्से वहाँ बैठे औरत और मर्द गढ़ रहे थे, वे उसी दिन गिरधर की चौखट से बाहर निकल बावरिया टोले से मेवों और सिक्खों के मोहल्ले से होते-होते कश्मीरी समाज के घरों तक भी पहुँच गये।

इन दिनों चाँदघाटी गाँव की फिज़ाँ में गर्मी कुछ ज़्यादा ही बढ़ गई थी। जब से वेद के अनारो के घर पहुँच जाने की बात कश्मीरी मोहल्ले में पहुँची थी, कश्मीरी आशिकाना पुरुष वर्ग अपनी मर्दानगी पर लगे आघात से दुखी हो वेद की अनारो पर विजय से जला-भुला अड्डे, थड़ियों और इधर-उधर बने ठिकानों पर देसी और विदेशी

गटक कर मातम मना रहा था। हाँ इन मनचले कश्मीरियों की पत्नियाँ ख़ूब ख़ुश थीं पर पंचायत इन औरतों की भी ख़ूब ज़ोरों-शोरों से चल रही थी। कुछ अपने पति के चाल-चलन की बढ़ाई मार भोले बाबा पर जल चढ़ा आयी थीं और कुछ 'सौतन के संग रात बिताई काहे करत अब झूठी बतियाँ' से परे अपने पतियों को देवता मान अपने सौभाग्य पर इतरा रही थीं और इन सबसे अलग-थलग 'किरना' चूल्हे की तेज़ आँच पर चढ़ी दूध की भगोनी में आये उफान की तरह उफन-उफन जा रही थी। जलन और कुढ़न के सिवा वह कर भी क्या सकती थी। फिर ऐसा पहली बार थोड़ी ना हो रहा था। बाहर की औरतों में दिलचस्पी तो वेद की शुरू से ही रही। जब बड़ी मन्नतों से तीन-तीन लड़कियों के बाद लड़का हुआ था उस वक़्त भी वेद की रासलीला कश्मीरी मोहल्ले की शम्भू की वोटी तारा से चल रही थी। तारा बिन्दी-सुरखी लगा खेतों पर पहुँच जाती थी। झोंपड़ी के अन्दर का नज़ारा किसी से छुपा ना था। वेद को तो जनानी चाहिये ही थी पर तारा को भी किसी की शर्म ना थी। होती भी कैसे। पेका (मायका) था नहीं। इधर फंडू झल्ला और आशिक वेद जैसा सोना गबरू जवान, ऊपर से तारा की डुल-डुल जाती जवानी। किरना ने जब इस बात पर वेद की ख़िलाफ़त की तो सबसे पहले वेद की माँ सावित्री ने जिसने ख़ुद अपने खसम की बेवफाई का दंश झेला था, किरना को ख़ूब खरी-खोटी सुनाई और अपने बेटे का ही साथ देते हुए बग़ैर बच्चों के किरना को उसके पेके (मायके) भेज दिया यह कहकर कि–

"अपने दमागै ना इलाज कराई तै अच्छेयां।"

(अपने दिमाग़ का इलाज करवाके आना)। छह महीने किरना अपने मायके में इस इंतज़ार में दिन काटती रही कि वेद अपने किये की माफी माँगकर उसे इज्जत से लेने आयेगा। पर जब वेद ना आया और मायके में किरना भाई-भाभियों की आँखों में खटकने लगी, तो किरना अपने आप अपने पिता के साथ ससुराल घर लौट आयी। पर एक ही शर्त पर सावित्री देवी ने उसे अन्दर आने दिया कि वह अपने किये पर सबसे माफी माँगे और ऐसी ग़लती कभी दोबारा ना हो। वेद बीच में कुछ ना बोला। बेटी को उसके घर पहुँचा किरना के पिता ने भी चैन की साँस ली। अपने बच्चों से दूरी का दर्द और भाई-भाभी के तानों के उस अहसास के बाद जो किरना ने चुप्पी साधी वो अब तक बरकरार थी। वेद उस दिन के बाद से और चौड़ा हो गया। किरना ने भी अपने आप को बच्चों और गृहस्थी के काम-काज में रमा लिया और तब से अब तक 'घर की चारदीवारी किरना की और घर से बाहर की दुनिया वेद की' इसी समझौते पर किरना की गृहस्थी चल रही है।

यही वजह है कि मोहल्ले में उड़ने वाले वेद और अनारो के क़िस्सों को किरना ने सुना-अनसुना ही किया। पर हाँ, जब-जब तन्दूर, कुएँ या सहेलियों के बीच बैठ

वेद के संग अनारो का नाम सुनती तो घर आकर किसी कोने में दुबककर ख़ूब रो लेती और फिर अपना मन समझाकर अपने आप को चूल्हे-चौके में खपा देती। कई बार बेटियों ने उसे रोते देखकर पूछा तो अगले ही पल मुस्कुराते हुए कभी आँख में तिनका पड़ने, कभी प्याज़ काटने पर आँसू निकल आने, तो कभी चूल्हे का धुआँ आँखों में चले जाने की बात कह नकली हँसी-हँसकर किरना ने बात को टाल दिया।

माई के क्रियाकर्म और जात-बिरादरी की आवाजाही से निबटते ही गिरधर ने यार-दोस्तों की महफिलों में अड्डा जमाना शुरू कर दिया। नशे में गिरता-पड़ता रात बिरात घर घुसता और जबरन अनारो के जिस्म से अपनी देह की भूख मिटाने लगता। अनारो का सातवां महीना चल रहा था। ऐसे ही एक दिन गिरधर अनारो के नज़दीक आया तो उसके जिस्म की गन्ध और मुँह से आती बास से झुँझलाई अनारो फट पड़ी–

"म्हाणै नोचणे अर आवारा घूमणे के अलावा और कांई बात की होश है...? दूसरो बालक आणे वालो है...माई की म्हैनत की कमाई तो पीणे-खाणे मै उड़ा दी... अब म्हारी म्हैनत सूं जोड़ कै रखो बी खतम होणे वालो है...कांई सोच रक्खी है... सारो दिण मौज-मस्ती करतां घूमो...मैं कोई मशीन ना हूँ...जो हर साल टाबर जणती रहूं..." कुछ देर गिरधर नशे में झूमता सूनता रहा फिर खाट से उठ अनारो को पीछे धकेल उस पर बरस पड़ा–

"कांई टाबर-टाबर-टाबर चिल्लारी है...टाबर नाय...छोरी जणैगी तौ कांई करूँगो मैं...छह सात छोरी के बाद छोरो जणैगी तू...जिस दिण छोरो जणैगी सब खाणो-पीणो छोड़ दूँगो...साँची तेयूरी सों...बस तू छोरा दे दै म्हाणै...बस छोरा..." नशे में धुत्त छोरे की रट लगाता-लगाता गिरधर खाट पर लुढ़क गया और कुछ ही पलों में खर्राटे लेने लगा। बेफ़िक्र खर्राटे लेते गिरधर को देख अपने नसीब को कोसती अनारो बाहर बरामदे में बैठ घने अँधेरे को चीरते आसमान में जगमगाते तारों को एक टक देख मन-ही-मन कहने लगी 'काली सियाह रात मै कैसे झिलमिला लेओ हो थे सब' और यह कहते ही आँसुओं की लकीरें अनारो के गालों पर खिंच गईं।

कार्तिक माह लगते ही हवा में नमी आनी शुरू हो गई थी। चार बजे आँख खुली तो देखा गिरधर बरामदे में खुरैड़ी खाट पर सिकुड़ कर सोया पड़ा था। अनारो झट भीतर गई और दोहर लाकर उसके ऊपर डाल झाड़ू-बुहार करने में जुट गई। दिन निकलने से पहले ही मोहल्ले की औरतों के संग शौच से आ नहा धो चूल्हा सुलगा बाजरे की घूघरी बनाने की तैयारी कर डाली और संग में खड़तुआ का रायता बनाते-बनाते सोचने लगी, "जैसो बी है जीवण तौ इसी घर मै बिताणो है...कोई ना कोई रास्तो तौ निकालणो ई पडैंगा...।"

सूरज की रोशनी गिरधर के चेहरे तक पहुँची तो गिरधर ने करवट बदल ली। इधर अनारो कुछ मन में विचार कर दो प्याली में चाय ले गिरधर के क़रीब पीढ़ी सरका बैठ गई। गिरधर को उठा एक प्याली उसके हाथ में पकड़ाई और दूसरी अपने हाथों में दबा चाय की चुस्की भरने लगी। कुछ पलों की चुप्पी और चाय की चुस्कियों के बाद अनारो ने ही बात शुरू की–

"लड़ाई-झगड़ो किये बिणा कै री हूँ...टाबर बढ़ रां है ...बैठ कै खाणे सू खजाणो बी खाली हो जाय...वेद बणां के खेतण मै काम करां तौ घर मै रोटी को जुगाड़ बणां...माई के टैम पै बी थारा हाथ मै पीसो रख कै गयां...वेद बणा के घर जाकै काम री बात करो...कांई पतो कोई काम बण जाए...भलो आदमी है...मुसीबत मै काम आणे वालो आदमी है...म्हारा जापा निकल जाय तौ मैं बी छोरा-छोरी ने पढ़ाणे कौ काम देखूँगी...।" चाय की चुस्की भरता-भरता गिरधर चुपचाप अनारो की बात सुनता रहा। रातों को नशे की हालत में चाहे जो हो पर अनारो की बुद्धी और मेहनत के आगे दिन में नशा उतर जाने पर गिरधर आँख उठा उसकी ओर नहीं देखता। अनारो की बात सुन 'हाँ' में गर्दन हिला मुँह-हाथ धो गले में साफा लपेट वो घर से बाहर निकल गया।

बावरिया मोहल्ले से निकल चौराहे से बायें हाथ की ओर मुड़ नीम के पेड़ से डण्डी तोड़ चबाते-चबाते और दाँतों पर घिसते-घिसते मेवों के मकानों को पार कर कश्मीरियों के मन्दिर से होता हुआ गिरधर अनारो की बातों को सोचता आगे बढ़ाता जा रहा था कि वेद की चौखट आते ही नीम की दातून एक ओर फेंक गिरधर ने गेट खटखटा दिया। वेद के बेटे ने दरवाज़ा खोला तो गिरधर भीतर आ बाहर बरामदे में धरती पर उकड़ू बैठ गया।

वेद ट्रैक्टर के इंजन की देख-रेख में लगा था कि गिरधर पर नज़र पड़ते ही बोला–

"और गिरधर...आज सबेरे-सबेरे कांई काम पड़गां म्हारां सूं।" वेद के मुँह से गिरधर का नाम सुना तो मथानी से दही बिलो रही किरना के हाथ वहीं-के-वहीं रुक गये। पीछे गरदन घुमा किरना ने घूरकर गिरधर को देखा फिर चूल्हे पर गड़क रहे (उबल रहे) काले-छोले में कड़छी चलाने लगी।

ट्रैक्टर पर कपड़ा मार हाथ-पैर झाड़ता हुआ वेद गिरधर के क़रीब आया तो हाथ जोड़ गिरधर खड़ा हो गया। दीवार के सहारे खड़ा मंजा (चारपाई) खिसकाकर क़रीब ही अमरूद के पेड़ के नीचे बिछा वेद बैठ गया और गिरधर की ओर देखकर बोला–

"हाँ भई गिरधर...अब बता कांई बात है...सब ठीक...।" गिरधर धरती में नज़रें गड़ाये-गड़ाये बोला–

"थे सब जाणों हो...माई के जाणे सूं बाद घर चलाणो दूभर हो रां है...अनारो कां जापा बी आणे वाला है...थारां ही आसरो है हुकम...कोई काम-धन्धो मिल जाय तौ... ।" वेद ने कुछ सोचा फिर बोला–

"हूँ...खेत पै काम तौ कुछ है नाय जो तोय बताऊँ...पर तू घर को आदमी है... कुछ सोचणो तौ पड़ैंगा... ।" गिरधर ने बात बनती देखी तो मिन्नत करता बोला–

"थे माई-बाप हो...बड़ी उम्मीद लेकै आयो हूँ... ।" वेद गिरधर की ओर देख बोला–

"एक काम कर...खेत मैं ट्यूबवेल का सामाण, मोटर अर ट्रैक्टर को कीमती सामान पड़ां है...वाकी अर खेतण की रखवाली के काम मै लग जा...पईसा जादा ना दे सकूँगो...पर रोटी-पाणी की कमी ना होण दूँगो...संग मै तेरो जुगाड़ बी हो जायेंगा... ।" अपने जुगाड़ की बात सुनते ही गिरधर वेद के पाँव में पड़ गया। रसोई में काम कर रही किरना के हाथ मथानी पर थे, पर आँखें और कान वेद और गिरधर की बातों पर लगे थे। इसी बीच चूल्हे पर गड़क रहे काले छोले की तरी उफन कर चूल्हे के अंगारों पर गिरी तो दौड़कर किरना ने पतीली को चूल्हे पर से नीचे उतारा। उफनती तरी किरना के हाथ पर भी गिरी पर किरना ने उफ्फ तक न की। यह जलन मन-की-जलन से ज़्यादा नहीं थी।

पैरों में ढोक लगाये गिरधर गद्‌गदाकर उठा और *'जय रामजी'* कहकर गेट की ओर जाने को मुड़ा तो पीछे वे वेद की आवाज़ आई–

"तेरी लुगाई जापा सूं निबट जाय तौ घर भेज दीजो...तेरी भाबी को कुछ काम कर देगी तो याकां काम हल्का हो जायंगा...संग मै तेरे घर बी कुछ पइसा चला जायेंगा...अर खेत पै पोहोन्च जा अभी के अभी।" गिरधर ने 'हाँ' में गरदन हिलाई और गेट से बाहर निकल गया।

किरना जिसके कान बाहर ही लगे थे गिरधर के जाते ही तमतमाई हुई रसोई से बरतन-भाँड़े उठा बाहर ला पटक-पटक कर माँजते हुए बोली–

"गिरधर की खेतां पर कम्म देने ने बाद, ओसनी रन्न की म्हाड़े क्हर बाड़ने नी कोई लोड़ नी...अज्ज तूं पैल्ले तै म्हाड़ी इन्नी फिक्र नी कीती...क्हरै ना कम्म मैं आपू करीन्सां (गिरधर को खेतों पर काम देने के बाद उसकी घरवाली को मेरे घर घुसाने की कोई ज़रूरत नहीं...आज से पहले तो मेरी इतनी फिकर नहीं की...घर का काम मैं अपने आप कर लूँगी) ।" वेद किरना के बरतनों पर निकल रहे ग़ुस्से की परवाह किए बग़ैर खाट पर लम्बा लेटता हुआ बेफ़िक्री से बोला–

"जबान उतनी खोलेया कर जितनी म्हाड़ी समझ विच अच्छे...हुन ना त्वाड़ा प्यो जिन्दा या ना त्वाड़ी माँ-जिन्नानी इज्जत करी तै तुकी अन्दर अच्छुन देसां... जनानी ऐं...जनानी बनी तै रै..."

(ज़ुबान उतनी खोला कर जितनी मेरी समझ में आये...अब न तेरा बाप ज़िन्दा है ना तेरी माँ...जिनकी इज्जत कर तुझे अन्दर आने दूँगा...औरत है औरत बनकर रह)। और फिर खड़ा हो खूटी से अपना साफा ले गले में डालता हुआ बोला–

"ट्रैक्टर ना कम्म करान शैर जाना...रोट्टी दै जल्दी...मक्खन ताजा देयां...होर रोट्टी हेकदम कड़क..."

(ट्रैक्टर का काम कराने शहर जाना है...रोटी दे जल्दी...मक्खन ताजा देना... और रोटी एकदम कड़क)। यह कहकर वेद मूँछों पर ताव देने लगा और किलसती हुई किरना बरतन वहीं छोड़ वेद को घूरती हुई वहाँ से उठी और अपनी किस्मत को कोसती हुई तवे पर रोटियाँ डालने लगी।

रोटी खाने के बाद थाली सरका वेद उठ खड़ा हुआ। अन्दर कमरे में जा खूँटी पर टँगा साफा गले में डाला, तहमद में कसकर गाँठ लगा किनारों को कमर में खोंसा, पाँवों में जूती पहनीं और फिर दीवार पर टँगे शीशे पर नज़र डाल शीशे के क़रीब जा मूँछों को सँवारने लगा। फिर बाहर जाते-जाते पलट कर एक बार फिर आईने में चेहरे का निरिक्षण कर बालों में उँगलियाँ फेरीं और तेज़ी से कमरे से बाहर निकल ट्रैक्टर स्टार्ट कर घर से बाहर निकल गया।

गिरधर को इसी वक़्त खेत पर भेज और ट्रैक्टर की मरम्मत की बात कहकर वेद कहाँ गया है यह किरना को अच्छी तरह समझ आ रहा है। इन दिनों वेद जिस तरह आईने में ख़ुद को निहारता-सँवारता है उससे किरना का दिल दिन में कई बार धक्क होकर रह जाता। कई बाद वेद की हरकतों से आँखों के आगे धुँधलआ छाने लगता। कुछ महीनों से वेद के रंग-ढंग इस क़दर बदल गये हैं कि घर-गृहस्थी, बच्चे, रिश्तेदार किसी में वेद का कोई दख़ल कोई दिलचस्पी नहीं। उसकी अपनी एक अलग ही दुनिया हो गई है जिसमें कोई प्रवेश नहीं कर सकता, किरना तो क़तई नहीं। हैसियत ही नहीं उसकी कुछ पूछने की, कुछ कहने की। पर मन के भीतर किरना सब समझ रही है। यह सब सोचते-सोचते अनारो की बड़ी-बड़ी आँखें किरना को घूरने लगीं और किरना अनारो की आँखों से ख़ौफ़ खाने लगी। कैसे बारीकी से सँवार रहा था अपना चेहरा वह मानो आज ही घोड़ी पर चढ़ने वाला हो। एक बार तो किरना के मन में आया कि वेद के सामने जाकर खड़ी हो जाये और उसकी आँखों-में-आँखों डालकर पूछे कि–

"कुसतै मराज बनी तै जुलना एँ...? ऐस तरां म्हाड़े लई तै कदै नीं सजेया ऐं... कुन लब्बी गई...ओ...ओ बावरनी...? ओस बावरनी लई...?

(किसके लिए दूल्हा बन के जा रहा है ? इस तरह मेरे लिए तो कभी नहीं सजता। कौन मिल गई है...वह...वह बावरनी...? उस बावरनी के लिए...?) पर मन की बात मन में ही रह गई।

7

वेद के घर से निकलने के बाद किरना ने बच्चों को खिलाकर रसोई समेटी। बड़ी बेटी कुसुम ने घर की झाड़ू-बुहार सुबह ही निबटा दी थी। आजकल कुसुम और मंझली बेटी लाडो कड़ाई-बुनाई में लगी रहती हैं और सुन्दर पढ़ाई-लिखाई से जी चुराकर बहनों के पीछे-पीछे। किरना सुबह पाँच बजे उठती और बच्चों को स्कूल भेजने से पहले ही गाय भैंसों का काम निबटा चूल्हे-चौके में लग जाती। खाने-पीने का होश ही ना रहता। इन दिनों वेद की हरकतों से मन ही मर गया था। चूल्हे पर दूध का भगोना चढ़ा पास ही आसन पर बैठ थाली में एक रोटी और आधा कटोरी काले छोले डाल रोटी का कौर मुँह तक ले जाने लगी कि वेद का आईने के सामने खड़े हो अनारो के लिए सजना-सँवरना आँखों के आगे आ गया और हाथ में पकड़ा कौर हाथ से छूट थाली में आ गिरा। छलछला आयी आँखों से किरना कंद (दीवार) से सट गई। गिरधर को आज ही खेतों पर भेज दिन भर के लिए काम पर लगा जिस फुर्ती से वेद सज-धज कर घर से निकला है, सब समझ में आ रहा है वह कहाँ गया है। आज भी ज़रा फ़र्क़ नहीं आया है उस पहले वाले वेद और इस वेद में। रसोई की कन्द (दीवार) से लगी-लगी किरना अतीत को खुरचने लगी। जब से वो ब्याह कर आयी वेद को औरतों से हँसी-ठिठोली करते ही पाया। किरना की आँखों के सामने वह सभी दृश्य ज्यों-के-त्यों मँडराने लगे।

नयी-नयी ब्याह के किरना जब इस घर में आयी थी तो शुरू के कुछ महीने वेद किरना के आगे-पीछे मँडराता रहता। पर वेद की माँ-बहनों के घर में होने की वजह से दिन तो सास-ननदों की जी हुजूरी में कट जाता और रात थकी-हारी किरना अपनी कोठरी में पहुँच वेद की बाँहों में सिमट जाने का इन्तज़ार करती तो वेद बाहर वेड़े में अपनी माँ-बहनों के साथ गप्पबाज़ी में लगा रहता। अँधेरी कोठरी के अन्दर दरवाज़े की झिर्री से किरना वेद को एक टक निहारते हुए अपनी किस्मत पर रश्क करती कि

भगवान ने कैसा सोणा-गबरू जवान उसकी किस्मत में लिखा है और मन-ही-मन वेद के उसकी माँ-बहनों के पास से अपने पास ना आने पर जल-कुड़ रही होती। माँ-बहनों के सो जाने के बाद देर रात जब वेद उसके पास आता, तब बात शारीरिक भूख तक ही सिमट कर रह जाती। तन की भूख शान्त कर बाहर जा वेद माँ-बहनों के क़रीब बिछे मँजे पर जा पड़ता। उसके इस रवैये से सावित्री देवी को बड़ा चैन पड़ता कि उसका बेटा वोटी (पत्नी) लाने के बाद भी उसका है। ऐसा करके वेद तो अपनी माँ का आज्ञाकारी, संस्कारी बेटा साबित हो जाता, पर पति की बाँहों को तकिया बना उसके केशों में उँगलियाँ फेरते हुए दिन भर की तमाम बातों को साझा करने और वेद की चौड़ी छाती पर सिर टिका उसकी धड़कनों को महसूस करने की किरना की चाहत, चाहत ही रह जाती। फिर सुबह चिड़ियों के चहकते ही अपनी अधूरी चाहतों की पोटली परछत्ती (टाँड) पर रख सारे दिन के लिए किरना घर गृहस्थी के कामों में जुट जाती। इसी सब में एक के बाद एक औलादें पैदा होती चली गयीं और अपने आपको गृहस्थी में झोंक किरना ऐसी मशीन बनी कि होश ही ना रहा। रंग, रूप, यौवन सब जाता रहा। पर वेद, माँ-बहनों का दुलारा वह दिन-दिन जवान होता गया। किरना की ओर उसका ना पहले सा खिंचाव रहा, ना ही आकर्षण। इसके बाद तो वेद को जब, जहाँ, जो मिली वह उसका होता रहा। गली, मोहल्ला तो चुटकीली चुहलबाज़ी तक रहता पर खेतों में बनाई कच्ची छप्पर डली झोंपड़ी वेद की रंगीन मिज़ाजी का ठिकाना रहती, जहाँ न उसे किसी का डर होता न ही किसी की दख़लअन्दाज़ी। लेकिन खेतों का क़िस्सा खेतों तक ही सीमित न रहता। इधर-उधर से वेद की रंगीनियों की ख़बर मिलने पर किरना जल-कुढ़कर कुछ कहती तो सावित्री देवी वहीं-के-वहीं बात दबा देती और वेद को मामूली फटकार लगा मामला रफादफा कर दिया करती। पर जब से बहनें अपने घर की हुईं और सावित्री देवी स्वर्ग सिधारीं, वेद बेलगाम हो गया। फिर तो झल्ले शंभू की रंगीली वोटी तारा (जिसने गाँव के कच्चे-पक्के नौजवानों से लेकर बड़ों-बूढ़ों को अपने रंग-रूप का शिकार बनाया) से लेकर सपेरन, कश्मीरन, बावरनी, छोटी-बड़ी ज़ात, जो मिली उसने अपने तन की भूख मिटाई। पर इस वक़्त जब बच्चे सियाने हो रहे हैं जिस तरह वेद उस बावरनी अनारो पर न्योछावर हुआ जा रहा है, उससे किरना की आँखों के सामने वह सब एक बार फिर से आ गया, जिसने उसके नये नवेले वैवाहिक जीवन में तूफ़ान ला दिया था।

उस वक़्त वेद और किरना के ब्याह को साल भर भी नहीं हुआ था कि वेद के जिगरी दोस्त सत्ते का ब्याह तय हो गया। वेद ने ज़ोरों-शोरों से सत्ते के ब्याह में शिरकत की। करता भी क्यों नहीं, वेद के ब्याह में 'दोस्ती' जो की थी सत्ते ने।

'दोस्ती' की रस्म इन पुंछी कश्मीरियों के शादी ब्याह की रौनक होती है। शादी से एक दिन पहले का दिन यानी मेहँदी वाली रात को 'मेल' कहते हैं। 'मेल' मतलब शहरी भाषा में 'रिसेप्शन'। इसी दिन आस-पास के नाते-रिश्तेदारों की दावत के संग पहले 'दोस्ती' की रस्म फिर मेहँदी। यह रस्म इन पुंछी कश्मीरी ब्राह्मणों में पाकिस्तान के समय से चली आ रही है। इनके गीतों में वही रंग-वही रिवाज आज भी बसते हैं। यह 'दोस्ती' की रस्म और अन्य कई रस्में पुंछियों के शादी-ब्याह की रस्मों को अन्य ब्याह-शादियों से भिन्न करती है।

वेद और सत्ते की दोस्ती बचपन से ही पक्की रही। नाचने गाने में गाँव में दोनों का कोई सानी नहीं। गाँव में किसी की भी शादी हो वेद और सत्ते नाच और ढोल के संग बोलियाँ गाकर जो समा बाँधते कि पूरी रात गुज़र जाती। वेद तो सत्ते से भी चार हाथ आगे था। तिल्ले वाली जुत्ती, तहमद के ऊपर गहरे रंग का कुर्त्ता और गले में किसी भाभी का दुपट्टा लेकर जो वेद बोलियाँ बोलकर ढोल की तर्ज़ पर नाचता तो अच्छी-अच्छी मुटयारों की साँसें ऊपर-नीचे होने लगतीं।

सत्ते की भाभियाँ, नाते रिश्तेदारों के साथ ढोल-बाजे के साथ नाचते-गाते वेद के घर 'दोस्ती' की रस्म के लिए पहुँचीं। फिर ढोल पर नाचते गाते वेद को टोर कर (लेकर) ब्याह वाले घर लाया गया। वेद के मुँह में बताशा डाल सत्ते ने उसे गले लगाया फिर वेद ने सत्ते का मुँह मीठा कराते हुए उसे गोद में उठा कर उछाल दिया। भाभियाँ रस्म की गीतें गा रही थीं-

"दोस्तां-दोस्तां मिलनी कीती-2"
मिलनी करलो हँसी-हँसी
तुसी घाबरो ना हम जती-यती ।।
मिलो-मिलो ऐ वेला रखयो याद
वे ऐस वेले नी रखयो लाज
दोसतो मिलो-मिलो।।

रस्म के बाद सत्ते और वेद ने नाच-गाकर जो समा बाँधा कि वेड़ा हिला दिया। किरना उस समय पेट से थी। पाँचवाँ महीना चल रहा था। वेद नाचते-गाते बीच-बीच में किरना पर नज़रें गड़ा देता जिससे औरतों के बीच बैठी किरना शर्म से लाल हो रही थी। किरना को नाचने गाने का क़तई शौक ना था। सबके सामने इस तरह नाचना उसे कभी ना भाया था और वेद नाचने का कोई मौक़ा ना गँवाता। किरना तो उसका साथ नाचने में ना देती पर गाँव की औरतें, उनमें भी जिनकी हसरत वेद की वोटी (बीवी) बनने की थी एक मौक़ा ना छोड़तीं वेद के संग नाचने का। नाचते-नाचते

औरतें वेद से चिपकी जा रही थीं। ख़ासकर झल्ले शम्भू की वोटी तारा, वह तो वेद पर खुलेआम डोरे डाल-डाल कर उसके आगे-पीछे मँडराती नाचने लगी। यह सब देख किरना जल-कुढ़ कर घर भाग आई। किरना को वहाँ से जाते देख तारा वेद के नज़दीक आ उसके कान में बोली–

"वेद...त्वाड़ा व्या गलत कुड़ी नाल होई गया...ना नचनी -गानी, ना हँसनी-बोलनी...ओ तक्क सड़ी-बुज्जी तै गई...जा मना उसकी..."

(तेरा ब्याह गलत लड़की से हो गया...ना नाचती-गाती, ना हँसती-बोलती... वो देख जल-भुन कर गई...जा मना उसको) वेद बेफ़िक्री से बोला–

"कै करां...तू पैले शम्भू संग व्या करी तै बेई गई सी ऐं...अपनी किस्मत ई खराब सी..."

(क्या करूं...तू पहले ही शम्भू से ब्याह करके बैठ गई थी...अपनी किस्मत ही ख़राब थी) और बिना किरना की परवाह किए वो नाचने लगा।

आधी रात नाच गाकर वेद किरना के पास आया तो जली भुनी किरना बोली–

"इस तरां जनानियाँ ने संग तुसानां चिमड़ी-चिमड़ी तै नचना मिकी चंगा नी लगना।"

(इस तरह औरतों के साथ आपका चिपक चिपक कर नाचना मुझे अच्छा नहीं लगता) और यह कहकर नज़दीक आते वेद को किरना ने पीछे धकेल दिया। किरना के जलने पर उसकी ओर नज़रें गड़ाता वेद अपने शरारती अन्दाज़ से फिर किरना को अपनी ओर खींच कर बोला–

"सड़ी गयीयें...हुन तुकी तै नचना अशना नई...किसै ने संग तै नचसां ई... तू सिख नचना...जिस त्याडै सिक्खीन सैं...दईयां ने नाल नचना छोड़ी शोडसां।"

(जल गई...अब तुझे तो नाचना आता नहीं...किसी के संग तो नाचूंगा ही...तू सीख नाचना...जिस दिन सीख लेगी...दूसरियों के संग नाचना छोड़ दूँगा)। किरना पीछे हटी तो उसकी गुत (चोटी) खींचकर अपने सीने से चिपका वेद बोला–

"ऐ सड़ने नी आदत छोड़ी शोड़...म्हाड़े अश्ने आले पुत्तर नी सेत अस्तै ठीक नई।"

(यह जलने की आदत छोड़ दे...मेरे होने वाले बेटे की सेहत के लिए ठीक नहीं) और यह कहकर किरना को सीने से चिपका फिर बाहर जा वेद सो गया।

दो-तीन दिन की धूम-धाम, मौज मस्ती के साथ सत्ते का ब्याह पूरा हुआ। सत्ते और वेद की तरह किरना और सत्ते की वोटी (बीवी) चंचल की भी बड़ी घुटने लगी। जब-जब किरना तन्दूर बालती तो चंचल झटपट आटा लगाकर ले आती और रोटियाँ लगाते-लगाते दोनों हँसी-मज़ाक कर सास-ननदों के दुखड़े रोकर अपना दिल हलका

कर लेतीं। हालाँकि उस वक़्त वेद की माँ की नज़रें दोनों बहुओं पर टिकी रहतीं और किसी-न-किसी बहाने वे इनके नज़दीक आतीं तो कोई और क़िस्सा छेड़ यह बात बदल देतीं और फिर सावित्री देवी के वहाँ से जाते ही एक दूसरे को देख चुन्नी मुँह में दबा हँस पड़तीं।

सत्ते और चंचल के ब्याह को एक वर्ष पूरा हुआ तो 'वरेड़' की रस्म (इस रस्म में लड़की के मायके वाले बयाह का चूड़ा उताकर कांच की चूड़ियाँ पहनाते हैं व ससुराल पक्ष के लिए कपड़े, फल, मिठाई व उपहार लेकर आते हैं) के लिए चंचल के मायके अम्बाला से उसके मायके वाले आये। चंचल की माँ, उसके पिता, भाई-भाभी, दो बड़े प्यारे-प्यारे भतीजे, उसकी बूआ, दो मासियाँ, चाचा-चाची और इन सबके साथ चाचा जी की इकलौती और सबकी लाड़ली बेटी 'निम्मी' भी उनके साथ आयी।

निम्मी के बारे ने चंचल किरना को बड़ी सारी बातें बताई थीं कि निम्मी उन सब बहन-भाइयों में सबसे ज़्यादा पढ़ी है। बारहवीं की पढ़ाई अम्बाला से करने के बाद कॉलेज की पढ़ाई निम्मी ने अकेले हॉस्टल में रहकर चण्डीगढ़ से की। अब वो बम्बई की किसी बड़ी कम्पनी में काम करती है।

इन सबके आने से पहले ही सत्ते ने वेद के घर बैठकर वेद से बातचीत करके अपने सुसुराल वालों के स्वागत की सारी तैयारी कर ली थीं। पर जब रात के खाने के बाद छम-छम करती सपेरनों ने सत्ते के वेड़े में पहुँचकर, सपेरों के परम्परिक गाजे-बाजे के साथ नाच-गाना शुरू किया तो सत्ते के साथ किरना भी सोच में पड़ गई कि यह सब तो तैयारियों में शामिल ही नहीं था। वेद ने सपेरनों के आने से पहले वेड़े में लकड़ियाँ इकट्ठी कर अलाव का इन्तज़ाम भी कर डाला था। पौष का महीना था। सर्दी ज़ोरों पर थी। आग के बिना वेड़े में बैठा भी तो न जा रहा था। सपेरनों के साथ वेद ने भी ताल-में-ताल मिलाई और फिर सपेरनों के जाने के बाद पंजाबी ढोल पर बोलियों की शुरुआत हो गई। चंचल और सत्ते के साथ-साथ एक-एक कर सभी मेहमानों को नचाया जाने लगा।

'वारी वरसी खट्टन गया सी,
खट के ल्यांदी घोड़ी–2
ओ भंगड़ा तां सजसी,
जद नच्चै व्या दी जोड़ी।"
"वारी वरसी खट्टन गया सी,
खटके ल्यांदी लाची॥–2
ओ भंगड़ा तां सजसी,
जद नच्चै कुड़ी दी चाची।।

और फिर अन्त में जब बोली बोलकर निम्मी का हाथ पकड़ कर वेद उसे खींचकर लाया तो निम्मी भी ख़ूब जी भर कर नाची। कोई रात तीन बजे तक नाच गाना चलता रहा। किरना बीच में ही कब उठकर चली गई किसी को शोर-शराबे में पता ना चला।

अगले दिन किरना चूल्हे-चक्की में लगी थी कि धूप में माँ-बहनों के साथ मूंगफली गुड़ खाते वेद ने शाम सत्ते के ससुराल वालों को चिल्लियाँ (कश्मीरियों का मनपसन्द खाना, जिसमें आटा घोल कर नर्म चीले ख़ूब घी और मीठे के साथ खाये जाते हैं) खाने की दावत का सन्देशा किरना को सुना दिया। उस शाम दिन छिपे से पहले ही वेद सत्ते के ससुराल वालों को अपने घर ले आया। किरना ने ग़ौर किया कि वेद अद-बदके निम्मी के आगे-पीछे मँडरा रहा था। कैसे अपने हाथ से चिल्लियाँ मरोड़-मरोड़ कर (मींजकर) निम्मी को खिलाये जा रहा था। निम्मी पर भी वेद का ऐसा जादू चला कि वो वेद को ही क़नाखियों से देख रही थी। जब-जब वेद बोलता वह बड़े ग़ौर से वेद को सुनती और फिर खाते-खाते जब निम्मी ने अपने घरवालों को कुछ दिन चंचल के साथ बिताकर अम्बाला जाने की बात की तो किरना के साथ-साथ चंचल और सत्ते भी चौंक गये। निम्मी की बात न मानने का तो सवाल ही न था। निम्मी को फ़ौरन चाँदघाटी में रहने की मंजूरी मिल गई। जिस तरह रात वेद निम्मी के साथ चहक-चहक कर नाच रहा था और निम्मी पर डुला जा रहा था साथ ही निम्मी भी 'वेद जीजा जी...वेद जीजा जी...' कहकर वेद के आगे-पीछे मँडरा रही थी वह सब देखकर ही किरना जल-भुनकर वहाँ से घर लौट आयी थी। वेद का परायी लड़की में इस तरह दिलचस्पी लेना उसे झुलसा रहा था। खा-पीकर सब सत्ते के घर जाने को हुए तो चहकती हुई निम्मी बोली–

"वेद जीजा जी...कल मुझे आपके खेत देखने हैं...ले चलेंगे ना..?" निम्मी को पुंछी बोलनी नहीं आती थी। सबसे हिन्दी में ही बोलती और हिन्दी के बीच-बीच में अंग्रेज़ी भाषा के शब्द अनायस ही बोलती और फिर रुककर उन शब्दों को हिन्दी में तब्दील कर समझा देती। ऐसा करते हुए वह बड़ी प्यारी लगती। यूँ निम्मी देखने में चंचल से सुन्दर नहीं थी पर उसके तीखे नैन-नक्श, कन्धे तक लम्बे काले सीधे चमकदार बाल, लम्बा क़द और उसकी हिन्दी-अंग्रेज़ी मिश्रित जुबान, यह सब मिलकर उसके साँवले वर्ण को बड़ा आकर्षक बना रहे थे। वह गाँव की लजाई-शर्माई लड़कियों जैसी न थी। उसका बेबाकी से बात करना भी उसे सबसे अलग कर रहा था। निम्मी के खेतों पर चलने के सवाल पर झट चंचल बोली–

"वेद वीर जी नई...तेरे जीजा जी तुझे खेत दिखा लायेंगे...इन्हें क्यूँ परेशान करना...।" चंचल किरना की उदासी भाँप कर बोली। सत्ते ने भी चंचल का साथ देते हुए हामी भरी तो मुँह बिचकाती हुई निम्मी वेद को देखते हुए बोली–

"No way...अ...अ...I mean...बिल्कुल नहीं...सत्ते जीजाजी मुझे बाइक पर ले जायेंगे.. लेकिन मैंने देख लिया है...वेद जीजा जी के घर ट्रैक्टर है...SO... मुझे ट्रैक्टर पर खेत देखने जाना है...and this is final... " और यह सुनते ही वेद मुस्कराता हुआ बोला–

"ठीक है ठीक है...मैं ही घुमाऊँगा जी आपको...तुसां फिकर ना करो...पर उठना स्वेरे जल्दी पड़ेगा...मंजूर...?" निम्मी ने झट 'हाँ' में गर्दन हिलाई और वेद के कन्धों को पकड़ती हुई चहक कर बोली–

"Oh...Thank you so much वेद जीजाजी।" निम्मी के इस तरह सबके सामने वेद को छूने से किरना मुँह फेरकर वहाँ से रसोई की ओर चली गई और चंचल निम्मी का हाथ पकड़ सबको अपने साथ लेकर अपने घर निकल गई।

सुबह चिड़ियों के चहकते ही सबसे पहले किरना उठकर झाड़ू-बुहार कर, नहा-धोकर सबको चाय का प्याला देती है। बिस्तर में ही चाय पीने के बाद सब मंजा (खाट) छोड़ते हैं। पर उस दिन किरना उठी तो देखा वेद नहा-धोकर शीशे में अपने आप को निहारते हुए कभी अपने बाल तो कभी अपनी मूँछों पर ताव दे रहा था। निम्मी का खुमार ऐसा था कि रात किरना के पास भी न आया था। माँ-बहनों के बीच ही मंजा (खाट) बिछा सो गया था। खीजती हुई किरना ने चूल्हा बाला (जलाया) और चाय की पतीली चूल्हे पर चढ़ाई ही थी कि दूर ट्रैक्टर पर कपड़ा मारते हुए वेद की आवाज़ आई–

"अज्ज रोट्टी खेतै पर ही खासां...निम्मी वी नाल ई...सब्जी बढ़िया करारी जेई बनायां...मक्खन अलग रखेयां तै लस्सी हेक्क दम गाड़ी होनी चइनी... "

(आज रोटी खेत पर ही खाऊँगा...निम्मी भी संग है....सब्ज़ी बढ़िया करारी सी बनाना...मक्खन अलग से रखना और छाछ गाढ़ी होनी चाहिए)। किरना ने सुना और चाय का प्याला लेकर तमतमाए चेहरे से प्याला वेद के हाथों में थमाते हुए बोली–

"रातै नीं रोट्टी वी बन्नी शोड़ां...?"

(रात की रोटी भी बाँध दूँ...?)। चाय का घूँट भरता हुआ वेद बोला–

"गल्लै-गल्लै पर सड़ना त्वाड़ी आदत होई रई...ख़ुश रैना सिक्ख...मेहमान ईं साड़ी ओ...उसनी इज्जत करना असानां फ़र्ज़ आ...अपनी आदत सुधार...कई वार आखी रेयां तुकी...।"

(बात बात पर जलना तेरी आदत हो गई है...ख़ुश रहना सीख...मेहमान है हमारी वो...उसकी इज्जत करना हमारा फ़र्ज़ है...अपनी आदत सुधार...कई बार कह चुका हूँ तूझे)। किरना ने सुना और बिना कुछ कहे चूल्हे की ओर मुड़ गई। वेद अभी ट्रैक्टर की झाड़-पौंछ कर ही रहा था कि चहकती हुई निम्मी गेट खोल कर अन्दर

आ गई। पीछे-पीछे सत्ते और चंचल भी थे। सत्ते और चंचल ने वेद की माँ के पैर छुए और निम्मी चिपककर सावित्री देवी के गले लग गई। कुछ देर वेद की बहनों से गप्प लड़ाकर अपना कैमरा हाथ में ले चूल्हे पर काम करती किरना की तस्वीर ले रही थी कि सत्ते ने सावित्री देवी को बताया गाँव की तस्वीरें खींचने और खेत पर जाने की ख़ुशी में न तो निम्मी सारी रात ख़ुद सोई, न ही किसी को सोने दिया। फिर वेद के क़रीब जाकर सत्ते फुसफुसाया–

"सालेया...निम्मी म्हाड़ी वोटी जेई नई कि तू कुज वी आक्खी शोड़ैं...पक्की शैरी कुड़ी ऐ....बेची खासी तुकी...पैंचो ...तुकी पता सा मैं फैक्ट्री जाना...पूरा मौका लब्बीगेया तुकी म्हाड़ी साली संग मौज कीते ना...पर प्हावी ना ख्याल रख...कट्ट चक्कर चलाया कर दुइयां पर...हुन तूं प्यो बन्ने आला ऐं..."

(साले...निम्मी मेरी बीवी जैसी नहीं है कि तू कुछ भी कह दे...पक्की शहरी लड़की है...बेच खायेगी तुझे...भैनचो...तुझे पता था मैं फैक्ट्री जाऊँगा...पूरा मौक़ा मिल गया तुझे मेरी साली के साथ मौज करने का...पर भाभी का ख़याल रख...कम चक्कर चलाया कर दूसरियों के साथ...अब तू बाप बन गया है)। वेद भी कम न था। सत्ते को चपत मारकर बोला–

"सालेया...जीजा तै असां वी आं ओसने...तू अपनी वोटी ना ख्याल रख... मेरी आली नी तै सड़ने नी आदत बनी रई...उसनी छोड़...ओए चिन्ता ना कर त्वाड़ी साली म्हाड़ी साली..."

(साले...जीजा तो हम भी हैं उसके...तू अपनी बीबी का ख़याल रख...मेरी वाली की तो जलने की आदत बन गई है...उसकी छोड़...और चिन्ता मत कर... तेरी साली मेरी साली)। तभी खिलखिलाती निम्मी ट्रैक्टर पर चढ़ चुके वेद की ओर कुछ पल देखकर बोली–

"क्या वेद जीजाजी। मुझे क्या नीचे ही खड़े रहना पड़ेगा...?" वेद झट बोला–

"नई जी।...आओ बैठो...।" निम्मी फिर अपनी जगह खड़ी रही और जब वेद नहीं समझा तो अपना हाथ वेद की ओर बढ़ाकर बोली–

"COME ON. GIVE ME YOUR HAND अम्मम...अपना हाथ दो...।" निम्मी की बेबाकी पर इधर-उधर देख वेद ने अपना हाथ दिया और वेद का हाथ पकड़ एक झटके से निम्मी ट्रैक्टर पर चढ़ बैठ गई। यह देख वहाँ खड़े सभी एक दूसरे से नज़रें चुराते इधर-उधर हो गये और किरना मुँह फेरकर अन्दर मुड़ गई। उस दिन किरना से कुछ खाया-पिया न गया।

घर से वेद ने जो ट्रैक्टर स्टार्ट किया तो अपने पुश्तैनी मन्दिर के आगे से गुज़रता हुआ अड्डे की ओर बढ़ रहा था कि कुएँ पर पानी भर रही नीलम, सत्या, लाजो

के साथ बाजखाँ और रसूलखाँ के घर की औरतों ने वेद को देखा और आपस में एक दूसरी को देख आँखें मटकाना शुरू हो गया। वेद भी कम नहीं था। ठीक कुएँ के आगे ट्रैक्टर रोका और पानी खींच घड़े में डाल रही जनानियों की ओर तफरी भरे लहजे में बोला–

"नीलम...त्वाड़ी जिन्दगी तै घड़े ढोनेयां ई निकली रैसी...हालै वी मौका थेया ऐ...जुल म्हाड़े नाल...कुज मौज-मजा हिन...नीं तै इयै करनी रैसें..."

(नीलम-तेरी ज़िन्दगी तो घड़े ढोने में ही निकल जाएगी...अभी भी मौक़ा है... चल मेरे साथ...कुछ मौज मज़ा ले ले. नहीं तो ये ही करती रहेगी)। नीलम कहाँ चुप रहने वाली थी। वह तो यूँ भी किसी का हिसाब बकाया नहीं रखती। कुएँ से खींची बाल्टी घड़े में डालती हुई वेद को देख बोली–

"मैं तै त्वाड़े नाल हुनै जुली पेयां...पर त्वाड़े तै पैलै ई कई ठिकाने बनते ने।"

(मैं तो अभी तेरे साथ चल पहूँ...पर तेरे तो पहले ही कई ठिकाने बने हुए हैं)। वेद गले में पड़ा कपड़ा सिर पर बाँधता हुआ बोला–

"ओ मर्द ई कै होया जेड़ा हेक ठिकाने पर रुकी गच्छै...सोचीन...फेर ना आखेयां के पुच्छेया नी।" (वह मर्द ही क्या हुआ जो एक ठिकाने पर रुक जाये...सोच ले... फिर ना कहना कि पूछा नहीं)। नीलम ने घड़ा उठा कर सिर पर रखा और वेद के नज़दीक आकर बोली–

"मैं तै त्वाड़े नाल ई जीना सा-पर तूं पैले ई किरना की व्याई आंदा...हुन वी तुकी चैन नई...।" (मैंने तो तेरे साथ ही जीना था...पर तू तो पहले ही किरना को ब्याह लाया...अब भी तुझे चैन नहीं)। वेद नीलम की ओर झुकता हुआ बोला–

"हुन वी कुज नी बिगड़ेया...तू हाँ कर तुकी वी रक्खीनसां।"

(अब भी क्या बिगड़ा है...तू हाँ कर तुझे भी रख लूँगा)। वेद का यह कहना था कि नीलम ने बाल्टी से पानी अँजुरी में भर वेद पर उछाल दिया और चुन्नी मुँह पर सरका हँसती हुई आगे बढ़ गई तो वेद ने भी ट्रैक्टर को रेस दे दी। वेद के जाते ही कपड़ों पर थापी मारती चंची थापी रोक सत्या को देख बोली–

"देख तै सई...किस तरां सत्ते नी साली की लेई तै फिरना ऐ वेद...चंगा होया अड़िये त्वाड़ा व्या वेद संग नी होया...नीं तै तूं वी किरना नीं तरां सड़ी-सड़ी तै मरना सा।"

(देख तो सही...किस तरह सत्ते की साली को लेकर फिर रहा है वेद...अच्छा हुआ जो तेरा ब्याह वेद के साथ नहीं हुआ...नहीं तो तूने भी किरना की तरह जल-जल कर मरना था)। एक नज़र चंची को देख पानी का भरा घड़ा और हाथ में नेजू बाल्टी लटका सत्या बोली–

"अड़िये छड्ड ऐस की तै बैली-बैली हत्थ चला नीं तै त्वाड़ी सस्स इत्थै ई रैसी... तै त्वाड़ा चूंडा पटसी...मिकी अज्ज सागै आली कड़ी चाढ़नी...हालै साग वी कटना... वेद नी वेद जानै...तै जानै किरना..."

(अरी यह सब छोड़ और जल्दी-जल्दी हाथ चला नहीं तो तेरी सास यहीं आ जायेगी और तेरी चोटी खींचेगी...मुझे आज साग वाली कड़ी बनानी है...अभी साग भी काटना है...वेद की वेद जाने या जाने किरना)। यह कह सत्या कुएँ से उतर अपने घर की ओर बढ़ गई और कुएँ पर कपड़े धो रही कश्मीरी और मेवाती औरतें वेद की प्रेम लीला पर चर्चा करने लगीं।

गाँव से निकल निम्मी से हँसी-मज़ाक़ और गप्प बाज़ी करते वेद ने जैसे ही खेतों में ट्रैक्टर रोका निम्मी ट्रैक्टर से वेद का सहारा ले उतरी और सरसों के खेत के बीच जाकर बाहें फैला इधर-उधर देख रोमांचित हो गई। चारों ओर मानो पीली चादर बिछी हो। एक-एक कर निम्मी ने कई तस्वीरें खींच डालीं और फिर अचानक कैमरे का रूख झोंपड़ी के क़रीब बने कुएँ की मुंडेर पर बैठे वेद की ओर कर वेद की तस्वीरें लेने लगी। अपनी तस्वीरें खिंचते देख वेद झेंप सा गया और उसे झेंपते देख निम्मी बोली–

"I MUST TELL YOU ONE THING...आप ना एकदम गाँव की फिल्म वाले मनोज कुमार लगते हो...एकदम फिल्मी हीरो...आप मेरे साथ बॉम्बे चलो...BY GOD आपको कोई भी डायरेक्टर अपनी फिल्म में ले लेगा...हाँ थोड़ा आपकी LANGUAGE...अ...मतलब भाषा को ठीक करना पड़ेगा...वो तो मैं कर दूँगी..."

वेद निम्मी की बातों को कितना समझता कितना नहीं पर उसकी बातें, बात करने का लहजा, उसका खुलापन वेद पर जादू सा कर रहा था। अनायास वेद निम्मी की ओर खिंचा जा रहा था। ख़ुद निम्मी भी कुछ नहीं समझ पा रही थी बस वेद की ओर खिंची जा रही थी। उसे तो गाँव में एक दिन भी ना रहना था पर वेद का साथ उसे ऐसा भा रहा था कि वो अम्बाला जाने का नाम न ले।

हर दिन सुबह-सुबह निम्मी का वेद के साथ खेतों पर जाना, दोपहर आसपास के इलाक़ों में घूमना, शाम को वेद के घर जाकर कुट्टी की मशीन चलाते-चलाते चहककर वेद से बातें करना, राह चलते वेद से चिपक-चिपक जाना सारे गाँव में चर्चा का विषय बन गया था। थड़ियों पर बैठे बड़े-बूढ़े और घरों, कुएँ व राह पर आती-जाती औरतें सब वेद और निम्मी के क़िस्से गढ़कर जी बहला रहे थे। इस सब से अलग किरना, रोज़ लोगों के मुँह से सुनी बातों और निम्मी के रंग में रंगे वेद के अपने साथ किए जा रहे रूखे बर्ताव की जलन में झुलसी जा रही थी। वो रातें किरना पर बड़ी भारी गुज़र रही थीं। कभी-कभी तो जी में आता कि निम्मी को बाज़ू से पकड़ कर अम्बाला छोड़ आये और उसके घर वालों से कहे कि इसे कभी

चाँदघाटी ना भेजें। फिर सोचती, वो तो परायी लड़की है पर वेद तो उसका अपना है-वो क्यूं उसके साथ ऐसा कर रहा है? रही सही कसर वेद की माँ और बहनें यह कहकर निकाल देतीं–

"रब्ब असां की निम्मी जई कुड़ी देई शोड़ना तै असां ने घरै नी रौनक ई कुज होर होनी।"

(भगवान हमें निम्मी जैसी लड़की दे देता तो हमारे घर की रौनक ही कुछ और होती)। माँ की बात सुनकर वेद और चौड़ा हो जाता और किरना के ज़ख्मों पर सास के ये शब्द नमक छिड़कने का काम करते। उस वक़्त किरना को अपनी माँ की बात याद आती–

"मर्द जनानी ने मनैनी गल्ल कदै नीं सम्जी सकना।"

(मर्द औरत के मन की बात कभी नहीं समझ सकता)।

किरना की हालत और निम्मी की वेद के साथ बढ़ती नज़दीकी से जब गाँव भर में बातें होने लगीं तो चंचल ने फ़ौरन तार भेजकर चाचा जी को बुला लिया। जैसे-तैसे वह दिन आया जब निम्मी चाँदघाटी से अम्बाला के लिए रवाना हुई। उसके जाने के कई दिन तक वेद पर निम्मी का खुमार चढ़ा रहा। किरना भी वेद से खिंची-खिंची रही। कुछ दिन मायके में भी बिता कर आयी पर जी हल्का ना हुआ। होता भी कैसे। ये वो दिन थे जब वो वेद की बाँहों में घुल जाना चाहती थी। अपनी गृहस्थी में रच-बस जाना चाहती थी और यही वो वेद से भी चाहती थी। पर नयी नवेली गृहस्थी की शुरुआत में ही वेद का निम्मी में इस क़दर डूब जाना कि उसे किरना की सुध ही ना रही, किरना को भीतर तक छलनी कर गया। कई दिन किरना कुएँ पर पानी भरने भी ना गई। कैसे जाती। अपने खसम के रूप रंग पर इतराने वाली किरना की सारी अकड़ ख़ुद उसके खमस ने ही चूर-चूर कर डाली थी।

बस उस वक़्त से आज तक किरना के मन पर वेद सुहाग सेज जैसा अपनी जगह बना ही ना पाया और ना ही किरना ने उसे अपनी ओर खींचने की कोशिश ही की। इस जलन-कुढ़न से किरना का यौवन और निखार जाता रहा। बस वेद की गृहस्थी में उसने कोल्हू के बैल सा ख़ुद को खपा दिया। पर वेद–वह तो मर्द था... उसे कौन रोक सकता था।

जैसे ही सुन्दर रोते-रोते किरना की गोद में धप्प से आ बैठा तो बरसों की यादों से एक झटके से किरना वर्तमान में आ पहुँची। बहन-भाइयों की लड़ाई से परेशान हो सुन्दर माँ से बहनों की शिकायत करने लगा पर किरना को कुछ सुनाई ना दे रहा था। वो तो वेद की नई रासलीला की उल्झनों में उलझी हुई थी। आँखों के आगे अनारो का चेहरा घूम रहा था जो अब उसकी गृहस्थी में सेंध लगा रही थी और फिर एक बार वेद किरना को भुला अनारो में जी लगा रहा था।

8

घर से निकल वेद अलवर पहुँचकर सीधा मोटर मकैनिक के पास पहुँचा। घण्टा भर ट्रैक्टर की मरम्मत में लगा रहा फिर ट्यूबवेल का कुछ सामान ख़रीद कचहरी के आगे से होता हुआ गाँव की ओर लौट रहा था कि चूड़ी-बाज़ार के आगे से गुज़रते हुए अनायास ब्रेक पर पैर गया और ट्रैक्टर ठीक चूड़ी-बाज़ार के आगे रुक गया।

कहने को तो इस बाज़ार का नाम 'चूड़ी-बाज़ार' है पर इस बाज़ार में चूड़ियों के साथ-साथ औरतों के साज़-शृंगार से जुड़ी तमाम चीज़ों के अलावा ओढ़नी-घाघरा, जूते-चप्पल, गहना गट्टा सब मिल जाता है। आस-पास के गाँवों में रहने वाली हर जाति-सम्प्रदाय की औरतों को यह बाज़ार बड़ा ही लुभाता है। शादी ब्याह का मौक़ा हो, तीज-त्योहार या फिर आम दिन, चूड़ी बाज़ार में औरतों का तांता लगा ही रहता है। कश्मीरी औरतें अधिकतर ब्याह-शादी के मौक़े पर यहाँ आती हैं। मेवाती समाज बहुलता में होने के कारण मेवाती वेश-भूषा व आभूषणों की यहाँ अधिक भरमार रहती है।

वेद कुछ पल ट्रैक्टर में बैठे-बैठे बाज़ार में आती-जाती औरतों को देखता रहा। इक्का-दुक्का मर्द ही बाज़ार में दिखलाई पड़ रहे थे। वेद ने देखा कैसे चहक-चहक कर औरतें ख़रीदारी कर रही थीं। औरतों को चहकते देख मन में अनारो का चेहरा आया तो वेद के चेहरे पर भी मुस्कान उतर आई। बरसों से इस बाज़ार के सामने से गुज़रता रहा है पर कभी यहाँ रुकने का ख़याल ना आया। पर आज मन कुछ और ही चाह रहा था। ट्रैक्टर सड़क के किनारे लगा वेद ट्रैक्टर से नीचे उतरा। एक नज़र इधर-उधर दौड़ाई और तेज़ रफ़्तार से चलता हुआ बाज़ार की ओर बढ़ गया।

'चूड़ी बाज़ार' में वेद घुस तो गया पर अपने चारों ओर औरतों की जमात पाकर एक पल को सकपका गया पर फिर बिना किसी की परवाह किए इधर-उधर निगाहें घुमाता आगे बढ़ने लगा। बाज़ार में चारों ओर से अपनी वस्तुएँ बेचने वालों का शोर कानों में सुनाई पड़ रहा था। तरह-तरह के लुभावने जुम्ले दुकानदार ग्राहक

औरतों की ओर उछाल रहे थे। अपना-अपना सामान बेचने की होड़ दुकानदारों के बीच प्रतिस्पर्धा उत्पन्न कर रही थी। ग्राहक को देखते ही कई-कई दुकानदार उस पर झपट पड़ते। वेद को भी जब कुछ ढूँढ़ते पाया तो उस पर भी दुकानदारों ने हमला बोला। वेद का पहनावा ज़मीदारों वाला देखकर एक दुकानदार बाकियों को पीछे धकेलकर बोला–

"बणां...म्हारा दुकान मै ईसो चटक घाघरो-ओढ़नी है के कितनी पुराणी थारा बींदणी हो...नई नवेली ना लागै तौ अपणी दुकाण आज ई बन्द कर दूँ...।" इतना सुनना था कि वेद उस दुकानदार के पीछे चल दिया। दुकानदार ने वेद को जुती बाहर उतारने को कह चौकड़ी मार अपनी दुकान पर बैठाया। कई रंग-बिरंगे, सोने-चाँदी-सी झिलमिलाती टिकड़ियों वाले घाघरा-चोली और ओढ़नी खोल-खोलकर उसके सामने रख दिये। फिर जैसे ही चटख लाल रंग के घाघरा-चोली और उसके साथ चाँदी के सिक्कों सी टिमटिमाती गोटा टिकलियों वाली पीले रंग की ओढ़नी पर वेद की निगाह ठहरी, दुकानदार झट ताड़ गया कि उसके ग्राहक को सौदा मन भा गया है। अपने ग्राहक से उचित दाम वसूलने की चाह में उसे शीशे में उतारता हुआ दुकानदार बोला–

"मानणो पडेंगा भाई जी, आपकी पारखी नजर है...अब साईज भी देख लो... कोण सो बँधवा दूँ...हर नाप की चोली है...आप देख लो बणा कौण सी चोली सही बैठेगी थारां घरवाली के...।" यह कहकर दुकानदार टकटकी बाँध वेद की ओर देखने लगा। वेद ने मन-ही-मन अनारो को अपनी बाँहों में महसूस किया और चार-पाँच अलग-अलग नाप में से एक चोली पर हाथ रख दिया। अपने रंगीले चौकस अन्दाज़ में चोली पैक करते हुए दुकानदार वेद की ओर निगाहें मटकाते हुए बोला–

"वाह-वाह भाई जी...लागै है भगवान नै बड़ा नाप-तोल कै बणायो है भाभी नै...हा...हा...हा...।" दुकानदार ने वेद से मनचाहा दाम ले कुछ पलों में कपड़े वेद को थमाये और दूसरे ग्राहकों की ओर लपक गया। कपड़े लेकर वेद जैसे ही दुकान से बाहर निकला कि उसकी निगाह क़रीब की दुकान पर लाक की चूड़ी पहन फूली न समा रही मेवाती औरतों पर पड़ी। औरतों के चेहरों पर चूड़ियों को देख उभर आई ख़ुशी के भावों को देख वेद कुछ पल को खड़ा-खड़ा उन्हें निहार विचार मग्न था कि दुकानदार ने उसे आवाज़ दी–

"आओ आओ बणा...रुक कांई गयां...।" वेद ने कभी औरतों का साज-शृंगार ख़रीदा नहीं था...वह भी चूड़ियाँ...वेद कुछ हिचकते हुए दुकान की ओर बढ़ ही रहा था कि सामने से निकलती पास के गाँव 'बिसारी' की दो कश्मीरी बहनों को देख ओट में हो गया और फिर जब वो आगे बढ़ गईं तो वेद दुकान में आ गया। फिर हिचकिचाते हुए वेद दुकानदार से बोला–

"भाई...तेरी दुकाण मै जो सबसै बढ़िया लाक की चूड़ी है...वा निकाल जल्दी सै...।" दुकानदार समझ गया ग्राहक नौसिखिया है। उसने झटपट चमचमाता-दमकता लाक का चूड़ा मुँह माँगे दाम पर वेद को थमा दिया। चूड़ा ख़रीद सुनार की दुकान से वेद ने ख़ूब छम-छम करती पायल की जोड़ी और बिछिया भी ख़रीद ली। सुनार की दुकान से वेद बाहर निकल ही रहा था कि पास ही जूती-चप्पलों की दुकान थी जहाँ सास के साथ अपने लिए चप्पलें ख़रीदती गुड्डो की नज़र तीन-चार थैली हाथ में पकड़े वेद पर पड़ी तो झट वह अपनी सास से बोली–

"माता...अज्ज तै कमाल ई होई गया...ओ देक्खा वेद...ओ किस तरां चुड़ी बजारैच बड़ी आया...इस तै कदै इक पत्ता बिन्दी नां किरना की आनी तै नी दित्ता... अज्ज बड़ियाँ चीजां किरना लई हिनी तै जुलना या..."

(माँ...आज तो कमाल ही हो गया...वो देखो, वेद...वो कैसे चूड़ी बाज़ार में घुस आया...इसने तो कभी एक पत्ता बिन्दी का कभी किरना को लाकर नहीं दिया... आज बड़ी सारी चीज़ें किरना के लिए लेकर जा रहा है)। गुड्डो की बात सुन वेद को जाते देखती गुड्डो की सास गहरी साँस छोड़ते हुए बोली–

"शुकर परमात्मा नां...बचारी की कुज तै खसमै तरफूं खुशी लबसी।"

(शुक्र परमात्मा का...बेचारी को कुछ तो पति की ओर से ख़ुशी मिलेगी) कहकर गुड्डो और उसकी सास चप्पलें पहनकर मोल-भाव करने लगीं।

चूड़ी-बाज़ार से सामान ख़रीद वेद बाहर निकल ट्रैक्टर की ओर बढ़ने लगा कि सड़क की दूसरी ओर कॉपी-किताब की दुकान की ओर वेद की निगाहें गईं। बच्चे चहक-चहककर अपने माता-पिता से किताबें ख़रीदने की ज़िद कर अपनी पसन्द की किताब ख़रीद ख़ुशी में उछल रहे थे। वेद किताबों की दुकान पर पहुँच तो गया पर कौन सी किताब ख़रीदे और किताब ख़रीदने के लिए किस भाषा का प्रयोग करे उसे समझ ही ना आ रहा था। बस हिचकिचाते हुए इतना ही कह पाया–

"भाई...जिस किताब सै बच्चा कुछ सीखैं और उनको ज्ञान बढ़ै...ऐसी कुछ किताब निकाल।" दुकानदार समझ गया ग्राहक अनपढ़ है, सो उसने अपनी समझ से दस-बारह ज्ञानवर्धक किताबें वेद को थमा दीं।

टैक्टर पर बैठ सब सामान अपने लम्बे-चौडे साफे में बाँध वेद ने टैक्टर की सीट से बाँधा ताकि पोटली गिर न जायें और फिर ट्रैक्टर स्टार्ट कर राजस्थानी कलात्मकता की प्रतीक 'कचहरी' और फिर 'मोती डूंगरी' के आगे से होता हुआ 'चाँदघाटी' की ओर बढ़ने लगा। वेद की आँखों में अजीब सी चमक इस समय तैर रही थी। मन में उठ रही तरंगों में घंटे भर का सफ़र पलों में तय हो गया।

गाँव पहुँचकर ट्रैक्टर बाजखाँ के बाड़े (भैंसों के तबेले) में खड़ा कर वेद ट्रैक्टर से नीचे उतरा। सामान की पोटली हाथ में ले वेद के क़दम बावरिया टोले की ओर बढ़ने लगे। बढ़ते हुए कदम सीधे अनारो की चौखट पर जाकर रुके। गिरधर खेत में होगा और वहाँ से कहीं हिलेगा भी नहीं यह तो वेद को पता था ही। खेत पर उसके पीने का जुगाड़ जो कर दिया था वेद ने। शाम दिन छिपे से पहले घर लौटने की सम्भावना ही नहीं थी उसकी।

वेद ने अनारो के घर का दरवाज़ा खटखटा दिया। स्कूल से लौटी सिया को खिला-पिला उसके साथ सोई पड़ी अनारो ने साँकल की आवाज़ सुनी तो खाट से उठ खड़ी हुई। भीतर से दरवाज़े की साँकल खोल अनारो ने अपनी चौखट पर वेद को खड़े देखा तो उसकी धड़कनें तेज़ हो गईं। वेद बाहर इधर-उधर झाँक झट भीतर की ओर बढ़ा तो अनारो के क़दम भी पीछे की ओर हट गये। वेद ने तुरन्त भीतर आकर दरवाज़े की साँकल चढ़ायी और हाथ में पकड़ी पोटली एक ओर रख जैसे ही अनारो की ओर पलट निगाहें अनारो पर गड़ायीं कि अनारो के जिस्म में कँपकँपाहट साफ़ दिखाई पड़ने लगी। अनारो की घबराहट देख वेद उसके क़रीब आ बोला–

"*घबरा कांई रई है...भूत ना हूँ मैं...।*" यह कहकर वेद अनारो के और क़रीब बढ़ ही रहा था कि अनारो के होठ कँपकँपाते हुए फड़फड़ाये–

"*थे इसै अचाणक म्हारा घर आ गयां...किसीणै देख लियां तौ...म्हारा घरवाला आ गया तौ म्हारा कांई हाल करैंगा थाणे पतो कोणी...*" "*कोई कुछ ना बोलैंगा...* अर गिरधर की फिकर छोड़ ...म्हारे खेत की रखवाली के काम पै लगा लिया है मैणे...दिण छिपा सूं पैहलै ना आयेंगा..." कहते-कहते वेद ने अनारो की बाँह पकड़ उसे अपनी ओर खींचा और उसका चेहरा ठीक अपने चेहरे के क़रीब ला घूँघट पीछे सरका आँखों-में-आँखें गड़ा उसके चेहरे की अक्कासी करता हुआ फुसफुसाया–

"*कितणे दिणां के बाद तुझै इतणे पास सूं देख रां हूँ...कांई जादू कर दियो है तैणै मुझपै...दिण-रात मेरो पीछो न छोड़ै तू...।*" अनारो की घबराहट और बढ़ते देख वेद बोला–

"*कांई बात सूं डर री है...तेरे मुहल्ला सूं...? पास-पड़ोस सूं? इणकी फिकर कर रही है ? तेरे मुहल्ला की किसी बी लुगाई को नाम बोल...एक आवाज पै दौड़ी आयेगी...रही बात गिरधर की...गिरधर कितणो मरद है तू भी जाणै है...मैं भी जाणूं...।*" अनारो ने घूर कर वेद को देखा तो अनारो को सामने से ऊपर से नीचे निगाह भर देख वेद बोला–

"*कांई हाल बणा दियां है तेरो स्साले गिरधर नै...*" यह कह वेद अनारो के चेहरे, फिर चेहरे से गर्दन और जैसे ही गर्दन से नीचे निगाहों को ले जाने लगा, झट

अनारो ने घूँघट चेहरे पर सरका लिया। वेद ने झटके के साथ अपनी ओर खींच एक बार फिर से अनारो को सीने से चिपका उसे बाँहों में कस लिया और एक हाथ से घूँघट उसके चेहरे से हटा बाँहों की पकड़ और मज़बूत करते हुए बोला–

"तेरे बिना नाय रह सकूं...अब तू मेरी है समझ लै...फालतू की चिन्ता छोड़ दै... ।" कहते-कहते वेद की साँसें चलने लगीं। अनारो वेद की मज़बूत पकड़ में कसती चली जा रही थी कि तभी भीतर बिस्तर में सोई सिया की कुल्बुलाहट सुनाई दी। अनारो ने कसमसाते हुए ख़ुद को वेद की गिरफ़्त से आज़ाद किया और सिया की ओर दौड़ी। भागते हुए हड़बड़ाहट में मूढ़े से जैसे ही टकराई दौड़कर वेद ने अनारो को सँभाला और जाते-जाते मुड़कर अनारो से बोला–

"मास्टरनी...जो लायो हूँ देख लीयो ...अगली बार आऊँगो तौ पहण कै दिखायेगी मोकूँ... " यह कहकर अनारो की ओर मुस्कुरा कर देखते हुए वेद दरवाज़े की ओर बढ़ा और बाहर निकल गया। वेद के घर से जाते ही सिया को बिस्तर में छोड़ अनारो बरामदे की ओर लपकी। दरवाज़े से बाहर गर्दन निकाल दायें-बायें झाँका। किसी को बाहर न देख झट साँकल लगायी और चैन की साँस ली। कुछ पल अनारो वहीं दरवाज़े से सटी रही और फिर भीतर जाकर सिया की बगल में बिस्तर में धँस गई। माँ की गर्माहट पा सिया गहरी नींद सो गई। वेद के अचानक आ जाने और उसकी अन्तरंगता से अभी तक अनारो की साँसों की गति सामान्य नहीं हुई थी। मन में लहरें सी उठ रही थीं। कुछ देर सिया को सीने से चिपकाऐ अनारो चित्त पड़ी रही।

अनारो सोच ही नहीं पा रही थी कि ऐसा उसमें क्या है जो वेद जैसे आदमी को उसकी ओर खींच रहा है। कश्मीरी मोहल्ले की एक से एक सुन्दर नैन नक्श की गोरी चिट्टी औरतें वेद के आगे पीछे मँडराती ख़ुद उसने अपनी आँखों से देखी हैं। उसके अपने मोहल्ले की तो और चार हाथ आगे हैं, फिर उसमें वेद को क्या दिख रहा है...?

अनारो बिस्तर से उठी और कच्ची गोबर लिपी-पुती दीवार पर टँगे आईने के सामने जा कर खड़ी हो गई। अपना चेहरा ग़ौर से आईने में देखा। अपने आप को आईने में निहार ही रही थी कि आँखों के सामने वेद का रौबीला-आर्कषक चेहरा आ गया। अनारो को ऐसा आभास हुआ मानो सामने खड़ा वेद उसे निहारते हुए कह रहा हो–

"बावली, अपणी आँखण सूं नाय...मेरी आँखण सूं देख...तुझमै जो बात है किसी लुगाई मै ना दीखी गोय।" मन-ही-मन वेद को महसूस कर अनारो लजा गई और तभी उसकी निगाह वेद की लाई पोटली पर गई। दौड़कर अनारो ने झटपट पोटली खोली। एक-एक कर सभी पोटली अनारो ने खोल डालीं। लाल रंग का घाघरा चोली, पीली ओढ़नी पर तारों सी टिमटिमाती टिकलियाँ, ज़री वाली जूती, छम-छम बजती पाज़ेब, बिछिया रंग-बिरंगे नगों जड़ा लाक का दमकता चूड़ा और इन सबके साथ

जब अनारो ने किताबों वाली पोटली खोली तो अनायास अनारो की आँखें छलछला आईं। एक-एक कर अनारो ने उलट-पलट कर किताबों को देखा। 'भारत के प्रभावी व्यक्तित्व', 'वीर स्वतन्त्रता सेनानियों की जीवनियाँ', 'भारत की वीरांगनाएँ', 'प्रसिद्ध भारतीय ऐतिहासिक स्थल', 'भारतीय संविधान'। एक से बढ़कर एक ज्ञानवर्धक पुस्तकें और कई सारी कॉपी व पेंसिलें। अनारो हैरान रह गई। जितना वह जानती है वेद कभी स्कूल नहीं गया। फिर इतनी उपयोगी पुस्तकें उसने कैसे ख़रीदीं? किताबों को देख अनारो उत्साह से भर गई। फिर एक नज़र अनारो ने सारे सामान पर डाली। इतना सब सामान एक साथ देख अनारो की आँखें फटी रह गईं! ऐसा सुन्दर सामान तो उसे अपने ब्याह में भी ना नसीब हुआ था। जब से गिरधर के घर आई मेहनत मजूरी ही नसीब बन गया। ओढ़ना-पहनना तो दूर दो जून रोटी के जुगाड़ में ही जीवन बीत रहा है। सच ही तो कह रहा था वेद 'गिरधर नै तेरी कदर नाय करी'। आज तक उसके जिस्म से अपनी जिस्मानी भूख ही तो मिटाई है गिरधर ने। सारा-सारा दिन अपने जैसे निकम्मे दोस्तों की टोली के संग बाँध की छतरियों पर कच्ची दारू, बीड़ी, तम्बाकू फांक आधी रात घर घुसना और फिर उसके जिस्म को रोंदना। यही तो किया है गिरधर ने इन ढाई सालों में उसके साथ। कभी घड़ी-दो घड़ी उसके मन की सुध ना ली। पहली छोरी के बाद दूसरी छोरी की बाबा की भविष्यवाणी ने उसे और नाकारा कर दिया। एक ही बात बोल कर घर से निकल जायेगा कि

"जिस दिण छोरो जणैगी...सब पीणो पिलाणो छोड़ दूँगो।" भाई-बाप ने भी गिरधर से ब्याह करके अपना पल्ला झाड़ लिया। वेद के लाए सामान के बीच धरती पर बैठी अनारो अपने से ही चिन्तन करने लगी कि वो अपनी हालत पर इतना क्यूं मलाल कर रही है? ऐसा क्या गलत हो रहा है उसके साथ ? बावरिया समाज की हर औरत ऐसे ही तो जीती आई है।

अपने समाज का इतिहास बड़े-बूढ़ों से सुनकर जितना समझ में आता है, उसके अनुसार कई सौ वर्षों की अपराधिक प्रवृत्ति और शिकार से पेट भरने की सोच ने इस जनजाति को समाज में सिर उठाने की हिम्मत ही ना होने दी। यही कारण रहा कि आज़ादी के बाद भी समाज ने इस जनजाति का भरपूर दोहन किया। 'अति पिछड़ी जनजाति' का जो ठप्पा इस जनजाति के माथे पर लगा उसका दाग़ आज भी यह जनजाति अपने माथे पर महसूस करती है। कोई तीज-त्योहार ऐसा नहीं जो बावरिया जनजाति हर्षो उल्लास से मनाती हो। बस, दो-जून रोटी तक ही इस जनजाति का जीवन बंधा रहा और यह अहसास ऊँची जाति वालों ने इस जनजाति के मन मस्तिष्क से दूर होने भी ना दिया। दो-जून रोटी के बदले सारे दिन की बेगारी किसे नहीं चाहिए। ऊँची जाति वालों के घर ब्याह शादी हो तो घर-आँगन में चौका लीपने से लेकर झाड़ू-बुहार,

तीनों वक़्त के झूठे बर्तन साफ़ करना, कुएँ से पानी भरकर लाना, गाय-भैंसों के नीचे साफ़-सफ़ाई, गोबर और इन सब कामों के बदले भर पेट रोटी और कुछ रुपैये बस। ऐसे में भला कौन चाहेगा इस समाज की तरक्की। हमारे तथा कथित सभ्य समाज ने इस बावरिया जनजाति को अपने से ऊँचा उठने ही ना दिया और दूसरी ओर बरसों के पिछड़ेपन ने इस समाज की सोच को ही कुण्ठित कर दिया। इस जनजाति ने यह सोच मन में बिठा ली कि ये पैदा ही ऊँची जात वालों की सेवा के लिए हुए हैं। यही कारण रहा कि सरकार द्वारा शिक्षा को समान रूप से वितरित करने के बावजूद बावरिया समाज शिक्षा से वंचित ही रहा। शिक्षा के प्रति बावरिया जनजाति ने कभी उत्साह ना दिखाया और यदि कोई आठ या दस जमात पढ़ भी गया तो अपनी शिक्षा का उपयोग ना कर सका। स्वयं अनारो भी तो इंटर में अव्वल आने के बावजूद अपने जीवन को दिशा नहीं दे पायी। क्या-क्या ना सपने सँजोये थे उसने कि अध्यापिका बनकर अपने समाज की तरक्की करेगी। पर सौतेली माँ ने ब्याह कर उसके सपने चूर-चूर कर दिये। सपने तो टूटे पर अनारो ने हार नहीं मानी। आज भी अपने समाज और हरिजन बस्ती के बच्चों को घर बुला उन्हें पढ़ाकर उसे सन्तोष मिल जाता है। यह शिक्षा का ही तो प्रभाव है कि वो अपने समाज की औरतों सरीखी पिछड़ी सोच जैसा सोच ही नहीं पाती। तभी तो उसकी ज़ुबान से कई बार वेद के सामने निकल पड़ा कि 'मुझै और लुगाइयों जैसी ना समझणा' और उसके तेवर भाँप वेद ने भी स्वीकारते हुए कह डाला 'और लुगाईअन जैसी है बी कोंणी तू।'

छलछलाई आँखों से एक बार फिर अनारो ने अपने सामने रखी सभी किताबों को देखा और सीने से चिपका लिया। किताबों को सीने से लगाते ही वेद के लिए पहली बार मन में अलग सा भाव बनता उमड़ा। एक पल को उसे गिरधर से मिलन की वो पहली रात याद हो आई जब मुँह दिखाई में उसने अपने सामान के साथ कपड़ों की सन्दूक में छिपा कर लाई किताबें गिरधर को दिखाते हुए आगे पढ़ने की अपनी हसरत बतायी थी और अनारो की उस हसरत को उस रात गिरधर ने उन किताबों को एक ओर पटक उसकी खिल्ली उड़ाते हुए अपनी मर्दानगी उस पर साबित करके अपने समाज की लुगाइयों जैसी बनकर रहने का हुक्म दे डाला था। गिरधर के साथ बितायी अपने ब्याहता जीवन की उस पहली घिनौनी रात का ख़याल आते ही पूरे जिस्म में गिरधर के लिए हिकारत भर गई।

अनारो ने बड़े करीने से किताबों को सहेजकर टाँड पर रखा और फिर पोटली में से निकाला घाघरा चोली पहन सिर पर ओढ़नी ओढ़ी। कलाइयों से पुराना चूड़ा उतार झिलमिलाता चूड़ा पहना। पाँव में पाज़ेब, बिछिया और जूती पहन आईने की ओर गई तो पाज़ेब की छम-छम ने कमरे में संगीत बिखेर दिया और दीवार पर टँगे

आईने के सामने जा झिलमिलाती चुंदड़ी में अपने आप को निहारा तो लजा गई। फिर घूम-घूमकर आगे-पीछे से ख़ुद को निहारा। सब कुछ ऐसा था मानो उसका नाप लेकर बनाया गया हो। अनारो के मन में तरंगें उठने लगीं। पाँवों में पहनी पाज़ेब की छम-छम से पाँव थिरकने लगे। अनायास मन में गीत के बोल फूट पड़े और कुछ ही पलों में मन के भीतर गूँजने वाले गीत के बोल अनारो के होंठों पर आ गये–

कीकर फूलो री, माई मेय्रो भादूड़ो।
सावण आयो री, माई मेय्रो बीरो ले जाय।।
इतणो पीसो री, माई मेय्रो पीसणो
जितणी नलां मै भूड़, जणी सू कहियो री।।
माई मेय्रो भादूड़ो,
इतणो पोयो री, माई मेय्रो पीसणो,
सबकू खा गां री, माई मेय्रो पोयणो।।
जणी सू कहियो री, माई मेरो भादूड़ो,

गीत के बोलों पर अनारो के पाँव थिरक उठे। वह बेसुध हो नाचने लगी। अपनी मस्ती में मस्त अनारो घूम-घूमकर नाच रही थी कि किसी के बाहर से ज़ोर-ज़ोर से दरवाज़ा खटखटाने पर ख़ुशी में बौराई अनारो ने बिना सोचे-विचारे बाहर जा दरवाज़े की साँकल खोल दी। साँकल खुलते ही धड़ाक से दरवाज़ा खोल कस्तूरी भीतर दाख़िल हो गई और सजी-सँवरी अनारो को ऊपर से नीचे देख कस्तूरी की आँखें बड़ी और बड़ी होती चली गईं। एक झटके में कस्तूरी ने बड़े ग़ौर से अनारो को ऊपर से नीचे तक देख पूरी पड़ताल कर डाली। अनारो की कलाई पकड़ उसका चूड़ा आँखों के नज़दीक लाकर देखा। फिर अनारो का घाघरा ऊपर सरका पाज़ेब, बिछिया, ज़री-मोती जड़ी जूती पर नज़र मारी और फिर सीने पर हाथ रख अनारो की आँखों को टटोलती बोली–

"ईसी मलूक तौ तू वा दिणां बी कोणी लागी जब दुलण बन कै इस घर मै आई।" यह कह कस्तूरी ने अनारो का हाथ पकड़ उसे भीतर कमरे में ले जा खाट पर बिठाया और फिर सटकर उसके नज़दीक बैठ कान में फुसफुसाते हुए बोली–

"सांची कहूँ अनारो, थाणे ईसी सजी-सँवरी देख कै म्हाणै जलण होरी है..." और फिर अनारो को कुहनी मार बोली–

"मेय्रां सूँ झूठ कोणी बोलियो...गिरधर तौ इतणो सारो सामाण कोणी ला सकै... थारा पीहर वाला बी ना आयां...साँची-साँची बता...बेद बणां देकै गयां है न या सब तेय्रां कूं..?" कस्तूरी के मुँह से वेद का नाम सुनते ही अनारो की धड़कनें बढ़ गईं

और रही सही कसर कस्तूरी की बातों ने पूरी कर दी। अनमनी सी होकर अनारो चुंदड़ी में ख़ुद को समेटने लगी तो अनारो की हालत से सच्चाई उसके होंठों तक ले आने की कोशिश करती कस्तूरी बोली–

"ना...ना...तू घरबा कांई रई है...मैं कांई सू ना कहूँगी...वा तो मैणै अभी-अभी बेद बणा अपणा मोहल्ला सूं बाहर निकलता देखां तौ पूछ बैठी।" कस्तूरी ने बातों-ही-बातों में अनारो के मन की थाह ले ली और अपने मन में चल रही हलचल का कारण भी स्पष्ट कर दिया। अनारो चाहकर भी अब कस्तूरी से कुछ छिपा नहीं सकती थी और अनारो के मुँह से सच्चाई सुने बिना कस्तूरी जाने वाली नहीं यह भी अनारो समझ रही थी। अनारो ने झिझकते-सकुचाते बात को सँभालते हुए कस्तूरी के आगे अपनी ज़ुबान खोली–

"वेद बणां पै थारां देवर के काम रो पीसो बचा पड़ा थां. थारा देवर के कहणै सूं वेद बणा नै सहर सूं सामाण लाकै दियां है।" कस्तूरी भी खायी-खेली औरत थी, सब समझ रही थी। गिरधर को वेद कितना पैसा देता है और गिरधर को अनारो की कितनी फ़िक्र है यह सारा मोहल्ला जानता है। अनारो के आगे अनजान बनते हुए इस समय तो कस्तूरी ने उसकी हाँ-में-हाँ मिलाते हुए बात को आई-गई कर दिया, पर भीतर-ही-भीतर अनारो को देख वो जल-भुनकर राख हुई जा रही थी। मन-ही-मन अनारो को देख कलपती हुई कस्तूरी सोचने लगी–

'हाय रामजी...या अनारो कूं कौण सी माटी सूं गढ़ां है. जो मेय्रा मै नाय लगाई... कांई दीख रां है बेद बणां कूं इसमैं जो मेय्रा मै आज तलक नाय दीखां...बेद बणां री झोंपड़ी मै तौ मैं बी गई...पर मेय्रा पै बेद बणा री ईसी नजर कांई ना पड़ी जीसी या हरामजादी अनारो पै पड़ी है...या अनारो मै कोण सा हीरा-मोती जड़ा हैं जो बेद बणां इसपै लुटा जा रां है...लागै है मेय्रा भाग मै ही कुछ खराबी है...।' अनारो को देख-देख कस्तूरी अपने भाग को कोसे जा रही थी कि तभी अनारो कस्तूरी के कन्धे पर हाथ रख बोली–

"पाणी लेकै आऊँ थारा कूं..." कहते-कहते अनारो उठ खड़ी हुई और अनारो का हाथ अपने कंधे पर पड़ने से हड़बड़ाते हुई कस्तूरी अपने ख़यालों से बाहर आ बोली–

"ना...ना, पाणी कोणी पियूं...माई नै कही है साँकली री भुज्जी बणाणी है... घर मै नमक खतम होगां है...वाई लेणै आई...फेर आऊँगी..." कहकर अनारो से नकम ले कस्तूरी झट उठ खड़ी हुई और मन मसोसती हुई अनारो के घर की चौखट लाँघ बाहर निकल गई।

9

कस्तूरी के घर से जाते ही अनारो का दिल बैठ गया। वह जानती थी कि चाहे उसने कस्तूरी को मनगढ़न्त कहानी सुनाकर अपना बयान दे दिया है, पर कस्तूरी से सच्चाई कैसे भी छिपाई नहीं जा सकती। वह कस्तूरी और हँसी की माई ही तो थीं जिन्होंने खेत पर काम करते हुए उसके और वेद के क़िस्से बढ़ा-चढ़ाकर पूरे बावरिया मोहल्ले से लेकर कश्मीरी मोहल्ले तक पहुँचाये थे। अब भी कस्तूरी चुप ना रहेगी। अनारो के चेहरे की सारी रंगत जो कुछ देर पहले मारे ख़ुशी के दो गुनी-चौगुनी हुई जा रही थी कस्तूरी के जाते ही ग़ायब हो गई। अनारो के सीने पर मन भर बोझ आन पड़ा। उसका दिल बैठ गया। बुझे मन से अनारो ने कपड़े बदल डाले। पाज़ेब, बिछिया उतार डिबिया में बन्द करी। चमचमाता चूड़ा उतार पुड़िया में लपेट, सब सामान पोटली में बाँध टाँड पर रख दिया और खाट पर सो रही सिया की बगल में जा लेटी।

इधर जब से कस्तूरी अनारो के घर से आई थी चूल्हे पर खदक रही दाल की तरह वो भी खदकी जा रही थी। जलन की मारी कस्तूरी काम करते-करते कभी खाट तो कभी मूढ़े से टकरा-टकरा गिर पड़ जा रही थी। उसे इस तरह गिरते पड़ते देख सास आँखें तरेरते हुए बड़बड़ायी–

*"अरी कांई हो गयां आज....आँख फूट गां हैं तेयूरी...दीख कोणी रयो...कांई गिरती पड़ती जा री है... "*सास बड़बड़ाये जा रही थी पर कस्तूरी को कुछ सुनाई ही नहीं पड़ रहा था। उसे तो बस अनारो के पाँव में बजतीं उसकी मोटी-मोटी चाँदी की पाज़ेब की छम छम सुनाई पड़ रही थी। अनारो का लाल घाघरा-चोली, पीली चाँदी की सी चमचमाती टिकलियों वाली चुंदड़ी आँखों के आगे आ जा रही थी। अनारो की कलाई पर दमकता लाक का चूड़ा उसकी आँखों में किरकिरी सा चुभ रहा था। यह सब सोचकर कस्तूरी का दम घुटा जा रहा था। बरसों से नयी चुंदड़ी और नये

जोड़े की आस में वह जिये जा रही थी। पर सालों बीत गये अपनी हसरत पूरी नहीं कर सकी। वह ही क्या, मोहल्ले की तमाम बावरनियाँ घिसे-पिटे चीथड़ों में ही जीवन गुज़ार रही थीं। कितनी ही औरतों ने अपनी इन्हीं हसरतों की पूर्ती करने की ख़ातिर बाहर के मर्दों की पनाह ली, पर मर्दों ने उनके जिस्म से भूख मिटा अपनी-अपनी राह पकड़ ली–

"पर या अनारो...तीण बरस बी पूरा ना हुआं इसणै ब्याह कै चाँदघाटी आया हुआ...इतणा सा टैम मै इसणै इसो हाथ मारा है के तण और मण री सारी हसरत पूरी कर ली।" कस्तूरी मन में उमड़ रहे इन तमाम सवालों में उलझी सब्ज़ी में नमक डालना भी भूल गई। जब सास ने रोटी के कौर में साँकली भर मुँह में डाली तो कौर मुँह से बाहर थूकते हुई बोली–

"नास जाय तेय्रो...अरी दिमाग खां लाग रां है तेय्रो...अरी नून कांई ना गेय्रां सब्जी मै...।" नाक-मुँह सिकोड़ती सास के बड़बड़ाते ही कस्तूरी ने दौड़कर रसोई से ला नमक सास की थाली में रखा और झट-पट चूल्हा चौका निबटा तेज़-तेज़ डग भरती हँसी की माई के घर जा पहुँची। जब से अनारो को देखा था कस्तूरी के पेट में अफारा आ गया था और जो देखा वह जब तक किसी से कहेगी नहीं यह अफारा ठीक नहीं होगा, यह कस्तूरी जानती थी।

हँसी की माई बीरो भी रोटी-पानी में लगी थी कि कस्तूरी ने उसके कान में कुछ फुसफसाया और कुछ ही पलों में हँसी की माई सास से शौच जाने की बात कह कर घर की चौखट से बाहर निकल गई। घर के बाहर बावरिया मोहल्ले से निकल कश्मीरियों के खेतों की पगडण्डी पर आते ही बीरो कस्तूरी की पीठ पर ज़ोर से थप्पड़ जड़ती हुइ बोली–

"दारी की...ईसो कांई हो गयां जो इतणा जल्दी मेय्रे कूं य्हां ले आई...मेय्री सास घर जाकै मोय कितणा सुणायेगी...अभी अँधेरा बी ना हुआ जो कहूँगी हल्का होणे कू गयां।" थप्पड़ पड़ने से कस्तूरी पगडंडी पर लड़खड़ाती हुई सँभली और फिर बोली–

"अरी सास री चिन्ता छोड़ अर मेय्री सुण....जब तू सुणैगी के कांई हुआ है तो बावली हो जायगी।" बेसब्री से बीरो कस्तूरी को चपत लगाती बोली–

"बता न फेर जल्दी सूं हुओ कांई है..." "अरी य्हां ना बताऊँगी...आगै चल... नदी पै चल...अरी मेय्रो पेट अफारा सूं फूल रां है...जल्दी चल।" यह कहकर कस्तूरी बीरो का हाथ पकड़ तेज़ क़दम बढ़ाती आगे बढ़ने लगी कि बीरो चिल्लायी–

"अरी रुक रंडका...काँटो चुभ गां मेय्रा पाम मै...।" कस्तूरी रुकी तो पैर ऊपर कर बीरो ने खींचकर काँटा पैर से निकाला और फिर दोनों चलने लगीं।

कुछ ही पलों में खेतों को पार कर नदी के किनारे मिट्टी के टीले की ओट में पहुँच कस्तूरी शौच के लिए बैठी तो बीरो उसे घूरती हुई बोली–

"अब जल्दी बता नै...कांई हुआ है...मेय्रे कूं जल्दी घर पौंचणो है...हँसी को बाप घर आ गयां तो मेय्रे कूं तोड़ देंगा।"

" अरी आज जो मैणै देखां है...तू सुणैगी तो तेय्रो बी मेय्रे वाला हाल हो जायंगा।" यह कहकर कस्तूरी ने आँखें मटका, हाथ नचा, साँसें ऊपर नीचे कर अनारो और वेद के आदान-प्रदान को अपने शब्दों और भावों की चाशनी में पगा बढ़ा-चढ़ाकर बीरो को कह सुनाया। यह सब सुनकर कुछ पलों के लिए बीरो सुट्ट पड़ गई। कुछ सूझ ही नहीं रहा था उसे कि क्या कहे। फिर कुछ सोचकर बीरो कस्तूरी को देख बोली–

"अरी कांई पतो जो अनारो नै तुझसै कही है वाई बात सांची होय...?" कस्तूरी शोच के बाद नदी से मिट्टी रगड़ हाथ धोते हुए बोली–

"तूझमै तौ सांची दिमाग ई ना है...अरी जा गिरधर नै नयी-नयी आई अनारो कूं एक नाक की लौंग ना लाकै दी...वा अब पुराणी हो चली अपणी लुगाई री इतणी फिकर करैंगा...?"

"हाँ...कै तौ तू साँची रई है...किस्मत री धणी है अनारो जो बेद बणां रा जी उसपै डोल गयां है....राम जी नै अनारो रा भाग मै सुख लिखां है भैण...मैणै तौ खेतण मै ही देख लियां हां...या अनारो जादूगरणी है...जरूर बेद बणा पै कांई टोटको करां है या दारी की नै...जबी बेद बणा अनारो मै इतणां गहरा घुस गयां है के निकल कोणी पा रां।" बीरो की बात में हामी भरते हुए साँस छोड़ती हुई कस्तूरी बोली–

"सांची कै री है तू...या टोटका रो ही असर है के बेद बणा अनारो पै धण-दौलत लुटा रां है...हाय...कीसी भारी-भारी चाँदी री छम-छम बाजती पाजेब ...लाल घाघरो-चोली...पीला लूगड़ी...हीरा जैसी चमक वालो चूड़ा...राम जी री सौं अनारो ईसी लग री जीसी सिनैमा री होरोन दीखें...।" फिर एकदम झल्लाकर बोली "म्हारा किस्मत मै राम जी नै बेद बणां जैसो राजकंवर कांई ना लिखां...जो हमणै बी ईसो मिल जाता तौ..." कहते-कहते कस्तूरी मन मसोस रही थी कि बीरो कस्तूरी को उठाती हुई बोली–

"इब चल...घणां देर हो गयां...और देर हो गयां तो जो मिल रां है वा बी ना मिलैंगा...मेयूरी सास चुटिया पकड़ घर सूं बाहर निकाल देगी...चल अब जल्दी...।" यह कह बीरो ने कस्तूरी का हाथ पकड़ खींचा तो कस्तूरी उठ खड़ी हुई और बीरो से बोली–

"सुण...थाणै कसम है जो कांई सूं मेय्रो नाम लेकै बताए के मैणे तेय्रा सूं या सब बतायो है...जो मेय्रे सूं सुणां है...अपणे तक ही रखियो।" 'हाँ' में गर्दन हिला

बीरो आगे-आगे चलने लगी और कस्तूरी पीछे-पीछे चलती अपने-अपने घर की ओर बढ़ गयीं।

जो कुछ कस्तूरी ने देखा सुना था उस दिन अगर वह अपने मन में ही रख लेती तो बात वहीं-की-वहीं ख़त्म हो जाती। पर कहते हैं न 'दाइयों से पेट' और 'औरत के मन की बात' छिपाये नहीं छुपती। जिस तरह 'कांई सूं मत कहियो' का जुमला बोल कस्तूरी ने बीरो से अनारो को वेद के दिये तोहफ़ों की कथा कह सुनाई और अपने पेट का अफारा दूर कर लिया था वैसे ही बीरो भी अपने मन पर बोझ क्यूं कर रखती। उसने भी बात को अपने गढ़े हुए विशेषणों द्वारा सजाकर आगे सरका दिया और दो-इक-दिनों में ही बात पूरे बावरिया मोहल्ले में फैल गई। यह बात सुनकर कुछ बावरनियां अनारो से ईष्या कर रही थीं तो कुछ अनारो को बेशर्म, बेहया, छिनाल, बेईमान, जादूगरनी और न जाने क्या-क्या नाम देकर अपना-अपना मन हल्का कर रही थी। पर वेद के ख़िलाफ न किसी ने कुछ कहा न ही कुछ कहने की किसी की जुर्रत ही थी। बाबरिया मोहल्ले तक यह बात रह जाती तो भी कोई बड़ी बात न थी। पर यह चर्चा कश्मीर मोहल्ले तक भी पहुँचने के आसार बन चुके थे।

गाँव हो या शहर, औरतें साज-श्रृंगार हो या गृहस्थी का साज-ओ-सामान जब तक आस-पड़ोस की अपनी महिला मण्डली को ना दिखा दें ख़रीदारी का मज़ा ही नहीं आता। 'चाँदघाटी' गाँव की औरतें भी इस बात में पीछे नहीं हैं। बल्कि यहाँ तो ख़रीददारी से पहले ही महिला मण्डली को सूचित कर दिया जाता है कि फलां औरत, फलां तारीख़ को शहर जाने वाली है। शहर गाँव से कोई आधा-पौन घंटे की दूरी पर है, ऊपर से किराया-भाड़ा और भीड़-भाड़ वाली सवारी पर लद कर जाना, इसलिए छोटा-मोटा सामान, शहर जाने वाली औरत से कहकर घर के घर में ही आ जाता है। इससे समय और पैसे की बचत किसे बुरी लगेगी।

बाज़ार से ख़रीदारी करते-करते गुड्डो और उसकी सास थक टूट चुकी थीं। फँस-फँसाकर जैसे-तैसे गाँव तक जाने वाली जुगाड़ सवारी में जगह मिली। जब तक बाहर तक लटककर जाने वाली सवारी ना मिले गाड़ी वाला भी अपनी टमटम बजती मोटर गाड़ी चलाने वाला ना था। घर तक पहुँचते-पहुँचते दोपहर ढलने को हो आई। गुड्डो की सास ने तो घर घुसते ही मंजा (खाट) पकड़ लिया पर गुड्डो को तो अपनी ख़रीदारी और सहेलियों का मंगाया सामान उन्हें सोंपना था। सुबह चूड़ी बाज़ार जाने की जल्दी में दिन के लिए सब्ज़ी भी नहीं बन पायी थी और अब अगर सब्ज़ी बनाने बैठी तो सहेलियों से मिलने जाने में देरी हो जाने की सोच गुड्डो ने पुंछियों की पसन्दीदा 'थूमै नी छिट्ट' (लहसुन की कढ़ी जिसमें देसी घी में हल्की आंच में अजवाइन और कुटा लहसुन भूनकर उसमें नमक और हल्दी डालकर दो-एक

मिनट चलाने के बाद दूध डालकर उबाला जाता है) बनाने के लिए लहसुन छीलना शुरू कर दिया। जब घर में कुछ साग-सब्ज़ी न हो या यूँ भी पुंछी कश्मीरियों के घर सर्दियों में तो अक्सर ही यह कढ़ी बनायी जाती है। झटपट बनकर तैयार हो जाये और स्वाद ऐसा कि खाने वाला दो की जगह चार राटी खा जाये। सास और बच्चों को रोटी-पानी देकर सबका सामान और हिसाब-किताब करने का कहकर अपनी कन्द (दीवार) टप्पकर (लाँघकर) खेत के बीचों-बीच से होती हुई गुड्डो नीलम के घर पहुँच गई। गुड्डो के पहुँचते ही बाकी सब भी एक-एक कर वहाँ पहुँच गयीं। यूँ भी दोपहर का समय औरतों के गप्प सड़ाके (गप्पबाज़ी) का ही रहता है।

गुड्डो ने एक-एक कर थैले में से पहले अपना सारा सामान जिसमें जूती, चूड़ियाँ, दो सूट, बिन्दियों के पत्ते और एक राजस्थानी लहरिया दुपट्टा निकाल सबको दिखाया। फिर जैसे ही उसने सहेलियों के मंगवाये सामान जिसमें अलग-अलग रंग के अन्तरंग वस्त्र भी थे निकालकर दिखाने लगी तो नीलम और सत्या अपनी-अपनी पसन्द के रंगो को पहले छाँट लेने के लिए झपट पड़ीं। तभी उन दोनों को पीछे धकेलते हुए चंची बोली–

"कंजरियो...सारे चंगे रंग तुसां छाटींसा तै असां कै हिन्सां...स्वा...?" (कंजरियो, सारे बढ़िया रंग तुम छाँट लोगी तो हम क्या लेंगे...राख...?) उन्हें इस तरह झपटते देख गुड्डो चिल्लायी–

"बेखस्मियो...कियां मरनियांइयो...ऐ केड़ा किसै की दिस्सन...कपड़ेयाँ ने अन्दर ई तै रैसन..."

(क्यूँ मर रही हो...ये कौन सा किसी को दिखेंगे...कपड़ों के अन्दर ही तो रहेंगे)। अपनी पसन्द का रंग पाकर गुड्डो की ओर आँखें मटकाती नीलम बोली–

"त्वाडे किसी की दिस्सन यां नई, म्हाड़े तां दिस्सन।"

(तेरे किसी को दिखें या नहीं, मेरे तो दिखेंगे)। और फिर उलट-फेर कर अपने हथियाये अंग वस्त्रों को निहारती नीलम सभी सहेलियों को शरारती अन्दाज़ से देखती बोली–

"म्हाड़ा मराज...मैं सूट केड़े बी रंगै ना लाया ना क्है ध्यान नी देन लग्गा. पर सूटै ने अन्दर कै लाया ना या, ओस ऊपर बड़ा ध्यान देना....ख़ासकर लाल तै काले..."

(मेरा घरवाला...मैंने सूट किसी भी रंग का पहना हो...ध्यान नहीं देगा ...पर सूट के अन्दर क्या पहना है उसके ऊपर बड़ा ध्यान देता है....ख़ासकर लाल और काले)। नीलम की बात पर सत्या ने शर्म से झेंपते हुए नीलम को चपत लगायी कि तभी अपनी पसन्द के गुलाबी रंग को झपट बबली भी बढ़-चढ़ कर बोली–

"हये.. म्हाड़े खसमै की वी इन्तजार रैना के मैं कदूं नवे डिजाइन आले लासां।"

(हाय...मेरे खसम को भी इन्तजार रहता है कि मैं कब नए डिज़ाइन वाले पहनूँगी)। इन दोनों की बात सुनकर गुड्डो मुँह पर हाथ रख बोली 'कंजरियो... आखनी तै ऐस तरीयांइयो के अज्ज ई व्याई तै आइयांइयो..."

(कंजरियों...कह तो ऐसे रही हो जैसे आज ही ब्याह कर आई हो)। तभी इतराते हुए नीलम बोली–

"पैणे...तूं पुराणी होई गई होसैं...जदूं वी मैं नवें अन्दर आले कपड़े लाई तै इन्ना कोल गश्नीआं...ओस रात ओ म्हाड़े संग..."

(बहन, तू पुरानी हो गई होगी...पर जब भी मैं नये अन्दर वाले वस्त्र पहन कर इनके पास जाती हूँ...उस रात वो मेरे साथ...)। नीलम चटकारे लगाकर अपनी बात पूरी करने जा ही रही थी कि उसकी सास ज़ोर-ज़ोर से कही जाने वाली नीलम की बात सुन अन्दर से बाहर आई और पीछे से उसके सिर पर प्यार भरी चपत लगाती बोली–

"मरजानिए...शरम करेया कर...अन्दर त्वाड़ा सोरा सुत्ता ना...जरा हौलै नी गल्ल करी सकनियें।"

(शर्म करा कर...अन्दर तेरे ससुर जी सोये हैं...ज़रा धीरे नहीं बात कर सकती)। नीलम और ज़ोर से हँसते हुए सास की ओर देखकर बोली–

"माता...तुसां ने पुत्तर नीं ऐ तै गल्ल करनीयाँ...ओसे लई तै मँगाये ये सारे... देख्या, किन्नी फ़िक्र करनीआँ तुसाने पुत्तरै नी।

(माँ...आपके बेटे की ही तो बात कर रही हूँ...उसके लिए ही तो मँगवाये हैं ये सारे...देखा, कितनी फ़िक्र करती हूँ आपके बेटे की)। नीलम के इस तरह बेफ़िक्री से बात करने पर सारी औरतें मुँह पर चुन्नी रख हँस पड़ीं और नीलम की सास भी हँसते हुए अन्दर चली गई।

नीलम की सास के अन्दर जाते ही औरतों की महफ़िल ज़ोर पकड़ने लगी। हँसी-मज़ाक चल ही रहा था कि नीलम की सास सभी के लिए चाय के साथ-साथ पकौड़े भी बना लाई। पकौड़े देखते ही लपक कर एक पकौड़ा चटनी में डुबो मुँह में डाल खाते-खाते चंची बोली–

"नीलम...तूं मोती दान करी तै आई ऐं जेड़ी ईयैजी सस्स लब्बी तुकी।"

(नीलम...तूं मोती दान कर के आई है जो ऐसा सास मिली तुझे)। फिर नीलम की सास से लिपटती हुई चंची बोली–

"चाची...म्हाड़ी सस्सू की वी अपने जेया बनाई शोडो तां म्हाड़ा जीवन पार लगी गच्छै।"

(चाची...मेरी सास को भी अपने जैसी बना दो तो मेरा जीवन पार हो जाये)। थाली से पकौड़ा ले खाती हुई नीलम बोली–

"नजर ना लायां मोइये...सस्सां की रंग बदनेयां देर नी लगनी।"

(नज़र मत लगा देना मरजानिये...सासों को बदलने में देर नहीं लगती)। नीलम की बात पर हँसती हुई उसकी सास गुड्डो को और सबको चाय पकड़ा अपने कप से घूँट भर सबकी ओर देख बोली"

"धीयो ...सस्स नूं ना रिश्ता बड़ा बरदाश ना रिश्ता या...जिस वी बरदाश करना सिक्खीन्दा, समजो ओ ऐस रिश्ते की निभाइया।"

(बच्चियों सास बहू का रिश्ता बर्दाश्त का रिश्ता है, जिसने भी बर्दाश्त करना सीख लिया, समझो वो इस रिश्ते को निभा गया)। यह कह नीलम की सास हँसती हुई अन्दर अपने पति को चाय देने चली गई। तभी चाय का घूँट भर नीलम बोली–

"ओये, ऐ किरना किंया हालै तक नीं आई? उसकी पता तै सा अज्ज सारियाँ म्हाड़े घर कट्ठे होना...ठैरा, मैं निक्के की पेजी तै बलानीयाँ उसकी।"

(ओये...यह किरना क्यूँ अभी तक नहीं आयी? उसको पता तो था आज मेरे घर इकट्ठा होना है...ठहरो, मैं छोटे को भेजकर बलाती हूँ उसे)। तभी गुड्डो को जैसे कुछ याद आया हो वो मिर्ची के पकौड़े से मुँह जल जाने पर सीं-सीं करती बोली–

"नीं अच्छुन लगी अज्ज ओ"

(नहीं आयेगी आज वह)।

"मतलब?" नीलम हैरान होकर बोली–

"जिन्नी सिद्दी असां उसकी सम्जनेयाँ उन्नी सिद्दी है नीं ओ...बड़ी अन्दरगुज्जी जनानी ऐ कंजरी।"

(जितनी सीधी हम उसे समझते हैं उतनी सीधी है नहीं वो...बड़ी घुन्नी है कंजरी) गुड्डो ने नीलम और सबको देख कहा–

"नी ओये होये-तूं तां इयाँ आखनी ऐं जियां कोई जाँच-पड़ताल करी तै आई ऐं।'

(ओये-होये-तू तो ऐसे कह रही है जैसे कोई जाँच-पड़ताल कर के आयी है) सत्या गुड्डो को घूरते हुए बोली। यह सुन गुड्डो चौकन्नी होकर चौकड़ी मार बैठते हुए हाथ नचाती बोली–

"पड़ताल ओ करै जेड़ा दुए नी बुज्जी तै गल्ल आखै...जिस्लै गल्ल अपनी अक्खी देखी नी हवै फेर पड़ताल कित्ते नी कै लोड़।"

(पड़ताल वह करे जो दूसरे की सुन कर बात करे...जब बात अपनी आँखों देखी हो फिर पड़ताल की क्या ज़रूरत)। गुड्डो की बात सुन सारी जनानियों की नज़रें गुड्डो पर जम गयीं। नीलम अपना मूढ़ा सरकाकर गुड्डो के नज़दीक आकर बोली–

"हये कंजरिये...कै देक्खी तै आई ऐं दस्स ना...त्वाड़ी गल्ल बुज्जी तै म्हाड़ा पकोड़ा गलेच ई अटकी तै रइया।"

(हये कंजरी, क्या देख कर आई है बता ना...तेरी बात सुनकर मेरा पकौड़ा गले में ही अटक कर रह गया)।

"उऐ तै दस्सन आयी सी यां, पर तुसाने कंजरखानेच असली गल्ल दस्ना ई पुल्ली गई।"

(वही तो बताने आई थी...पर तुम्हारे कंजरखाने में असली बात बताना ही भूल गई) यह कहकर गुड्डो चाय की चुस्की लेने लगी। तभी गुड्डो का कप उसके हाथ से छीन खाट के नीचे सरका नीलम उसे झिड़कते हुए बोली–

"अग्ग लगै त्वाड़ी चा की। बैली-बैली दस्स कै देक्खी तै आई ऐं।"

(आग लगे तेरी चाय को.. जल्दी-जल्दी बता क्या देखकर आई है)। सभी की नज़रें अपनी ओर लगी देख समाधी की मुद्रा में बैठ गुड्डो ने चूड़ी बाज़ार में वेद की तरह-तरह की ख़रीदारी से भरी थैलियों वाली बात चटकारे लगा-लगाकर सबको बताई। सारी बात सुनकर चंची आँखें मटकाती बोली–

"हुन सम्ज आई गल्ल...किरना बेखसमी तांई इदर नीं आई...जनम जिन्दगीच पैली वार खस्मै समान आनी तै दित्ता...कंजरी सोचेया होसी कदै असां चूं कोई कुज हिन्नी ना शोडै।"

(अब समझ आयी बात...किरना तभी इधर नहीं आयी...जन्म ज़िन्दगी में पहली दफा खसम ने सामान लाकर दिया...कंजरी ने सोचा होगा हममें से कोई कुछ ले न ले।) तभी सत्या यह सुन जली-भुनी बोली–

"बड़ी अन्दर गुज्जी जनानी ऐ किरना...तुसा सारियां उसकी सिद्दी आखनियां ओ।"

(बड़ी घुन्नी औरत है किरना...तुम सब उसे सीधी कहती हो)। सभी ने सत्या के सुर-में-सुर मिलाया कि तभी नीलम चहककर बोली–

"तुसां चाये कुज वी आक्खा ...पर किरना जो कित्ता सई कित्ता...इक तै वेद जेया सोंणा गबरू खसम...ओ वी उच्ची नक्कै आला...व्या ने इतने सालां बाद कुज हिनी तै अच्छै...पागल कुत्ते कटेया के ओ कुसै की दस्सेया जाए...किरना नी जगां मैं होनी तै मैं वी इयै करना सा।"

(तुम चाहे जो भी कहो...पर किरना ने जो किया सही किया...एक तो वेद जैसा ख़ूबसूरत बांका जवान खसम...वो भी ऊँची नाक वाला...ब्याह के इतने सालों बाद कुछ ले कर आये...पागल कुत्ते ने काटा है वो किसी को दिखाया जाये...किरना की जगह मैं होती तो मैंने भी यही करना था) और यह कहकर अपने सीने पर हाथ रख ठंडी साँस छोड़ती नीलम बोली–

"हये कंजरियो...मिकी तै किरना कोलां सड़न होन लग्गी।"

(हाय कंजरियो...मुझे तो किरना से जलन होने लगी)। नीलम को ऐसे आँहें भरते देख बबली ने नीलम को धक्का मारा और उसे चिकोटी काटते बोली–

"नामरादिये...सत्या किरना कोलां सड़न करै तै उसना बनना...कियांकी ओसना वेद संग व्या होने-होने रई ग्या सा...पर हरामजादिये, सिद्दा-सादा खसम लब्बा ना तुकी...फेर वी दूऐ पर नजरां बानेयां शर्म नीं अश्नी तुकी...?"

(नामुराद...सत्या किरना से सड़न करे तो उसका बनता है...क्योंकि उसका वेद के साथ ब्याह होते-होते रह गया था...पर हरामजादी, सीधा-सादा खसम मिला हुआ है तुझे...फिर भी दूसरे पर नज़रें गड़ाते शर्म नहीं आती)। तपाक से नीलम बोली–

"ज्यादा ई सिद्दा लब्बी गया मिकी...जो मैं पैल ना करनी तै म्हाड़े ऐ दो वी ना जम्मन आरी...अड़िये म्हाड़ी जोड़ी तै वेद ज्ये बन्दे संग ई बन्नी चाईनी सी...हये कै लगना वेद जिस्लै ढोल बाजे अग्गै नचना...रौब देख्या ओस्ने चैरे ना...सौ बंदेयां ने बिच्च बक्ख लगना...जनानी ने नाल ईयैजा बन्दा टुरै, तै कै मजाल किसैनी कोई अक्खां चाईतै देक्खी वी हिन्नै...होर मिकी कै आखनियाँ ओ कंजरियो...चिमड़नियाँ तै तुसां सारियाँ ई ओ उसकी...उस्लै किसै की अपणे खसम याद नीं अश्ने...हाय... कै लगना हुन वी वेद...चार चार बच्चेयाँ ना प्यो आ...पर हुन वी व्या करना चाय तै कुडियाँ नीं लैन लग्गी गच्छै।"

(ज़्यादा ही सीधा मिल गया मुझे...जो मैं पहल ना करती तो मेरे ये दो भी न पैदा हुए होते...अरी, मेरी जोड़ी तो वेद जैसे बन्दे से ही बननी चाहिए थी...हाय, क्या लगता है वेद जब ढोल-बाजे के आगे नाचता है...रौब देखा है उसके चेहरे का... सौ बन्दों के बीच अगल लगता है...जनानी के साथ ऐसा बन्दा चले तो क्या मजाल किसी की कोई आँख उठा के देख भी ले...और मुझे क्या कह रही हो कंजरियो... चिपकती तो तुम सब भी हो उसे...उस वक़्त किसी को अपने खसम याद नहीं आते... हाय...क्या लगता है आज भी वेद...चार-चार बच्चों का बाप है...पर आज भी ब्याह करना चाहे तो लड़कियों की लाइन लग जाये)। अपनी बात कह कर नीलम आहें भरती खाट पर लमलेट हो गई। नीलम की बात सुन सत्या भी आप बीती सुनाने लगी–

"हये सच्ची, मैं वेद की अपने ताये ने मुंडे ने व्याच देक्खी तै अपनी माँ की आक्खी शोडेया सा के व्या करसां तै वेद संग ई करसां...म्हाड़ी बुज्जी तै म्हाड़ी माँ वी बड़ी कोशश कीत्ती-के म्हाड़ा व्या वेद संग होई गच्छै...पर अग्ग खाई शान्ति बे... नरकैच जगै लब्बै उसकी...किरना ने ग्रां किसै व्याच गई तै उत्थै इस कंजरी किरना की देक्खी तै वेद संग किरना ना रिश्ता पक्का करी आई...सावित्री चाची वी दाजै नी लालचैच हामी परी शोड़ी...बस, म्हाड़ा तै वेद ना संग होनेयां-होनेयां रईग्या।"

(हाय सच में...मैंने अपने ताऊ के बेटे के ब्या में वेद को देखकर अपनी माँ से कह दिया था कि ब्याह करूँगी तो वेद से ही...मेरी सुनकर मेरी माँ ने भी बड़ी कोशिश करी कि मेरा ब्याह वेद से हो जाए...पर आग लगे शान्ति दादी को...नरक में जगह मिले उसे...किरना के गाँव किसी ब्याह में गई तो वहाँ इस कंजरी किरना को देखकर वेद के साथ किरना का रिश्ता पक्का कर आई...सावित्री चाची ने भी दहेज के लालच में हामी भर दी...बस...मेरा और वेद का साथ होते-होते रह गया)। अपनी आप बीती कह सत्या मन मसोसने लगी कि तभी नीलम उसे दिलासा देते बोली–

"अड़िये...ना मनै की दुखा. जोड़ियाँ तै रब्ब बनाना... "

(अरी...मत मन को दुखा...जोड़ीयां तो भगवान बनाता है) नीलम की बात पर चंची उचक कर बोली–

"पैनों, ऊपर रब्ब जिन्नानीं बनाना होसी बनाना होसी...पर असाने ग्रां नी जिन्नी टुट्टी पज्जी जोड़ियां इयां...ओ शान्ति बे नी ऐ बनाईनीयां...इक वी बन्दा खुश नीं आ...ना ओस किसैना मेल मिलाया ना गुण...बस दादेयां-पड़दादेयां ना खानदान देखेया तै रिश्ता करी शोडेया...ना जना खुश तै ना जनानी...हुन जनानी तै औलाद जम्मी तै गई फँस...तै जना...ओ बचारा कै करै...इदर-उदर मुँह ए मारसी...चाये कश्मीरन लब्बैं या सपेरन लब्बै... चाहे बावरनी चाये चमारी...उस तै बार मूं मारना ई मारना।"

(बहनों...ऊपर रब जिनकी बनाता होगा ...बनाता होगा...पर हमारे गाँव की जितनी टूटी-फूटी जोड़ियाँ हैं...वो शान्ति बेबे की ही बनाई हुई हैं...एक भी बन्दा ख़ुश नहीं है...ना उसने किसी का मेल मिलाया ना गुण...बस दादों पड़दादों का खानदान देखा और रिश्ता पक्का कर दिया...औरत तो औलाद पैदा करके फंस गई...और आदमी. वो बेचारा क्या करे...इधर-उधर मुँह ही मारेगा...चाहे सपेरन मिले...चाहे बावरनी...चाहे चमारी या कश्मीरन....उसे तो बाहर मुँह मारना-ही-मारना है)।

"ओये होये बस करा...अज्ज तै सारियाँ शान्ति बे ने ई पिच्छे पेई गईयां...रब्ब ने क्हर हिक्कियाँ अश्नीयाँ होसन शान्ति बे की।"

(ओए होए...बस करो...आज तो सभी शान्ति दादी के ही पीछे पड़ गई हो... रब्ब के घर हिचकियाँ आ रही होंगी शान्ति दादी को)। नीलम ने बात बदलने की ख़ातिर कहा तो सब हँस पड़ीं। इतने में अन्दर से सीमियाँ (जवे) तोड़ने का आटा लिये हुए नीलम की सास भी आ बैठी कि तभी गुड्डो अपने सिर पर दोहरा पल्ला करते (बहुएँ दुपट्टे को दो बार घुमा कर सिर पर ओढ़ती हैं) हुए बोली–

"चंची हेकदम सई गल्ल बाई...शान्ति बे नी बनाई जोड़ियाँ चूं इक अद्दी की छोड़ी तै सारे ई स्यापे मुकाऐ लग्गे ने...दर्शन तै वीरां की देक्खा...उदर परले मोहल्ले नी कमला तै तीर्थ ...इक दुऐ नी शकल नीं देखना चाने...डिप्टी तै रामप्यारी...अज्ज

तक मैं दोआंकी नाल टुरनेयां नी देख्या...बस इक तोला राम ना द्वारका तै उसनी जनानी कुन्ती, इक इयै जोड़ी है असां ने ग्रां नी, बई जिस्लै तक द्वारका चाचा चाची कुन्ती नी मन्जूरी ना हिन्नै कोई गल्ल नी करना...बाकी तै सारे रौने ई रौने।"

(चंची ने एकदम सही बात बतायी...शान्ति दादी की बनायी जोड़ियों में से एक आध को छोड़कर सारे ही रो-रोकर दिन काट रहे हैं...दर्शन और वीरां को देख लो... उधर दूसरे मोहल्ले की कमला और तीर्थ...एक दूसरे की शक्ल नहीं देखना चाहते... डिप्टी और रामप्यारी...आज तक मैंने दोनों को साथ चलते नहीं देखा...बस एक तोला राम का द्वारका और उसकी पत्नी कुन्ती, एक यही जोड़ी है हमारे गाँव की... भई जब तक द्वारका चाचा चाची कुन्ती की मन्जूरी ना ले ले कोई बात नहीं करता... बाकी सब तो रो ही रो रहे हैं)। तभी तैश खाकर बबली बोली–

"मिकी ऐ सम्ज नी अश्ना के सारे शान्ति दादी नीं गल्ल मन्नेई कियां से...किसै विरोध कियां नीं कीता?"

(मुझे यह समझ नहीं आता कि सभी शान्ति दादी की बात मानते ही क्यों थे किसी ने विरोध क्यूं नहीं किया)। यह सुन सीमियाँ तोड़ती हुई नीलम की सास बोली–

" कुड़ियो...चाची शान्ति ना रौब ई इयैजेया सा के किसैनी उन्नाने अग्गै जबान नीं खुलनी सी...सारेयां कोला बड़ी सी...बड़ी गुणी जनानी सी ओ...फेर ओस वेलै बड़ेयां ना लिहाज करने से लोग...अज्ज जेया नी सा...ना बड़े नीं इज्जत ना निक्के ना लिहाज...फेर ओस वेलै लोक रिश्ता निभाया वी करने से।"

(लड़कियों...चाची शान्ति का रौब ही ऐसा था कि किसी की उनके आगे ज़ुबान नहीं खुलती थी...सबसे बड़ी थी...बड़ी गुणी औरत थी वो...उस वक़्त बड़ों का लिहाज किया करते थे लोग....आज जैसा नहीं था...ना बड़े की इज्जत ना छोटों का लिहाज....फिर उस वक़्त रिश्ता निभाया करते थे लोग)। तभी अपनी जगह से उठ सास के पास बैठ आटा हाथ में ले नीलम बोली–

"माता...तुसानां रिश्ता वी तै शान्ति बे ई कराया सा ना...?"

(माँ...आपका रिश्ता भी तो शान्ति दादी ने ही कराया था ना?)। जवे तोड़ती-तोड़ती नीलम की सास बोली–

"हाँ, म्हाड़े ताये नीं कुड़ी ना साख इसै पिंड़ैच होया सा...रंग बवाये तै शान्ति चाची असांने ग्रां आई सी...

(ब्याह से दो-तीन दिन पहले लड़के वाले लड़की वालों के घर रंग लगवाने जाते हैं और रंग से सराबोर होकर लौटते हैं।)

उत्थै मिकी कम्म करनेयां देख्या...कुसै कोलां पुच्छेया मैं कुसनी कुड़ी आं...तै बस, म्हाड़े प्यो की उत्थैई आक्खी शोड़ेया के म्हाड़े जेठै ने मुन्डे संग त्वाड़ी कुड़ी ना रिश्ता पक्का।"

(हाँ...मेरे ताऊ की लड़की की सगाई इसी गाँव में हुई थी...रंग डलवाने शान्ति चाची हमारे गाँव आयी थी...वहाँ मुझे काम करते देखा...किसी से पूछा मैं किसकी लड़की हूँ...और बस...मेरे बाप को वहीं कह दिया कि मेरे जेठ के लड़के से तुम्हारी लड़की का रिश्ता पक्का)।

"बगैर ध्हर-बार देक्खे तुसाने पिता 'हां' करी वी शोड़ी?"

(बग़ैर घर-बार देखे आपके पिता जी ने 'हाँ' कर भी दी?) नीलम का हाथ जवे तोड़ते-तोड़ते रुक गया। नीलम ने हैरानी से पूछा तो नीलम की ओर देख मुस्कराते हुए उसकी सास बोली–

"शान्ति चाची नीं गल्ल कट्टे नी हिम्मत पंचैत ने पंच वी नी करी सकने से... म्हाड़े प्यो नीं कै हिम्मत सी...तै असां सारेयां संग निबाई वी...निबाना ईयां वी जनानी की पैना...तुसांनी तरां नीं...कै मजाल असानी के सस्स अग्गै जबान खुल्ली गच्छै... तै त्वाडे आर नईं मंजे पर सस्स पवांदी तै नूं सिरांद।"

(शान्ति चाची की बात काटने की हिम्मत पंचायत के पंच भी नहीं कर सकते थे...मेरे बाप की क्या हिम्मत थी...फिर हमने सबसे निभाई भी...तुम्हारी तरह नहीं... क्या मजाल सास के आगे हमारी ज़ुबान खुल जाये...और तुम्हारे जैसे नहीं, सास पाँवों की तरफ़ और बहू सिरहाने)। जवे तोड़ते-तोड़ते नीलम की तरफ़ देख मुस्कुराते हुए नीलम की सास ने कहा तो झट सास के गले में बाँहें डाल लाड़ से नीलम बोली–

"माता...कुड़ियां ध्हर-बार देकखी तै व्या करनीयांईयां...पर मैं तुसानीं तरीफां बुज्जी तै तुसांने चुड्डू पुत्तरै संग व्या कीता।"

(माँ, लड़कियाँ घर बाहर देखकर ब्याह करती हैं...पर मैंने आपकी तारीफें सुन कर आपके निखट्टू बेटे से ब्याह किया)। कहते-कहते नीलम ने सास को बाँहों में जकड़ लिया–

"मरजानिये...छोड़ मिकी...म्हाड़ा सा घुटी रैसी।"

(मरजानी छोड़ मुझे...मेरा दम घुट जायेगा) सास के खाँसने पर नीलम ने अपनी पकड़ ढीली की और सब हँसने लगीं। हँसते-हँसते नीलम की सास ने सबको थोड़ा-थोड़ा आटा देते हुए गुड्डो की ओर देख कहा–

"चलो कुड़ियो...हुन जोले (जवे/सेविंया) बट्टाओ सारियां तै गुड्डो...सुना कुड़िये कोई गीत...ऐ गल्लां तै चलनियां ई रैसन।"

(चलो, अब जवे तुड़वाओ सारी और गुड्डो, सुना बेटा कोई गीत. ये बातें तो चलती ही रहेंगी)। नीलम की सास ने गीत की फरमाइश की तो सभी गुड्डो के पीछे पड़ गईं और आटे की लम्बी बत्ती बनाते-बनाते गुड्डो ने गीत शुरू कर दिया–

इन्नां मैलां दे अन्दर, गोरी चावल पेई उबालै
कुन खासी, कुन खासी...किस्मत वाला...ओ जी।।
इन्नां मैला दे अन्दर, गोरी छन छन पेई रोवै,
कद मुड़सी-कद मुड़सी-मेरा टोल प्यारा ओ जी।।
अन्दरों जनेयां नयीं जिट्ठा, कपड़े लानेयां नई जिट्ठा,
हुन देख्या हुन देख्या, दूरों जानेंया ओ जी।।
वड्डा जेठ वी मुड़ेया, नड्डा देर वी मुडेया,
नई मुड़ेया हाय नई मुड़ेया टोल प्यारा ओ जी॥

और फिर गुड्डो के गीतों को रल-मिल गाते-गाते जवे का आटा ख़त्म कर सभी अपने-अपने घर चली गईं।

10

बावरिया टोले की जवान लुगाइयाँ अनारो से जली भुनी अपने भाग को कोस कर अनारो को राँड़, छिनाल, जादूगरनी जैसे अलंकार लगा अपना जी हल्का कर रही थीं और बूढ़ी अपनी जवानी के दिनों को याद कर आज के समय को कोस रामकली को याद कर राम जी के आगे हाथ जोड़ कह रही थीं 'चोखो होयो जो रामकली अनारो रांड की या करतूत देखणें सूं पहलै रामजी रा घर चालगी'। बावरिया समाज के वो पुरुष जो अपनी लुगाईयों की करतूतों से अनजान थे वे अलाव जला कच्ची शराब गटक मजलिस जमाये तरह-तरह के जुमले अपनी अनारो भाभी की तारीफ़ में गढ़ रहे थे–

"भाई, राम जी री बड़ी किरपा है मेय्रे पै के मेय्री लुगाई मेय्रे सूं खुस है।" लच्छू हथेली पर तम्बाकू मसलते-मसलते बोला। पास बैठा भीमू गले में लटक रहा गमछा खींच मुँह पोंछते-पोंछते बोला–

"गिरधार की पढ़ी-लिखी लुगाई सूं मेय्री अनपढ़ लुगायी बढ़िया है भाई...वा जो पहाड़ो पढ़ाय मेय्रे कूँ ही पढ़ायै...।" भीमू की बात सुन आग तापते अपनी-अपनी गटकते सभी हँस पड़े। एक साँस में गिलास ख़ाली कर पुड़िया में से नमकीन की फंकी मार मुँह चलाता कालिया बोला–

"थे जो भी कहो भाया...पर अनारो भाभी मास्टरणी होण के संग तकड़ी जादूगरनी है भाई...बेद कूं ईसो अंटी मैं बाँधो है के निकल ना सकै अब वाकां जादू सूं बाहर।" कालिया की बात सुन अपना गिलास भरते हुए खिल्लू सबको देख तैश में आ बोला–

"या तौ गिरधर है जो अनजाण बणो बैठो है भैनचो...जो मेय्री लुगाई अनारो भाभी जैसी होती तौ दारी की खाल उधैड़ देतां...सालो नामरद है गिरधर मादरचौ...।" खिल्लू की बात पर लड़खड़ाती जुबान से लाला खिल्लू को हाथ मार बोला–

"भैनचो...तू गिरधर कूं गाली कांई दे रां है ...दोसी तौ या मादरचो कस्मीरी हैंगा जो मजदूरी के चार रुपैया को लालच दे कै म्हारा मुहल्ला मै घुस जायें...या भैनचो

बेद नै गिरधर कूं काम पै रख कै अपणो मैदाण साफ कर लियां है ...बड़ो हरामी है स्सालो।" बाँध की छतरी पर दिन छिपे से पहले ही मण्डली जमाये बावरिया समाज के निठल्ले बड़े जोश-ख़रोश से अनारो और वेद की रासलीला पर अपने-अपने जी की निकाल रहे थे कि तभी कश्मीरी मोहल्ले का बिल्लू पास के गाँव के अपने किसी रिश्तेदार को मोटरसाइकिल पर पीछे बिठा छतरियों के किनारे-किनारे बनी ऊपड़-खाबड़ सड़क से होता हुआ गुज़र रहा था कि उन दोनों की नज़र छतरी पर अलाव जला मौज-मस्ती कर रहे इन निठल्लों पर पड़ी। तभी बिल्लू का रिश्तेदार तंज़ करते बोला–

"ओये यारा...त्वाड़े ग्रांये ने बावरियां नीं तै बड़ी टोर ई...असांने ग्रांऐच तै ऐ माईयवे असांने अग्गै बेई नीं सकने।"

(अरे यार...तेरे गाँव में तो इन बावरियों की बड़ी टोर है...हमारे गाँव में तो ये साले हमारे आगे बैठ नहीं सकते)। यह सुनते ही बिल्लू ने मोटरसाइकिल को ब्रेक लगा दिया। वह समझ गया कि उसका रिश्तेदार क्या कहना चाह रहा है। बिल्लू ने मोटरसाइकिल किनारे लगाई, सड़क किनारे उगे कीकर के पेड़ की टहनी तोड़ी और ऊँची-ऊँची छतरी पर पहुँचने वाली सीढ़ियाँ चढ़ शराब की थैलियाँ गटक रहे बावरियों पर कीकर की संटियाँ बरसाने लगा। संटी की मार से चिल्लाते एक दो तो भाग खड़े हुए पर बाकी जो भागने की हालत में ही ना थे उन पर दो-चार जड़ते हुए बिल्लू बोला–

"सालो! मादरचो...दिन-दहाड़े शराब को अड्डो बणां राखां है यहाँ...थारां बाप-दादा नै बणाई है या जागीर थारां कूं...? आज कां बाद महाणै कोई दीखणों ना चईयै या छतरी पै थारां मै सूं कोई बी...वा जो नीचै सड़क दीख रां है न...वा जगै है थारी...अपणी औकात मै रहणो सीख लो।" और कहते-कहते बिल्लू ने दो-चार हाथ उनमें और जड़ दिये। डर के मारे लुड़कते-पड़ते निठल्ले छतरी से नीचे उतर आये पर बिल्लू के सामने किसी की ज़ुबान ना खुली। बस हाथ जुड़े रह गये। उन निरीह प्राणियों को वहाँ से खदेड़ मोटरसाइकिल स्टार्ट कर बिल्लू ऐसे गुज़रा मानो कोई युद्ध जीतकर निकला हो। उसका रिश्तेदार शाबाशी देते हुए बोला–

"हुण कित्ती ना कश्मीरियाँ आली गल्ल...पैरैं नीं जूत्ती पैरैच ई चंगी लगनी।"

(अब करी ना कश्मीरियों वाली बात...पैर की जूती पैर में ही अच्छी लगती है) यह कह रिश्तेदार ने बिल्लू का कन्धा दबाया तो दोनों ज़ोर-ज़ोर से हँसते हुए छतरियों के आगे से निकलते हुए गाँव की ओर बढ़ गये।

हर गाँव की तरह 'चाँदघाटी' गाँव की सुबह भी बड़ी सुहावनी रहती है। शाम हो या फिर सुबह, मोर घरों के आँगन तक आ जाते हैं। कश्मीरियों के मन्दिर में

खड़े घने पेड़ों में इनका बसेरा रहता है। सुबह-शाम इन मोरों की आवाज़ पूरे गाँव में फैल जाती है। सूर्योदय के पहले से ही गाय, भैंसें बोलने लगती हैं और आते-जाते लोगों का एक दूसरे को देख *'जय सिया राम', 'जय राम जी की'* और *'जय माता की'* कहना आरम्भ हो जाता है। कुएँ से पानी खींचते हुए चरखड़ियों की चर्र-मर्र और बाल्टी खींचते हुए छलक कर कुएँ में गिरते पानी की आवाज़ के साथ कश्मीरी और मेवाती औरतों की चूड़ियों व गहनों की खनक व पाज़ेबों की रून-झुन सारे वतावरण को संगीतमय कर देती है। फिर धीरे-धीरे सूरज की रौशनी बढ़ने के साथ-साथ यह संगीत रोज़मर्रा के जीवन की आपा धापी में विलीन हो जाता है। मर्दों और जवान लड़कों की जमात नौ या दस बजे तक खा-पीकर खेत या अपने गप्पबाज़ी के ठिकानों पर जमावड़ा जमा लेती है और औरतें घर-रसोई के काम निबटा कर जल्द-से-जल्द मैले कपड़ों की धुलाई के लिए कुएँ का रुख़ कर लेती हैं। औरतों को कपड़े धोने जाने की यूँ भी जल्दी रहती है क्योंकि आपस में गप्पों और हँसी-ठिठौली का मौक़ा जो मिलता है।

कल नीलम के घर जब से वेद के चूड़ी बाज़ार से किरना के लिए ढेर सारा सामान लाने और किरना के उनमें से किसी को वेद का लाया सामान ना दिखाने की बात हुई तो कश्मीरी महिला मण्डली में खलबली मची हुई थी। किरना के घर जाकर उसे सुनाने की हिम्मत किसी में ना थी और ना ही किसी के पास फुर्सत थी। पर इस बात के लिए कुआँ सबसे सही जगह थी।

चंची, नीलम, सत्या, गुड्डो, बिल्ले की वोटी और परले मोहल्ले की बसन्ती पहले ही कुएँ पर बिछे चौड़े-चौड़े पत्थरों पर अपने-अपने कपड़ों की पंड (गठरी) रखकर जगह घेर बैठ गई थीं। देर हो जाने पर कपड़े धोने की उचित जगह के लिए प्रतीक्षा करनी पड़ती है इसलिए अधिकतर औरतें जल्दी घर का काम निबटा कुएँ पर आ जाती हैं। फिर जल्दी कपड़े धो लेने के बाद गप्पबाज़ी का मज़ा ही कुछ और रहता है। सबकी गप्पों के साथ कपड़ों की धुलाई चल ही रही थी कि मन्दिर के किनारे-किनारे से सिर पर कपड़ों की पंड (गठरी) लिए वीरां कुएँ की तरफ़ आती दिखाई दी। वीरां को अपनी ओर आते देख नीलम ने सत्या को वीरां की ओर इशारा करके कहा–

"देक्खव तै अड़िये, कल रात खसमैं कोलां कुट्ट खानी सी, तै अज्ज ओसने कपड़े लेई तै आई रई धोते तै।"

(देख तो बहन, कल रात खसम से मार खा रही थी, और आज उसके कपड़े लेकर आ गई धोने के लिए)। फिर कपड़ों पर थापी मारते हुए बोली–

"बड़ी मोट्टी चमड़ी ऐ खस्समखाई नीं, ऐ नई के हफ़्ते-दस दिन पेई नीं रै बिस्तरेच, इक कम्म की हत्थ ना लाऐ कंजरैने।"

(बड़ी मोटी चमड़ी है खसमखाई की, यह नहीं कि हफ़्ते-दस दिन पड़ी रहे बिस्तर में, एक काम को हाथ न लगाये कंजर के)। नीलम की बात पर कुएँ से पानी निकालती बसन्ती बोली–

"शुकर कर अग्गखाइये, तुकी परमात्मा इयैजेया खसम देई शोड़ेया, जेड़ा त्वाड़े तरले करनेयां नी रजना...नीं तै तू ऐस तरां बड़ी-चड़ी तै गल्ल नीं करी सकनींसियें... वींरा की खसम तै मंदा लबेया-ई-लबेया, अग्ग खाईयां सस्स तै ननानां वी कसर नीं छोड़नियां...वीरां कुथै गच्छै बचारी।"

(शुक्र कर तुझे परमात्मा ने ऐसा खसम दे दिया, जो तेरी मिन्नत करता नहीं थकता...नहीं तो तू ऐसे बढ़-चढ़ कर बात नहीं कर सकती थी...वीरां को खसम तो बुरा मिला-ही-मिला, सास और ननदें आग लगे उन्हें, वो भी कोई कसर नहीं छोड़तीं...कहाँ जाए बेचारी वीरां)। पास ही कपड़े बाल्टी में से खंगाल कर निचोड़ती गुड्डो बसन्ती की बात पर बोली–

"अड़िये, जनानी ना जीवन इयै जेया ई या...व्या तूं बाद सोरै क्हर ई जीना मरना होना.. हुन अपनी-अपनी किस्मत ई, सुख लब्बै यां दुख।"

(अरी, औरत का जीवन ऐसा ही है...ब्याहके बाद ससुराल घर ही जीना मरना होता है. अब अपनी-अपनी किस्मत है....सुख मिले या दुख)।

औरतों की चर्चा चल ही रही थी कि दर्शन की वोटी वीरां कुएँ पर चढ़ आई और कराहते हुए कपड़ों की गठरी बड़े से पत्थर पर पटक वहीं बैठ गई। वीरां को ऐसे कराहते देख नीलम तमतमाई हुई बोली–

"कियां अपना सरीर तुड़ानी ऐं ओस कंजर कोलां, किसै त्याड़ै लंगरी ना सोट्टा चा तै दै ओसनी कंडी पर।"

(क्यूँ अपना शरीर तुड़वाती है उस कंजर से, किसी दिन ओखली का डंडा उठा और दे मार उसकी पीठ पर)। वीरां समझ रही थी कि नीलम हमदर्दी के नाते उससे यह सब कह रही है। नीलम की बात सुन वीरां चुन्नी में मुँह छिपा सिसक उठी। उसे इस तरह सिसकते देख नीलम थपकी का डण्डा छोड़ बाल्टी में भरे पानी से हाथ धो बीरां के पास आ उसे अपने से चिपकाती बोली–

"ना-ना-ना रो...जान्नीयां त्वाडी मजबूरी...बच्चे बड़े होने जुलने...कुथै गश्सैं हुन तूं ओस कोलां लड़ी तै...कंजर की त्वाड़े जीजे नाल ईयैजा शक पेया जेड़ा ऐतने सालां बाद वी नीं गेया।"

(ना-ना-ना रो...जानती हूँ तेरी मजबूरी...बच्चे बड़े होते जा रहे हैं...कहाँ जायेगी अब तू उससे लड़कर...कंजर को तेरे जीजा के साथ ऐसा शक पड़ा जो इतने सालों बाद भी नहीं निकला)।

"शक-शुक कोई नीं आ...शक तां बस बहाना या...सई गल्ल ऐई के ओ व्या तूं ई चिढेया ना ऐस कोलां...सच्ची-सच्ची आक्खां तै वीरां दर्शन की पैले त्याड़े तूं पसन्द नीं ऐ...शान्ति बे इन्नानां व्या कराई आप तै फारग होई तै चली गई परमात्मा ने क्हर... तै इन्नां की छोड़ी गई सड़ी-सड़ी तै मरने तै।"

(शक वक कुछ नहीं है....शक तो बस बहाना है...सही बात तो ये है कि ब्याह के पहले दिन से ही वो इससे चिड़ा हुआ है...सच्ची-सच्ची कहूँ तो वीरां दर्शन को पहले दिन से ही पसन्द नहीं है...शान्ति बे इनका ब्याह कराकर ख़ुद तो फारिग होकर चली गई परमात्मा के घर...और इनको छोड़ गई सड़-सड़ कर मरने के लिए)। सत्या नीलम की बात पर कपड़े रगड़ती हुई बोली। इन सबकी बात सुन चंची बेरी के छोटे-छोटे बूटों पर धुले कपड़े झाड़ कर सुखाती हुई बोली–

"पर चलो, हुन व्या होई गया तै निभाना तै दोआं की ई या...कसूर ऐस बचारी ना केड़ा या...फेर दर्शन...ओ केड़ा पगवान रामचन्दर आ...सारे जानने इस गल्लै की के दर्शन हीराबती नी कोठरीच पेया रैना सारी-सारी त्याड़...अद्दी तनखा ओसै अपनी माऊ हीराबती की देई तै अश्ना...वीरां ओसने पसन्द नीं नी ऐ...ऐ तै बहाना या...त्रै-त्रै बच्चे इयां जम्मीन्दे? इसना शरीर पसन्द आ कंजर की पर शक्ल पसन्द नीं ऐ...सब पखंड आ...असली गल्ल ऐ ई के इदर-उदर मूं मारने नीं आदत ई ऐस ग्रां ने जनेयां नी...जनानी टोकाटाकी ना करै बस इसै गल्लां उसकी दबाई तै रखना चाने।"

(पर चलो, अब ब्याह हो गया तो निभाना तो दोनों को ही है...कुसूर इस बिचारी का क्या है ...फिर दर्शन...वो कौन सा भगवान रामचन्द्र है...सारे जानते हैं इस बात को कि दर्शन हीराबती की कोठरी में पड़ा रहता है सारा-सारा दिन...आधी तनख्वा उसी अपनी माँ हीराबती को देकर आता है...वीरां उसके पसन्द की नहीं है, यह तो बहाना है...तीन-तीन बच्चे ऐसे ही पैदा कर लिए...? इसका शरीर पसन्द है कंजर को, पर शक्ल नहीं...सब पाखण्ड है...असली बात ये है कि इधर-उधर मुँह मारने की आदत है इस गाँव के मर्दों की...घरवाली टोका-टाकी न करे बस इसी बात से उसे दबाकर रखना चाहते हैं...)। कहते-कहते चंची कपड़े सुखा कुएँ पर आई और घड़ा भरने के लिए उसने बाल्टी कुएँ में लटका दी। वहीं पास कपड़े धोने के बाद पानी से खँगालती बिल्ले की वोटी बोली–

"पैनो...सारा मामला जनानी ने नसीबै ना या...परमात्मा सुख लिखेया ना होना तां सुख लब्बी रैना...नीं तां सारी उमर रिड़ी-रिड़ी तै जीने रेयो...हां वीरां...म्हाड़े कपड़े धल्लन गए, तूं म्हाड़ी जगा मल्लीन हुन।"

(बहनों...सारा मामला औरत के नसीब का है...परमात्मा ने सुख लिखा होता है तो सुख मिल जाता है. नहीं तो सारी उम्र घिसट-घिसट कर जीते रहो...ले वीरां...मेरे कपड़े धुल गये...तू मेरी जगह घेर ले अब) यह कह बिल्ले वी बीवी वहाँ से उठ गई।

औरतों का कहना-सुनना चल ही रहा था कि बीच-बीच में मेवाती औरतें भी अपनी ओर से पानी भर दो-दो, तीन-तीन घड़े सिर पर उठा आ जा रही थीं। कुछ मेवातिनें अपनी ओर कपड़े भी धो रही थीं। तभी बाजखाँ के पोते फरहान की नयी-नवेली बहू अपनी सास के साथ घड़ा भरने आई तो सभी औरतों ने उसका मुँह देखने के लिए उसे घेर लिया। ऊपर से नीचे तक गहनों से लदी थी बहू। माथे पर बोरला, गले में तीन-चार लम्बे-लम्बे चाँदी के हार, कुड़ती में चाँदी के घुघरूओं वाले बटन, कमर में तागड़ी और पाँव में पिण्डलियों तक चाँदी के आभूषणों से लदी-फदी दो घड़े सिर पर रख बहू कुएँ से उतर घर की ओर मुड़ी तो उसकी छम-छम दूर तक से कानों में पड़ती रही। तभी नीलम शैतानी भरे स्वर में कपड़ों पर थपकी मारती पास कपड़े धो रही सत्या को हाथ मार बोली–

"नी अड़िये सत्या, ऐ मेवनियाँ दो-दो किलो चाँदी शरीरै पर लाई रैनियाँईयाँ... इन्नाने खसमां की दिक्कत नी होनी...? ईयां वी इन्नाने खसम अद्दी-अद्दी राती लुकने-लुकाने अपनी जनानी कौल अश्ने...तै अश्ने वी इक्कै कम्म लई...अद्दा टैम तै गैने लवानेच ई लग्गी रैना होसी...नई...?"

(अरी सुन सत्या...ये मेवातिनें दो-दो किलो चाँदी अपने शरीर पर पहने रहती हैं. इनके खसमों को दिक्कत नहीं होती?...ऐसे भी इनके खसम आधी रात को छुपते-छुपाते इनके पास आते हैं...और आते भी एक ही काम के लिए हैं...आधा टाइम तो गहने उतारने में ही लग जाता होगा...नहीं...?) यह सुन सभी हँस पड़ीं। सत्या ने ज़ोर का थप्पड़ नीलम की पीठ पर मारा और बोली–

"कंजरिये, ऐस दमागै की किसी सई जगां वी लाया कर" (कंजरी, इस दिमाग़ को किसी सही जगह भी लगाया कर)। नीलम थपकी वहीं छोड़ सबको देख किसी विद्वान पण्डि की तरह बोली–

"झल्लियो, दुनियानीं सारी कहानियाँ इसै गल्लै पर टिकी नियां...तुसां इसकी निक्की गल्ल सम्जनियांओ...? ऐस मर्द जनानी ने मिलन ऊपर तै लिखने आलेयां बड़े-बड़े गरन्थ लिखी मारे...कंजरियो सोचा सारियां...बन्दा लुकने-लुकाने जनानी कोल अच्छै, अपनी जनानी की जोरदार कलावा चाड़ै...तै इन्ना ने मोट्टे-मोट्टे गैणे दोआं विचकार आई तै सारा मजा खराब करी शोड़ने होसन...बन्दा जनानी ना मत्था चुम्मै तै इन्ना ना बोरला बिच्च अड़सी...गला चुम्मै तां हसली तै मोटे-मोटे गैणे... संगलां जये हार तै मोहरां अड़सन...कमर तक अश्सी तै अग्गलाई तागड़ी...जंगां तक अश्सी तै अद्दीयां जंगां गैणेयां तूं टकियाँ...बन्दा कै तक्कै तै कै लोड़ै...।"

(पगलियो सोचो ज़रा...दुनिया की सारी कहानियाँ इसी बात पर टिकी हैं...तुम इस बात को छोटी सी बात समझती हो...? इस मर्द औरत के मिलन पर लिखने वालों ने बड़े-बड़े ग्रंथ लिख मारे, कंजरियो सोचो सभी...बन्दा छिपते-छिपाते औरत के पास आये...अपनी औरत को ज़ोरदार जफ्फी मारे, तो इनके मोटे-मोटे गहने दोनों के बीच आकर सारा मज़ा ख़राब कर देते होंगे...बन्दा जनानी का माथा चूमे, तो इनका बोरला बीच में अड़ेगा...गरदन चूमे, तो हसली और ये मोटे-मोटे संगल जैसे हार और मोहरें अड़ेंगी...कमर तक आयेगा, तो आग लगी तागड़ी...बन्दा क्या देखे और क्या ढूँढ़े...)

अब तो सभी का हँस-हँस कर बुरा हाल हो गया। हँसते-हँसते सत्या बोली, "बेखस्मिये तूं अपने खसमै ना ध्यान रख...इनां मेवां की इन्नाने हालै पर छोड़ " (तू अपने खसम का ध्यान रख...इन मेवों को इनके हाल पर छोड़) कहकर सत्या अपने धुले कपड़े बाल्टी में भरने लगी कि नीलम बाल्टी कुएँ में उतारती बोली, "असां तै इस गल्लां कुज फालतू लाने ई नई....के ना लासां ना कुज अड़सी" (हम तो इसलिए कुछ फालतू पहनते ही नहीं...कि ना कुछ पहनेंगे ना कुछ अड़ेगा)।

नीलम पानी खींच बड़ी बाल्टी में पानी उड़ेल दोबारा पानी खींचने के लिए बाल्टी कुएँ में लटका ही रही थी कि दूर से कपड़ों की गठरी सिर पर और बाल्टी हाथ में लटकाऐ किरना आती दिखी। इधर सत्या धुले कपड़ों की बाल्टी और घड़ा लेकर कुएँ से उतर ही रही थी कि उसे रोक नीलम बोली–

"ठैर...ठैर...ठैर सत्या...ओस पासै तक्क...किरना अश्नी...ठैर ना...बड़ा मजा अश्सी...मैं तै अज्ज किरना की नी बक्शना...तुसां सारियां वी अपनी जबान खोलयाये..."

(रुक...रुक...रुक सत्या...वो उस तरफ़ देख...किरना आ रही है...रुक...बड़ा मज़ा आयेगा...मैंने तो आज किरना को बक्शना नहीं है...तुम सारी भी अपनी ज़ुबान खोलना...) नीलम की बात सुन सत्या ने बाल्टी मुँडेर पर रखी और घड़ा सिर से उतार पत्थर पर टिका दिया। कुछ ही पलों में किरना कुएँ पर चढ़ आई। घड़ा कुएँ की मुँड़ेर पर रखा और कपड़ों की पोटली पत्थर पर पटक बाल्टी में रस्सी बाँध कुएँ में लटका दी।

सत्या ने नीलम को आँख से इशारा कर बात शुरू करने को कहा। नीलम तो यूँ भी पहले से तैयार थी। कपड़े पर साबुन लगाती नीलम किरना से बोली–

"खुशी ने मारै नींदर तै ना आई होसी तुकी किरना...जागी वी देरै संग ऐ होसैं...बई चीजां लाने-लवानेयां देर तै लगनी ऐ ई।"

(ख़ुशी के मारे नींद तो ना आई होगी तुझे किरना...उठी भी देर से ही होगी... भाई चीज़ें पहनने उतारने में वक़्त तो लगता ही है)। किरना ने हैरानी से नीलम को देखा और फिर कुएँ से निकाली पानी भरी बाल्टी से कपड़े भिगोती किरना नीलम को झिड़कते हुए बोली–

"केड़ियाँ चीजां...लगना खसमै संग तूं वी चाड़ी तै आई ऐं बल्लै-बल्लै।"

(कौन सी चीज़ें...लगता है अपने खसम के साथ तू भी चढ़ा कर आई है सुबह सुबह)। किरना के अनजान बन जाने से मुँह बिचकाती चंची बोली–

"दस्सी शोड़सैं तां वी असां कुज ना हिन्नन लग्गे आं...कंजरिए, दस्स तै सई कै कै आनी दित्ता ऐ वेद तुकी...इयां वी अज्ज नीं तै कल दिस्सी तै जासन ऐ वेद नीयां आनीयां चीजां।"

(बता देगी तब भी हम कुछ नहीं लेने वाले हैं...कंजरी, बता तो सही क्या-क्या लाकर दिया है वेद ने तुझे...वैसे भी आज नहीं तो कल दिख तो जायेंगी ही वेद की लाई चीज़ें।) नीलम और चंची के अलावा सत्या, गुड्डो, बबली और बसन्ती सभी अपनी-अपनी तरह किरना को चीज़ें ना दिखाने के ताने मारने लगीं। कुछ देर तो किरना मज़ाक समझ उनकी बातें सुनती रही पर जब बात ज़्यादा लम्बी खिंचने लगी तो झल्लाकर किरना बोली–

"बस करा तुसां सारियां...अज्ज सारियां फ्हंग पीती नी के...म्हाड़े व्या की वी साल होईगे...अज्ज तक तां कदै म्हाड़े तै इस कुज आनी तै नीं दित्ता...हुन बुड़ापेच कै आनसी।" (आज सबने भाँग पी रखी है क्या...मेरे ब्याह को बीस बरस हो गये... आज तक तो कभी इसने कुछ लाकर नहीं दिया...अब बुढ़ापे में क्या लायेगा)। किरना की बात पर गुड्डो सूखे कपड़ों की तह लगाती बोली–

"उऐ तै...जिस वेद कदै तुकी कुज आनी तै नीं दित्ता...हुन ओस तुकी बड़ा कुज आनी तै दित्ता...तै तू सोचनीं होसैं असां चूं कुसै नीं नजर ना लग्गी गच्छै-... फिकर नां करियै, असांचू कुसै नी काली नजर नीं ऐ।"

(वही तो...जिस वेद ने कभी तुझे कुछ लाकर नहीं दिया उसने अब तुझे बहुत कुछ लाकर दिया है, तो तू सोचती होगी हममें से किसी की नज़र ना लग जाए... फिकर ना कर, हममें से किसी की काली नज़र नहीं है)। अब तो किरना झल्ला गई। तमतमाई हुई वो सबको झिड़कती हुई बोली 'कै चीजां-चीजां नीं रट लाई नीं तुसां...केड़ियाँ चीजां? (क्या चीज़ों-चीज़ों की रट लगाई हुई है तुम सबने...कौन सी चीज़ें ?)। तभी नीलम किसी जज की तरह गुड्डो को देख बोली–

"हाँ बई गुड्डो...हुन तूं ई दस्स केड़ियां चीजां..."

(हाँ भई गुड्डो...अब तू ही बता कौन सी चीज़ें)। गुड्डो कपड़ों की तह लगी पोटली लेकर कुएँ की मुँड़ेर पर बैठ गई और चूड़ी बाज़ार में वेद के औरतों का सामान ख़रीदने का सारा ब्योरा सबके सामने कह सुनाया। गुड्डो की बात सुनकर किरना का चेहरा फक्क पड़ गया। कुछ ही पलों में किरना की झुँझलाहट तनाव में तबदील हो गई। चूड़ी बाज़ार में किसी मर्द के जाने का मतलब वो ख़ूब समझती है। इतने सालों में वेद कभी चूड़ी बाज़ार ना गया था। जो भी मर्द चूड़ी बाज़ार जाकर अपनी बीवियों के लिए साज-श्रृंगार की वस्तुएँ लाते थे, वेद उन्हें चुड्डू (नाकारा) या नामर्द कहा करता था और अब, वो ख़ुद चूड़ी बाज़ार गया ? गया-तो-गया, वहाँ से ढेर सारा सामान भी ख़रीद कर लाया। चलो सामान ले भी आया, तो वो सामान है कहाँ? इन तमाम सवालों ने किरना के चेहरे का रंग पीला कर दिया। किरना के चेहरे की उड़ी हुई रंगत देखकर नीलम किरना को दिलासा देती बोली–

"ओये, इतनी जोड़-घटा ना करियै अड़िये...असां समजनेयां त्वाड़ी परेशानी... ऐतने सालां बाद खसम कुज आनै...ओ वी वेद जेया बन्दा...तै कोई वी जनानी इयै करसी...चल हुन जादा ना सोच...पर कंजरिये, इयां स्हैलियां कोलां कुज लुकाया नी करने...त्वाड़ी खुशीच असां वी खुश ऐ होसां...पर हाँ...अपनीयाँ ननानां कोलां ज़रूर लुकाई तै रखेयां...नयीं तां हेक वी चीज त्वाड़े हत्थ नीं अश्नी।"

(अरी...इतनी जोड़-घटा मत कर बहन...हम समझते हैं तेरी परेशानी...इतने सालों बाद खसम कुछ लेकर आये ...वह भी वेद जैसा आदमी...तो कोई भी औरत यही करेगी...चल अब ज़्यादा मत सोच...पर कंजरी, ऐसे सहेलियों से कुछ छिपाया नहीं करते...तेरी ख़ुशी में हम भी ख़ुश ही होंगे...पर हाँ...अपनी ननदों से ज़रूर छिपा कर रखना...नहीं तो एक भी चीज़ तेरे हाथ नहीं आयेगी)। यह कह नीलम धुल चुके कपड़ों की गठरी बाँध घड़ा भरने लगी और बाकी सब औरतें कोई दूसरी कहानी शुरू कर अपना-अपना काम समेटने लगीं। कुछ ही देर में पानी का घड़ा सिर पर और हाथों में धुले कपड़ों की पंड (गठरी) ले नीलम कुएँ से उतर गई और किरना कपड़े धोते-धोते गहरी सोच में डूब गई। उसे सब समझ में आ गया कि चूड़ी बाज़ार से लाया सामान वेद किसे देकर आया है। कल क्यूं उसी वक़्त वेद ने गिरधर को खेतों पर भेज दिया था। सोचते-सोचते आँसुओं की धार किरना के चेहरे पर बहने लगी। गुड्डो की नज़र किरना की ओर पड़ने ही वाली थी कि पास रखी बाल्टी से ओक भर पानी किरना ने अपने चेहरे पर उड़ेल डाला। आँसुओं के रूप में किरना की आँखों से निकला नमकीन पानी कुएँ के पानी के साथ मिलकर पानी हो गया और किसी को कुछ पता ना चला। पर दाई से पेट कहाँ छिप सकता है। आज नहीं तो कल वेद और अनारो का सम्बन्ध सामने आ ही जायेगा। इस डर से किरना सहम गई।

आज कुएँ पर हुई औरतों की बातों ने किरना के भीतर आग दहका दी। सारा दिन मन अनमना रहा। ना कुछ खाया गया ना पिया गया। वेद खा-पीकर खेत पर चला गया था या फिर कहीं और किसे ख़बर। बच्चों को रोटी-पानी देकर सिर्द दर्द की बात कह किरना अँधेरी कोठरी में जा पड़ी। खाट पर बेसुध पड़े-पड़े कभी वेद तो कभी अनारो का चेहरा मन में सोचते ही किरना को सर्दी में भी पसीना आ गया। वह खाट पर से उठ बैठी। मन बेचैन हो उठा। कई ख़यालों ने एक साथ उसे घर लिया। क्या कुसूर है उसका। वेद उसे प्यार करे या ना करे, पर उसके हिस्से का प्यार किसी बाहर की औरत पर लुटाये, वह भी एक 'बावरनी' पर, तो जलन तो होगी ही। अभी तक पड़ोस की औरतों से हँसी-मज़ाक कर जी बहलाता रहा है, पर खसम तो उसका ही है। कितनी शान है उसकी अपनी सहेलियों में। पर जिस दिन यह बात खुलकर सामने आ जायेगी कि वेद ने अनारो को अपनी रन्न (रखैल) बना लिया है...उसकी क्या हैसियत रह जायेगी। सयानी होती लड़कियाँ हैं...कुछ समय बाद लड़कियाँ ब्याहनी भी हैं...कौन रिश्ता जोड़ेगा इस घर से? कैसे मोड़े वह वेद को इस गलत रास्ते से? क्या हैसियत है उसकी और कहीं वेद की ख़िलाफ़त करने पर वेद ने उसे ही घर से निकाल दिया तो कहाँ जायेगी? ऊपर से सास के मरने के बाद ननदें सास बन बैठी हैं। अपने भाई का ही साथ देंगी। हाँ, एक बड़ी ननद है जो कुछ उसूल वाली है। बस वही इस वक़्त उसका का साथ दे सकती है–

"मैं कल ने कल पैनजी की सारी गल्ल दस्सां।"

(मैं कल के कल बहनजी को सारी बात बताऊँगी) यह ख़याल मन में ला आँखों से बह रहे आँसुओं को पोंछ किरना खाट पर पसर गई।

11

जब से वेद ने अनारो को साज-शृंगार के साथ-साथ पुस्तकें, कॉपी, पेंसिलें लाकर दी थीं, अनारो के भीतर की औरत जिन अधूरी इच्छाओं को मन में सँजोये नून-रोटी के जुगाड़ में अपनी गृहस्थी को ढोये जा रही थी, उसे मानो पंख लग गये हों। जिस तरह वेद अनारो के जीवन में रंग भर रहा था उन रंगो में अनारो सराबोर होने लगी। वो महसूस कर रही थी कि वेद उसके जिस्म में ही दिलचस्पी नहीं ले रहा, उसकी दिलचस्पी उसके जीवन को निखारने में भी है। इस ख़याल ने अनारो के मन में वेद की पक्की जगह बना दी। यह वेद से मिल रहा प्रेम ही था कि सारा-सारा दिन घर, बाहर के काम में लगी रहने के बावजूद अनारो को हल्की सी भी थकान न होती। दूसरी ओर गिरधर, सुबह खा-पीकर बकरियों को ले वेद के खेतों की रखवाली पर जो निकलता तो दिन छिपे के बाद कहीं घर लौटता, वह भी दारू में धुत्त गिरता पड़ता। कई-कई रात तो घर लौटता भी नहीं। जिस दिन घर लौटता तो रोटी की भूख से ज़्यादा वो अनारो के जिस्म से अपनी भूख मिटाने की जबरन कोशिश करता, जिससे अनारो आहत हो जाती। सस्ती देसी शराब, गुटका-तम्बाकू खा खाकर गिरधर का जिस्म पिंजर हुआ जा रहा था। ख़ूबसूरत तो वह पहले भी कभी नहीं था, पर उम्र के साथ जिस्म की अपनी रौनक थी। अभी भी गिरधर की ऐसी कोई ख़ास उम्र ना थी। तीस का भी पूरा नहीं था, पर नशे की लत से अपनी उम्र से दुगुना दिखने लगा था। शरीर लुंज-पुंज और चेहरा झुर्रियों से भरा हुआ। ऊपर से गन्दी ज़ुबान जो दिन-पर-दिन और गन्दी होती जा रही थी।

अनारो जब-जब न चाहते हुए भी गिरधर की जिस्मानी भूख शान्त न कर पाती तब जिस गन्दी ज़ुबान से गिरधर अनारो पर अपनी हवस की नाफरमानी का गुस्सा निकालता उससे अनारो न चाहते हुए भी मन से उससे कोसों दूर चली जाती। पिछले साल से तो मन की यह दूरी इतनी-लम्बी हो चली है कि क़रीब आने की अब कोई उम्मीद दिखाई नहीं पड़ती।

गिरधर अनारो के तेवर उसी रात समझ गया था जब ब्याह के बाद अपने पहले मिलन की रात उसने अनारो का घूँघट उठाया था और घूँघट उठाते ही अनारो ने मुँह दिखाई माँगते हुए कहा था–

"म्हाणे अपणे समाज री लुगाईयाँ रे जैसे चूल्हा-चक्की और टाबर जणने को काम ई नाय करणो...म्हाणे आगे पढ़ाई करकै मास्टरणी बनणो है।" और अनारो की इस इच्छा पर गिरधर ने ठहाका लगाते हुए जेब से कच्ची शराब की थैली गटक अपनी मर्दानगी की पूरी भरपाई कर अनारो की आँखों-में-आँखें डाल कहा था–

"मास्टरणी...हा...हा...हा...तू बस मेय्रे कूं ई पढ़ाणे को काम कर...पर पढ़ाइयो बस इतणा जितणा मेयूरी समझ मै आ जाय।" और यह कहकर गिरधर मुँह फेर कर औंधा बिस्तर पर लुढ़क गया था। गिरधर के उस बरताव से उस रात अनारो अपने कौमार्य को अपने वैवाहिक जीवन पर न्योछावर कर न सिर्फ़ जिस्म से लहुलुहान हुई थी, बल्कि मन से भी घायल हो गई थी।

अगले दिन अपनी सुहागरात पर की गई अनारो की फरमाइश को जब गिरधर ने अपने मित्र मण्डली को सुनाया था और उन्होंने गिरधर को जो पट्टी पढ़ाई उसे सुन गिरधर ने ब्याह के पहले ही साल अनारो को गर्भवती बना गृहस्थी की चक्की में पिसने के लिए छोड़ दिया। गिरधर तो पिता बनने पर फूला न समाता था पर अनारो दिन-दिन गिरधर की बातों और उसके समाज के निठल्ले बिगड़ैल मित्रों की संगत और हर रोज़ मिलती नसीहतों से मर-मर जाती थी।

पर अनारो ने भी हार ना मानी और अपने समाज का स्तर ऊपर उठाने और मास्टरनी बनने का जो सपना वह देखती आयी थी, अपने मोहल्ले और हरिजन बस्ती के बच्चों को पढ़ाकर उसी दिशा में चलने की ओर कदम रखना ज़रूर शुरू कर दिया था। बच्चे भी अनारो की पाठशाला में ख़ूब जी लगाकर पढ़ाई करते। कितने ही बावरिया और हरिजन बस्ती के बच्चे ऐसे थे जो परीक्षा में प्रथम श्रेणी से पास हुए। एक दिन तो मास्टर किशनलाल ने अनारो को विद्यालय में बुलाकर पूरे स्टाफ के सामने उसकी प्रशंसा करते हुए उसके इंटर में ज़िला स्तर पर सबसे अधिक अंक पाने और कलेक्टर साहब द्वारा उसके घर जाकर उसे पुरस्कृत करने की बात सबके सामने कही। विद्यालय में अनारो की बड़ाई होने की ख़बर से गाँव में भी अनारो का रूतबा फैल गया। बस एक गिरधर ही ऐसा था जिसे अपनी लुगाई का कोई गुण दिखाई न पड़ता था।

हर महीने की दस तारीख़ को वेद गिरधर को मज़दूरी के रुपये दिया करता। जब से गिरधर वेद के खेतों में काम कर रहा था किसी एक महीने भी मज़दूरी के पूरे रुपये अनारो के हाथ पर ना रखे। कभी कुछ तो कभी कुछ बहाना बना अनारो को शान्त

कर दिया करता। इधर अनारो के पूरे दिन चल रहे थे। प्रसव कभी भी हो सकता था।

बाहर से आ गिरधर ने घड़े से लुटिया भर पानी का छींटा मुँह पर मारा और फिर लड़खड़ाते क़दमों से चूल्हे पर रोटी सेंक रही अनारो के नज़दीक उकडू जा बैठा। अनारो ने पास रखे बर्तनों के टोकरे में से थाली ले चणकली की सब्ज़ी, लहसुन और सूखी लाल मिर्च की चटनी के संग दो रोटी रख उसके सामने रख दीं। गिरधर ने रोटी का टुकड़ा खाना शुरू ही किया था कि अनारो ने उसे एक नज़र देखा और फिर रोटी तवे से उतार अंगारों पर रख सेंकती हुई बोली–

"मजदूरी को पैसा मिलगां होयेंगा...?" रोटी का कौर मुँह में चबाता हुआ गिरधर घूरकर अनारो को देखता हुआ बोला–

"रोटी तौ चैण सूं खाण देगी के नाय।"

"थारां जिन्दगी मै तौ चैण-ही-चैण है...किसी महीणा पूरो पैसा नाय रखां म्हारा हाथ मै...कोई फिकर है के नाय...?" अनारो की बात पूरी होते-न-होते गिरधर बोल पड़ा–

"जिस बी दिण जणैगी...जणेगी तौ छोरी ही..." *"टाबर तौ थारा ई जण री हूँ।"* कहती हुई अनारो रोटी गिरधर की थाली में डालने लगी कि थाली पीछे सरका लुटिका से पानी गटक हाथ धो कुल्ला कर गिरधर ने जेब में हाथ डाला और रुपये अनारो को पकड़ाते हुए बोला–

"लै...जब देखो...पीसो-पीसो करती रै. लै पीसो...पकड़।" अनारो ने रुपये गिने तो पूरी तनख्वा के आधे ही थे, जिन्हें देख अनारो कसमसा कर बोली–

"सरम कोणी आ री थाणै...म्हारा टैम सिर पै है अर थे पैसा उड़ा रां हो...मैं वेद बणांसू कहूँगी के पैसा थारां हाथ मै ना दे।" अनारो का इतना कहना था कि गिरधर आगे बढ़ अनारो की चुटिया पकड़ उसे धकेलते हुए बोला–

"दारी की...भैनचो...बेद सूं मेयूरी सिकैत करैगी...खसम लागै है ते रो बेद...? वाका खेत का काम मैं करूं के तू...? मादर चो...कदम घर सूं बाहर निकलां तौ हाथ-पाँव तोड़ दूँगो दारी की।" कहते-कहते गिरधर अनारो को थप्पड़ जड़ने ही वाला था कि अनारो ने गिरधर का हाथ पकड़ लिया और आँखों से अंगारे बरसाती बोली–

"लोक लाज री परवाह करकै जुबान नाय खोलूं...पर एक बात सुण लौ... आगे सूं मेरे पै हाथ उठायो तौ थाणा मै जाकै थारा नाम री रिपोर्ट लिखवाणे मै देर ना लगाऊँगी...अनपढ़-गँवार ना हूँ मैं।" अनारो का इतना कहना था कि गिरधर ने अनारो की चुटिया और ज़ोर से पकड़ ली और उसे दीवार की ओर धकेलने लगा। अनारो ने भी पूरी ताक़त लगा गिरधर की पकड़ से ख़ुद को छुड़ाया और फिर गिरधर को पीछे धकेल बोली–

"थारा जीसो मरद जिस लुगाई ने मिल जाए...वा लुगाई घर सूँ बाहर भी निकलेगी अर दूसरो खसम बी बणायेगी...थे भूलरां हो के थे दो बालकां रो बाप बणणे वाला हो...पर मैं ना भूली...म्हाणे पतो है के मैं माँ हूँ।" कहकर अनारो ने ऐसे गिरधर को घूरा कि अब अगर गिरधर ने कोई हरकत की तो उसकी ख़ैर नहीं। यूँ भी शराब पी-पीकर गिरधर के शरीर में जान ही ना बची थी कि वह अनारो का मुक़ाबला कर सके। अनारो ने हिकारत से गिरधर के चेहरे से नज़रें फिरा थाली उठाई और उन्हें झगड़ते देख रोती सिया की ओर दौड़ी। कुछ देर वहीं खड़ा-खड़ा गिरधर अनारो को घूरता रहा और फिर लोई उठा बड़बड़ाता हुआ घर से बाहर चला गया।

आज अनारो की आँखों से बरसती आग और उसके शब्दों ने गिरधर की सारी उतार कर रख दी। घर से निकल गिरधर सीधा खेत पर बनी झोंपड़ी में जाकर रुका। अनारो के शब्दों–*"थारा जीसो मरद जिस लुाई ने मिल जाये...वा लुगाई घर सूँ बाहर बी निकलैगी अर दूसरो खसम बी बणायेगी।"* ने गिरधर के पौरुष को चुनौती दे डाली। अनारो के तेवर तो गिरधर ब्याह की पहली रात ही देख चुका था और फिर जिस तरह ब्याह के डेढ़ साल बाद ही रामकली से बहस कर खेतों पर काम करने को राज़ी कर लिया था वह छोटी बात न थी। उसके बाद अनारो की पढ़ाई-लिखाई, मास्टरनी की तरह बच्चों को पढ़ाना, विद्यालय में हुई अनारो की तारीफ, यह सब सोच गिरधर अपने आपको अनारो के आगे बड़ा छोटा महसूस करने लगा। शायद यही गिरधर के भीतर हीन भावना पैदा कर रहा था और इसी वजह से वह अनारो को दबाये रखने की हर मुमकिन कोशिश भी कर रहा था।

झोंपड़ी में बिछी खाट पर लेटा-लेटा गिरधर अनमना हो रहा था। पूरी बोतल गटक कर गया था पर अनारो की बातों ने सारा नशा उतार दिया। नशा उतरा तो नींद भी आँखों से उड़ गई। गिरधर की निगाह झोंपड़ी में सामने रखी बोतल पर गई। उसने बोतल उठाई और मुँह से लगा ली।

अनारो के लिए गिरधर का यह बर्ताव कोई नयी बात ना थी। अपनी मौज-मस्ती के आगे उसने कभी अनारो की परवाह ना की। करता भी कैसे। उसके समाज के और मर्द भी तो उसी के जैसे थे। ब्याह-शादी हुई, चार-छह बच्चे पैदा किये, फिर दो जून की रोटी की तलाश में इधर-उधर मज़दूरी या चोरी-चकारी और घर लौटे तो घरवाली पर हुक्म बजा तन और मन की इच्छापूर्ति। यही हाल इस समाज की औरतों का भी रहा है। अपने आप को गृहस्थी के टंटों में झोंक और पति की इच्छापूर्ति को अपना धर्म और भाग्य मान ख़ुद की ओर सोचना ही बन्द कर दिया और ऐसा करने में उन्हें कोई कष्ट भी नहीं होता, क्योंकि अपनी दादी, नानी, माँ, ताई, चाची, मौसी, भाभी को भी तो इसी परम्परा का निर्वाह करते देखा है। ना जाने ये परम्पराएँ थीं,

रूढ़ीवादिता थी, अशिक्षा या फिर इस समाज के पुरुषों की पुरुषवादिता, जिसने इन स्त्रियों को घर की चारदीवारी से बाहर निकल सोचने-समझने की स्वतन्त्रता ही ना दी या फिर इन स्त्रियों ने स्वयं बाहर निकल मुख्यधारा से जुड़ने की हिम्मत ही नहीं दिखाई। यह सब ही कारण हो सकते हैं इस जन-जाति के पिछड़ेपन के। पर अनारो इनमें से होते हुए भी इन जैसी नहीं है।

बचपन से ही अनारो में पढ़ने की ललक रही। पढ़-लिखकर अपने समाज की दिशा बदलने की सोच ने अनारो को उसके समाज की स्त्रियों जैसा सोचने ही ना दिया। रोटी, कपड़ा, बच्चे, घर, गृहस्थी के साथ समाज के लिए कुछ करने के अवसर खोजने की हर पल उसके मन में मची खलबली उसे सामान्य रहने ही ना देती। जब से अनारो गिरधर के घर ब्याह कर आई चैन से ना बैठी। कभी अपने समाज और हरिजन बस्ती के बच्चों को पढ़ा तो कभी आस-पड़ोस की औरतों को कढ़ाई-बुनाई सिखा अपने रचनात्मक मन को सन्तुष्ट कर लिया करती। पर गिरधर ने न तो कभी उसके मन की चाहत को समझा ना समझने का प्रयत्न ही किया। गिरधर ने उसे अपने समाज की स्त्रियों जैसी ही समझ अपनी नासमझी से उसकी भावनाओं को जो तार-तार किया उससे अनारो का मन ऐसा छिन्न-भिन्न हुआ कि अब गिरधर के घर में होने-न-होने से काई फ़र्क़ ही न पड़ता। दूसरी ओर वेद, जिसकी दो ही इच्छाएँ थीं, गाँव का सरपंच बनना और कोई ऐसी स्त्री जो घर से बाहर उसे ख़ुश रखे। पर वह स्त्री अनारो जैसी विदूषी होगी यह बात वेद ने भी सोची नहीं थी। सोचता भी कैसे, उसने तो अभी तक वे स्त्रियाँ ही देखी थीं जिन्हें उसकी दौलत में रुचि थी। पर अनारो, वह सचमुच अलग थी। कपड़ा, लत्ता, धन-दौलत की लालच ने उसे छुआ भी नहीं था। यही कारण था कि वेद अनारो से ऐसा बंधा कि एक पल भी अनारो की छवि उसकी आँखों से ओझल न होती। और जब से वेद अनारो के लिए साज-शृंगार के साथ कॉपी, पेंसिल और किताबें लेकर आया था, अनारो भी वेद के लिए अपने मन में खिंचाव महसूस करने लगी। ख़ूब कोशिशों के बाद भी अनारो वेद की ओर बढ़ते जा रहे अपने खिंचाव से ख़ुद को रोक नहीं पा रही थी।

रात सियाह हो गई थी। गिरधर के घर से जाने के बाद अनारो सिया को खिला-पिलाकर सुलाया ही रही थी कि बाहर आले से गिरते बरतन और दरवाज़े के धाड़-धाड़ बजने ने ख़बर दे दी कि बाहर आँधी आई है। अनारो बच्ची को गूदड़ी पर छोड़ बाहर दौड़ी। बरामदे की ओर दौड़ धाड़-धाड़ बज रहे दरवाज़े की साँकल चढ़ाई जिसे गिरधर खुला छोड़ गया था। लूगड़ी भीतर खाट पर छूट जाने से आँधी से उड़ती धूल आँखों में जा घुसी। आँखें मलते-मलते अनारो रसोई समेट रही थी कि बत्ती गुल हो गई। अक्सर आँधी आने पर पूरे गाँव की बत्ती इसी तरह गुल हो जाया करती है।

आँधी से कोई ना कोई तार टूट जाता है और फिर पाँच-सात दिन के लिए बिजली गुल। अनारो ने जंगले पर रखी दीया सलाई उठा डिबरी जलाई। गिरधर के बर्ताव से डरी-सहमी सिया रोते-रोते सो चुकी थी। आज की आँधी ने मौसम के बदलाव की सूचना दे दी। घर-आँगन में धूल-धक्कड़ मचा आँधी कुछ ही पलों में भीषण तूफ़ान में बदल गई। ख़ूब बारिश के संग ओलों ने किसानों के दिल धड़का दिये। खेतों में खड़ी फसल बरबाद होने का संकेत राम जी ने दे दिया था। इस बार रबी की फसल नष्ट ही समझो। अनारो का दिल भी धक्क हो गया। गेहूँ की फसल ख़राब हुई तो कटाई का काम गया ही समझो।

एक नज़र सोई सिया पर डाल अनारो ने डिबरी उठा टाँड वाले कमरे के आले में रखी। अचानक निगाह टाँड पर रखी पोटली पर गई और टाँड पर से वेद की लायी पोटली अनारो ने उतारी। एक बार फिर एक-एक पोटली खोल सभी चीज़ों को टटोला। कपड़ों की पोटली में से चुंदड़ी निकाल सिर पर ओढ़ी और सामने दीवार पर लगा आईना उतार डिबरी के क़रीब जा अपना चेहरा उसमें निहारने लगी। आईना देखते-देखते वेद की आवाज़ कानों में गूँजने लगी–

"अगली बेर आऊँगो तौ सब पैण कै दिखाइयो" अनायास अनारो के चेहरे पर शर्मीली मुस्कराहट उभर आई। अनारो की साँसें ऊपर-नीचे होने लगीं। झट अनारो ने चुंदड़ी उतार तह लगा वापस पोटली में बाँध दी और टाँड से किताबों वाली पोटली उतार सारी किताबें पोटली से निकाल उलट-पलट कर देखने लगी। एक एक किताब का शीर्षक पढ़ते अनारो की आँखों में चमक और अधिक होने लगती। 'देश-विदेश की लोक कथाएँ', 'पंचतन्त्र की कहानियाँ', 'भारत की वीरांगनाएँ', 'भारत के स्वतन्त्रता सेनानियों की वीर गाथाएँ'। और फिर कनस्तर उल्टा कर उस पर डिबरी क़रीब रख रात-ही-रात में कई कहानियाँ अनारो ने पढ़ डालीं। पढ़ते-पढ़ते जब मुर्गे ने बांग दी और गाय-भैंसों ने रंभाना शुरू किया तब समय का आभास हुआ। डिबरी में फूँक मार अनारो ने उसे बुझाया और सिया के पास जा लेट गई। बाहर अभी भी मंद-मंद बारिश हो रही थी। अनारो आँखें मूँद पड़ गई। पर मन में उठ रहे ख़यालों ने आँखों से नींद को कोसों दूर भगा दिया। मन-ही-मन अनारो सोचने लगी–

"हे राम जी, वेद बणां कू कांई हो गयां है...इतणा तो मैणै बी अपणे बारे मै नाय सोची...मेरां अपणा मरद मेरे मण की फिकर नाय करै...पर वेद बणां मेरे जीवण के संग-संग, मेरे मण की सुध बी ले रां है...म्हाणै रिझाण कू गहणा-कपड़ा लायो या तो ठीक है...पर इतणी किताब, कापी, पैंसिल लाकै वेद बणां नै मेरे मण मै जो खुशी भरी है...मेरे बाप के बाद या पहलो आदमी है जिसनै इसो सोचा है...पर...पर...मैं कांई बावली हो री हूँ...वेद बणां जीसो बी है...है तौ परायो मरद ही...या सब देकै

वा मेरे सूं कांई चावै है या बी मैं जाणूं...इसै रोज-रोज मेरे घर वेद बणां के आने सै बदनामी तौ मेरी होयेगी...ना...ना...या जो बी हो रां है...ठीक ना है...मैं वेद बणा सू कहूंगी ईसै मेरे घर ना आय...मणो कर दूँगी घर आणे सूं...वेद बणा कूं अब अपणे घर ना आणे दूँगी।"

इधर किरना का कल का दिन और सारी रात बड़ी बोझिल गुज़री। बाहर मौसम ने तूफ़ान मचा रखा था और मन के भीतर वेद और उसकी अनारो ने। रात दो-तीन बार बड़े कोठे (कमरे) में रज़ाई ताने चैन की नींद सो रहे वेद के नज़दीक तक गई यह सोचकर कि उसकी रज़ाई एक तरफ़ फेंककर उससे पूछूँ कि–

"इयै जेया ओस बावरनीच कै लब्बी गेया, जेड़ा ओसपर लुटेया जुलनाएँ?"

(ऐसा उस बावरनी में क्या मिल गया, जो उस पर लुटा जा रहा है?)। पर हिम्मत जुटा कर भी वह ऐसा नहीं कर सकी। बस, वेद के नज़दीक जा अपने मन में उठ रहे सवालों को मन ही में दबा कर रह गई। वेद की रग-रग से वाक़िफ़ जो थी। आगे से वह क्या जवाब देगा, अच्छी तरह जानती थी। फिर कल जो हुआ उसकी गवाही किससे दिलायेगी। मोहल्ले भर की औरतें आपस में चाहे जो कह लें पर वेद के मुँह पर कोई कुछ नहीं कहेंगी। किरना मन मसोस कर रह गई। सारी रात इसी उधेड़बुन में करवटें बदलते कटी। मोहल्ले भर की औरतों में अपनी बदनामी और जवान होते बच्चों की फ़िक्र ने सोने ही ना दिया। कल की आई एक बावरनी ने उसकी गृहस्थी में आग लगा दी है। इस जलन ने किरना को राख कर दिया। मन में तो आया कि इसी वक़्त अनारो के घर जाये और उसका चुण्डा पट्टके (बालों से खींचकर) सबके सामने लाकर उससे पूँछे कि–

"राँड...तोय मेरो ही खमस मिलो अपणी आग बुझाणे कू?" और फिर उसे उसकी गुत से खींचकर उसके खसम के पास ले जाकर उसके खसम से कहे–

"नासपीटे...कीसो मरद है तू जो अपणी लुगाई कू सँभाल कै नाय राख सकै?" और फिर दोनों को गाँव निकाला दे दे। पर फिर जब यह ख़याल आया कि अनारो और गिरधर से पहले तो उसका अपना पति दोषी है, और यह ख़याल आते ही किरना की मुट्ठी ग़ुस्से के मारे भिंची-की-भिंची रह गई।

किरना ने रात को ही सोच लिया था कि वह यह सारा वाकया बड़ी ननद शारदा बहनजी को सुनाकर ही रहेगी। सुबह जल्दी उठ रसोई का काम-काज निबटा शाम के लिए कद्दू वाली कडी मिट्टी की हाँडी में तडका मार हल्की आँच पर चढा बड़ी लड़की कुसुम को कड़ी की देख-रेख सौंप किरना सीधी शारदा बहनजी के घर की ओर निकल गई।

सुबह-सुबह अपने वेड़े की ओर बदहवास किरना को आते देख वेड़े का चौका लीपते-लीपते शारदा बहनजी के हाथ रुक गये। शारदा भैन जी के पति ने घर में ही

कुई खुदवा रखी थी। पानी का स्तर इतना ऊपर था कि दुपट्टा बाल्टी में बाँध पानी खींच लो। शारदा बहनजी ने कुई के पास भरी रखी बाल्टी से हाथ धोये और मँजा (चारपाई) धूप में बिछाया ही था कि किरना नज़दीक आ गई। किरना ने क़रीब आ बहनजी के पैर छुये तो उसके चेहरे की उड़ी रंगत देख शारदा बहनजी का कलेजा धक्क रह गया। तीनों ननदों में एक शारदा बहनजी सख़्त और रौबदार हैं, पर दिल बच्चे सा कोमल। किरना और बहनजी की भले ही तनातनी चलती रहती हो पर जब-जब किरना किसी परेशानी में पड़ी तो शारदा बहनजी ने ही उसकी मदद की। सावित्री देवी के देहान्त के बाद शारदा बहनजी का स्वभाव कुछ नरम भी पड़ा है। किरना के मुरझाए चेहरे को देख शारदा बहनजी बोलीं–

"कै होई गया जो बल्लै-बल्लै म्हाड़े कोल आइएं..."

(क्या हो गया जो सुबह-सुबह मेरे पास आई है...)। कहते-कहते शारदा बहनजी ने किरना को खाट पर बिठा दिया और ख़ुद मूढ़ा उसके सामने रख बैठ गईं। किरना ने भी बिना वक़्त गँवाये मन में चल रही सारी उथल-पुथल उनके सामने रख दी।

"तुसांना प्रा रामकली नी नूं अनारो की अपनी रन्न बनाई रेया...क्हर लुटाऐ लग्गा ना ओस बावरनी ने चक्करैच।"

(तुम्हारे भाई ने उस रामकली की बहू अनारो को अपनी रखैल बना लिया है... घर लुटा रहा है उस बावरनी के चक्कर में)। कहते-कहते किरना की आँखों से आँसू बह निकले। किरना के मुँह से अपने भाई की करतूत सुन एक पल को शारदा बहनजी सकते में आ गईं। इस बात की उड़ती-उड़ती ख़बर शारदा बहनजी को लगी थी पर आज किरना के मुँह से सुन कर लोगों की कही बात पर मुहर लग गई। कुछ पल के लिए शारदा बहनजी मौन रहीं और फिर किरना को दिलासा देते बोलीं–

"घबराइयै ना, मैं त्वाड़े नालइयां, त्वाड़े संग गलत नीं करन देन लग्गीयां ओसी।"

(घबरा मत, मैं तेरे साथ हूँ...तेरे साथ गलत नहीं करने दूँगी उसे)। शारदा बहनजी ने किरना को दिलासा तो दे दिया पर अन्दर-ही-अन्दर वह भी घबरा उठीं। वह अपने भाई के अड़ियल रवैये और उसके ग़ुस्से को जानती हैं। ग़ुस्से और मनमानी में वह पूरा अपने बाप पर गया है। पर यह तो उन्होंनें सोच लिया कि वेद को वह अपने पिता वाली हरकत नहीं करने देंगी। अपनी बात कह किरना उठने को हुई कि शारदा बहनजी उसका दुपट्टा खींचते हुए बोली–

"बै अड़िये, सागै आली कड़ी चुल्ले पर चड़ी नीं, खाई तै गच्छेयां।"

(बैठ पगली, साग वाली कड़ी चूल्हे पर चढ़ी है, खाकर जाना)। शारदा बहनजी के दुलार भरे शब्दों से किरना की आँखें छलछला आईं।

12

चाँदघाटी गाँव इन दिनों पीली चादर ओढ़े हुए था। सरसों पकने से चारों ओर पीले फूलों ने पीली छटा बिखेर रखी थी। वेद के जीवन में चाहे जो भी चल रहा हो पर खेतों के काम में आज तक उसने कोई कोताही ना की थी। खेतों में पैदावार अच्छी हो, इसके लिए वह कड़ी मेहनत किया करता। अधिकतर गाँव वालों के खेत एक जगह ना थे। एक खेत यहाँ तो दूसरा कुछ खेत छोड़कर। लेकिन वेद की खेती की ज़मीन एक साथ थी। उसने खेतों के बीच अपनी झोंपड़ी के साथ कुआँ खुदवा रखा था। उसी कुएँ में ट्यूबवेल भी लगा था। इस कारण वेद के खेतों को सिंचाई के लिए पानी बेशुमार मिलता और पैदावार बढ़िया। वेद ने सरसों के साथ-साथ अरण्डी और कपास की फसल भी उगायी थी। सरसों की फसल में चेपा न लग जाये इसलिए वह खेतों में उचित कीटनाशक का छिड़काव करा देता। पिछले हफ़्ते से गिरधर को खरपतवार खुरपी से उखाड़कर खेत से बाहर निकालने के काम में लगा रखा था। यूँ भी वेद गिरधर पर नज़र रखता था। भले ही शाम ढलने पर गिरधर अपने एक-दो यार दोस्तों को बुला कच्ची शराब की महफिल जमा लेता पर दिन निकलने पर मुस्तैदी से खेतों के काम में लग जाता। उसे पता था कि वेद कभी भी खेतों पर आ धमकेगा और खेतों के मामले में ढील हुई तो वो बर्दाश्त नहीं करेगा। यह सोच गिरधर फावड़ा ले पानी की निकासी करने लगा।

जब से वेद अनारो को तोहफ़े देकर आया था उसे उन कपड़ों और गहनों में सजी सँवरी देखने की हसरत में उतावला हुआ जा रहा था। घर से खा-पीकर खेतों पर पहुँचने के लिए निकला। सिक्खों के मोहल्ले से होता हुआ हरिजनों की बस्ती से निकल सत्या के घर के पिछवाड़े से होता हुआ जैसे ही वेद बावरियों के मोहल्ले के आगे से गुज़रा तो उसके क़दम बावरिया मोहल्ले से आगे ना बढ़े और चाहते-न-चाहते वेद के क़दम अनारो के घर की ओर बढ़ चले। अभी वेद अनारो की चौखट पर

पहुँच दरवाज़ा खटखटा ही रहा था कि बाहर गली से निकलते गिरधर की मण्डली के लच्छू ने वेद को गिरधर के घर का दरवाज़ा खटखटाते देख लिया। वह जानता था इस समय गिरधर तो घर में है नहीं, फिर वेद गिरधर के घर क्या करने आया है। माजरा समझते लच्छू को देर ना लगी। वह झट तिराहे वाले घने पीपल के पेड़ तले बने चबूतरे की ओट ले उकड़ू बैठ हथेली पर तम्बाकू मसलने लगा। उधर दरवाज़े की साँकल खड़कने की आवाज़ सुनी तो यह सोच कि–*"गिन्नो री माई आई होयेगी।"* घर का काम निबटाती अनारो पीढ़ी से उठ दरवाज़ा खोलने के लिए उठी। अब अनारो को उठने-बैठने में मुश्किल होने लगी थी। पूरे दिन जो चल रहे थे। जैसे ही अनारो ने चौखट पर आ साँकल खोली और सामने वेद को खड़ा पाया तो उसके पूरे जिस्म में कँपन सा दौड़ गया। वेद ने झट भीतर आकर भीतर से साँकल चढ़ाई तो जिस्म के भीतर की कँपकँपी अनारो के होंठों तक आ गई–*"क...का...कांई कर रा हो..."*

"घबरा मत...मैं कांई सू ना डरूँ।" पर म्हाणे तौ डर लागै...।" "अब डरणो छोड़ दै।" कहते-कहते वेद ने अनारो को अपनी ओर खींच लिया। अनारो की तेज़ चलती साँसों से उसकी घबराहट को भाँपते हुए वेद शरारत भरी मुस्कान से कसमसाती अनारो के कान में फुसफुसाया–

"तोय उन गहणा अर कपड़ा मै देखणे कू तरस रो हूँ...चाल, जल्दी सूं मोय सब पैण कै दिखा।" वेद की पकड़ से ख़ुद को छुड़ाने का जतन करती हुई अनारो बोली

"म्हाणे छोड़ेंगा नाय तौ पेण कै कैसे दिखाऊँगी।" वेद ने अनारो की घबराहट और मिन्नत पर अपनी पकड़ ढीली करी तो वेद की बाँहों से निकल अनारो बरामदे के छोटे से जंगले से बाहर झाँकने लगी तो दौड़कर जंगले के पट बन्द कर वेद बोला–

"तुझसै कह रो हूँ न के कांई बात की फिकर मत कर...मेरे होते कोई की हिम्मत ना है जो तोसै कुछ कह दै।" अनारो ने वेद की आँखो में देखा और भीतर जा सिया को खेल-खिलौनों में लगा दूसरे कमरे में जा भीतर से साँकल लगा टाँड से पोटली उतार ली।

जैसे-जैसे समय बीत रहा था पेड़ तले ओट में बैठा लच्छू भीतर के हालात पर अपने दिमाग़ी घोड़े दौड़ा अपनी ही कहानी बुनता जा रहा था। बुनता भी क्यूँ नहीं, जो क़िस्से वेद और अनारो को लेकर बाहर मशहूर हो रहे थे आज उन्हें अपनी आँखों से होते हुए देख रहा था। अब तो इस बात में शक की कोई गुंजाईश ही ना रही थी। लच्छू ने हथेली पर रगड़े हुए तम्बाकू को होंठ तले दबाया और बोला–

"अनारो भाभी तौ सांची तकड़ी खिलाड़ी है...गिरधर भाई...तेय्रो घर तौ बरबाद हो गयां भाई...।"

अनारो जैसे ही वेद के लाये गहने कपड़े पहन कमरे से बाहर निकली, खाट पर बैठा अनारो की बाट देख रहा वेद अनारो को ऊपर से नीचे तक देखता ही रह गया। लाल-पीले घाघरा चोली और लूगड़ी में लिपटी अनारो सिनेमा की हिरोइनों को भी मात कर रही थी। वेद खाट से उठा और मन्त्र मुग्ध सा अनारो की ओर खिंचा चला गया। अनारो के क़रीब आ उसे अपनी बाँहों में ज़ोर से कसने लगा कि अनारो की कराहट से पीछे हट उसे निहारता हुआ बोला–

"जल्दी सूं अपणो जापो निबटा...तेरे अर मेरे बीच मै अब मोय कोई ना चइयै... कोई बी नाय।" "थारो टाबर बी तो है?...वाको कांई?...किरना बाइसा ने पतो चाल गां तौ...?" "उसै किसी बात की कमी ना है...सब कुछ है वाकां पास...तू सब की छोड़ बस अपणी अर मेरी सोच।" यह कह वेद जेब से रुपये निकाल कर अनारो को देने लगा तो हिचकते हुए अनारो बोली–

"या कांई है...ना ना...या मैं नाय ले सकूँ।" वेद ज़बरदस्ती अनारो के हाथ में रुपये रख बोला–

"गिरधर की कमाई सूं अपणो ध्यान नाय राख सकैगी तू...तेरी जिम्मेदारी अब मेरी है...घी, मेवा आज भिजवा दूंगो...मेरी खातिर तुझै अपणो ध्याण रखणो है..." अनारो ने अपने लिए इस तरह की बातें ना सुनी थीं। वेद के मुँह से अपने लिए फ़िक्र की बातें सुनीं तो उसकी आँखें छलछला आयीं।

लच्छू वेद के बाहर निकलने की फ़िक्र में दोहरा हुआ जा रहा था। अब और इंतज़ार लच्छू से ना हो रहा था। आज जो उसने देखा उससे उसके होश उड़ गये। वह मन-ही-मन बुदबुदाया–

"अब तौ दिण-दहाड़े या कस्मीरी म्हारा घर मै बड़न लगां...अब समझो मैं... म्हारा सब कूं छोड़ कै बेद नै गिरधर कूं खेत की नौकरी मै कांई लगायां है...गिरधर कूं खेतण की रखवाली मै लगाकै बेद अनारो भाभी को मालिक बनणे की सोच रां है...बताणी तौ पड़ेगी गिरधर कूं...नाय तौ गिरधर बेद के खेतण की रखवाली करतां रैह जायेंगा अर या बेद भैनचो...अनारो भाभी सूं मुँह कालो करतां रहैंगा...।" लच्छू ने गले में पड़ा साफा सिर पर बाँधा, लोई सिर पर ओढ़ शरीर ढका और वहाँ से निकल गया।

गिरधर की तरह लच्छू भी शराब, बीड़ी, तम्बाकू फाँक-फाँककर कंकाल हुआ पड़ा था। पर आज वेद और अनारो की हरकत ने उसमें ऐसा जोश भरा कि वो दौड़ता-भागता गिरधर तक जा पहुँचा। अब तक वेद के खेत पर ना आने से उसके आने की उम्मीद छोड़ दारू की पूरी बोतल चढ़ा गिरधर धूप में खाट बिछा औंधा पड़ा था। वैसे भी गिरधर रात में इतनी चढ़ा लेता है कि दिन में भी उसकी उतरती नहीं।

रही सही कसर बीड़ी और तम्बाकू पूरी कर देते हैं। दौड़ते-भागते आने से लच्छू की साँसें तेज़ चल रही थीं। गिरधर के क़रीब पहुँच उसकी पीठ पर थपकी दे खँखारता लच्छू खऊँ-खऊँ करता बोला–

"तू भैनचो...तू य्हां घूप मै सो रां है...व्हां वा मादरचो तेय्री खाट धूप मै कर रां है..." गिरधर ऐसे अचानक लच्छू को वहाँ आया देख खाट पर उठ बैठा तो उसके नज़दीक बैठता लच्छू बोला–

"भाई अपणो टाबर सँभाल...नाय तौ तेय्रां सब कुछ लुट जायेंगा।" लच्छू की बात को ना समझते हुए गिरधर बेफ़िक्री से बोला–

"कांई होगां...कौण मेय्रा सब कुछ लुट लेंगा...अरै मेय्रे घर लूटणे कू है कांई... जो कोई चोर लूटैंगा..." "अबै वा बेद अर अनारो भाभी के बीच मै..." लच्छू की बात पूरी करते-न-करते गिरधर ने लच्छू की गिरेबान पकड़ ली–

"साले मादरचो...मेय्रे काम सूं इतणी जलण हो री है के मेय्री लुगाई कूं बदनाम कर रां है तू...?" गिरधर को पीछे पटखनी दे लच्छू बोला–

"पहलै तौ सुणी-सुणाई बात ही...पर आज तौ अपणी आँख सू देख कै आयौ हूँ...बेद तेय्रे घर मै अनारो भाभी के संग है...मेय्री बात पै भरोसो ना है तो अभी जा... एक घण्टा सूं जादा तौ मैं बेद कू तेय्रे घर मै देख कै आयो हूँ...।" लच्छू से इतना सुनना था कि नशे में लड़खड़ाता गिरधर पाँव में जूती फँसा घर की ओर दौड़ पड़ा।

तेज़-तेज़ चलकर आने से गिरधर की साँस फूल रही थी। घर के दरवाज़े पर पहुँच गिरधर ने ताबड़-तोड़ दरवाज़ा पीटा तो कुछ ही पलों में अनारो ने भीतर से दरवाज़ा खोला। दरवाज़ा खुलते ही घर के भीतर जा गिरधर ने अन्दर बाहर नज़रें दौड़ाईं। गिरधर के अचानक घर में आ इस तरह ताक-झाँक करने से अनारो का कलेजा धक्क हो गया। *'शुकर है वेद या समय य्हां ना है'* यह मन में सोच वह समझ गई कि ज़रूर किसी ने वेद को घर आते देख लिया है और यह बात गिरधर के कानों तक पहुँच गई है। अनारो के चेहरे की उड़ी रंगत देखकर गिरधर हालात की सच्चाई भाँप तो गया पर अनारो से पूछे बग़ैर कैसे कोई फ़ैसला करता। बिना समय गँवाये गिरधर अनारो को देख बोला–

"बेद मेय्रे घर आयो...?" अनारो कुछ ना बोली तो आगे बढ़ गिरधर उसकी चुटिया पकड़ ज़ोरदार आवाज़ में बोला–

"मैणै तेय्रे सूँ पूछी बेद मेय्रे पीछै तेय्रे धोरै आयो के नाय?" अनारो ने कराहते हुए जैसे ही 'हाँ' में गरदन हिलायी, गिरधर ने ताबड़ तोड़ लातें-घूँसे अनारो को मारने शुरू कर दिये।

"दारी की, मेय्रे पीछै मेय्रे ही घर मै अपणो यार बुलायेगी...बेद अपणो खसम बणा लियां है तैणे...कांई समझी...मोकू पतो ना चलैंगा...साली राँड...तेय्री खाल उधेड़ दूँगो आज.. भैणचो...घणी आग लग री है तोय... "गिरधर गाली-पर-गाली देते अनारो को पीटे जा रहा था कि बरामदे का शोर सुन भीतर सो रही सिया रोती-रोती बाहर आ गई। बच्ची के रोने, गिरधर के चिल्लाने और अनारो के रोने की आवाज़ सुन अडोस-पड़ोस के लोग अपनी-अपनी मुँड़ेर से झाँकने लगे। गिरधर के घर से आते शोर को सुन बाबा खचेड़ू अपनी लुगाई से बोला–

"नारी की झाँई परत, अन्धा होत भुजंग।" और फिर खऊँ-खऊँ करता भीतर चला गया पर ताई मज़े से गिरधर के घर की लीला देखती रही। गिरधर से मार खाती अनारो ने जब सिया को बिलखकर रोते देखा तो उसकी बर्दाश्त ने दम तोड़ दिया। हिम्मत जुटा अनारो ने गिरधर को पीछे धकेला और आगे बढ़ सिया को गोद में उठा लिया। अनारो सिया को अभी सीने से लगा चुप करा रही थी कि गिरधर उस पर जैसे ही झपटा अनारो सिया को गोद से उतार गिरधर की बाँह को वहीं-के-वहीं रोकते हुए बोली–

"हाँ...आयो वेद बणां...या घर मेरो बी है...आयेंगा वेद बणां...फिकर करै है मेरी...कदी सोची बी है मेरी कांई जरूरत हैं?...मेरे मण की कांई इच्छा हैं?...थारो टाबर जण री हूँ...कोई चिन्ता है मेरे खाण-पीण की...?" यह कह तेज़ क़दम चलती अनारो भीतर से पोटली उठा लाई और गिरधर के सामने खोलकर बोली–

"देखो...देखो या कापी किताब ...थारा जैसै वेद बणां बी अनपढ़ है...पर या सब वेद बणा मेरे लिए लायो है...इसै कहवै हैं फिकर करणो...थारा बालक जणरी हूँ...फिकर है मरे खाण-पीण की? वेद बणां थाणै काम ना देतां तो जितणां पीसा थारा हाथ मै आरां है न...वा बी ना आतां...अर म्हैनत करणो तो थे जाणो कोणीं... थे म्हाणे गाली दो...मारपीट करो...पर वेद बणां इस घर मै आयेगा...।" यह कह सिया का हाथ पकड़ अनारो भीतर जाने लगी तो गिरधर ने पीछे से अनारो की बाँह पकड़ ली। गिरधर अनारो पर फिर से हाथ उठाने ही वाला था कि अनारो पलटी और गिरधर को रोकते हुए पीछे धकेल बोली–

"सिया री कसम...जो अब मेरे पै हाथ उठायो तो बर्दास्त नाय करूँगी।" यह कह गिरधर को घूरती अनारो भीतर चली गई और कमरे में जा साँकल चढ़ा ली। गिरधर अनारो के इस रूप से जो तिलमिलाया तो बाहर बरामदे में पड़ी खाट पर लेट घंटो अनारो और वेद को गालियाँ बकने लगा। आज गिरधर और अनारो के बीच हुए इस शोर शराबे से जो बातें बावरिया समाज में ढकी हुई थीं वह खुलकर सामने आ गईं कि 'गिरधर की लुगाई नै बेद कूं सांट लियां है।'

बावरिया मोहल्ले से चन्द्री ताई के घर का पिछवाड़ा लगा हुआ है। चौबारे पर बनी कोठरी की खिड़की से पूरा बावरिया मोहल्ला दिखाई पड़ता है। चन्द्री ताई को ज़रा कम सुनाई पड़ता है। पर आज नहाने के बाद बाल सुखाने धूप में चौबारे पर गई तो बावरिया मोहल्ले से आता शोर सुनकर खिड़की के नज़दीक जाकर सुनने लगी। ज़्यादा कुछ तो नहीं सुनाई दिया पर गिरधर के मुँह से 'वेद' का नाम और बीच-बीच में अनारो को दी जा रही गालियाँ ज़रुर उनके कान में पड़ीं। धूप सेंकना छोड़ झट ताई चन्द्री नीचे आई तो उनकी बहू सत्या साग काट रही थी। इन दिनों अधिकतर कश्मीरी घरों में साग की खपत रहती है। कभी साग की कड़ी, कभी साग की भुरजी तो कभी घोटवाँ साग। अपनी सास को ऐसे एकदम कोठे से उतरते देख सत्या हैरानी से बोली–

"कै होइया माता...हुनै ऊपर चढे सेया, तै हुनै उल्ली वी आये।"

(क्या हो गया माँ जी, अभी ऊपर चढ़े थे, और अभी उतर भी आये)। चन्द्री ताई ने बावरियों के मोहल्ले में चल रहे कंजरखाने का ज़िक्र किया तो बेध्यानी से उनकी बात सुनती साग चीरती-चीरती सत्या बोली–

"लेया, ऐ केड़ी नवीं गल्लई, ऐ तां इन्ना नां...हर त्याड़ी ना स्यापा या।"

(लो, यह कौन सी नई बात है...यह तो इनका हर रोज़ का रोना है)। चन्द्री ताई सत्या के नज़दीक बैठ उसे घूरती हुई बोली–

"नवीं गल्ल ऐ ई के गिरधर गालां कडनेयां-कडनेयां वेद तै अपनी जनानी अनारो नां ना हिन्ना सा।"

(नयी बात यह है कि गिरधर गालियाँ देते-देते वेद और अपनी बीबी अनारो का नाम ले रहा था)। अपनी सास के मुँह से वेद और अनारो का नाम सुनते ही सत्या के हाथ साग चीरते-चीरते वहीं रुक गये। उसने अपनी सास को देख फिर पूछा–

"तुसां बल्ल करी बुजेया के ओ वेद नां ई ना हिन्ना सा?"

(आपने ठीक से सुना कि वो वेद का ही नाम ले रहा था?)

"हाँ कुड़िये...हुन मैं हैजी वी डोरी नी आं...गालां तै ओ वेद तै अपनी जनानी की ऐ कडना सा।"

(हाँ लड़की...अब मैं ऐसी भी बहरी नहीं हूँ...गाली तो वो वेद और अपनी बीबी को ही दे रहा था)। इतना सुनना था कि साग वहीं-के-वहीं छोड़ सत्या घर के वेड़े से दौड़ती हुई सीढ़ियाँ चढ़ चौबारे पर पहुँच बन्द खिड़की की झिर्री से झांकने लगी। गिरधर अभी भी खुल्ले बरामदे में खुरैड़ी खाट पर पड़ा ऊँची-ऊँची आवाज़ में बोले जा रहा था–

"साली राँड...अपनी पढ़ाई के जाल मै फाँस कै अपणे यार के संग मिलकै मोय चूतिया बणा री है...दारी की...तोय अर तेय्रे यार कू छोड़ूँगो नाय...कह दइयो अपणा यार सूँ...वा तेय्रे यार बेद मादरचो...कू छोड़ूँगो नाय...।"

सत्या ने गिरधर के मुँह से वेद और अनारो का नाम सुना तो सुन्न पड़ गई। एक पल को सत्या चौबारे की खिड़की से सटी रह गई। पहली बार उसे लगा कि अच्छा हुआ जो उसका ब्याह वेद से नहीं हुआ, नहीं तो किरना की जगह आज वो रो रही होती। सत्या अब एक पल भी यहाँ ना रुक पाई। अपना दुपट्टा सिर पर ओढ़ती-ओढ़ती सीढ़ियाँ उतरी और वेड़े से निकल बाहर जाने लगी कि पीछे से चन्द्री ताई ने आवाज़ लगायी–

"कुड़िये...मिकी वी तै दस्स कै बुज्जी तै आई ऐं...।"

(लड़की...मुझे भी तो बता क्या सुन कर आई है) दौड़ती-दौड़ती सत्या इतना ही बोली–

"कुज नीं माता...ऐवेई शराब चाड़ी तै झल्ला होया ना गिरदर।"

(कुछ नहीं माँजी...ऐसे ही शराब पीकर बावला हुआ है गिरधर) और यह कह सत्या चौखट लाँघकर, दो-तीन गलियाँ पार कर सीधी नीलम के घर जा पहुँची और अभी-अभी जो देख-सुनकर आ रही थी सब नीलम को कह सुनाया। कुछ पल चुप रह सत्या की पीठ पर हमदर्दी भरा हाथ फेर नीलम अपने मसखरे अन्दाज़ में बोली–

"मरजानिये, बची गयीयें तूं...अज्ज तूं बाद वेद ना रोना ना रोयां।"

(मरजानी, बच गई तू...आज के बाद वेद का रोना मत रोइयो)। गहरी साँस छोड़ती सत्या बोली–

"सई आखनिए अड़िए...इयै जा सोना खसम किस कम्मै ना...जेड़ा दुई जनानी कोल पेया ना रये।"

(सही कहती है बहन...ऐसा सुन्दर खसम किस काम का जो दूसरी औरत के पास पड़ा रहे)।

"होर इक गल्ल बुज...खसम जनानी कोला सोना कदै नीं होना चाईना...क्हट्ट सोणा होना तै ओस ऊपर जनानी ना रौब होना...जियां म्हाड़ा म्हाड़े खसमै ऊपर आ।"

(और एक बात सुन....खसम औरत से सुन्दर कभी नहीं होना चाहिये...कम सुन्दर होता है तो उसके ऊपर औरत का रौब रहता है...जैसे मेरा मेरे खसम के ऊपर है) यह कह नीलम ने सत्या को देखा तो सत्या और नीलम एक दूसरे को देख दोनों हँस पड़ीं।

"रब्ब जेड़ा दित्ता ऊए जोर आ।"

(भगवान ने जो दिया वही बढ़िया है) सत्या इतराते हुए बोली। तभी कुछ सोचकर नीलम बोली–

"हुन सम्ज आई के ओस त्याड़ै वेद नी आंदी चीजाँ नी गल्लै पर किरना अनजान कीयां बन्ती नी सी..."

(अब समझ आया कि उस दिन वेद की लाई चीज़ों की बात पर किरना अनजान क्यूं बनी हुई थी)। सत्या बात को ना समझते हुए बोली–

"मतलब कै होया त्वाड़ी गल्लै ना?"

(मतलब क्या हुआ तेरी बात का?) सत्या के बुद्धूपने के सवाल पर खीजती हुई नीलम बोली–

"झल्लिए...ओस त्याडै खू पर जेड़ा असां किरना की छेड़ने सेयां के उस वेद नी आंदियाँ चीजां असांकी नीं दखाइयां...तै ओ बचारी कै आखै आरी...ओसकी कै पता सा के ओ चीजां वेद ओस कंजरी अनारो तै आंदी सीयां...हाय बचारी किरना. सारी जवानी सस्स ननानां ने ताने बुजनी रई तै हुन इक बावरनी की देक्खी-देक्खी सड़सी।"

(बावली, उस दिन जो कुएँ पर हम जो किरना को छेड़ रहे थे कि उसने वेद की लाई चीज़ें हमें नहीं दिखाई...तो वो बेचारी क्या कहती...उसको क्या पता था कि वो चीज़ें वेद उस कंजरी अनारो के लिए लाया है...हाय बेचारी किरना...सारी जवानी सास-ननदों के ताने सुनती रही और अब एक बावरनी को देख-देख जलेगी)।

"सच्ची ...सड़ी-सड़ी तै मां लग्गन लगी बेद नी।"

(सच...जल-जल के माँ लगने लगी है वेद की)। किरना से हमदर्दी जताती सत्या बोली। यह कह सत्या उठ खड़ी हुई और बोली–

"चंगा अड़िये जुलनीयाँ।"

(अच्छा बहन चलती हूँ)।

"रुक, मैं राजमा चाड़े ने...हिनी तै गच्छ।"

(रुक, मैंने राजमा बनाये हैं...लेकर जा)। पतीली में खदक रहे राजमा कटोरी में डालती नीलम बोली तो सत्या रुक गई और अपने दुपट्टे को दोहरा कर उस पर कटोरी रख बाहर जाने लगी तो पीछे से नीलम चिल्लाते हुए बोली–

"जानेयां-जानेयां मंदरैच हत्थ जोड़नी गच्छेयां के त्वाड़ा व्या वेद नाल नीं होया।"

(जाते-जाते मन्दिर में हाथ जोड़ती जइयो के तेरा ब्याह वेद से नहीं हुआ)। नीलम ने यह कहा तो सत्या ने पीछे मुड़ नीलम को घूरा और फिर दोनों ज़ोर से हँस पड़ीं। हँसते-हँसते सत्या नीलम के वेड़े से होती बाहर निकल गई।

13

सत्या से नीलम, नीलम से गुड्डो, गुड्डो से चंची और फिर इन औरतों से इनके पतियों से होती-होती यह बात सारे कश्मीरी मोहल्ले के साथ-साथ पूरे चाँदघाटी गाँव में फैल गई कि अनारो बावरनी ने वेद के साथ सम्बन्ध बना लिया है। बावरिया मोहल्ले में तो यह बात पहले भी चर्चा में थी पर कल जो तमाशा गिरधर ने किया उसने वेद और अनारो की प्रेमलीला की दबी-छिपी ख़बर को सच्चाई का जामा पहना दिया। हर कोई वेद और अनारो के प्रेम प्रसंग को बढ़ा-चढ़ाकर अपने-अपने शब्दों में एक-दूसरे से सांझा कर रहा था पर एक शर्त के साथ कि–

"यह बात मैंने बताई है, किसी से ना कहना।"

वैसे 'चाँदघाटी' में इस तरह की ख़बर का पता चलना पहली या कोई नयी घटना नहीं है, बल्कि यह इन लोगों की दिनचर्या और मनोरंजन का बरसों से चला आ रहा हिस्सा है। कश्मीरी मोहल्ले के कई मर्द बावरनियों, कुम्हारिनों, जोगी और हरिजन मोहल्ले की औरतों के घरों में डेरा जमाते आये हैं। वीरां का घरवाला दर्शन कैलास की घरवाली बीरो के घर पड़ा रहता है। कैलास के मरने के बाद तो कई-कई दिन वहीं रहकर ड्यूटी बजाता है। घर तो पाँच-सात दिन बाद लौटता है। लोगों का तो यहाँ तक कहना है कि बीरो के घरवाले कैलास को दर्शन ने ही मारा है। उधर कश्मीरियों का बूढ़ा हो चला शिवराम कभी अपनी जनानी (पत्नी) का न हुआ। पाकिस्तान में हुए अपने ब्याह को उसने ज़बरदस्ती का ब्याह माना। चार-चार बच्चों का बाप होते हुए भी उसे अपनी औरत से लगाव ना हुआ। हिन्दुस्तान-पाकिस्तान बँटवारे के बाद चाँदघाटी में ही रह रही अपनी विवाह पूर्व बेया प्रेमिका के घर पड़ा रहता है।

झल्ले शम्भू की ख़ूबसूरत वोटी (बीवी) तारा ने अपनी सारी जवानी कँवारों से लेकर बूढ़ों तक के संग बिताई, पर बाप तीनों बेटों का शम्भू ही कहलाता है। असल में वो तीनों सुपुत्र किसके हैं यह तो तारा भी नहीं जानती होगी। पर क्या मजाल जो तारा के मुँह पर कोई कुछ कह दे। हर शादी ब्याह में सबसे आगे तारा ही दिखती है।

'चाँदघाटी' गाँव में ही रहने वाली बसन्ती का ब्याह पाकिस्तान में बँटवारे के दौरान आनन-फानन में उसके ही गोत्र के तोलाराम से करवा दिया गया था। हिन्दुस्तान लौटने पर एक बच्ची भी तोलाराम से हो गई। पर बँटवारे के बाद चाँदघाटी आ कर बसते ही बसन्ती का ब्याह मास्टर हसबंस से करा दिया गया जिससे उसके पाँच और बच्चे हुए। बसन्ती के दोनों घरवाले तोलाराम और मास्टर हसबंस चाँदघाटी के ही बाशिन्दे रहे। तोलाराम जब तक जिया बसन्ती को देख आहें भरता रहा।

इसी गाँव की बिशनी चाची का लड़का पहाड़ों से अपनी ही बिरादरी की लड़की ब्याह लाया। अभी तीन महीने भी ब्याह को न हुए बिशनी चाची ने रौला डाल दिया। बहू बाँझ है। पर अन्दर की बात ये थी कि बिशनी चाची बेटे को बहू के साथ अकेले रहने ही नहीं देती थी यह सोचकर कि कहीं लड़का हाथ से ना निकल जाये। एक तरफ़ बहू पति के प्यार को तरसे और दूसरी तरफ़ लड़का माँ के प्यार में अन्धा। बस बहू ने मायके जाने की रट लगा ली। लड़का अपनी बीवी को उसके मायके मिलाने ले गया तो बहू ने उसे लौटने ही नहीं दिया। महीने से साल होने को आया कि बिशनी चाची का बेटा घर ना लौटा और फिर कोई साल भर बाद लौटा तो किसी दूसरी लड़की को साथ लेकर। पहले तो बिशनी ताई ने ख़ूब स्यापा किया, फिर बिरादरी और आस-पड़ोस की शर्म से दोबारा लड़के का ब्याह चुपचाप करवाकर बहू को अपना आशीर्वाद दे दिया। इस दूसरी बहू ने सालभर होते-न-होते बिशनी चाची को दादी तो बना दिया पर फिर जो नाक से चने चबवाये कि क्या कहो। बिशनी का बड़ा बेटा काम पर निकल जाये और बहू घर और बाहर के देवरों के संग गप्प लड़ाये। कई बार तो बिशनी चाची ने छोटे लड़के के संग एक बिस्तर पर सोते तक देखी। पर घर की बात घर में ही रहे इसलिए आँखों देखी मक्खी बिशनी चाची ने निगल ली और फिर सालभर होते-न-होते इसी बहू से बिशनी चाची का दूसरा पोता हुआ तो निरा चाचा जैसा।

निचले हिस्से के बिशेशरनाथ की बीवी छोटे-छोटे चार बच्चों को छोड़कर स्वर्ग सिधारी। बिशेशरनाथ ने बच्चों की ख़ातिर दूसरा ब्याह तो ना किया पर इसी गाँव की कुन्ती के घर उसका डेरा लगा रहता। इधर कुन्ती का घरवाला फ़ौज में था। वह आता छह महीने बाद। बस कुन्ती को बिशेशर और बिशेशर को कुन्ती का सहारा मिल गया।

इसी गाँव का किशनलाल पाकिस्तान में ही डॉक्टरी पास करके डॉ. किशनलाल शर्मा हुआ ही था कि बँटवारे के फसाद ने ज़ोर पकड़ लिया। उसी मोहल्ले की नूरी जो पूरी तरह परिपक्व तो नहीं थी पर काफी खाते-पीते घर की लड़की थी। उसके माँ-बाप ने आनन-फानन में डॉ. किशनलाल से उसका ब्याह करवा दिया। हिन्दुस्तान

आने के कुछ साल बाद हॉर्मोनल गड़बड़ी हो जाने से नूरी के चेहरे पर दाढ़ी मूँछों जैसे बाल उग आये। इधर डॉ किशन बेहद ख़ूबसूरत नौजवान। ख़ुद बहुत बड़े डॉक्टर पर पत्नी की बीमारी का इलाज ना कर पाए। जब-जब पत्नी के नज़दीक जायें तो उसका चेहरा देख लौट आयें। दो खुराकों में अपने मरीज़ों की खाँसी-जुकाम, बुखार दूर कर देने वाले डॉ. किशन पत्नी की सूरत देख-देख स्वयं मानसिक रोग का शिकार हो गये। जगह-जगह भटकते फिरते। अन्ततः उनके मन की शान्ति उन्हें गाँव के बाहर बने शुद्ध देसी मदिरालय में जाकर प्राप्त हुई। उधर नूरी ने भी अपने जीवन को अलग मोड़ दिया। अपनी पढ़ाई आगे जारी कर घर में ही बच्चों को पढ़ाने लगी। कुछ समय बाद सरकारी नौकरी प्राप्त कर नूरी प्राथमिक विद्यालय में मास्टरनी हो गई। सारी ज़िन्दगी बच्चों को पढ़ाते बीती। उधर, डॉ. किशन ने शराब पी-पीकर अपना हाल बेहाल कर लिया और धुत्त नशे में एक दिन सड़क पर मृत पाये गये।

ऐसी कई कहानियाँ इस कश्मीरी समाज के घरों का हिस्सा रही हैं और इन सारी कहानियों के पीछे मुख्य वजह रही *'बेमेल विवाह'*।

यदि चाँदघाटी गाँव में रहने वालों का डी. एन. ए. टेस्ट करवाया जाये तो कौन किसकी वास्तविक औलाद है यह बात खुलकर सामने आ जायेगी। पर यह जोखिम कोई भी नहीं उठाना चाहेगा। इसलिए भीतर-भीतर चाहे जो भी कह सुन कर अपना मन हल्का कर ले पर सामने से आकर ना कोई किसी को उपदेश देने की हिम्मत करता है और न ही कोई किसी को सुधारने की हिमाकत ही करता है। सब अपनी-अपनी इज्जत आबरू की पोटली सँभाल एक दूसरे की गठरी दबी ज़ुबान में खोलकर जीवन का मज़ा लेते रहते हैं और इस काम में मर्दों से ज़्यादा आगे औरतें रहती हैं। अधिकतर घरों में बाउंड्री (चारदीवारी) न होने के कारण जिस किसी दिन किसी बात पर दो औरतों में अनबन हो जाये तो आस-पड़ोस का ख़ासा मनोरंजन हो जाता है। यह परम्परा बरसों से आज तक क़ायम है। अभी हाल ही की बात है, शम्भू की वोटी तारा ने दर्शन की वोटी वीरां पर शब्दवार कर दिया–

"रंडिये...त्वाड़ेच जेकर कुज होना तै त्वाड़ा खसम हीराबती ने क्हर ना पेया ना रैना।"

(रंडी...जो तेरे में कुछ होता ना तो तेरा खसम हीराबती के घर न पड़ा रहता)। तारा का यह कहना था कि वीरां ने भी पलटवार कर दिया–

"कंजरिये...म्हाड़ा खसम हीराबती ने क्हर पेया रैना तै तुकी कीयां मर्चा लगनियाँ...मर्द आ...जिदर वी गच्छै...बेखस्मिये...तूं किस-किस ने क्हर मूं मारनीऐं सारा ग्रां जानना।"

(कंजरी, मेरा खसम हीराबती के घर पड़ा रहता है तो तुझे क्यूँ मिर्चे लगती हैं... मर्द है...जहाँ भी जाए...तू किस-किसके घर मुँह मारती है सारा गाँव जानता है) और यह कह वीरां ने आठ-दस मर्दों के नाम चिल्ला-चिल्लाकर बोलने शुरू कर दिये। बस फिर क्या था, तारा ने आगे बढ़ वीरां का चूंड़ा (सिर के बाल) पकड़ लिया। फिर तो जो दोनों ने एक दूसरी के बाल नोचे कि कुछ ही पलों की गुत्थम-गुत्थी में एक-दूसरी के सिर के बालों का गुच्छा एक-दूसरी के हाथों में आ गया।

मामूली-से-मामूली बात पर ठहाके, छोटी सी बात को बढ़ा चढ़ा कर कहना इस गाँव के लोगों की ज़िन्दगी का हिस्सा है। पर यहाँ के मेव जन जाति के लोग कश्मी रियों के मुक़ाबले अधिक जुझारू हैं। पढ़े-लिखे कश्मीरियों के आगे इन मेवाती लोगों ने खेती और पशुपालन के काम से ख़ूब धन-सम्पत्ति बना ली। क्योंकि ये मेवाती आज भी कुनबा परम्परा का निर्वहन करते हैं। सादा जीवन जीते हैं। इन्होंने अपने रहन-सहन में भी ख़ासा बदलाव नहीं आना दिया है। इन्हें जीवन की चकाचौंध की न तो तमन्ना है न ही कोई हीन भावना। हाँ कुछ बुराइयाँ भी हैं इनमें कि ये अपनी बहन-बेटियों को चूल्हा-चक्की से अधिक जानने देना ही नहीं चाहते। भले ही बाल विवाह का सामाजिक बहिष्कार हुआ है और इसे ग़ैर-क़ानूनी भी किया गया है पर ये मेवाती आज भी सोलह की होने से पहले ही बेटी ब्याह देते हैं और चाँदी के छम-छम बजते आभूषणों से लदी-फदी नन्ही दुल्हन सासरे भेज दी जाती है या ब्याह कर लायी जाती है।

अभी पिछले महीने ही जलालुद्दीन ख़ान के पोते की बारात 'चाँदघाटी' से निकली। मशक बाजा, भपंग, बकरी वाला बैन, शहनाई, सारंगी और ताशे की धुनों से पूरा चाँदघाटी गूँज उठा था। सफ़ेद धोती-कुर्ता और रंग-बिरंगी पागड़ी पहने कोई दो ढाई सौ नाते रिश्तेदारों ने माँढे में शिरकत की। चार दिन के 'बनवारा' में कश्मीरी औरतें भी शामिल हुईं। गेहूँ और चने की बाखली कश्मीरी औरतों ने ली तो ज़रूर पर घर जाकर गाय-भैंसों के बंडे (चारे की खुरली) में डाल दी। 'बरी टोकरी' देखने भी कश्मीरी औरतें जलालुद्दीन ख़ान के घर हो आयीं और फिर जब ब्याह के अगले दिन नन्ही-मुन्नी बहू घर आई तो सबने जलालुद्दीन के घर जाकर बहू की मुँह दिखाई का नेग उसे दिया। यह रहा है इस गाँव में हिन्दू-मुसलमानों के बीच का भाईचारा।

14

उस दिन जो गिरधर ने अनारो के संग गाली-गलौज की, उसने अनारो के मन से वेद को लेकर चल रहे डर और घबराहट को बाहर निकाल फेंका। अनारो ने चिल्ला-चिल्लाकर पूरे मोहल्ले को भी सुना दिया कि गिरधर जैसा नाकारा मर्द जिस औरत का हो वो दूसरे मर्द के पास जाएगी ही। उस दिन के बाद वेद ने भी अनारो को साफ़-साफ़ कह दिया कि 'अब गिरधर सूं तेरो कोई नातो ना है...या बात अच्छी तरह जाण लै' और वेद की इस बात को सुन अनारो ने भी शर्माते हुए 'हाँ' में गर्दन हिलाकर पूरी तरह अपने आप को वेद के हवाले कर दिया। गिरधर अनारो की बेवफाई से ऐसा टूटा कि दिन निकलते ही कच्ची देसी चढ़ा जगह-जगह बैठ अनारो और वेद की कहानी सुनाने बैठ जाता।

एक दिन अपनी आप बीती सुनाने गिरधर सुबह-सुबह शारदा बहनजी के वेड़े में आ उकड़ू बैठ गया। अपने व्यवहार के अनुरूप शारदा बहनजी रसोई से रोटी-सब्ज़ी और लस्सी का गिलास गिरधर के आगे रखती हुई बोलीं–

"लै खा लै।" शारदा बहनजी के प्यार भरे बोल से गिरधर रूँआसा हो बोला–

"माउसी...अनारो बड़ी बदजात निकली...दारी की नै बेद अपणां खसम बणा लियां है...कुत्ता बणा दियां है मोय।" कहते-कहते गिरधर शारदा बहनजी के पाँव में पड़ गया। उसे बैठाते हुए शारदा बहनजी बोलीं–

"तूनै बी तौ कदर ना करी अपणी लुगाई की...तेरे जैसे आदमी को वा कांई करती...तू याई लायक है...कैसी मलूक लुगाई मिली तोय...पढ़ी लिखी...अर तू...तू अपणी तरफ देख कांई है तुझमै...वाई सूं कुछ सीख लेता...चाल, रोटी खा अब.... रो मत।" शारदा बहनजी ने उसे झिड़का तो गिरधर रोटी खाने लगा।

"रोटी खा कै भैंसन के नीचै को गोबर उठा कै जइयो।" शारदा बहनजी ने कहा तो गिरधर 'हाँ' में गर्दन हिला रोटी खाने लगा। रोटी खा शारदा बहनजी का काम निबटा गिरधर वहाँ से चला गया पर गिरधर की बातों ने शारदा बहनजी का चैन

छीन लिया। उन्हें बरसों पहले का समय याद हो आया। वेद की तरह उनके पिता ने भी तो ऐसे ही 'रानी' के घर डेरा जमा लिया था और फिर अचानक उनकी माँ को छोड़कर रानी के हो गये थे।

"ना...ना...मैं वेद की अपने प्यो आला कम्म ना करन देन लग्गी..."

(ना...ना...मैं वेद को अपने पिता वाला काम नहीं करने दूँगी)। सारा दिन दिल पर बोझ बना रहा और शाम होते-ना-होते शारदा बहनजी सीधी वेद के घर जा पहुचीं।

वेद के घर का मुख्य द्वार खोल शारदा बहनजी घर में दाख़िल हुईं तो वेड़े में चारपाई पर बैठा वेद रोटी खा रहा था। वेद ने सामने से बहनजी को आते देखा तो रसोई की ओर जाती बहनजी को आवाज़ लगा दी–

"प्हैन...उदर-किदर जुनले आ...अच्छा इदर अच्छा।"

(बहनजी...वहाँ कहाँ जा रहे हो...आओ इधर आओ)। वेद की आवाज़ सुनी तो किरना की ओर जाती बहनजी मुड़कर वेद के पास आकर चारपाई पर बैठ गईं। सावित्री देवी के स्वर्गवास के बाद वेद बहनजी को माँ का दर्जा देता रहा है। हैं भी तो वेद से काफी बड़ीं। जब शारदा बहनजी का ब्याह हुआ था तब माँ की गोद में ही तो था वेद।

"कै चाड़ेया त्वाड़ी वोटी अज्ज?"

(क्या बनाया है तेरी बीवी ने आज) वेद की थाली देखते हुए बहनजी बोलीं।

"सागै आली कड़ी तै मक्की नी रोट्टी।"

(साग वाली कढ़ी और मक्का की रोटी)

"हाँ खाओ।"

(लो खाओ) कहकर वेद थाली में एक और रोटी के ऊपर पास रखी कटोरी से घी डाल फिर कटोरा भर साग वाली कढ़ी उड़ेल कर रोटी मरोड़ता हुआ बोला और फिर थाली बहनजी के आगे सरका दी। अक्सर बहनजी के आने पर वो एक ही थाली में खाता है। बहनजी को भी अपने भाई के साथ एक ही थाली में खाना बड़ा भाता है। बहनजी भी थाली में से वेद की मींजी हुई रोटी खाने लगीं। खाते-खाते वेद बोला–

"होर प्हैनजी कई त्याड़ेयाँ बाद आई ऐं।" (और बहनजी...कई दिनों बाद आई हो)। मुँह में कौर चबाते-चबाते बहनजी बोलीं–

"हाँ...सब कुज ठीक-ठाक चलना रैना तै धीयां पैनां अपने घर रैनियाँ ई चंगी लगनियां।"

(हाँ...सब कुछ ठीक-ठाक रहता है तो बहन बेटियाँ अपने घर रहती ही अच्छी लगती हैं)। यह कह शारदा बहनजी अपनी बात कहने का मौक़ा तलाशने लगीं।

वेद अक्खड़ स्वभाव का जो है। किस बात पर तुनक बैठे कोई नहीं जानता।

"हाँ...सब ठीक-ठाक ई रैना चाइना।"

(हाँ-सब ठीक ठाक ही रहना चाहिए) यह कह वेद ने कटोरी में गर्म किया घी रोटी पर डाला और मसलकर खाने लगा। खाते-खाते बहनजी जो कहने आई थीं उस मुद्दे पर आ गईं–

"बल्ल करी म्हाड़ी गल्ल बुज्ज वेद... जेड़ा असांने प्यो असांनी माऊ संग कीत्ता... ओ मैं किरना संग तुकी ना करन देन लग्गी।"

(अच्छी तरह मेरी बात सुन वेद...जो हमारे बाप ने हमारी माँ के साथ किया... वो मैं किरना के साथ नहीं करने दूँगी तुझे)। यह सुन वेद के खाते-खाते हाथ रुक गये। उसने घूरकर किरना की ओर देखा। बहनजी की बात सुन वेद को अपनी ओर घूरकर देखते एक पल को रोटी बनाती-बनाती किरना भी काँप गई। शारदा बहनजी बात को सँभालते हुए बोलीं–

"बच्चे स्याने होने जुलने वेद...रूल्ली जासन...असानी माऊ उप्पर कै बीती याद आ ना तुकी...इनां कम्मांच सवाये बदनामी ने होर कुज नीं आ।" (बच्चे सियाने होते जा रहे हैं वेद...हमारी माँ पर क्या गुज़री याद है ना तुझे...इन कामों में सिवाय बदनामी के और कुछ नहीं है)।

"पर प्हैनजी...मैं ईयैजेया कै करी शोड़ेया जो तुसां इतनियाँ गल्लां बाने या।"

(पर बहनजी...मैंने ऐसा क्या कर दिया जो आप इतनी बातें बोल रही हो) फिर तैश खाते हुए वेद किरना को घूरते हुए बोला–

"जरूर ऐस माइयावी..."

(पक्का इस साली...) मुट्ठी कसता हुआ वेद किरना की ओर लपकने के लिए उठा तो आगे बढ़ वेद की बाँह पकड़ शारदा बहनजी ने वेद को खाट पर बैठा लिया। वेद की ऊँची आवाज़ सुन तीनों बेटियाँ और छोटा सुन्दर माँ से चिपट गये। चारों माँ को सिसकते देख सहम कर वहीं रसोई में बैठ गये। अब तो शारदा बहनजी भी अपनी रौबदार आवाज़ में गरजीं–

"ऐ कै आखसी मिकी...सारा ग्रां त्वाड़ी हरकतां जानना...त्वाड़े मुँए पर कोई कुज नीं आखना ...जेड़ा अजकल तूं ओस बावरनी ने क्हर पेया रैना ऐं ना...ओ बन्दे-बन्दे नी ज़ुबानै पर आ। ओए-कीयां ओस गरीब गिरधर नीं बद्दुत्ता हिन्ना ऐं...।"

(ये क्या कहेगी मुझे...सारा गाँव तेरी हरकतें जानता है ...तेरे मुँह पर कोई कुछ नहीं कहता...जो आजकल तू उस बावरनी के घर पड़ा रहता है न...वो बन्दे-बन्दे की ज़ुबान पर है...ओए-क्यूँ उस ग़रीब गिरधर की बद्दुआ ले रहा है...)। यह सुनते ही त्योरियाँ चढ़ा वेद चिल्ला कर बोला–

"केड़ा मादरच...म्हाड़े बारेच बोलना...ना दस्स फैनजी ओसना...गिरेबानैचूं पोड़ी तै आनसां...इक तै गिरदर माइयावे की कम्म देई तै मैं ओसनी मदद कीती...तै मिकी ऐ बदनाम करना...केड़ा माइयावा म्हाड़ा ना हिन्ना दस्स बहनजी।"

(कौन मादरच...मेरे बारे में बोलता है...नाम बता बहनजी उसका...एक तो गिरधर साले को काम देकर मैंने उसकी मदद की...और मुझे ही बदनाम करता है...कौन हरामजादा मेरा नाम लेता है...गिरेबान से पकड़ कर लाऊँगा...कौन मेरा नाम लेता है बता बहनजी) कहते-कहते वेद चारपाई से उठ गया और ज़ोर-ज़ोर से गाँव वालों को गालियाँ देने लगा। बहनजी उसकी हरकत से घबराकर उसको शान्त करते हुए बोलीं–

"ओए कीयां तमाशा दस्सनाएँ लोंका की...अपनी वोटी तै बच्चेयां नी ज़िम्मेदारी सम्ज।"

(अरे क्यूं तमाशा दिखा रहा है लोगों को...अपनी पत्नी और बच्चों की ज़िम्मेदारी समझ)। गुस्से में तमतमाया वेद बोला–

फैनजी पुच्छ इस माइयावी किरना कोलां...कै कमी ऐ इसकी...रोट्टी, कपड़ा, मकान...केड़ी चीजै नीं कमी ऐ...मैं इसकी पैले तूं ई आख्या ना...क्हर इसना तै बार म्हाड़ा...इसकी मंजूर आ तै रए इस क्हरैच...नीं मंजूर तै जाए जिदर वी।"

(बहनजी पूछ इस किरना से...क्या कमी है इसको...रोटी, कपड़ा, मकान... किस चीज़ की कमी है...मैंने इसे पहले से ही कहा हुआ है...घर इसका और बाहर मेरा...इसे मंजूर है तो रहे इस घर में...नहीं मंजूर तो जाये जिधर भी) यह कहकर वेद किरना को घूरता हुआ घर से बाहर निकल गया। वेद के घर से निकलते ही आटे की परात पीछे सरका किरना सिसकने लगी। बच्चों को कुछ समझ नहीं आ रहा था कि यह हो क्या रहा है। बस वो अपनी माँ को रोते देख कर सहमे हुए थे। बच्चों को अन्दर भेज बहनजी किरना के पास बैठ उसे दिलासा देते हुए बोलीं–

"चुप कर...तै सबर कर के त्वाड़े बच्चेयां तै तुकी कोई कमी नयीं ऐ...बच्चेयां की सांबी तै बैठी नी हो...मर्द तै खुल्ले बंजारैच कोई फरक नीं होना...फिरन दै इसी बार...अज्ज नीं तै कल आना तै इस त्वाड़े कोल ए आ...तू अपने क्हरै नीं चारदीवारी की पक्का रख...तू पैली जनानी नीं ऐं जिसना खसम बार मूं मारना...देख तै सई, सड़ी-सड़ी तै तू अपना कै हाल बनाया ना...नां हँसनी ऐ ना बोलनीं ऐं...नां तुकी बनने सँवरने ना तरीका...इसकी बार भेजनेच त्वाड़ा वी हत्थ आ...।"

(चुप कर...और सब्र रख कि तुझे और तेरे बच्चों को कोई कमी नहीं है...बच्चों को सँभाल कर बैठी रह...मर्द और खुले साँड़ में कोई फ़र्क़ नहीं होता...तू पहली

औरत नहीं है जिसका पति बाहर मुँह मारता है...देख तो सही...जल-जलकर तूने अपना क्या हाल बना लिया है...न हँसती है, न बोलती है...न ही तुझे बनने सँवरने का तरीका आता है...इसको बाहर भेजने में तेरा भी हाथ है) यह कह शारदा बहनजी किरना को सीने से लगाते हुए बोलीं–

"अपनी माँ नीं तरां रूलन नीं देन लग्गीयां तुकी।"

(अपनी माँ की तरह बरबाद नहीं होने दूँगी तुझे) और फिर अन्दर जा बहनजी ने बच्चों को दिलासा दिया कि माँ-बाप के झगड़ों से परेशान ना हों। ऐसा तो हर घर में होता ही है। और फिर रसोई में जा थाली में खाना परोस बच्चों और किरना को खिला अपने घर निकल गईं।

वेद घर से निकला तो सीधा अड्डे की ओर हो लिया। अड्डे पर पहले ही महफिल जमी हुई थी। नशे में धुत्त गिरधर अनारो को गालियाँ बक रहा था और आठ-दस मेवों और कश्मीरियों के घरों के निठल्ले उसकी बातों से अपना जी बहला रहे थे। जैसे ही गाँव वालों ने दूर से वेद को आते देखा तो कुछ खिसकर नाई की दुकान में जा बैठे, कुछ फोटोग्राफर की दुकान में जा घुसे और एक-दो 'शंकर टी स्टॉल' पर चाय का ऑर्डर दे वहाँ चिपक गये। दो-एक वहीं बैठ गिरधर को झूठी हमदर्दी दिखा नसीहतें देने लगे। गिरधर लुड़कता सँभलता गालियाँ बके जा रहा था कि वेद नज़दीक आ उसे गिरेबान से पकड़ तीन-चार रसीद करते हुए बोला–

"साले मादरचो...पीकै य्हाँ पड़ां है...खेत मै कांई तेरो बाप पैहरा दे रां है... भैनचो...काल सूं खेत पै दीखणों ना चइयै तू मोय...जो दीखगो तौ धरती मै गाड़ दूँगो।" यह कह वेद वहाँ से निकल गया और गिरधर वहीं पड़ा-पड़ा बड़बड़ाने लगा।

"दारी की...मोय...अपणां यार सूं पिटवा री है...साली राँड़...छोड़ूँगो नाय तोय.... तेय्रे...य...यार कू बी नाय...छो...छोड़ूँगो।" वेद के वहाँ से जाते ही निठल्ले फिर वहाँ जमा हो गये और उनमें से एक बोला–

"कांई हो गां गिरधर...कांई पीट रो वेद तोय...हमै बता...हम समझा देंगे वा कूं।" झूठी हमदर्दी पाकर गिरधर और चौड़ा होते हुए बोला–

"अरै...मैं...नाय...प-परवा करूँ बेद की...भैनचो...म-मेय्रा घर मै...डाको मार रां...है स्सालो...।" तभी कश्मीरियों का फंडू चाय की चुस्की लेता बोला–

"कांई चुरा लियां है वेद नै तेय्रो।" कह कर फंडू ने अपने साथियों को आँख मारी।

"लुगाई...मेय्री लुगाई कूं या बेद नै अपणी लु...लुगाई बणा लियां है...साली छिनाल नै मोय कुत्ता बणा दियां है...।" गिरधर कहते-कहते सुबकने लगा और निठल्ले मज़ा लूट रहे थे कि तभी द्वारकानाथ का बड़ा बेटा गोबिन्द जिसे अपने

पिता की ऑन ड्यूटी हार्ट अटैक से मौत हो जाने पर सिपाही भर्ती कर लिया गया था, अपनी टेढ़ी-मेढ़ी चलकर आती मोपेड पर पीछे गाँव के ही तीर्थराम की अधेड़ बीवी को बिठाकर लाता दिखाई दिया। उसे दूर से आते देख मंचे 'मॉडर्न हेयरकट' की दुकान पर से बोला–

"ओए...हुदर देक्खा...गोबिन्द कुसकी पाली तै आन्नाया।"

(अरे उधर देखो...गोबिन्द किसको बिठा कर ला रहा है)। गोविन्द की ओर देखते डिप्टीनाथ का पोता राजू बोला–

"येरा...ओ तै ताये तीरथै आली ताई बन्ती ऐ...बची गई अज्ज बचारी...नीं तै गोबिन्द गिराई मारना सा इसी कुसै खड्डे च।"

(यार...वो तो ताऊ तीर्थ वाली ताई बन्ती है। बच गई आज बेचारी...नहीं तो गोबिन्द ने गिरा मारना था इसे किसी खड्डे में)। यह सुन सब ठहाका मार हँस पड़े। कुछ ही देर में गोबिन्द की मोपेड अड्डे तक पहुँची कि बन्ती ताई चिल्लाती हुई बोली–

"बस-बस-बस...ल्वा मिकी...खस्सम खाऐ...रंडी रै त्वाड़ी...तूं तै मिकी अज्ज मारी ए शोड़ना सा...रोक कंजरा जल्दी...रोक...।"

(बस-बस-बस, उतार मुझे...खसमखाये ...तेरी बीवी विधवा हो जाए...तूने तो आज मुझे मार ही देना था...रोक कंजर जल्दी)। जैसे-तैसे ब्रेक लगा गोबिन्द ने मोपेड रोकी तो अपना झोला सँभाल बन्ती ताई मोपेड से उतरी और गोबिन्द की पीठ पर घूँसा जड़ते हुए बोली–

"मैं त्वाड़ा कै बगाड़ेया कंजरा जो मिकी मारन लगा सां ऐं...ट्रकै ने बुन्न बाई शोडैं आरी मिकी...।"

(मैंने तेरा क्या बिगाड़ा है कंजर जो मुझे मारने लगा था.. ट्रक के नीचे घुसाने वाला था मुझे)। बन्ती ताई की बात से झल्लाया हुआ गोबिन्द बोला–

"तुकी नीं मैं वी ट्रकै ने थल्लै अश्ने आला सां।"

(तुझे ही नहीं मैं भी ट्रक के नीचे आने वाला था)।

"कीयां...फुट्टी रेईयाँ त्वाड़ियाँ...अन्ना होई रेयां ऐं?"

(क्यूं...फूट गई हैं तेरीं...अन्धा हो चुका है?)

"हाँ...होई रेया ऐस अन्ना...दिन छिपे ती बाद मिकी कक्ख नजर नीं अश्ना।"

(हाँ...हो चुका हूँ अन्धा...दिन छिपे से बाद मुझे कुछ दिखलाई नहीं पड़ता) बुरी तरह चिल्लाकर गोबिन्द बोला तो उतनी ही चिल्लाहट से ताई बन्ती बोली–

"फिरी...रोज किस्तरां चंगा पला व्हर आई रैना ऐं?"

(फिर...रोज़ कैसे सही सलामत घर आ जाता है?) अब गोबिन्द अपने मज़ाक़िया अन्दाज़ में बोला–

“ओ ताई…इतने साल इसै राऐ चूं अश्ना गश्ना रेया ऐस…ऐतना अन्दाजा तै होई ऐ रैना…”

(अरे ताई…इतने सालों से इसी रास्ते से आता जाता रहा हूँ…इतना अन्दाज़ा तो हो ही जाता है)। ताई अभी कुछ और कहने ही वाली थी कि गोबिन्द हाथ जोड़ बोला–

“ओ बाबा, मिकी माफ कर…तू चंगी-पली क्हर पोंची रेई ऐं, शुकर मना तै म्हाड़ा पिच्छा छोड़ …मिकी इन्ना अपने शगिर्दा संग कुज खान-पीन दै हुन…सारी त्याड़ी नी नौकरी बजाई तै आयां…”

(ओ बाबा…मुझे माफ़ कर…तू सही सलामत घर पहुँच गई है, शुक्र मना और मेरा पीछा छोड़ …मुझे अपने इन शागिर्दों के साथ कुछ खाने-पीने दे…सारे दिन की ड्यूटी बजा कर आया हूँ) कहकर गोबिन्द ‘शंकर टी स्टॉल’ की ओर मुड़ा तो ताई बन्ती उसे घूरती हुई दगड़े से होती अपने घर की ओर निकल गई। हाय-हाय करती ताई बन्ती अपने घर लपकी और गोविन्द निठल्लों से हँसी-मज़ाक की गरज़ से शंकर की दुकान पर जैसे ही पहुँचा, चौहानों का महकार बोला–

“क्या हो गया थानेदार साहब…बड़े गरम हो रए हो?” महकार की कनपटी पर थप्पड़ जड़ गोबिन्द बोला–

“थानेदार ना…डी.एस.पी बणा दै तू मुझै…साले जा…बड़िया एक कप चाय बनवा मेरे कूं…चीनी बड़िया डलवइयो।” यह कह गोबिन्द बेंच पर बैठा ही था कि रसूल खाँ अपने बालों पर कंघा फेरता बोला–

“कांई होगां भाई जी…कैसै गरम हो रां हो डोकरी सूं?” “भाई बात कुछ नाय… या डोकरी मोय रास्ता मै मिलगी …मुझसै बोली…घर ही तौ जा रां है…मुझै बी बिठा लै…मैणै बिठा ली…आधो रास्ता तौ ठीक पार होगां…मोय ठीक-ठाक सो दीख रां हां…पर दिण छुपते ही मोय कुछ ना दीखै या बात डोकरी कूं ना पतो ही…बस…मेरी गाड़ी झटका खाण लागी तौ डोकरी बोली…कीसै चला रां है…मैं बोलो…चालूँगो तो तब नै जब कुछ दीखेंगा…बस इतणो सुण कै डोकरी लागी चिल्लान…मैं बोलो… चिल्ला मती…रास्तो बता…बस भाई, जैसे-जैसे वा बताती रई मैं गाड़ी चलाता रहा… और रामजी की किरपा सूं डोकरी सही सलामत पौंचा दी…बस या कहाणी है।” सब ठहाका मारकर हँस पड़े। और यह कह एक चपत गोबिन्द महकार को और जड़ता हुआ बोला–

“साले पूरी कहाणी सुण ली…अब चाय तौ पिला…मेरो गला सूख गां कहाणी कहतै-कहतै।” और यह कह जैसे ही गोबिन्द बैंच पर बैठा उसकी निगाह सुबकते हुए गिरधर पर पड़ी। उसे देख गोविन्द बोला–

"अरै तू कांई रो-रां है गिरधर?" गोबिन्द के पूछने पर फंडू गोबिन्द की ओर आँख मार बोला–

"ऐ आखना, वेद इसनी जनानी अपनी बनाई रेया।"

(यह कह रहा है, वेद इसकी बीवी को अपनी बना चुका है) यह सुन गोबिन्द अपने मज़ाक़िया लहजे में बोला–

"ओ कियां रौना ऐं...मत रो गिरधर...तोकू दूसरी लुगाई ला दूँगो...।" गोबिन्द का इतना कहना था कि गिरधर फिर शुरू हो गया। *"दारी की नै मोय कुत्ता बणां दियां है...छोड़ूँगो नाय...बेद कू बी नाय छोड़ूँगो... "*नशे में चूर गिरधर अपनी भड़ास निकला रहा था और मसखरे मौज उड़ाते रहे।

अगले ही दिन से गिरधर की खेत से छुट्टी हो गई। काम, पैसा, दवा-दारू... सब बन्द। बँधी-बँधाई नौकरी जाती रही। पर शराब, गुटका, तम्बाकू के बिना गिरधर का गुज़ारा न था। नशे के जुगाड़ में गिरधर गाँववालों के घरों में छोटे-मोटे काम करने लगा और गाँव वाले भी गिरधर की इस कमज़ोरी का ख़ूब फ़ायदा उठाने लगे। दो-चार रुपये के लालच में गोबर, झाड़ू-बुहार, भैंसों और कुएँ से पानी भरने का काम कर गिरधर अपना ख़र्चा पानी निकाल ही लेता। पर घर में अनारो कैसे जियेगी इसकी ना तो उसे चिन्ता थी, न वह चिन्ता करना ही चाहता था। चिन्ता तो अनारो के ही भाग में लिखी थी। वेद अब जब चाहे अनारो के घर आने-जाने लगा। कभी-कभी तो सारा-सारा दिन अनारो के घर ही पड़ा रहता। अनारो वेद के रहने से खिली-खिली रहती। गिरधर का उसके जीवन में होना-न-होना अब कोई खासा मायने न रखता। अनारो के घर की रोटी-पानी की ज़िम्मेदारी वेद ने ले ही ली थी। अब वेद और अनारो के बीच किसी तरह का फ़ासला न रहा था, न मन का, न तन का। वेद जब जब अनारो और उसकी बच्ची के लिए कपड़े-लत्ते और घर की ज़रूरत का सामान लाता तो अनारो के चेहरे की रौनक बढ़ जाती। अनारो भी वेद की खेती-बाड़ी के हिसाब-किताब का लेखा-जोखा लिखकर वेद को समझाती। अख़बार में जब कोई खेती बाड़ी से जुड़ी नयी तकनीक छपती तो अनारो मूढ़े पर सामने बैठ वेद को ऐसे पढ़कर सारी ख़बर सुनाती जैसे वेद उसका विद्यार्थी हो। उसके इस मास्टरनी वाले रूप के सामने वेद भी ऐसा नतमस्तक हो जाता कि क्या नहीं न्योछावर कर दे। जब कभी गिरधर अनारो से गाली-गलौच कर रहा होता तो वेद के घर में घुसते ही चुप लगा जाता और कभी नशे की हालत में अनारो से मार-पीट कर उतरता तो वेद से मार खाता और मार खाने के बाद घर से बाहर निकल घर-घर जाकर कहता–

"बेद मोय मारै...अनारो नै बेद अपणो खसम बणा लियां है...मोय बेद सूं पिटवायै दारी की" और यह कह लोगों की हमदर्दी बटोर दो-चार रुपये माँगना न भूलता।

इन दिनों वेद और अनारो के सम्बन्ध की चर्चा ज़ोरो-शोरों पर चल रही थी। कश्मीरी महिला मण्डली में तो यह चर्चा किसी-न-किसी बहाने चल ही निकलती और किरना बात का रुख़ इस ओर मुड़ने से पहले ही कोई बहाना बना अपने घर निकल जाती। क्योंकि हमदर्दी जताकर ज़ख़्म कुरेदने की परम्परा इस गाँव में चलती आई है। इसलिए किरना हमदर्दी जताने का मौक़ा ही किसी को न देती।

उस रोज़ चंची के घर तन्दूर में बालन (ईंधन) डला तो सत्या और नीलम अपनी-अपनी तरामीं (परात) में आटा लगा लाईं। चंची सुबह ही कुएँ पर बता आई थी कि शाम को वो तन्दूर तपाऐगी। गुड्डो ने भी जल्दी-जल्दी परात में आटा लगाया और चंची के घर की ओर आते-आते किरना के घर के बाहर से उसे आवाज़ लगाई–

"किरना... नीं किरना... ।" गुड्डों की आवाज़ सुन किरना की मझली बेटी लाडो गेट पर आई तो गुड्डो बोली–

"कुड़िये मैं जुलनीआं चंची ने घर...अपनी माऊ की आखेयां पोन्ची जाए ओ वी उत्थैई।"

(बेटा मैं जा रही हूँ चंची के घर...अपनी माँ से कहना वो भी आ जाये वहीं।) और यह कह गुड्डो सिर पर परात रखे चंची के घर की तरफ़ मुड़ गई।

किरना ने माँ-छोले की दाल चूल्हे पर चढ़ाई हुई थी। उसे पता था अभी चंची और नीलम पहले टापें (तन्दूरी रोटी) लगायेंगी फिर गुड्डो और सत्या भी हैं। दाल में बस थोड़ी ही कसर बाकी थी।

गुड्डो को दूर से अकेली आती देख नीलम बड़बड़ाई "देक्खा तै सई...कल्ली अश्नी पेई...ऐस कंजरी की आखेया सा कि किरना की नाल लेई तै अच्छेयां...(देखो, अकेली ही आ रही है...इस कंजरी को कहा था कि किरना को साथ लेकर आये) यह कह नीलम ने आटे का पेड़ा बना पानी का हाथ लगा परात में रखा। चंची एक एक कर आटे का पेड़ा हाथ पर पट-पट मार रोटी तन्दूर में लगा रही थी कि इस बीच गुड्डो भी आ पहुँची और सिर से आटे की परात उतार तन्दूर के साथ लगी मिट्टी की मुँड़ेर पर रख बैठ गई। आटे के पेड़े बना-बना कर परात में रखती नीलम आँखें तरेरती हुई बोली–"बेखस्मिये...किरना की कीयां नीं आंदा ऐ नाल?" (किरना को क्यूं नहीं लायी साथ)। "मैं उसी आखेया सा के बारू अवाज लासां तै बूऐ पर मिलेयां...पर ओ तां अपनी ऐ चालै संग चलनी...ओ आई रैसी फिकर ना कर" (मैंने उसे कहा था के बाहर से आवाज़ लगाऊँगी तो दरवाज़े पर मिलना...पर वह तो

अपनी ही चाल से चलती है...आ जायेगी फिकर मत कर) यह कह गुड्डो नीलम के साथ आटे के पेड़े बनवाने लगी। चंची को झटपट रोटियाँ लगाते देख गुड्डो बोली–

"अज्ज तुकी बड़ी तावल ई चंची...त्वाड़े व्हर तै इतनी जल्दी कोई रोट्टी नीं खाना?"

(आज तुझे बड़ी जल्दी है चंची...तेरे घर तो इतनी जल्दी कोई रोटी नहीं खाता?)। तन्दूर से टापें निकाल उन पर घी लगाती चंची बोली–

"अड़िये, टांपा बनाई रक्खी तै मैं बेली होई रैसां... फेर बल्ल करी अनारो तै वेद नी कहानी बुज्सां...ऐ नीलम ताईं तै किरना की डीकनी...टांपा लानेयां-लानेयां त्यान दुए पासै लगेया ना रैना।"

(अरी, रोटी बना रखकर मैं फ्री हो जाऊँगी...फिर अच्छी तरह अनारो और वेद की कहानी सुनूँगी ...यह नीलम तभी तो किरना का इन्तज़ार कर रही है...रोटियां लगाते-लगाते ध्यान दूसरी ओर लगा रहता है)।

"देक्ख तै सई कंजरी की गल्लां बुज्जे नीं कितनी अग्ग ई।"

(देख तो सही कंजरी को बातें सुनने की कितनी आग लगी हुई है) सत्या चंची की ओर इशारा करती हुई बोली। तभी नीलम सत्या की परांदी खींच बोली–

"हाय...जेड़ा कम्म तूं ना करी सक्की, ओस बावरनी करी दस्सी शोड़ेया।"

(हाय...जो काम तू ना कर सकी, उस बावरनी ने कर दिखाया)। यह सुन सत्या कुछ अनमनी हो गई तो उसे बातों में उल्झाती चंची नीलम की ओर आँखें दिखाती बोली–

"नीलम नीं गल्लै की अग्ग ला सत्या...तू मिकी दस्स ना...अनारो गिरधर की वेद बारे कै आखेयासा...तू तै अपने कन्ना बुजेया सा ना...?" (नीलम की बात को आग लगा सत्या...तू मुझे बता न...अनारो ने गिरधर से वेद के बारे में क्या कहा था... तूने तो अपने कानों से सुना था ना?)। अब टापें लगाने की सत्या की बारी चल रही थी। सत्या टापें लगाती-लगाती बोली, "ओस त्याड़े तै अनारो ना रूप देखने आला सा...बद्दलै अंगर गरजनी अनारो गिरधर की त्क्का मारी बोली–

वेद बणा तौ अयँगा म्हारा घर...तू म्हाणै मार या पीट...पर वा तौ आयेंगा।

(उस दिन तो अनारो का रूप देखने वाला था...बादल की तरह गरजती अनारो गिरधर को ध क्का मार बोली–वेद बणां तो आयेगा मेरे घर...तू मुझे मार या पीट, पर वह तो आयेगा।

"हाय...ऐ तै गल्ल बूं जादा ई बड़ी यई हुन. हुन नीं रुकना वेद कुसैने कोलां वी।"

(हाय...ये तो बात बहुत ज़्यादा ही बढ़ गई...अब नहीं रुकेगा वेद किसी से भी)।

चंची सिर पर हाथ रखती हुई बोली। यह सुन नीलम अपनी परात उठा तन्दूर के क़रीब रखे मूढ़े पर बैठती बोली–

"कुड़िये मर्द तै शुरू ना इयै जेया ई या...पर जनानी होशियारी संग कम्म हिन्नै तै बन्दे की काबू च रक्खी सकनी...जे किरना शुरूच सख्ती बरती होनी तै अज्ज वेद ऐ कम्म नीं करना सा...पर किरना तै बस सड़ना ई सिक्खेया...तै नाले वेद नी हरकतां पर पर्दे बाना।"

(अरी मर्द तो शुरू से ऐसा ही है...पर औरत होशियारी से काम ले तो बन्दे को क़ाबू में रख सकती है...अगर किरना ने शुरू से सख्ती बरती होती तो आज वेद ने यह काम नहीं करना था...पर किरना ने तो जलना ही सीखा है...और वेद की हरकतों पर पर्दे डालना)। तभी सामने से आती किरना पर नज़र पड़ते ही गुड्डो बोली–

"चुप करा...किरना अश्नी।"

(चुप करो...किरना आ रही है)। यह सुन सब चुप काम में लग गईं।

किरना जैसे ही तन्दूर के नज़दीक आई उसने परात के ऊपर से सुन्दर कढ़ाई किया हुआ थालपोश उतारा और नीलम के पास थड़े पर परात रख आटे के पेड़े बनाती हुई गुड्डो पर सवार होती बोली–

"जरा ऐक चिर रुकी नीं सकनीं सियें...इतनी कै तावल सी तुकी?"

(थोड़ी देर रुक नहीं सकती थी...इतनी क्या जल्दी थी तुझे?)।

"तुकी कल्लै ना आखेया सा के मैं अवाज लासां तैत्यार रेयां...पता सा ना तुकी...तै कम्म जल्दी करैं आरी।"

(तुझे कल का कहा हुआ था कि मैं आवाज़ लगाऊँगी तो तैयार रहना...पता था ना तुझे...तो काम जल्दी करती न।) त्योरियाँ चढ़ाते गुड्डो बोली तो नीलम बीच बिचौली करती बात बदलने के लिए बोली–

"आये-होए केड़ी गल्लै पिच्छै लड़नियां ओ.. कुड़िये गुड्डो, ओ आला गीत सुना ना जेड़ा त्वाड़ी ननानै ने व्याच त्वाड़ी मासी गाया सा..."

(अऐ हऐ...किस बात पर लड़ रही हो...ओ गुड्डो...वह वाला गीत सुना न जो तेरी ननद के ब्याह में तेरी मासी ने गाया था) बस नीलम का कहना था कि गुड्डो ने गीत शुरू किया और गीत के साथ तन्दूर की तपन सा तपने वाला माहौल ठण्डा पड़ गया। गुड्डो के संग टापें बनाती-बनाती सभी गीत की लय पर गुनगुनाने लगीं–

पिण्डेयों आई लारी, मेरी गल्ला खलो गई या।
कच्चा डराइवर गाड़ी पंचर हो गई या।।

नीले घोड़े वालेया, वे पिण्डियो आई लारी,
मेरे गल्ला खलो गई या।।
हाय उच्चिये लम्मीये बेगमे
पिण्डेयो आई लारी, मेरे गल्ला खलो गई या।।
अक्खी ना सैन सलाइयां,
वे पिण्डेयो आई लारी, मेरे गल्ला खलो गई या।।
वेड़े तपे तन्दूर
पिण्डेयो आई लारी, मेरे गल्ला खलो गई या।।
गिन-गिन लावां रोटियाँ
पिण्डेयो आई लारी मेरे गल्ला खलो गई या।।

गुड्डो का गीत चल ही रहा था कि चंची की सास अन्दर से आ नाचने लगी। उसे नाचने का बड़ा शौक रहा है। किसी के यहाँ शादी ब्याह हो तो वो नाचने गाने में सबसे आगे रहती है। बस इसके बाद तो एक के बाद एक गीत शुरू हो गये। इधर गुड्डो उधर चंची की सास। इस तरह गीत गाना और नाचना इन पुंछी कश्मीरियों का शगल रहता है। मौक़े-बे-मौक़े कभी भी। गुड्डो का गीत पूरा होते-ना-होते चंची की सास ने गीत शुरू कर दिया–

साढ़े इन्नुऐ दी लाम्बी-लाम्बी डोर
हाये तोड़ेयां नई टुटदी।।
हाय सौरी गई ऐ मुसाफ़रां दे नाल,
मोड़ेयां नई मुड़दी।।
साड़े इन्नुऐ दी लाम्बी लाम्बी डोर,
तोड़ेयां नई टुटदी।
सौरी गई ऐ बलोचेया दे नाल,
मोड़ेयां नई मुड़दी।।

गीत गाते सुनते सभी अपनी-अपनी टापों को घी या मक्खन लगा कपड़े में लपेट छकोर (रोटी की टोकरी) में दबाकर रख रही थीं। गीत अभी बीच में ही चल रहा था कि सत्या की सास यहाँ आ पहुँची। सत्या की सास को बात का पता नहीं चलता कि कब, कहाँ और क्या कहना है। यह समझ का फेर था या उम्र ने दिमाग़ पर असर डाला था, किसी को कुछ पता नहीं था। सत्या की सास नें टापें लगाती किरना को देखा तो उसे हमदर्दी जताते उसके सिर पर हाथ फेर बोली–

"हाय कुड़िये...तुकी देक्खी तै बड़ा तरस अश्ना...वेद ओस बावरनी कंजरी अनारो की अपनी रन्न बनाई तै त्वाड़े उप्पर बड़ा जुलम करी शोड़ेया.. पैलै त्वाड़ी सस्स तुकी खल्लन नीं दित्ता तै हुन यो वेद त्वाड़े हत्थूं निकलीया... "

(हाय! लड़की...तुझे देखकर बड़ा तरस आता है....वेद ने उस बावरनी कंजरी अनारो को अपनी रखैल बनाकर तेरे ऊपर बड़ा जुल्म कर दिया है...पहले तेरी सास ने तुझे चैन नहीं लेने दिया और अब यह वेद तेरे हाथों से निकल गया) सत्या की सास ने किरना से यह कह अच्छे भले माहौल में ज़हर घोल दिया। किरना जो तन्दूर में टापें लगा रही थी सत्या की सास की बात सुन अंगारे सी दहकती बोली–

" मासी तुसांकी किस च्हैनी जोगे आखेया के ओस अनारो रन्न बनाई नीं...जेड़ा यो गल्ल बाऐ ओसने मुंऐच पा...अग्ग खाइयां अपना क्हर नीं देखनियां...ओस तै अनारो अपनी प्हैन बनाई नी...अपनी तरम नीं बनाई प्हैन ने क्हर केड़ा परा नीं गश्ना... "

(मासी आपको आग लगे किसने यह बात कही...चिता में जले वो जिसने कहा है कि उसने अनारो को रखैल बनाया हुआ है...जो यह बात कहे उसके मुँह में गोबर... चिता जले उसकी...आग लगे दुनिया को जो अपना घर नहीं देखती...उसने अनारो अपनी बहन बनाई हुई है...अपनी धर्म की बहन के घर कौन भाई नहीं जाता)। यह कह किरना ने एक तीर से दो निशाने लगा दिये। बिल्कुल उस कहावत की तरह कि–

'कहना बेटी को सुनाना बहू को।' किरना का चेहरा तमतमा रहा था। उसने घूरकर सत्या की सास को देखा फिर एक नज़र अपनी सहेलियों की ओर और फिर टापें छकोर में लपेट परात उठा सिर पर रख पैर पटकती वहाँ से निकल गई। सत्या की सास सुट्ट रह गई कि ऐसा उसने क्या कह दिया। वो किरना के इस तरह बरसने पर रुआंसी होकर बोली–

"हाय मरना...मैं इसी इयेजेया कै आखी शोड़ेया, के यो म्हाड़ा त्रा कड्डी गई।"

(हाय मैं मर जाऊँ...मैंने इसको ऐसा क्या कह दिया कि ये मेरी जान निकाल गई)। अपनी सास के भोलेपन पर सत्या बोली–

"माता, ऐस तरां किसै ने मुऐ पर गल्ल नीं बाई नार।"

(माँ, इस तरह किसी के मुँह पर बात नहीं कहते)। सत्या ने सास को दिलासा दिया तो चंची की सास सत्या की सास को अन्दर ले गई। तभी नीलम सहेलियों को आँख मार बोली–

"अड़ियो घायल सपनी डंग तै मारसी ऐ।"

(अरी घायल नागिन डंक तो मारेगी ही) यह कह अपनी त्रामी (परात) उठा

नीलम चलने लगी तो बाकी सब भी हँसी-मखौल करती अपने-अपने घर की ओर निकल गईं।

उस दिन के बाद किरना ने सहेलियों से दूरी बना ली और जिस तरह उस रोज़ किरना ने सत्या की सास को सुनाते हुए कहा कि–*'वेद ने अनारो को धर्म की बहन बना रखा है'* इस बात ने सबके मुँह पर ताला लगा दिया। जब किरना को अपने पति से कोई शिकायत नहीं तो दूसरा कोई कुछ कहेगा भी क्यूँ। कश्मीरी समाज ने भी किरना के बयान पर चुप्पी साध ली और किरना ने पूर्व जन्मों के कर्मों का फल मानकर वेद और अनारो के सम्बन्ध को क़िस्मत पर छोड़कर गृहस्थी की चारदीवारी में ख़ुद को झोंक दिया। किरना के इस बर्ताव ने वेद के रवैये में और बेफ़िक्री भर दी। अनारो ने तो पहले ही वेद को तन मन से अपना मान लिया था। दिन-पर-दिन वेद अनारो के प्यार में दीन दुनिया की परवाह किये बिना खिला जा रहा था। अनारो को उसने गिरधर से कोई सम्बन्ध ना रखने की हिदायत पहले ही दे डाली थी। कुछ दिन बावरिया समाज वेद के अनारो के घर पड़े रहने से ख़फ़ा रहा। सबने अपने-अपने बच्चों का अनारो से पढ़ना छुड़वा लिया। पर यह नाराज़गी भी ज़्यादा देर ना चल सकी। समय के साथ-साथ अनारो ने अपनी खोयी साख अपने समाज में फिर से पा ली। बावरिया समाज में अनारो से नफरत करके वेद की नाराज़गी झेलने की हैसियत नहीं थी। अनारो के अलावा उनके बच्चों को पढ़ाने वाला भी कौन था। और कुछ ही दिनों में समाज के बच्चे अपनी अनारो मास्टरनी के घर पढ़ने आने लगे। आस-पड़ोस की औरतों ने भी अनारो से कढ़ाई बुनाई की शिक्षा लेना शुरू कर दिया। अब अनारो के घर का दरवाज़ा चारों पहर वेद के लिए खुला था। बस अब तो वेद को अनारो के जापे से निबटने का ही इन्तज़ार था।

यूँ तो अनारो के पूरे दिन चल रहे थे पर फिर भी दिन में जब मोहल्ले के बच्चे गाँव में बने सरकारी स्कूल में पढ़ने जाते तो अनारो अपने मोहल्ले की औरतों को कढ़ाई-बुनाई के साथ-साथ टोकरी-चंगेरी, माँड़ने-काढ़ने सिखाती। अनारो के चूल्हे पर बने डिज़ाइनों और बटेवडों पर की गई सुन्दर कलाकारी की चर्चा आस-पास के गाँवों तक भी फैल गई थी। कई पड़ोसी गाँव की औरतें अनारो को संग ले जा कर अपने बटेवड़े बनावा लेतीं। कई कश्मीरी घरों में भी अनारो ने चूल्हे बनाकर भिजवाये। अनारो पड़ोस की औरतों को कढ़ाई-बुनाई सिखा रही होती तो वेद भीतर न आकर बाहर से ही चला जाता। पर जब अनारो शाम के समय बच्चों को पढ़ाती तो वेद भीतर कमरे में बिछी चारपाई पर औंधा लेट दरवाज़े की ओट से अनारो को

मास्टरनी बने देखा करता और जब बच्चे पढ़ने के बाद अपने-अपने घरों को लौट जाते तो बाहर आ अनारो का हाथ पकड़ भीतर ले जा उसे बाँहों में भर कहता–

"घणीं करीं मास्टरनी है तू..." और यह सुन अनारो वेद की बाँहों में पूरी-की-पूरी समा जाती।

वेद जब-जब अनारो से मिलने आता उसके हाथ में अख़बार ज़रूर होता। देश-विदेश की जानकारी रखना शुरू से ही वेद को बड़ा भाता था। घर, बाहर अड्डे पर जो कोई पढ़ा-लिखा मिलता वेद उसे घेर लेता था। पर जब से अनारो वेद के जीवन में आई यह ज़िम्मेदारी उसने अनारो को सौंप दी थी। जब अनारो खाट पर औंधे लेटे वेद के सामने पीढ़ी पर बैठ अख़बार बांचती तो वेद एक टक अनारो को देखता रहता। अनारो ना सिर्फ अख़बार ज्यों-का-त्यों पढ़कर सुनाती, वह हर ख़बर का वर्णन जिस हाव-भाव से करती, उस समय उसके चेहरे पर आते-जाते भाव ऐसे होते मानो कोई विदूषी किसी नन्हे-मुन्ने बच्चे को ज्ञान दे रही हो। जो ख़बर रोचक और ज्ञानवर्धक होती उसे अनारो अगले दिन पढ़ने आने वाले बच्चों के साथ बाँटना न भूलती।

गाँव के सरकारी स्कूल में पढ़ाने वाले किशनलाल मास्टर जी इन बच्चों के बढ़ते सामान्य ज्ञान से बड़े प्रभावित थे। वे जानते थे यह सब अनारो की पाठशाला का प्रभाव है। विद्यालय के वार्षिकोत्सव में अनारो से पढ़ने वाले बच्चों की भागीदारी ज़ोर-शोर से रहती और जब ये बच्चे ज्ञानवर्धक कहानियों को अपने भावपूर्ण अभिनय से सजाकर मंच पर प्रस्तुत करते तो दर्शक दीर्घा में बैठे सभी दर्शक इन बच्चों के आत्मविश्वास को देखते रह जाते।

इन दिनों अन्तर्राज्जीय खेल प्रतियोगिता (टूर्नामेंट) होने के कारण बच्चे अनारो के पास पढ़ने नहीं आ रहे थे। यूँ भी अनारो के पूरे दिन चल रहे थे। उसने महीना भर छुट्टी की ख़बर पहले ही बच्चों के घर पहुँचवा दी थी। कुछ दिन से वेद का आना भी ना हो रहा था। अनारो अपनी हालत से घबराई हुई थी पर गिरधर हर चिन्ता फिकर से परे था। हर दिन की तरह आज की दोपहर भी नशे में धुत्त गिरता-पड़ता घर में घुसा। जैसे-तैसे अनारो रोटी-पानी कर रही थी। अब तो बैठने उठने में भी तकलीफ़ हो रही थी। कराहती हुई अनारो ने थाली में रोटी डाल गिरधर को दी। अगले दिन सुबह भी खा-पीकर गिरधर घर से निकलने को हुआ तो अनारो ने पीछे से आवाज़ लगाई। गिरधर आवाज़ सुन पलट कर कमरे में आया तो खाट पर लेटी अनारो बोली–

"म्हाणे लाग रां है के जचगी कौ टैम आ गयां है...इस बेर म्हाणे दरद बी घणां हो रां है...अब रुको कोणीं जा रां है...म्हाणे अस्पताल ले चलो...।" बात को सुनी-अनसुनी करता गिरधर बोला–

"अस्पताल जाकै कांई करैगी...जणैगी तौ तू छोरी ही...वा म्हई हो जायैगी... बुलवा लै हँसी री माई कू...मैं जा रो हूं...मेय्रे कूं काम है..." अनारो बुलाती रह गई पर गिरधर घर से निकल गया। जब अनारो की हालत और बिगड़ने लगी तो बरामदे में बकरी के बच्चे के संग खेल रही सिया को उसने आवाज़ लगाई। सिया दौड़ कर माँ के पास आई तो उखड़ती साँसों से सिया का हाथ थाम अनारो बोली–

"जा लाडो...हँसी की माई कूं बुला ला...जल्दी जा म्हारी लाडो...।" माँ की हालत देख घबराई सिया दौड़ कर गई और कुछ ही देर में हँसी की माई को बुला लाई।

अनारो प्रसव पीड़ा से छटपटा रही थी। हँसी की माई ने इधर-उधर, अन्दर-बाहर नज़र दौड़ाई और फिर अनारो से बोली–

"गिरधर ना है घर मै?...खां गयां है...?" कराहती हुई अनारो बोली–

"निकल गयां अभी घर सूँ...म्हाणै बचा लै भाबी...इसां दरद पहलै कोणीं हुआ...म्हारी सिया खातर म्हाणे बचा लै भाबी...।" अनारो की बिगड़ती हालत देख हँसी की माई झटपट घर से निकली और दौड़ती हुई इमरती दाई के घर पहुँच उसे अपने साथ ही लिवा लायी।

घर में घुसते ही इमरती ताई ने हँसी की माई को पानी उबालने को कहा और सीधी अनारो के पास भीतर चली गई। हँसी की माई ने बरामदे से सटी कुठरिया में से कपास की लकड़ियाँ निकाल चूल्हे में सरका दीं। दियासलाई दिखाते ही झटपट कपास के सूखे सरकण्डों ने आग पकड़ ली। घड़े से पतीली में पानी निकाल चूल्हे पर पतीली चढ़ा दी। अनारो की कराहटें बाहर तक आ रही थीं। भीतर से इमरती दायी ने आवाज़ लगाई–

"अरी बीरो...चार बरोबर सी ईंट ला...।" बीरो झट अपने घर की मुँड़ेर से ईंटें उठा लाई। इमरती दाई ने पास रखी एक लूगड़ी उठा अनारो की कमर में बाँधी और बीरो से बोली–

"जल्दी सूं बोरा बिछा धरती पै...।" बीरो इधर-उधर बोरा ढूढ़ने लगी तो अनारो उखड़ती साँसों से बोली–

"अहह...भाबी...बोरा नाय...वा सन्दूक के ऊपर गूदड़ी पड़ी है...वा बिछा लो..." बीरो ने दौड़कर सन्दूक के ऊपर रखी गुदड़ियों में से एक उठाकर धरती पर बिछा दी। इमरती दाई ने अनारो को लम्बी गहरी साँस लेने को कह उसे गूदड़ी पर लिटाकर उसके पेट को ऊपर से नीचे मसलना शुरू कर दिया और जब बच्चा नीचे की ओर आ गया तो अनारो को ईंट पर बिठा दिया। कुछ देर दर्द से छटपटाने

के बाद अनारो ने बच्ची को जन्म दिया। दर्द इतना था कि प्रसव हो जाने के बाद अनारो को होश ही नहीं रहा। बच्ची हाथ में ले इमरती दायी ने अपने झोले में से सरूट का टाँडा (गाँव में उगने वाली एक प्रकार की लकड़ी) निकाल उससे बच्ची की गर्भनाल काट बच्ची को गर्म पानी में कपड़ा भिगो पोंछ-पाछ कर बीरो की गोद में दी। बीरो ने देखा बच्ची के जिस्म में कोई हलचल ही ना थी। झट इमरती दायी को बच्ची दिखाती बीरो बोली–

"देख तौ ताई...छोरी हाल कोणी रई...।" ताई ने बीरो की गोद से बच्ची ले उसे हिलाया डुलाया पर कोई हरकत न होते देख ताई ने कान लगा धड़कनें सुनीं। बच्ची की धड़कनें थम चुकी थीं। बीरो को देख ताई बोली–

"छोरी जिन्दा ना है।" कुछ-कुछ होश में आ चुकी अनारो यह सुन सिसकने लगी। ताई ने बच्ची अनारो के क़रीब लिटाई तो अनारो बच्ची को सीने से चिपका रोने लगी। अनारो को रोते देख इमरती दाई उसे हिम्मत बँधाती बोली–

"अरी सुकर मणा छोरा ना जणा तैणै ...छोरी ज्हाँ सूं आई व्हई चली गी...जापा मै रोणो ना चइयै...आँख कमजोर हो जायेंगा तेयूरी.... चुप हो जा।" यह कह इमरती ने अपना झोला समेट बीरो की ओर देखा तो बीरो उसका इशारा समझ बोली–

" थारा पीसा घर पौंच जायेंगा ताई...फिकर कोणी कर...।" इमरती ने सुना तो अपना झोला उठा कमरे से बाहर निकल गई। अनारो बच्ची को सीने से चिपका रोए जा रही थी।

बीरो ने घर जाकर अपने पति बिसेसर से कह गिरधर तक ख़बर पहुँचवाई तब कहीं बिसेसर और भीमू के कन्धे का सहारा ले गिरधर को घर लाया गया। जब मोहल्ले के आठ-दस मर्द बच्ची को दफनाने ले जाने लगे तो गिरधर बड़बड़ाने लगा–

"चोखो हुआं जो छोरी मर गी...मेय्री छाती पै छोरी-छोरी...छोरी जणती जा री है या रांड...छोरी जनण वाली लुगाई है मेयूरी...अच्छो हुआं...मर गी या छोरी...।" तभी बिसेसर झिड़कते हुए गिरधर से बोला–

"बकवास मती करै.. चाल उठा छोरी कूं...।" बिसेसर के गर्म लहजे को सुन गिरधर अनारो की बग़ल में पड़ी बच्ची को उठाने लगा तो फुँफरती हुई अनारो बोली–

"हाथ मत लगाणा मेरी छोरी कूं... " कहते-कहते अनारो ने बच्ची को सीने से चिपका लिया। इस वक़्त तक आँगन में अड़ौस-पड़ौस के कई औरत-मर्द जमा हो चुके थे। बड़ी मुश्किल से समझा-बुझाकर कस्तूरी की सास ने आगे बढ़कर बच्ची को अनारो के पास से उठाया और कपड़े में लपेट बाहर ला गिरधर को देते हुए बोली–

"चाल...छोरी कू माटी मै दाब आ।" गिरधर तो अपना शरीर नहीं सँभाल पा रहा था, बच्ची को क्या सँभालता। उसकी बग़ल में खड़े बिसेसर ने बच्ची को उठाया और मोहल्ले के मर्द गिरधर को सहारा दे बाहर निकल गये।

बच्ची के गोद से जाते ही अनारो फफक-फफक कर रो रही थी। सभी मोहल्ले की छोटी, बड़ी-बूढ़ी औरतें भीतर आ अनारो को दिलासा देने लगीं। कस्तूरी अनारो के क़रीब बैठ बोली–

"चुप हो जा भैण जापा मै इसै रोणो ना चइयै...।" तभी ताई मेहती बोली–

"सबर राख बींदणी...कितणां रोयैगी...राम जी नै दई ...राम जी नै ले लियां तेय्री छोरी कूं...अभी तौ कई छोरी जनणी हैं ...जी कैड़ो कर लै।" एक-एक कर सभी औरतें धरती पर बिछौनी बिछा बैठ गईं। सिर पर हाथ रख बैठी चाची किसनी अपना पोपला मुँह चलाती बोली–

"काली चरण बाबा की बात की काट कोंणी है...छह छोरी की बात कही है तौ छह ही होवेंगा...छह मै सूं कितणा जिन्दा बचैंगा या तौ राम जी जाणै।" तभी हरचन्दी माई अनारो को चुप कराते अपने पल्लू से उसके आँसू पौंछते हुए बोली–

"पली-पलाई जाती तो घणों सदमां लगतां...।" बत्तो ने भी अपना प्रवचन डे डाला–

"अरी गिरधर तौ दो छोरी पै ही बूढ़ा हो गयां है...राम जी अगली बेर छोरा दे देंगे तौ गिरधर मै जान आ जायेंगा...।" बत्तो की बात पर उसे झिड़कती हुई कस्तूरी बोली–

"बावली है कांई तू बत्तो...जब कालीचरन बाबा नै छह छोरी कहीं हैं तौ छह ही होवांगा।" कस्तूरी की बात में हामी भरती मौसी मुथरी अपनी लूगड़ी सिर पर सरकाती हाथ नचाती बोली–

"सांची कै री है कस्तूरी...आज तलक बाबा री बात झूठी कोणी निकली...बड़ौ पौंचो हुआं बाबा है...मेय्री छोरी कै पैहलो छोरा बतायो बाबा नै तौ पहलो छोरा ई हुआं...कैसी नाची मेय्री छोरी री सास पोता को मूं देखकै के कांई बताऊँ...।" औरतों की बतचौकड़ी थमने का नाम ना ले रही थी कि अनारो की तेज़ होती सिसकियों ने सबका ध्यान उसकी ओर खींचा। बीरो औरतों के बीच से उठकर अनारो की खाट पर बैठ उसे हिम्मत बँधाती बोली–

"सबर रख भैण...कितणां रोऐगी...अपणी हिम्मत सँभाल कै रख...अभी चार छोरी और जनणी हैं तैणै...।"

औरतों की बातें चल ही रही थीं कि बच्ची को दफ़नाकर मर्दों का समूह घर लौट आया। बीरो ने घड़े में से लुटिया भर सबको कुल्ला कराया। गिरधर अभी भी

नशे में लड़खड़ा रहा था। वैसे भी उसे बच्ची के मरने का कोई रंज न था। थोड़ी देर बरामदे में बैठ सभी अपने-अपने घर लौटने लगे तो उनके जाते ही गिरधर सन्दूक पर से लोई उठा बाहर खाट पर पड़ गया। आस-पड़ोस की औरतें भी अपने-अपने जी की निकाल अनारो को हमदर्दी के बोल कह अपने घर लौटने लगीं। सबके जाते ही बीरो झाड़ू-बुहार कर, घर समेट, सिया को खिला, अनारो की रसोई समेट अपने घर निकल गई। कुछ देर में अपने घर का काम काज निबटा कस्तूरी अनारो के पास आकर बोली–

"घर मै घी होय तौ बता...बालक जणां है...थारा खाणे कूं कुछ बणां दूँ...खां घरां है घी...?" अनारो ने टाँड की ओर इशारा किया तो कस्तूरी मूढ़े पर चढ़ झालर वाला पर्दा सरका देखने लगी। टाँड पर घी का कटोरा आगे ही रखा था। पर जैसे ही कस्तूरी की निगाह पीछे की ओर रखी पोटलियों पर गई, झटपट उसने एक-एक कर पोटली खोल देखा तो उसकी आँखें फटी रह गईं। पोटलियों में बादाम, काजू, किशमिश-छुआरे, गोंद, मगज भरे थे। पीछे रखे एक डिब्बे में ऊपर तक देसी घी अलग रखा था। इतने सारे मेवे, घी देख कस्तूरी का तन-मन झनझना उठा। जल्दी-जल्दी मुट्ठी-मुट्ठी भर मेवा हर पोटली से निकाल कस्तूरी ने अपनी ओढ़नी में बाँध अंटी में दाब लिया और फिर घी का कटोरा ले पर्दा सरका मूढ़े से नीचे उतर आई। अपने घर में कुछ हो चाहे न हो, पर दूसरे के घर आता किसे अच्छा लगता है। कस्तूरी ने घर जाते ही जो देखा वह सबको कह सुनाया। कई दिनों तक बावरिया मोहल्ले में वेद के इस क़दर अनारो पर न्योछावर होने की बातें रंग पकड़ती रहीं। पर अब अनारो पर इन बातें का कोई असर न था। वह तो पूरी तरह वेद के रंग-में-रंग गई थी। और वेद, उसे तो यूँ भी किसी की परवाह नहीं थी। वैसे भी इस गाँव के मर्दों की दुनिया में तो इस तरह की बातें शान बढ़ाने वाली थीं। कुछ दिन बच्ची का शोक मनाने के बाद धीरे-धीरे अनारो अपनी दिनचर्या में मन रमाने लगी।

15

देश आज़ाद हुए कोई दो दशक होने को आये थे। इन दिनों गाँवों के विकास और ग्रामीण जीवन के रहन-सहन के स्तर को ऊपर उठाने के लिए कई विकासशील और प्रगतिशील प्रयास सरकार द्वारा किये जा रहे थे। इसी प्रयास के अन्तर्गत गाँव-गाँव में 'आँगनबाड़ी योजना' विकसित की जा रही थी और इस योजना के किर्यान्वयन के लिए गाँवों से ही आँगनबाड़ी कर्मचारियों का चयन सरकार द्वारा तय किया जाना था। जब 'चाँदघाटी' गाँव में भी आँगनबाड़ी सेंटर खुलने की ख़बर चली तो मास्टर किशनचन्द्र के मन में अनारो का चेहरा घूमने लगा। यूँ भी अनुसूचित जाति और जनजाति को इस योजना से जोड़ा जाना सरकार की भी प्राथमिकता में था। बस, बिना समय गंवाऐ मास्टर किशनचन्द्र मन में कुछ विचार कर पूछते-पाछते अनारो के घर आ पहुँचे।

अनारो मोहल्ले की औरतों को कढ़ाई-बुनाई सिखा रही थी कि अचानक मास्टर किशनचन्द्र को अपने घर की चौखट पर देख हैरान हो गई। कढ़ाई कर रही औरतों ने मास्टर जी को देखा तो झट घूँघट मुँह पर सरका लिया और उठ खड़ी हुईं। अनारो ने आगे बढ़ मास्टर जी को हाथ जोड़ 'राम-राम मास्साब' कहा और भीतर से सुन्दर बिछौनी खाट पर बिछा सकुचाती हुई बोली–

"आप पहली बार म्हारा घर पधारे हैं मास्साब... कांई खातर करूँ आपकी... आप ऐसे अचानक म्हारा घर... कहीं म्हारा सूं पढ़ने वाले बच्चों ने कोई गलती तो...।" अनारो की सकुचाहट और घबराहट देख मास्टर जी बोले–

"तुमसे पढ़ने वाले बच्चे बहुत होशियार हैं... टूर्नामेंट में भी बढ़िया प्रदर्शन कर रहे हैं... आज तुम्हारे घर मैं बच्चों के लिए नहीं तुम्हारे लिए आया हूँ।" "म्हारे लिए...? क्या बात है मास्साब?" अब तो अनारो की घबराहट और बढ़ गई। अनारो के चेहरे का तनाव देख मास्टर जी ने अख़बार अनारो की ओर बढ़ाते हुए अपनी इच्छा अनारो के सामने ज़ाहिर कर दी।

"न...नौकरी...? पर मास्साब म्हारी पढ़ाई लिखाई ...म्हारी घर-गिरस्ती और म्हारी छोरी-सिया...?" अनारो की चिन्ता और बढ़ती घबराहट को समझते हुए किशनचन्द्र बोले–

"ये नौकरी वैसी नहीं है जैसी तुम समझ रही हो...तुम्हें अपने गाँव और अपने मोहल्ले के लिए ही काम करना है...।" "मतलब...गाँव से बाहर नहीं जाना...?" "नहीं...और काम भी लोगों की देखभाल....उनके स्वास्थ्य और छोटी-मोटी बीमारी में उनकी सहायता करना...गाँव में कितने बच्चों का जन्म हुआ...कितने लोगों की मृत्यु हुई, इस सबकी जानकारी सरकार तक पहुँचानी है...बस।" मास्टर जी की बात ध्यान से सुन रही अनारो मास्टर जी की बात पूरी होते ही बोली–

"पर कौण सी बीमारी मै कौण सी दवा देणी है...ये म्हाणे कैसे पता चलेगा...?" मास्टर जी हँसते हुए बोले–

"घबराओ मत...यह सब सरकार के भेजे हुए जानकारी शुदा लोग तुम्हें ट्रेनिंग के वक़्त बतायेंगे...तुम बस मुझे अपना इंटर का प्रमाण पत्र निकालकर दो...इससे पहले कि और लोग नौकरियों पर कब्ज़ा कर लें...मैं तुम्हारा फार्म भर कर दे दूँ।" अब तो अनारो के पास इनकार की कोई वजह ही नहीं बची। अनारो भीतर गई और घाघरे के नाड़े में बँधी चाबी लगा सन्दूक का ताला खोल प्रमाण पत्र निकाल बाहर आ मास्टर जी को सौंप दिया। मास्टर जी ने एक नज़र प्रमाण पत्र पर दौड़ाई और फिर अनारो को देख बोले–

"प्रथमश्रेणी ...शाबाश।" यह कह मास्टर जी उठ खड़े हुए तो अनारो झिझकती हुई बोली–

"म्हारे घर का आप कुछ खाओगे तो नहीं मास्साब...फेर बी...चाय बणाऊ आपके लिए...?" जाते-जाते मास्टर जी के क़दम रुक गये। वे बोले–

"तुम्हारे हाथ की चाय ही नहीं कुछ मीठा भी बनवाकर खाऊँगा पर उस दिन जिस दिन तुम्हारी नौकरी लग जाने की ख़बर लेकर आऊँगा।" यह कह मास्टर जी घर से बाहर की ओर निकल गये और अनारो वहीं-की-वहीं खड़ी रह मन-ही-मन बोली–

"हे राम जी...जिस इच्छा सूं मास्साब म्हारां घर आयां...उस इच्छा कूं पूरी करणा राम जी।" कहते-कहते अनारो के हाथ जुड़ गये और आँखें मूँद गईं।

मौसम करवट ले रहा था। फाल्गुन मास आते-आते गर्म हवाओं और तीखी धूप ने अरावली की पहाड़ियों को गर्माना शुरू कर दिया था। हवा के साथ उड़ती रेत, धूल माहौल को मटमैला कर रही थी। पूरा गाँव नीम, शीशम, बरगद, बबूल और गूलर के पेड़ों से घिरा होने के कारण मोरों के झुण्ड-के-झुण्ड इन पेड़ों पर अपना घरोंदा बनाये हुए थे। सुबह और शाम इन मोरों का यहाँ के घरों के आँगन में आ चहल-क़दमी

करना आम बात थी। जब मोरों की पियूँ-पियूँ में चिड़ियाँ, तोते, कऊये, गाय, भैंसों, बकरियों के रँभाने का विलय हो जाता तो यहाँ की सुबह और शाम प्राकृतिक संगीत की ध्वनि से गुंजायमान हो जाती और इस ध्वनि के साथ-साथ चाँदी के आभूषणों से लदी-फदी मेवाती औरतों के आभूषणों की टंकार, कुएँ से पानी भरती कश्मीरी औरतों की चूड़ियों की खनक, बावरनियों के पाँव की झाँझरों की छम-छम, कुएँ में उतरती बाल्टियों की टनकारों के साथ पानी खींचते हुए चरखड़ियों की चर्र-मर्र के साथ बाल्टियों से उछल-उछलकर कुएँ में गिरते पानी की गूँज भरी छपाक-छपाक मिल जाती तो गाँव की सुबह और संगीतमय हो उठती।

खेतों में कटाई का समय क़रीब आ रहा था। कश्मीरी घरों के नौजवान और बड़े-बूढ़े फसल बाँटे पर दी होने के कारण आज़ाद निठल्ले इधर-उधर जमावड़ा जमाते फिर रहे थे और मेवाती, बावरिये ठाकुर, जोगी समाज के औरत-मर्द कटाई की मज़दूरी करने के लिए कमर कसकर तैयार बैठे थे।

होली बीत जाने के बाद अचानक हुए मौसम के बदलाव से सूरज बादलों में छिपा बैठा था। रात से ही बारिश के से आसार लग रहे थे। सुबह जल्दी ही अनारो ने घड़े भरकर रख लिए। बकरी का दूध निकाल चूल्हा सुलगा चाय का भगोना चूल्हे पर चढ़ा चाय बनाई और गिलास में चाय डाल गिरधर को उठाया तो बड़बड़ाता हुआ गिरधर उठा और अनारो के हाथ से चाय का गिलास ले चाय सुड़कने लगा। अनारो ने अपना गिलास उठाया और पीढ़ी सरका गिरधर के क़रीब बैठ गई। वेद भले ही अनारो के तन-मन का मालिक बन गया था, पर गिरधर के प्रति अपने फर्ज़ में अनारो ने कभी कमी ना की।

गिलास में से चाय का घूँट भर अनारो बोली–

"कटाई को बखत आणे वाला है... कांई सोची है... काम करणो है के नाय...?" गिरधर ने घूर कर अनारो को देखा और फिर चाय का घूँट भर बोला–

"तेय्रे यार के खेत मै तौ ना जाऊँगो... ।" अनारो जानती थी काम की बात पर गिरधर सीधा जवाब नहीं देगा। चाय पीती-पीती अनारो रुककर बोली–

"कौंण के खेत मै भी काम करो... पर काम तौ करणो है न?" हिकारत से अनारो को देख तैश में आ गिरधर बोला–

"तेय्री गिरस्ती मेय्री कमाई सूं ना चल रई...तेय्रां यार है न ...तेय्रां घर भर रक्खां है वानै...मेय्रां सूं फालतू बात करकै कांई मेय्रो दिमाग खराब कर री है।" *"मेरे कूं यार बणाने की जरूरत क्यूँ पड़ी अपणे आप सूं पूछो... जो अपणी जिम्मेदारी समझी होती तौ बाहर को आदमी घर कांई घूसतां...अपणी बूढ़ी माई की कमाई पै नशा करणे वालो अपणी लुगाई की कांई कदर करैंगा...हाँ...मैणै यार बणायो है...*

अपणे टाबर को पेट भरणे की खातर कुछ बी करूँगी... ।" कहती-कहती पीढ़ी से उठ अनारो रसोई की ओर जाने को बढ़ी ही थी कि पीछे से गिरधर चाय का गिलास एक ओर पटक अनारो पर झपट पड़ा। इससे पहले कि अनारो सँभल पाती गिरधर ने उसकी चोटी पकड़ उसे धरती पर गिरा दिया। अनारो की जली-कटी बातों और वेद के लिए उसकी खुली बयानबाज़ी ने गिरधर के ख़ून में उबाल ला दिया। ताबड़-तोड़ लातों और घूँसों की बौछार वो अनारो पर करने लगा। माँ की चिल्लाहट सुन सिया खड़ी-खड़ी रोने लगी। अनारो अपने आप को बचाने की कोशिश कर ही रही थी कि बाहर से वेद घर में घुसा और भीतर का नज़ारा देख फुर्ती से आगे बढ़ अनारो पर झपट रहे गिरधर को गिरेबान से पकड़ चार छह झापड़ जड़े जिससे पछाड़ खा गिरधर एक ओर जा पड़ा। वेद धरती पर जा पड़े गिरधर को एक और ज़ोरदार घूँसा जड़ने के लिए आगे बढ़ ही रहा था कि अनारो ने आगे बढ़ वेद को रोक दिया और बीच में आ मिन्नत करती बोली–

"थाणे म्हारी सौं...छोड़ दो इसणै... ।" ग़ुस्से में तमतमाया वेद गिरधर को घूरते हुए गुर्राया–

" मेरे एक घूँसे की मार ना झेल सकै तू...मादरच...अनारो के कैणे पै तुझै छोड़ रो हूँ...आखरी बेर कै रो हूं...आज के बाद हाथ मत उठा दीजो इसपै... ।" ग़ुस्से में तमतमाये वेद की बाँह पकड़ कर अनारो भीतर ले गई। फिर बाहर आ सिया को गोद में ले चुप कराया और भीतर चली गई। वेद को अन्दर जा अनारो के साथ बैठे देख गिरधर बड़बड़ाता हुआ घर से बाहर निकल गया। मोहल्ले से निकलते ही ज़ोर-ज़ोर से चिल्लाने लगा–

"मोय अपणे यार सूं पिटवारी है...साली कू छोड़ूँगो नाय।" और यह कहता-कहता अड्डे की ओर निकल गया।

सिया को चुप करा गुड़िया-गुड्डा और खेल-खिलौने दिये तो सिया खेल में लग गई। सिया को खेल में लगा दरवाज़े की बाहर से साँकल लगा अनारो दूसरे कमरे में आई तो ग़ुस्से में तमतमाया वेद खाट पर लेटा था। कुछ पल अनारो ने वेद के ग़ुस्से से भरे चेहरे पर नज़रें गड़ाईं और फिर वेद के क़रीब बैठ बोली–

"इतणों ग़ुस्सा करने की कांई जरूरत ही" "तोय कोई पीटतो रहै तो मैं देखतो रहूँ?" "कोई नाय...घरवालो है मेरो... " शरारत भरे लहजे से अनारो बोली तो वेद उसकी बाँह पकड़ अपने क़रीब खींचते हुए बोला–

"तेरो ब्याह जरूर हुआ है गिरधर सै...पर लुगाई तू मेरी है...तुझसै कह रो हूँ उलझनो छोड़ दै गिरधर सै नाय तौ कांई दिन मर जायगो मेरे हाथ सूं... " यह कहते-कहते वेद ने अनारो को सीने से चिपका लिया। वेद के सीने से लग अनारो की हसरतें

उफान लेने लगीं। ब्याह से पहले अपने भरतार की ऐसी ही तो तस्वीर मन में उमड़ती थी। वेद सपनों की उस तस्वीर में पूरा-पूरा समा गया था। वेद भी अनारो पर जिस तरह न्योछावर हुआ जा रहा था उससे अनारो अपने आपे में न रही। दोनों की साँसें एक दूसरे से टकराते-टकराते एक हो गयीं।

साँसो का ज्वार थमते ही वेद की बाँहों के तकिये पर बेसुध पड़ी अनारो उसकी धड़कनों को महसूस करती बोली–

"थारी बाँहों मै जब बी इसै पड़ी रहूं...म्हाणे लागै है जैसे म्हारी सारी चिन्ता दूर होगीं...फिकर री बात ई कोंणी बची।" अनारो की बात सुन उसकी ओर करवट लेते हुए वेद बोला–

"फिकर है बी कांई बात की।" अनारो छत की ओर ताकती हुई बोली–

"मेरी कोख सूं दो छोरी हो गईं...जो आगै बी छोरी होती रईं तौ... " अनारो को अपने और क़रीब खींच उसके कान में वेद फुसफुसाया–

"गिरधर सूं जणैगी तौ छोरी ही जणैगी...पर मेरी कुण्डली मै छोरा कौ योग है.... सोच लै...छोरी चईयै के छोरा... ।" अनारो ने एक टक वेद की आँखों में देखा फिर शर्म से मुँह उसकी छाती में गड़ा लिया और पूरे समर्पण के साथ वेद में समा गई।

कुछ देर बेसुध पड़े रहने के बाद वेद उठने लगा तो अल्साई अनारो बोली–

"थोड़ी देर और रुक जाओ न... ।" वेद ने खाट के पास रखे मूढ़े पर से अपना साफा उठा गले में डाला, खाट के नीचे से जूती पैरों में डाल, कपड़े ठीक कर दीवार पर लटके आईने में अपनी सूरत निहार मूँछों को ऐंठ और फिर बालों में उँगली फिरा अनारो की ओर देख बोला–

"तेरी रखवाली के संग-संग खेतण की रखवाली बी करणी है... " "कांई ...मेरी रखवाली...?" कनखियों से अनारो को देखता वेद बोला–

"जो कोई और पसन्द आगो तोय...? कई आँख लगाऐ बैठे हैं तुझपै... ।" यह सुन तुनक कर अनारो उठ बैठी और वेद के सामने खड़ी होकर बोली–

"थारां हाथ थामो है तौ मरते दम तक थारां नाम सूं ही जियूंगी।" "कांई पतो... कांई दिन पलट गई तौ...?" "इतणी कच्ची ना है अनारो...थाणै कांई पतो...थारे म्हारा घर आणे सूं कितणी लुगाई म्हारी दुस्मण बण गी हैं।" "डर रही है ?" "थे म्हारा संग हो तो कांई सूं बी नाय डरूँ।" यह कह अनारो खाट पर बैठी-बैठी एक टक वेद की ओर देखने लगी और अनारो की बात सुन वेद के बाँहें फैलाते ही दौड़कर वेद से लिपट गई। कस कर अनारो को सीने से चिपकाने के बाद वेद कुछ ही पलों में घर से बाहर निकल गया और दरवाज़े से जाते हुए वेद को निहारती अनारो दरवाज़े की चौखट से सटी दूर तलक जाते वेद को देखती रही।

मास्टर जी जब से अनारो के इंटर पास का प्रमाणपत्र लेकर गये थे उसको आँगनबाड़ी कार्यकर्ता बनाने के प्रयासों में जुट गये। सबसे पहले मास्टर जी ने अनारो के नाम की अर्ज़ी गाँव के तत्कालीन सरपंच को दी और फिर एक दिन शहर जाकर ज़िला कार्यालय से भी पूछताछ कर आये। वहाँ से पता चला कि आँगनबाड़ी कार्यकर्ताओं की भर्ती की प्रक्रिया डेढ़-दो साल के भीतर ही होनी है। मास्टर जी ने यह ख़बर अनारो को बताई। अभी तो अनारो को मास्टर जी की ये तमाम बातें समझ ही ना आ रही थीं। बस उसे मास्टर साहब पर भरोसा था कि वो कोई बात कह रहे हैं तो उसमें कुछ सच्चाई होगी ही। पर जब तक नौकरी की बात पक्की ना हो जाये वह किसी से इस बात का ज़िक्र ना करेगी, वेद से भी नहीं। यह उसने सोच लिया। मास्टर जी के अनारो के घर आने को गाँव वालों के साथ गिरधर ने भी बड़ी गन्दगी से उछाला। गिरधर ने तो यहाँ तक कह दिया कि "पहलै बेद बुलायो...अब मास्टर कूं बुला री है...दारी की नै मेय्रो घर रंडी को कोठा बणा दियां।"

अनारो को अब इस तरह की बातें सुनने की आदत हो गई थी। सो उसने लोगों के तानों की परवाह करना बन्द कर अपने काम पर मन लगा रखा था और मन के इस आनन्द के कारण अनारो के तन की सुन्दरता दोगुनी, चौगुनी बढ़ती जा रही थी।

इस बरस ज्येष्ठ मास लगते-लगते अरावली की पहाड़ियों ने एक बार फिर आग बरसाना शुरू कर दिया। तपती हवाएँ अपने संग रेत उड़ाती घरों-आँगनों में दस्तक देने लगी थीं। यूँ तो ये धूल भरी आँधियाँ 'चाँदघाटी' में हर वर्ष आती रहती हैं, पर इस वर्ष 'चाँदघाटी' गाँव में मौसम की तपिश और बढ़ गई जब अनारो के गर्भ से गोरे चिट्टे 'छोरे' का जन्म हुआ।

बीती रात से अन्धड़ ने कोहराम मचाया हुआ था। धूल भरी आँधी ने पूरे भरतपुर और अलवर ज़िले को अपनी चपेट में ले रखा था। इसी धूल-धक्कड़ में आँख मुँह घूँघट में छिपाऐ एक बार फिर इमरती दाई अनारो की जचगी कराने आई और बड़ी मेहनत-मशक्कत के बाद जब गोरे-चिट्टे, बल पड़ी बाजुओं और जांधों वाले हृष्ट-पुष्ट नवजात को हाथों में लिया तो फटी आँखों से कस्तूरी को देख इमरती दाई बोली–

"अरी देख...कीसा तकड़ा छोरा जणां है अनारो नै...इतणे बालक जणाऐ मैणै अपणी जिनगी मै...पर ईसो तकड़ो बालक ना देखां..." यह सुनना था कि बग़ल में खड़ी कस्तूरी ने झट आगे बढ़ इमरती ताई के हाथों से बालक लिया और उलट-पलट कर पूरी जांच-पड़ताल कर ताई की ओर देख बोली–

"सांची ताई...या तो छोरो ई है...कितणां भूरा-भक्क है...जैय्सै कांई अंगरेज को बालक।" कस्तूरी नवजात को अभी भी उलट-पलट कर देखे जा रही थी कि एक और छोरी की माँ बन जाने की फ़िक्र में डूबी अनारो ने कराहते हुए पूछा–

"छ...छ...छोरी ठ...ठीक तौ है न ताई...?" "अरी छोरी नाय...छोरो हुआं है तेय्रे अनारो...लै देख...छोरा है छोरा..." हैरानी और आश्चर्य में पगलाई कस्तूरी ने ताई की बात सुन झट बालक अनारो की बग़ल में लिटा दिया। अनारो ने देखा तो पाया सचमुच उसने छोरा ही जणा है। बालक का रूप-रंग देख अनारो की आँखें मारे ख़ुशी के छलछला आईं। इमरती ताई और कस्तूरी की ओर देख अनारो ख़ुशी में बौराई हुई बोली–

"सांची भाबी...सांची ताई....मेरे छोरा ई हुआं है...।" यह कह अनारो ने बच्चे को सीने से लगा लिया।

" या तौ करिस्मा हो गयां...कालीचरन बाबा री कही बात सांची नाय निकली..." हैरानी से कस्तूरी बोली तो जचगी की गन्दगी को समेटती इमरती ताई बोली–

" लागै है कालीचरन बाबा को टैम अब पूरा हो गयां...बखत बखत री बात है... राम जी री माया...चालो...गिरधर छोरा को बाप बण गयां।" इमरती ताई की बात सुन मन-ही-मन कस्तूरी बोली–

"हाँ...छोरा को बाप तौ गिरधर ही कहायेंगा...पर असल मै छोरा कौण का है... या तो दीख ही रां है।" अनमने मन से कस्तूरी ने ताई की बात में हां-में-हां मिलाई और बाहर खेल रही सिया को बुला बोली–

"जा छोरी...अड्डा पै देख कै आ...गिरधर व्हई बैठां मिलैंगा...कहियो...तेय्रो भाई हुआं है...वाकूं संग ले कै अइयो...जा जल्दी।" भाई का नाम सुन सिया सीधी भीतर कमरे में दौड़ी। अनारो की बग़ल में लेटे गोरे-चिट्टे, गोल-मटोल बालक को देख अपनी माँ से बोली–

"कितणा गोरा है भाई..." फिर बालक का हाथ पकड़ बोली–

"कितणी मोटी बाँह है भाई की" यह सुन सिया को हड़काती इमरती ताई बोली--

"छोरी नजर लगायगी कांई छोरा कूं?" और यह कह इमरती ताई ने अपनी आँख का काजल बच्चे के माथे पर लगा दिया। सिया ताई की डांट सुन झट बाहर दौड़ गई।

कसकर मिची आँखों वाले कुलबुलाते बालक की ओर रह-रह कर अनारो देखे जा रही थी। बच्चे की सेहत और सूरत देख उसे लग रहा था जैसे वो कोई सपना देख रही है। पर यह सुन्दर हकीकत जल्दी ही घबराहट में बदल गई जब बच्चे को एकटक देख रही कस्तूरी अनमनी होकर कुछ काम कर आने का कहकर वहाँ से खिसकी।

कस्तूरी दौड़ी-दौड़ी बीरो के घर गई। बीरो छत पर चढ़ मिर्च सुखा रही थी। कस्तूरी को सीढ़ी चढ़ते देख मिर्चों पर हाथ फेरती बीरो बोली–

"जणा आई अनारो की एक और छोरी...?" सीढ़ी चढ़ने से हाँफती-हाँफती कस्तूरी एक साँस में बोली–

"अरी छोरी नाय...छोरा जणां है अनारो नै...छोरा...अर छोरा बी ईसो वीसो नाय...भूरा भक्क...कस्मीरीन के बच्चां सूं बी मलूक...बणां-बणायां बेद कां सा रूप है...सांची...गिरधर कां तौ है नाय...।" अपनी बात पूरी कहकर ही कस्तूरी ने साँस ली। कस्तूरी की कही बात सुनकर बीरो के हाथ वहीं-के-वहीं रुक गये और ज़ुबान एकदम सुट्ट पड़ गई। कुछ पल के बाद बीरो के मुँह से बस इतना ही निकला "अनारो नै तौ हद्द कर दी...रुपया-पीसा तौ लियां ही...वाकी औलाद बी जण दी...?" और फिर जब जापे के दूसरे ही दिन वेद ने खेत पर काम कर रहे साबिर के हाथ घी मेवा से लबालब झोला अनारो के घर भिजवाया तो बावरनियों के टोले में हलचल और बढ़ गई।

बस फिर क्या था, बावरिया मोहल्ले की औरतों ने अनारो के छोरा होने की बात को अपने-अपने ढंग से बखानना शुरू कर दिया। *"छोरा गिरधर को तौ है नाय।" "छोरा को रूप-रंग पूरां वेद कां सां है।" "अरै गिरधर के भाग मै तौ छोरा लिखा कोणीं था...याई सोच कै या अनारो नै हराम कां छोरा जण दियां।" "छिनाल है अनारो... अपणे यार सूं बालक जणां है।"* उधर मर्दों की मजलिस में बैठा बाबा खचेड़ू खऊँ खऊँ करता बोला–

"भाया...अब तौ बेद नाय छूटै या रांड के चुंगल सूं...वा कही है ना कांई नै...पर नारी पैनी छुरी, तीन ठौर सूं खाय, धण हरै, जोबन हरै, अन्त नरक लै जाय..." बाबा खचेड़ू की बात पर हामी भरता छंगा का बाप भूलेराम हुक्का पीता बोला–

"सांची है भाई...गिरधर की लुगाई तौ पूरी तिरया है तिरया।"

सिया के बुला लाने पर जब घर आकर गिरधर ने बच्चे का मुँह, रूप, रंग देखा तो हिकारत से अनारो को घूरते हुए बोला–

"छिनाल...मादरचो...हराम कौ छोरा मेय्रे सिर मढ़ री है?" और यह कह अनारो को नफरत से घूरता हुआ गिरधर बाहर निकल जंगले में रखे पानी से भरे घड़ों को उठाकर धरती पर पटक अनारो और वेद को गन्दी–गन्दी गालियाँ बकता घर से बाहर चला गया। गिरधर की ज़ोर-ज़ोर से अनारो के वेद से जणे हराम के छोरे वाली बात कश्मीरी मोहल्ले से होती हुई, दबी-ढकी ज़ुबान में पड़ोसी गाँव के रिश्तेदारों में भी अन्दर-ही-अन्दर पहुँच गई और फिर तूफ़ान के बाद की ख़ामोशी की तरह यह ख़बर भी हल्की पड़ गई। किरना मन-ही-मन ख़ूब आहत हुई पर फिर समय के साथ-साथ किरना की तरह गिरधर ने भी दिल पर पत्थर रख लिया। कारण एक ही था कि इस बात की गवाही कौन सामने से आकर दे कि बच्चा वेद का ही है। लेकिन जब-जब गाँव के मनचले गिरधर को कच्ची पिला उसे 'छोरे का बाप' होने की बधाई दे उसके संग मसखरी करते हुए उसे घेर लेते और उसकी दुखती रग पर नमक छिड़कते तो

उस दिन घर आ अपनी सारी भड़ास वो अनारो के संग गाली गलोज कर निकाल लेता पर वेद के ख़िलाफ उसके मुँह से एक शब्द नहीं निकालता।

जापे में पड़ी अनारो एक-एक दिन वेद की बाट देख रही थी। मन में कई तरह के ख़याल आ जा रहे थे। अनारो के जापे का सवा महीना पूरा होने को था कि एक दिन वेद अनारो के घर आ पहुँचा। वेद को अपने घर आया देख अनारो के चेहरे की रौनक बढ़ गई। वेद से जणे छोरे और वेद के भेजे घी मेवा का असर भी अनारो के रूप रंग पर दिख रहा था। वेद को देखते ही बाहर दरवाज़े की साँकल लगा अनारो वेद से लिपट गई। फिर चहकती हुई वेद की बाँह पकड़ भीतर ले जाकर सुन्दर मोती झालर वाली बिछौनी पर सोये अपने लाडेसर को दिखाती बोली–

"देखो...थारां और म्हारां छोरा...देखो...थारां रूप रंग अर थारी सी ही सूरत पाई है छोरा नै...मैं छोरां की माँ बण गी...।" एक टक बच्चे की सूरत देख और फिर अनारो को अपनी ओर खींच वेद बोला–

"छोरा के जापे के बाद तौ तुझमै और जादा निखार आ गां है... " वेद की बात सुन इठलाती लजाती अनारो वेद की छाती से चिपकी ही थी कि इधर-उधर देखता वेद बोला–

"सिया कहाँ है?" "मास्टर जी नै उसका दाखला कर लिया है इस्कूल मै।" यह सुन वेद अनारो को और कसते हुए बोला–

"खाण-पीण मै कमी मत रखियो...मुझै तू कमजोर ना दिखणी चइयै।" वेद की छाती में गहरी समाती रुआंसी हो अनारो बोली–

"मण मै डर लाग रां के दुणिया की बातण मै आकै कांई पतो थै म्हारा घर आणो ना छोड़ दो।" "दुनिया की परवा ना है मोय...सरपंची कौ चुनाव आणे वालो है...उसकी तैयारी मै लग रां हूँ...बस, इस बार सरपंची को चुनाव मैं जीत जाऊँ... फेर कांई बात की फिकर न है... "

सरपंच के चुनाव का ज़िक्र क्या छिड़ा उस दिन जितनी भी देर वेद अनारो के पास रहा चुनाव की तैयारी, सरपंच बनकर अपना नाम अपने पिता से ऊपर पहुँचाने, सरपंच बनने की अपनी इच्छा और आस-पड़ोस के गाँवों में सरपंच बनकर अपनी चौधराहट हो जाने की बातों में ही डूबा रहा। अनारो तो इस समय उसके और अपने पैदा किए बच्चे और अपने वेद के संग आगे के जीवन की बात वेद से करना चाहती थी, पर इन सब बातों में वेद की कोई रुचि ही न थी। एक आध बार को छोड़ बच्चे की ओर भी वेद का ख़ासा ध्यान ना गया। अनारो मन में कितनी बातें सँजोये बैठी थी कि वेद से मिलेगी तो सब कह डालेगी। पर वेद की सरपंच बनने की हसरत की बातों के बीच उसे अपनी बातें कहने की जगह ही ना मिली। आज इतने दिनों बाद

हुई मुलाक़ात में वेद में वह पहले वाला समर्पण न पाकर अनारो का नारी हृदय कुछ डूब सा गया।

अपनी-अपनी कहते उस दिन जाते-जाते वेद अपने नवजन्मे पुत्र के होने की ख़ुशी में या फिर उपहार स्वरूप छोटी टीकरी के पीछे वाली ज़मीन में से एक खेत अनारो के नाम लिखकर उसके काग़ज़ अनारो को सौंपता हुआ बोला–

"छोरा होणे की खुसी मै दे रां हूं...सँभाल कै रख लै कागज...या खेत अर इसकी फसल को मुनाफा तेरो।" और यह कहकर वेद अनारो के घर से निकल गया। काग़ज़ हाथ में लिए अनारो जाते हुए वेद को देखती वहीं खड़ी रह गई और फिर काग़ज़ों की ओर देख मन-ही-मन बोली–

"बस...या कागज को टुकड़ा ही देणै आये इतणे दिनां के बाद...और कुछ नाय...?"

16

इन दिनों राजस्थान के गाँवो में राजनीतिक गतिविधियों का माहौल गर्माया हुआ था। ग्राम सभा द्वारा पंचायत के चुनावों की तारीख़ का ऐलान होते ही राजनीतिक सरगर्मियाँ बढ़ गई थीं। 'चाँदघाटी' गाँव के राजनीतिक दल अपने-अपने उम्मीदवारों की छानबीन में लग गये थे। पुरानी हार का मुँह देख चुके धुरन्दरों की सरपंच बनने की इच्छा फिर एक बार जी उठी कि शायद इस बार उनकी हसरत पूरी हो जाए। दूसरी ओर इन पुराने धुरन्दरों को पछाड़ने के लिए नयी खेप नए-नए लुभावने हथकण्डों के साथ चुनाव लड़ने के लिए कमर कस कर तैयार थी।

पिछले दो बार के चुनावों में हार का मुँह देखने के बाद वेद ने इस बार ना केवल चुनाव लड़ने, बल्कि साम-दाम-दण्ड-भेद से चुनाव जीतने का मन बना लिया। पर उसे धक्का तब लगा जब उसकी अपनी शादरा बहनजी ने निर्दलीय उम्मीदवार के रूप में अपने नाम की दावेदारी पेश कर दी। ऊपर से कश्मीरी समाज के दो-तीन और उम्मीदवारों ने अपने नाम की दावेदारी पेश कर दी जिनमें से एक तो वेद के अपने चाचा रिटायर्ड सूबेदार का नाम शामिल था।

वेद को जब ख़बर लगी कि शारदा बहनजी भी सरपंची की दावेदारी कर रही हैं तो वो आग बबूला हो उठा। ग़ुस्से में पानी से भरी बाल्टी वेड़े में दे मारी। वो जानता था गाँव में बहनजी का बड़ा आदर है। भीतर-ही-भीतर अपनी हार इस बार भी हो जाने की आशंका से तिलमिलाया हुआ वेद सीधा बहनजी के घर जाकर उन्हें खरी-खोटी सुनाने लगा कि वह अपने ही भाई के ख़िलाफ़ मोर्चाबन्दी कर रही हैं। ग़ुस्से में उसने यहाँ तक कह दिया कि अगर उन्होंने अपना नाम वापिस ना लिय तो वेद के घर से उनका मरन-जीन ख़त्म। पर शारदा बहनजी पर भी राजनीति का ऐसा नशा चढ़ चुका था कि उन्होंने भी वेद को सुनाने में कसर ना छोड़ी। उन्होंने आख़िर में यह तक कह डाला कि–

"जेड़ा बन्दा दुई जनानी ना क्हर बरबाद करै...ओ ग्रां ना सरपंच बनने ने लायक ई नीं आ।"

(जो व्यक्ति दूसरी औरत का घर बरबाद करे...वो गाँव का सरपंच बनने के लायक ही नहीं है) और फिर बात और बढ़ जाने पर शारदा बहनजी के हट्टे-कट्टे लड़के अपनी माँ के साथ आ खड़े हुए तो उन्होंने मामा को बाहर का रास्ता दिखा दिया। एक ओर अपनी ही बहन और दूसरी ओर अपना ही चाचा वह भी पढ़ा-लिखा फ़ौजी। इस स्थिति ने वेद के भीतर बौखलाहट पैदा कर दी। पर जब अगले ही दिन मेवाती समाज के मुखिया बाजखाँ ने वेद को अपने समाज की वोटों का आश्वासन दिया तो वेद को अपने सरपंच बनने का रास्ता साफ़ दिखलाई पड़ने लगा। कारण था मेवाती समाज को औरतों का राजनीति में आना पसन्द नहीं था इसलिए शारदा बहनजी के नाम का कोई अर्थ ना था और सूबेदार साहब ने कभी मेवाती समाज से मेल-जोल रखा न था। इन सबमें एक वेद ही था जो मेवातियों के रंग में रचा बसा था।

मतदान की तारीख़ नज़दीक आ लगी थी। गाँव का भावी सरपंच कौन होगा इस बात के समीकरण बैठाए जा रहे थे। घर-घर राजनीतिक चर्चाओं के अखाड़े लगे थे। उम्मीदवारों के घरों में चापलूसों और चाटूकारों की महफ़िलें सजने लगीं। उम्मीदवार भी कुछ कम ना थे। अपने वोटरों को लुभाने के लिए तरह-तरह के लुभावने हथकण्डे अपना रहे थे। इस बार मेवातियों का कोई उम्मीदवार ना खड़ा होने से राजनीतिक पार्टियों के नुमाइन्दे बाजखाँ के घर मेवाती वोटों को हथियाने के लिए चक्कर लगाने लगे।

अब शुरू हुआ प्रचार और प्रसार का घमासान। शारदा बहनजी को एक बड़ी पार्टी का समर्थन प्राप्त हो जाने से उनकी तस्वीरों से लबालब सजी चार-छह जीप और कई ट्रैक्टर गाँव-गाँव उनके नाम का प्रचार करते दौड़ने लगे। यह देख वेद ने भी सिक्खों के रिक्शे, तांगे, ट्रैक्टर और जीपें गाँव-गाँव दौड़ानी शुरू करवा दीं जो लाऊडस्पीकर पर वेद के नाम का डंका पीट रही थीं। बाकी के उम्मीदवार भी अपना-अपना प्रचार करने में पीछे ना थे।

पिछले चुनावों में मिली हार से इस बार भी कश्मीरियों ने कोई सबक नहीं लिया। अब तक हुए सभी चुनावों में कश्मीरियों का ध्यान जीतने से अधिक एक दूसरे को न जीतने देने पर अधिक रहा। इसी कारण आज तक पढ़े-लिखे होने के बावजूद सरपंच की पदवी इनके हाथ नहीं आई। इस बार भी स्थिति वहीं है।

सरपंच के चुनावों में मतदाताओं को लुभाने के लिए सबसे ज़्यादा कारगर यदि कुछ रहता है तो वह है खान-पान से वोटरों को अपने खेमे में बुलाना। उम्मीदवार इस तरीके को अपनाने में कभी पीछे नहीं रहते। मतदाताओं की इन दिनों पाँचों उँगलियाँ

घी में थीं। सूबेदार साहब ने मतदाताओं के लिए चाय नाश्ते की व्यवस्था कर डाली। शारदा बहनजी तो यूँ भी घर आये गये को बिना चाय पानी के जाने ना देतीं। वेद भी अपनी ओर से कोई कोर कसर ना छोड़ने वाला था। उसने किसी दिन शाकाहारी वोटरों के लिए माल पुए, सब्ज़ी पूरी, किसी दिन दाल-बाटी-चूरमा, तो किसी दिन दूध जलेबी और मेवातियों व मांसाहारी मतदाताओं के लिए मांसाहार का पूरा प्रबन्ध कर डाला। साथ ही नाच-गाने का भी पूरा इन्तज़ाम था। जिस प्रकार वेद के खेमे में लोगों की आवाजाही बढ़ रही थी उसे इस बार अपनी जीत में कोई शकशुबा न था।

वो कहते हैं ना कि इन्सान अपनी ओर से चाहे कितना जोड़-तोड़ कर ले पर विधाता के खेल कोई नहीं समझ सकता। वेद अभी तेज़ रफ़्तार से सरपंची की दावेदारी की ओर बढ़ ही रहा था कि मतदान से ठीक तीन दिन पहले गाँव में एक ऐसी घटना घट गई, जिसने सारे मंज़र को पलट कर रख दिया।

सरपंच के मतदान को अब बस एक ही सप्ताह बचा था। गाँव के उच्च वर्ग के महिला, पुरुष, बच्चे जहाँ माल उड़ा रहे थे, वहीं गाँव के ग़रीब बावरियों, सपेरों, गूजर, जोगियों के घरों के लोग भी पेट भर भोज का आनन्द ले रहे थे। साथ ही उनके घरों में मज़दूरी की अच्छी ख़ासी कमाई भी जा रही थी। इन ग़रीब पिछड़े कामगारों में गिरधर भी शामिल था। इन दिनों उसे पीने के लिए भी अधिक मशक्कत नहीं करनी पड़ रही थी और वेद भी उसके साथ मारपीट कर कोई जोखिम नहीं उठाना चाहता था।

उस शाम वेद के खेतों पर सपेरनों का नाच गाना चल रहा था। पूरा शामीयाना पुरुष मतदाताओं से भरा सपेरनों का नाच देख रहा था और नाच के साथ-साथ लोग तरह-तरह के पकवान उड़ा रहे थे। नशे में चूर गिरधर भी सपेरनों का नाच देख मदमस्त हो रहा था। नाच गाना देखते-देखते और फिर हलवाइयों के संग काम-काज निबटाने के बाद मुफ्त की दारू गटकने में आधी रात हो गई। नशे में धुत्त गिरता-पड़ता गिरधर घर लौटा तो बन्द दरवाज़े पर लातें मारता-मारता बाहर से चिल्लाया–

"जिन्दा है के मर गई...दरवाजो खोल....खो-खोल.....दरवाजो... " और फिर ज़ोर-ज़ोर से दरवाज़ा पीटने लगा। इस तरह धाड़-धाड़ दरवाज़ा पीटे जाने की आवाज़ से उठ खड़ी हो अनारो ने बत्ती जलाई तो देखा बत्ती गुल है। उसने बाहर जा रसोई में से दियासलाई ले डिबरी जलाई और तेज़-तेज़ क़दमों से चलती बाहर दौड़ी। इस बीच गिरधर अनारो को गालियाँ देते हुए दरवाज़ा पीटे जा रहा था। साँकल खोल गिरधर की हालत देखी तो अनारो भीतर की ओर मुड़ गई। जानती थी इन दिनों पेट भरने की कोई कमी नहीं है पर फिर भी रसोई में जा थाली में रोटी डाल गिरधर के आगे रख घड़े से लुटिया भर गिरधर के पास रखी ही थी कि तभी माँ के पास से उठ जाने पर नन्हे युवराज के रोने की आवाज़ सुन अनारो भीतर जा थपकी दे बच्चे को

सुलाने लगी। तभी बाहर गिरधर ने थाली को खाट से नीचे पटका और लड़खड़ाता हुआ भीतर आ अनारो के नज़दीक आकर उसकी बाँह अपनी ओर खींचते हुए बड़बड़ाने लगा–

"या हराम के जणे...या की बड़ी फिकर है तोय...पर ज़ा...जाकां संग बिया कै...अ आई है...वा...वाकी फि.. फिकर...न...ना है...द...दारी की...मोय कु... कुत्ता समझ राखां है तै तैणै...गिरधर...छो...छोरा को बाप बण गां है...झूठ...सब झूठ...नाय ब...बणो गिरधर छोरा कां बाप...स...साली राँड...मादर च...चो...अपणे यार...वा भ...भैणचो...बेद मा...मादरचो को छोरा ज...जण कै...मोय...या...हराम के...।" यह सुन बड़बड़ाते गिरधर को जैसे ही अनारो ने पीछे धकेला गिरधर और ज़ोर-ज़ोर से अनारो को अनाप-शनाप कहने लगा। गिरधर के चिल्लाने से बच्चा ज़ोर-ज़ोर से रोने लगा और पास ही सोई पड़ी सिया आँख मलती-मलती रोती-रोती उठ बैठी। बच्चों को रोते देख अनारो खाट से उठी और धकेल कर गिरधर को कमरे से बाहर कर भीतर से साँकल लगा डिबरी बुझा बच्चों को चिपटाकर लेट गई। जानती थी यह तो अब गिरधर का रोज़ का तमाशा है, कुछ देर चिल्लाकर खाट पर पसर खर्राटे भरने लगेगा। यह सोच अनारो बच्चों के पास पड़ गई।

पर उस रात ऐसा नहीं हुआ। कमरे से बाहर धकेले जाने पर गिरधर और ज़ोर-ज़ोर से अनारो को गालियाँ देने लगा। सारा दिन वेद के टुकड़ों और शराब की लालच में जो वेद से न कह पाता था वह सारा गुबार अनारो पर उतारते हुए गालियाँ बकता-बकता सीढ़ियाँ चढ़ घर की छत पर जा चिल्लाने लगा–

"सुण लौ सब...मे.....मेय्री लु...लुगाई...मे...मेय्री ना है...छो...छोरा...जणां है...द...दारी की नै...बेद कौ...वा मादर चो...बेद...अपणे...य...यार कौ छोरा जणां है...मेय्री लु...लुगाई नै...दारी...दारी की कू...छो...छोडूँगो नाय...मोय अपणे य... यार सूं पिटवायै...मादर...चो...नै...भि...भिकारी बणा...बणा दियां है मोय...वा बेद कू...मारूँगो...या...याकू बी...ना...नाय छो...छोड़ूँगो... " गिरधर हाथ-पाँव मार-मारकर चिल्ला-चिल्लाकर गालियाँ बकते-बकते बेकाबू होने लगा। नशा इतना था कि उसका शरीर उसके काबू में नहीं था। लड़खड़ाते-लड़खड़ाते तैश में आ हाथ पैर पटकता, गालियाँ देता गिरधर ज़ीने से नीचे उतर रहा था कि उतरते-उतरते उसका सन्तुलन बिगड़ा और लुड़कता-पड़ता गिरधर धप्प की आवाज़ से धरती पर आ पड़ा।

धप्प की आवाज़ अनमनी सो रही अनारो ने भी सुनी। पर उसे लगा छत पर पड़े पत्थरों में से कोई बड़ा पत्थर उठा गिरधर ने नीचे फेंका होगा। यह सोच वह बिस्तर पर ही पड़ी रही। पर फिर बाहर एकदम सब शान्त हो जाने से हैरान हो अनारो बिस्तर से उठ खड़ी हुई। डिबरी जला साँकल खोल बाहर आई तो बाहर का नज़ारा देख उसके पाँव वहीं जड़ हो गये।

गिरधर धरती पर चित्त पड़ा था। उसके सिर से ख़ून की धार बह रही थी। शरीर में कोई हलचल ना थी। कुछ देर तो अनारो जहाँ थी वहीं खड़ी रही। उसके दिमाग़ ने काम करना ही बन्द कर दिया। फिर कुछ पलों में ख़ुद को सँभाल बरामदे का दरवाज़ा खोल घर से बाहर दौड़कर कस्तूरी के घर आ उसका दरवाज़ा ताबड़-तोड़ बजाने लगी। ऐसे लगातार धड़-धड़ दरवाज़ा खटखटाये जाने से घबराये बौखलाये कस्तूरी के घरवाले बिरमू ने उबासी लेते और आखें मलते दरवाज़ा खोला तो सामने घबराहट और पसीने से तर-बतर काँप रही अनारो को देख बोला–

"कांई हो गयां भाबी..." "वा...वा...धरती पै पड़ां है...हिल-डुल कोणी रयो..." काँपती अनारो के होंठ फड़फड़ाये। यह सुन उबासी लेता बिरमू बोला–

"घणीं पी ली होयेगी भाबी...वाकां फालतू के सोर सूं म्हारी नींद हीं उड़ गी ही...बड़ी मुस्किल सूं सोणे की कोसिस कर रां हूँ...जा सो जा भाबी...कांई परेसान हो री है...सबेरै अपणे आप उठ जायेंगा..." उबासी लेता बिरमू यह कह दरवाज़ा भेड़ने को हुआ कि दरवाज़े पर हाथ मार एक ही साँस में चिल्लाती हुई अनारो बोली–

"कोठा सूं गिर गां है...कुछ बोल नाय रां...सिर सूं खूण निकल रां है...थे म्हारा संग चलो अभी..." कहते-कहते अनारो ज़ोर-ज़ोर से रोने लगी। अनारो के रोने की आवाज़ सुन भीतर से लूगड़ी सिर पर रखती रखती कस्तूरी भी उबासी भरती दरवाज़े पर आ गई और दोनों पति-पत्नी अनारो को धीरज बँधाते उसके घर की ओर दौड़ पड़े।

अनारो के घर आकर आगे बढ़ बिरमू ने गिरधर के पास बैठकर गिरधर को हिलाया-डुलाया पर गिरधर के शरीर में कोई हरकत नहीं हुई। गिरधर की छाती पर कान लगाकर बिरमू धड़कन सुनने लगा पर कहीं कोई आवाज़ ना थी। तभी कस्तूरी दौड़कर घड़े से पानी लेकर आई। बिरमू ने गिरधर के मुँह पर छींटे मारे पर कहीं कुछ असर नहीं। बरामदे की दीवार से चिपकी अनारो यह सब होते देख रही थी। भीतर से बच्चे के रोने की आवाज़ भी अब उसके कानों में नहीं पड़ रही थी, न ही पास सहमी खड़ी सिया की ही उसे कोई सुध थी। कुछ देर तलक सारी जाँच पड़ताल कर लेने के बाद बिरमू उठ खड़ा हुआ और अनारो के क़रीब आ उसकी ओर देखता हुआ बोला–

"भाबी...गिरधर तौ...रामजी कू प्यारा हो गयां...।" बिरमू के मुँह से यह सुनना था कि अनारो वहीं-की-वहीं धरती में धँस गई।

रात का तीसरा प्रहर हो चला था। गिरधर की मृत काया के सिरहाने मिट्टी का दीया जला कस्तूरी दौड़ी-दौड़ी बीरो के घर जा उसकी चौखट पर पहुँच दरवाज़ा पीटने लगी। भीतर गहरी नींद में सो रही बीरो की दरवाज़ा पीटने से आँख खुली तो उसने क़रीब ही बिछी खाट पर बेसुध सोये अपने घरवाले को हिलाया–

"देख तौ सही...कोण दरवाजा पीट रां है...।" ऐसे आधी रात हिलाये जाने से झुंझलाये हुए बीरो के घरवाले ने आँखें मलते-बड़बड़ाते हुए दरवाज़ा खोला तो सामने कस्तूरी को देख मुँह बिचकाते बोला–

"कांई होगां...कांई इतणी रात दरवज्जाये पीट री है...।" बीरो के घरवाले को सामने देख घूँघट से चेहरे को ढक कस्तूरी बोली, "गजब होगां...वा गिरधर...।" गिरधर का नाम सुनते ही झुंझला कर बीरो का घरवाला बोला–

"वाकां नाम मत लै मेय्रे सामणै...वाकां चिल्लम-चिल्ली नै नींद उड़ा कै धर दी म्हारी...छोड़ूँगो नाय साला कूं...अपणी लुगाई या पै सँभलै कोंणी...सारो दिण याकूं कुछ ना सूझै...रात कूं सोर मचा कै म्हारी नींद हराम कर दै स्सालो मादर चो..." "छत सूं गिर कै धरती पै आ पडां है...पिरान निकल गयां हैं वाकां।" कस्तूरी के मुँह इतना सुनना था कि बीरो के घरवाले का जम्हाई लेता मुँह वहीं रुक गया। इतनी देर में हँसी की माई भी जम्हाई लेती दरवाज़े पर आ पहुँची। लूगड़ी सिर पर सरकाती-सरकाती बोली–

"अरी कांई कै री है...मर गां गिरधर...? सांची...?" "सांची कै री हूँ भैण... अनारो के हराम के जणे छोरा को गम बरदास नाय कर सकां।" कस्तूरी के मुँह से इतना सब सुनकर बीरो का घरवाला भीतर से लोई उठा घर से निकल गया।

"चाल तू बी...खड़ी कांई है...।" बीरो को देख कस्तूरी बोली। कस्तूरी की बात सुन अनमनी हो जम्हाई लेती बीरो बोली–

"नाय भैण...अभी तौ नाय आऊँ...ल्हास दस-बारह बजै सूं पहलै तौ उठैगी नाय...अभी सूं वा राँड के धोरै बैठ कै कांई करूँगी...अपणौ यार खसम बणां कै जा लुगाई नै अपणां खसम मरवा दियां...ऐय्सी लुगाई कू मेय्रे धोरै इतणो फालतू टैम ना है...सबेरै घर कां चूल्हा-चौका निबटा कै आ जाऊँगी...या चला तौ गयां है वा राँड के घर...।" "सांची कैह री है भैण...मैं बी अपणे घर जाऊँ...अब तौ मैं बी सबेरै ही जाऊँगी वा हरामजादी के घर।" यह कह कस्तूरी अपने घर की ओर मुड़ गई और जम्हाई लेती बीरो भीतर जा खाट पर पड़ गई।

गिरधर की लाश बरामदे के बीचों-बीच पड़ी थी। रात में ही लगभग सारे बावरिया मोहल्ले में गिरधर की मौत की ख़बर लग गई थी। पता तो सत्या के घर में भी रात को ही सबको चल गया था। पर गिरधर कौन कलैक्टर था जो वो अपनी नींद ख़राब कर घर-घर जाकर यह ख़बर देती। सारा मामला पता चलने के बावजूद सब रात भर चैन से सोते रहे। दिन निकलते तक बावरिया मोहल्ले के पन्द्रह-बीस मर्द और कुछ एक बड़ी-बूढ़ी गिरधर की मृत देह के आस-पास आकर बैठ गये थे। गोद में बच्चे को लिए शून्य में ताकती अनारो पत्थर की मूरत बनी घूँघट मुँह पर डाले दीवार से सटी बैठी थी।

दिन पूरी तरह निकलते तक अनारो के घर में मजलिस लगने लगी। बावरिया मोहल्ले का लगभग सारा पुरुष वर्ग अब तलक लाश के क़रीब एकत्रित हो चुका था। महिला वर्ग अभी घर गृहस्थी के टण्टे निबटाने में लगा था। जल्दी भी क्या थी। वे जानती थीं कि उठाला तो दोपहर बाद ही होगा। घर की झाड़ू-बुहार, कुएँ से पानी भर लाना, चूल्हा-चौका यह सब निबटाकर चली जायेंगी तो कौन पहाड़ टूट पड़ेगा। समाज की बात है जाना तो पड़ेगा ही यह सोच सब जल्दी-जल्दी काम निबटा रही थीं कि बाहर से ताई हरचन्दी की कड़क आवाज़ आई–

"अरी सुनैरी...रामकली...बत्तो...असरफी...अरी बीरो...कस्तूरी...अरी ओ रामधणीं...अरी लाली की माई...अरी कांई कर रां हो...आओ न जल्दी...अरी आ जाओ सब जणीं...गिरधर की मट्टी उठणे को टैम हो रां है...अरी निकलो अपणा घरण सूं बाहर..." हरचन्दी ताई के बार-बार पुकारने पर एक-एक कर लुगाई अपने-अपने घर से निकल अनारो के घर जा बैठने लगी।

वह गिरधर जो कल तक किसी के लिए अहमियत नहीं रखता था, मरने के बाद अचानक आज सभी के लिए बहुत विशेष हो गया था। बेकार, आवारा, शराबी, गँवार, नशेड़ी गिरधर मरने के बाद आज सभी की सहानुभूति पाकर गाँव का एक अहम किरदार हो गया था। अब तलक कुएँ पर पानी भरने वालों के मुँह से गाँव भर में गिरधर के मरने की ख़बर घर-घर तक पहुँच गई थी और इस ख़बर से सिवाय बावरिया मोहल्ले के कहीं किसी तरह की कोई हलचल नहीं थी। सारी हलचल अभी तलक बावरिया मोहल्ले में ही मची हुई थी।

"अरी काल दिण मै तौ अच्छा भला घूमता-फिरता देखां गिरधर मैणै..." सुबकती हुई ताई किसनी लूगड़ी से आँख मलती बोली–

"अभी उमर ही कांई रही बेय्चारे की...चार बीसी बी पूरी नाय कर सकां...इतणी सी उमर लेकै आयां बेय्चारा..." "अरी मेय्रे छोरा सूं छह महीणा ही तौ बड़ा रहां..." लक्खो माई की बात सुन पास बैठी माई मुथरी उसकी ओर आँख दिखाती बोली–

" कांई झूठ बोल री है री लक्खो...तेय्रा छोरा मेय्रा कलुआ सूं पूरा चार महीणा छोटां है...अर मेय्रो कलुआ अर गिरधर एक ही महीणा के हैं...जा महीणा तोताराम को बिया हुआं...वाई महीणा मै तौ मेय्रे कलुआ हुआं...अर वाकां तीण दिणा बाद रामकली नै गिरधर जणां...।" मुथरी माई की बात में हामी मिलाती बीरबती मौसी सुबकती हुई बोली–

"अरी सांची कै री है मुथरी...जिनमाटमी के दिणां तौ हुआं गिरधर...जभी तौ रामकली नै वाकां नाम गिरधर धरां...वा बखत थोड़ी ना सोची होयगी रामकली नै के इतणी जल्दी राम जी कूं पियारां हो जायेंगा वाकां लाडेसर...।" यह कह बीरबती माउसी सुबक पड़ी।

"सदमो कोई कूं बी नाय छोड़ै भैण...मैणै सुणी सारी रात बेय्चारो गिरदर चिल्लातां रयां...छोरो मेय्रो नाय...छोरो मेय्रो नाय...याई गम खा गां बेय्चारा कूं...।" यह सुनते ही गिन्नो ने अपनी सास को कोहनी मारी।

"कांई कै री है माई...अनारो सुण लेगी...चुप्प लगा जा।" गिन्नो के चुप कराने पर उसे आँख दिखाती गिन्नो की सास और खुली आवाज़ में बोली–

"सुण लेगी तौ सुण लै...जा बात कू सारो गाम कै रां है...वा बात कूं कैहणे सूं मैं नाय डरूँ।" और यह कहने के बाद गिन्नो की सास अनारो को हिकारत से देखती हुई बोली–

"पोता-पोता की आस लगाती मेय्री भैण रामकली रामजी की होगी...अर अपणे हराम के छोरा को गम ले कै गिरधर चला गां...पर या राँड़ कूं देख...कैसी मूरत बणी बैठी है...अरी या कां कांई गयां...या कूं तौ खसम बी मिल गां...अर छोरा बी...।"

बरामदे में बैठी बूढ़ी और जवान सभी औरतें अनारो को अपनी आँखें घुमा-घुमा और चेहरे का जोगराफिया बिगाड़-बिगाड़ जो जी में आ रहा था कहे जा रही थीं। कल रात गिरधर की चिल्ला-चिल्लाकर कही गई बातों के बाद अब कुछ भी धीमी आवाज़ में कहने की ज़रूरत भी नहीं रही थी। आज तो समाज की औरतों को अपनी भड़ास निकालने का खुला अवसर मिल गया था। बीरो तो अनारो को 'हत्यारिन' कहते हुए यहाँ तक कह गई कि–

"बीबी...बखत की मार पड़ै तौ लुगाई दूसरो खसम बी कर लै...पर पराये मरद सूं बालक जण कै अपणों मरद मरवावै कोणी...या राँड़ नै बेद अपणा खसम बणां कै हराम कौ बालक बी जणां अर अपणां खसम कूं बी खा गी।" बीरो के यह कहते ही अनारो ने डबडबाई आँखों से एक नज़र बीरो पर डाली तो बीरो ने हिकारत से अपनी गरदन दूसरी ओर घुमा ली। तभी कस्तूरी भी बीरो के सुर-में-सुर मिलाती बोली–

"बेद कूं लूट-लूट कै दारी की नै अपणां घर भर राखां है ...गिरधर के मरणे को कोई दुख ना है इसै...झूठ के आँसू बहा कै हम सबकूं बावला बणां री है...।"

औरतों की पंचायत चल ही रही थी कि बाहर से मर्दों का समूह गिरधर का अन्तिम संस्कार कर कुल्ला कर आँगन में बिछी बिछौनियों पर आ बैठा। तभी औरतों में बैठी हरचन्दी ताई ने पास बैठी गिन्नो की सास को इशारा करते हुए कहा–

"चाल...राम जी री जैसी मरजी...हम सब कांई कर सकां हां...गिरधर की जैसी लिखी वैसो हो गयां...अपणो जो फरज है वाकूं पूरो करकै हम बी अपणां घर चलैं...वाकां बाद या कां जैसो जी करै वैसो करै...चाल खड़ी हो...।" हरचन्दी ताई के कहने पर गिन्नो की सास उठी और बरामदे की दीवार से चिपकी बैठी अनारो के नज़दीक आकर बोली–

"चाल बींदणी...अब या सिंगार तू नाय कर सकै...सुहागण नाय रई अब तू...रांड लुगाई बिन्दी-सुरखी नाय लगा सकै...या सुहाग को चूड़ा नाय पैर सकै तू अब..." और फिर लूगड़ी से नाक पोंछती और सुबकती हुई बोली–

"जब देखणे वाला ही ना रयां...तौ या सिंगार कौण कूं दिखायेगी...चाल...तेय्रो सिंगार उतारणे की रसम करणी है...चाल...खड़ी हो।" गिन्नो की सास ने पूरी बात कह दी पर अनारो जस-की-तस अपनी जगह बैठी रही। एक इंच अपनी जगह से नहीं हिली। गिन्नो की सास ज़रा ऊँची आवाज़ में फिर बोली–

"अरी उठ बींदणी...जाणूं हूँ बड़ो कैडो टैम होवै है या...समझू हूँ...लुगाई को सिंगार उतारणों कितणा मुस्किल होवै है...पर दुणियादारी की याई रीत है...चाल उठ..." अनारो अब भी मूरत बनी बैठी रही। वह अब भी नहीं उठी तो औरतों के बीच बैठी हरचन्दी ताई घुटनों पर हाथ रख कराहती हुई उठी और अनारो के पास जाकर उसकी बाह पकड़ उसे झंझोड़कर उठाती हुई बोली–

"ल्हास उठ गी है गिरधर की...रांड हो गी है तू...अब सुहागण कोणी रई तू... इतणी दुणियादारी की समझ तौ तुझै बी है...रांड लुगाई हाथण मैं या सुहाग को चूड़ो नाय पैर सकै...चाल उठ।" डबडबाई आँखों से अनारो ने चेहरा उठा हरचन्दी ताई को देखा और फिर एक नज़र वहाँ बैठी औरतों को। तभी कैलासो ने अनारो की गोद में सो रहे बालक को अपनी गोद में ले लिया। हरचन्दी ताई बेसुध अनारो को जबरन उठा औरतों के बीच में रखी पीढ़ी पर बिठा बीरो से बोली–

"अरी बीरो...चाल...याकां सिंगार उतार।" हरचन्दी ताई के कहते ही झट बीरो अपनी जगह से उठी और चौकी (पीढ़ी) पर बैठी अनारो के क़रीब बैठ जैसे ही उसकी कलाई हाथ में ले चूड़ा उतारने लगी, अनारो बीरो को पीछे धकेल उठ खड़ी हुई और वहाँ बैठी औरतों को देख आवेश में भरी चिल्लाती हुई बोली–

"रांड ना हूँ मैं...सुहागण हूँ...मेय्रे छोरा को बाप वेद अभी जिन्दा है...मैं अपणां सिंगार नाय उतारूँगी...।" और यह कहकर औरतों के बीच में से निकल अनारो अन्दर कमरे में जा भीतर से साँकल लगा बिलख-बिलखकर रोने लगी।

अनारो की कही बात से कुछ देर के लिए बाहर आँगन में सन्नाटा छा गया। बस भीतर से अनारो के रोने की आवाज़ें ही सुनाई पड़ रही थीं। बड़े अरसे का गुबार आज उसके इस रूदन से निकल रहा था। बाहर बैठे सब एक दूसरे को हैरान नज़रों से देख अनारो के अभी-अभी कहे शब्दों को मन में दोहराते सुट्ट पड़े हुए थे। कुछ ही देर पहले जो औरत-मर्द गिरधर की मौत पर झूठी-सच्ची सहानुभूति दिखा रहे थे अब अपनी ज़ुबान से अनारो के लिए घृणा उगलने लगे।

"अरी मैणै तौ पहलै ही कही...इसणै बेद खसम बणां लियां है।" "छोरा की सकल देखते ही मैं तौ समझ गई कि छोरा किसकां है...देखी...आज अपणां मुँह सूं कै ही दई अनारो नै।" "भाई...बड़ी हरामजादी लुगाई देखी हैं हमणै...पर ऐसी बदकार तौ भाया...मैणै बी अपणी उमर मै नाय देखी" "मेय्री इतणी उमर होगी... मेय्रे सूं पक्को घर नाय बणो...या दारी की कूं देखो...घर बार सब पक्का कर लियां।" "एक बेद ही ना है...वा मास्टर कू बी अपणो यार बणां रक्खां है रांड नै।" "बेय्चारो आदमी कांई करै जब लुगाई ऐय्सी छिनाल पीछै लग जाय...मास्टर किसनलाल के तौ वैसै बी आगै-पीछै कोई नाय।" "भैण...लुगाई अपणी चारदीवारी मै रहै तौ कोई की हिम्मत नाय पड़ै...पर या अनारो नै तौ हद कर दी भाई।" "बेय्चारो गिरधर या छिनाल के दुख मै दुणिया सूं ही बिदा हो गां...पर याकू कोई फरक नाय पडां... कलजुग है भैण कलजुग।"

दूसरी ओर मर्दों की टोली भी चुप न बैठी थी–

"भाया, भाबी तौ म्हारी समझ सूं बी ऊपर की निकली।" "भाई, भाबी की गलती ना है...गिरधर भैणचो हल्का पड़गां...दारी की कूं घुमा कै देतां काण के नीचै...सारी अकड़ निकल जाती।" पास उकड़ू बैठा खिल्लू हाथों में तम्बाकू मसलता हुआ बोला–

"गिरधर सूं नाय सँभल री तो मादरचो...मोसू कैह देतां...मैं सँभाल लेतो भाबी कूं...मोहल्ला की बात मोहल्ला मैं तौ रहती।" यह सुन खिल्लू की कनपटी पर थप्पड़ जड़ता महेन्दर बोला–

"भैणचो...अनारो जैसी लुगाई तेय्रे पै ना सँभलती...बाकूं तौ मेय्रे जैसो मरद ही सँभाल सकै है।" तभी टी.बी. के मरीज़ जैसे खाँसता हुआ लक्खीराम बाबा अपनी लाठी के सहारे उठता हुआ बोला–

"ईसी लुगाई म्हारा समाज मै रैहणे लाक ना है...जो समाज को भलो चाहो तो यासूं मेल-जोल खतम करो...भाई घणां कलजुग आ गां है।" बाबा लक्खीराम के उठते ही ताऊ खचेड़ू उठता-उठता वहाँ बैठे मर्दों को देख बोला–

" नागण के तौ दो ही फण, नारी के फण बीस, जाकां डँसा ना फिर जियै... मरैं है बिसवा बीस...भाई नागण के काटे को इलाज है...पर लुगाई जाकूं डस लै, वा नाय बचै।" और ताऊ खचेड़ू के यह कह उठकर बाहर की ओर चल पड़ने से और मर्द भी उठ-उठ कर बाहर निकलने लगे। मर्दों के उठते ही हरचन्दी ताई भी उठ खड़ी हुई और बोली–

"ऐय्सी लुगाई जिसै अपणे आदमी के मरणे को दुख ना है...जो अपणा घर, अपणा समाज की ना है...वाकां घर रुकणे को मेय्रो धरम कोणी...या चौखट सूं मेय्रो नाता तौ खतम।" यह कहते ही कानों को हाथ लगाती हरचन्दी ताई बाहर निकल गई और ताई के बाहर जाते ही अनारो को गाली-गलौज करती हुई सभी लुगाइयाँ अपने-अपने घर निकल गईं।

जिस दिन गिरधर का उठाला हुआ उस दिन मतदान के प्रचार-प्रसार का अन्तिम दिन था। पूरा चाँदघाटी गाँव सरपंच के चुनावों के प्रचार-प्रसार में जुटा हुआ था। दो ही दिन तो बचे थे अब मतदान में। घर-घर जाकर कार्यकर्ता अपने-अपने उम्मीदवार को जिताने का भरपूर प्रयत्न कर रहे थे। ठाकुरों के खेमे में सुबह होते ही चाय नाश्ते की तश्तरियाँ सजाई जा रही थीं। वेद भी पूरे जोशो-ख़रोश से मतदाताओं की आवभगत पर निगरानी रख रहा था। उसने हलवाइयों को हिदायत दे दी थी कि कोई भी उसके खेमे से बिना खाये न लौट जाये। वेद इस बार जीतने का कोई मौक़ा नहीं गँवाना चाहता था। गिरधर की मौत, अनारो की बदहवासी इस सब से जानकर भी वह अनजान बना बैठा था। इस बार वो चुनाव जीत कर ही रहेगा, बस यही बात उसके ज़हन में थी। एक-से-एक लुभावने पकवान, नाच-गाने वालियाँ उसने मुहैया करा रखी थीं। वह जिन्होंने अंग्रेज़ी शराब का नाम भर सुना था, वह भी वेद के खेमे में अंग्रेज़ी चढ़ा रहे थे।

गिरधर के छत से गिरकर मर जाने की ख़बर वेद तक रात में ही पहुँच गयी थी। पर यह समय किसी और पचड़े में ना पड़कर सिर्फ सरपंची जीतने का था और फिर गिरधर कहाँ का नवाब था जो उसके घर जाकर अफ़सोस की रस्म अदायगी ज़रूरी थी। फूँक आये होंगे बावरिया मोहल्ले के आठ-दस लोग जाकर और अनारो के पास तो चुनाव जीतने के बाद भी जाया जा सकता है, वह कौन भागी जा रही है। अपने समाज के साथ कुछ दिन गिरधर के नाम के आँसू बहाने की रीत निभाने में लगी होगी। यह सब सोच विचार कर वेद पूरे तन, मन, धन से चुनावों पर केन्द्रित हो गया था। लेकिन इन सब तैयारियों के बावजूद जब मतदान का नतीजा आया, उससे वेद के पाँवों तले की धरती खिसक गई। वह ना सिर्फ चुनाव हारा बल्कि उसके जीवन में जो उथल-पुथल मची इसकी उसने कल्पना भी ना की थी।

'चाँदघाटी' गाँव में नैतिक-अनैतिक सम्बन्ध कोई नयी बात न थी और दबे-छिपे इन सम्बन्धों की चर्चा भी आम बात थी। पर अनारो ने मतदान से पूर्व जिस क़दर चिल्ला-चिल्लाकर अपनी और वेद की प्रेम लीला को सरेआम उजागर कर दिया था और उससे भी बढ़कर वेद से पैदा हुए बच्चे की सच्चाई पूरे समाज के आगे खुद अपने मुँह बखानी, उससे न सिर्फ़ 'चाँदघाटी' बल्कि आसपास के गाँवों में भी वेद के अनैतिक सम्बन्ध और इस सम्बन्ध से जन्मे बच्चे की पैदाइश की बात ने वेद की छवि को रातोंरात मिट्टी में मिला दिया। घर, गली, कुएँ, चौबारे और अड्डे पर यही चर्चा आम हो गई कि अनारो के वेद से पैदा हुए छोरे के सदमे से दुखी हो गिरधर ने आत्म हत्या कर ली। इस बात को कइयों ने तोड़-मरोड़ कर भी कहा। किसी-किसी

ने तो अनारो को गिरधर को छत से धक्का देकर मार देने का इल्ज़ाम भी लगा दिया और किसी ने यह भी कहा कि रात में वेद को अनारो से मुँह काला करते गिरधर ने देख लिया था और फिर वेद गिरधर को छत से धक्का देकर वहाँ से निकल गया।

इस सब का नतीजा यह हुआ कि वेद के सिर पर जीत का सेहरा देखने वाले मेवाती समाज ने रातों रात अपना हाथ वेद की ओर से खींच ठाकुरों की ओर बढ़ा दिया। कश्मीरी समाज तो वैसे भी बेपैन्दी का लोटा रहा है। अनारो की बयानबाज़ी का बहाना ले फौरन कश्मीरियों ने भी वेद को गिरधर की मौत का कारण मान उससे मुँह मोड़ लिया। भीतर-ही-भीतर एक ही रात में वेद के खिलाफ़ माहौल बन ही रहा था कि एक और घटना घट गई। कश्मीरी समाज के आसपास के दायरे में आठ-दस गाँव बसे थे। इन्हीं गाँवों में अधिकतर शादी-ब्याह के सम्बन्ध जुड़े होने के कारण गाँव में घटित कोई भी अच्छी या बुरी घटना कुछ ही समय में एक गाँव से दूसरे गाँव पहुँच जाती है। इस बार भी ऐसा ही हुआ। अनारो की कही बातें पहले 'चाँदघाटी' और 'चाँदघाटी' से होते-होते आस-पड़ोस के गाँवों और फिर बिसारी गाँव तक भी पहुँच गईं जहाँ अभी कुछ ही महीने पहले वेद की बड़ी बेटी कुसुम का रिश्ता तय हुआ था। अगला दिन चढ़ते-न-चढ़ते बिसारी से वेद के होने वाले कुड़म और कुड़मनी (समधी और समधन) शगुन की सारी सौगात लौटाकर रिश्ता तोड़ गये यह कहकर कि–

"जेड़ी कुड़ी ना प्यो नजैज औलादां जमना फिरना...ओस घरैचूं असां अपने मुण्डे न व्या न करने।"

(जिस लड़की का बाप नाजायज़ औलादें पैदा करता फिरता है...उस घर से हम अपने लड़के का रिश्ता नहीं करेंगे)।

किरना जो अब तक वेद की तमाम बुरी और नाजायज़ हरकतों को बर्दाश्त करती आई थी, बेटी का रिश्ता टूट जाने से चंडी बन गई। बेटी का रिश्ता टूट जाने से वेद भी सदमे में आ गया क्योंकि एक बार जुड़ चुका रिश्ता टूट जाना कश्मीरी समाज में बड़ा ही अपमान जनक समझा जाता रहा है। दूसरा आघात वेद को अगले दिन लगा जब मतदान की शाम वोटों की गिनती हुई। कुल मिलाकर दस वोट भी वेद के खाते में ना पड़े थे और यह सब हुआ था अनारो की बयानबाज़ी के कारण। वेद के सरपंच बनने के अरमानों पर पूरी तरह पानी फिर गया था, जिसका कारण थी अनारो...सिर्फ अनारो।

मतदान से पहले तक सब कुछ भीतर-ही-भीतर चल रहा था। किसी की हिम्मत ना थी कि सामने से कोई कुछ कह जाये। गिरधर जो कहता फिरता था उसका कहीं

कोई असर नहीं था। पर अनारो ने वेद और अपने रिश्ते की सारी सच्चाई ख़ुद अपने मुँह से कहकर वेद की इज्जत सरेआम उछाल दी थी। इसी कारण गाँव वालों ने वेद को अपना मत न देकर अपनी मंशा साफ़ ज़ाहिर कर दी कि–

"जिसका सामाजिक आचरण सही ना हो वह सरपंच बनने के लायक नहीं है।"

वेद के खेमे से माल पुऐ उड़ा कर अड्डे पर महफ़िल जमाकर गिरधर की मौत पर तफसरें कर रहे गुट में से गोविन्द यह कहकर उठ गया कि–

"बई जियै जेया प्यो ऊए जेया पुत्तर।"

(भाई जैसा बाप वैसा बेटा)।

17

सरपंची के चुनाव में मिली हार से वेद तिलमिला उठा। अभी अपनी हार ही उसे बर्दाश्त नहीं हो पा रही थी कि उसके अनारो से नाजायज़ बच्चा पैदा करने और बेटी का रिश्ता इसी वजह से टूट जाने पर किरना ने तीनों ननदों, ननदोइयों, अपने भाई-भाभियों और ससुराल के चाचा-चाचियों को घर बुला लिया। इस बार तो चारों बच्चे भी मुक़ाबले पर थे। सब-के-सब किरना के साथ थे और वेद कटघरे में था। सबने अपने-अपने तरीके से वेद को घेरा और चारों खाने उसे चित्त कर दिया। वह वेद, जिसने अब तक किसी की ऊँची आवाज़ नहीं सुनी थी, आज अपनी सफाई में उसके मुँह से एक शब्द ना निकल पा रहा था। इसी बौखलाहट में ग़ुस्से से तमतमाया हुआ वेद घर से निकल तेज़ क़दम चलता हुआ सीधा अनारो के घर जा पहुँचा।

अनारो का आँगन सुनसान पड़ा था। सिया भीतर नन्हे युवराज को सँभाल उसके साथ खेल रही थी। गिरधर के उठाले के रोज़ उसके मुँह से जो निकला था उसे सुन उसके अपने समाज ने पूरी तरह उससे दूरी बना ली थी। उठाले के दिन के बाद से मोहल्ले का कोई इन्सान उसके घर झाँका नहीं था। अपने जीवन में आये इस तूफ़ान से डरी-सहमी अनारो धरती में आँखें गड़ाये बैठी थी कि अचानक धड़ाक की आवाज़ से दरवाज़ा खुला तो घबराहट के साथ अनारो की निगाह दरवाज़े की ओर गईं। वेद को अपनी चौखट पर खड़ा देख अनारो फुर्ती से अपनी जगह उठ खड़ी हुई। वेद को देख उसे ऐसा लगा मानो उसकी मृत देह में जान आ गई हो।

डबडबाई आँखों से वेद की ओर देखती हुई अनारो दौड़ कर उससे लिपटी ही थी कि वेद ने एक झटके से उसे पीछे धकेल दिया। वेद की आँखों में ख़ून उतर आया था। वह हिकारत से अनारो को देखने लगा। मुट्ठियाँ मारे ग़ुस्से के कसी जा रही थीं। नथुने फड़फड़ा रहे थे। ग़ुस्से में गुर्राता हुआ वेद बोला-

"मिल गई तोय ठण्डक...? मिल गई सान्ती...? कर दियो मेरो सत्यानास...? सांची कही है...लुगाई पाँव की जूती बणाणे की ही चीज है, वाकू सिर पै ना बिठाणो

चइयै...तेरे जैसी छत्तीस लुगाई घूमैं मेरे आगै-पीछै...पर मैणै भैणचो गलती कर दी... पाँव की जूती सिर पै धर ली...और लुगाइन के जैसै अपनी जरूरत पूरी कर कुछ रुपैया तेरे मुँह पै मार कै तोय छोड़ देतां तौ आज मोय या दिण ना देखणा पड़तां।" वेद के धकेले जाने से लड़खड़ाकर सँभलती अनारो हैरान निगाहों से अंगारे बरसाते वेद को सुनती रही। पर जब वेद ने 'रुपैया मुँह पर देकर मारने' की बात कही तो अनारो की आँखों में भी आग उतर आई। ज़ख्मी तो वह पहले से ही थी। वेद के शब्दों ने उसके ज़ख्मों को और कुरेद डाला। रोश में आकर अनारो बोली–

"थारा रुपैया की भूखी ना रई अनारो...कदी कुछ माँगो ना है थारां सूं...ना कदी थारा पीछै गई...थे म्हारा पीछे आया हो...आज भी थे ही म्हारी चौखट पै खड़ा हो... सौ बार 'मेरी लुगाई है तू' अपणी लुगाई कह कै बावलो करां है मेरे कूं...ईसा कांई कर दिया मैणै जो म्हारी छोरी के बाप की मौत की खबर जाणने के बाद बी...मेरे दुख मै दुखी ना होकै मेरे पै इल्जाम लगा रां हो...ईसो कांई कर दियां मैणै...?" कहती-कहती अनारो चिल्लाने लगी। अनारो की चिल्लाहट के ऊपर चिल्लाता हुआ वेद गरजा–

"मैं सरपंच को चुनाव हार गां हूँ...मेरी बेटी को रिस्ता टूट गां..." "तौ इसमै मैणै कांई कर दिया...?" अनारो भी उतनी ही ज़ोर से चिल्लायी। बाहर के शोर से घबराकर सिया कमरे की चौखट पर आ सहम कर खड़ी हो गई। अनारो रोती-रोती चिल्लाई–

"कांई कर दियां मैणै?" "तैणै सारी दुणिया मै मेरो नाम बदनाम कर दियां के तेरे छोरा को बाप मैं हूँ.. तू मेरी लुगाई है।" यह सुनना था कि अनारो एक टक हैरान हो वेद की आँखों-में-आँखें डाल देखती रही, मानो पूछ रही हो कि इसमें क्या गलत कह दिया मैंने? अनारो की ताकती निगाहों और उसकी ख़ामोशी का अर्थ समझ वेद अनमना हो गया। फौरन ही अपने अनमनेपन को समेट चिल्लाया–

"सारी दुणिया के आगे गाणे की कांई जरूरत ही?"

अब अनारो साफ़-साफ़ समझ गई कि वेद इतना आग बबूला क्यों हो रहा है। अपने सब्र को क़ाबू में करती सिसकती हुई अनारो बोली–

"मौत हुई है म्हारा घर मै...मेरी छोरी को बाप मरां है...भलै ही मेरे मण मै वाकी जगह वा ना रही जो ब्याह कै इस घर मै आणे के टैम रही...पर म्हारा घर सूं जीव तौ गयां है...रही बात म्हारा छोरा की...तौ हराम की औलाद ना है मेरो युवराज... थारी अर मेरी औलाद है..." कहते-कहते अनारो सिसकने लगी और फिर सिसकते हुए बोली–

"काण पक गये म्हारे मोहल्ला, समाज सूं म्हारा छोरा कूं हरामी-हरामी सुणते... थारा कश्मीरी लोगण नै छोरी के बाप के काण भर-भर कै म्हाणे 'हरामी की माँ'

कहलवा कै म्हारा जी कूं कितणां छलनी करां है वाकां दरद मैणै झेला है...आपणै सुहाग के गहणा-कपड़ा दे दे कै अपणे मुँह सूं अपणी लुगाई कैह-कैह कै मेरे मण मै अपणी जगह बणाई...अपणे नाम को सिंगार लाकै मेरे कूं दियां...जब इसी थारे दिये सिंगार कू उतारणे की रसम होण लगी...तौ मेरे काण मै याई सुणाई देण लगां कै 'अनारो तू राँड़ होगी है...अनारो नै हराम को छोरा जणां है...अनारो छिनाल है...' बस, फेर मेरे मुँह सूं कांई निकला मुझै नाय पतो... पैहलै सूं सोच कै नाय रक्खो के छोरी को बाप मरैंगा तौ मैं ईसो भाषण दूँगी..." कहते-कहते अनारो ज़ोर-ज़ोर से रो पड़ी। अनारो रोती रही पर वेद की झल्लाहट में कोई कमी नहीं आई। वेद पहले से भी ज़्यादा झुँझलाहट और ग़ुस्से में तमतमाया हुआ बोला–

"कांई छोरा...छोरा...छोरा...लगा रक्खी है...छोरा पैदा करणे की भरपाई कर तौ दी मैणै...पूरे एक खेत के कागज तेरे हाथ मै दे कै तौ गयो...अब का अपणो परिवार बली चढ़ाऊँगो तेरे छोरा पै...जीती-जिताई मेरी सरपंची हाथ सूं निकल गी..." वेद हिकारत से अनारो को देखता गरजा तो अनारो भी चुप ना रही–

"थे सरपंच ना बण सकां...थारी छोरी को रिस्ता टूट गां...बस...इतणी सी बात...? इतणी बात सूं थारां दिमाग फिर गां...? और जौ मैणै सुणां है...वा थारी नजर मै कोई बड़ी बात ना है..."?" तू अपणी बराबरी मेरे सूं कर री है...? तुझै पतो बी है सरपंची कैहवैं किसै हैं ...? चार गाँव को सरपंच बणणे को कांई मतलब है...? समाज मै इज्जत को कांई मतलब है...? तू है कौण...एक बावरनी...?" और फिर चुटकी बजाते हुए वेद अनारो के नज़दीक आ नथुने फुलाता बोला–

"तेरे जैसी मेरी एक चुटकी पै हजार आ जायेंगी...आती रई हैं...पर तैणै मोय बरबाद कर दिया...अब काण खोल कै सुण लै...आज सूं बाद तेरी सूरत नाय दीखणी चईयै मुझे।" यह कह हिकारत से मुँह फेर बरामदे से वेद बाहर जाने को मुड़ा ही था कि पीछे से अनारो ने आवाज़ लगाई–

"रुको...अभी बात पूरी नाय हुई।" अनारो की आवाज़ में ऐसा ठहराव था कि वेद के बाहर जाते क़दम रुक गये। वेद ने अनारो की ओर गरदन घुमाई ही थी कि अनारो वेद की ओर से नज़रें घुमा भीतर की ओर तेज़ क़दमों से बढ़ गई। भीतर जा नाड़े से बंधी चाबी लगा सन्दूक का ताला खोला और कपड़े की एक पोटली उठा तेज़ रफ़्तार से चलती बाहर वेद के सामने आ खड़ी हुई। एक नज़र वेद को देखा और फिर फुर्ती से हाथ चला पोटली की गाँठ खोल काग़ज़ों का एक पुलिंदा निकाल वेद की ओर बढ़ाती बोली

"याई वा कागज को पुलिन्दा है न...जिसै अभी-अभी आपणै म्हारा छोरा के होणे की भरपाई कही...?" और फिर वेद की आँखों में देखते-देखते अनारो उन काग़ज़ों के टुकड़े-टुकड़े करती बोली–

"अनारो को छोरा किसी भरपाई को मोहताज ना है... चार शब्द बोल कै आपणै तो म्हारा सूं सम्बन्ध तोड़ दियां... पर अनारो सच्चाई पै जी है... आगे भी सच्चाई सूं ही जियैगी... थारा सूं प्रेम करो है... अर प्रेम की भरपाई प्रेम सूं ही होवै है.... अनारो मेहनत करणो भूली ना है... थे म्हारा छोरा को बाप हो... या रिश्ता सूं मैं सुहागण हूं... मरते दम तलक थारा नाम की सुहागण ही रहूँगी... पर आज के बाद म्हारे घर को दरवज्जा बी थारे लिए नाय खुलैंगा।" एक-एक शब्द वेद की आँखों में आँखें डालकर कह अनारो वेद की ओर से पलटी और तेज़ क़दम भरती भीतर कमरे में चली गई।

अनारो के कहे शब्दों के वेग से सकपकाया वेद कुछ पल जहाँ खड़ा था वहाँ से हिल ना पाया। उसने अनारो के इस रूप की कल्पना ना की थी। उसे लगा था अनारो उसके आगे रोयेगी, चिल्लायेगी, उसके आगे गिड़गिड़ायेगी, पर अनारो ने तो ऐसा कुछ भी नहीं किया। और फिर कुछ पल वहाँ खड़े रहकर वेद मुड़ा और बाहर निकल गया।

वेद के वहाँ से जाते ही अन्दर कमरे में जा अनारो कटे पेड़ सी बिस्तर पर जा गिरी। गिरधर की मौत से मन के भीतर बहुत कुछ टूटा था, पर वेद के जीवन से निकल जाने से मानो शरीर से प्राण ही निकल गये। जिस्म से जैसे सारा ख़ून निचुड़ गया हो। अपने भीतर की खुद्दारी, अपने स्वाभिवान के प्रभाव में अनारो ने वेद के एक-एक लांछन का जवाब देकर उसे अपने जीवन से निकाल तो दिया, पर अब... अब आगे का जीवन कैसे चलेगा? बड़ी होती सिया, युवराज और वह ख़ुद। सवाल सिर्फ पेट भरने का ही नहीं है। सवाल है वर्षों से ख़ून में रच बस चुकी पिछड़ी और आपराधिक कहे जाने वाली जाति के ठप्पे से बाहर निकल मुख्य धारा में पहुँचने का। वेद के रहते जो उड़ान वह भरने लगी थी, अब उसका क्या होगा? वेद ने उसे अपने सपने सच करने में उसका साथ देने की बात कही थी। पर अब? वेद की हिकारत से कही एक-एक बात अनारो के कानों में गूँजने लगी। उन शब्दों की कड़ुवाहट को याद कर अनारो की आँखें बरसने लगीं। अभी तो एक और तूफ़ान से गुज़रना होगा। गली-मोहल्ले की जिस्म चीर देने वाली बातों से। वेद के रहते लोगों के कहने-सुनने की परवाह ना होती थी। वेद का प्रेम उसकी ताक़त, उसकी ढाल था। अनारो महसूस करने लगी कि कैसे इन दो दिनों में शून्य पर आ गई उसकी ज़िन्दगी।

मृत देह सी खाट पर पड़ी अनारो एक टक छत की ओर ताक रही थी कि ना जाने कब से माँ की ओर देख रही गोद में युवराज को लिए सहमी खड़ी सिया ने आवाज़ लगाई 'माई'। सिया की आवाज़ सुन अनारो मानो किसी बुरे स्वप्न से जागी हो। अनारो ने गरदन घुमा कर देखा तो सिया के संग-संग युवराज भी टुकर-टुकर माँ की ओर देख रहा था। सिया के रूँआसे चेहरे पर नज़र पड़ते ही झट अपने आँसू

पोंछ एक झटके से अनारो उठ बैठी और दोनों बच्चों को छाती से लगा ख़ूब लाड़ किया। बच्चों को सीने से लगा ऐसा लगा जैसे महीनों बाद बिछुड़े बच्चों से मिली हो। बच्चों को सीने से लगाते ही अनारो ने महसूस किया जैसे उसकी मृत देह में जान आ गई हो। गोद में कुलबुलाते युवराज और सीने से चिपकी सिया के चेहरे पर माँ से लिपट आई मुस्कान ने अनारो को आगे का जींवन जीने की नयी ऊर्जा दे दी। अनारो ने दोनों बच्चों के चेहरे देख तय कर लिया कि अब उसे इन मुस्कराहटों को बनाए रखने के लिए संघर्ष करना है। यह मुस्कुराहट ही अब उसके जीने की वजह है।

वेद अनारो पर अपनी बदनामी और हार का सारा ठीकरा फोड़ उस दिन जो उसके घर से निकला, तो फिर मुड़कर नहीं गया। घर गया तो सारे रिश्तेदारों के सामने किरना ने उसे चारों ओर से घेरा। सभी ने किरना का साथ भी दिया। बच्चों के साथ से इस बार किरना का पलड़ा इतना भारी था कि अब उसे किसी के सहारे की ज़रूरत थी नहीं। वेद भी अब उम्र के उस पड़ाव पर था कि अपने बच्चों की नज़रों में और गिर नहीं सकता था। कुसुम का रिश्ता टूटने से बदनामी तो सारे कुनबे की हुई थी। और अब शान्ति देवी का ज़माना भी ना था कि एक व्यक्ति के अड़ियल रवैये के आगे सब कुछ दरकिनार कर दिया जाये। न वह पहले सी पंचायत और पंच ही रहे। घर की पंचायत में बच्चों का हाथ थाम किरना ने जो वेद को कटघरे में उतारा और माँ का साथ देते हुए बेटे और बेटियों ने पिता पर आरोपों की झड़ी लगाई तो वेद निगाहें ऊपर ना उठा सका। उसने सब बहनों, बहनोइयों और कुनबे के सामने किरना और बच्चों से माफ़ी माँगी और अनारो के घर कभी नहीं जाने की बात कह घर का मामला घर में ही रहने की अपील की और एक बार फिर किरना ने सीने पर पत्थर रख घर की इज्जत और अपनी गृहस्थी बचा ली।

कुछ हफ़्ते, दिन, महीने बीते और धीरे-धीरे वेद के घर का माहौल सामान्य दिशा की ओर बढ़ने लगा। वेद की झुकी हुई गर्दन फिर ऊँची होने लगी। सीना फिर चौड़ाने लगा और मूँछों पर ताव देता वेद घर और बाहर का काम सँभालने लगा। किरना भी बाहर से सामान्य दिखने लगी पर मन में लगी गाँठ अभी भी ज्यों-की-त्यों थी। क्योंकि इस बार वेद ने अनारो के संग जो बीज बो दिया था वो दिन-दिन बड़ा होकर नासूर की तरह चुभन देता रहेगा यह बात किरना को चैन नहीं लेने दे रही थी।

'चाँदघाटी' की पुरानी चलती आ रही रवायत और लोगों के रवैये के कारण जल्दी ही वेद ने अपनी खोई साख फिर से पा ली। वेद के खेतों पर जल्दी ही महफिलें फिर आबाद होने लगीं। अड्डे पर बैठने वालों को मसखरी के नये विषय मिल गये। इन विषयों में एक विषय यह भी था कि 'हुन अनारो कै करसी?' (अब अनारो क्या करेगी?)' मस्खरे ही नहीं ख़ुद अनारो भी इसी चिन्ता में घुल रही थी कि ' अब मैं कांई

करूँगी?' गिरधर की मौत के बाद तेरह दिन तक अनारो घर से बाहर ना निकली। न ही कोई गली मोहल्ले वाला ही उसके घर फटका।

वेद के जीवन से निकलते ही अनारो के जीवन की दिशा बदल गई। जैसे-तैसे गिरधर की तेरहवीं निबटा सिया को स्कूल भेज युवराज को सीने से चिपकाये कई तरह की चिन्ताओं में घिरी बैठी थी अनारो। कई ख़याल दिमाग़ में आ जा रहे थे। खेती बाड़ी है नहीं...कटाई का समय भी नहीं है...और अब कटाई पर रखेगा भी कौन...गली मोहल्ले वालों ने बच्चों को भी पढ़ने आने से रोक दिया है...कश्मीरी घर भी उससे अब काम नहीं करायेंगे। इन सब बातों ने अनारो के माथे पर पसीना ला दिया। अनारो सोच-विचार में घिरी बैठी थी कि बाहर से दरवाज़ा खटखटाने की आवाज़ आई। युवराज को बिछौनी पर लिटा अनारो ने दरवाज़ा खोला तो सामने कश्मीरी मोहल्ले का बिन्नी खड़ा था। इधर-उधर नज़रें घुमाता बिन्नी अनारो को ऊपर से नीचे तक देख खिस्यानी हँसी बिखेरता बोला–

"बड़ी हिम्मत वाली है तू...देख कै लाग ही ना रो है के गिरधर मर गां है...।" विनोद आगे कुछ बोलता इससे पहले ही अनारो बोल पड़ी 'कांई काम है?" अनारो के सीधे सवाल से बिन्नी की हँसी रुक गई और वो नज़रें अन्दर बाहर नचाता बोला–

"भीतर चलकै बात करैं?" " नाय ...य्हई कह दो कांई काम है... " बिन्नी भी झट बोल पड़ा–

"देख...घुमा-फिरा कै ना कहूं...हमै पतो है वेद अब तेरे धोरे आणे वाला ना है...जो तू राजी हो...तौ हम चार पाँच दोस्त तेरो खर्चा उठा लेंगा...बस...हम तेरे घर...।" बिन्नी की बात पूरी भी ना हुई थी कि बिन्नी की बातों का अर्थ समझ अनारो भड़कती हुई बोली–

"अनपढ़ गँवार ना हूँ मैं...हाथ पाँव सही सलामत हैं मेरे....खबरदार जो मेरे घर की तरफ देखणे की कोशिश बी करी तौ...।" यह कह अनारो ने दरवाज़ा बन्द कर भीतर से साँकल चढ़ा दी। बिन्नी की बात से अनारो के चेहरे पर ख़ून उतर आया और उसकी साँसें चलने लगीं।

गिरधर की मौत के बाद से अनारो कुएँ पर से पानी देर रात ही भर लाती। शौच भी तब जाती जब सब सो रहे होते। पर ऐसा कब तक चलता। दो पैसे कमाने के लिए उसे घर से निकलना तो होगा ही। यह तो तय है कि 'चाँदघाटी' में तो अब उसे कोई काम देगा नहीं। यही सोच सिया को स्कूल भेज नहा-धोकर साफ़ धुली घाघरा चोली के ऊपर चाँदी सी चमचम करती टीकड़ियों वाली ओढ़नी ओढ़ दीवार पर लटक रहे आईने में देख अनारो ने बाल काढ़े। लम्बे सियाह काले बालों की लम्बी चुटिया करते-करते एक नज़र युवराज पर डाली। गहरी नींद में सो रहा

युवराज सचमुच किसी रियासत का युवराज ही लग रहा था। चुटिया बना आले में रखी सिंदूर की डिबिया उठा माँग में सिन्दूर भर माथे पर बिन्दिया लगा आईने में चेहरा देखा तो पूरे शरीर में एक कँपकँपी सी उठी और आँखों की झील में से कुछ बूँदें छलक कर धरती पर आ गिरीं। आखें चूंदड़ी से पोंछ फिर ओढ़नी सिर पर सरका सोते युवराज को गोद में उठा घर के बाहर आ दरवाज़े पर ताला लगा अनारो बावरिया मोहल्ले से गुज़र रही थी कि हरचन्दी ताई के घर से आती आवाज़ें उसके कानों में पड़ीं। दूर से पास आती अनारो को देख अपने घर की कच्ची मुँडेर से झाँकती ताई बोली–

"अरी देख तौ रांड कूं...खसम मर गां है...यार नै छौड़ दी...पर दारी को सिंगार कोणी छूटो...जाणै अब कौण नयो खसम बणां लियां है दारी नै...जिसकूं दिखाणै जा री है अपणा साज सिंगार...देख, रांड की आँख मै सरम को नाम कोणी..." हरचन्दी ताई की बात सुन उसकी छोटी बहू ने मुँह बिचकाते हुए धड़ाक से भीतर से किवाड़ बन्द कर लिए। मुँह पर घूँघट सरकाती अभी अनारो पूरी तरह अपने मोहल्ले से बाहर निकली भी नहीं थी कि छंगाराम के घर के बाहर विशाल गूलर के पेड़ के नीचे चौड़े-चौड़े पत्थरों पर बैठे गिरधर की मण्डली के नशेड़ी मुँह में चुर्री (तम्बाकू) दबाये एक-दूसरे को इशारा करते आँखें नचाते आपस में फुसफुसाने लगे। अनारो को सुनाते ऊँची आवाज़ में छंगा करतार को अनारो की ओर इशारा करते बोला–*"यार करतार, मोय भाबी पै बड़ो तरस आ रां है.. अपणां यार छोड़ कै चला गां भाबी कूं...अब तौ बेद बी नाय पूछै...कैसै कटैगी भाबी की जिनगी यार... मोकू बड़ी फिकर है..."* *तभी हथेली पर तम्बाकू रगड़ रहे मटरू ने बिरमू की पीठ पर हाथ मारते हुए आँख मटकाई और हकलाती ज़बान से बोला–*

"फिक...फिकर क...कांई कर रां है...छ...छंगा भा...भा...भाबी कूं...मैं... सम्...सँभाल लूंगो...भ...भा ई...गिरधर की जि ...जिम्मेदारी म...मैं निभाऊँगो... इकली ना छ...छोड़ूँ भाबी कूँ।" इसी बीच अनारो नशैड़ियों के आगे से गुज़री तो अनारो के साथ-साथ सभी की गरदन भी अनारो की ओर घूमती चली गई। अनारो मसखरों को घूरती हुई आगे बढ़ रही थी कि नशेड़ियों के झुण्ड में से लाला हथेली पर तम्बाकू मसलता अनारो के पीछे-पीछे चलते हुए आगे बढ़ कर अनारो के चेहरे का मुआइना करता ललचाई ज़ुबान से बोला–

"तू इन सबकी फिकर मत कर...इनै मैं देख लूँगो...तेय्रो खयाल अब मैं राखूंगो...इतणा पयार करूँगो तोय के वा भैणचो...हरामी कस्मीरी बेद कूं तू ना भूल जाय तौ अपणी मूँछ मुण्डवा लूँगो।" कहते-कहते लाला अनारो का हाथ पकड़ने ही वाला था कि अनारो ने अपना घूँघट ऊपर सरका दिया और उसे घूर कर देखा।

अनारो की आँखों में उतर आया लहू देख लाला वहीं-का-वहीं रुक गया और वहाँ बैठे नशेड़ी सुट्ट पड़ गये। घूँघट उठाते ही घायल शेरनी सी अनारो चिंघाड़ी–

"तुम सब की नजर मै गिरधर आज मरां है... पर मेरी खातिर तौ कई बरस पहलै ही मरगां हा... रही बात वेद बणां की... तौ वेद बणां नै मुझै अपणे जीवण सूं निकालां है... मैणै वेद बणा कू अपणे जीवण सूं नाय निकालां... मेरे जीवण मै वेद बणां है... अर हमेशा रहैंगा... तुम अपणी-अपणी लुगाइन की फिकर करो... जाणे किसकी कोठरी मै पड़ी मिलैंगी... कोशिश करकै बी मेरी बराबरी तौ कर कोणी सकीं... अर थारां मै ऐसी कोई खासियत है ना जो थारां मै ही उणका जी लगै... आगै सूं मेरे रास्तां मै आणे की कोशिश ना करणा... तुम सब कू जेल पोंचाणे मै म्हाणे देर कोणी लगेगी।" और फिर हिकारत से उनकी ओर देखती अनारो पलटकर छम-छम पाँव पटकती आगे बढ़ गई और गिरधर की मण्डली बिना पलक झपके पग-पग बढ़ती चली जा रही अनारो को देखती रह गई। लाला का तो थूक भी गले में अटक गया।

आज जो अनारो ने घूँघट उठाया तो फिर कभी चेहरे पर ना सरकाया। बावरिया मोहल्ले से निकल तीरथराम कश्मीरी की किरयाने की दुकान के आगे से चलती अनारो रेतीले दगड़े (गाँव का मुख्य रास्ता) से होकर अड्डे की ओर बढ़ने लगी। आषाढ़ मास ख़तम होने को था। दगड़े की रेत की गर्माहट जूती के तलों को भी जला रही थी। अड्डे से गाँव तक का रास्ता दोनों ओर लम्बे-लम्बे सरकण्डों के बीच रेत से भरा पड़ा था। चलो तो पाँव रेत में धँसे। फागुन के बाद से ही धूलभरी आंधियों के साथ यह रेत घरों के भीतर तक जा पहुँचती है।

अनारो अभी कश्मीरी मोहल्ले से होती अड्डे की ओर बढ़ ही रही थी कि सिर पर तीन-तीन घड़े और हाथ में नेजू बाल्टी उठाये सिर से पाँव तक चांदी के गहनों से लदी-फदी छम-छम की आवाज़ करती मेवाती औरतें अनारो की ओर चली आ रही थीं। अनारो को बिना घूँघट तेज़ चाल चलते देख मेवातिनें वहीं-की-वहीं खड़ी हो गईं और जैसे ही अनारो उनकी अनदेखी कर उनके आगे से गुज़री तो मेवातिनें एक दूसरी को देख हैरान नज़रों से अनारो को देखने लगीं। बशीरन अनारो की ओर देख बोली–

"अपणां आदमी मरतै ही सरम-लिहाज ताक पै रख दियां है रंडका नै... अल्लाह... ऐसी औरत हमनै नाय देखी...।" बशीरन ने हमीदा की ओर देखा तो हमीदा मुँह तरेरते अनारो की ओर देख बोली–

"अब रांड कूं ना कोई कैहणे वाला है ना सुणने वालां... गिरधर के मरते ही खुली तिजोरी बणगी है ... ईसी लुगाई को मुँह देखणा बी जुलम है... चाल री ... कांई पतो अब कोण को घर खराब करैगी... चाल।" अनारो को हिकारत से देख छम-छम करती मेवातिनें अपनी राह मुड़ गईं।

कश्मीरियों के मोहल्ले वाले विशाल पीपल के पेड़ के नीचे से होती हुई अनारो आगे बढ़ रही थी कि कुएँ पर कपड़े धो रही कश्मीरनों का थापी (कपड़े कूटने का डंडा) चलाना रुक गया। कश्मीरनों की ओर से दूसरी ओर की चरखड़ी की चर्र-मर्र भी शान्त हो गई। तभी किरना की ख़ासम-ख़ास सहेली चंचल की निगाह खुले मुँह कुएँ के आगे से जा रही अनारो पर पड़ी। वो कुएँ से खींची बाल्टी घड़े में उलटती-उलटती वहीं से चिल्लाई–

"कंजरिये...रुक...अरी तुझसै कै री हूँ...अरी ओ अनारो...जा कां रई है... रुक...।" ज़ोर-ज़ोर से 'अनारो. अनारो...' पुकारे जाने से अनारो कुएँ की ओर देखती अपनी जगह खड़ी हो गई। चंचल को तैश खाते देख नीलम उसे रोकती बोली–

"कै करनी ऐं चेचल...गच्छंन दै ओसी...कीयां राऐच पिड़नीं ऐं।"

(क्या कर रही है चंचल...जाने दे उसे...क्यूं रास्ते में लड़ रही है)। पर नीलम के रोकने पर भी चंचल ना रुकी और तैश में आकर ज़ोर से चिल्लाई–

"हरामजादी...मेरी सहेली को घर बरबाद करकै पड़गी ठंडक तोय...? लूट लियो जितणों लूटणो तैणै....कांई मिलगां तोय...आ गो न अपणे घर...तेरे जैसी लुगाई को याई हाल होवै...।" अनारो चंचल की बात को अनसुना कर आगे बढ़ी ही थी कि चुटकी बजा चंचल ज़ोर से अनारो को सुनाती बोली–

"आदमी कौ कुछ नाय बिगड़ै...देख तेरे संग चार दिना की मौज मस्ती करकै आ गयां अपने परिवार मै...अब तू पाल या हराम की औलाद कूं..." बस, यह सुनना था कि अनारो के चलते क़दम रुक गये। अनारो मुड़ी और कुएँ पर आ चंचल के क़रीब पहुँच उसकी आँखों-में-आँखें डाल बोली–

"बस चंचल बाई सा...अब एक शब्द और ना सुणूंगी थारी जुबाण सूं...आपकी सहेली के घर भीख माँगणै ना गई मैं...ना ही आपकी सहेली के खसम के आगै हाथ पसारे मैणै...अपणे घर, अपणे जीवण सूं कई बार निकालां है मैणे आपकी सहेली के खसम कूं...अपणी मर्जी सूं घूसां वा मेरे जीवण मै...इतणा रुपया वेद बणां नै मेरे पै ना लुटायो हायेंगा जितणे खुशी के पल मैणै दिये हैं वेद बणा कूं...मेरे छोरा को बाप है वेद बणा...वा मोय भूल गां है...पर मैं मरते टैम तक वेद बणां के नाम को सिंदूर भरती रहूँगी अपणी माँग मैं...।" यह कह अनारो कुएँ से नीचे उतरती-उतरती रुकी और चंचल की ओर एक बार फिर से पलट कर बोली–

"वेद बणां सूं काफी इतिहास सुणां है थारा कश्मीरन का...किसणै ...किसके देवर...किसके जेठ सूं बालक जणे हैं...किसणै ब्याह सूं पैलै कांई करां है...किसणै किसका बालक गिरवायां है...सब जाणूं हूँ...आज सूं बाद मेरे छोरा कूं हराम को कैणे सूं पैहलै अपणे इतिहास की जानकारी जरूर ले लेणा चंचल बाई सा..." यह

कह अनारो पलटी और कुएँ से नीचे उतर अड्डे की ओर बढ़ती जा रही थी कि अड्डे की ओर से आती ट्रैक्टर ट्रॉली रेत का गुबार उड़ाती उसके आगे से गुज़री। रेत के गुबार के बीच से अनारो आगे बढ़ती चली गई और कुएँ पर जमा कश्मीरनें रेत के गुबार में आगे बढ़ती चली जा रही अनारो को देखती रह गईं। अनारो की आँखों से ओझल हो जाने पर एक दूसरी को देखती औरतें अपने-अपने कपड़ों की गठरी की उठा-पटक करने लगीं और चंचल अपना सा मुँह ले घड़ा भर अपने घर की ओर निकल गई।

18

अनारो के लिए यह साल बड़ा कैड़ा गुज़र रहा था। सिया को स्कूल भेज घर का काम निबटा गोद में युवराज को लिए-लिए अनारो पड़ोस के गाँव के घर-घर जाकर किसी का बटेवड़ा, किसी का चूल्हा, किसी के घर झालरदार पंखा-बिछौनी और किसी के घर युवराज को अपनी छाती से लगा चंगेरी और डलिया बनाने लगी। इस मज़दूरी से पेट भरने लायक आमदनी तो हो जाती लेकिन बचता कुछ नहीं। पर जहाँ कहीं काम करने बैठती उसका ताज़ा अतीत और ताज़ा हो जाता जिसे किसी-न-किसी बहाने लोग उसके सामने ले ही आते 'अरी या वाई छोरा है न जो चाँदघाटी के बेद सू जणां है तैणै..?' 'अब ना आवै बेद तेयूरे धौरै' 'सांची...वानै कांई बिल्कुल छोड़ दियां तेयूरे धौरै आणो...?' 'वेद नै तौ तेयूरे पै खूब रुपैया उड़ायो होयंगा...फेर कांई घर-घर फिर री है तू?' इस तरह की बातों के साथ-साथ लोगों का सामने से मुँह फेर कर निकल जाना तो सीने को बींध डालता। पर इन सब बातों को भुला अनारो हर दम यही सोच-विचार करती कि घर की आमदनी किस तरह बढ़ाये। तभी उसे ख़याल आया कि हाल ही में 'चाँदघाटी' गाँव के कोई तीन एक कोस की दूरी पर बिस्कुट-नमकीन बनाने की फैक्ट्री खुली है। 'चाँदघाटी' गाँव के कई नौजवान और अधेड़, पढ़े-लिखे और अनपढ़ इस फैक्ट्री में काम करने जाते हैं। पता लगाने पर यह भी जानकारी मिली कि महिला कर्मचारी भी इस फैक्ट्री में रखी गई हैं। हाँ, अभी तक इस गाँव की कोई औरत वहाँ काम नहीं करती। वो तो पढ़ी-लिखी है। कोई-न-कोई काम तो मिलेगा ही। यह सोच अनारो ने फैक्ट्री जाने का मन बना लिया।

सुबह जल्दी उठ घर का काम-काज निबटा, नहा-धो, साफ़ कपड़े पहन सिया की स्कूल से छुट्टी करा युवराज को सिया के हवाले छोड़ अनारो घर से निकल गई। सरकंडो के बीच दगड़े की धूल भरी पगडंडी को पार कर अड्डे से शुरू होती कोलतार वाली पक्की काली सड़क पर चलती तीन कोस का पैदल सफर पूरा कर फैक्ट्री के गेट पर आ पहुँची। गहरे आसमानी रंग से पुता लम्बा-चौड़ा गेट और गेट

पर बड़ी-बड़ी मूँछों वाले लम्बे-चौड़े दरबान को देख अनारो को कँपकँपी सी छूट गई। अनारो दरबान से कुछ कहने की हिम्मत कर ही रही थी कि अनारो पर निगाह पड़ते ही दरबान ने ऊँची आवाज़ में उससे पूछा, "क्या काम है...?" अपनी सारी हिम्मत बटोर अनारो बोली, "भाईजी...काम की तलाश मै आई हूं...फैक्टरी के मालिक सूं मिलणा है।" अनारो के हाव-भाव और सीधे फैक्ट्री के मालिक से मिलने की बात पर झुँझलाता दरबान बोला–

"फैक्टरी का मालिक इतणा खाली ना है...के किसी बी आलतू-फालतू सै मिलैगा।" "भाई जी...म्हाणे नौकरी की बड़ी जरूरत है... ।" अनारो मिन्नत वाले स्वर में बोली तो साथ ही खड़ा दूसरा दरबान आगे बढ़ बोला–

"ठीक है...ठीक है...तू व्हईं रुक मैं अन्दर पूछ कै आता हूँ।" यह कह दरबान अन्दर गया और कुछ देर बाद बाहर आ बोला–

"आजा...मेरे पीछै-पीछै आजा...ठेकेदार साहब सै मिलवाऊँ हूँ तुझै।" दरबान आगे बढ़ा तो अनारो उसके साथ-साथ हो ली।

गेट के अन्दर घुसते ही दायें-बायें देखती अनारो दरबान के पीछे-पीछे चलती जा रही थी। बड़े-बड़े दैत्याकार ड्रम, घर्र-मर्र आती मशीनों की आवाज़ें, इधर-उधर सामान ढोते लोग, बड़े-बड़े गत्ते के डिब्बों में भरकर सामान ट्रकों में लादते आदमी, एक अलग ही दुनिया दिखाई दे रही थी अनारो को। कोई औरत ना दिखने से अनारो के भीतर घबराहट भी बढ़ रही थी। कुछ दूर चलने के बाद एक बड़े से हॉल में जहाँ पैंतीस-चालीस मर्दों के बीच कुछ औरतें भी काम कर रही थीं जिन्हें देख अनारो को तसल्ली हुई। इसी हॉल में आकर दरबान रुका और अनारो की ओर मुड़कर बोला–

"वो देख, वो जो कुर्सी पर बैठे हैं...उनसै जाकै मिल लै...बड़े साहब हैं...वे ही काम पर रखै हैं।" ठेकेदार की ओर इशारा कर दरबान अपनी ड्यूटी पर चला गया।

कुछ पल दूर से ठेकेदार साहब को देख अनारो उनकी ओर बढ़ गई। हिम्मत बटोर अनारो बड़े साहब के नज़दीक पहुँची तो अनारो को ऊपर से नीचे तक घूरकर देखते हुए ठेकेदार बोला–

"कांई काम है?" ओढ़नी सिर पर सरकाती अनारो नज़रें ऊपर कर बोली–

"काम की तलाश मै आई हूँ...कोई काम मिल जाए तौ टाबर को पेट पाल लूँगी।" "लुगाई हौ कै तू टाबर को पेट पालैगी...? तेरो आदमी कांई करै... । " "आदमी ना है... " कहकर अनारो ने नज़रें धरती में गड़ा लीं। अनारो की अक्कासी कर रही ठेकेदार की निगाहों ने तपाक से फिर एक बार अनारो को ऊपर से नीचे तक देखा और बोला–

"आदमी ना है...? पर तेरो साज-सिंगार..." ठेकेदार की बात पूरी होते-ना-होते अनारो बोली–

"जिसके नाम को सिंगार है...वो अभी जिन्दा है।" अनारो के जवाब ने ठेकेदार के माथे की लकीरों को उभार दे दिया। सकपकाते हुए ठेकेदार बोला, "कौण गाम सूं आई है...?" "चाँदघाटी।" चाँदघाटी नाम सुनते ही ठेकेदार की बगल में नमकीन के डिब्बों को रजिस्टर में चढ़ाता कर्मचारी ठेकेदार साहब की ओर मुड़ा और अनारो की ओर घूरता हुआ बोला–

"तू गिरधर की लुगाई है न...जिसकी सराब के नसा मै छत सूं गिरकै मौत हुई?" कर्मचारी की बात का कोई उत्तर ना दे अनारो धरती में निगाहें गड़ाये खड़ी रही। 'गिरधर' और 'अनारो' नाम बोले जाने से चार-छह मज़दूर और वहाँ आकर जमा हो गये। "पहलै कहीं काम करां है?" ठेकेदार ने पूछा। तपाक से अनारो बोली–

"करां है साहब, खेत मै काम करां है...सारे मजदूरन को हिसाब...फसल को मुनाफा...खर्चा को हिसाब, कटाई...सब करां है।" एक साँस में अनारो यह सब कह गई। अनारो की बातचीत और आत्मविश्वास देख ठेकेदार उसे वहीं प्रतीक्षा करने को कह भीतर ऑफिस की ओर चला गया।

ठेकेदार साहब के वहाँ से जाते ही वहाँ खड़े मज़दूर अनारो को देख एक दूसरे से कानाफूसी करने लगे जिनमें से एक 'चाँदघाटी' गाँव का ही था।

"लो...इसी की कमी रह गई यहाँ...या बी आ गी...अब फैक्टरी मै बी इसकी रासलीला सुरू हो जायगी..." "कांई खै रो है...कौण है या?" "याई है वा अनारो... म्हारा गाम की...इसणै अपणे यार सूं मिलकै अपणो खसम मरवा दियां" "आच्छौ... वाई है या ...जिसणै अपणां यार सूं छोरा बी जणां है?" " पर हमणै तौ सुणी याकां खसम तौ नसा मै छत सूं गिर कै मरां है...?' ' "भाया...जिसकी लुगाई दूसरे मरद सूं मूं कालो करैगी....वा आदमी सराब नाय पियेंगा तौ कांई करैंगा।" "बताओ... मरद मर गां पर सिंगार नाय उतरा रांड का।" काम करती-करती महिला मज़दूर *अनारो को घूरती हुई अपनी साथी मज़दूर से बोली, "अपणा मरद माणती जब तौ रंडापो ओढ़ती न...या तौ अपणां यार कूं अपणा मरद माणकै बैठी है।" "अरी... अब तौ वा यार बी नाय पूछै इसै...सारो मजा लूटकै वानै अपणा पीछो छुड़ा लियां है...हमणै तौ याई सुणी है।" "बताओ...कांई मिलो इसै...*जो *लुगाई अपणा मरद की ना होय...वाकां याई हाल होवै।"* ये आवाज़ें इतनी ऊँची थीं कि अनारो के कानों तक साफ़ सुनाई पड़ रही थीं। अनारो पर चर्चा अभी चल ही रही थी कि अन्दर से बाहर आते ठेकेदार साहब को देख सब अपने-अपने काम में लग गये।

अपनी कुर्सी पर बैठ ठेकेदार बोला–

"कल सै आ जा काम पै...पर कुछ दिण तेरो काम देख कै तेरी नौकरी पक्की करेंगे...मण लगा कै काम करियो...।" "कितणे बजे आणो है ?" "नौ बजै आ जइयो।" ठेकेदार साहब को हाथ जोड़ अनारो बाहर की ओर मुड़ गई।

फैक्ट्री से बाहर निकल अनारो सड़क के किनारे-किनारे चलती घर की ओर चलती जा रही थी। आज पहली बार युवराज से इतनी दूर हुई थी। छातियों में दूध भर आने से छाती मानो पत्थर हो गई हों। चलते-चलते अनारो के कानों में फैक्ट्री में काम करने वालों की कही बातें गूँज रही थीं। न जाने और कब तक ये बातें उसका पीछा करती रहेंगी। कल जब वह फैक्ट्री में काम करेगी, तब कैसे रोज़-रोज़ इन लोगों का सामना करेगी। यह बात सोच अनारो की कनपटियाँ दुखने लगीं। आँखों के सामने अँधेरा सा छाने लगा। सुबह घर से कुछ खाकर भी ना निकली थी। तेज़ धूप में चलते-चलते चक्कर से आने लगे तो सड़क किनारे शीशम के पेड़ तले माटी के टीले पर बैठ लम्बी-लम्बी साँस लेने लगी। उसे लगा मानो शरीर से प्राण निकले जा रहे हों। पर फिर जब उसे युवराज और सिया की सूरत याद आई और उसने सोचा कि उसके बाद कौन है जो उसके बच्चों की सुध लेगा, इस बात ने अनारो में जान फूँक दी। यह सब सोचते-सोचते अनारो की रुलाई फूट गई। ओढ़नी में मुँह ढाँप अनारो सिसक उठी। अनारो सिसकती जा रही थी कि तभी दूर से आते एक जोगी के भजन के स्वर कानों में सुनाई पड़ने लगे–

एक ही माटी की सब काया, ऊँच नीच कोउ नाहीं,
एकहि ज्योति बरै कबीरा, सब घट अन्तर माही॥
बेद पढ़न्ते पण्डित होवे, सत्य ना मनहि जाना,
कहे कबीरा ध्यान भजन से, पाया पद निरबाना।।
राम रहीमा एकै है रे, काहे करौ लड़ाई...
वहि निरगुनिया अगम अपारा, तीनों लोक सहाई॥

गाते-गाते फकीर अनारो के क़रीब से होकर गुज़र रहा था कि रंग-बिरंगी घाघरा चोली में लिपटी लुगाई को देख रुक गया और अनारो की ओर देख बोला–

"फकीर की झोली मै पईसा-दो पईसा गेर माई...तेरो भाग सिंगार चौगणो बढ़ैगा..." यह कह अपना इकतारा और झोली किनारे रख फकीर भी पेड़ की छाँव में बैठ गया। फकीर के उसके आगे हाथ पसारने पर लूगड़ी से आँख मुँह पोंछ अनारो बोला–

*"ना मेरो भाग है बाबा ना सिंगार...थाणे कुछ ना दे सकूँ...मेरो दामण तो आप ही खाली है... ।"*फकीर ने अनारो के चेहरे को ग़ौर से देखा मानो चेहरे पर लिखा पढ़ रहा हो। फिर मुस्कुराते हुए फकीर बोला–

"राजपाठ लिखवा कै आई है मालिक के घर सूं...समय को फेर है...भाग बदलते देर कोणी लगै...राजराणी है तू..." यह कह फकीर ने इकतारे की तान छेड़ी और गाते-गाते उठ खड़ा हुआ और आगे बढ़ गया–

जल में अगन रही अधिकाई,
राम बिनु तन को ताप न जाई॥
राम बिनु तन को ताप न जाई॥
तुम पिंजरा मैं सुवना तोरा,
दरसन देहु भाग बड़ मोरा॥
राम बिनु तन को ताप न जाई॥

दूर जाते जोगी को देख अनारो के होंठ फड़फड़ाये–

*"कीसो राजपाठ बाबा...या कीसो भाग लिखां है रामजी नै मेय्रो ...ना मैं पूरी ब्याहता...ना कुँवारी...ना रांड हूँ...ना सुहागण ...कौण सी किसम की लुगाई हूँ मैं... कोण सो रूप है मेय्रो... "*कहते-कहते अनारो हिचकियों से रोने लगी।

अनारो सिसक रही थी कि तभी शीशम के पेड़ पर बने गौरैया के घोंसले में से चीं...चीं...चीं...चीं...करते चिड़िया के बच्चों की आवाज़ों ने अनारो का ध्यान अपनी ओर खींचा। माँ गौरैया के चोंच में चुग्गा भर लाने से नवजात उतावले हो पंख फड़फड़ा-फड़फड़ाकर माँ की चोंच में अपनी चोंच घुसाये जा रहे थे और गौरैया एक-एक की चोंच में चुग्गा डाल रही थी। इस दृश्य ने अनारो को उसके प्रश्न का उत्तर उसी पल दे दिया। वह चिड़ा जो कभी चिड़िया के प्रणय के पलों का मीत था, आज उसके आसपास भी ना था। चिड़िया अकेली अपनी गृहस्थी का निर्वाह कर रही थी। अनारो को सिया और युवराज की सूरत इस अदनी सी चिड़िया के बच्चों में नज़र आने लगी। उस पल अनारो को ऐसा लगा मानो उसकी अपने आप से एक नयी पहचान हुई हो। अनारो ने ओढ़नी से अपने आँसुओं को पोंछा। गौरैया के घोंसले में माँ से अठखेलियाँ करते गौरैया के बच्चों पर एक निगाह डाली तो अनायास अनारो के चेहरे पर मुस्कान खिल आई। इसी मुस्कराहट को लिए अनारो माटी के टीले से उठी और तेज़ क़दमों से अपने घर की ओर चल दी। घर की राह चलते-चलते अनारो ने अहसास किया कि उसका जिस्म हल्का पड़ गया है। उसके जिस्म से टकराकर

जाने वाली बयार अचानक ही उसे सुहावनी लगने लगी। एक माँ के रूप में अपना यह नया जन्म उसे शक्ति दे रहा था। अब न ही मन में किसी बात का डर था, न ही चिन्ता। दगड़े से गुज़रते हुए अनारो ने सरकण्डों के बीच झाड़ियों में लगे छोटे-छोटे लाल-लाल बेर तोड़ अपनी चुंदड़ी में बाँध लिये।

अनारो घर पहुँची तो देखा गूदड़ी बिछा सिया युवराज को बहला रही थी। अनारो को देख सिया दौड़कर माँ से चिपक गई। अनारो ने सिया को सीने से चिपका लिया और फिर बिछौनी पर लेटा-युवराज अनारो का स्पर्श पा ज़ोर-ज़ोर से हाथ-पाँव चलाने लगा। सिया दौड़कर घड़े से लुटिया भर लाई। गट-गट कर अनारो ने पानी पी अंजुली में पानी ले स्तन धो युवराज को छाती से लगा लिया। युवराज भी माँ का दूध ना मिलने से भूख के मारे छटपटा रहा था। झट माँ की छाती से लग गया। युवराज को दूध पिलाते-पिलाते अनारो ने लूगड़ी में बाँधे बेर निकाल सिया को दिये तो उसके चेहरे पर ख़ुशी दौड़ गई। अनारो ने सिया को फैक्ट्ररी में काम मिलने की बात बताई।

अगली सुबह अनारो ने सूरज उगने से पहले ही बिस्तर छोड़ दिया। झाड़ू बुहार निबटा, नहा-धोकर चूल्हा सुलगा लिया। उठते ही कुएँ से पानी भर लाई थी। सिया की रोटी बना डलिया में रखी फिर अपनी रोटी बाँधी। बकरी घर में होने से दूध की कमी ना थी। रसोई का काम निबटा झटपट बाल काढ़ माथे पर टीकला और माँग में सिन्दूर भर, आँखों में काजल डाल, पाँव में जूती पहन झोले में अपनी रोटी रख युवराज को अपना दूध पिला सिया को युवराज का खयाल रखने को कह घर से निकल गई।

अनारो फैक्ट्री के गेट पर पहुँची तो बिना कुछ पूछताछ किये दरबान ने फैक्ट्री का गेट उसके लिए खोल दिया। बड़े आदर से दरबान को हाथ जोड़ अनारो सीधी ठेकेदार की कुर्सी की ओर चली गई। ठेकेदार के नज़दीक पहुँच अनारो ने अपनी उपस्थिति दर्ज कराते हुए हाथ जोड़े तो उसकी पायल की रून झुन और चुड़ियों की खनक की आवाज़ सुन ठेकेदार ने नाक पर सरक आये चश्मे के ऊपर से अनारो को देखा और बोला– "जी लगा कै काम करियो...चाल तुझे तेरो काम समझांऊ" यह कह अनारो को साथ ले ठेकेदार फैक्ट्री के दूसरे हिस्से की ओर चलने लगा।

ठेकेदार काम कर रहे मज़दूरों के पास जाकर अनारो को काम समझाकर चला गया। ठेकेदार के जाते ही अनारो काम करने के जुट गई। तभी उसके नज़दीक काम कर रही मज़दूरनियों में से एक बोली–

"देख तौ ...कीसी सिंगार मै लदी-फदी है... ।" तभी पैकेट डिब्बे में पटकती हुई मज़दूरन बोली *"वा यार ना है तो कांई हुओ...या फैक्टरी मै कोई नयो सांट लेगी... ऐसी छिनाल कूं तो रोज नयो मरद चइये।"* औरतों की फुसफसाहट का स्वर अब

इतना तेज़ हो चला था कि अनारो के कानों तक साफ़ पहुँच रहा था। उन मज़दूर औरतों को कौन सा अनारो का डर था जो धीरे से बात करतीं। अनारो दूसरी मज़दूरनों की देखा-देख बाहर की ओर आते पैकिटों को पकड़-पकड़ पास रखे गत्ते के बड़े से डिब्बे में डालने लगी कि तभी पीछे से ऊँची आवाज़ में एक औरत बोली–

"कांई नाम है री तेय्रो...सुणां है तेय्रो वा कस्मीरी यार तो बड़ो पइसा वालां है...तेय्रे पै तौ खूब लूटाया होयंगा वा नै पईसा...फिर या फैक्टरी मै कांई आई है री तू...?" तभी पैकिटों पर टेप चिपकाती चाँदघाटी गाँव के सिक्ख मोहल्ले की सन्तोष हाथ नचाती बोली–

"पैण...आदमी तो शैद की मक्खी वरगा है...जिदर फुल्ल दिखेगा उसने रस चूसणा ही चूसणा है...ते इस अनारो जई जनानी का क्या बिगड़ता है...किसमत वाली है...वेद ज्या आदमी इस पर मर मिटया...बड़ा कुज दित्ता होणा इसे...देख नी रई हो...कैसा अंग-अंग खिडेया होया है इसका ...सुणा है कोई जमीन-जदाद वी दित्ती है इसे...इसे केड़ी कमी है...इसका मन पर गया होयेगा...ते इसणे ओनू तक्का मार दित्ता होयेगा...।" यह सुन औरतें हँस पड़ीं और अनारो को देख बातें बोलती जा रही थीं पर अनारो ने किसी की तरफ़ ना देखा ना ध्यान दिया। ऐसा लग रहा था जैसे उसे कुछ सुनाई ही नहीं दे रहा हो। वो लगन से अपने काम में जुटी थी। दोपहर आधे घण्टे का भोजन अवकाश हुआ तो अनारो का जी बेचैन हो उठा। दीवार पर लगी घड़ी पर निगाह डाल अवकाश से कोई दो-तीन मिनट पहले दौड़कर अनारो ठेकेदार साहब के कमरे में गई और कुछ कह सुनकर अपनी रोटी की पोटली उठा तेज़ क़दमों से चलती फैक्ट्ररी के गेट से बाहर निकल पक्की सड़क पर तेज़ रफ़्तार से क़दम बढ़ाने लगी। चाल इतनी तेज़ थी कि साँस कुछ दूर चलते ही फूलने लगी। अनारो के बढ़ते क़दम घर की चौखट पर ही आकर रुके।

अनारो ने बाहर से दरवाज़ा खटखटाया, पर किवाड़ नहीं खुले। फिर जब अनारो ने 'सिया ...सिया' पुकारा तो सिया ने घर की छत पर चढ़कर पहले देखा और फिर झटपट सिढ़ी उतर भाग कर साँकल खोल दरवाज़ा खोला और माँ से लिपट गई। सिया की समझदारी देख अनारो की आँखें भर आईं। युवराज आँगन में बिछी बिछौनी पर लेटा कुलबुला रहा था। दौड़कर अनारो ने युवराज को उठा अपनी छाती से लगा लिया। तभी सिया ने घड़े से लुटिया भर पानी ला माँ को दिया। छाती धो युवराज को दूध में लगा लिया और फिर सिया के साथ दो रोटी खा भोजन अवकाश ख़तम होते-न-होते फैक्ट्री के गेट पर पहुँच गई।

इसी तरह सुबह जल्दी उठ कुआँ, घर, रोटी, बच्चों का सारा काम निपटा फैक्ट्ररी

का काम सीखने में कब सुबह से शाम हो जाती पता ही नहीं चलता। अनारो ने हफ़्ता भर जी जान से फैक्ट्रारी का काम सीखा। ठेकेदार ने हफ़्ता भर अनारो के काम की निगरानी करने के बाद उसकी नौकरी पक्की कर दी। नौकरी पक्की हो जाने से अनारो को रोटी-पानी की चिन्ता से कुछ मुक्ति मिली।

पूरा एक महीना फैक्ट्री का काम करते बीत गया। एक-एक दिन अनारो तनख्वा मिलने के दिन की बाट जोह रही थी। आज सुबह फैक्ट्रारी पहुँची तो देखा ठेकेदार के कमरे के बाहर सभी मज़दूर लाइन में लगे खड़े हैं। अनारो ने अपना झोला किनारे रख पास खड़े एक मज़दूर से पूछा–

"भाई जी... या लाइन कांई बात की लगी है?"

मज़दूर लाइन की ओर देखते हुए बोला–

"आज तनखा मिलणे को दिण है... जा तू भी लग जा लैन मै।" अनारो झटपट आगे बढ़ महिला मज़दूरों की लाईन में लग गई। एक-एक करके मज़दूर ठेकेदार के कमरे में जा रहे थे और कुछ ही देर में तनखा के रुपये गिनते बाहर निकल रहे थे। मज़दूर आगे बढ़ते जा रहे थे और पंक्ति छोटी होती जा रही थी। अपनी बारी आने तक अनारो सिया और युवराज के लिए क्या-क्या लेकर घर जायेगी इसकी सूची मन-ही-मन बनाने लगी। सूची बनाते-बनाते अनारो के चेहरे पर ख़ुशी के भाव आ जा रहे थे 'युवराज कूं अच्छौ सो धोती-कुर्ता और तीन-चार छबला लूंगी...सिया की चप्पल कई दिणा सूं टूटी हैं नयी ले कै जाऊँगी...कितणे दिणां सू सिया की इच्छा है जलेबी खाणे की...गरम-गरम जलेबी बी ले कै जाऊँगी...'। अनारो सामान की सूची में उलझी थी कि पीछे से बन्सी ने उसका कन्धा थपथपाया–

"अरी आगै कांई ना चाल री...तेय्रा लम्बर आ गां है....तनखा नाय लेणी...?" एक झटके से अनारो अपने ख़यालों से लौट ठेकेदार के कमरे की ओर बढ़ गई। ठेकेदार के कमरे के दरवाज़े में स्वचालित यन्त्र (डोर क्लोज़र) लगा होने की वजह से भीतर जाते ही दरवाज़ा अपने आप बन्द हो जाता था। अनारो के भीतर जाते ही दरवाज़ा बन्द हो गया। ठेकेदार के कमरे में जाकर अनारो एक ओर खड़ी हो गई। ठेकेदार ने बड़े ग़ौर से अनारो को देखा। अनारो के चेहरे की चमक से होतीं ठेकेदार की निगाहें अनारो की देह के उभारों पर आकर ठहर गईं। ठेकेदार की नज़रों को भाँप अनारो ने लूगड़ी अपनी देह पर सरका ली। अनारो के लूगड़ी अपने जिस्म के उभारों पर सरकाते ही ठेकेदार ने भी सकपका कर अपनी आँखें रजिस्टर पर गड़ाईं और टेबल की दराज से कुछ रुपये निकाल अनारो की ओर बढ़ा दिये। रजिस्टर की ओर इशारा पाकर आगे बढ़ अनारो रजिस्टर पर साइन कर रुपये ठेकेदार के हाथ से

लेकर गिनने लगी। रुपये गिनने के बाद अनारो ने प्रश्न भरी निगाहों से ठेकेदार की ओर देखा क्योंकि रुपये तयशुदा रकम से काफी कम थे। हैरान हो अनारो ठेकेदार को देख बोली–

"साहब...पइसा पूरे ना हैं... ।" अनारो को एक निगाह देख और फिर अपनी कुर्सी से खड़ा होकर अनारो के क़रीब आ ठेकेदार धीरे से फुसफसाया–

"तू चाहैगी तौ पूरो पीसो भी मिलैंगा और जितणो तय हुआ है वा सूं दुगणो मिलैंगा ...मेरो कवाटर फैक्टरी मै ही है...बस जब बुलाऊँ कवाटर मै आ जइयो... ।" ठेकेदार की बात सुनकर अनारो के हाथ पैर कांपने लगे। अपनी सारी हिम्मत ज़ुबान पर ला अनारो बोली–

"म्हारा बाप की उमर सूं बड़े हो आप ठेकेदार साहब...भीख कोणी माँग री थारा सूं...अपणी मेहनत को माँग री हूं... ।" ठेकेदार अपनी बात की नाफरमानी कल की आई एक मज़दूरन के मुँह से सुन तैश में आकर बोला–

"तेरी जैसी लुगाईं की औकात नहीं है मेरे आगै ज़ुबान खोलेणे की...एक तौ तेरे ऊपर तरस खाकै तूझै इज्जत दे रां हूँ...तेरो खसम मर गां है...तेरो यार भी तुझै छोड़ गां...पर मैं तेरे यार ज़ैसो ना हूं...अपणे यार के जैसै तू मोये खुस रखैगी तौ कांई बात की कमी ना होणे दूँगो तोये... ।" इतना सुनना था कि अनारो ने हाथ में लिये रुपये ठेकेदार के मुँह पर दे मारे और चिल्लाती हुई बोली–

"एक महीणा मै सब जाण गई हूँ तू कितणौ हरामी है...सबकी कमाई मै सूं हिस्सा खाणे वालो बेईमाण...कांई समझी तैणै...तेरे आगै चार-छह लुगाई बिछ कांई गईं.. तैणै समझी मैं बी तेरी गन्दी बातण मै आ जाऊँगी...जिसै मैणै अपनायो है...तू उसके नाखून के बराबर भी ना है...मैं काम करणै आई हूँ...मजबूर हूँ...पर बेसहारा ना हूँ... ।" अन्दर से आते शोर को सुन ठेकेदार के कमरे के बाहर मज़दूरों की भीड़ जमा हो गई। बाहर जमा हुई भीड़ की आवाज़ सुन धोंकनी सी साँसें लेती अनारो ठेकेदार के कमरे से बाहर निकली और आँसू पोंछती हुई फैक्टरी से बाहर निकल गई। अनारो के जाते ही मज़दूरों की भीड़ में से आवाज़ें आनी शुरू हो गईं और जिन्हें ठेकेदार के आगे चापलूसी करनी थी वे पहली पंगत में आ गये–

"अरै साहब! मैणे तो पहले ही कही थारा सूं...छिनाल है या लुगाई", "थारा सूं बी जरूर साँठ-गाँठ करण आई होयेगी...अब बताओ...लुगाई ऐसो करैगी तो माणस कांई करैंगा"। "ईसी लुगाई फैक्टरी को माहौल बिगाड़ देती ठेकेदार साब! अच्छौ हुआं जो आपणै उसै नौकरी सूं निकाल दियां।"

अनारो की आँखों से आँसू बहे जा रहे थे। ये आँसू नौकरी छूट जाने से ही नहीं

निकल रहे थे। बच्चों के लिए आज बाज़ार से सामान लेकर जाने से जो ख़ुशी घर में आने वाली थी, उन ख़ुशियों को ग्रहण लग गया था। पाँव में जान ही नहीं रही। एक-एक क़दम भारी पड़ रहा था–

"हे राम जी...पिछले जणम मै ईसो कांई पाप करकै आई हूं...जो मेरी सजा खतम होणे को नाम ही ना ले रई...जीसो भी जणम मिलां थारा नाम लेकै जीती आ री हूं... थारा सूं एक ही बात माँगती रई के अपणे घर अपणे समाज को भला करूँ...म्हारा समाज बिणा पढ़ाई-लिखाई आगै कोणी बढ़ सकै थे बी जाणो हो...कितणी कोसिस करी मैणे अपणे समाज मै शिक्षा की सोच जगाणे की...अपणी गरीबी...गिरधर को मेरे संग बरताव...सब भूल गई...वेद बणा के मेरे जीवण मै रहणे सूं जाणे कितणी शक्ति भर गई ही मुझमै...घर, बाहर, पढ़ाई, टाबर सब सँभालो ...सब कितणा खुशी-खुशी चाल रां हा...इतणा सब दे कै वापस लेणा हा, तौ दिया ही कांई...अब कांई बात मै खुशी ना लग री...शरीर सूं जैसै प्राण निकलगे हों...सब कुछ दे कै छीण कांई लिया राम जी... ।" अपने प्रश्नों के उत्तर ढूँढ़ती अनारो हिचकियों से रोती-रोती घर की ओर बढ़ रही थी। पक्की सड़क से अनारो रेत भरे दगड़े तक पहुँची ही थी कि विद्यालय की छुट्टी हो जाने से बच्चों का रेला अपने क़दमों से धूल उड़ाता, भागता-दौड़ता, उधम मचाता अपने-अपने घर की ओर भाग रहा था। विद्यार्थियों के क़दमों से उड़ती रेत के कारण पूरा दगड़ा रेत की आँधी बन गया था। अनारो अपनी ही उधेड़ बुन में चली जा रही थी कि बच्चों के झुण्ड के बीच सामने से मास्टर जी अन्य अध्यापकों के साथ आते दिखलाई पड़े। अनारो की निगाह मास्टर जी से मिली तो लूगड़ी से आँसू पोंछ दोनों हाथ जोड़ अनारो वहीं खड़ी रह गई। अनारो को देख मास्टर जी भी अनारो के क़रीब आ रुक गये। मास्टर जी के साथ आ रहे अन्य अध्यापक अनारो को खोजी दृष्टि से देखते हुए आगे बढ़ गये। कुछ पल मास्टर जी अपनी जगह खड़े रहे। वो समझ ही ना पा रहे थे कि बात कहाँ से शुरू करें। कुछ पल की ख़ामोशी को अनारो के शब्दों ने तोड़ा–

"कांई चुप हो मास्टर जी...कुछ ना पूछोगे आप...? सारे समाज...सारे गाँव नै मेरे सूं मुँह मोड़ लियां है...आप बी चाहो तौ बुरा-भला कह सको हो... ।"

अनारो की बात सुन मास्टर जी ने इधर-उधर देखा फिर अनारो को एक नज़र देख और फिर बायीं से दायीं ओर निगाह घुमा दूर खेतों में चर रही भेड़ों की ओर देखते हुए बोले–

"उन भेड़-बकरियों को देख रही हो अनारो... " अनारो ने एक दृष्टि भेड़-बकरियों की ओर दौड़ाई।

"ध्यान से उन्हें देखो... वो देखो... चरवाहे की एक हाँक पर सीधी चलने लगीं... देखो... कैसे सारी भेड़ें-बकरियाँ उस आगे चलने वाली भेड़ के पीछे-पीछे चल रही हैं... जानती हो क्यूँ...? क्योंकि जो भेड़ सबसे आगे चल रही है वो अपने लक्ष्य तक पहुँचना जानती है... और बाक़ी... उन्हें तो बस उस आगे चलने वाली भेड़ के पीछे-पीछे चलना है... बिना सोचे-विचारे... वह आगे चलने वाली भेड़ उन पीछे चलने वाली भेड़ों की दिशा निर्धारित करेगी... मैं इस गाँव में काफी समय से आ रहा हूँ... अपनी आँखों से देखता आया हूँ सब... दरअसल... प्रेम सबको चाहिए... पर प्रेम की जिस राह पर तुम चल रही हो... वो सर्मपण की राह है.... प्रेम देने का नाम है पाने का नहीं... प्रेम आँखों से छलकता है... जैसे इस समय तुम्हारी आँखों से छलक रहा है... ये गाँव... तुम्हारा समाज... तुम्हारे प्रेम के आगे बहुत छोटे हैं... माफ कर दो अपने समाज और इन गाँव वालों को... " यह कहकर मास्टर जी आगे बढ़े ही थे कि जाते-जाते रुक गये और अनारो की ओर मुड़कर बोले–

"सिया बहुत होशियार है... उसकी पढ़ाई को मत रोको।" यह कह मास्टर जी अपनी राह बढ़ गये और अनारो डबडबाई आँखों से दूर चलते जाते मास्टर जी को देखती रह गई मानो कोई देवता उसके मन में उठ रही हलचलों को शान्त करके आगे बढ़ गया हो। कुछ पल तपती रेत में खड़ी अनारो दूर जाते मास्टर जी को देख रही थी कि बगल से गुज़रते मनचलों की आवाज़ ने अनारो का ध्यान भंग किया–

"भाई अब मास्टर जी लग लिया है लैन मै... एक गयो दूसरो हाजिर।" अनारो ने मनचलों को यूँ देखा मानो उसे कुछ सुनाई ही ना पड़ा हो। मास्टर जी की बातों ने अनारो को बल दे दिया था। कितना हल्का लग रहा था। ऐसा जैसे मनों बोझ शरीर से उतर गया हो। ओह! शब्दों में कैसा जादू होता है। तन-मन में आग लगा दें और तन-मन को शीतल कर दें। मास्टर जी के शब्दों ने इस समय अनारो को ना सिर्फ शीतलता दी बल्कि आगे बढ़ने की ऊर्जा भी भर दी। अनारो मास्टर जी के शब्दों की ऊर्जा लिये मुड़ी और घर की ओर चल दी।

घर की चौखट पर अनारो पहुँची तो छत से माँ को देख झटपट नीचे आ सिया ने साँकल खोली। अनारो सिया को आगे बढ़ सीने से लगाने ही वाली थी कि सिया के राख में सने हाथ देख वहीं बैठ गई। माँ के आने से पहले नन्ही सिया बर्तनों का ढेर माँजने में लगी थी। अनारो ने घड़े से लुटिया भर सिया के हाथ धुला उसे सीने से चिपका लिया। अनारो ने देखा सिया ने बिछौनी के चारों ओर तकिये लगा युवराज को सुला रखा है। सिया का हाथ पकड़ खाट पर बैठ उसे गोद में बिठा अनारो बोली–

"म्हारी लाडो...कितणी समझदार हो गी है तू...पर तेरी माई बड़ी खराब है... अपणी छोरी के संग कितणो पाप करां है मैंणै...अपणी लाडो की पढ़ाई छुड़वा कै चूल्हे-चौके मै झौंक दी..." अनारो का इतना कहना था कि अनारो के साथ-साथ सिया भी सुबकने लगी। सुबकती सिया का चेहरा अपने सामने ला, उसके आँसू पोंछते हुए अनारो बोली–

"अपणी माई कू माफ कर दै लाडो...काल सूं तेरो इस्कूल जाणो शुरू। मण लगा कै पढ़ेगी ना मेरी लाडो...?" अनारो की बात सुन सिया के चेहरे पर ख़ुशी उभर आई। स्कूल जाने की बात सुन चहकती हुए सिया बोली–

"खूब मण लगा कै पढूँगी माई...।" फिर कुछ सोच सिया बोली–

"माई...मैं इस्कूल चली जाऊँगी तौ भाई...?" सिया की बात को समझ अनारो बोली–

"अब थाणे कांई बात री फिकर ना करणी...बस अपणी पढ़ाई पै ध्याण देणो है...इतणी फिकर करैगी तौ बड़ी अफसर कैसै बणैगी...?" माँ की बात सुन झट से सिया बोली–

"अफसर ना माई...मैं तो अपणी माई जैसी टीचर बनूँगी।" यह कह सिया ने माँ के गले में बाँहें डाल दीं और अनारो ने सिया को सीने से चिपका लिया।

घर का काम निबटा युवराज और सिया को बिस्तर पर लिटा अनारो भी खाट पर पड़ गई। आँखों में नींद नहीं आ रही थी। मन में बहुत कुछ एक साथ चल रहा था। जागती आँखें एक सपना देखने लगीं जिसे अगले ही दिन से अनारो को पूरा करने की दिशा में बढ़ना था। इसी सपने को सँजोती अनारो को कब नींद लगी पता ही नहीं लगा।

सुबह जल्दी उठ झाड़ू-बुहार कर अनारो ने कुएँ से पानी भर लाने के बाद चूल्हा सुलगा लिया। सिया को स्कूल जाने की ऐसी ख़ुशी थी कि अनारो के उठाने से पहले ही सिया उठकर बैठ गई। अनारो के साथ कुएँ से छोटी मटकी भी भर कर लाई। चूल्हे-चौके में भी माँ का हाथ बटाया और फिर नहा-धोकर स्कूल की वर्दी पहन अनारो के पास चूल्हे के नज़दीक पीढ़ी पर आ बैठी तो अनारो सिया को देख बोली–

"कितणी सुन्दर लाग री है मेरी लाडो...वर्दी पै एक भी सिलवट ना है..." "हाँ माई...मैणे काल दिण मै ही वर्दी धो कै सुखाई और अपणे तकिये के नीचै दबाकै रख दी ही...थारां सूं ही तौ सिखां है माई...।" अनारो ने मुस्करा कर सिया को देखा और चूल्हे पर चढ़े तवे पर से गरम परांठा थाली में रख भगौने में से आलू-टमाटर

की सब्ज़ी कटोरे में डाल थाली में लगा सिया को पकड़ा दी। सिया ने पराँठा खा कमरे में जा जूते पाँव में पहने, अपना बस्ता उठा कन्धे पर टाँगा और अनारो के पास आ चहकती हुई बोली–

"जा री हूँ माई इस्कूल।" "जा मेरी लाडो।" यह कह प्यार से सिया की ओर देख अनारो बोली तो खिली मुस्कुराहट चेहरे पर ला सिया घर से स्कूल को निकल गई। सिया के जाने के बाद अनारो झटपट घर का काम निपटाने लगी। मन के भीतर अनारो ने जिन कामों को करने की रूप रेखा रात में बना ली थी, उस लक्ष्य को साकार रूप जो देना था।

पिछले बैसाख में गेहूँ की कटाई के बाद गेहूं की बाली की सीखों को अनारो ने सँभालकर रख लिया था। उन्हीं सीखों को रंग-बिरंगा रंग डाला। रंग तुरन्त ही सूख गये और फिर इन सीखों को आपस में पिरोकर बुनना शुरू कर दिया। कुछ ही देर में रंग-बिरंगी चंगेरी बन कर तैयार हो गई। चंगेरी को देख अनारो के चेहरे पर ख़ुशी आ गई। जिस काम को घर की ज़रूरत समझ अनारो ने बचपन में अपनी दादी, माँ, चाची, ताई से सीखा था, उसका उपयोग अब वह अपना और अपने बच्चों का पेट पालने के लिए करने वाली है। इस सोच ने अनारो में नयी शक्ति भर दी। जैसे-जैसे दूसरी चंगेरी और डलिया पर डिज़ाइन उभर रहा था, अनारो की आँखों की चमक बढ़ती जा रही थी। सिया के स्कूल से आने से पहले अनारो ने दो चंगेरी और एक डलिया बना ली। इसके बाद रंग-बिरंगी इंढी बनाते-बनाते बीच में उठ चूल्हा भी सुलगा लिया। रोटी बनाते-बनाते बीच-बीच में अनारो अपने काम में भी जुट जाती। अनारो का काम चल ही रहा था कि दरवाज़े की साँकल बजने से समय का आभास हुआ। अनारो ने साँकल खोली और आगे बढ़कर सिया का बस्ता अपने हाथों में ले लिया। सिया के मुरझाये चेहरे से अनारो समझ गई कि स्कूल में क्या हुआ होगा। यह समस्या भी समय के साथ दूर हो जायेगी, यह मन में सोच अनारो घड़े का ठण्डा पानी गिलास में भर सिया को गोद में बिठा पिलाने लगी। पानी पीकर सिया अनारो के सीने से चिपक बोली–

"माई आज मेरे सूं किसी नै कक्षा मै बात ना करी।" अनारो इन शब्दों के पीछे के दर्द को महसूस कर बोली–

"चिन्ता कोणी कर लाडो... राम जी सब ठीक करेंगे... वैसे भी म्हारी लाडो इतणी प्यारी है कि ज्यादा दिण म्हारी लाडो से बात किये बिणा कोई रह ई कोणी सकै... चाल मैंणै थारे लिए खीर बणाई है...।" सिया का बाल मन खीर का नाम सुनकर खिल उठा। सिया चहकते हुए बोली–

"साँची माई...खीर बणाई है?" मुस्कान भरे चेहरे से 'हाँ' में गरदन हिला अनारो रसोई की ओर बढ़ गई और सिया वर्दी बदलने के लिए भीतर कमरे में दौड़ गई। महीने भर के बाद अनारो को घर में देखने से सिया का चेहरा एक ही दिन में कैसा खिला-खिला लग रहा था।

आज दिन ढले तक लग कर काम करते रहने से दो चंगेरी, एक डलिया और एक इंढी बनकर तैयार हो गई थीं। दिन-रात एक करके हफ़्ते भर में अलग-अलग डिज़ाईन के कई चंगेरी, डलिया और इंढी अनारो ने बना डाले। ईंढी में रंग-बिरंगें चटक रंगों के कपड़े पड़ोस के गाँव के दर्ज़ी के बोरे में भरी कतरनों में से चुन लाई थी। रंग-बिरंगी कतरनों और सितारों से जड़ी इंढीयाँ बड़ी सुन्दर लग रही थीं। हफ़्ते भर की कढ़ी मेहनत से इतना सामान बन गया जिसे बाज़ार में रखकर बेचा जा सकता था। रात में ही अनारो ने बड़े करीने से सारा सामान चादर में गठरी बाँध रख दिया।

19

सबेरे घर का काम काज निबटा, सिया को स्कूल भेज युवराज को गोद में और सिर पर सामान की गठरी ले, अनारो शहर की ओर जाने के लिए घर से निकल ली। सुबह-सुबह अड्डे से शहर के लिए सवारी आराम से मिल जाती है। अब तो आस-पास के गाँव से कई घोड़ा गाड़ी भी सवारियाँ ढोने के काम में लग गई हैं। एक साथ सवारियाँ ना मिलने पर कई बार घोड़ा गाड़ियों की प्रतीक्षा लम्बी हो जाती है। अनारो सामान की गठरी एक किनारे रख सवारी की प्रतीक्षा में पेड़ के नीचे रखे पत्थर पर बैठ गई। सड़क की गाँव वाली ओर बनी नाई, गाड़ी मकैनिक, सब्ज़ी वालों और चाय की दुकानों पर सूरज निकलते ही मजलिस लगनी शुरू हो गई थी।

आज भी जवानों और बूढ़ों का जमघट यहाँ आसन जमा चुका था। अनारो को सड़क की दूसरी ओर बैठे देख जवानों और अधेड़ों ने अटकलें लगाना शुरू कर दिया। पर अब अनारो को अपनी ओर उठती इन निगाहों से डर लगना बन्द हो गया था। बड़ी देर बाद एक टाँगा गाड़ी आई तो अनारो ने गठरी गाड़ी में लादी और टाँगा गाड़ी में बैठ अलवर शहर की ओर रवाना हो गई। माँ की गोद में दौड़ते दृश्यों को देख युवराज हाथ-पाँव मारने लगा। कुछ ही देर बाद टांगा गाड़ी अलवर शहर पहुँच गई।

'चूड़ी-बाज़ार' के बाहर सड़क किनारे गठरी में से बिछौनी निकाल उस पर क़रीने से अपना सामान सजाकर पास रखा एक पत्थर खिसका बिछौनी के पास ही अनारो ख़रीदारों की बाट में बैठ गई। अनारो इतनी जल्दी पहुँच गई थी कि अभी 'चूड़ी बाज़ार' लगा भी ना था। अनारो ने महसूस किया कि बाज़ार के अन्दर जाने वाले मर्द घूर कर उसे देखते अन्दर जा रहे थे। इन निगाहों से अनारो इतना ही समझ पाई कि शायद उसके जल्दी आ बैठने से वे सब उसे ऐसे घूर कर जा रहे हैं। तभी एक पुलिस वर्दीधारी अनारो के पास आ बोला–

"बाई! अपणा ये सामान उठा व्हां सै...ऐसै बाजार के बाहर सामान बेचणा जुरम है ...।" अनारो घबराकर मिन्नत करती बोली

"भाई जी! काल सूं कोई और ठिकाणो ढूण लूँगी...पर आज म्हाणे माफ कर दो...।" अनारो के मिन्नत भरे लहजे और गोद में बच्चे को देख पुलिस वाला बोला–

"ठीक है...ठीक है...पर कल ना दिखणी चइये य्हाँ...।" पुलिस वाले के जाते ही कल की फ़िक्र में चेहरे पर उदासी लिये बैठी अनारो मन-ही-मन भगवान से प्रार्थना करने लगी–

"हे राम जी! म्हाणे थारो ही आसरो है.. म्हारे काम मै बरकत देणा...अब थे ही म्हारा सहारा हो...।" अनारो प्रार्थना में लीन थी कि एक आवाज़ ने उसकी तन्द्रा भंग की।

"चंगेरी और डलिया के क्या दाम हैं?" अनारो ने झट आँखें खोलीं तो देखा हाथ में उसकी बनायी चंगेरी और डलिया उठा एक सेठानी सामने खड़ी है। फिर पास ही खड़ी कार में बैठे अपने पति को हाथ में पकड़ा सामान दिखा कर राय लेने लगी। कार ने बैठे पति ने हाथ से सामान ख़रीद लेने का इशारा किया तो सेठानी अनारो की ओर मुड़कर बोली–

"बोल ना...कितने दाम हैं इसके ?" झटपट खड़ी हो अनारो बोली–

"बाईं सा...आप मेरी पहली गिराहक हो...जो थाणे सही लगै दे दो।" दाम क्या बोलने हैं यह तो अनारो ने ख़ुद भी ना सोचा था, बस सामान बनाकर बाज़ार में ले आई थी। अनारो के इस भोलेपन ने सेठानी का मन मोह लिया। अनारो का बनाया सामान था भी तो बड़ा आकर्षक। सेठानी ने दो डलिया, तीन चंगेरी और तीन इंढी हाथों-हाथ ख़रीद लिए। सामान कार में रख हाथ में पकड़े सुन्दर बटुऐ में से सौ का नोट निकालकर अनारो के हाथ में रख दिया। अनारो सौ का नोट देखकर अनमनी होकर बोली–

"बाई सा, म्हारे पास खुल्लो रुपया ना है...बाजार मै किसी ने जाणू कोणी..." अनारो को बीच में ही रोक सेठानी बोली–

"रख लै...रुपैया वापस ना चइयै...हमारे छोटे बेटे का ब्याह है...इतनी सुन्दर चंगेरी, डलिया पूरे बाजार में मैंनें कहीं ना देखीं...मैं तेरी पहली गिराहक बी तो हूँ ना...पर अगली बार इतने नहीं दूँगी..." कहकर हँसती हुई सेठानी अपनी कार की ओर बढ़ गई।

हाथ में सौ रुपये का नोट देखकर अनारो की आँखें छलछला आईं। ऐसा लगा मानो उसकी प्रार्थना सुनकर रामजी ने ही इस सेठानी को भेजा हो। एक बार फिर अनारो की आँखें ईश्वर को धन्यवाद देने के लिए मूँद गईं। अनारो ने रुपये लूगड़ी में लपेट गाँठ बाँधी और अगले ग्राहक की प्रतीक्षा में बैठ गई। कोई दो घंटे होते ना-होते अनारो का लाया सारा सामान अच्छे दामों पर बिक्री हो गया। आख़िरी

डलिया बिकते ही अनारो ने अंटी में खोसी लूगड़ी की गाँठ खोल रुपये गिने तो मारे ख़ुशी के उसका चेहरा खिल गया। अभी अनारो रुपये सँभालकर लूगड़ी में गांठ बाँध अंटी में खोस बिछौनी की तह बाँध ही रही थी कि भीतर बाज़ार से एक अधेड़ उम्र का दुकानदार अनारो के पास आ बोला–

"बड़ा अच्छा सामान ले कै आई है बेचने को...खां का है ये सामान...?" अनारो बिछौनी की तह लगाते-लगाते रुक गई और अचानक इस तरह से किसी के सवाल पूछने पर घबराई सी उस आदमी की ओर देखने लगी जो उत्तर की प्रतीक्षा में अनारो के मुँह की ओर ताक रहा था। अनारो को घबराई देख उसे सहज करता वह आदमी बोला–

"मैं पूछ रा हूँ तू कौण से बाज़ार से ला कर बेच री है सामान....?" अनारो अब सहज होते हुए बोली–

"या सारा सामाण अपणे हाथ सूं बणाया है मैणै...किसी बाजार सूं कोणी लाई... सोच कर आई कै तीन-चार दिण मै बिक जायेंगा...फेर इतणे और बणा लूंगी... पर सामाण तौ आज ही बिक गां।" अनारो के चहरे की ख़ुशी देख व्यक्ति बोला–

"मेरा नाम हीराचन्द है...इसी बाजार मै मेरी दुकान है...बाप-दादा लाई दुकान है...डलिया, चंगेरी, चुंदड़ी, घाघरा-चोली सब बेचूं मैं...पर तेरे बणाये जैसा माल ना है मेरी दुकान मै...जब तू सुबह दुकान लगाकै बैठी...उसी टैम मेरी नजर पड़ी तेरे सामान पै...जभी सोच ली तुझसे बात करूँगा...देख भैन...आज ना तो कल... इस तरह बाजार के बाहर दुकानदारी तौ ना कर सकैगी तू...इस बाजार के नियम कानून हैं।" नियम क़ानून और सामान आगे से ना बेच पाने की बात तो सुबह से ही अनारो को बेचैन कर रही थी। इस दुकानदार की बात ने सुबह की धुँधली पड़ चुकी बात को फिर से हरा कर दिया और अनारो की ख़ुशी जल्द ही तनाव में तबदील हो गई। अनारो के चेहरे के भाव समझ व्यापारी तपाक से बोला–

"परेसान मत हो...एक उपाय है...जो बुरो ना लगै तौ तू अपणा सामान मेरी दुकान पै रख कै बी बेच सकै है, जो मुनाफा बनैगा उसमै से कुछ मेरा, बाकी तेरा ...और तुझे सारे टैम इस छोटे से बालक को ले कै बाजार में बैठने की जरुरत भी नयी...तेरे घर से सामान उठाने की ज़िम्मेदारी बी मेरी...तू सामान के हिसाब का पर्चा बनाकै भेज दीजो...उसी टैम तेरा हिसाब हाथ-के-हाथ।" व्यापारी की बात सुन अनारो मन-ही-मन उधेड़बुन करने लगी 'व्यापारी की बात जो मै माण लूं तौ म्हाणे घर के घर मै मुनाफो मिल जायेंगा...मैं अपणे टाबर की देखभाल बी कर लूँगी...सिया और बस्ती के बच्चे बी पढ़ा लूँगी...घर को काम भी संभल जायेंगा।' अनारो अपनी सोच में डूबी थी कि व्यापारी बोला–

"बस इस सब मै एक ही अड़चन है...।" यह सुन झट अनारो अपनी सोच से बाहर आ बोली–

"क...क...कांई अड़चन है भाई जी?" "अड़चन है कि तेरे अकेले सामान बनाने मै टैम बी तो घणा लगेगा, इकली कितना सामान बना लेगी...ऐसे जादा व्यापार नई हो पायेगा...।" फिर कुछ सोच व्यापारी बोला–

"देख भैन...कम सामान कम मुनाफा...और जादा सामान जादा मुनाफा...आई कुछ बात समझ मै।" अनारो समझ गई व्यापारी क्या कहना चाह रहा है। व्यापारी की बात समझ अनारो बोली–

"समझ गई आपकी बात भाई जी...म्हाणे थोड़ो सो टैम दो...मैं कुछ लुगाइयाँ सूं बात करकै थाणे बताऊँगी...म्हाणे तौ काम करणा है ...जितणी मेहनत कर सकूँगी... जरूर करूँगी...पर जब तक और लुगाइन को इंतजाम न कर लूँ...तब तक जितणो सामाण बनाऊँगी...उसको इन्तजाम करवा दो...अब मेरो काम आपके ही हाथ मै है भाई जी।" अनारो ने हाथ जोड़ कहा तो व्यापारी अनारो के भाव समझ बोला–

"हाँ...हाँ...मैं देख लूँगा...पर मेरी बात पर जल्दी गौर कर ज्यादा सामान बनाने की सोच में ढील ना होनी चाहिए... " यह कह व्यापारी बाज़ार की ओर चला गया।

व्यापारी के जाते ही अनारो ने बिछौनी लपेट बग़ल में दबाई और युवराज को गोद में ले बाज़ार के अन्दर चली गई। बाजार में से सिया के लिए बुन्दे, लाल गुलाबी रिबन, चप्पल, चूड़ी और युवराज के कपड़े जूती ख़रीदे और फिर बाज़ार से बाहर आ चौराहे के पास की हलवाई की दुकान से कचौड़ी और जलेबी और कुछ दूर पैदल चल अलवर के ठाकुरदास का मशहूर कलाकन्द बँधवा गाँव की ओर जाने वाली ताँगा गाड़ी पर बैठ गई।

ताँगा टकबक-टकबक की संगीत लहरी बिखेरता काली डांबर की सड़क पर दौड़ा जा रहा था। आज बाज़ार में अपनी बनाई वस्तुओं की बिक्री से मिले मुनाफे को पाकर अनारो की आँखों में चमक उभर आई थी। गिरधर और वेद के उसके जीवन से चले जाने के बाद आज ख़ुशी महसूस हुई। घर पहुँचकर सिया के चेहरे पर खिलने वाली मुस्कान अनारो को भीतर-ही-भीतर गुदगुदा रही थी। शहर से गाँव तक जाने वाली इस राह पर यूँ तो अनारो कई बार आती-जाती रही है, पर आज यह मोती डूंगरी की पीली प्राचीन इमारत, ये राजस्थानी बुर्जियों वाले घर, पहाड़ की चोटी पर बना किला, ये नीम, गूलर के पेड़ कैसे सुहावने लग रहे हैं। अनारो महसूस कर रही थी कि अब उसे जीने की एक नयी राह मिलती दिख रही है। आज नहीं तो कल वो अपने भीतर दिखने वाली यह राह अपने समाज की हर स्त्री को दिखायेगी ताकि उसके समाज की हर औरत अपनी साँसें ले सके, अपने पाँव पर खड़ी होकर

बरसों से चली आ रही ऊँच-नीच की दीवार लाँघ कर आगे बढ़ सके। अनारो अपने ख़यालों में खोई हुई थी कि तभी *'चाँदघाटी री कौण लुगाई है री...थारो गाम आ लियां'* ताँगेवाले ने आवाज़ लगाई और अनारो हड़बड़ा कर अपने सामान को सँभाल युवराज को गोद में उठा लूगड़ी में बंधे रुपये में से किराया तांगेवाले को दे तांगे से उतर गई। अड्डे पर मोर्चा जमाये मसखरों ने अनारो को देख इशारेबाज़ी करनी शुरू कर दी। अनारो ने एक निगाह मसखरों पर डाली और फिर गर्दन उनकी ओर से फेर दगड़े की ओर क़दम बढ़ा अपने घर की तरफ़ का रुख़ कर लिया।

अनारो घर पहुँची तो स्कूल से आ खा-पीकर सिया अपने नन्हे हाथों से थाली, कटोरे, गिलास माँज रही थी। अनारो ने बग़ल में दबाया सब सामान बरामदे में बिछी खाट पर रखा और गोद में सो चुके युवराज को बिछौनी पर लिटा दिया। घड़े से लुटिया भर सिया के हाथ धुला अपनी लूगड़ी से उसके हाथ पोंछ उसे सीने से चिपकाया और बाज़ार से लाए सामान में से चूड़ी, बूँदे, रिबन और चप्पल निकाल कर सिया को दिये तो सिया की आँखें फटी रह गईं। फिर जब युवराज नींद से जागा तो नये कुर्ता, पायजामा, पाँव में नन्ही-नन्ही जूती युवराज को पहनाईं। नये कपड़ों में युवराज सचमुच का युवराज लग रहा था। फिर जब सिया अनारो के कहने पर रसोई से थाली लेकर आई और अनारो ने जब जलेबी और कचौड़ी थाली में परोसे तो झटपट सिया जलेबी उठा खाने लगी। सिया को खाते देख अनारो ने भगवान को हाथ जोड़ मन-ही-मन कहा–

"हे राम जी, म्हाणे ईसो दिण दिखाणे के लिए थारो आभार...म्हारा पै ईसी किरपा आगै भी बरसाये रखणा...म्हाणे कभी किसी रे आगै हाथ कोणी पसारणों पड़े।" अनारो की प्रार्थना में आँखें मूदी थीं कि सिया ने आगे बढ़कर एक जलेबी का टुकड़ा अनारो के मुँह में सरकाया और खिल खिलाकर हँसने लगी। अनारो ने सिया को कसकर अपनी छाती से लिपटा लिया और सिया की खिलखिलाहट में अपनी खिलखिलाहट मिला दी।

जब से चूड़ी बाज़ार के व्यापारी ने अनारो को ज़्यादा सामान बनाने का प्रस्ताव दिया था, अनारो इसी उधेड़-बुन में लगी थी कि ज़्यादा सामान बनेगा कैसे। उसके मोहल्ले में तो कोई औरत इस समय उससे बात करके राज़ी ना थी और बिना औरतों को इकट्ठा किये सामान ज़्यादा संख्या में बनाया नहीं जा सकता था। औरतों का इंतज़ाम हो तो कैसे हो। यही सब सोचते दिनभर मन उचाट रहा। अनारो के मन में सवाल-पर-सवाल चल रहे थे, पर उसके हाथ दिनभर अपना काम करते रहे। आज अनारो ने पहले दिन से ज़्यादा काम करके ज़्यादा सामान बनाया। अनारो हर तीसरे या चौथे दिन डलिया, चंगेरी, इंढी बना बाज़ार में व्यापारी को देने जाने लगी। कभी कम

तो कभी उम्मीद से ज़्यादा आमदनी उसके हाथ लग रही थी, जिससे घर में ज़रूरत का सामान और कभी कबार बच्चों के लिए कोई फल या मिठाई भर आने लगी।

अनारो दिन रात मेहनत कर अपनी गृहस्थी की गाड़ी खींच रही थी, पर अनारो के बच्चों के पहनने, ओढ़ने और खान-पान से मोहल्ले में नयी-नयी अफ़वाहें उड़ने लगीं कि–

"गिरधर की लुगाई नै सहर मै कोई सेठ सांट लियां है...सेठ की रखैल बण गी है अनारो...वाई सूं पइसा खैंच रई है दारी की...चंगेरी, डलिया तौ घर सूं निकलणे को बहाणा है।" यह बातें इतनी ज़ोर से कही जा रही थीं कि आते-जाते अनारो के कानों में भी पड़ जाया करतीं। पर अनारो अब किसी बात से रुकने वाली नहीं थी। उसे तो इन दिनों बस अपना काम जल्दी-से-जल्दी बढ़ाने की चिन्ता लगी थी।

एक दिन हिम्मत करके अनारो ने हँसी की माई का दरवाज़ा खटखटा दिया क्यूंकि उसे अपने लक्ष्य को पूरा करना था। घर के भीतर से जैसे ही हँसी की माई ने साँकल खोली, सामने अनारो को खड़ी देख दरवाज़ा भेड़ने ही वाली थी कि अनारो ने उसका हाथ रोक लिया और बोली–

"थारा सूं एक बिणती करणे आई हूं...एक बार मेरी बात सुण लो भाबी...फेर थारी जैसी मरजी, वैसो ही करणा।" अनारो ने जिस जोश से अपनी बात कही, हँसी की माई दरवाज़े पर ही रुक गई और भीतर झांकते हुए बोली–

"जल्दी सूं कै दै अपणी बात...मेयूरी सास नै तेयूरे सूं बात करते देख लियां तौ तेय्रे संग मेयूरी बी खैर कोणी।" अनारो ने भी बिना समय गँवाये अपनी बात शुरू कर दी–

"भाबी...थे तौ जाणो ही हो...म्हाणे हाथण की चीज बणाणे को कितणो चाव है...गली-मोहल्ला चाहै जो कुछ मेरे बारे मै क़है पर थे मेरो विश्वास करो...दिण भर म्हैनत करकै मेरी बणाई चंगेरी, डलिया, ईंढी हाथ-के-हाथ सहर मै बिक री हैं...पर मेरे अकेली के बनाणे सूं ज्यादा मुनाफा कोणी होवै...कम मुनाफो हाथ लगे है मेरे... म्हाणे सहर मै एक बड़ो व्यापारी मिलां है...जो म्हारा समाज की लुगाई म्हारा संग मिलकै काम करैं तो हम भी बड़ो व्यापार खड़ा कर सकै हैं... ।" हँसी की माई अभी अनारो की बात सुन ही रही थी कि बाहर से हँसी का बापू और भीतर से हँसी की माई की सास निकलकर आई। बस फिर क्या था, हँसी की माई का जो हाल हुआ होगा सो हुआ होगा, दोनों ने मिलकर अनारो को सुनाना शुरू कर दिया–

"अपणो सुहाग उजाड़ कै सैहर मै रंडीपणो करते सरम कोणी आय तेय्रां कूँ... मेयूरी बहू कूं बी अपणी जैसी छिनाल बनाणो चाह री है...रंडका...मेयूरी देहरी पै दीख मत जइयो आज सूं बाद।"

जब तक अनारो ने अपने घर पहुँच किवाड़ बन्द नहीं कर लिए उसके कानों में हँसी की माई की सास की आवाज़ आती रही। अनारो समझ गई कि अपने समाज में उसका साथ इस समय तो कोई नहीं देगा। क्या करे कैसे करे ? तभी उसे ख़याल आया कि यदि अपना समाज उसका साथ नहीं दे रहा तो हरिजन बस्ती की औरतों से क्यूँ नहीं बात की जाये। जब वे औरतें अपने बच्चों को उसके पास पढ़ने के लिए भेज सकती हैं, तो उसकी बात भी समझेंगी। अनारो ने यह ख़याल आते ही झटपट अपनी चुंदरी बदली, पाँव में जूती पहनीं और सिया के पास युवराज को छोड़ उसी पल हरिजन बस्ती की ओर निकल गई।

मिट्टी और गोबर से लिपे छप्पर डले कोई बीस-बाईस घरों की हरिजन बस्ती। यहाँ अन्य किसी जाति के लोग पाँव नहीं रखते। बस गाँव वाले अपने जानवरों के मर जाने पर उन्हें उठवाने का सन्देसा देने ही जाते हैं। हाँ कुछ कश्मीरी अपनी हवस मिटाने ज़रूर इस बस्ती में आते हैं, पर रात के अँधेरे में। इस हरिजन बस्ती की औरतों के साथ काम करने का संकल्प ले अनारो अपने घर से निकल आई और चलते-चलते मन-ही-मन विचार किया कि इस बस्ती में रहने वाले लोग भी तो इसी समाज का हिस्सा हैं। ये भी तो वही समाज का पिछड़ा हिस्सा हैं जो उसके समाज से मेल खाता है। उसके अपने समाज के लोग आज उसकी बात नहीं समझ रहे हैं, परन्तु अगर हरिजन बस्ती की औरतों ने उसकी बात समझ ली तो कल उसका अपना समाज भी उसे ज़रूर समझेगा। अपने सवालों के जवाब स्वयं में तलाशती अनारो बस्ती तक पहुँच गई।

बस्ती में क़दम रखते ही अनारो ने देखा कई बच्चे बाहर गुल्ली-डंडा खेल रहे हैं और साथ ही कुछ सूअर और उनके नन्हे-नन्हे बच्चे कीचड़ में लोटपोट रहे हैं। बच्चों से रामोली के घर का पता पूछ अनारो रामोली के घर की ओर मुड़ गई। घर के बाहर रामोली का पति बीरमा किसी मृत जानवर की खाल उतार रहा था और रामोली चूल्हे पर चढ़ी हाँडी में चमचा चला रही थी। बीरमा ने अपने घर के बाहर खड़ी लुगाई को देखा तो रामोली से बोला–

"देख कौण आई है।" और जैसे ही रामोली ने अनारो को देखा तो चमचा हाँड़ी में से निकाल झटपट हाँड़ी पर आधा ढक्कन चढ़ा चमचा उसपर टिका अनारो की ओर दौड़ आई और अनारो के नज़दीक आ बोली–

"म्हारा बालकां री मास्टरनी आज म्हारा घर कैसे आई?" रामोली के चेहरे पर ऐसे भाव थे मानो भक्त के घर भगवान पधारे हों। रामोली कैसे भूल सकती है कि वो अनारो ही तो है जो बिना एक पैसा लिए उसकी बस्ती के बच्चों को पढ़ाती आई है। इसके पहले की अनारो भीतर आये रामोली ने दौड़कर दीवार से लगी खाट काम कर रहे बीरमा से दूर लाकर बिछाई और अनारो को बैठने को कहा। अनारो

ने बिना संकोच और बिना समय गँवाये रामोली को नज़दीक बिठा अपने आने का कारण साफ़-साफ़ कह दिया–

"रामोली बहन, थारा पास बड़ी उम्मीद ले कै आई हूं.. म्हाणे थारा घर बैठ कै काम करणे को एक मौका मिलां है ...काम थाणे मैं सिखाऊँगी...जितणा काम हम करैंगा...उतणा पइसा भी मिलैंगा...कुछ दिण आकै सारो काम सिखा दूँगी ...फिर जितणा काम बणा सको बणा कै म्हारा घर भिजवाणा पड़ेंगा...पर म्हाणे थारा साथ मै दस-बारह और लुगाइन की जरूरत पड़ेगी...लुगाई तइयार करणे को काम थारां।" रामोली ने अनारो की बात सुन कुछ पल सोच-विचार किया और फिर बोली–

"मास्टरनी जी, लुगाई तो म्हारा बस्ती की तइयार हो ही जायेंगा...पर थारा समाज के लोग...?" "म्हाणे किसी की परवाह कोणी...बोलो...एक-दो दिण मै लुगाइन सूं बात हो जायेगी ना थारी?" रामोली ने झट 'हाँ' में गरदन हिलाई तो अनारो उठ खड़ी हुई और जाते-जाते बोली–

"तो फिर परसों दोपहर मैं थारा घर आऊँगी...सभी जणी व्हई इकट्ठी हो जाणा।" यह कह अनारो रामोली कें घर से निकल अपने घर की ओर चल दी। रामोली की बात ने अनारो के चेहरे पर एक विश्वास भरी मुस्कान ला दी थी। घर पहुँच रोटी-पानी बना अनारो नये डिज़ाइन के इंढी, चंगेरी बनाने के काम में जुट गई।

अनारो शहर ले जा सामान बेचने बैठती तो जैसे-जैसे काम बढ़ाने की योजना चल रही थी, वैसे-वैसे व्यापारी को बता देती। व्यापारी पारखी और तजुर्बेकार था। उसने अनारो की क्षमता और लगन को भाँप जल्दी ही एक साइन बोर्ड जिस पर लिखा था–

"यह सुन्दर राजस्थानी हस्तकला जल्द ही चूड़ी-बाज़ार की दुकान नं-19 पर उपलब्ध होगी।" अनारो के ठिये पर रखवा दिया। अनारो तो बस इसी बात से ख़ुश थी कि अब उसे हर तीसरे-चौथे दिन सामान उठा बाज़ार नहीं आना पड़ेगा।

रामोली के साथ तय हुए दिन जैसे ही अनारो रामोली के घर पहुँची तो वहाँ कई सारी औरतें इकट्ठा थीं। मुथरी, रोसनी, रामगिरी, इमली, सन्तो, जूरी और किसनी इन सब को तो अनारो जानती थी। इनके अलावा भी कई और औरतें वहाँ मौजूद थीं। अनारो अपने साथ चंगेरी, डलिया और इंढी बनाने का सामान झोले में रखकर लाई थी। सब औरतों को क्या करना है, इसका क्या फ़ायदा होगा और किस तरह यह काम आगे बढ़ेगा यह सब बताने के बाद अपने साथ लाई बिछौनी धरती पर बिछा अनारो ने एक-एक कर सबको ट्रेनिंग देना शुरू कर दिया। सबको बताते-बताते ख़ुद भी अनारो चंगेरी, ढलिया और इंढी के अलग-अगल डिज़ाइन बनाकर उन सब औरतों को सिखाने लगी। अनारो ने देखा कि कुछ ही देर की ट्रेनिंग से वह औरतें अनारो की तरह डलिया, चंगेरी और इंढी बना रही हैं। तीन-चार दिन इसी तरह बीरमा के

घर जाकर कोई चार से पाँच घण्टे की कार्यशाला लगाकर अनारो ने इन महिलाओं को कई डिज़ाइन बनाने सिखा दिये। बस्ती की औरतों ने ख़ूब मन लगाकर काम सीखा और फिर एक सप्ताह के अन्दर ही अनारो और बस्ती की औरतों ने अपना पहला बड़ा ऑर्डर पूरा कर लिया। जब व्यापारी का मुलाज़िम शहर से सामान लेने अनारो के घर पहुँचा और पूरे सामान का मेहनताना अनारो के हाथ पर रखा तो अनारो अपनी हथेली पर रखे रुपयों की गड्डी देख हैरान रह गई। मुलाज़िम के जाते ही दौड़ कर अनारो भीतर कमरे में भगवान जी के आले में रुपये रख हाथ जोड़ प्रार्थना कर सीधी रुपये ले बस्ती की ओर दौड़ी और सभी औरतों के घर जा उनकी पहले हफ़्ते की कमाई एक-एक के हाथ में रख दी। हफ़्ते भर की कमाई घर बैठे मिल जाने से बस्ती की औरतों के साथ-साथ उनके मर्द भी बड़े ख़ुश हुए। अब तो औरतों में और ज़्यादा काम करने का जोश भर गया। अनारो भी नित-नये डिज़ाइन के नमूने बनाने लगी। उधर, व्यापारी की दुकान पर अनारो और उसकी संगतिनों का बनाया सामान झटपट बिकने से व्यापारी भी ख़ुश था। कहते हैं जब ऊपरवाला देता है छप्पर फाड़ कर देता है। अनारो के साथ भी कुछ ऐसा ही हो रहा था। इधर अनारो का यह क़ारोबार चल ही रहा था कि उधर दूसरी ओर मास्टरजी ने आनारो के घर आकर उसे बताया कि आँगनबाड़ी की उसकी अर्ज़ी मंजूर हो गई है और जल्द ही उसे साक्षात्कार के लिए जाना होगा। इसी सिलसिले में मास्टरजी दो-चार बार अनारो के घर आये तो बावरिया मोहल्ले के साथ-साथ अन्य गाँव वालों ने भी खुल्लमखुल्ला अनारो के चाल-चलन और मास्टरजी से उसके सम्बन्ध को लेकर जो मुँह में आया बोलना शुरू कर दिया। जब तक अनारो वेद के संग थी तब तक किसी की हिम्मत ना थी कुछ कहने की। पर मास्टरजी जैसे सीधे-साधे इन्सान से किसे डर लगता। अब कौन था जो अनारो की पैरवी करता। पर अनारो ने भी अब कमर कस ली थी कि वह किसी हालात में रुकेगी नहीं। उसके समाज और बस्ती के बच्चे और समाज की तरक्की ही उसे अब अपना लक्ष्य लग रहे थे। इतने वर्षो में अब वह समाज की चालों को समझने लगी थी। वह जान चुकी थी कि समाज तभी तक कुछ बोलता है जब तक हम समाज के आगे कमज़ोर पड़ते हैं।

गाँव में अनारो के चरित्र पर लांछन लगाये जा रहे थे पर अनारो के पास तो फुरसत ही ना थी गाँव वालों के जुमलेबाज़ियाँ सुनने की। सारा दिन घर, बस्ती और नए किस्म का सामान बनाने में निकल जाता और शाम एक-डेढ़ घण्टा बस्ती के बच्चों को पढ़ाने में।

अनारो के घर का स्वरूप एक बार फिर से बदलने लगा। उसके बच्चों के तन पर सुन्दर कपड़े और अच्छी खुराक मिलने से आई मुस्कान देख अड़ौस-पड़ोस तो जला-कुढ़ा बैठा ही था। उधर सत्या की छत से अनारो के घर की ख़ुशहाली की

ख़बर सत्या के मुँह से कश्मीरी घरों तक भी जा रही थी। उस दिन चंची के घर तपे तंदूर पर टापें (रोटियाँ) लगाती सत्या बोली–

"हाय हाय...हुन पता नई केड़ा खसम अनारो की लब्बी गेया के ओस अनारो की जिस वेले देक्खा कदै मठाई, कदै फल, कदै बचेया लईं नवे कपड़े, खिलौने... अड़िये, ऐ दो चार टोकरियां बनाने संग इन्ना कुज नीं लबना...इन्ना तै असांने मर्द वी कमाई तै नीं आनने।"

(अब पता नहीं कौन सा खसम बनाया है इस अनारो ने कि जिस वक़्त देखो कभी मिठाई, कभी फल, कभी बच्चों के लिए नये कपड़े, खिलौने...दो चार टोकरियाँ बनाने से इतना कुछ नहीं मिल जाता...इतना तो हमारे मर्द भी कमाकर नहीं लाते)। सत्या की बात पूरी होते-न-होते किरना बोल पड़ी, "इयै जी बेखसमी जनानी ना कै आखना...इक छड्डेया दूआ पोड़ेया।"

(इस तरह की औरत का क्या कहना...एक छोड़ा दूसरा पकड़ा)। तभी गुड्डो रोटियां तन्दूर से निकालती बोली–

"अड़ियो...तुसां बुजेया नीं...अज्ज कल तै ओ मास्टर ओस कंजरी अनारो ने घर वड़या रैना।"

(अरी तुमने सुना नहीं आजकल तो वह मास्टर भी उस कंजरी अनारो के घर घुसा रहता है)। गुड्डो की बात पर चंची बोली–

"अड़िये...मास्टर तै शरीफ बन्दा या...ना ओसनी जनानी ना कोई बाल-बच्चा... फेर उमर देक्खा ओसनी...ओ तां कितना बड़ा या अनारो कोला।"

(अरे मास्टर तो शरीफ आदमी है...ना उसकी बीबी ना बच्चा...उम्र देखो उसकी कितना बड़ा है अनारो से)। चंची की बात पर नीलम ने उसके सिर पर थपकी मारी और बोली–

"कंजरिये...बन्दा कोई शरीफ नीं होना...ना ई बन्दे उमरै नीं परवा करने....तू बुजेया नीं...क्होड़ा तै मर्द कदी बुड्डे नी होने...मास्टर वी ता बन्दा ई या।"

(अरी आदमी कोई शरीफ नहीं होता...ना ही आदमी उम्र की परवाह करते हैं... तूने सुना नहीं...घोड़ा और मर्द कभी बूढ़े नहीं होते...मास्टर भी तो आदमी ही है...)। नीलम ने जिस अन्दाज़ से यह बात कही सारी औरतें हँस हँसकर लोटपोट हो गईं।

वेद के अनारो के जीवन से चले जाने के बाद मानो उसे नयी राह मिल गई थी। अनारो हरिजन बस्ती की औरतों के साथ अपना व्यापार शुरू कर रही थी और वेद जब से अनारो से दूर हुआ था कहीं बैठना-उठना उसने छोड़ ही दिया था। बस घर और खेतों पर ट्यूबवेल के साथ बनी झोंपड़ी, ये दो ही उसके ठिकाने बनकर रह गये थे। घर में किरना नज़दीक ना आने देती और बच्चे भी उससे खिंचे-खिंचे रहते।

इस कारण वेद का अधिकतर समय खेत पर ही गुज़रता। इसी सब में कुछ दिन ज़रूर नेक-नियती से गुज़रे पर धन-दौलत से भरपूर ज़मींदार कब तक एक औरत का शोक मनाता। यूँ भी वेद जैसे ज़मीन-जायदाद वाले ज़मींदार से कोई नाराज़ भी कितने दिन रहता। हाँ पर इतना ज़रूर था कि जो गली-मोहल्ले की औरतें राह चलते वेद से आँखें दो-चार कर कुछ मौज-मस्ती कर लिया करती थीं अब उन्होंने वेद को देखते ही आँखें चुराना शुरू कर दिया था। ख़ुद वेद भी अब किसी आती-जाती से आँख ना मिलाता। मिलाता भी कैसे, अभी तो अनारो की अंगारे बरसाती आँखों और उस आख़री दिन की उसकी दलीलों ने ही कहाँ उसका पीछा छोड़ा था। आज तक वेद ने अपने आगे मँडराती, उसके पैसों के आगे बिछ जाने वाली और उसकी मर्दानगी पर न्यौछावर होने वाली औरतें ही देखी थीं। पर अनारो ने उस दिन जिस तरह वेद की एक-एक बात का मुँह तोड़ जवाब दिया था उसने आज तक वेद को चैन से सोने नहीं दिया और जब उस दिन अनारो ने वेद की मेहरबानी को चिन्दी-चिन्दी कर खेत के काग़ज़ात उसके मुँह पर दे मारे थे उसने तो वेद की हैसियत को ही धूल चटा दी थी। वेद कई बार मन-ही-मन सोचता रहा कि इस औरत में वह कौन सी ताक़त है जिसके सामने वह हर बार उससे हारता रहा है। हाँ, अपनी इस हार का भले ही कभी अनारो को उसने एहसास होने ना दिया पर हारता तो वो रहा ही है। शायद यही वह बात है कि किसी-न-किसी तरह अनारो की खोज ख़बर लेना वह नहीं भूला और इसी कारण उसने बावरिया मोहल्ले के छंगा को अपने खेतों की रखवाली पर रख लिया। छंगा भले ही फोकट की शराब के नशे में वेद को सब बक दिया करता, पर इतना वो समझ गया था कि उसे नौकरी खेतों की रखवाली के लिए कम और अनारो की मुख़बरी करने के लिए ज़्यादा मिली है। छंगा भी इस बात से ख़ुश था कि चलो भाबी की मुख़बरी से उसकी कमाई चलती रहेगी। यही सोच छंगा वेद के आगे अपनी अनारो भाबी के क़िस्से बढ़ा-चढ़ाकर ऐसे बयान करता जिससे उसके मालिक को तसल्ली और उसे बकशीश ज़्यादा मिलती रहे। छंगा ने वेद को अनारो के शहर जाने से लेकर मास्टर जी के उसके घर आने और शहर में कुछ काम करके गुज़ारा करने की बात कह सुनाई। इन सब बातों का वेद पर इतना असर हुआ कि जिस वेद ने कभी शराब को हाथ ना लगाया था अब वो अनारो की याद भुलाने के लिए शराब का सहारा लेने लगा। छंगा से सुनी बातों का यह भी असर होता कि वेद दो घूँट पीकर अनारो को अनाप-शनाप कह अपना मन हल्का करने लगता।

उस दिन भी ऐसा ही हुआ जब वेद की खेतों में बनी झोंपड़ी में परले मोहल्ले का बिल्लू, सिक्खों के मोहल्ले का जोगीन्दर और मेवों का रहमत खां दिन छिपते ही लालटेन की रोशनी में महफिल जमाये बैठे थे। छंगा इटों के चूल्हे पर बिल्लू के

हाथों मँगवाया गया मुर्गा पका रहा था। काफी देर शान्तिपूर्वक सरपंच के चुनाव पर चर्चा चलती रही और फिर हार-जीत की बातों ने अचानक बातचीत का रुख़ दूसरी ओर मोड़ दिया जब रहमत खाँ ने गिलास का आख़िरी घूँट भर गिलास को नीचे रखते और प्याज़ का टुकड़ा मुँह में चबाते कहा–

"बेद भाया ...चुनाव तौ थारां जीता-जिताया ही हा...जो वा साली गिरधर की लुगाई नै चुनाव सूं एक दिण पहलै फजीता ना करा होतां...म्हारी बिरादरी को एक-एक बोट थारा नाम कां ही पड़तां..." रहमत की बात पर तपाक से बिल्लू अपने गिलास का घूँट भर बोला–

"ओ यारा, तू असां की दसेया ई नई...अपणा यार नी सम्जेया...नीं ता ओस बावरनी की ग्रां तू बार ही रक्खी छोड़ना सा असां...ओये पर तू चिन्ता ना कर... अगली बारी सरपंच असां तुकी ये बनाणा...।"

(अरे यार, तूने हमे बताया ही नहीं...अपना यार ही नहीं समझा...नहीं तो उस बावरनी को मैनें गाँव से बाहर ही रखना था, पर तू चिन्ता मत कर अगली बारी सरपंच हम तूझे ही बनायेंगे।) दोनों चापलूसों ने वेद की दुखती रग पर हाथ रख दिया। एक ही घूँट में पूरा गिलास खाली कर दोस्तों की बातों से फुँफकारता हुआ वेद बोला–

"रहमत खां...मैणै बी साली कू छोड़ दियां है...अब पूछ इस छंगा सूं...कैसै दो-दो कौड़ी कू मोहताज है...सारी जिन्दगी याद रखैगी साली वेद की बरबादी को बदला...सरपंच तौ मैं अगली बेर बण ही जाऊँगो...पर वा साली कू चैन सै जीण नाय दूँगो।" वेद की बात सुन रहमत गिलास में बोतल की बची हुई उड़ेलता हुआ बोला–

"बरबादी? कौण नै कह दी तोसूं के अनारो बरबाद होगी है...सारा गाम देख रां है वा का मजा...या छंगा नै नाय बताई थारां कूं...या तौ अनारो के मोहल्ला का ही है भैनचो...अलवर सहर मै कांई सेठ की रखैल बण गी है थारी अनारो... दूसरा वा मास्टर...ख़ूब पइसा दे रां है वा अनारो कूं...ख़ूब चक्कर काटता देख रां हैं हम सब वा मास्टर कूं अनारो के घर के...।" रहमत से इतना सुनना था कि वेद ने छंगा को घूर कर देखा और चारपाई से उठकर छंगा को लातें-घूँसे मारते हुए बोला–

"साले...मादरचो...का कई तैणे अनारो भूखी मर री है...? बड़ी मुस्किल तै गुजारो कर री है...? साले...कल तै दिखणो ना चइये तू मेरे खेतण पै...भाग मादरचो ...।" वेद का ग़ुस्सा इतना ज़्यादा था कि किसी तरह बिल्लू ने छंगा को उसकी गिरफ़्त से छुड़ाया और छंगा को झोंपड़ी से भगाकर वेद को क़ाबू करते हुए बोला–

"ओये उसकी कियां मारनाऐं...ओ तै त्वाडा गुलाम आ...तू जेड़ा बुजना चानाऐं...ओ तै उए आख्सी ना...असली जड़ तै त्वाड़ी अनारो ई अनारो...त्वाड़े नाल रई तै त्वाड़ी...हुन तू नई तै कोई होर सई..."

(ओये उसको क्यूँ मार रहा है...तेरा गुलाम है वो तो...तू जो सुनना चाहता है वही तो वो कहेगा...असली जड़ है तेरी अनारो...अनारो तेरे साथ रही तो तेरी...अब तू नहीं तो कोई और सही)। तभी रहमत अपना गिलास मुँह से लगा घूँट भर बोला–

"भाई बेद...नागण है वा दारी की नागण ...ना सहर को सेठ बचैंगा ना वा मास्टर... ।" यह कहकर रहमत के साथ बिल्लू भी हँस पड़ा और वेद घूँट भर गिलास को देखते हुए बोला–

"वेद नागण को फन कुचलणो जाणै है... ।"

मुफ्तख़ोरों की बातों ने वेद में अनारो के लिए ज़हर भर दिया। वेद की साँसें तेज़ चलने लगीं। अनारो तक़लीफ में जी रही है इस बात से वेद भीतर-ही-भीतर अपने मन को समझा रहा था और इस बात से ख़ुद को तसल्ली भी देता रहा था कि दिन के उजाले में ना सही पर रात के अँधेरे में किसी-न-किसी दिन रोती, गिड़गिड़ाती अनारो उसकी झोंपड़ी में ज़रुर आयेगी और उस पर तरस खाकर वह फिर से चोरी-चोरी ही सही उससे सम्बन्ध बना अपने मन और तन को बहला लिया करेगा। पर अनारो की ख़ुशहाली की ख़बर ने वेद को बेचैन और बेक़ाबू कर दिया। उस दिन शराब की महफिल में सुनी बातें सुनने के बाद घर आकर भी वेद का मन शान्त नहीं हुआ। जिस अनारो को वेद मन से निकाल चुका था बिल्लू और रहमत की बातों ने अनारो की तस्वीर को नये फ्रेम में मड़कर फिर से वेद के मन में बैठा दिया। वेद के मन में फिर से एक नयी उथल-पुथल मच गई। एक बावरनी जो कल तक उसके नाम से जीवन जी रही थी, उसे उसके बिना जीना कैसे आ गया? जिस अनारो की ख़ातिर उसने घर, परिवार, समाज छोड़ उसे अपने तन मन में जगह दी, आज वो उसकी ज़िन्दगी तबाह कर ख़ुद अय्याशी कर रही है...? उस बावरनी की इतनी मजाल कि वह उसके बिना जीना सीख जाये..?.जीता-जिताया सरपंच का चुनाव उस बावरनी की वजह से उसके हाथ से निकल गया। इस बात ने वेद के मन में ज़हर घोल दिया। रुपया बरबाद हुआ उस बावरनी के चक्कर में। बिरादरी में इज़्ज़त गई सो अलग। यह सब कुछ उस बदज़ात औरत के कारण हुआ। देर से ही सही पर उस नागिन ने अपना रंग दिखा ही दिया। छोटी जात की औरत को उसकी औक़ात से ज़्यादा मान देकर उसकी इज्जत बढ़ाई। यह है उसका असली रूप? मन के भीतर चल रही इन बातों ने वेद के भीतर आग सुलगा दी। जी में तो आ रहा था कि इसी समय अनारो के घर जाकर उसका गला घोंट दे। खेतों से आने के बाद घर पर चारपाई पर पड़ा-

पड़ा यह सब अनारो के विषय में सोच वेद तमतमा रहा था कि तभी किरना थाली में रोटी लेकर आई तो वेद के चेहरे का तनाव देख कुछ कहने ही वाली थी कि वेद थाली पकड़ बैठता हुआ ख़ुद ही बोल पड़ा–

"कुज खेत नी परेशानी है...तू फिकर ना कर।"

(कुछ खेत की परेशानी है तू फिकर मत कर)। किरना ने कुछ पल वेद को घूर कर देखा तो वेद आँखें निकालता हुआ बोला,

"माईयावी दिमाग न ख़राब करियै...अक्खां ना कडिये म्हाड़ी तरफ़। आखेया ना के खेत नी परेशानी है...सम्ज नी अश्ना तुकी?"

(दिमाग़ मत खराब कर...कहा ना खेत की परेशानी है...आँखें मत निकाल इस तरह कहा न कि खेत की परेशानी है...समझ नहीं आता तुझे)। वेद ने इस क़दर चिड़ कर कहा कि वेद को घूरती हुई किरना रसोई की तरफ़ चली गई।

रोटी खा वेद बिस्तर पर पड़ गया, पर रातभर उसे नींद नहीं आई। सुबह उठ मन में कुछ विचार कर सन्देशा भिजवा छंगा को जल्दी ही खेत पर बुलवा लिया। ग़रीब छंगा आता भी कैसे नहीं। दो जून रोटी और पीने के जुगाड़ का सवाल था। कुछ देर वेद ने छंगा से कोई बात ना की। छंगा भी अपने काम में लग गया। छंगा खुरपी लेकर खेत की क्यारियों में से मेड़ के किनारे लगी घास काट रहा था कि झोंपड़ी के बाहर बिछी खाट पर लेटे वेद ने छंगा को आवाज़ लगायी तो खुरपी वहीं छोड़ छंगा दौड़कर वेद के क़रीब आकर बोला–

"हुकुम...कांई करणो है...।" आँखों पर से साफा हटा वेद खाट पर उठ बैठा और छंगा की ओर देख बोला–

"आ...बैठ...तोसै कुछ पुछणो है।" छंगा वहीं खाट के क़रीब उकड़ू बैठ गया। कुछ पल इधर-उधर देख वेद बोला–

"मोकू सांची-सांची बता...तू अनारो के बारे मै कितणो जाणै है....कांई सुणी है तैणै..." छंगा तुरन्त बोला–

"मालिक...सुणी सुणाई तो थे बी जाणो हो...पर मैणै जो अपणी आँखण सूं देखां है वा सांची कहूँगो...अनारो भाबी आजकल सहर कम जारी है...पर बस्ती मै खूब जाये है।" "अर स्साला वा मास्टर?"...हुकम मास्टर तौ मैणे बी कई दिणा भाबी के घर मै आता देखां है...मेयूरी घरवाली नै बी मोये बताई...घणी-घणी देर घर के भीतर रैहवै है वा मास्टर...और थे तौ जाणो हो...मास्टर के बाल ना बच्चा...लुगाई

पहलै ही मरगी...अर मास्टर के धोरे पीसो भी खूब है..." "हां हां पतो है मोय... आगै बोल।" छंगा बोलने को हुआ कि वेद ने छंगा को बीच में ही रोका और बोला–

"बस्ती मै कब जाए है अनारो?" "हर दूसरे तीसरे दिणा जाये है मालिक...।" यह सुन फिर कुछ सोच कर वेद बोला–

"अच्छौ...तो एक दो दिण घर रैह कै देख...जैसै ही अनारो घर सूं निकलै मोये आ कै बतइयो...और सुण...कांई कूँ बी या बात को पतो ना लगणो चइयै...नाय तौ म्हईं गाड़ दूँगो तोय...समझ गौ ने।" छंगा ने 'हाँ' में गरदन हिलाई और फिर वेद जेब से कुछ रुपये निकाल छंगा को देते हुए बोला–

"लै...टाबर कू कुछ मीठो ले जइयो...चल जा...अब जा कै काम कर अपणो।" छंगा रुपये अंटी में दबा तेज़ क़दम चलता मेड़ की ओर बढ़ गया और वेद लम्बी तान खाट पर पसर मूँछों को ताव देने लगा।

20

शहर में अनारो के बने सामान की माँग अब बढ़ती जा रही थी, इसलिए अनारो आधी रात तलक जाग कर चंगेरी, डलिया के नये नमूने बनाती रही। दिन निकलने से पहले ही कूएँ से पानी लाकर घड़े में भर अनारो ने रसोई का काम निबटाया और सिया को स्कूल भेजने से पहले ही घर के चूल्हे-चौके से निबट गई। सिया की कॉपी में आज का अभ्यास अलग से लिख दिया। सिया को स्कूल भेज दो-चार नमूने और बना कोई दस बजे अनारो झोले में सामान डाल घर से बस्ती की ओर निकल गई। अनारो के घर से निकलने की बाट में सुबह से छंगा पूरी तरह तैयार था। चाय का कप लेकर सुबह-सुबह ही बावरिया मोहल्ले के चबूतरे पर धूनी जमा बैठ गया। छंगा को देख उसके तीन-चार संगी साथी भी अपने घर से निकल वहीं जमावड़ा जमा गपियाने लगे। घर से निकल तिराहा पार करती पीपल के पेड़ के किनारे से निकल अनारो कंधे पर झोले में नमूने की चंगेरी, डलिया और एक ओर युवराज को उठाये गजगामिनी सी निकली तो छंगा के संग गपीयाते बंसी, लालू और कालू ललचाई आँखों से अनारो को देख लम्बी साँसें लेने लगे। फिर क़रीब से दूर होती अनारो को टेड़ी गरदन से देखते कालू की खोपड़ी पर चटाका जड़ते हुए छंगा बोला–

"दारी के...कांई देख रां है...तेयूरी पकड़ मै ना आये भाबी...काए कू नाड़ कू कस्ट देय्रां है... ।" कालू चटाका खाकर खिसियाया हुआ बोला–

"मेय्री का...पकड़ मै तौ तेय्रा मालिक बेद के बी ना आई भाबी...हम कम सू कम देख कै तो सबर कर सकै हैं।" बंसी दूर होती जाती अनारो को देखते हुए बोला–

"भाया लुगाई तो मेयूरी बी कम मलूक ना है...पर गिरधर की लुगाई वाली बात कांई लुगाई मै ना है...जाणे कांई है इस लुगाई मै...देख कै जी कोणी भरै...सांची बात है....गिरधर साले नै कदर कोणी करी अपणी लुगाई की... " तभी लालू बोला–

"भाया थे सांची माणो या झूठ...अनारो भाबी है सेरनी...और सेरनी के मुँह खूण लग जाये तौ एक जानवर के खूण सूं वाकां जी कोणी भरै...।" लालू का इतना कहना था कि छंगा बोला–

"भाई वाह लालू...तैणै कतई पते की बात कही...तू तौ बच कै रईयो भाबी सूं...कदी सेरनी को अगलो सिकार तू ही ना बण जाय...।" यह कह हँसता हुआ छंगा अपने घर की ओर चला गया। छंगा की बात से वहाँ बैठे निठल्ले एक-दूसरे से हँसी-मज़ाक करने लगे। घर पहुँच सात-आठ रोटी जल्दी-जल्दी पेट में डाल तेज़ क़दम चलता छंगा खेत पर जा पहुँचा।

वेद छंगा के आने से पहले ही खेत पर पहुँच ट्यूबवेल चला चुका था। हौद पानी से लबालब भरी हुई थी और क्यारियों से होता हुआ पानी खेतों में जा रहा था। वेद हौद की मुँड़ेर पर बैठा खेतों पर नज़रें गड़ाये था कि छंगा वेद के पास आकर बोला–

"जय रामजी की मालिक।" वेद ने हल्की सी गरदन छंगा की ओर घुमाई तो छंगा बोला–

"हुकम...भाबी थोड़ी देर पहलै घर सूं निकली है...सीधी बस्ती की तरप गई है...अर कल सहर सूं एक गाड़ी बी आई भाबी के घर...वा मै सूं एक लांबो-चौड़ो आदमी भाबी के घर मै बड़ां...कोई आध घण्टा भाबी के घर मै रहै कै निकला... धमर सूं मालिक मैणै अपणी आखन सूं देखां...मेयूरी माई ने बी बताई...वा मास्टर बी दो दिणा पहलै भाबी के घर मै आयां।" एक साँस में छंगा यह सब कह गया। वेद एक टक छंगा की ओर देखते छंगा की बात सुनता रहा था और छंगा जब सब कह चुका तो वेद बोला–

"जादा खूंण मै गरमी आ गी है वाके... चल, तू खेतण मै पाणी देख...एक घण्टा बाद मोटर बन्द करणी मत भूलियो।" यह कह वेद हौद में से मुँह हाथ धो ट्रैक्टर पर बैठ खेतों से गाँव की ओर निकल गया।

अनारो के पहुँचने से पहले ही रामोली ने चटाई बिछा उस पर बिछौनी फैला दी और फिर जैसे ही दूर से अनारो को आते देखा ज़ोरदार आवाज़ लगाकर सभी संगतिनों को ख़बर कर दी और ख़बर मिलते ही एक-एक कर औरतें वहाँ आकर बैठने लगीं। हर बार की तरह अनारो ने नये डिज़ाइन सभी को समझाये और उनके साथ लगकर दो-ढाई घण्टे में काफी सामान भी बनाया। अनारो ने अब अलग-अलग सामान बनाने के लिए औरतों के समूह बना दिये थे जिससे उत्पादन जल्दी और ज़्यादा हो।

बस्ती की औरतें अब काम को ख़ूब मौज-मस्ती से करतीं। अनारो को तब बड़ी ख़ुशी होती जब काम के बीच-बीच में औरतें कोई गीत गाना शुरू कर देतीं या फिर हँसी ठिठोली करतीं। ख़ुद अनारो भी अपने गीत गाकर इन सहेलियों की तारीफ़ बटोर

फूली ना समाती। मेहनत का पैसा घर पहुँचने से सभी औरतें ख़ूब ख़ुश थीं। उनके जीवन को नयी राह अनारो के माध्यम से मिल गई थी। सबको इस सप्ताह ज़्यादा उत्पादन करने के लिए प्रोत्साहित कर अनारो अपना झोला और युवराज को गोद में उठा ही रही थी कि रामोली के बच्चों ने अनारो से मिनन्त करनी शुरू कर दी कि आज युवराज को कुछ देर उनके साथ खेलने के लिए छोड़ जाये। बच्चों के कहने पर अनारो भी मना ना कर सकी। युवराज भी बच्चों के बीच ख़ूब हिल-मिल गया था।

अपना झोला उठा अनारो वहाँ से उठी और तेज़ क़दम चलती विद्यालय के सामने से निकल ही रही थी कि उसके क़दम रुक गये। विद्यालय के प्रांगण में पेड़ों के तले बच्चों को पढ़ते देख कुछ पल अनारो वहीं खड़ी देखती रही। फिर तालाब को पार करती अपने मोहल्ले की ओर बढ़ती चली आ रही थी कि विशाल गूलर के पेड़ के नीचे खड़े उसकी ओर देख रहे वेद को देख अनारो के पाँव ठिठक गये। उसी पल वेद के चेहरे से निगाह हटा अनारो वेद के सामने से गुज़रने लगी तो वेद ने आगे बढ़ अनारो का रास्ता रोक लिया। इस तरह वेद के उसके सामने आकर खड़े हो जाने से अनारो हड़बड़ा-सी गई पर फिर मुँह फेर वेद के सामने से आगे बढ़ी ही थी कि वेद ने उसकी बाँह कसकर पकड़ ली और एक झटके से उसे खींचकर गूलर के पेड़ के मोटे तने की ओट में ले गया। वेद की इस हरकत से अनारो की आँखों में ख़ून उतर आया। वेद की पकड़ से ख़ुद को छुड़ाती कसमसाती अनारो बोली–

"छोड़ो म्हारां हाथ...थारी हिम्मत कैसे हुई म्हाणे हाथ लगाणे की...?" अनारो की साँसें ग़ुस्से के मारे ऊपर-नीचे होने लगीं। अपनी पकड़ और मज़बूत करते हुए वेद बोला–

"घणो जोर आ गां है तुझमै..." "हाँ...आ गां है म्हारां मै जोर...छोड़ो म्हारा हाथ वेद बणां।" अनारो ख़ुद को वेद की गिरफ़्त से छुड़ाती हुई बोली–

"सारी खबर मिल री हैं मोये तू आजकल कांई कर री है" "मिल गी ना थाणे खबर...अब छोड़ो म्हारा हाथ..." "जो लुगाई अपने खसम कूं धोका दे सकै वा किसी एक की कैसै हो सकै है?" "मैणै अपणे खसम कूँ धोका दियां, तौ मेरे संग सम्बन्ध बणाकै आपणै अपणी लुगाई संग कांई करां?" अनारो अपना हाथ पूरी ताक़त से छुड़ाती हुई बोली। अनारो की दोनों बाज़ुओं को कसकर जकड़ता हुआ वेद अनारो की आँखों-में-आँखें गड़ा बोला–

"सहर मै सेठ की रखैल बण गी है तू...घर मै मास्टर के संग मुँह कालो कर री है...बड़ी गरमी आ री है आजकल तेरे मै...मेरे संग रिश्ता का तौ लिहाज रख लेती...?" अब तो अनारो नागिन की तरह फुफकारती हुई बोली–

"रिश्ता? थारा संग म्हारा कोई रिश्ता ना है...म्हारा जी मै जो आयेंगा वाई करूँगी...मैं आखरी बेर थारां सूं कै री हूँ...म्हारा हाथ छोड़ दो वेद बणां..." यह कह अनारो ने पूरी ताक़त लगा अपना हाथ छुड़ाना चाहा तो वेद अनारो का चेहरा अपने और नज़दीक खींचता हुआ बोला–

"मेरे सामणे इज्जत को नाटक करणे वाली छिनाल...दो कौड़ी की इज्जत ना है तेरी...मेरे नाम के बिणा तेरी कोई औकात ना है...मेरी इज्जत, मेरी सरपंची तैणे बरबाद कर दी...मेरे कूं बरबाद करकै बड़ी जल्दी नया रास्ता पै चलण लगी तू... जादा आग लग री है तो आ जइयो रात मै मेरे खेतण पै...सारी आग बुझा दूँगो तेरी..." वेद का इतना कहना था कि अनारो ने पूरी ताक़त लगाकर ख़ुद को वेद की पकड़ से छुड़ाया और ज़ोरदार तमाचा वेद के गाल पर जड़ती हुई बोली–

"अपणे बाप-दादा की कमाई पै ऐश करने वाला...मुझै मेरी औकात दिखायेंगा...? मरद हो तो अपणी म्हैणत की कमाई सूं जीवण जी कै दिखाओ वेद बणा...सरपंच...सरपंच...सरपंच...थारा संग म्हारा रिश्ता की सच्चाई म्हारा मुँह सूं कांई निकल गई...थाणे म्हारा कू अपणी जिन्दगी सूं निकाल दिया...? फिर आज म्हारा रास्ता मै कांई आ खड़ा हुआ हो...एक छोटी सी गलती की इतणी बड़ी सजा म्हाणे दी...पर अनारो थारा जैसै झूठ पै जीणे वाली लुगाई ना है...अनारो सच्चाई पै जीती आई है...थारां जैसी चालबाजी ना सीखी है मैणै ...।" अनारो की आवाज़ इतनी तेज़ थी कि कुछ ही देर में वहाँ एक-एक कर लगभग पूरे बावरिया मोहल्ले के साथ आठ-दस कश्मीरी घरों के औरत-मर्द भी इकट्ठा हो गये। अनारो की निगाह जैसे ही वहाँ जमा हुए लोगों पर पड़ी तो अनारो के भीतर दबा लावा फूट-फूटकर निकलने लगा। उन सब चेहरों को घूरती हुई अनारो बोली–

"तुम सबणे तमाशा देखणे को बड़ो शौक है न...थाणे म्हारा तौ खूब तमाशा बणायो है...आज मैं थाणे तमाशा दिखाऊँगी..." यह कह पेड़ के चबूतरे की ओर से फुँफकारती हुई अनारो हंसी की माई के क़रीब आकर बोली–

"कांई कही थी तैणै मेरे बारे मै कस्तूरी सूं...? अब मेरे सूं सुण सच्चाई...कई-कई बेर तू वेद बणां की झोंपड़ी मै गई पर थारा पै वेद बणा नै नजर ही नाय गेरी..." फिर इधर-उधर देख तेज़ चाल से कस्तूरी की बाँह पकड़कर बोली–

"थाणे कांई कही इस हँसी की माई सूं...के कांई दीख रां है या वेद बणां कूं इस अनारो मै...जो कई-कई बार वेद बणां की झोंपड़ी मै जाणे पै मेरे मै नाय दिखां... याई कही ना तैणै?" फिर चारों तरफ़ सबकी ओर देखती हुई बोली–

"आज मैं बताऊँगी थारा कूं के थारा मै और मेरे मै कांई फरक है...थे सब लुगाई इस वेद बणां के धोरे लोभ-लालच मै गईं...पर मैं...पूछ लो या खड़ां है वेद बणा...

कांई लूटो है मैणै इस वेद बणां का...पूछो...थारा जैसे अँधेरा मै छुप-छुप कै मुँह कालो ना करो है अनारो नै...मेरे पीछै सौ बेर मेरी देहरी पै आया है या वेद बणां...वा बी दिण के उजाला मै...।" फिर तेज़ क़दम चलती कलावती के क़रीब जा बोली–

"क्यूं री कलावती...तैणै तौ या वेद बणां के संग बड़ो टैम बितायां है...रुपया भी खूब कमायो है वेद बणा सूं...है न...?।" अनारो ने कलावती की आँखों-में-आँखें डाल कहा तो कलावती ने आँखें झुका लीं। फिर दौड़कर सन्तोष की बाँह झकझोड़ती हुई अनारो बोली–

"कांई री सन्तोष...थारी कहाणी बी सुणा दूं आज...?" सन्तोष ने पहले ही आँखें धरती में गड़ा ली थीं। फिर नज़रें घुमाती कालू के पास पहुँच अनारो बोली–

"अब तक कितणा दाम बटोरा है वेद बणां तक लुगाई और शराब पहुँचाणे का...? दलाल बण गां है तू तौ...हराम की कमाई सूं पाल रां है न अपणो टाबर...?" वहीं मुँह पर हाथ रखे हरचन्दी ताई आँखें फाड़े सारा दृश्य देख रही थीं। अनारो हरचन्दी ताई के पास जा बोली–

"कांई हरचन्दी ताई...औरत और शराब की दलाली करणे वाले अपणे पूत की कमाई खाते थाणे कदी शरम आई कि नाय...?" बड़ी देर से लाठी के सहारे खड़े खंखारते लक्खी राम चाचा को देख दूर से ही अनारो बोली–

"लक्खी राम चाचा...आज कुछ नाय बोलेंगा थे...म्हाणै तौ समाज सूं बाहर कर दियां...पर इस कालू अर या छंगा कूं समाज सूं बाहर निकालणे की हिम्मत है कि नाय थारी...?" अनारो घायल नागिन की तरह फुंफकारती जा रही थी। अब तक बस्ती के लगभग सभी औरत-मर्द भी वहाँ जमा हो चुके थे। कश्मीरी मोहल्ले के निठल्ले तो पहले से ही वहाँ जमा थे। अनारो की निगाह हरिजन बस्ती की औरतों पर पड़ी तो उनके क़रीब पहुँच रामोली की बाँह पकड़ अनारो बोली–

"कांई री रामोली...बता दूं आज इन सबणै कि कौण-कौण कश्मीरी इज्जतदार थारा बस्ती मै अपणो मूं काला करणे आये हैं...?" अनारो का इतना कहना था कि दिलीप के संग चार-छह और कश्मीरी निठल्ले ऐसे वहाँ से खिसके जैसे गधे के सिर से सींग।

अभी अनारो चिल्ला-चिल्लाकर गाँव वाले इज़्ज़तदारों को बेनकाब कर ही रही थी कि दौड़ती हुई किरना अपनी चार-छह सहेलियों और अपनी ननद शारदा बहनजी को साथ ले हाँफती हुई वहाँ आ पहुँची। गुस्से में तमतमाई किरना वहाँ इकट्ठा हुई भीड़ में से निकलकर आती अनारो के पास आ उसे झापड़ मारने ही वाली थी कि अनारो ने किरना की बाँह पकड़ ली। अनारो से अपनी बाँह छुड़ाती किरना हिकारत से अनारो को देखती हुई बोली–

"कंजरी, रंडी जनानी ...गाँव मै तमाशा करकै मेरे आदमी कू फिर अपणे जाल मै फसाने की चाल चल री है...?।" किरना का हाथ ज़ोर से झटक अनारो किरना से भी ऊँची ज़ुबान में बोली–

"बस किरना बाइसा...अब एक शब्द और नाय सुणूंगी... पूछो अपणे इस खसम सूं...तमाशा किसणे करां है...कांई मेरो हाथ पकड़ कै मेरो रास्ता रोका है थारां पति नै...? आज बी मेरे कूं अपणी झोंपड़ी मै आणे का न्यौता दियां है थारा परमेश्वर नै... ।" अनारो का इतना कहना था कि किरना ने घूर कर वेद को एक नज़र हिकारत से देखा और जल-कुढ़ कर दुपट्टे में अपना मुँह छिपा अनारो को घूरती हुई वहाँ से निकल गई। किरना के वहाँ से खिसकते ही मुँह नीचे किये तेज़ क़दम भरता वेद भी किरना के पीछे-पीछे वहाँ से खिसक गया। वेद के जाते ही वहाँ जमा भीड़ को देखती हुई अनारो बोली–

"कसूर थारा ना है...थारी आखण पै जो चश्मा लगा है वाकां भीतर सूं तौ बस लुगाई को शरीर ही देख सको हो...अध्यापक को दर्जा भगवाण समाण होवै है ...थाणे तौ देवता समाण आदमी कू बी बदनाम कर दियां...मैणै अपणे समाज की तरक्की को सपणा देखा...उसे सच करने की कोशिश की...पर थारी सोच मै ही खोट है... मैं पढ़ी-लिखी लुगाई हूँ...थारा जैसी ना हूं...थारा जैसै टाबर जणने और पेट भरने वाली जानवर ना हूँ मैं...ना ही म्हारा पै थारा जितणा खाली टैम है...जो यहाँ-व्हां बैठ इसकी उसकी बुराई करती फिरूँ।" इतना कहकर गूलर के पेड़ के चबूतरे पर गिरा अपना झोला उठा सभी को घूरती अनारो वहाँ से निकल गई। अनारो के जाते ही एक-दूसरे से अपना चेहरा छिपाते एक-एक कर सभी खिसकने लगे।

उस दिन जो गाँव वालों के सामने हुआ उसके बाद कुछ दिन गाँव में सन्नाटा पसरा रहा। कुंआ सुनसान रहा, चबूतरे ख़ाली और अड्डे पर मुरदनी छाई रही। और फिर हर बार की तरह हौले-हौले गाँव अपनी पहली सी दिनचर्या में लौटने लगा। चबूतरे भरने लगे, कुआँ मर्दों और औरतों की आवाज़ों व नेजू बाल्टी की चर्र-मर्र से गूंजने लगा, अड्डों पर निट्ठलों के जमावड़े फिर से लगने लगे, तन्दूर पर खन-खन चूड़ियां फिर से खनकने लगीं और टापों की पट-पट फिर से होने लगी। पर उस दिन जो सारे गाँव वालों के सामने हुआ वो दिन था और आज का दिन, अनारो के आगे बोलने की किसी गाँव वाले की हिम्मत नहीं पड़ी।

चार-छह महीनों के बाद अनारो और उसकी बस्ती की संगतिनां का क़ारोबार दिन-दिन बढ़ता देख और बस्ती की औरतों के घरों की ख़ुशहाली देख एक-एक कर बावरिया मोहल्ले की औरतों ने भी भूली-बिसरी कही-सुनी सब भुला अनारो के क़ारोबार में अपनी हिस्सेदारी दर्ज करा ली। अनारो के क़ारोबार ने जल्दी ही हरिजन

और बावरिया मोहल्ले की औरतों को स्वावलम्बी बना दिया। इस सबके तीन-चार माह बाद क़ारोबार इस क़दर बढ़ चला कि अनारो के घर के बाहर उसका अपना साईन-बोर्ड भी टँग गया 'सखी सहेली हस्तकला केन्द्र'। जिस दिन अनारो का साईन-बोर्ड टँगा उस दिन सभी औरतों ने ख़ूब नाच-गाकर अनारो के घर लड्डू मँगवाकर खाये। अनारो का क़ारोबार चल ही रहा था कि इस बीच एक दिन मास्टर जी अनारो को आँगनबाड़ी की उसकी पक्की नौकरी की ख़बर देने उसके घर आये। कुछ दिन आँगनबाड़ी की ट्रेनिंग शहर जाकर लेने के बाद अपने घर में ही अनारो ने आँगनबाड़ी का सेंटर खोल लिया। बच्चों को स्कूल भेज घर का काम ख़त्म कर सुबह नौ बजे से बारह बजे तक आँगनबाड़ी का काम-काज निबटा अनारो अपने मोहल्ले और फिर बस्ती की औरतों के संग नित-नये हस्तकला के नमूने और नयी-नयी वस्तुएँ बनाकर शहर भिजवाने लगी और शाम को बच्चों की पाठशाला। अब तक अनारो की कम्पनी दस से बारह वस्तुएँ बाज़ार में बेचने के लिए भेजने लगी जिनमें डलिया, चंगेरी, इंढी, दरी, पंखी, थालपोश, चूल्हे, रंग-बिरंगे फुदने लगी गूदड़ी, बिछौनी यह सब मुख्य थे। अनारो को यह सब करते ज़रा थकान नहीं होती। ऐसा लग रहा था मानो उसके पंख लग गये हों। माँ दुर्गा की तरह वह भी अष्टभुजाओं वाली हो गई हो।

सिया के साथ अब युवराज भी स्कूल जाने लगा था। एक दिन आँगनबाड़ी के अभियान पर चल रही कार्यशाला में असरफी माई के अँगूठा लगाने पर शिक्षा को लेकर जो भाषण अनारो ने दिया उसके बाद तो तमाम बड़ी-बूढ़ी औरतों के मन में बात लग गई और उन्होंने तय किया कि अब कोई अँगूठा नहीं लगायेगी। बस फिर क्या था अगले दिन से बच्चों के स्लेट और तख़ती उठाकर कई प्रौढ़ महिलाएँ अनारो के घर आ धमकीं। उस दिन अनारो को अपने समाज को दिशा देने के सपने में एक उम्मीद की किरण दिखाई देने लगी। अनारो का वह सपना जहाँ न कोई मालिक हो न कोई नौकर, न कोई ऊँचा हो, न नीचा। उसका समाज गुलामी और जात-पात की मानसिक हीनता की सोच से बाहर निकल आज़ाद पंछी सा महसूस करे। एक बार फिर अनारो के इस सपने ने अपनी राह पकड़ ली थी।

21

'चाँदघाटी' गाँव अपनी रफ़्तार चल रहा था कि एक बार फिर पंचायत के चुनावों की घोषणा ने चाँदघाटी गाँव के जीवन में हलचल मचा दी। हलचल सरपंच के चुनाव भर होने की नहीं थी। हलचल इस बात की थी कि इस बार सरपंच के लिए 'महिला उम्मीदवार' की घोषणा हुई थी। इस ख़बर ने गाँव के पुरुष वर्ग में खलबली मचा दी। 'सरपंच अर लुगाई...?' चबूतरे हों या खेतों पर लगने वाले अड्डे, हर तरफ़ बस एक ही बात की चर्चा थी–

"अब तौ भाई लुगाइन के आगे माथा रगड़णो पड़ेंगा"..."ओए जनानियां की कै पता सरपंची केड़े रा चलनीं..."

(अरे औरतों को क्या पता सरपंची किस राह चलती है)।

"जेड़ियां घर तूं बाहर नीं निकलियां ओना तूं हुन रां पुच्छनी पैसी..."

(जो घर से बाहर नहीं निकलीं उनसे अब रास्ता पूछना पड़ेगा)।

"अरै भाया...नाम लुगाई को होयेंगा पर सरपंच तो वा लुगाई को घरवाला ही होयेंगा...लुगाई मै इतणा दिमाग खां है..."

बाकी सब लोग तो केवल चर्चा कर रहे थे पर महिला सरपंची की घोषणा ने सबसे ज़्यादा अगर चाँदघाटी में किसी पर असर डाला था तो वह था 'वेद'। वेद का यही तो वह सपना था जिससे वह अपने बाप और शान्ति देवी के नाम को पीछे छोड़ अपने नाम का झण्डा पूरी बिरादरी में गाड़ना चाहता था। अपने इसी सपने की ख़ातिर तो वेद ने अनारो को एक झटके में अपने जीवन से निकाल फेंका था ताकि अगले सरपंच के चुनावों तक वह गाँव वालों के विश्वास को फिर से हासिल कर सरपंची के चुनावी दंगल में उतरेगा। उसके जीवन में अब यही तो एक वजह बची थी अपने आपको ख़ुश और सन्तुष्ट रखने की। यूँ तो उम्र के इस पड़ाव पर अब किसी और नशे की न तो उसकी उम्र थी, न ही वक़्त था। बच्चे बराबर के हो गये थे। जैसे-तैसे फिर से लड़की का रिश्ता साधारण से एक परिवार में तय किया।

बेटा निरा बाप के नक्शेक़दम पर चलने लगा था। मोटरसाइकिल पर बैठ जो सुबह निकलता तो दिन छिपे नशे में धुत्त ही घर घुसता जिसका ठीकरा किरना वेद के सर पर ही फोड़ती यह कहकर कि–

"जियै ज्या प्यो उऐ जेया पुत्तर।"

(जैसा बाप वैसा बेटा।)

वेद के घर में माहौल चाहे जो हो, पर घर के बाहर वेद की अकड़ में कोई बदलाव ना आया था। रही-सही कसर खेत में बने ठिकाने पर पूरी हो जाती। गाँव में दूसरे की जेब से खाने वालों की कमी नहीं पहले थी नहीं अब और जब शराब बिना दाम के मिल रही हो तो कौन छोड़े। आज भी वेद खेत पर बनी अपनी झोंपड़ी में लालटेन की रोशनी में मुफ़्तख़ोरों से घिरा बैठा था। ईंटों के बने चूल्हे पर मुर्गा और बोतलों में शराब महफिल का रंग जमाये थी। सत्ते अपना गिलास उठा एक घूँट लेता हुआ बोला "यारा वेद...ऐ सरकार ना बड़ा गलत फैसला आई गया...नई तै इस बार त्वाड़ा सरपंच बनणा पक्का सा" (यार वेद, ये सरकार का बड़ा गलत फ़ैसला आ गया...नहीं तो इस बार तेरा सरपंच बनना पक्का था)। "सांची खै रां है सत्ते...बेद के सामणै टिकणे वाला एक ना हाँ इस बेर...तेय्रां चाचा पलंग पै पडां है...वा तौ चुनाव लड़ ना सकै...रही बात म्हारा समाज की...तौ मैणै सब सूं बात पक्की कर ली इस बेर...हर बोट पै रुपया भी सेट कर लिया हां मैणै...पर या लुगाई के नाम की बात नै सारा-का-सारा मामला बिगाड़ दियां..." रहमत खां अपना गिलास हाथ में लिए-लिए बोला। तभी बिल्लू कुछ सोच प्याज़ का टुकड़ा मुँह में चबाते हुए बोला–

"ओये वेद...म्हाड़े दिमागैच इक गल्ल आई...किंया नीं तू किरना प्हावी की खड़ा करना ऐं...!"

(ओए वेद, मेरे दिमाग़ में एक बात आई...क्यूँ नहीं तू किरना भाभी को खड़ा कर देता है...)। बिल्लू की इस बात पर वेद ने घूरकर बिल्लू को देखा तो उसकी आँखों के भाव को समझ बिल्लू बोला, "ओए ठंडे दिमागै नाल सोच...या तै तू शारदा पैनजी संग समझौता करीन तै पैनजी की खड़ा कर...नीं तै फेर प्हावी किरना ना नां अग्गै कर।"

(ठण्डे दिमाग़ से सोच...या तो तू शारदा बहनजी के साथ समझौता कर ले और बहनजी को खड़ा कर...नहीं तो भाभी किरना का नाम आगे कर)। वेद ग़ुस्से में तमतमाता हुआ शराब का घूँट पेट में उतारता हुआ बोला–

"शारदा पैनजी हमेशा म्हाड़ी खिलाफत विच रई...म्हाड़ा पैनजी नाल जीना मरना खतम आ...देख्या नीं तू...शारदा पैनजी उस बावरनी नीं सगी बनी ...पर म्हाड़ा साथ नीं दित्ता?"

(शारदा बहनजी हमेशा मेरी ख़िलाफ़त में रही...मेरा बहनजी के साथ जीना मरना ख़त्म है...देखा नहीं तूने...शारदा बहनजी उस बावरनी की सगी बनी पर मेरा साथ नहीं दिया?)। तभी झट अपना गिलास ख़ाली कर रहमत खाँ बोला–

"भाई बेद...बिल्लू नै सही बात कही है भाई...थे किरणा भाबी को नाम आगे करो...जो भाबी जीत गी तौ असली सरपंच तौ थेई होवेंगा...भाबी कां तौ बस नाम होऐंगा...भाबी कू कांई पतो सरपंच को कांई काम है...भाबी के नाम कौ ठप्पा और काम थारां...असली सरपंच तौ थेई रहेंगा न बेद बणा...।" रहमत खां की यह बात वेद की समझ में आ गई। इसके अलावा अब सरपंची हासिल करने का और कोई चारा ना था। इस बात के बाद वेद में कुछ जोश भर गया और महफिल और रंगीन हो गई। फोकट की पीने वालों ने बेद के मन में बैठा दिया कि भाबी के नाम से इस बार जीत वेद की ही होगी।

पंचायत के चुनावों से चाँदघाटी की फ़िज़ां में रौनक बढ़ गई थी। इस बार हड़कम्प केवल मर्दों के खेमे में ही नहीं था, औरतों के खेमे में भी हलचल बराबर मची थी। शारदा बहन जी के घर यूँ भी चुनावों में लोगों का जमावड़ा लगा करता था, पर इस बार यह जमावड़ा शारदा बहन जी को जिताने वालों का कम, वेद की वोटी (पत्नी) यानी शारदा बहन जी की भाभी किरना के सरपंच के लिए खड़ी होने की मुखबिरी करने वालों का अधिक था। उधर वेद के चाचा दारोगा जी ख़ुद तो दिल की बिमारी के शिकार हो बिस्तर पर पड़े थे, पर दिल अभी भी सरपंच की पदवी पाने के लिए ज़ोर-ज़ोर से धड़क रहा था, चाहे यह सरपंची पत्नी के नाम पर ही क्यूं ना हासिल हो जाए। उन्होंने भी अपनी पत्नी बासमती के नाम की घोषणा सरपंची के दावे के लिए कर दी। कश्मीरियों में शान्ति देवी के ख़ून में ही राजनीति थी। शायद यही वजह थी कि उनके ही कुनबे की तीन औरतों के नामांकन सरपंच की दावेदारी के लिए आ खड़े हुए।

इधर कश्मीरी मोहल्ला पूरी तरह राजनीतिक चालें चलने में लगा था और दूसरी ओर मेव समुदाय की कोई लुगाई राजनीति में आने को तैयार ना थी और ना ही किसी मेव ने अपनी लुगाई के सरपंच बनने की दावेदारी की गुहार ही लगाई। उनके अनुसार–

"राजनीती मै लुगाइण को कांई काम...लुगाई को काम है टाबर की देखभाल..."
सिक्ख समुदाय पहले भी राजनीति में दिलचस्पी ना रखता था। हरिजन और बावरिया समुदाय की तो क्या ही बिसात जो राजनीति में आने की सोचें भी वे तो इसी बात से सन्तुष्ट थे कि उन्हें चुनाव के दिनों में मज़दूरी और भरपेट खाने को मिलेगा। राजपूत, मेवाती ठाकुर और कश्मीरी समुदाय के मर्दों के बीच ही मुख्यत: राजनीतिक अखाड़े लगा करते थे। उनका महिला वर्ग भी राजनीति से कोसों दूर था। उन्हें तो

बस जहाँ उनके मर्द कहते वहाँ वोट डालना था। पर इस बार तो मामला महिलाओं के ही पाले का था।

मेव समुदाय भले ही पंचायत के चुनाव में अपनी किसी महिला को चुनाव में उतारने की अनुमति नहीं दे रहा था पर अपने खेमे में बैठ राजनीतिक समीकरण पूरे बिठा रहा था कि उनके समुदाय की वोट किसके पाले में जाये और इसी बात पर चर्चा करने के लिए आज बाजखां के घर बैठक चल रही थी। बाजखां कई वर्ष पहले सरपंच रह चुके थे, इसलिए अपने तजुर्बे के आधार पर हुक्के का कश खींच बोले–

"देखो भाया...पाँच साल री हकूमत को सवाल है...थे देख ही रां हो...एक ही कुणबा के तीण-तीण नाम सरपंच की दावेदारी के हैं...जिस कुणबा मै आपस मै एका ना है...वा तीण गाम की सरपंची कूं कैसे सँभालैंगा...।" यह सुन शादीखां ने हुक्के की नली अपनी ओर खींच अपने मुँह में लगाई और एक लम्बा कश भरते हुए बोले–

"साफ़ दीख रां है...या कस्मीरी अपणी-अपणी लुगाई के नाम सरपंची जीतणो चाह रां हैं...बेद कल रात मेय्रा घर आयां हा...अपणी लुगाई के नाम की बोट माँगणे की अर्जी लेकै... " यह सुन रसूल खां हुक्के की नाल अपनी ओर खींचते हुए बोले–

"देखो भाई...कस्मीरीन मै सूं तौ कांई कूं बी नाय देणी बोट...या बात एकदम साफ़ है...इणमैं सूं कोई जीत बी गई तौ बामै अपणो दिमाग होऐंगा तौ कोणी...सरपंच तौ कोई ईसी लुगाई होणी चइयै जिसमै सरपंच बणणे की काबलियत हो...कस्मीरी समाज मै एक सारदा कौ नाम फिर बी मेयूरी समझ मै आरां है...पर वा का बोट काटणे वालां वा का ही कुणबा है...वाकूं बोट देकै तौ म्हारा बोट बी...।" रसूल खां अभी अपनी बात कह ही रहे थे कि बाहर गेट से ठाकुरों के मोहल्ले के तीन-चार ठाकुर सरपंच के चुनाव पर चर्चा करने और बाजखां का मत जानने के लिए आ धमके। यह बात सभी जानते थे कि मेव समुदाय में बाजखां, शादीखां और रसूलखां का बड़ा आदर है। यह सब जानते हैं कि मेव समुदाय एक ऐसा समुदाय भी रहा है जहाँ बड़े-छोटे का आदर आज भी जीवित है। यही कारण रहा कि सरपंच के चुनाव में दावेदारी करने वाले मेव समुदाय को लुभाने की भरपूर कोशिश करते रहे हैं। अभी चल रही चर्चा मतदान से पहले सरपंच की दावेदारी के लिए चेहरा ढूँढ़ने की थी।

मेवों के घरों में मर्दों का लम्बा-चौड़ा बैठकखाना रहता है। यह बैठक खाना लगभग हर घर में रहता है और दिनभर मर्दों का हुक्का-पानी, लेटना-बैठना सब यहीं हुआ करता है। पन्द्रह-बीस बड़ी-बड़ी ऊँचे पाये वाली चारपाई यहाँ हरदम बिछी रहती हैं। ठाकुर बड़े विशाल गेट से भीतर आये तो सभी ने हाथ जोड़ 'जय रामजी की' कही और बाजखां ने इशारे से उन्हें चारपाई पर बैठने को कहा। कर्ण सिंह,

हूकुम सिंह और उनके साथ आये सभी ने एक-दूसरे का हाल-चाल पूछने के बाद अपने आने का कारण बताया। बाजखां की ओर देख कर्ण सिंह बोलो–

"चाचा...ये कश्मीरी हमारे गाँव के तौ हैं नई और आपस मै इनमै एका बी नई है...अगर सब नै सारदा भैन को एकमत से खड़ा कर दिया होता तो हम सब बी खुसी-खुसी अपने बोट सारदा भैन को दे देते...पर ये तो वो हैं जो अपनी भैन का खायेंगे बी और उसे हरायेंगे बी।" शादी खां कर्ण सिंह की बात पर चौकड़ी मार बोले, "एकदम सांची बात कई है भाई करण सिंह...पूछो भाई जान सूं...अभी हम याई बात कर रां था।" तभी कर्ण सिंह कुछ सोचते हुए बोला, "जहाँ तक मेरा खयाल है...आपके घर की तो कोई लुगाई चुनाव मै खड़ी होएगी हैं जी?

बाजखां ने हामी भरते हुए 'हां' में गरदन हिलाई तो कर्ण सिंह झट बोला–

"तौ अब एक नाम मैं अपणे समाज से लाया हूं...जो आप सबकी मंजूरी हो तौ..." 'हां'...'हां'.. बोलो...जो थारे जी मै है बोलो कर्ण सिंह भाई..." रसूलखां ने कर्ण सिंह को देखते हुए कहा। कर्ण सिंह सबको देखते हुए बोला–

"मेरे छोटे भाई की घरवाली है जी...पढ़ी-लिखी तो चार जमात है...पर सरपंची सँभाल लेगी..."

अभी यह चर्चा चल ही रही थी कि सामने से मास्टर जी विद्यालय के वार्षिकोत्सव के लिए भूतपूर्व सरपंच और गाँव के विशिष्ट व्यक्तियों की हैसियत से बाजखां को आमंत्रित करने के लिए गेट से भीतर आ गये। हर वर्ष मास्टर जी विद्यालय के वार्षिकोत्सव में हर समाज, हर जाति के व्यक्तियों को उत्सव का हिस्सेदार बनाया करते हैं। इसी परम्परा के सिलसिले में मास्टर जी आये तो सभी ने चारपाई से उठकर मास्टर जी का आदर करते हुए उन्हें चारपाई पर बिठाया और नोहरे के पास जल रही अंगीठी से हुक्का भरकर लाते रहमत को बाजखां ने सबके लिए छाछ लाने को कहा। मास्टर जी के बैठते ही ठाकुर हरी सिंह गर्मजोशी से बोला–

"मास्टर जी...आप बड़े सही समय पर आये हो...हम सबकी राय पर आपकी मोहर लग जायेगी तो हमारा यहाँ आने का काम पूरा हो जायेगा।" मास्टर जी हैरानी से उन सबको देख बोले–

"किस बात की चर्चा चल रही है पहले यह तो बताइए..." हरी सिंह व शादिखां ने एक-एक कर मास्टर जी को उनकी अभी तक की चर्चा का पूरा हवाला दिया और जब यह बताया कि ठाकुरों में से सरपंच के पद के लिए एक महिला का नाम है जो कर्ण सिंह के भाई की पत्नी है तो मास्टर जी ने पहला प्रश्न किया–

"बहु की योग्यता क्या है?" "चार जमात पढ़ी है मास्साहब..." कर्ण सिंह ऐसे उत्साहित होते बोला मानो पीएचडी की डिग्री बहू के पास हो। मास्टर जी ने एक गहरी लम्बी साँस ली और सभी को सवालिया निगाह से देखते हुए बोले–

"सरकार ने यदि इस बार किसी महिला के सरपंच बनने की योजना बनाई है तो आप इस बात का अर्थ समझते हैं...?" मास्टर जी अपने बात के प्रति उत्तर में रुक गये पर कुछ पल सामने से कोई प्रतिक्रिया ना आते देख स्वयं मास्टर जी ही चुप्पी तोड़ते हुए बोले–

"आप सभी परसों विद्यालय के वार्षिकोत्सव में पधारें...मेरे आज के सवाल का जवाब आपको वहीं मिलेगा...और रही बात आज की चर्चा को आगे बढ़ाने की, तो ये तो हम दो दिन बाद भी कर सकते हैं...अभी सरपंच के नामांकन में काफी देर है..." कहते-कहते मास्टर जी खड़े हुए तो उनकी बात पर बाजखां मास्टर जी को बैठाते हुए बोले–

"मास्साहब...इस्कूल मै तौ हम सब आयंगा ही...पर आज बात चाल रई है सवरन जाति सूं बाहर कोई ऐसी लुगाई की जो अपणे जेहन सूं बी काम कर सकै..."

"वही तो मैं आपको कह रहा हूँ बाजखां जी...आप सब विद्यालय आइए...आपकी बात का तसल्ली से वहीं जवाब मिलेगा आपको...मुझ पर विश्वास रखिए..." यह कह मास्टर जी हाथ जोड़ बाहर की तरफ़ निकल गये। मास्टर जी के जाने के बाद बैठक कुछ देर और चली और इसी बात पर बैठक ख़त्म हुई कि मास्टर जी ने दो दिन माँगे हैं तो कोई बात नहीं, दो दिन बाद इस मसले पर बैठक फिर की जाएगी। यह सुन ठाकुर अपने रास्ते निकल गये। ठाकुरों के जाते ही बाजखां ने हिदायत दी की हमें दो दिन तक किसी की भी बातों में नहीं आना है। बाजखां की इस बात में 'हाँ' में गरदन हिलाकर बाकी सभी अपने-अपने कामों में लग गये।

विद्यालय में पूरे ज़ोर-शोर से उत्सव की तैयारी चल रही थी। इधर युवराज और सिया भी विद्यालय से आ शाम को घर के बरामदे में अपनी माँ के निर्देशन में गीत और कविता पाठ की तैयारी करने में जुटे थे। अनारो बीच-बीच में उनके हाव-भाव और संवाद स्वयं बोलकर और अभिनय कर उन्हें सिखाती और फिर सामने दर्शक बन बैठकर देखती। जहाँ कहीं कोई ढील नज़र आती तो तुरन्त उसे ठीक कराती। उधर मास्टर जी ने विद्यालय में नाटक मंचन का ज़िम्मा अनारो को सौंप दिया था जिसे अनारो विद्यालय जाकर अपने ट्यूशन वाले बच्चों और विद्यालय के अन्य बच्चों के साथ तैयार करवा रही थी। नाटक का नाम था 'अच्चू से अशफ़ाक तक'। यह नाटक 'क्रान्तिकारी अशफ़ाक उल्ला खां' पर केन्द्रित था। युवराज भी इस नाटक में भागीदारी कर रहा था। 'नन्हे अशफ़ाक' का किरदार युवराज कर रहा था। घर में सिया के साथ युवराज भी अपने संवाद अनारो को बोलकर सुनाता। अनारो को इन दिनों मरने तक की फुरसत ना थी। घर, विद्यालय, महिलाओं के साथ हस्तकला साम्रगी का निर्माण और इन सबके साथ आँगनबाड़ी के अन्तर्गत चल रहा टीकाकरण। यह सभी कुछ

एक साथ चल रहा था। इतना सब चलने के बाद भी जब अनारो विद्यालय में नाटक की तैयारी कराती तो उसका जोश देखते ही बनता था। दरअसल यह वह कार्य था जिसमें उसे सबसे अधिक आनन्द आ रहा था। थकावट का नामो-निशान अनारो के चेहरे पर नहीं दीखता। इन्हीं कामों के सिलसिले में आते-जाते कई बार वेद से भी सामना हुआ, पर न तो अनारो ने उसकी ओर देखा और न ही वेद ने अनारो की राह रोकने की हिम्मत की। हिम्मत करता भी कैसे, वेद को देख अनारो की आँखों और उसकी चाल में ऐसा वेग उतर आता जिसका सामना करने की वेद में हिम्मत ही ना होती। पर जिस दिन वेद अनारो को देख लेता उस शाम खेतों में बनी अपनी झोंपड़ी में जा शराब के दो पैग जिस्म में और ज़्यादा उड़ेलता और फिर अपने यार दोस्तों के आगे अनारो को बुरा भला बोल अपने भीतर की ज्वाला को शान्त करता और महफिल के उसके फुकरे हिस्सेदार तमाशबीन बने वेद के वही दोस्त अड्डे और थड़ियों पर बैठ कई दिन वेद और अनारो के प्रेम और नफ़रत के क़िस्से मिर्च-मसाला लगाकर अपना और दूसरों का मनोरंजन करते फिरते।

जब से विद्यालय में मास्टर जी ने वार्षिक उत्सव मनाना आरंभ किया था अधिकतर गाँव वाले जिनके बच्चे विद्यालय में पढ़ते थे या नहीं भी पढ़ते थे उत्सव देखने आया करते। बच्चों के माध्यम से इस बार विद्यालय के वार्षिकोत्सव में नाटक की ख़बर जब से गाँव वालों को लगी थी उनका उत्साह वार्षिकोत्सव के लिए देखते ही बनता था।

अन्ततः बीस दिन की नाट्य रंग कार्यशाला के बाद वह दिन आ गया जिस दिन वार्षिकोत्सव होना तय हुआ था। बच्चों ने मिल-जुलकर विद्यालय के पूरे प्रांगण को रंग-बिरंगी कागज की झण्डियों से सजाया था। परम्परागत ढोल, नगाड़ा, ताशा और मसक वाद्य यंत्र बजाते कलाकार विद्यालय के मुख्य द्वार पर दर्शकों के स्वागत के लिए पारम्परिक धुनें बजा रहे थे। इन कलाकारों के तन पर पारम्परिक राजस्थानी वेश-भूषा ख़ूब फब रही थी। कुछ ही देर में पूरा प्रांगण हौले-हौले दर्शकों से भरने लगा। दर्शकों के साथ-साथ सभी समुदायों के वरिष्ठ व सम्मानित विशिष्ट गण, सिविल ड्रैस में अभी-अभी तबादला होकर आये नए थानेदार साहब अपने-अपने स्थान पर आकर विराजमान हो रहे थे। इन गणमान्य व्यक्तियों में वेद भी विद्यालय में आकर अपने स्थान पर बैठ गया। मंच पर दीप प्रज्जवलित कर विशिष्ट व्यक्तियों के साथ गाँव के कई बुर्जुगों ने भी मंच पर आकर दीप प्रज्वलित किया और इसके बाद प्रधानाचार्य के स्वागत भाषण के उपरान्त नन्हे-मुन्ने बच्चों द्वारा तैयार की गई सरस्वती वन्दना द्वारा कार्यक्रम का आरम्भ हुआ। उसके बाद तो एक के बाद एक सुन्दर प्रस्तुतियाँ दिखाकर बच्चों ने कार्यक्रम देखने आये दर्शकों का मन मोह लिया। जिन अभिभावकों के बच्चे मंच पर होते, वे दर्शक तो सामने उठ कर नाचने ही लगते,

जिन्हें आग्रह कर उनके स्थान पर बिठाया जाता। हर प्रस्तुति के बाद दो सूत्रधार बने बच्चे मंच पर आते और अगली प्रस्तुति के कलाकारों का परिचय देकर उन्हें मंच पर आमन्त्रित करते। अब बारी थी सिया और युवराज के कविता पाठ करने की। जैसे ही सूत्रधार बच्चों ने सिया के नाम की घोषणा की, बड़े आत्मविश्वास के साथ मंच पर आ सिया ने सुन्दर हाव-भाव के साथ देशभक्ति पर अपनी प्रस्तुति दी और अपनी प्रस्तुति से पहले अपनी प्रस्तुति के बारे में जानकारी भी दर्शकों को दी। उसने यह भी बताया कि यह लेख उसकी माँ 'श्रीमती अनारो देवी' ने लिखा है। सिया की प्रस्तुति इतनी संवेदना से भरी थी कि प्रांगण में बैठे दर्शकों की आँखें नम होती चली गईं। फिर युवराज ने अंग्रेज़ी में अपनी कविता पढ़ी और कविता से पहले अपनी कविता का अर्थ भी हिन्दी में दर्शकों को समझाया।

इसके बाद सूत्रधार बच्चों ने मंच पर आकर कहा कि 'आप सभी को जिस प्रस्तुति की प्रतीक्षा थी अब उसका समय आ गया है यानी 'नाटक' का। सूत्रधार बच्चों की इस उद्घोषणा के साथ आरंभ हुआ नाटक 'अच्चू से अशफ़ाक'। तक मंचन के दौरान जिस प्रकार अंग्रेज़ी शासकों के द्वारा भारतवासियों पर जुल्म-ओ-सितम, हमारे क्रांतिकारियों के देश के लिए बलिदान और अंग्रेज़ी हुकूमत से विद्रोह के दृश्य मंचित हुए, उन्हें देखकर दर्शकों की साँसें थमने लगीं और फिर नाटक के आख़िर में जैसे ही आज़ादी प्राप्त होने और अंग्रेज़ों के हमारा देश छोड़कर भागने के दृश्य मंचित हुए तो दर्शकों ने भी मंच के कलाकारों के साथ 'वन्देमातरम्' के नारे पूरे जोश के साथ लगाये। नाटक के अन्त में जब नाटक में भाग ले रहे सभी बच्चों ने मंच पर खड़े होकर राष्ट्रीय गीत गाया तो मंच के कलाकारों के साथ सभी दर्शक भी अपने-अपने स्थान पर खड़े हो बच्चों के सुर में सुर मिलाने लगे और फिर नाटक की समाप्ति पर मंच पर आकर नाटक में भाग लेने वाले कलाकारों का परिचय दर्शकों से कराया गया जिनका ज़ोरदार तालियों से दर्शकों ने स्वागत किया।

इन सभी प्रस्तुतियों के बाद मास्टर जी मंच पर आये और माइक पर आकर बोले–

"अब मैं आप सबका उस इन्सान से परिचय कराऊँगा जिसकी अथक मेहनत एवं प्रयास से यह नाट्य प्रस्तुति आपके सामने प्रस्तुत की गई।" और यह कहकर मास्टरजी ने मंच के दाहिनी ओर जहाँ अनारो सभी बच्चों को उनके मंचन के उपरान्त मंच की सीढ़ियों से उतरने में मदद कर रही थी, उसे देखते हुए बोले–

"अब आपके सामने अपने मन के भाव और आज के कार्यक्रम को यहाँ तक लाने के अपने अनुभव पर अपनी बात कहने जिन्हें मैं मंच पर बुला रहा हूँ, वो हैं... अनारो देवी..." और यह कह मास्टर जी ने अनारो की ओर देखा और बोले–

"अनारो जी, कृपया आप मंच पर पधारें..." अपना नाम मंच पर आने के लिए पुकारे जाने पर एक पल को अनारो के माथे पर पसीना आ गया क्यूँकि यह तो मास्टर जी ने उससे कहा ही नहीं था कि उसे मंच पर आकर बोलना भी है। 'हे राम जी...या कांई हो गया...मैं...मैं...मैं मंच पर कांई बोलूँगी...या मास्टर जी ने कांई कर दिया...' मन-ही-मन सोचते हुए अनारो घबरा उठी। अनारो को घबराहट में देख मास्टर जी मंच से नीचे उतर अनारो के नज़दीक आ बोले–

"घबराइए मत अनारो जी...आप वही बोलिए सबके सामने जो सपना आप बचपन से देखती आई हैं...ईश्वर आपको एक मौक़ा दे रहे हैं...घबराइए मत...जाइए और कह दीजिए सबसे अपने मन की बात..."

"पर...प.. पर मास्टर जी...मैणे तो बोलने की कोई तैयारी ही..." "आपको तैयारी की क्या ज़रूरत है...बोलते समय बस एक बात याद रखियेगा कि आपके सामने भेड़-बकरियाँ हैं...और आपको उन्हें रास्ता दिखाना है बस...घबराइए मत... जाइए।" मास्टर जी के इन बोलों ने अनारो में ऊर्जा का संचार भर दिया। अनारो मंच पर जा ही रही थी और दर्शकों में अनारो का नाम सुनकर मचे हड़कम्प के मिले-जुले स्वर उसके कान में पड़ रहे थे।

वेद अनारो का नाम सुन ऐसा अनमना हुआ कि उठकर वहाँ से चलने को खड़ा हुआ, पर ऐसा वह कर नहीं सका। कुछ ही पलों में रंग-बिरंगी छींट की घाघरा-चोली पर चटक ओढ़नी सिर पर ओढ़े, पाँव में छम-छम बजती पाज़ेब की झंकार करती, आँखों में काजल की धार, सुराहीदार गरदन को ताने, हौसले से भरी अनारो मंच पर आ खड़ी हुई। मंच पर आ एक निगाह सारे दर्शकों पर डाल जब मंच के ठीक सामने की कुर्सियों पर गाँव के तमाम बड़े-बुर्ज़गों के बीच बैठे वेद पर अनारो की निगाह पड़ी, तो एक पल को उसके हाथ-पाँव ठण्डे पड़ गये। पर फिर जैसे ही मंच के नीचे खड़े एक टक अनारो की ओर देख रहे मास्टर जी ने अनारो की घबराहट को अपनी मुस्कान और हाथ उठा हिम्मत से बोलने का इशारा किया, तो अनारो ने मास्टर जी की मुस्कान में अपनी मुस्कान मिला सामने देखा, एक पल ईश्वर को मन-ही-मन स्मरण किया और फिर उसके होंठों से शब्द निकलने लगे–

"म्हारे सामने बैठे म्हारे और म्हारे आसपास के गाँव के सभी बड़े-बर्जुगों को म्हारा प्रणाम...ईश्वर की कृपा, आप सबके आशीर्वाद और मास्टर जी के म्हारे ऊपर विश्वास सूं, आज म्हाणे आप सबके सामणे आणे को अवसर प्राप्त हुआ है...गुरु तौ भगवाण समाण होवे है...और मास्टर जी मेरे जीवण मै ईश्वर का ही रूप बणकै आये हैं...मैं हमेशा आभारी रहूँगी मास्टर जी की। मास्टर जी नै मुझै एक घरेलू आम महिला सै ऊपर उठा कै खास बणा दियां है...आभार इस बात कां भी, के जो सपणा

मैंणे अपणे बचपन मै देखां है एक मास्टरनी बनणे को सपणा...इन बच्चन के संग काम करवाकै, म्हाणे या अवसर देकै, मास्टर जी नै म्हारे बचपण मै देखे सपणे को पूरा करां है...अभी आज आप सबणे जो नाटक देखा है वा नाटक, नाटक भर ना है...एक सच्चाई है जो कुछ ही साल पहलै हमारे और आपके घरों के बालकों जैसे किशोरों ने अपणी जाण गंवाकर हमै दिखाई है...और मेरी तरह उण क्रांतिकारियों नै बी अपणी जाण देणे से पहलै एक सपणा देखां...आजाद भारत कां सपणा... उस भारत कां सपणा जिसमै पूर्ण स्वराज को लाभ उण तक भी पौंचै...जिन्हें उस लाभ को अर्थ बी ना मालूम...ज्हां कोई बी किसी रां गुलाम कोणी हो...ना तण सै... ना मण सै...ना ही धण सै...और हमारे उण क्रांतिकारियों के जीवणदाण को फल उणै तभी मिलैंगा, जब हम सब ऊँच-नीच, छोटा-बड़ा, जात-पात, अमीर-गरीब भूलकै, अपणां-अपणां काम ईमानदारी सूं करैंगा...जब हर बड़े सूं बड़ा धणी व्यक्ति ये सोचेंगा, के जिसके पास कमी है वा कैसे पूरी की जाय...मैं थारा सबके सामणे अपणो ही उदाहरण रखूंगी...म्हाणे एक मौका मिला अपणी कला सूं धण कमाणे का...म्हारा बणाया सामाण हाथ-के हाथ बाजार मै बिकणे लगा...म्हारा लिए सोचो तो रोज-के-रोज कमाई सूं म्हारा घर बढ़िया चाल रा था...ख़ूब अच्छी तरह...पर म्हाणे किसी व्यापारी नै सुझाव दिया और मैणे अपणी कई भैण अपने संग जोड़ीं... आज आप सब के सामणे म्हारा कारोबार चाल रां है...म्हारी कितणी भैण आज म्हारी कला मै म्हारा संग भागीदार बणकै, अपणे-अपणे टाबर की देखभाल करती हुई अपने-अपणे घर मै रहकै इज्जत सूं रोजगार कर री हैं...काम कोई छोटो-बड़ो ना है...छोटी-बड़ी है हमारी सोच...आपणे नाटक मै देखा है के कैसै आजादी की लड़ाई मै जब जात-पात, ऊँच-नीच, छोटो-बड़ो भूलकै हमणै लड़ाई लड़ी, तौ दो सौ वर्षों से हमारे पर राज़ कर रहे अंगरेजण कूं हमणै अपणे देश सूं बाहर खदेड़ दियां...पर अब जब हम आजाद हैं, तौ फिर हमारे देश मै आज भी भेद-भाव को भाव क्यूं है...? मैं हाथ जोड़ कै आप सब सूं विणती करूँगी, के एक बार अपणे-अपणे घर जाकै इस बारे मै सोचणा जरूर...स्वामी विवेकानन्द जी ने कही है, 'मैं उस ईश्वर की आराधना करता हूँ...जिसै मूर्ख और अज्ञानी लोग मनुष्य कहते हैं '...इण पंक्तियों के अर्थ को आप मै सूं कुछ नै समझ लिया होयेंगा...पर जिण लोगण ने नाय समझा वे समझ लैं...स्वामी विवेकानन्द जी की कही बात को अर्थ है...ईश्वर हम सबके भीतर है–म्हारे भीतर, थारा भीतर है...यहाँ बैठे सबके भीतर है...ईश्वर मन्दिर, मस्जिद की चहारदीवारी मै ना है...अब आप सब अपने आप से पूछो के ईश्वर के बाणाये इन्साण छोटे-बड़े कैसै हो सकै हैं...! ईश्वर किसी जात-पात मै ना है...ईश्वर तौ म्हारे और आपके कुआँ के समाण है...जिसमैं पाणी एक ही है...पर हम सबणै

अपने अहंकार मै चरखड़ी अलग-अलग कर दी हैं...हमै इण सब बातण सूं ऊपर उठकै तरक्की को रास्तो अपणाणों पड़ैंगा...बस इन्हीं पंक्तियों के संग मैं अपणी बात खतम करूँगी...आप सब नै मेरी बात सुणी, आपकां खूब-खूब आभार... " और यह कह झुककर सभी दर्शकों को हाथ जोड़ उन्हें प्रणाम कर अनारो मंच से नीचे उतर आई। गाँव के बावरिया समाज की लुगाई के मुँह से किसी विदूषी के समान बोले गये इन शब्दों से एक पल को पूरे प्रांगण में सन्नाटा बिखर गया। और फिर कुछ देर के सन्नाटे के बाद जैसे ही भीड़ में बैठे एक व्यक्ति ने अपने दोनों हाथ मिलाकर ज़ोर से ताली बजाई, तो एक-एक कर पूरा प्रांगण तालियों की गड़गड़ाहट से गूँज उठा। भरपूर तालियों की गड़गड़ाहट के बाद सम्मानित मुख्य अतिथियों के हाथों पुरस्कार वितरण के पश्चात् कार्यक्रम का समापन हो गया। जाते-जाते मास्टर जी ने अगले दिन शाम को बाजखां की बैठक में आने की बात भी बाजखां और उनके साथ खड़े व्यक्तियों के आगे पक्की कर दी। मास्टर जी और प्रधानाचार्य महोदय व अन्य अध्यापकों को हाथ जोड़ धीरे-धीरे गाँव के सभी विशिष्ट व्यक्ति अपने-अपने घरों की ओर मुड़ गये।

22

विद्यालय में हुए जलसे के अगले रोज़ जब अनारो आँगनबाड़ी के टीकाकरण अभियान के लिए निकली तो उसने महसूस किया कि हर कोई उससे कुछ ज़्यादा ही हमदर्दी से पेश आ रहा है। उसे हैरानी हुई। वह तो जैसी पहले थी वैसै ही आज भी काम कर रही थी। फिर अचानक यह क्या हो गया है कि राह गुज़रते छोटे-बड़े सभी उसे सामने से आती देख गरदन झुका क़रीब से निकल रहे हैं और बड़ी-बूढ़ी उसके सिर पर हाथ फेर आशीष देती जा रही हैं। यह सब अनारो को हैरान तो कर रहा था पर मन-ही-मन ख़ुशी भी दे रहा था।

अगले दिन विद्यालय में छुट्टी होने के बाद मास्टर जी समारोह का लेखा-जोखा निपटाकर सीधे बाजखां की बैठक की ओर निकल पड़े। उम्मीदवारों के नामांकन में पाँच दिन ही शेष बचे थे इसलिए तय समय से पहले ही बाजखां के घर पंचायत लग चुकी थी। बस मास्टर जी के आने की ही प्रतीक्षा थी। मास्टर जी को गेट के भीतर आते देखा तो हरी सिंह गर्मजोशी से बोला–

"देखा...मैणे कही थी ना के मास्साब समय के बड़े पाबन्द हैं...लो आ गये मास्साहब..." *"आओ...आओ मास्साहब...पधारो।"* कहते हुए जलालुद्दीन खां ने बिछौनी बिछी चारपाई की ओर इशारा कर मास्टर जी को बैठने को कहा। सभी ने हाथ जोड़ मास्टर जी को बिठाया। मास्टर जी के बैठते ही बाजखां ने बात शुरू की–

"आज हम सब कूं कोई न कोई फ़ैसला तौ करणा ही है...बात किसी लुगाई के नाम की है मास्साहब...थे तौ पढ़ा-लिखा माणस हो। सारा इलाका थारां देखा-भाला है...या बात बी हम सब कूं दीख री है के नाम लुगाई को होयेंगा...पर सरपंची का फायदा तौ उस लुगाई के मरद नै ही मिलैंगा..." यह कहकर बांजखां ने हुक्का गुड़गुड़ाना शुरू कर दिया। मास्टर जी ने बड़े संयम से बाजखां की बात को सुना। अभी मास्टर जी कुछ बोलने ही वाले थे कि कर्ण सिंह उनके आने से पहले की चर्चा का ब्योरा देते हुए बोला–

"मास्साहब, बाजखां चाचा नै अपणी बिरादरी की किसी लुगाई को नाम देने से पहले ही इनकार कर दिया है...तौ या बात तो साफ़ है के सरपंची की दौड़ मै हार-जीत का फैसला ठाकुरों और कस्मीरियों के बीच ही होणा तय है।" कर्ण सिंह के इस बयान पर मास्टर जी बड़ी सहजता से बोले–

"पर हमारे गाँव में और भी जातियां रहती हैं कर्ण सिंह जी...यहाँ पर एक सवाल आज मैं आप सबसे पूछना चाहूँगा कि यह चुनाव जातियों के आधार पर आप लोग देख रहे हैं या फिर योग्यता के आधार पर...चाहे वह किसी भी समाज या बिरादरी से हो?" एक पल को सभी मास्टर जी की बात पर सुट्ट पड़ गये और एक दूसरे का चेहरा देखने लग गये कि तभी हरि सिंह बोला–

"मास्साहब...जात बिरादरी की भी अपणी अहमियत है...अब आप सब देख लो...कस्मीरी समाज पढ़ा लिखा है ...पैसे वाला भी है...पर इनमैं से कोई बी सरपंच बण गई तो किसी को बी नहीं पूछैगी...वैसे बी ये कस्मीरी अपणे आगे किसी को बी नई समझते।" यह सुन मास्टर जी कर्ण सिंह को देख बोले–

"आप अभी भी ऊँची और नीची जात-बिरादरी की बात कर रहे हैं कर्णसिंह जी...अच्छा ये बताइए, जो भी नाम आपके मन में हैं या सामने आ चुके हैं...क्या आपको लगता है उनमें सरपंच के दायित्व को समझने की समझ भर भी है?" बाजखां मास्टर जी की बात को समझ रहे थे। हुक्का गुड़गुड़ा हुक्के की नाल आगे बढ़ाते मास्टर जी को देख बोले–

"थारी बात एकदम सही है मास्साहब...आप म्हारी छोड़ो...आप अपणी कहो... आपकी नजर मै कौण है?।" बाजखां के साफ़-साफ़ पूछे जाने पर मास्टर जी बड़े आत्म-विश्वास के साथ बोले–

मास्टर जी ने एक नज़र सबकी ओर देखा और पूरे आत्मविश्वास के साथ उनके मुँह से निकला–

"अनारो देवी।"

मास्टर जी के मुँह से अनारो का नाम सुना तो नोहरे के पास कुट्टी कर रहे रहमत का हाथ कुट्टी करते-करते रुक गया और उसने मास्टर जी की ओर देखा। मास्टर जी के मुँह से अनारो का नाम सुनते ही हरी सिंह कुछ अनमना हो ऊँचे सुर में बोला–

"क्या बात कर रहे हो मास्साहब...आपको पता नई है...अरे जो लुगाई भरी बिरादरी मै दूसरा खसम होणे की बात करै...जिसणे अपणे यार की खातिर अपणा खसम मरवा दिया...वो लुगाई सरपंच... " हरी सिंह की बात को बीच में ही काट मास्टर जी भी कुछ ऊँची आवाज़ में बोले–

"वो एक दुर्घटना थी हरी सिंह जी...हम सब जानते हैं गिरधर दिनभर नशे में गिरता-पड़ता रहता था...और रही बात दूसरे मर्द की...तो अनारो वो हिम्मत और हौसले वाली औरत है जिसने सच्चाई को छुपाया नहीं बल्कि सच्चाई को स्वीकार किया...और आज भी सच्चाई और ईमानदारी से वो औरत अपने बच्चों को पालने के साथ समाज की औरतों के साथ रोजगार साझा कर रही है...वो भी उन औरतों के साथ जिन्हें हमने अछूत का नाम देकर अपने समाज और अपने गाँव से अलग किया हुआ है...आपने देखा नहीं कैसे उसने सबकी आँखों-में-आँखें डालकर विद्यालय के मंच से अपनी बात कही...क्या उसके बराबर और किसी औरत में है इतनी हिम्मत जो अकेली, किसी मर्द के सहारे के बिना समाज में बदलाव लाने की हिम्मत रखती हो...? और आप किस तरह के शब्द उस जैसी महिला के लिए इस्तेमाल कर रहे हैं कर्ण सिंह जी...उस औरत ने तो प्रेम किया है...उसके साथ खिलवाड़ करने वाला तो वो वेद है...वो मर्द जिसके आगे माफ कीजिएगा आपमें से कोई भी बोलने की हिम्मत नहीं कर सकता...आपको क्या लगता है...उसकी पत्नी यदि सरपंच बन गई तो वेद उसे निष्पक्ष रूप से काम करने देगा? वो तो सिर्फ नाम की सरपंच होगी...या फिर जो भी आप लोगों ने नाम सुझाए हैं...वो महिलाएँ चूल्हे-चौके के आगे सोच ही नहीं पातीं हैं तो वो सरपंच पद की ज़िम्मेदारी क्या उठायेंगी...? क्या उन महिलाओं की अपनी कोई सोच है? या उनका कोई तर्जुबा है? वह आत्म-विश्वास, वह समझ है जिसका नमूना आप सबने अनारो जी में देखा क्या उनमें है?" मास्टरजी की बात पर हरी सिंह कुछ कहने ही जा रहा था कि बाजखाँ हुक्का शादी खाँ की ओर सरका बोले–

"बस...अब और बहस की गुंजाइश ना है...हम सबने इस्कूल के जलसा मै वा लुगाई की हिम्मत और वाकी समाज के बारे मै सोच का नमूना देखा है...हमै जात-बिरादरी सूं ऊपर उठकै सोचना पड़ेंगा...म्हारी तरफ़ सूं 'अनारो देवी' के नाम की मंजूरी है मास्साहब...और कर्णसिंह भाई, हरी सिंह भाई...थे जिणका नाम बोले रां हो उणके नाम पै बी हमणै कोई एतराज ना है...भाई या तौ खुला मंच है...थे अपणे उम्मीदवार कू जिताणै की तैयारी करो...पर भाई म्हारा नजरिया मै तौ अनारो को नाम वाजिब रहेंगा...।" बाजखां का इतना कहना था कि ठाकुरों के चेहरे लटक गये। कर्णसिंह एक नज़र मास्टर साहब को देख बोला–

"मास्साहब...मैणै सुणा था पर आज अपणी आँखों से उस लुगाई का आप पर जादू चलते देख रा हूं...।" मास्टरजी कर्णसिंह को कुछ कहते पर उससे पहले ही हरिसिंह अपनी जगह से उठ खड़ा हुआ और सबको घूरते हुए बिना किसी को दुआ-सलाम किये बाहर की ओर बढ़ा तो साथ आये बाकी ठाकुर भी खुन्नस

में उठकर हरी सिंह के पीछे-पीछे बाहर की ओर चल दिये। उन सबके जाते ही मास्टर जी बाजखां की ओर देख कुछ कहने को हुए कि बाजखां मास्टरजी के मन के भाव समझ बोले–

"मास्साहब...थाणै कुछ कहणे की जरूरत ना है...थारा कू ज़ुबान दे दी तौ दे दी...म्हारी सारी बोट अनारो के नाम की ही पड़ैंगी...पर वा लुगाई तौ तैयार है न चुनाव लड़ने कूं?" "आप उसकी चिन्ता न करें...वह मेरी ज़िम्मेदारी है।" यह कह बाजखां को हाथ जोड़ मास्टरजी उठ खड़े हुए और मास्टरजी के जाने के बाद बाजखां, शादीखां और अन्य अपने भाइ-बन्दों के के साथ आगे की चर्चा में मशगूल हो गये। बाजखां की बैठक अभी चल ही रही थी कि भैंसों के चारे के लिए चारा काट रहे रहमतखां ने जल्दी-जल्दी हाथ चलाया और सारा चारा काट झट वहाँ से ऐसा चंपत हुआ कि किसी को पता ही ना चला। रहमतखां बाजखां की बैठक से चला तो सीधा वेद के खेतों पर बने उसके अड्डे पर ही जाकर रुका।

तेज़-तेज़ चलकर वहाँ आने से रहमत की साँसें फूली हुई थीं। वेद झोंपड़ी के पास खड़े ट्रैक्टर के इंजन की सफाई में लगा था कि रहमत को तेज़ चाल चलते आते देख दूर से ही चिल्लाया–

"अरै दौड़ कै कांई आरां है...आराम सूं आ...।" और फिर जैसे ही हांफता हुआ रहमत वेद के क़रीब आया तो अपने मसखरे अंदाज़ में उसे देख वेद बोला–

"आज दिण मै ही महफिल जमाणे को प्रोग्राम है कांई...महफिल रंगीन करणे को जुगाड़ बी है कै नाय...?" रहमत हाँफता हुआ बोला–

"अरै महफिल-वहफिल नै भूल जाओ बेद बणा अर अपणी सरपंची की सोचो... लागै है भाबी के सरपंच बनणे को रास्ता बी गयां" "दीमाग चलगां है कांई तेरो... लगा कै तौ नाय आयो है भैनचो..." "बेद भाई, थारी अनारो के सरपंच बन्ने पै मोहर लग गई है।" वेद का इतना सुनना था कि तैश में आकर उसने रहमत को गिरेबान से पकड़ लिया और उसकी गरदन दबोचते हुए बोला–

"साले...भैणचो...पहलै बी थारा लोगण की बातण मै आकै मैणे वा साली सूं पूरे गाँव के सामने अपणी बेज्जती करवाई...अब बातण मै ना आने वालो मैं...वाकां सरपंची सूं कांई लेणो–देणो?" बड़ी मुश्किल से अपने आपको वेद की पकड़ से छुड़ा रहमत बोला–

"अरै छोड़ भाई मर जाऊँगो...अभी-अभी बाज़खां ताऊ की बैठक सूं सुण कै आरां हूँ.. वा मास्टर नै ताऊ के सामण अनारो को नाम सरपंच की दौड़ मै सामिल कर दियां है...ताऊ नै वा अनारो कूं जिताणै की हामी बी भर ली है।" यह सुन वेद रहमत को घूरते हुए बोला–

"जो तेरी बात मै झूठ निकला तो याई धरती मै गाड़ दूँगो तोकू भैणच..." "अरै भाई अपणी आँखण और अपणे कानण सूं सुण कै आ रो हूं...जब सूं वा अनारो नै इस्कूल मै भासण दियां है...सब पै वाकां जादू चल गां है...वा मास्टर आज वाकूं मनाणे जा रां है वाकां घर...बस अनारो के हां करण की देर है...और अनारो मास्टर की बात कूं ना तौ कर ही ना सकै...आजकल तौ वह मास्टर के इसारा पै ही चल रां है अनारो को काम..." यह सुनना था कि रहमत की बात में वेद को सच्चाई नज़र आने लगी। ग़ुस्से के मारे वेद की मुट्ठियाँ कस गईं। आव देखा ना ताव, इधर-उधर देख ट्यूबवेल के पास पड़ी कुल्हाड़ी पर नज़र जाते ही आगे बढ़ कुल्हाड़ी उठा वेद वहाँ से निकला तो रहमत भी वेद के पीछे-पीछे हो लिया।

बाजखां की बैठक से निकल मास्टर जी सीधे अनारो के घर पहुँचे तो सिया ने बताया 'माई बस्ती गई है'। यह सुन मास्टरजी अनारो के घर से निकल बस्ती की ओर जा रहे थे कि बावरिया मोहल्ले वाले गूलर के पेड़ के चबूतरे के सामने से कुल्हाड़ी हाथ में लिए वेद आता दिखाई पड़ा। जैसे ही मास्टरजी पर वेद की निगाह पड़ी उसका चेहरा ग़ुस्से से तमतमा गया। उसने आव देखा ना ताव मास्टरजी के सामने जा उन पर कुल्हाड़ी तान उनकी ओर आगे बढ़ा कि रहमत के साथ मोहल्ले के लोगों ने वेद को पकड़ लिया। लोगों की पकड़ से ख़ुद को छुड़ाते मास्टर जी पर बरसता वेद बोला–

"मास्साहब...मास्टरी सै जी भर गया है तौ नौकरी छोड़-छाड़ तीरथ पै निकल जाओ...ऐसै मोहल्ले की लुगाइन के घर दिन-दहाड़े घुसोगे तौ बदनामी होणे मै देर नी लगेगी...और जादा गरमी आ री है तो हमै बोलो आपके घर ही इन्तजाम करवा देंगे...।" मास्टरजी वेद की आँखों में देखते हुए बोले–

"मुझे क्या करना है क्या नहीं ये मेरा काम है सोचना...और मैं अपने काम में ना किसी को दखल-अन्दाज़ी करने देता हूँ और ना अपना काम अधूरा छोड़ा करता हूँ...और हाँ, आगे से इस तरह मेरा रास्ता रोकने की बेहुदा बात मत करना वरना..." मास्टर जी की बात सुन वेद और तैश में आ गया और मास्टरजी पर कुल्हाड़ी तान उन पर वार करने ही वाला था कि मास्टरजी से चल रही बहस के बीच में बावरियों का लाला दौड़कर शारदा बहनजी के घर मास्टरजी से वेद की झड़प की ख़बर दे आया जिसे सुन वो दौड़ी-दौड़ी आई और दोनों के बीच आ वेद के हाथ से कुल्हाड़ी छीन उसे धकेलते हुए बड़ी मुश्किल से घर लेकर गईं। घर ले जा उसे चारपाई पर धकेल चिल्लाते हुए बोलीं–

"ओये कंजरा...कियां ओस देवता समान बन्दे की मारे पर तुलेया ना सैं...ओस त्वाड़ा कै बिगाड़ेया?"

(ओये कंजर, क्यूँ उस देवता समान इन्सान को मारने पर तुला था ...उसने तेरा क्या बिगाड़ा है)। शारदा बहनजी चिल्लाईं तो वेड़े में कपड़े धोते-धोते थापी छोड़ किरना और बच्चे दौड़कर क़रीब आ सुनने लगे कि अचानक क्या हो गया है। वेद पर चिल्लाती शारदा बहनजी बोलीं–

"ओये उस मास्टर कै कीता...कुछ आख्सैं...?"

(ओये उस मास्टर ने क्या किया है...कुछ बोलेगा?) वेद ग़ुस्से में भरा ज़मीन की ओर नज़रें गाड़े मुट्ठी भींचे बैठा रहा और फिर शारदा बहनजी की ओर घूरकर देखते हुए बोला–

"ओ...मास्टर...मादरचो...ओ अनारो ना हिमायती बनेया ना...उसकी सरपंच बनाये पर तुलेया ना..."

(वो...मास्टर...मादरचो...वो...उस अनारो का हिमायती बना हुआ है...उसको सरपंच बनाने पर तुला है)। एक पल को शारदा बहनजी भी वेद की इस बात से अनमनी हुईं कि मास्टरजी को भला अनारो को सरपंच बनाने में क्या दिलचस्पी। पर फिर ख़ुद को सँभाल बोलीं–

"अगर त्वाड़ी गल्ल सच्चई फेर बी त्वाड़ा ओस पर हत्थ चाये ना कै कम्म... ओये कियां असां ने प्यो आली हरकतां करना ऐं...शर्म कर...चुनाव विच जिसना मन ओ खड़ा होसी...तू कुन्न होना ऐं ओना की आखने आला के किसना साथ दै किसना नई।"

(अगर तेरी बात सच है फिर भी तेरा उनपर हाथ उठाने का क्या काम...अरे क्यूं हमारे बाप वाली हरकतें करता है...शर्म कर...चुनाव में जिसका मन होगा खड़ा होगा...तू कौन होता है उनको कहने वाला कि वो किसका साथ दें किसका नहीं)। अब किरना को सारा मामला समझ में आ गया। उसने बहनजी को शान्त करके उनके घर भेजा और फिर वेद के पास बैठ बोली–

"जिस जनानी ना क्हर छोड़ी बैठेया...उसने ना पर त्यान देना छड्डी छोड़ा... तुसा ने आखने पर मैं चुनाव विच खड़े होने नी हामी प्हरी...हुन असां की अपना कम्म करना...अनारो जेड़ा जी आये ओ करै..."

(जिस औरत का घर छोड़कर बैठे हो...उसके नाम पर ध्यान देना अब छोड़ दो...तुम्हारे कहने पर मैंने चुनाव में खड़े होने पर हामी भरी है...अब हमें अपना काम करना है...अनारो जो जी चाहे वो करे)। वेद किरना का इशारा समझ रहा था कि वह तो बस उसे हर हाल में उस अनारो से दूर रखना चाहती है। इस समय वेद ने शान्त रहना ही ठीक समझा। पर मन के भीतर आग लगी हुई थी। किरना वेद की आँखों-में-आँखें डाल उसे घूरते हुए वंहाँ से उठी तो वेद भी अनमना हो चारपाई पर पड़ गया।

मास्टर जी बावरिया मोहल्ले से आगे बढ़ हरिजन बस्ती में पहुँच गये। मास्टरजी को अपनी बस्ती में देख बाबुड़ा दौड़ा-दौड़ा मास्टरजी के नज़दीक आया और ढोक लगा बोला–

"कांई हो गयां मास्साब...थे म्हारा बस्ती मैं?" मास्टरजी बाबुड़ा के मन की हालत जान हँसते हुए बोले–

"कोई खास बात नहीं है...मुझे बस वो घर बताओ जहाँ अनारो देवी आई होंगी... उनसे मिलना है।" अनारो का नाम सुन आदर से एक-एक घर का ब्यौरा देता और अनारो के उनकी बस्ती की औरतों को रोज़गार देकर उनपर उपकार करने की बातें करता बाबुड़ा बीरमा के घर पहुँच बोला–

"याई घर है मास्साब...बीरमा कौ घर है या...आओ, आओ भीतर आओ।" बाहर से ही मास्टरजी ने अनारो को महिलाओं के संग काम करते देखा। किसी मंझे हुए वास्तुशिल्पी की तरह अनारो औरतों के कामों का निरीक्षण कर उन्हें काम समझा रही थी। दूर से ही बाबूड़ा चिल्लाया–

"अनारो भैण...मास्साब थारा सूं मिलणे आयां है।" अनारो ने 'मास्साब' सुना तो मास्टरजी को बस्ती में देख हैरान हो गई। इसी बीच मास्टरजी उन सबके नज़दीक आ गये तो मास्टरजी को अपने घर आया देखकर रामोली भीतर से मूढ़ा उठा लाई और बड़ी विनम्रता से मास्टरजी के नज़दीक मूढ़ा रख उन्हें देख बोली–

"बैठो मास्साब... ।" रामोली और वहाँ बैठी सारी औरतों के चेहरे मास्टरजी के स्वागत में क्या ना कर दें वाले भाव से न्यौछावर हुए जा रहे थे। मास्टरजी के बस्ती में आने की बात सुन बस्ती के अन्य पुरुष भी बीरमा के घर आ इकट्ठा हुए। सभी की हैरानी के साथ अनारो भी हैरान हो मास्टरजी को देख बोली–

"ईसो कांई हो गया मास्साब के आपको मेरे सूं बात करणे बस्ती मै आणा पड़ा... मेरे से कोई भूल हो गई है? आँगनवाड़ी की कोई शिकायत तौ ना है मास्साब?" अनारो की घबराहट को देख मास्टरजी मुस्कराते हुए बोले–

"तुम्हारी शिकायत ये है कि तुम अपना काम बहुत मेहनत और ईमानदारी से कर रही हो...इसलिए सरकार तुम्हें कुछ और ज़िम्मेदारी सौंपना चाहती है।" "मतलब.... मैं आपकी बात समझी नहीं मास्साब...और कांई जिम्मेदारी?" "अनारो...पहले अपने सपने को याद करो...क्या तुम्हें लगता है जो तुम कर रही हो उससे अपने समाज की तरक्की का सपना जो तुम देखती आई हो वो पूरा हो सकता है?" अनारो मास्टर जी की बात सुनकर सोच में पड़ गई और कुछ ही पलों में मास्टरजी को देखकर बोली–

"मास्साब...मैं अभी भी आपकी बात समझ कोणी पा री हूँ...आप साफ-साफ बोलो नै...कैहणो कांई चा रां हो आप?" मास्टर जी अनारो के चहरे पर कई सारे प्रश्न देख फिर वहाँ बैठे सभी को देख बोले–

"आप सबको पता है पंचायत के चुनाव आने वाले है?" वहाँ पर बैठे सभी ने इस बात पर 'हाँ', में गरदन हिलाई तो मास्टरजी सबको देख बोले–

"अब ये बताओ कि इस बार के इन चुनावों में विशेष बात क्या है?" सभी एक दूसरे को देखने लगे कि तभी रामकला उत्साहित हो बोला–

"मोये पतो है मास्साब...घर सूं मै सहर गयां...व्हां मैणे सुणी के इस बेर सरपंच लुगाई बणैगी... " मास्टरजी रामकला को शाबाशी देते हुए बोले–

"बिलकुल सही...बस इसी वजह से मैं यहाँ आपके पास आया हूँ।" अनारो मास्टरजी की बात पर हैरान होते हुए बोली–

"इस बात सै हमको कांई लेणो-देणो मास्साब...चुनाव, सरपंची, राजनीति.... हम सबणे इण सब सूं कांई मतलब?" अनारो की बात पर रामोली बोली–

"अनारो भैण सांची कै री है मांस्साब...म्हारा कांई लेणो–देणो सरपंची सूं... म्हाणे तौ लोभ-लालच दे कै या फिर धमका कै जो ज्हाँ कहेंगा बोट डालनी है बस।" इसी बात पर उकड़ू बैठा रामफल बोला–

"हम तौ एक ही बात सूं खुस हैं मास्साब...कि म्हाणे आठ-दस दिण खूब काम मिलैंगा और चुनाव मै खड़ा होणे वाला कुछ रुपया भी म्हाणे देंगा।" " और बस... तुम सब इसी से खुश हो जाते हो...।" वहीं धरती पर उकड़ू बैठा ओमी हंथेली पर तम्बाकू रगड़ते हुए बोला–

"मास्साब...या काम पईसा वालां का है...म्हारा जैसा लोग तौ बस गुलाम बनणे कूं पैदा हुआं है...म्हारी बराबरी होई ना सकै ऊँची जात वालां सूं... " अब मास्टरजी से और ना सुना गया और वे थोड़ा तैश मे आकर बोले–

"बस...इसी...तुम लोगों की इसी सोच ने तुम लोगों को पछाड़ रखा है...ये जात-पात, ऊँच-नीच...बहुत पुरानी हो चली है अब...निकलो अब तुम लोग इस सोच से बाहर और ज़रा दिमाग लगाकर सोचो कि सरकार तुम लोगों को तुम्हारी इसी सोच से निकालना चाहती है...तभी तो इस बार महिला सीट रिर्ज़व की है सरकार ने सरपंच के लिए...किसी भी जाति, सम्प्रदाय की महिला अपना नाम सरपंच के लिए दे सकती है...और अब मैं साफ़-साफ़ अपनी बात पर आता हूँ कि इस बार सरपंच के चुनाव के लिए मैं चाहता हूँ कि अनारो, तुम अपना नाम दो... " मास्टरजी अपनी बात एक साँस में कहकर शान्त हो गये। पर सरपंच के लिए अपना नाम सुनकर अनारो अशान्त हो गई। अनारो के संग वहाँ बैठे सभी औरत-मर्द भी यह बात सुनकर हैरान हो अनारो की ओर देखने लगे। इससे पहले कि कोई और इस बात पर अपनी बात कहता अनारो संकपकाई हुई इधर-उधर देख फिर मास्टरजी को देख बोली–

"कांई कै रां हो आप मास्साब...आँगनवाड़ी तक तो म्हाणे भी आपकी बात सही लागी...पर सरपंच के चुनाव मै म्हारा नाम आपके मण मै कैसे आया...? या छोटी-मोटी बात ना है मास्साब के आप बोलोगे और मैं आपकी बात माण कै हाँ कर दूँगी...।" मास्टर जी जानते थे अनारो की ऐसी ही प्रतिक्रिया होगी। मास्टरजी अनारो की बात सुनकर बड़ी सहजता से बोले–

"हाँ तो तुम्हें करनी ही होगी अनारो...अगर इस अवसर को तुमने गंवा दिया तो याद रखना...जो सपना तुम बचपन से देखती आई हो...तुम्हारा वो सपना कभी सच नहीं होगा...ईश्वर खुद तुम्हें ये मौका दे रहे हैं...न केवल अपने समाज के लिए बल्कि इस गाँव के विकास के लिए तुम्हें एक अवसर मिल रहा है....और फिर तुम्हें करना ही क्या है...जो तुम अब कर रही हो उसे थोड़े बड़े रूप में ही तो करना है...इस पद के लिए तुम्हारी जैसी कर्मठ महिला की ही ज़रूरत है...जो सरकार की बनाई योजनाओं को ईमानदारी से ज़रूरतमन्दों तक पहुँचाये...क्या ये काम अब नहीं कर रही हो तुम...?" एक पल को वहाँ बैठे सभी लोग मास्टरजी की बात सुन सोच में पड़ गये और फिर धीरे-धीरे आपस में एक-दूसरे से चर्चा करने लगे। इन सबके साथ अनारो भी मन-ही-मन उधेड़-बुन करने लगी और फिर कुछ सोंच मास्टरजी को देख बोली–

"चालो मास्साब एक बार कूं मैं आपकी बात माण बी लूं...पर चुनाव मै खड़े होणे से ही काम थोड़े ना चलैंगा...कितणा रुपया चइयै चुनाव जितणे कूं...देखा है मैणै...धूल उड़ाती गाड़ी...खाणा-पीणा...लोगण मै बाँटणे कूं रुपया...पर म्हारा पास इतणा...।" अनारो की बात बीच में ही काट मास्टरजी बोले–

"ये सब उनको चाहिये होता है जिनमें अपनी कोई योग्यता नहीं होती...और चुनाव केवल रुपयों से ही नहीं जीता जाता, दिमाग से भी जीता जाता है...तुम बस चुनाव में खड़ी होने की हामी भरो...बाकी सब मैं तुम्हें बताऊँगा।" मास्टरजी का इतना कहना था कि वहाँ बैठे सभी अनारो की ओर देखने लगे। अनारो को गहरी चिन्ता में डूबी देख मास्टरजी वहाँ बैठे सभी को देख बोले–

"अच्छा एक बात आप सब बताओ...अगर अनारो देवी सरपंच के लिए खड़ी होती हैं तो क्या आप सब अनारो का पूरी ईमानदारी से साथ दोगे?" बिना एक पल गंवाए वहाँ बैठे सभी औरत-मर्द एक स्वर में बोले–

"हम सब भैण अनारो के संग हैं।" रामोली बड़े उत्साह से खड़ी होकर बोली–

"मास्साब...आधी रात भी कुछ करणा पड़ेंगा तौ मै पीछे कोणी हटूँगी।" फिर तो एक-एक कर सभी अनारो का साथ देने की बात अपने-अपने तरीक़े से कहने लगे जिसे सुन अनारो के होंठ भी बुदबुदाये और वह मास्टरजी की ओर देख बोली–

"जब आप सब तैयार हो तौ फिर ठीक है...मैं आपके विश्वास पै चुनाव लड़णे कूं तैयार हूँ मास्टरजी..." अनारो का इतना कहना था कि रामोली के साथ-साथ वहाँ बैठी कई औरतें उठकर नाचने लगीं और यह सब देख मास्टरजी ने सन्तोष की साँस ली। फिर उन सबको शान्त कर मास्टरजी बोले–

"एक बात सबको याद रखनी होगी ...कि भले ही ये चुनाव महिलाओं के बीच मुकाबले का है...पर असल मुकाबला आप सबका पुरुष वर्ग से ही होना है... ये बात मैं पहले ही साफ़ कर दूँ क्योंकि इस बात में कोई संदेह नहीं कि अनारो जी से योग्य इस मुकाबले में कोई और दावेदार नहीं हैं...पर मुकाबला कठिन होगा... इसलिए हम सबको अपने काम के साथ-साथ अभी से चुनाव प्रचार की तैयारी शुरू करनी होगी...कैसे...ये मैं कल विद्यालय की छुट्टी के बाद अनारो जी के घर आकर बताऊँगा...आप लोग कल दोपहर तीन बजे अनारो जी के घर पहुँच जाना..." यह कह मास्टरजी मूढ़े से उठ खड़े हुए कि तभी रामोली मास्टरजी को देख बोली–

"मास्साब...आप म्हारा घर पहली बार आयां हो...पर थारा कूं कुछ बणा कै...।" रामोली की बात पूरी होने से पहले उसके भाव समझ मास्टरजी बोले–

"मैंने अनारो जी की आँगनबाड़ी की नौकरी लगने पर ही उनके हाथ की चाय बनवाकर पी थी...क्यूँ है ना अनारो जी?" अनारो की तरफ़ मास्टरजी ने देखकर कहा तो अनारो ने भी गर्दन 'हां' में हिलाई।

"उसी तरह जिस दिन अनारो जी सरपंच का चुनाव जीतेंगी उस दिन सिर्फ चाय ही नहीं आपके हाथ के पकौड़े भी बनवाकर खाऊँगा..." रामोली ने सुना तो उसकी आँखें नम हो गईं और हाथ मास्टरजी के सम्मान में जुड़ गये। सबको हाथ जोड़ मास्टरजी वहाँ से अपने घर की ओर मुड़ गये और वहाँ मौजूद औरत-मर्द अनारो के सरपंच बनने की चर्चा करते-करते अपने-अपने काम में जुट गये।

पंचायत के चुनावों की घोषणा के साथ ही 'चाँदघाटी' गाँव में इन दिनों आने वाले पंचायत के चुनावों की सरगर्मियां पूरे उफ़ान पर थीं। तीन गाँवों की पंचायत पर सरपंच की नियुक्ति के लिए अभी तक छह नाम सामने आ रहे थे। कश्मीरियों के कोई सौ घर जिनमें सबसे अधिक घर 'चाँदघाटी' गाँव के ही थे। अभी तक कोई चार नाम सरपंच की दावेदारी के लिए आ चुके थे। ठाकुरों के समाज से कर्णसिंह के छोटे भाई की पत्नी का नाम पक्का ही था। मेव समाज की कोई दावेदारी ना थी। पर जैसे ही अनारो का नाम सरपंची की दावेदारी के लिए सामने आया, तीनों गाँवों में थड़ी, चौराहे, अड्डे, खेतों, कुएँ और तन्दूर पर राजनीतिक चर्चाओं के अखाड़े लगने लगे। अभी तक ठाकुर, मेव, कश्मीरियों के बीच ही मुकाबला होता आया था, जिनमें मेव और ठाकुरों में से ही सरपंच चुना जाता रहा। अपनी अकड़ और शेखी में

डूबे कश्मीरी आज तक अपनी हार का विश्लेषण तक नहीं कर पाये, जो सामने से देखो तो एकदम साफ़ था कि कश्मीरी समाज जीतने से अधिक एक-दूसरे को हराने के प्रयास अधिक करता रहा है। इस बार भी वही परम्परा दोहराई जा रही है। पर चर्चा का विषय कश्मीरियों की हार-जीत ना था। चर्चा का विषय था बावरिया समाज से सरपंची की दावेदारी। वेद के सीने में आग दहक रही थी। जब से उसने सरपंची की दावेदारी के लिए अनारो के नाम की ख़बर सुनी तब से किरना की जीत-हार से ज़्यादा चिन्ता उसे सता रही थी कि कहीं अनारो चुनाव जीत न जाये, और जिस दिन से रहमत ने बाजखां के अनारो के नाम की सहमती की ख़बर उसे दी थी वेद का चैन छिन गया था। वेद भली-भाँति जानता था कि बाजखां की सहमति का क्या अर्थ है। चुनाव में हार-जीत का असली फ़ैसला तो मेवाती समाज की वोटों से ही होता आया है। वेद की सारी रात इसी उधेड़बुन में निकली कि इस समस्या का हल कैसे तलाशा जाए। सुबह नहा-धो रोटी-पानी से निपट बिना समय गँवाए ट्रैक्टर पर बैठ वेद घर से निकला तो सीधा बाजखां की बैठक पर जाकर ही उसका ट्रैक्टर रुका।

बाजखां तीन-चार मसनद आजू-बाजू दबाये नौकर से हाथ-पांव दबवा रहे थे। पाँच-सात कारिन्दे हौद से पानी भर भैंसों का नहला रहे थे और कुछ भैंसों के नीचे से गोबर एक ओर इकट्ठा कर रहे थे। बाजखां के छह कसरती बदन के लम्बे-चौड़े, हट्टे-कट्टे बेटे खेतीबाड़ी का काम सँभाला करते हैं, पर बाप के सामने गरदन झुकी ही रहती है। बाजखां के बेटे भी चारपाईयों पर ही बैठे थे कि तभी एक नौकर ने अंगीठी में से अंगारे ले बाजखां की चिलम भर हुक्के पर रख दी। बाजखां हुक्का गुड़गुड़ाने लगे कि तभी ट्रैक्टर को गेट के बाहर खड़ा कर गेट में से भीतर आते बाजखां ने वेद को देखा तो उसके आने का मतलब पहले ही समझ गये। गेट के भीतर आते दूर ही से बाजखां को देख वेद वहीं से 'राम-राम ताऊ' कहकर उनके नज़दीक आ बोला–

"और ताऊ... कांई हाल है।" कहते-कहते वेद चारपाई की ओर बढ़ने लगा तो बाजखां वेद की ओर देख बोले–

"अल्लाह को करम है...और बता तेयूरो कांई हाल है बेटा... " बाजखां ने बगल में ही कुट्टी कर रहे छोटे बेटे को देखा तो वो इशारा समझ दौड़ कर एक और हुक्का भर लाया और फिर पास में ही रखी दूसरी चारपाई पर बिछौनी बिछा बोला–

"बैठो बेद भाई, यहाँ बैठो... " यह कह वह कुट्टी करने चला गया। कुछ देर वेद इधर-उधर की करता रहा। बाजखां भी उस्ताद थे, उन्होंने भी अपनी ओर से कोई बात ना छेड़ी। वेद ही कुछ देर में असल मुद्दे पर आ गया और हुक्का गुड़गुड़ा बाजखां की ओर देख बोला–

"और ताऊ...इस बार कौण कूं जिताणे की सोची है आपणे..." बाजखां ने हुक्के की नली गुड़गुड़ा धुआँ छोड़ा और वेद की तरफ़ देख बोले–

"लुगाइन के बीच को मुकाबला है इस बेर...जौण सी लुगाई मै काबलियत दीखैगी वाई जीत जायेगी..." वेद समझ गया कि बाजखां बात को टाल रहे हैं। वेद भी कम खिलाड़ी ना था फौरन बोला–

"थारी बहू बी खड़ी हो री है इस बेर चुनाव मै...थारा आशीर्वाद मिल जाय तौ इस बार की सरपंची अपणी समझो...थारा कोई काम रुकणे नाय दूँगो...नाम थारी बहू का होऐंगा पर काम तौ थे जाणो ही हो...म्हाणे ही करणो है..." बाजखां बिना कोई भाव चेहरे पर लाये बोले–

"जो लुगाई अपणे मरद के दिमाग सूं चलैगी...वा सरपंच कैसै बण सकै है?" यह कह बिना वेद की ओर देखे बाजखां ने हुक्के की नली मुँह से लगाई ही थी कि वेद तैश में आकर बोला–

"मतलब...मेरे पास जो खबर पोंची है सही है...वा दो कौड़ी के मास्टर को कैणा माणकै आप अपणी बिरादरी को बोट वा साली अनारो बावरनी कूं डलवावेंगा...? भूलो मत ताऊ...म्हारा खेत की मजदूरी सूं थारा समाज के कई घरन को चूल्हा जलता आयां है...अब वा बावरनी कूं म्हारा पै राज करवावेंगा...?"

इतना कहना था वेद का कि उसकी तेज़ आवाज़ सुनकर आस-पास काम कर रहे बाजखां के बेटे और उनके कामगार काम छोड़कर बाजखां के इर्द-गिर्द आ खड़े हुए और वेद को आँखें दिखाते अपनी आस्तीनें ऊपर की ओर मोड़ने लगे। बाजखां ने बेटों के तेवर देखे तो जैसे ही एक नज़र उन पर डाली बाप का इशारा समझ वो सभी अपनी जगह खड़े रह गये। फिर वेद की आँखों-में-आँखें डाल बाजखां बोले–

"थारा खेतण मै मजूरी की मंजूरी देणे वालो तो अल्लाह है बेटा...वक्त एक सो कांई को ना रहै...अब म्हारा मुलक आजाद है...आज कोई छोटो-बड़ो ना है...और सरकार नै महिला सीट को फ़ैसला बड़ो सोच-समझ कै करां है...या जो थारा भाई खड़ा हैं न...या सब मास्टरजी सूं पढ़ कै ही बड़ा हुआ हैं...अर जिस अनारो बावरनी कूं म्हारी चौखट पै तू बुरो भलो कै रां है...वाकां घर कितणा टैम तैणै बितायां है अब सारा गाम जाण रां है...वा लुगाई नै अपणी काबलियत अपणी सिक्सा सूं साबित कर दियां है के लुगाई मरद सूं कांई मामला मै कम ना है...जो तेय्री लुगाई मै काबलियत हो तो आगे आये और अपणी काबलियत साबित करै।"

वेद बाजखां की बात का मतलब और इशारा अच्छी तरह समझ गया। बाजखां की बात सुन वेद की मुट्ठी कस गई। अभी वह कुछ कहने ही वाला था कि बाजखां ने अपने बेटों की तरफ़ देखा और बोले–

"हबीब...अपणे भाई कूं बड़े एहतराम के संग बाहर तक छोड़कै आओ..." इतना सुनना था कि पहलवान सी क़द-काठी वाला हबीब वेद के क़रीब आकर खड़ा हुआ तो वेद बाजखां को घूरता हुआ उठा और बोला–

"ताऊ...थारी बहू जीतै या हारै...पर वा अनारो तौ नाय जीतैगी..." यह कह वेद हबीब को घूरते हुए वहाँ से निकल गया। वेद को जाते देख बाजखां ने एक नज़र वेद की ओर डाली और फिर अपनी गरदन घुमा हुक्के की नली मुँह से लगा गुरड़-गुरड़ हुक्का पीने लगे।

23

जब से अनारो ने चुनाव में भाग लेने की हामी भरी थी मास्टर जी ने अपने कन्धों पर अनारो को सरपंच बनाने की ज़िम्मेदारी का पूरा बोझ ले लिया था। विद्यालय से छुट्टी होने के बाद कुछ एक ज़रूरी कामों को निबटाने के बाद मास्टरजी पंचायत के चुनावों और एक कर्मठ सरपंच बनने की तमाम पुस्तकों को पढ़ने में ऐसे रम गये मानो उन्हें इस विषय पर परीक्षा देनी हो। वास्तव में यह परीक्षा ही तो थी। मास्टर जी को उस तबके को एक व्यवस्था में लाना था, जिसमें आज तक वह सब मात्र एक संख्या भर थे। सचमुच अब तलक वो बस एक गिनती ही तो थे, जो चुनावी आकड़ों को कम या ज़्यादा करने का काम किया करते थे। पर अब वो इस व्यवस्था में अपनी पूरी भागीदारी दर्ज करवाने जा रहे थे। यही कारण था कि उन्हें अपने कर्तव्यों के साथ-साथ उनके अधिकारों के विषय में भी शिक्षित करना आवश्यक था और यह तभी हो सकता था जब शिक्षक पूरी तैयारी के साथ अपने विद्यार्थियों के समक्ष जाए।

विद्यालय की छुट्टी हो जाने पर घर जा खा-पीकर मास्टर जी तयशुदा समय पर अनारो के घर पहुँच गये। बावरिया समाज के कई घरों के लोग-लुगाई भी अब अनारो के साथ काम करने उसके घर आने लगे थे, इसलिए बस्ती के लोग-लुगाइयों के साथ बावरिया मोहल्ले के कुछ लोग भी अनारो के घर आकर चौका लिपे बरामदे में बिछी बिछौनी पर आकर बैठ गये। सब आपस में घर-गृहस्थी के विषय पर चर्चा कर रहे थे कि दरवाज़े पर साँकल बजने की आवाज़ आई तो युवराज ने दौड़कर दरवाज़ा खोला। सामने मास्टर जी को खड़े देख युवराज ने झट मास्टर जी के पाँव छुऐ और जैसे ही मास्टर जी ने भीतर क़दम रखा सभी मास्टर जी को देख 'राम-राम मास्साब' कह अपनी-अपनी जगह मास्टर जी के सम्मान में उठ खड़े हुए। तभी मास्टर जी को देख अनारो ने सुन्दर मेजपोश बिछे टेबल के साथ रंग-बिरंगी झालर

लगी बिछौनी बिछी कुर्सी पर मास्टर जी को बैठने का निवेदन किया। मास्टर जी के कुर्सी पर बिराजते ही वहाँ मौजूद सभी औरत-मर्द अपनी-अपनी जगह बैठ गये और उनके पास ही रंग-बिरंगी सुतली से बुनी घुँघरू जड़ी पीढ़ी सरका पायल की रून छुन करती अनारो भी आकर बैठ गई। हँसी की माई और कस्तूरी चूल्हे पर सभी के लिए चाय-पानी के इन्तज़ाम में जुटी थीं। मास्टर जी ने कुर्सी पर बैठते ही अपने झोले में से एक रजिस्टर और पेन निकाला और रजिस्टर को खोल उसमें आँखें गड़ा कुछ पढ़ने के बाद सबकी ओर देख बोले–

"आज से पहले जिन चुनावों में तुम सब बस अँगूठा लगा, या अपना नाम लिखकर, या लोभ-लालच, या डर के साये में वोट डाल कर अपना काम निबटा अपने-अपने घर लौट जाया करते थे, आज सबसे पहले जान लो कि वो चुनाव हैं क्या..." यह कह अनारो की ओर देख मास्टर जी बोले–

"और सरपंच की क्या-क्या ज़िम्मेदारियां हैं ये अनारो तुम ज़रा ध्यान लगाकर सुनना..." यह कह सबकी ओर देखते हुए मास्टर जी बोले–

"देखो...किसी भी गाँव के विकास और उसके बेहतर रख-रखाव के लिए हमारी केन्द्र और राज्य सरकारें लाखों की रकम दिया करती हैं...जिस रकम का प्रयोग गाँवों में सड़क, पानी, सिंचाई, नाली, स्कूल के प्रबंधन, साफ़-सफाई, शौचालय, तालाब, बेटियों की शिक्षा, बेहतर इलाज और इसी तरह के कामों के लिए किया जाता है... और इन पंचायत के चुनावों की व्यवस्था हमारी सरकार ने इसीलिए की है ताकि हमारा देश, हमारे गाँवों के विकास को साथ लेकर और शक्तिशाली और विकसित हो सके...आप सबके लिए ये जानना भी बहुत ज़रूरी है कि ग्राम पंचायत के द्वारा अब तक हमारे गाँवों में कितने काम हुए हैं...और ये जानने से पहले मैं थोड़ी जानकारी आप सबको और दे दूँ कि एक सरपंच के अधीन कितने मुख्य काम आते हैं जिसके लिए सरकार उस सरपंच को आप लोगों के वोट के आधार पर चुनती है और इन कामों के लिए उन्हें कितने पैसे मुहैया कराती है.... ध्यान से सुनने के साथ-साथ ये भी सोचते रहना कि क्या अब तक के चुने गये पिछले सरपंचों ने अपनी ज़िम्मेदारी पूरी तरह निभाई है या नहीं...।" यह सब कह मास्टर जी ने रजिस्टर का अगला पन्ना खोला और उसे देखते हुए बोले–

"हाँ...तो सरपंच का मुख्य काम है अपने गाँव की ऊबड़-खाबड़, कच्ची-पक्की सड़कों को पक्का करना, उनका रख-रखाव करना और घरों में इस्तेमाल हुए पानी के निकास के लिए नालियों को दुरुस्त रखना, आँगनबाड़ियों के माध्यम से बच्चों, युवाओं, लड़कियों, गर्भवती महिलाओं के स्वास्थ्य की देखभाल करना और इस कार्य में लगे कर्मचारियों के कार्यों की देख-रेख रखना, गाँवों में प्राथमिक शिक्षा को बढ़ावा

देना...एक अच्छा और सफल सरपंच गाँव के ज़िम्मेदार ग्रामवासियों की भागीदारी के साथ रैलियों और सभाओं के द्वारा कई तरह की योजनाएँ बनाने में भी सफल हो सकता है...इसे हम ऐसे समझते हैं कि जाति के आधार पर ना कर आर्थिक मतलब माली हालत के आधार पर बच्चों की मुफ्त शिक्षा, गाँव के सार्वजनिक स्थानों जैसे कि मन्दिर, मस्जिद, गुरुद्वारा हर धार्मिक स्थान पर बिजली की उचित व्यवस्था, पशुओं के पीने के पानी की व्यवस्था के साथ किसानों के लिए अच्छी फसल की जानकारी मुहैया कराने के लिए विशेषज्ञों को बुलाकर गोष्ठी और बैठकों की व्यवस्था सरपंच कर सकता है...इसके साथ ही पर्यावरण को उचित बनाने की हमारे देश में बहुत ज़रूरत है...जहाँ तक सम्भव हो सार्वजनिक स्थानों पर पेड़ लगाना, बच्चों के लिए खेल का मैदान, ग्रामवासियों के लिए ग्रामीण स्तर पर किये जाने वाले रोज़गारों की जानकारी के साथ-साथ उन्हें सुविधा उपलब्ध कराना...ये रोज़गार हो सकते हैं, जैसे मछली पालन, दूध डेरी, पशुपालन, हस्तकला जो कि तुम लोग कर ही रहे हो... इसके साथ जनगणना जैसे कामों को आसान बनाने में सरकार की मदद करना... इसके अलावा जन्म, मृत्यु, विवाह आदि का रिकॉर्ड रखना और इन सबसे ऊपर... गाँव में किसी भी प्रकार के मतभेद को दूर कर गाँव में भाईचारे एवं दोस्ती के माहौल को बनाना, ताकि कोई भी व्यक्ति अपने आपको छोटा या बड़ा न महसूस करे।" यह सब कहते-कहते मास्टर जी ने महसूस किया कि वहाँ बैठे सभी जन किसी पहली या दूसरी जमात के विद्यार्थियों जैसे बिना पलक झपके मास्टर जी के चेहरे पर आँखें गड़ाये उनकी बात सुन रहे हैं। अपनी बात पूरी कर मास्टर जी ने एक गहरी साँस छोड़ी। मास्टर जी के चुप होने के कुछ समय तक वहाँ ऐसा सन्नाटा बिखर गया जैसे वहाँ कोई हो ही नहीं और फिर जब मास्टर जी ने उन सबकी ओर देख कर पूछा–

"अब तुम सब में से एक-एक करके मुझे बताओ कि मेरी दी हुई जानकारी से तुम सब क्या समझे हो...?" मास्टर जी का यह कहना था कि सब एक-दूसरे का मुँह ताकने लगे कि कौन पहले बोले। अभी यह सब सोच ही रहे थे कि अनारो बोल पड़ी–

"मास्साब...जितणे काम आपणे अभी सरपंच के गिणवाये...जिणके लिए सरकार सरपंच को रुपैया बी देती रई है...वो काम म्हारा गाम मै तौ म्हाणे दिखें कोणी...तौ फिर वो सारा रुपैया गया कहाँ...?" मास्टर जी ने अनारो की तरफ़ देखा और बोले–

"क्या तुम लोगों ने कभी ये बात किसी सरपंच से पूछी...?" मास्टर जी के प्रश्न के उत्तर में प्रश्न पूछने पर रामोली बोली–

"कैय्सी बात खै रां हां मास्साहब...म्हारा लोगण की इतणी हिम्मत के सरपंच सूं पूछें उसणै कांई काम करां है...? कितणौ पीसो कहाँ लगायो है? म्हाणे इण

ऊँची-जात वालां के नजदीक जाणे की इजाजत तौ है कोणी... ।" तभी लीलाराम हाथ से मसलकर तम्बाकू मुँह में डालता बोला–

"मास्साब....हमणै तौ होस सँभालणे सूं अब तलक याई देखां है के एक जाणवर और म्हारा मै अगर देखो जाय तौ जाणवर का दर्जा म्हारा सूं ऊपर है...म्हारा खाणा अलग...म्हारा कुआँ अलग...म्हारा रहणा अलग...म्हारा मरणा-जीणा सब अलग... सब अलग-अलग-अलग... ।" यह कहते-कहते लीलाराम की आँखें छलछला आईं। लीलाराम की बात सुन और मास्टर जी की बातों को बड़े ग़ौर से सुन रही नैना बोली–

"आपणे बतायो मास्साब के किस तरै सरकार सरपंच कूं ढेर सारा काम करणे कूं पीसो देवे है...पर हमणै तौ खुला मै ही सौच करां है...म्हारा बच्चा अनपढ़ हैं.... कई-कई दिण म्हाणे बिजली कोणी मिलै ...गली मोहल्ला मै कीचड़ गारा घर के बाहर पड़ा रहै है...सूअर म्हारा घर कां आगै घूमैं...म्हारा गली मै अँधेरा...म्हारा बच्चन के संग कोई खेले कोणी...म्हारी छाया पड़णे पै गंगाजल सूं नहावै हैं ये लोग.... म्हारा कच्चा घर कभी पक्का ना हुआं मास्साब... " यह कहते-कहते मैना आवेश में लम्बी-लम्बी साँस लेने लगी। मैना की बात सुन भावुक हुई रामोली अपनी लूगड़ी से छलछला आई अपनी आँखें पोंछती बोली–

*" पहली बार अनारो भैण नै म्हारा पास आणे की हिम्मत करी है मास्साब...म्हाणे रोजगार दियां है...म्हारा टाबर आज अनारो भैण की वजै सूं सिक्षा पा रां है....नाय तौ म्हारा जीवण तौ मरे जाणवर की खाल उधेड़णै, इण ऊँची जात वालां का मैला ढोणे, इनकी चाकरी करकै दो जूण की रोटी मै ही बीतता जा रां हां... "*कहते-कहते रामोली भी सुबकने लगी। सबकी प्रतिक्रिया सुन मास्टर जी बोले–

"आप सबकी इन सब बातों के ज़िम्मेदार भी आप सब ही हैं...और इसका एक ही कारण है 'शिक्षा की कमी'। आपने ना ही शिक्षा में रुचि दिखाई और ना ही किसी से जानना ही चाहा कि आप सबके क्या अधिकार हैं...बस एक ये...ये अनारो ही मैंने एक औरत ऐसी देखी जो अपने अधिकारों को कुछ-कुछ जानती है और समझने की कोशिश करती है और इसका भी एक ही कारण है 'शिक्षा'...आप सबको पता है ना कि हमारा देश आज़ाद हो चुका है...और हमारा देश एक कानूनी लिखित किताब जिसे 'संविधान' कहते हैं उसके आधार पर चलता है...और हमारे संविधान में साफ़-साफ़ लिखा है कि कोई भी व्यक्ति किसी भी जाति के व्यक्ति को नल, कुएँ, मन्दिर, मस्जिद या कसी भी सामाजिक जगह पर जाने से नहीं रोक सकता...यह कानूनी अपराध है...अगर आप इसकी शिकायत कर दें तो अपराध करने वाले व्यक्ति को ज़ेल और जुर्माना दोनों भुगतना होगा...दूसरा आप लोग भी शिक्षा के आधार पर ऊँचे पद पर जा सकते हैं...आपके बच्चों को कई तरह के वज़ीफे,

पुरस्कार सरकार की ओर से घोषित किये गये हैं...पर वो सब पाने के लिए पहले तो आप सबको ही करनी पड़ेगी ना... " फिर एक गहरी साँस छोड़कर अनारो की ओर देखकर मास्टर जी बोले–

"मुझे लगता है अनारो, सरपंच के कामों और ज़िम्मेदारियों को अब तुम अच्छी तरह समझ गई होगी...इनमें से कुछ काम तो तुम आँगनवाड़ी में रहकर वैसे ही कर रही हो...।" मास्टर जी की बात सुन अनारो ने 'हाँ' में गरदन हिलाते बात में हामी भरी तो मास्टर जी बोले–

"हम्म...अब मुख्य बात पर आते हैं...और मुख्य बात ये है कि ये चुनाव लड़ना कैसे है....? इस बात से पहले मैं तुम सबको एक बात बता दूं कि हमारी महिलाएँ बहुत शक्तिशाली हैं...पर उन्हें अपनी शक्ति दिखाने के मौके बहुत कम मिलते हैं... आज आपको अपनी शक्ति दिखाने का एक बड़ा मौका मिल रहा है...लेकिन हमारा समाज कुछ ऐसा है कि वो महिलाओं को तरक्की की सीढ़ी पर चढ़ते हुए बहुत कम देख पाता है...तुम्हें भी पाँव पकड़कर नीचे खींचेगा...पर मेरी बात याद रखना, जिस दिन तुम तरक्की की सीढ़ी पर चढ़ जाओगी तो यही समाज होगा जो तुम्हारे आगे घुटने टेक देगा...अब ये तुम्हें तय करना है कि तुम पहले ही हार मानकर नीचे आना चाहती हो या फिर सीढ़ी की ऊपरी पायदान यानी सबसे ऊपर की सीढ़ी तक चढ़ना चाहती हो... " मास्टर जी की बातों ने वहाँ बैठी महिलाओं के ख़ून में जैसे उबाल ला दिया। मास्टर जी की बात सुन सभी एक आवाज़ में बोलीं-

"नीचै नाय गिरनो मास्साब...अब तौ ऊपर ही जाणो है।" महिलाओं के इस जोश ने मास्टर जी के मन में भी उत्साह भर दिया। इसी के साथ मास्टर जी अनारो को एक पुस्तक और एक रजिस्टर पकड़ाते हुए बोले–

"इस पुस्तक और इस रजिस्टर को ध्यान से पढ़ना और समझना...इसमें लिखी बातों में तुम्हें तुम्हारे हर प्रश्न का उत्तर मिलेगा... " और फिर सबकी ओर देख मास्टर जी बोले–

"अब हमें चुनाव प्रचार के लिए किस तरह से तैयारी करनी है इस बात के लिए अगली बैठक हम बस्ती में करेंगे आने वाले रविवार को... " यह कहकर सबको हाथ जोड़ मास्टर जी कुर्सी से उठ खड़े हुए और अनारो के घर से बाहर निकल गये। मास्टर जी के जाने के बाद सभी अनारो का पूरी तरह साथ देने का कह अपने-अपने घर के लिए उठने लगे।

सबके जाने के बाद अनारो ने एक निगाह मास्टर जी द्वारा दी गई किताब पर डाली और कुछ पन्ने उलट-पलट कर रजिस्टर के देखे जिसमें पन्नों के ऊपर नीचे लिखे ब्यौरे का शीर्षक लिखा था। कुछ पन्नों को पलटने से अनारो समझ गई कि

इसमें मास्टर जी ने चुनाव सम्बन्धित सारी रणनीति का ब्यौरा लिखा है। अभी सारा कुछ पढ़ने का समय ना था इसलिए अनारो ने अन्दर कमरे में जाकर सन्दूक में रजिस्टर और किताब दोनों रख दिये और फिर दोनों बच्चों को पास बुला उन्हें प्यार-दुलार कर रसोई के काम में जुट गई।

अनारो पूरी तरह कमर कसकर अपनी नयी दिशा की ओर बढ़ रही थी और उधर अनारो की अपनी बस्ती के छंगा के माध्यम से वेद के खेमे में अनारो के क़िस्से बढ़ा-चढ़ाकर पहुँचाये जा रहे थे। छंगा की लुगाई अनारो के साथ काम किया करती थी और अपनी लुगाई के आगे अनारो की दो-चार बड़ाई कर छंगा सारा कुछ उगलवा लिया करता और चन्द रुपये और दारू-बोटी की लालच में सारा-का-सारा मसौदा वेद के आगे उगल दिया करता। आज जिस तरह छंगा की लुगाई ने पूरे जोश में भरकर मास्टर जी की अनारो के घर पर लगायी चुनावी पाठशाला का पूरा ब्योरा अपने मरद छंगा को सुनाया तो छंगा को रात बितानी भारी पड़ गई। इस सारी ख़बर के बदले दुगने इनाम के लालच में छंगा रात भर करवटें बदलता रहा। सुबह रोटी-पानी खा कुछ देर बाँध की छतरी पर अपने यार-दोस्तों के संग मौज-मस्ती कर छंगा सीधा वेद के खेतों पर जा पहुँचा और पिछली शाम अपनी लुगाई से मिली सारी ख़बर वेद के आगे जा कही। हर बार की तरह छंगा की जेब गर्म कर कुछ देर सोचने के बाद वेद बोला–

"कल साम बस्ती मै बीरमा कूं सन्देस भिजवा के खेत मै पड्डा (भैंस का बच्चा) मर गां है...और अभी-के-अभी उठाणो है...मेरो नाम मत लीयो...बस पइसा दे कै खेत की तरफ़ भिजवा दीजो।" 'हाँ' में गरदन हिला छंगा चलने लगा तो वेद ने पीछे से आवाज़ लगाई–

" अरै छंगा! रुक।" वेद की आवाज़ से छंगा रुका तो वेद बोला–

"तू आप मत जइयो वाकूं बूलाणे...कांई और कूं भेजियो...समझ गो नै।" "समझ गां हुकम।" ये कह छंगा मुड़ा और कुछ क़दम चलकर पीछे मुड़ वेद को देख बोला–

"साम कौ कुछ इन्तजाम नाय करणो हुकुम?" वेद छंगा का इशारा समझ हँसा और बोला–

"साले...मादरचो...कोई दिण बिण पिये बी रैह जाय कर" और फिर जेब से कुछ और रुपये निकाल कर बोला–

"लै...आज तू अपणो इन्तजाम कर लै. कल साम कूं करैंगे मौज-मस्ती...वा बीरमा सूं मिलणे के बाद ...।" वेद के हाथ से रुपये ले वेद के पैरों को हाथ लगा छंगा मारे ख़ुशी के रुपये अंटी में दबा वहाँ से निकल गया।

छंगा के खेत से जाने के बाद उसके द्वारा दी गई ख़बर से वेद बौखला गया।

'मास्टर अनारो और उसकी बस्ती के लोगों को चुनाव जीतने की ट्रेनिंग दे रहा

है...अगले हफ़्ते मास्टर उन सबको वह गुण बताने वाला है जिन पर अमल करके निश्चित ही अनारो चुनाव जीतकर सरपंच बन जायेगी।' इस ख़बर ने वेद के भीतर तूफ़ान ला दिया। वह अनारो जो कल तक उसके खेतों पर मज़दूरी कर अपना पेट भरती थी, वह चाँदघाटी के साथ-साथ और दो गाँवों की मालकिन बन बैठेगी? वेद के कानों में 'अनारो देवी जिन्दाबाद...अनारो देवी जिन्दाबाद' के स्वर बजने लगे। स्वर इतने तीव्र थे कि उनकी प्रचण्डता से वेद के कानों के परदे फटने लगे। वेद का चेहरा ईर्ष्या से झुलसने लगा। ग़ुस्से के मारे उसका चेहरा लाल पड़ गया और नथुने फड़फड़ाने लगे। वेद ने इसी झुँझलाहट में इधर-उधर नज़र दौड़ाई और झोंपड़ी की ओट में रखी हुई शराब की बोतल उठा उसका ढक्कन खोल गटागट सारी बोतल गटक गया। कुछ ही पलों में उसका सिर चकराने लगा। चारपाई से उठने की कोशिश की तो क़दम लड़खड़ाने लगे और वो खाट पर ही लुड़क गया।

वेद से रुपये ले अंटी में दबा छंगा सीधा अपनी मण्डली में जा पहुँचा। दिन छिपे के बाद से जो छंगा ने महफिल जमाई तो रात कोई दो बजे तक खाना-पीना चलता रहा और यह सब छंगा की जेब से हुआ। रुपये घर ले जाता तो लुगाई सौ सवाल करती। अनारो की शागिर्दी में रहकर देशभक्त जो बन गई थी उसकी लुगाई। बस इसी डर से छंगा ने दोस्तों के संग खूब मौज-मस्ती उड़ाई और फिर पड़ोसी गाँव के ओमी को रुपये देकर बोला–

"ओमी भैया...आज की मौज-मस्ती के बदले मेयूरो एक काम करणो है...लै या पइसा पकड़ अर बीरमा के हाथ मै थमा कै कहियो...कल साम खेतण के रास्ता मै पड़ा पड्डा उठाणो है...पूरो पइसा है...काम हो जानो चईयै...।" छंगा के हाथ से पैसे ले जेब में डाल ओमी बोला–

"हो जायेंगा भाई...भाई को काम हो गयां समझो।" यह कह ओमी ने हाथ में पकड़ा गिलास गटका और छंगा के साथ महफिल आगे बढ़ने लगी।

अनारो का ख़याल और पूरी बोतल के नशे में जो वेद खाट पर पड़ा तो रात हो जाने पर उसकी आँख खुली। कानों में अभी भी छंगा की कही बातें और 'अनारो देवी जिन्दाबाद' के स्वर गूँज रहे थे। झोंपड़ी में अँधेरा पसरा हुआ था। वेद ने कमीज़ की जेब से माचिस निकाल लालटेन जलाई और कोने में पड़ी एक और बोतल मुँह से लगा ली। अभी तो दोपहर का नशा ही पूरी तरह ना उतरा था ऊपर से एक और बोतल। मन के भीतर बस एक ही ख़याल आ रहा था कि–

'कहीं सच में ही अनारो ये चुनाव जीत गई तो?' अनारो के दिमाग़, उसकी समझ का तो वेद को अन्दाज़ा था पर ये कौन सी उसकी ताक़त थी जो अनारो के संग रहने पर भी उसे दिखाई नहीं पड़ी। कई औरतें उसकी ज़िन्दगी में आईं-गईं पर

इस अनारो में ऐसा क्या है कि उसके साथ न होकर भी वह उसका पीछा नहीं छोड़ रही है और अब तो वो सामने से आकर उससे मुक़ाबले पर भी उतर आई है। क्या अनारो सरपंची जीतकर उसे नीचा दिखाना चाहती है? उससे बदला लेना चाहती है? ये सब सोचते ही वेद के मन में एक नए विचार ने जन्म ले लिया। कुछ पल मन में सोच विचार कर वेद खाट से उठा, लालटेन को फूँक मार बुझा पास रखी टॉर्च उठा लड़खड़ाते क़दमों से झोंपड़ी से निकल गया।

चारों तरफ़ गहरा अँधेरा छाया था। रास्ते चलते-चलते मेंढकों, झींगुरों और कीड़े-मकौड़ों की आवाज़ों के संग वेद की जूतियों की चर्र-मर्र अँधेरे में और दहशत भर रही थी। टॉर्च की रोशनी के सहारे लड़खड़ाते क़दमों से वेद खेतों से निकल सिक्खों के मोहल्ले को पार कर हरिजन बस्ती को पार कर बावरियों के मोहल्ले से होता हुआ अपने घर की ओर बढ़ रहा था कि अनारो के घर के सामने से निकलते हुए अनायास ही वेद के पाँव रुक गये। एक नज़र वेद ने अनारो के घर की ओर डाली। दरवाज़े की झिर्रियों से हल्की रौशनी की लकीरें बाहर झाँक रही थीं। वेद वहीं रुक गया। चाह कर भी उसके क़दम आगे की ओर बढ़ ना रहे थे। कुछ पल वहीं खड़ा रह उसने मन-ही-मन कुछ सोचा और फिर लड़खड़ाते क़दमों से आगे बढ़ अनारो के घर की साँकल बजा दी।

लालटेन की रौशनी में पढ़ रही अनारो इतनी रात गये अपने घर की साँकल बजने से चौंकी 'या बखत कौण आयो होयेंगा...हे रामजी. सब भली करियो।' अनारो ने मास्टर जी का दिया रजिस्टर जिसे वो पढ़ रही थी चारपाई पर पन्ना मोड़कर रखा और खूंटी से लूगड़ी उठा सिर पर ओढ़ तेज़ क़दम आँगन से होती दरवाज़े तक गई और भीतर लगी साँकल खोल किवाड़ खोला तो सामने वेद को देख ठिठक गई। कुछ पल दोनों ने एक-दूसरे की आँखों में देखा। अनारो ने भी अपनी ओर एक टक देख रहे वेद से आँखें नहीं चुराईं। बिना पलक झपके देखती रही और फिर अपने मन को क़ाबू कर जैसे ही किवाड़ बन्द करने लगी कि वेद ने दोनों बाजुओं का ज़ोर लगा आगे बढ़ एक झटके से किवाड़ खोल डाले और भीतर आ भीतर से साँकल बन्द कर अनारो को पार करता हुआ लड़खड़ाते क़दमों से बरामदे में आ खड़ा हुआ। वेद की इस हरकत पर अनारो की भौंहें तन गईं और दाँत भिच गये। उसकी आँखों में लाल-डोरे उतर आये। अनारो तैश में आ बोली–

"या कांई बत्तमीजी है...जबदस्ती मेरे घर घुस आणे को कांई मतलब है ?" वेद ने घूर कर अनारो की ओर देखा और उसके क़रीब आकर बोला–

"भूल मत...कई दिण अर कई रात गुजारी हैं इस घर मै तेरे संग मैणै... " और फिर झटके से आगे बढ़ अनारो की बाँह पकड़ उसे अपनी ओर खींचते हुए उसका

चेहरा अपने क़रीब ला बोला–

"तेरी पसन्द ना पसन्द...तेरे शरीर कां एक-एक अंग....सब देखां है मैणै... पर जो तू अब कर री है...वा कैसे ना दीखां मोय...तेरो या रूप कांई समझ ना पायो मैं...?" कहते-कहते वेद की साँसें अनारो की साँसों से टकराने लगीं। वेद के मुँह से आती शराब की बास से अनारो अनमनी हुई जा रही थी। वेद के अपनी ओर खींचे जाने से उसकी छाती वेद के सीने में दबी जा रही थीं। वेद की इस हरकत और उसकी मज़बूत पकड़ से तमतमाई अनारो वेद की आँखों में हिकारत से घूरती हुई बोली–

"कैसै देखते म्हारो या रूप...थारा प्यार मै बावली जो ही वा बखत..." यह कहते-कहते अनारो कसमसाती हुई वेद की पकड़ से ख़ुद को छुड़ाने का प्रयास करने लगी। वेद हिकारत से अनारो को देख बोला–

"तौ मेरे जाते ही मेरे सूं मुक़ाबलो करणे की हिम्मत आ गी तुझमै...?" अनारो वेद की बात पर व्यंग भरी मुस्कान भर बोली–

"थारा जाणे के बाद ही तौ म्हाणे अपने जीवण को असली अर्थ समझ मै आयो वेद बणा..." यह कहते-कहते अनारो के होंठों पर मुस्कान बिखर गई। वेद ने अनारो की इस ज़हरीली मुस्कान से चिढ़कर उसे पीछे धकेला और लड़खड़ाता हुआ बोला–

"ओहो...तौ सरपंच बणणो तेरे जीवन को अर्थ है...साफ़ कांई कूं नाय कै री के तू मुझै हरा कै मेरे सूं बदला लेणो चा री है...?" अनारो वेद की बात पर हैरान निगाहों से उसे देखती हुई बोली–

"आप तो अब मेरे जीवण मै दूर-दूर तलक म्हाणे दीखो ही कोणी वेद बणा...थारा सूं बदला कांई लूँगी मैं...मेरे सरपंच बनणे को थारा सूं कोई लेणो-देणो ना है...।" वेद अनारो के जवाब से और तिलमिला गया और आवाज़ ऊँची कर बोला–

"तौ फिर सरपंची की दौड़ मै शमिल कांई हो री है...?" अनारो वेद की आँखों-में-आँखें डाल उसके क़रीब आ बड़ी सहजता से बोली–

"बचपण सूं अपणे मण मै अपणे समाज की तरक्की को सपणा देखती आई हूं... और वो सपणा इसी रास्ता सूं पूरां हो सकै है..." कहती-कहती अनारो वेद की ओर पीठ कर अपने में खो सी गई। तभी वेद ने पैंतरा बदला और बोला–

"अच्छो...तौ तू अपणे समाज की खातिर सरपंच बनणो चा री है...तुझै कांई लग रां है...सरपंच बणकै तू दुणिया बदल देगी...? देख...मेरी बात माण...या सरपंची के पचड़े मै मत पड़...हां...जो किरना सरपंच बण गी तौ तेरो अर तेरे चार छह गरीब लोगण को मैं ध्यान राखूंगो...वैसै बी किरना कूं सरपंची सूं कोई लेणो–देणो ना है... काम तौ मुझे ही देखणो है..." यह कहते-कहते वेद ने लड़खड़ाते हुए पीछे से आ अनारो के कंधे पर हाथ रख दिया और बोला–

"तेरे पास ना हूँ पर मण सूं निकली ना है तू... मेरे सूं छोरा जणो है तैणै... इतणो ख्याल तौ राखणौ ही पड़ैंगा तेरो..." यह सुनते ही अनारो ने एक झटके से वेद का हाथ अपने कन्धे से झटका और उसकी ओर पलट बड़े ही शान्त भाव से बोली–

"अनारो नै दूसरे के कंधा पै रखकै बन्दूक चलाणो ना सीखां वेद बणा... और थाणे मेरे अर मेरे टाबर के बारे मै फिकर करणे की कोई जरूरत ना है... मेरे जीवण सूं निकल कै थाणे मेरे पै जो उपकार करां है... वा कूं कभी भूल ना सकूं मैं... थारा संग जीते-जीते तौ मै भूल ही गई के मेरे जीवण को असली अर्थ कांई है...।"

अनारो के इन शब्दों ने वेद के मन में चल रहे अनारो को अपने रास्ते से हटाने के सारे हथकण्डों पर पानी फेर दिया। वेद तो अनारो को बहला-फुसला कर या फिर धमकाकर अपने रास्ते से हटाने आया था। पर अनारो के इरादे और उसके तेवर के आगे वेद की हैसियत मिट्‌टी भर हो गई। वेद तिलमिला उठा और अनारो के क़रीब आ उसे धमकाता हुआ बोला–

"बस... भौत हो गी तेरी दलील... अब काण खोल कै सुण लै... सरपंच बनणे को सपणा देखनो बन्द कर दै... तू अर तेरो वह मास्टर... जितणी कोशिश कर लो... सरपंच तौ तोये मैं बनण नाय दूँगो..."

वेद अभी अनारो को धमका ही रहा था कि बरामदे के किवाड़ खड़खड़ाने लगे और जंगले में रखे बरतन एक-एक कर धरती पर गिरने लगे। तेज़ हवा की सांय-सांय ने आभास दिला दिया कि आँधी आने वाली है और वेद की धमकी ने जता दिया कि वो यहाँ क्यूं आया है। अनारो सिर से उड़ती अपनी चूंदड़ी सँभालती वेद की आँखों-में-आँखें डाल बोली–

"आँधी आणे वाली है वेद बणा... थारा रोकणे सूं रुकैगी नाय... अर मैं थाणे अपणे घर मै आसरो दूँगी नाय.... थारी खातिर अच्छो होऐंगा के अभी-के-अभी मेरे घर सूं निकल जाओ..." और यह कह अनारो वेद की ओर एक टक देखने लगी। अनारो की आँखों में इस समय उतर आये अंगारों को देख वेद भी उसके आगे और खड़ा ना रह पा रहा था। तभी आँधी के साथ रेत का गुबार दरवाज़े की भाड़-भाड़ के साथ भीतर आ गया। धूल के गुबार से आँखों में आ पड़ी धूल से वेद नशे में लड़खड़ाता आँखें मलता-मलता दरवाज़े से बाहर निकल गया और आँधी का सामना करती अनारो अपनी लूगड़ी पकड़े बरामदे से बाहर जाते वेद को देखती वहीं डटी खड़ी रही।

24

उस रात अनारो ने जिस तरह वेद की बात ना मानकर उसे अपने घर से विदा किया था, उससे वेद पूरी तरह बौखला गया। अनारो अब उसे अपने जीवन की सबसे बड़ी किरकिरी दिखाई देने लगी। अनारो को किसी भी तरह इस चुनावी दौड़ से बाहर करने के लिए वेद नयी योजनाएँ बनाने लगा। इसी योजना के तहत वेद खेत की झोंपड़ी में अपनी नयी मण्डली के साथ चुनावी बिसात बिछा रहा था कि किस तरह के प्रलोभनों से मतदाताओं को लुभाया जाये, ताकि ज़्यादा-से-ज़्यादा वोट किरना के पाले में पड़ें। आज की बैठक में कश्मीरियों के घरों के कोई पाँच-सात मुखिया वेद के मेहमान बने बैठे थे। झोंपड़ी में एक तरफ़ मुर्गा पकाया जा रहा था और दूसरी ओर बिछी चारपाई और पाँच-सात पास रखे मूढ़ों पर बैठे सभी अपने-अपने गिलास छलका रहे थे। वेद वहाँ बैठे सभी से चुनावों पर सलाह मशवरा ज़रुर कर रहा था पर उसकी आँखें बाहर की ओर ही लगी थीं। पतीली में कड़छी चला रही छंगा की निगाहें भी बाहर रास्ते पर ही लगी थीं साथ ही उसका दिल भी धड़क रहा था कि बीरमा टाइम पर ना आया तो उसकी हड्डी पसली तोड़ कर रख देगा वेद। पर जिस ग़रीब आदमी को अपने काम की मज़दूरी पूरी-की-पूरी काम से पहले ही मिल गई हो वह कैसे वक़्त पर नहीं आयेगा।

बीरमा दिन छिपने से पहले ही इधर-उधर देखता खेतों के रास्ते दूर तलक जा रही कच्ची सड़क पर आ पहुँचा और नज़रें दौड़ाने लगा कि मरा हुआ जानवर कहाँ है। छंगा ने जैसे ही बीरमा को देखा तो वेद को इशारा किया और मण्डली के साथ गिलास मुँह में लगा छंगा का इशारा समझ वेद ने बीरमा को देख झोंपड़ी में से ही आवाज़ लगाई–

"अरै ओ बीरमा...य्हाँ आ...।" दूर से वेद के पुकारे जाने पर बीरमा बिना किसी सोच-विचार के वेद के नज़दीक आया और हाथ जोड़ खड़ा हो गया। बीरमा को एक टक अपनी ओर देखते घूरते हुए वेद बोला–

"कांई देख रां है आँख फाड़ कै स्साले..." "कुछ नाय मालिक...पड्डा उठाणे आयो हूँ...पर दीख नाय रा कहीं पड्डा..." वेद बीरमा को घूरते हुए बोला–

"आजकल तेरी आँखण पै राजनीति को चस्मा जो चढ़ां है...तोकूं पड्डा कहाँ दिखेंगा..." वेद ने यह कहा तो फोकट की पीने वाले ठहाका लगाकर हँस पड़े। बीरमा को अपनी इस तरह खिल्ली उड़ाना नहीं भाया और झट से वो बोला–

"राजनीति को नसा कौण पै नाय चढ़ै मालिक...सरकार को काम है...इसमै तौ सबकां बराबर का हिस्सा है..." बीरमा का इतना कहना था कि गिलास वहीं पटक वेद लड़खड़ाता हुआ खाट से उठा और उठते ही बीरमा पर लात-घूँसों की बौछार करने लगा। वेद के साथ-साथ उसके चेलों ने भी बीरमा पर लातें बरसाना शुरू कर दिया–

"स्साले...मादरचो ...म्हारा सामणे ज़ुबान चलन लगी तेरी...साले...भैणचो... पाम की जूती सिर पै नाय रखेंगे अपणे...अपणी औकात मै रहणो सीख लो सालो..." बीरमा की कनपटी से ख़ून चूने लगा। अधमरा सा हो गया बीरमा। जब धरती पर लातें-घूँसे खाते बीरमा की आवाज़ आनी बन्द हो गई तो कोने में खड़ा बीरमा को पिटते देख रहा छंगा वेद की बाँह पकड़ उसे पीछे धकेलते बोला–

"मालिक...बस करो...नाय तौ याकां पिरान निकल जायेंगा...अधमरा तौ हो ही गयां है...अब छोड़ दौ याकूं हुकम...जो या मरगां तौ बात उलटी पड़ सकै है...भाबी कूं चुनाव ना जिताणो कांई?" छंगा ने चुनाव की दलील दी तो वेद के हाथ रुक गये और वेद के रुकते ही बाकी सब भी अपनी-अपनी जगह सरक कर बैठ गये। तभी वेद धरती पर लहू-लुहान पड़े बीरमा को और एक लात मार बोला–

"तेरे मोहल्ला सूं एक बी बोट अनारो के नाम की पड़गी तौ एक-एक कूं जिन्दा नाय छोड़ूँगो...कह दीयो जाकै अपणे मोहल्ला मै..." यह कह लड़खड़ाता वेद छंगा की ओर देख बोला–

"फिकवा दै छंगा याकू याकां मोहल्ला मै..." और फिर वहाँ से पलट बाहर जा ट्यूबवेल के पास जाकर हौद के पानी में रगड़कर हाथ-मुँह धो लड़खड़ाता हुआ वेद झोंपड़ी में आ गिलास में और शराब डाल अपने दोस्तों के साथ चुनावी पैतरों पर बात करने लगा।

बीरमा के साथ जो हुआ उसे सुन अनारो दौड़ी-दौड़ी बस्ती में गई और रातों-रात बीरया को सरकारी अस्पताल में भर्ती करवा वापस बस्ती लौट रामोली को धीरज बँधा घर लौटी। बस्ती से घर आ अनारो बिस्तर पर आ पड़ी। जो बीरमा के साथ हुआ था उसे देखते ही वह समझ गई थी कि यह किसका किया धरा है। कुछ देर बिस्तर पर करवटें बदलते उसने सोच लिया कि उसे अब क्या करना है।

सुबह उठी तो इससे पहले कि मास्टर जी स्कूल के लिए निकल जायें वह सीधी उनके घर जा पहुँची। कुछ देर मास्टर जी से मशविरा कर अनारो बस्ती जा रामोली के संग कुछ और बस्ती वालों को साथ ले सीधी पुलिस थाने पहुँच गई। अनारो दारोग़ा के कमरे में गई तो देखा दारोग़ा साहब काग़ज़ पर नज़रें गढ़ाये बैठे हैं। कुछ देर चार-छह काग़ज़ों पर हस्ताक्षर कर एक नज़र अनारो पर डाल दारोग़ा साहब बोले–

"जी कहिए..." यह कह दारोग़ा साहब ने नज़रें फिर काग़ज़ों पर गढ़ा लीं। अनारो बड़े संयम के साथ अपनी बात रखते हुए बोली–

"अखबार मै खबर पढ़ी आपके विषय मैं...आपके कई काम भी अखबार मै पढ़े...कुछ समय पहले आप आये हैं इस थाणा मै ये बी अखबार सूं पता चला..." "जी कहिए क्या काम है?" "कल रात हमारे गाँव की हरिजन बस्ती के बीरमा..." यह कह रामोली की ओर देख अनारो बोली–

"ये रामोली है...इनके पति बीरमा...उन्हें मार-मार कर अधमरा कर दिया है...।" काग़ज़ों पर नज़रें गढ़ाये-गढ़ाये दारोग़ा साहब बोले–

"ये कंपलेंट आप बाहर भी लिखवा सकती थीं?" दारोग़ा की बात सुन अनारो बोली–

"जिण पै हमै शक है उणका नाम आपके अधिकारी लिखणे को तैयार नहीं हैं..." अनारो का यह कहना था कि काग़ज़ों को एक ओर कर दारोग़ा साहब ने अनारो को निगाह भर देखा और बोले–

"अ...आप वो स्कूल के जलसे वाली...वही हैं ना...?" अनारो ने 'हाँ' में गरदन हिलाई तो दारोग़ा साहब बोले–

"किन पर शक है आपको?"

जैसे ही अनारो ने वेद प्रताप शर्मा का नाम लिया तो पास खड़े कॉन्सटेबल से दारोग़ा साहब बोले–

"कौन है ये वेद प्रताप...फौरन बुलाओ उसे..." दारोग़ा साहब का ऑर्डर सुनकर कॉन्सटेबल बाहर की ओर दौड़ा और दारोग़ा साहब अनारो और उसके साथ आये लोगों को देख बोले–

"आप लोग कुछ देर बाहर वेट कीजिए..." अनारो रामोली और साथ आये लोगों के साथ बाहर आ थाने में रखे बेंचों पर बैठ गई।

कोई घण्टे-डेढ़-घण्टे के भीतर वेद को थाने बुला लिया गया और दारोग़ा साहब के सामने अनारो और वेद के बीच एक-दूसरे के ऊपर आरोप-प्रत्यारोप का सिलसिला

चल निकला। वेद के ख़िलाफ़ कोई ठोस गवाही नहीं होने के कारण दारोग़ा साहब को उसे छोड़ देना पड़ा लेकिन दोनों के बीच हुई बातचीत के आधार पर दारोग़ा साहब समझ गये थे कि पूरा माजरा क्या है। अनारो को बाहर भेज दारोग़ा साहब ने वेद को चेतावनी दी कि आगे से वो किसी भी तरह की हरकत ना करे नहीं तो उसके ख़िलाफ क़ानूनी कारवाही से वो पीछे नहीं हटेंगे। दारोग़ा साहब के कमरे से बाहर निकलकर बैंच पर बैठी अनारो को घूरते हुए वेद थाने से बाहर निकल गया। वेद के जाने के बाद अनारो भीतर जा दारोग़ा साहब को धन्यवाद करते हुए बोली–

" जैसा आपके विषय में पढ़ा था आपको वैसा ही पाया...आपका खूब-खूब आभार।" दारोग़ा अनारो की ओर देख बोले–

"काफी अच्छी हिन्दी बोल लेती हैं आप...विद्यालय के सालाना जलसे में सुना था आपको...आप फ़िक्र मत कीजिए...तैयारी कीजिए सरपंच के चुनाव की...ALL THE BEST अनारो जी...आप जैसी PROGRESSIVE महिलाओं की ही ज़रूरत है यहाँ के समाज को।" दारोग़ा साहब के इन शब्दों से अनारो के चेहरे पर मुस्कान उभर आई। उसने हाथ जोड़ दारोग़ा साहब का अभिवादन किया और कमरे से बाहर निकल गई।

थाने में अनारो के तेवर देख वेद समझ गया कि अनारो अब उसकी समझ और पकड़ से बाहर जा चुकी है। उसे यह भी समझते देर ना लगी कि अब अनारो किसी क़ीमत पर सरपंची की दौड़ से पीछे ना हटेगी। बात अब दारोग़ा तक पहुँच चुकी है। पर यह भी तय है कि अनारो को सरपंची की दावेदारी से हटाये बिना किरना की जीत की अब कोई गारंटी नहीं। बाजखां के समाज के साथ जो सारे बावरिया और बस्ती के लोग मिल गये तो अनारो सरपंच बनी-ही-बनी। वेद इन्हीं सब ख़यालों में डूबा ट्रैक्टर चला थाने से घर तक भी ना पहुँचा था कि थाने में क्या हुआ इसकी ख़बर पूरे गाँव में फैल गई। चेहरे पर कई सारे सवाल लिए वेद कुएँ के सामने से होकर गुज़र रहा था कि कुएँ से बाल्टी खींच नहाते हुए प्रसाद ने उसे आवाज़ मारी। पानी से भरी बाल्टी सिर पर उड़ेलता हुआ प्रसाद दूर से ही चिल्लाया–

"ओए केडी गल्ल होई गई...मैं बुजेया तुकी थाने बुलाया सा...?"

(क्या बात हो गई...मैने सुना तुझे थाने बुलाया था)। कुएँ पर और चार छह कश्मीरियों के बच्चे, बूढ़े, जवान अपनी-अपनी नेजू-बाल्टी से पानी खींच नहा रहे थे। प्रसाद के थाने वाली बात पर सब कान लगा वेद का जवाब सुनने के लिए अपनी-अपनी जगह ठहर गये। वेद समझ गया कि इन तक थाने की ख़बर पहुँच गई है। पर दारोग़ा और उसके बीच की बात अभी तक वेद और दारोग़ा के बीच ही थी। यही सोच प्रसाद की बात सुन कुएँ के सामने ट्रैक्टर रोक वेद बोला–

"ओये होना कै सा...दरोगा म्हाड़े संग कोई सला करनी सी...ताईं मिकी बुलाया सा..."

(अरे होना क्या था...द।रोग़ा को मेरे साथ कोई सलाह करनी थी...इसलिए बुलाया था)। तभी अपने शरीर पर साबुन मलता नरोत्तम बोला–

"असां तां बुजेया ओस अनारो त्वाड़े ख़िलाफ़ शिकैत दर्ज कराई के तू ओस बीरमा की मारी-मारी अध मरा कीता?"

(हमने तो सुना है उस अनारो ने तेरे खिलाफ़ शिकायत दर्ज कराई कि तूने उस बीरमा को मार-मार कर अधमरा करा है)। अब तो वेद की त्योरियाँ चढ़ गई। अपनी कमीज़ की बाज़ू ऊपर चढ़ाता बोला–

"केड़ा माईयावा आखना...म्हाड़े सामनै अच्छी तै आखै...दरोगा म्हाड़े की अपना यार मन्ना...म्हाड़ा ओस बीरमा नाल कै मतलब...दुनिया तै मादरचो...हर गल्लैच तफरी नी सोचनी..."

(कौन हमाराज़ादा कहता है मेरे सामने आये...दारोग़ा मुझे अपना यार मानता है...मेरा उस बीरमा से क्या मतलब...दुनिया मादरचो...हर बात पर तफरी करने की सोचती है)। वेद के तैश खाने पर बीच-बचाव करता ताया लब्बू पानी कुएँ से खींचता-खींचता बोला–

"ओए तुसां कीयां लोकां नी गल्लां बुज्जी तै आपसच कुलने आ... चला अपना-अपना कम्म करा यारा..."

(ओए तुम क्यूं लोगों की बातें सुनकर आपस में लड़ते हो...चलो अपना-अपना काम करो यारो।) लब्बू ताये के झिड़कने पर वेद ट्रैक्टर ले आगे बढ़ गया और वेद के जाते ही तरह-तरह की बातें वेद और अनारो को लेकर कुएँ पर चल पड़ीं।

अनारो के वेद को थाने पहुँचाने और दारोग़ा से वेद को मिली फटकार की ख़बर ने आसपास के गाँव में भी वेद की रही-सही इज्जत को धूमिल कर दिया। पर इस ख़बर ने मेवाती खेमें में अनारो के नाम का परचम लहरा दिया।

अनारो दिनभर के काम-काज निबटा रात होने पर मास्टर जी के रजिस्टर को पढ़ने बैठ जाती और रजिस्टर में लिखी जानकारी को दिमाग़ में अच्छी तरह बिठा लेती। यह सब करते-करते अनारो अपने समाज और गाँव के सुन्दर स्वरूप के सपनों में खो जाती। मास्टर जी ने अनारो को ख़बर करवा दी कि आने वाले बुधवार को उसे बाजखां से मिलना है और उन्हें अपनी सरपंची की उम्मीदवारी की सूचना उनकी बैठक में जाकर ख़ुद देनी है और साथ ही उनसे वोटों की अपील भी करनी है।

सुनहरी किरणों के साथ एक नया दिन उगा। पंछियों की चहचहाती आवाज़ों के संग मोरों की आवाज़ों ने चाँदघाटी के वातावरण में संगीत घोल दिया। चिड़ियाँ एक पेड़ से दूसरे और दूसरे से और पेड़ों में छिप-छिप कर चहचहा रही थीं। गाय-भैंसों ने रंभाना शुरू कर दिया था। कुएँ पर चहल-पहल हो चली थी। घरों के कच्चे आँगनों में पानी के छिड़काव से सौंधी ख़ुशबू ने माटी की महक भर दी थी। गली-मोहल्ले से आते-जाते लोगों की 'जय रामजी की', 'जय माता की', 'सलाम-ताऊ', 'सलाम-चाचा...ठीक हो ना...' इन आवाज़ों के बीच कुछ और आवाजें भी घुल रही थीं–

"कंजरिये मरन त्वाड़े अगले-पिछले बेखस्मिए... "

(कंजरी मरें तेरे आगे-पीछे वाले)

"कंजरी तू बेखस्मी तू...म्हाड़े कीयां मरन...मरन त्वाड़े अगले-पिछले।"

(कंजरी तू बिना खसम की तू...मेरे क्यूं मरें...मरें तेरे आगे-पीछे वाले।)

"बदमाश जनानी...गन्दे खानदानै नी...म्हाड़ा क्हर खराब करी मारया.. मरन त्वाड़े जम्मन आले... "

(बदमाश औरत...गन्दे खानदान की...मेरा घर खराब कर मारा...मरें तुझे जनम देने वाले)। अभी बात मुँह से चल ही रही थी कि पास रखी सोटी (लकड़ी) सन्तो की सास ने उठायी और तीन-चार सोटियाँ सन्तो को दे मारीं। बस फिर क्या था सन्तो ने भी अपनी सास के हाथ से सोटी छीन टुकड़े-टुकड़े कर दूर फेंकी और अपनी सास के दोनों हाथ पकड़ बोली–

"जेकर म्हाड़े माँ-प्यो तक मुड़ी तै पौचीऐं ना, तै मैं पुल्ली जासां के तूं म्हाड़ी सस्सइयें... "

(अगर तू मेरे माँ-बाप पर दुबारा पहुँची तो मैं भूल जाऊँगी कि तू मेरी सास है।) सन्तो का इतना कहना था कि उसकी सास ने सन्तो के बाल पकड़ लिए। अब तो सन्तो भी पीछे ना हटी। सन्तो ने भी अपनी सास का मुक़ाबला करना शुरू कर दिया और फिर दोनों में गालियों की बौछारों के साथ गुत्थम-गुत्था शुरू हो गई।

चाँदघाटी गाँव की यह भी परम्परा रही है कि जब तक गुत्थम-गुत्था ना शुरू हो जाए तब तक कोई किसी का बीच-बीचौला करने नहीं आता। कुएँ पर पानी भर रही कश्मीरी और मेवाती औरतों के साथ कुछ मर्द भी दूर से ही इन दोनों सास-बहू का तमाशा देख रहे थे और जब बात ज़्यादा बढ़ गई और दोनों में गुत्थम-गुत्था शुरू हो गई तो मित्रो और बसन्ती के दौड़ने पर तीन-चार और औरतें कुएँ से उनकी ओर दौड़ पड़ीं। गुड्डो और कुछ औरतों के दौड़ने पर थोड़ी देर में आस-पड़ोस के कई औरत-आदमी भी बीच-बीचौला कराने आ गये। दोनों को बड़ी मुश्किल से छुड़ाया गया। दोनों को एक-दूसरे से अलग करने के बाद जब झगड़े की वजह जाननी

चाही तो पता चला कि सन्तो के छोटे बेटे ने खेल-खेल में अपनी दादी का दुपट्टा फाड़ डाला था जिस पर सन्तो की सास ने बच्चे को कोसना शुरू कर दिया। जब कोसते-कोसते वो चुप ना हुई तो सन्तो ने कह दिया कि–

"कै होई गया माता...तुसां ना पल्ला ई तां फटेया...मैं बजारूं नवां आनी तै देई शोड़सां तुसां की...पर म्हाड़े पुतरै की गालां ना कड्डा..."

(क्या हो गया माँ...आपका दुपट्टा ही तो फटा है...मैं बाज़ार से नया लाकर दे दूँगी आपको...पर मेरे बेटे को गालियां मत निकालो)। बस सन्तो का इतना कहना था कि उसकी सास ने शोर मचा दिया और बात मार-पिटाई तक पहुँच गई। अभी सन्तो के घर पंचायत चल ही रही थी कि नीलम अपने घरवाले के साथ मोटरसाइकल पर अड्डे की तरफ़ से आ रही थी और सन्तो के घर जमा भीड़ देख मोटरसाइकिल से उतर तेज़-तेज़ चलती वेड़े मे आ गई। सन्तो के पास आ उनके झगड़े की ख़बर लेने के बाद नीलम बोली–

"ओए होये...तुसां इन्नी निक्की जी गल्लै पर झगड़ रईयां ओ...आसै-पासै कै होया पेयाना कुज खबर ई तुसां की...ओए ओ सकूलै आला मास्टर...ओस पंखे संग लटकी तै अपनी जान देई शोड़ी..."

(ओए होए तुम इतनी छोटी सी बात पर झगड़ रही हो...आसपास पता है क्या हुआ है...उस स्कूल के मास्टर ने पंखे से लटक कर अपनी जान दे दी है)। यह सुन सन्तो और उसकी सास अपना झगड़ा भूल नीलम को देख बोलीं–

"हाय...हाय...केड़ा मास्टर?" नीलम की बात से वहाँ जमा बाकी सब भी हैरानी से नीलम को देखने लगे तो नीलम बोली–

"ओये....ऊये मास्टर किशन लाल..."

(अरे वही मास्टर किशन लाल)। यह सुन सब एक साथ बोले–

"कियां...? होया कै?"

(क्यूँ...हुआ क्या)।

यह सुन नीलम बोली–

"मैं अड्डे पर बुजेया...कोई जनानी ना मामला या...बड़ी पुलिस कट्ठी होई नी सी मास्टर ने व्हर...मैं बुजेया किसै जनानी नी बंगां तै कन्ना ने झुमके लाश ने कोल लब्बे पुलिस की..."

(मैंने अड्डे पर सुना है...किसी औरत का मामला है....बड़ी पुलिस इकट्ठी हुई है मास्टर के घर...किसी औरत की चूड़ियाँ और कानों के झुमके लाश के पास मिले हैं)। नीलम का इतना बताना था कि वहाँ मौजूद औरत-मर्द अपने-अपने ख़याल बुदबुदाने लगे। किसी औरत की टूटी चूड़ियाँ और झुमके ने मास्टर जी के चरित्र पर

कालिख पोत दी थी। कुछ ही देर में चाँदघाटी के साथ-साथ आस-पड़ोस के गाँवों में भी मास्टर जी की आत्महत्या और किसी औरत के साथ उनके अनैतिक सम्बन्ध की ख़बर फैल गई। इस घटना के बाद पुलिस द्वारा मास्टर जी के घर को सील कर दिया गया। काफी देर तफ़तीश चलती रही और फिर लाश पंचनामे के लिए भेज दी गई।

मास्टर जी के आत्महत्या कर लेने की ख़बर से चाँदघाटी के साथ आस-पास के गाँवों में भी सनसनी फैल गई। अड्डे, नाई वाले की दुकान, चाय वाले की थड़ी, कुएँ, तालाब हर जगह मास्टर जी के आत्महत्या कर लेने की ख़बर पर क़िस्से गढ़े जाने लगे–

"हाय! हाय!. केड़ी जनानी संग मास्टर मुँ काला करना सा...?"

(कौन सी औरत के संग मास्टर मुँह काला कर रहा था?)

" 'भाई...आदमी की खाल मै भेड़िया निकलां वा मास्टर', 'मोकू तौ लगै या अनारो ई है वा लुगाई जो मास्टर के घर गई होयगी', 'अरी अनारो के घर तौ कई बेर बड़ते देखां मैंनै...बताओ, जा लुगाई को आदमी मरगां वा लुगाई के घर मास्टर के जाणे को कांई मतलब?', 'देखी...असल बात सामणै आ ही गी', 'पर पंखा सूं कांई लटक गां मास्टर?' 'कांई नै देख लिया होयेंगा...बदनामी के डर सूं लटक गां पंखा सूं', 'मास्टर ने परिवार ना इक बन्दा नीं आया उसकी साढ़े तै... "

(मास्टर के परिवार का एक भी आदमी नहीं आया उसे अग्नि देने के लिए)। जिधर देखो हर कोई मास्टर जी के नाम पर थू थू कर रहा था। पूरे गाँव में बस एक ही जगह थी जहाँ मास्टर जी की मौत पर मातम पसरा था, वह जगह थी अनारो का घर। बस्ती के तमाम लोग और बावरिया मोहल्ले के वो लोग जो अनारो के साथ काम कर रहे थे सुबह से ही यहाँ जमा थे। जो इल्ज़ाम मास्टर जी पर लगाया जा रहा था उसे मानने को यहाँ किसी का भी मन गवाही नहीं दे रहा था। जिस इन्सान ने पिता की तरह बस्ती, समाज की देखभाल की हो वह इतना अमानुष कैसे हो सकता है। मास्टर जी की चिता जलने तक किसी के मुँह में अन्न का दाना नहीं गया।

अनारो के मन में सुबह से तूफ़ान उठ रहा था। जिस इल्ज़ाम को अपनी-अपनी तरह मास्टर जी पर मढ़ कर सारा गाँव पंचायत लगा रहा था, अनारो का मन उसको मानने को तैयार ना था। असल बात क्या हो सकती है यह कुछ-कुछ अनारो समझ रही थी। यह सब किसका किया-धरा है और क्यूँ किया गया है यह भी समझ में आता जा रहा था। यह सारा जाल किसका बिछाया हुआ है यह अनारो की समझ में तभी आ गया था जब उसने झंगा को बीरमा के घर के चक्कर लगाते देखा था और उसके अगले ही दिन बीरमा को अधमरा करके जिस तरह बस्ती में फिकवाया गया था, वह तभी समझ गई थी कि उसकी

ताक़त कम करने के लिए वेद यह सब कर रहा है। पर वेद इतना गन्दा खेल खेलेगा यहाँ तक सोचने को मन नहीं मानता था। यही सब सोचते-सोचते खाट पर पड़े-पड़े सारा दिन बीत गया।

अभी दिन छिपा ना था कि अनारो ने आँसू पोंछे, खाट से उठी, पाँव में जूती पहनी और खूंटी से लूगड़ी उठा सिर पर रख घर से निकल गई। अनारो क़दमों की तेज़ रफ़्तार से आगे बढ़ रही थी। अपने मोहल्ले से निकल सिक्खों के मोहल्ले से होती हुई बस्ती से आगे बढ़ी तो खेतों का रास्ता शुरू हो गया। रेत जूतियों में घुसकर गति में बाधा डालने लगी। पर मन में धधकती आग और आँखों से बरसते शोलों के आगे जूतियों में धँसती रेत भी पाँवों की गति को धीमा न कर सकी।

सूबेदार के खेतों को पार करते ही वेद के खेतों में क़दम रख अनारो आगे बढ़ रही थी कि झोंपड़ी के क़रीब पहुँच भीतर से आने वाले ठहाकों ने उसके क़दम बाहर ही रोक दिये। भीतर से आ रही आवाज़ों ने अनारो के अनुमान पर सच्चाई की मोहर लगा दी। झोंपड़ी के भीतर मास्टर जी की मौत का विजय जश्न चल रहा था। इस जश्न में छंगा बढ़-चढ़ कर हिस्सा ले रहा था और अपनी कामयाबी पर इनाम भी पा रहा था। अनारो ने इधर-उधर नज़र दौड़ाई और झोंपड़ी की ओट में खोसी हुई लाठी निकाल मज़बूती से पकड़ झोंपड़ी में घुसी और ताबड़-तोड़ छंगा पर लाठी बरसाते हुए बोली–

"लै...थोड़ो इनाम मेरे सूं बी ले लै...हरामी...जिन मास्टर जी नै तेरे समाज के विकास को सपणा देखा...तैणे उन्हीं के खिलाफ़ इन भेड़ियन को साथ दियां..." अनारो के इस रूप से डरकर कश्मीरियों के घरों के महेन्दर, बिल्लू और सत्ते बिना बीच-बिचौला किये वहाँ से भाग खड़े हुए और छंगा पिटते-पिटते किसी तरह से जान बचाकर भागा। भागते हुए छंगा की ओर देख अनारो पीछे से चिल्लाई–

"भाग कांई रां है कायर...छोड़ूँगी नाय तोये...।" यह कह अनारो ने डंडा एक ओर फेंका और जैसे ही अनारो वेद की तरफ़ पलटी तो देखा वेद उसकी ओर देखता डगमगाता हुआ खड़ा था। कुछ पल अनारो भी वेद की आँखों-में-आँखें डाल खड़ी रही जैसे उसकी आँखों में कुछ पढ़ रही हो और फिर हिकारत से वेद की तरफ़ घूरती हुई बोली–

"थारी दुस्मणी तौ म्हारा संग थी...फिर वा देवता समाण आदमी कूं किस बात की सजा दे दी...? मारणा ही था तौ मेरे कूं मार दिया होतां..." अनारो के इस खुले इल्ज़ाम पर वेद खिसियाते हुए बोला–

"आतमहत्या करी है तेरे मास्टर नै...पुलिस की रिपोट मै साफ़-साफ़ लिखां है...कांई लुगाई सूं मुँह कालो करां है तेरे मास्टर नै...किसी नै देख लिया होयेंगा

तौ लटक गां पंखा सूं मादर...कहीं वा लुगाई तू तौ ना है...?" "चुप्प...एकदम चुप्प'...अपणे कानण सूं सुन चुकी हूँ या घिनौना खेल किसकां खेलां है...कांई कही वा दिणा मेरे सूं...मेरे शरीर को एक-एक अंग देखां है थमणै...जैसै थे मेरे शरीर को एक-एक अंग जाणो हो...वैसे ही मैं थारी सोच और थारा दिमाग की एक-एक नस पढ़णों जाणूं हूं...बस थोड़ी सी चूक होगी मेरे सूं...थे इतणा गन्दा खेल खेलैंगा मेरी सोच मैं ही ना आयां..." यह कह अनारो अपने आँसू चूंदड़ी से पोंछ बोली–

"बस...अब और कोई खेल ना खेलण दूँगी थाणे...आपणै अभी तक मेरो प्यार देखां है...अब अपणे सूं मेरी नफ़रत देखणा...।" अपनी बात कह अनारो झोंपड़ी के दरवाज़े से बाहर निकलने को मुड़ी ही थी कि एकदम पलटी और वेद के क़रीब पहुँच गई। इतना क़रीब कि अनारो की साँसें वेद की साँसों से टकराने लगीं। अनारो के चेहरे पर अचानक चमक उभर आई और वह वेद की आँखों-में-आँखें गढ़ा बोली–

"थारा मै जितणी ताकत है लगा लो ...अब तौ सरपंच मै बणूंगी ही बणूंगी।" यह सुन वेद तैश में आ गया। नशे में लड़खड़ाते वेद ने अनारो को उसके कंधे से पकड़ दबोचना चाहा कि अनारो ने वेद की दोनों बाँहों को मज़बूती से पकड़ उसे पीछे धकेल दिया। कुछ पल दोनों में गुत्थम-गुत्था हुई और फिर अनारो पूरा ज़ोर लगा वेद को चारपाई पर धकेल उसकी छाती पर चढ़ बैठी। दोनों की साँसें तेज़ गति से चल रही थीं। रणचंडी सी वेद की छाती पर चढ़ बैठी अनारो बोली–

"इतणा प्यार करां है थारा सूं के माँगते तौ अपणी जाण बी दे देती...जब तक जियूंगी भूल तौ ना पाऊँगी थाणे...पर जो थाणे मास्टर जी के संग करां है....हैराण हो री हूँ थारी या नीच सोच सूं...लड़णों है मेरे सूं तौ मरद की तरै लड़ो...खुली चुनौती दे के जा रही हूँ थाणे...रोकणे की हिम्मत है तौ रोक कै दिखाणा..." यह कह अनारो वेद की छाती से उठी, धरती पर पड़ी लूगड़ी उठाई, सिर पर रखी और वेद को घूरते हुए झोंपड़ी से बाहर निकल गई।

सूरज करवट बदल चुका था। पूस की सिया काली रात, शीत लहर ऐसी मानो जिस्म चीर देगी। ऊपर से सन्नाटे में से आतीं कीड़े-मकोड़ों की आवाज़ें, खेतों की पगडण्डी के दोनों ओर लम्बे-लम्बे उगे छलावों के से सरकण्डों की सांय-सांय किसी के भी दिल को दहला दे। पर अनारो के जिस्म में उठ रही लपटों में सब कुछ झुलस रहा था। अनारो के चहरे पर डर का नामोनिशान नहीं था। उसके चेहरे पर ऐसे भाव उभर आये थे, मानो वे किसी भी डर का सामना करने के लिए तैयार हो उठी हों।

घर पहुँची तो दोनों बच्चे दरवाज़े पर टकटकी लगाये माँ की राह देखते एक ही रज़ाई में सिकुड़े बैठे थे। बच्चों के मुरझाये चेहरों पर माँ को देखते ही रौनक उभर आई। सिया ने झट रसोई में जा थाली में रोटी लगा माँ के सामने रख दी। युवराज

दौड़कर घड़े में से लुटिया भर लाया। सिया और युवराज खूब सयाने हो गये थे। अनारो ने दोनों बच्चों के संग एक ही थाली में से भूख मिटाई। बच्चों के संग रोटी-पानी के बाद उन्हें अपनी-अपनी खाट पर सुला छोटी कुठरिया में से मास्टर जी का दिया रजिस्टर खोल पढ़ने बैठी ही थी कि बत्ती गुल हो गई। इन दिनों हर दूसरे दिन तीन-तीन चार-चार दिन बत्ती का गुल होना आम बात हो गई थी। बत्ती आती तो थी पर कोई भरोसा नहीं कि कब चली जाये। अनारो ने खाट से उठ जंगले में जा लालटेन उठा दिया-सलाई दिखा लालटेन जलाई और आँखें रजिस्टर में गढ़ा लीं। पढ़ते-पढ़ते अनारो मन-ही-मन सोचने लगी 'मास्टर जी नै जो पहली सभा मै बतायां वाई सब इस रजिस्टर मैं कांई लिखा...दुगणी म्हैनत करणे की जरूरत कांई पड़ गई...वाई सब तौ है...सरपंच कैसे चुणा जाता है, सरपंच के कांई काम हैं, सरकार सरपंच कूं किस तरह कार्यो अर नियमों की रूपरेखा बताये है सरकार कितणी राशी सरपंच कूं देवे है'। अनारो सरसरी तौर पर लिखे हुए पर दृष्टि फेरती पन्ने पलटती जा रही थी कि पृष्ठ पलटते-पलटते कुछ पंक्तियों पर अनारो की दृष्टि ठहर गई। पन्ने पर नीचे लिखी पंक्तियों के ऊपर मोटे-मोटे अक्षरों में शीर्षक लिखा था–

"यदि किसी दिन मैं ना रहूँ" और इस शीर्षक के नीचे पंक्तियाँ लिखी थीं–

"न जाने क्यूँ, पर मुझे एहसास हो रहा है कि शायद तुम्हारे नामांकन से पहले मेरी मृत्यु हो जाये...या फिर मुझे मार दिया जाये और यदि ऐसा हो तो तुम्हें निम्नलिखित कार्य करने होंगे..." और फिर क्रम संख्या अनुसार कार्यों का ब्यौरा नीचे लिखा था। इन पक्तियों को पढ़ते-पढ़ते अनारो की आँखों से आँसू बह निकले। एक-एक कर अनारो ने सभी निर्देश पढ़ डाले और निर्देशों के अन्त में लिखा था–

"अनारो, मैंने तुम्हारी आँखों में इस गाँव और बदलते समाज की तस्वीर देखी है। मेरा यकीन है कि तुम मेरे इस विश्वास पर खरी उतरोगी। जब तरक्की की बागडोर तुम जैसे कर्मठ और ईमानदार हाथों में होगी तो निश्चित रूप से हमारा देश विश्व में अपना परचम लहरायेगा।" मास्टर जी की लिखी इन पंक्तियों को पढ़ते-पढ़ते अनारो के हाथ जुड़ गये और मास्टर जी के सम्मान में आँखें मुंद गईं। फिर आँखें खोल क्रमानुसार अनारो ने मास्टर जी द्वारा लिखे कार्यों को बड़े ध्यान से पढ़ा और अगली सुबह से ही उन कार्यों को एक-एक कर पूरा करने का निश्चय मन में कर बच्चों के पास जा आँखें मूँद पड़ गई। आँखें मूँदते ही आँसुओं की लम्बी धारें आँखों से बह कर नीचे गिर गईं।

सुबह उठ अनारो ने घर का सारा काम फुर्ती से निबटाया। दोनों बच्चों को खिला-पिला स्कूल भेजा और फिर नये डिज़ाइन औरतों को समझा मास्टर जी का लिखा रजिस्टर खोल नीचे दरी पर बैठ पढ़ने लगी। रजिस्टर में लिखा था 'तीन मुख्य

कार्य जो तुम्हें तुम्हारी मंज़िल तक पहुँचा सकते हैं वे इस प्रकार हैं–

1. बाजखां जी के सामने अपनी योग्यता का परिचय देकर उनका विश्वास प्राप्त करना।
2. 'आज़ादपुर' गाँव जाकर वहाँ के मुखिया सूरजमल जी से मिलना और उनका सहयोग प्राप्त करना।

इसके साथ ही रजिस्टर में सूरजमल जी के पूरे परिचय के साथ मास्टर जी ने अपना और सूरजमल जी का सम्बन्ध भी लिख छोड़ा था। साथ ही लिखा था–

"यदि ये दोनों काम तुमने अपनी योग्यता अनुसार पूरे कर लिये तो तुम्हें सरपंच बनने से कोई नहीं रोक सकता और याद रखना, सरपंच बनना तुम्हारी विकास यात्रा का पहला पड़ाव है आखिरी नहीं।" और इसी के साथ लिखा था तीसरा कार्य। साथ ही लिखा था 'तुम इस तीसरे कार्य को तो कई वर्षों से कर ही रही हो वह है–

3. आम जन के साथ भागीदारी।

अनारो ने बड़े ध्यान से मास्टर जी का लिखा हुआ पढ़ा और मास्टर जी के लिखे अनुसार अपने पहले लक्षित कार्य की ओर जाने के लिए मन बना लिया।

अगले दिन घर का काम-काज निबटा अनारो ने करीने से तय लगा तकिये के नीचे दबाये कपड़े निकाले। नहा धो उन तय लगे कपड़ों को पहन बाल काढ़े और दीवार पर लटके आइने में देख माथे पर बड़ी बिन्दिया और माँग में सिन्दूर भरा। सन्दूक में से साफ़ चटक लूगड़ी निकाल सिर पर धर उसका छोर घाघरे में खोंसा और फिर कमरे से बाहर निकल आले में पोंछ कर रखी जूती पांव में डालीं और एक बार फिर चेहरा आईने में निहार अपने चेहरे का जायज़ा ले खूँटी पर लटके मोती छालर जड़े झोले में रजिस्टर व अन्य ज़रूरी दस्तावेज़ डालकर, कुछ पल भगवान की मूरत के आगे आँखें मूँद खड़ी हुई और फिर झोला कंधे पर लटका घर से बाहर निकल आई। किवाड़ भेड़ साँकल लगा उसपर ताला लगाया और तेज़ क़दम बढ़ाती आगे बढ़ गई।

गाँव से बाहर निकल अड्डे की पक्की सड़क से होती हुई कुछ दूर पैदल चलने के बाद बाजखाँ की बैठक पर पहुँच अनारो ने बन्द विशाल दरवाज़े को बाहर से बजाया तो भीतर से एक चम्बे-चौड़े बड़ी-बड़ी मूँछों वाले अधेड़ से दिखने वाले शख़्स ने गेट खोला और सामने अनारो को देख बोला–

"कौण सूं मिलना है...कांई काम है ?...।" अनारो चेहरे पर सौम्य मुस्कान भर बोली–

"जिणकी या बैठक है उणी सूं मिलणा है...कह दो अनारो मिलणे आई है।" यह सुन शख़्स भीतर गया और फिर जल्दी ही बाहर आ बोला–

"आ जा...बुला रेया हैं ताऊ थाणे...।" शख़्स ने कहा तो अनारो पीछे-पीछे भीतर चली गई।

मेव समुदाय में बैठक अमूमन मर्दों के बैठने-उठने का ही स्थान माना जाता है इसलिए इस तरह किसी स्त्री के बैठक में आने पर वहाँ काम कर रहे कारिन्दे और बाजखां के कुनबे के कोई पन्द्रह-बीस मर्द अनमने से हो गये। आसपास काम कर रहे लोग काम छोड़ अनारो पर टकटकी जमाये क़रीब आ खड़े हुए और बड़े ऊँचे-ऊँचे पायों वाली लम्बी-चौड़ी खाटों पर लेट लगा रहे कुनबे के लोग चारपाइयों पर उठ बैठे। अनारो ने बाजखां की ओर देख दोनों हाथ बड़े आदर से जोड़े और बोली–

"प्रणाम करूँ हूँ आपणे ताऊ जी, मास्टर जी की आज्ञा सूँ आपके सामणै उपस्थित हूं।" बाजखां ने अनारो की तरफ़ एक नज़र उठाई और फिर हुक्के पर नज़रें गढ़ा लीं। आज तक ऐसे बग़ैर घूँघट मर्दों के सामने बे-ख़ौफ़ आँखों-से-आँखें मिला बात करने वाली बावरनी वह पहली बार देख रहे थे। उस दिन विद्यालय के जलसे में सहमी सी वह औरत आज आँखों में चमक और चेहरे पर कुछ कर गुज़रने का हौसला लिये सामने खड़ी थी। बाजखां ने हुक्का पीते-पीते इशारे से कहा–

"कांई चावै है..?"

"ऐसै खड़ी-खड़ी या फिर धरती मै उकड़ू बैठ कै तौ नाय बता सकूं आप सूं कांई कहणे आई हूँ।"

अनारो की इस बात से बाजखां समझ गये कि वो क्या कहना चाह रही है। बाजखां फौरन अनारो के बगल में खड़े कारिन्दे से बोले–

"फजलू...भीतर सूं मूढ़ो ले कै आ।" फजलू असमंजस में पड़ा भीतर की ओर मुड़ा और भीतर से मूढ़ा उठा लाया और फिर धरती पर मूढ़ा जमा घूरता हुआ अनारो की ओर देख बोला–

"लै...बैठा जा।" अनारो ने मुस्कुरा कर फजलू की ओर देखा और बोली–

"बैठ जा नाय...बैठ जाओ कहणो सीख लो भाई जी...अगली बेर आऊँगी तौ ऐसे कहियों मेरे सूं..." यह कह अनारो ठीक बाजखां के सामने मूढ़ा खिसका बैठती हुई बोली–

"जुबान को बड़ो फरक पड़ै है ताऊ जी...जुबान मै आदर आ जाये तौ ऊँच-नीच को आधो फरक तौ यूँ ही मिट जाये है।" यह कह अनारो मूढ़े पर बिराजमान हो गई। बाजखां और वहाँ बैठे तमाम मर्द आँखें फाड़े अनारो की एक-एक हरकत पर हैरान हो रहे थे। आज से पहले मर्दों की इस बैठक में किसी औरत को इस तरह आकर बात करते देखा जो ना था। बाजखां ने हुक्के का कश लेकर अनारो की ओर देखा तो अनारो ने बोलना शुरू किया–

"ना जाणे मास्टर जी कूं मेरे मै कांई दीखो के मेरे सरपंच बनणे को सपणा देख लियां... मेरे समाज और बस्ती के लोग-लुगाइन नै मेरे कूं चुणाव के मैदान मै उतारणे की तैयारी बी शुरू कर दी है... जाणू हूँ आपको आशीर्वाद मिल जाये तौ मेरी जीत को रास्ता आसाण हो जायेंगा... मास्टर जी ने याई बात सोच कै आपसे मिलणे की बात लिखी है... मास्टर जी ने मेरे कूं शिक्षित भी करां है के सरपंच की कांई जिम्मेदारी हैं... अभी मास्टर जी चुनाव कैसै जीतणो है समझाणे ही वाले थे कि उनकी हत्या कर दी गई... और कौण ने या काम करां है मैं बी जाणू हूँ और आप भी जाणो हो...।" यह सुनते ही बाजखां ने अनारो की ओर देखा और बोले–

"पुलिस की रिपोट मै मास्टर नै आत्महत्या करी है..." यह सुनते ही अनारो तैश में आ बोली–

"जो थे कुराण पै हाथ रखकै बी या बात कह दो तौ भी मैं इस बात कूं सच नाय माणूंगी... और या बात सच हुई तौ मै सरपंच बणणे को अपणा इरादा इसी बखत छोड़ दूँगी..." यह कह अनारो कुछ पल शान्त हो गई और फिर शान्ति को तोड़ते हुए बोली–

"मैणै प्रेम मै छल करणो नाय सीखां ताऊ जी... आज भी मेरी कांई सूं दुश्मनी ना है... बस या ऊँच-नीच की चुभण जो बरसण सूं म्हारा समाज कूं घायल कर री है... वाकूं मिटाणो चाहूँ हूँ... जो योजना सरकार म्हारा गाँव मै लाणो चावै है उसै गाँव तक पोंचाणो चाहूँ हूँ... पर मास्टर जी का सपणा और मेरा इरादा आपके आशीर्वाद के बिणा पूरो कोणी हो सकै... आप मेरे गाँव का बड़ा-बजुर्ग हो,.. मास्टर जी के जाने के बाद आप कूं ही मुझे रास्ता दिखाणो है... जो आप की 'हाँ' हो तौ मैं सूरजमल भाई जी सूं भी मिल आऊँ..." यह कह अनारो शान्त हो गई। हुक्के के कोई पाँच-सात कश लेने के बाद बाजखां बोले–

"अपणे इरादा मै कमी मत आण दीयो... जा... चुनाव लड़ने की तैयारी कर... म्हारा समाज की बोट तेरे ही नाम की पड़ेंगी..." यह कहते ही बाजखां हुक्के का कश लेने लगे और अनारो अपनी जगह से उठ बाजखां और वहाँ बैठे सभी को हाथ जोड़ वहाँ से निकल गई।

अनारो के निकलते ही बाजखां का भाई जलालुद्दीन बोला–

"आपणै इस बावरनी कूं बोट देणे की बात तौ कह दी... पतो ना है बेद के संग इसका कांई रिस्ता रहा है... हराम की औलाद जणी है इसणै... देखी आपणै... बेवा हो जाणे के बाद बी सुरखी बिन्दी लगाकै घूम री है या लुगाई... सारा गाम मै बदणाम है... अर आप इसै..." बाजखां बीच में ही जलालुद्दीन की बात को काट बोले–

"जलालुद्दीन... सुणी तैणै... कांई कही इस लुगाई नै अभी... सूरजमल कूं मिलणै

जा री है या लुगाई...जो बात तैणै या लुगाई के बारे मै कही है वा इसकां जाती मामला है...रही बात बेद की, तौ अपणी जाती जिन्दगी मै या लुगाई नै कांई करा है कांई नाय या मसला अलग है...अर औलाद तौ अल्लाह की देण है...मआशरे की बेहतरी कौ सपणा मैणे या लुगाई की आखण मै देखां है...।" जलालुद्दीन के साथ-साथ वहाँ बैठे सभी को उनके मन में उठ रहे सवालों का जवाब बाजखां ने एक साथ दे दिया। फिर सबकी ओर देख कर बाजखां बोले–

"या लुगाई की हिम्मत म्हारा अलावा तुम सबणै बी देख ली है...सूरजमल सूं मिलणे को मतलब तौ जाणो हो ना तुम सब...अच्छौ-अच्छौ आदमी सूरजमल सूं मिलणे की हिम्मत नाय कर सकै...पर या लुगाई मैं हिम्मत है...कोई और लुगाई थारा नजर मैं है जो ऐसी हिम्मत दिखा सकै?" यह सुनना था कि वहाँ पर बैठे सभी के मुँह पर ताला लग गया। किसी के मुँह से एक शब्द नहीं निकला। सबकी ओर से नज़रें फेर बाजखां हुक्का गुड़गुड़ाने लगे और बाकी सब नज़रें चुरा अपने-अपने काम की ओर बढ़ गये और जो घर के लोग थे वे चारपाइयों पर लम्बी तान पड़ गये।

अनारो एक-एक दिन अपनी वोटों की संख्या बढ़ाने के लक्ष्य की ओर बढ़ती जा रही थी और उधर दूसरी तरफ़ कश्मीरी समाज अपने-अपने खेमे में एक-दूसरे की वोट काटने और उम्मीदवारों द्वारा दी जा रही लुभावनी योजनाओं को अधिक-से-अधिक लूटने के अपने लक्ष्य की ओर बढ़ रहा था। ठाकुर समाज द्वारा अपनी उम्मीदवार को जिताने के लिए हलवाई बिठा दिये गये थे ताकि मतदाता अपना वोट उनकी उम्मीदवार को देकर नमक और मीठे की अदायगी कर सकें। इस मामले में कश्मीरी समुदाय ठाकुरों से कोसों आगे था। कश्मीरियों ने हलवाई के साथ-साथ पुरुष मतदाताओं के लिए रास-रंग और महिलाओं के लिए सूट और साड़ी बाँटने का कार्यक्रम भी बना लिया था। गाँव में लाउडस्पीकरों पर उम्मीदवारों के घरों में मतदाताओं को लुभाने के लिए एक से बढ़कर एक गीतों की आवाज़ें गूँज रही थीं। मतदाता भी इस अवसर का खूब फ़ायदा उठा रहे थे। मतदाता जिसके खेमे में जाते उसी की जीत की बधाई पहले से दे उम्मीदवार का मनोबल बढ़ा छक कर दावत उठा रहे थे। लेकिन अनारो इन सब लुभावने प्रपंचों से दूर सीध-सीधे जनसम्पर्क स्थापित कर अपनी ताक़त बढ़ाने में जुटी थी। उस दिन अनारो के बाजखां की बैठक से जाते ही शाम को रहमत ने वेद के खेमें पर जाकर बाजखां और अनारो के बीच हुई सारी बात का ब्योरा वेद को दे दिया और इस ब्योरे के साथ ही मेव समाज की कुछ वोटों का आश्वासन भी वेद को दिया जिससे वेद को थोड़ी तसल्ली तो हुई पर बाजखां के अनारो से मिल जाने से वेद की घबराहट ज्यूँ-की-त्यूँ क़ायम रही।

मास्टर जी के रजिस्टर में लिखे अनुसार एक काम तो अनारो ने कर लिया। अब बारी थी दूसरे काम की यानी 'आज़ादपुर' गाँव जाने की। मास्टर जी ने आज़ादपुर गाँव का पूरा ब्यौरा रजिस्टर में लिखा हुआ था। भरतपुर राज्य की सीमा से लगे होने के कारण आज़ादपुर ब्रज बहुल क्षेत्र कहा जाता है। हालाँकि इसकी सीमा राजस्थान से भी जुड़ी है। पर भाषा ब्रज भाषा ही अधिकतर यहाँ बोली जाती है। 'चाँदघाटी' गाँव से कोई 70 किलोमीटर की दूरी पर बसा 'आज़ादपुर गाँव' जहाँ रहता है इस पूरे इलाक़े का नामी-गिरामी लुटेरा 'सूरजमल'। बावरिया समाज में पैदा हुए और पले-बढ़े सूरजमल का ख़ौफ़ ऐसा कि आधे किलोमीटर की दूरी पर पुलिस चौकी होते हुए भी आज तलक पुलिस उसके इलाक़े में पैर ना रख सकी। कट्टे, तमंचे बनाने से लेकर चोरी, डकैती, लूट का व्यापार करने वाले सूरजमल पर एक भी अपराधिक मामला पुलिस के खाते में नहीं है। सूरजमल की दहशत ऐसी कि उसके इलाक़े से गुज़रने वाली रेलगाड़ी के मुसाफ़िर इस इलाक़े के आने से पहले ही रेलगाड़ी की खिड़कियाँ चढ़ा सतर्क हो जाते हैं। फुर्तीला ऐसा कि रातों-रात दुश्मन के खेत से फसल काट कर ले जाता है और किसी को भनक नहीं पड़ती। इस सबके बावजूद उसका रसूक ऐसा कि तीन बार निर्विवाद आज़ादपुर गाँव का सरपंच रह चुका है। सूरजमल की प्रसिद्धि ऐसी कि एक इशारा कर दे तो पूरे राजस्थान और ब्रज का बावरिया समाज अपनी जान दे दे।

अनारो ने सूरजमल के बारे में यह सब पढ़ा तो एक बार को उसकी रुह काँप गई। एक लुटेरे से मिलने जाना उसके लिए आसान काम ना था। पर मास्टर जी ने उससे मिलने जाना लिखा है तो जाना तो होगा ही। मन में एक ही बात आई–

"मास्टर जी म्हाणे कांई खतरा मै तौ नाय डालेंगे।" बस इसी बात को मन में बिठा अनारो ने अगले ही दिन हँसी की माई के घर जाकर उसके पति से 'आज़ादपुर' जाने का रास्ता और सवारी पूछी तो हँसी का घरवाला चौंक कर बोला–

"कांई बात कै री है भाबी...जाणे बी है किसकां पता पूछ री है...?" अनारो ने उसे तसल्ली देते हुए पूछा तो हँसी के घरवाले ने अनारो को 'आज़ादपुर' जाने का रास्ता बता दिया।

कोई डेढ़ घण्टे का सफ़र था 'आज़ादपुर' तक पहुँचने का और फिर दिन के दिन लौटना भी था। यह सोच अनारो ने चार बजे उठकर झाड़ू-बुहार निबटा नहा धो रसोई बना बच्चों के लिए रोटी सेंक डलिया में ढँक कर रख दी और रास्ते के लिए सुराही में पानी भरा और रोटी-आचार बाँध अपने झोले में रख लिया और जाते-जाते हँसी कि माई को बच्चों का ख़याल रखने का कह दिन निकलते ही घर से निकल गई।

25

'भरतपुर' जाने वाली पहली बस में अनारो बैठ गई। जीवन में भरतपुर पहली बार वो ऐसे अकेली सफर कर रही थी। बस में बैठे यात्रियों की जब-जब उस पर नज़र पड़ती वो अनमनी हो जाती। पर मन में मास्टर जी की कही बात पूरी करने का जो जोश था जिससे मन में उठती घबराहट शान्त हो गई। अपनी ओर मर्द यात्रियों की उठती निगाहें अनारो के भीतर बीच-बीच में घबराहट पैदा कर रही थीं पर कुछ एक पड़ाव पर जब एक-दो औरतों को बस में चढ़ते देखा तो सब सामान्य लगने लगा। बस पूरी रफ़्तार से सड़क पर दौड़ी जा रही थी। बस की खिड़की से पेड़, पहाड़ों, घुमावदार रास्ते, कच्चे-पक्के मकानों को पीछे छूटते देखना ऐसा भा रहा था मानो वह किसी दूसरी दुनिया में आ गई हो। कोई सवा घण्टा बीतते न बीतते पता ही नहीं चला। वह तो जब कंडक्टर ने आवाज़ लगाई, "भैया अपनौ-अपनौ सामान सँभाल लेओ...भरतपुर आने वालौ है...।" कंडक्टर के कहते ही बस में खलबली मच गई। सब अपना-अपना सामान समेटने लगे। अनारो के दिल में धक्क सी हुई। भरतपुर तक का रास्ता तो सीधे-सीधे तय हो गया पर अब आगे? और फिर बसअड्डा आते ही सभी सवारियां धक्कम-धक्के के साथ बस से उतरने लगीं पर अनारो आगे के रास्ते की कशमकश में सीट पर ही बैठी हुई थी कि कंडक्टर उसके पास आ बोला–

"अरी उतरनौ नाय का तोयै...य्हाँ तै आगै नाय जायेगी जे बस हत काय सौ...।" कंडक्टर की भाषा कुछ अलग सी थी पर समझ में पूरी तरह आ रही थी। तभी झटपट अनारो अपने झोले में से कॉपी निकालकर पता पढ़ते हुए कंडक्टर को देख बोली–

"भाई जी इस पता पै जाणा है...थोड़ा समझा देंगा तौ मेरे कूं जाणे मै...।" अनारो की बात पूरी होने से पहले ही कंडक्टर ने अनारो के हाथ से कॉपी ली और पता पढ़ते-पढ़ते उसने अनारो को घूर कर देखते हुए बोला–

"आजादपुर...? आजादपुर मैं कौन तै मिलनौ है तोयै...?" "सूरजमल भाई सूं मिलणो है भाई जी।" 'सूरजमल' सूरजमल का नाम सुनते ही कंडक्टर ने एक बार फिर अनारो को घूर कर देखा और फिर बोला–

"नीचै उतर कै किसी बी रिक्सा या तांगे वाले तै सूरजमल भैया कौ नाम बोल दीजौ...बिनके घर तलक छोड़ कै आयेगौ...।" अनारो ने सुना तो झोला कन्धे पर डाल 'हाँ' में गरदन हिला सुराही उठा बस से नीचे उतर गई।

बस से उतरते ही बाज़ार का शोर अनारो के कानों को भेदने लगा। टाँगे वाले, रिक्शेवाले चिल्ला-चिल्ला कर सवारियों को अपने वाहन में बिठाने की होड़ में युद्ध कर रहे थे। तीन-चार रिक्शा और टांगे वाले अनारो की ओर भी लपके। *"कित्त माऊ जानौ है बहनजी", "अरै पहलै मोये पूछ लैन दै...पहली सवारी तै तैनै पूछी अब मेरौ लम्बर है..."* दूसरा रिक्शेवाला पहले वाले को पीछे धकेलते हुए बोला। इन दोनों में बहस चल ही रही थी कि तभी तीसरा रिक्शेवाला युवक अनारो की ओर बढ़ा और बोला–

"भैनजी...मेरे रिक्सा मै बैठ लेऔ...और एक सवारी बैठा लूंगौ तौ किरायौ भी सस्तौ पढ़गौ आपको...।" यह रिक्शावाला अनारो से बहस कर रहा था कि तभी इस रिक्शेवाले पर दूसरा रिक्शेवाला झपट पड़ा–

"हम्बै...सगरी सवारी तू ई भरलै...हम तौ साले चूतिया हैं जो या जगै ठाड़े हैं..." इस रिक्शेवाले का इतना कहना था कि उन सबमें गुत्थम-गुत्था होने लगी। तभी उन्हें झगड़ते देख घबराकर अनारो बोली–

"भाई जी...म्हाणे सूरजमल भाई जी रे घर जाणो है...कौण चलेंगा थारा मै सूं..." अनारो का 'सूरजमल' नाम बोलना था कि आपस में मार-पीट पर उतर चुके रिक्शेवाले सब के सब ख़ामोश होकर अपने-अपने कपड़े ठीक-ठाक करने लगे और उनमें से एक रिक्शा वाला हांफ्ता हुआ अपने साथियों की ओर घूरते हुए और फिर रिक्शे की सीट पर हाथ मार अनारो की ओर देखकर बोला–

"बैठो या रिक्सा मै भैनजी...जा जगै आपै जानौ है, इनमै तै कोई नाय लै जा सकै आपै व्हां...।" यह कहकर रिक्शेवाले ने तंजियाँ हँसी आसपास खड़े रिक्शेवालों और टाँगेवालों की ओर बिखेरी और झट अपने गले से अपना साफ़ा हाथ में ले रिक्शे की सीट पोंछी और रिक्शा अनारो के सामने खड़ा कर बोला–

"बैठौ भैनजी...अभाल पोंचाये दऊं आपकू सूरजमल भैया के घर..." रिक्शेवाला ऐसे आदर भाव से बोला मानो उसका रिक्शा, रिक्शा ना होकर कोई बग्घी हो, अनारो किसी रियासत की महारानी और वह रिक्शावाला किसी राजघराने का शाही मुलाज़िम। यह सुन इधर-उधर देख अनारो झिझकती हुई रिक्शे पर बैठ

गई और फिर टन टन घण्टी बजाता और राहगीरों को आगे से हट जाने का शोर मचाता वह रिक्शेवाला अपना रिक्शा दौड़ाता हुआ बस अड्डे से बाहर निकल गया।

क़स्बेनुमा शहर से होता हुआ रिक्शा कुछ ही देर में किसी सुनसान सी उबड़-खाबड़, कच्ची-पक्की सड़क पर आ पहुँचा। सड़क की हालत के बावजूद कई तरह के सुरताल पर अपना सुर बैठाता रिक्शेवाला ज़ोर-ज़ोर से गाता-गुनगुनाता सड़क पर रिक्शा दौड़ाये जा रहा था। रिक्शे में बैठी अनारो को लग रही धचकियों से हो रही तकलीफ़ की ओर रिक्शेवाले का कोई ध्यान ना था। धचकियां लगने से अनारो की पसलियां दुखने लगीं और रिक्शेवाले के बेसुरे राग ने सिर में दर्द और कर डाला। कोई आधा घण्टा बीतने पर अनारो को 'आज़ादपुर' का साइन बोर्ड दिखलाई पड़ा।

आज़ादपुर आते ही वहाँ की फ़िज़ा बदलती हुई दिखलाई दी। घने छायादार पेड़ों के साथ-साथ फूल-पत्तियों से लदा-फदा 'आज़ादपुर गाँव'। चिड़ियों और कोयलों की आवाजें कानों में संगीत घोलने लगीं। हालाँकि गाँव में रहने वालों के मकानों में काफ़ी तंगहाली दिखलाई पड़ रही थी पर हरियाली ने ग़ज़ब का सौंदर्य बिखेर रखा था यहाँ। गाँव की कोई आठ-दस घुमावदार खड़ंजें वाली सड़कों से गुज़र कर लम्बे-चौड़े मैदान के बाहर किसी किलेनुमा द्वार के बाहर पहुँच रिक्शेवाले ने अपना रिक्शा रोका और बोला–

"लेऔ भैनजी...आय गये सूरजमल भैय्या कै निवास पै...जेई है बिनकौ घर..." अनारो ने इधर-उधर नज़र दौड़ाई तो देखा मैदान के दाईं छोर पर ऊँची-ऊँची दीवारों से बना विशाल घर दिखलाई पड़ रहा था। घर के बाहर छोटा सा एक तालाब और घर की दूसरी ओर एक अहाते में तीन-चार कार और जीपें खड़ी हुई थीं। उधर से नज़र हटा अनारो ने अपनी पोटली में से बटुआ निकाल पैसे निकालकर रिक्शेवाले को देने लगी तो रिक्शेवाला हाथ जोड़ बोला–

"का कर रई हो भैनजी...भैया के घर लाने कौ किराया नाय लूँ... ठाकुर जी की किरपा अर भैया की मेहरबानी तै काऊ बात की कमी ना है..." यह कहकर रिक्शे पर बैठ 'राधे-राधे' कह रिक्शेवाला अनारो को हाथ जोड़ वहाँ से आगे बढ़ गया। एक नज़र ऊँची-ऊँची दीवारों वाले घर को देख और फिर दूर जाते रिक्शेवाले को देख अनारो वहीं खड़ी रह गई।

रिक्शावाले के जाने के बाद मुख्य द्वार से भीतर की ओर क़दम बढ़ाते हुए इधर-उधर देखती सारी जगह का मुआयना करती अनारो आगे बढ़ ही रही थी कि दो मंज़िले मकान की मेहराबदार लम्बी-चौड़ी छत पर गश्त करते हुए बड़ी-बड़ी मूँछों वाले लम्बे-चौड़े आदमी की निगाह अनारो पर पड़ी तो ऊपर छत से ही वह आदमी चिल्लाया–

"कौन है तू...? कहाँ भीतर चली आय रई है...?" आदमी की रौबदार और तीखे स्वर में कही बात सुन अनारो सहम गई। सहमी हुई अनारो उस आदमी की ओर देख बोली–

"अ...अनारो...अनारो नाम है मेरो...स...सु...सूरजमल जी सूं मिलणो है..." आदमी उसी रौब से बोला–

"सूरजमल भैया बैयरबानी तै नाय मिलैं...चली जा ज्हाँ तै आई है..." उस आदमी की धमकी भरी आवाज़ के बावजूद अनारो हिम्मत बटौर उस आदमी की तर्ज पर बोली–

"सूरजमल जी सूं मिले बगैर कोंणी जाऊँ" *"मैंने कह दई ना तोसूं बैयरबानी तै नाय मिलैं बे...चौं अपने संग मेरे बी दिमाग की धई कर रई है...चली जा य्हाँ तै..."* *"कितणी बेर कहूँ आपसूँ के उणसै मिले बिणा नाय जाऊँगी...थे एक बार उणसै कह दो चाँदघाटी गाँव सूं अनारो आई है...।"* यह सुण आदमी चिढ़ कर बोला–

"मानैगी नाय तू...लै जाय रौ हूँ भीतर...पर देख लीजौ...जेई जवाब मिलैगौ... नाय मिलैं बे किसी लुगाई-फुगाई तै...और का नाम बतायौ तैनै अपनौ?" नीचे से अनारो बोली 'अनारो'। मन में अनारो-अनारो दोहराता वह आदमी भीतर गया और कुछ ही देर में आकर बोला–

"लै...कही नहीं तोसै...नाय मिलंगे...चल जा अब य्हाँ तै..." यह कह आदमी अनारो को घूरता हुआ मुड़ा और भीतर चला गया। पर अनारो तो संकल्प लेकर आई थी कि बिना सूरजमल से मिले वो लौटेगी नहीं। कुछ देर मन में विचार कर मुख्यद्वार के क़रीब पेड़ के नीचे बने चबूतरे पर वो धूनी जमाकर बैठ गई। कोई दो-सवा दो घण्टे बीते होंगे कि अनारो ने देखा पाँच-छह हट्टे-कट्टे हाथों में खुलेआम तमंचे लिए आदमियों से घिरा दूधिया धोती-कुर्ते के ऊपर गहरे भूरे रंग की लोई ओढ़े एक आदमी भीतर से बाहर निकला। उन्हीं में से एक आदमी झट दौड़ा और मकान के एक सीरे में खड़ी जीप उस सफ़ेद धोती-कुर्ते वाले आदमी के सामने ला खड़ी करी और जीप के रुकते ही पहले सफ़ेद धोती-कुर्ते वाला आदमी जीप पर बैठा और उसके बैठते ही नीचे खड़े चारों आदमी लपककर जीप में चढ़ उस आदमी के अगल-बगल बैठ गये। सबके बैठते ही जीप रफ़्तार से आगे बढ़ी ही थी कि चबूतरे पर बैठी अनारो पर उस धोती-कुर्ते वाले आदमी की निगाह पड़ते ही जीप ठीक अनारो के सामने आकर रुक गई। सफ़ेद धोती-कुर्ते वाला आदमी अनारो को देख अपने साथियों से बोला–

"कौन है जे बैय्यरबानी...य्हाँ चौं बैठी है?" घबराया हुआ वही आदमी जो अनारो को छत से देख चुका था। बोला–

"भैया मैंने जातै कई बेर कही चली जाय यहाँ तै...पर जे जिद्द पै अड़ी है कै आपतै मिलकै ही जायेगी...मैंने तौ सोची चली गई होयैगी पर बड़ी करीं लुगाई है जे तौ...अभी तक यहईं ठाड़ी है..."

उन सबकी बातों को सुनते अनारो को यह समझते देर ना लगी कि हो ना हो सफ़ेद धोती-कुर्ते वाला ही सूरजमल है। तभी वह शख़्स अनारो की ओर देख बोला–

"कहाँ तै आई है...?" यह सुन अनारो चबूतरे से उठ खड़ी हुई और निर्भीकता के साथ बोली–

"चाँदघाटी गाँव सूं आई हूँ भाई जी..." व्यक्ति कुछ अचंभित हुआ और फिर बोला–

"कौन नै भेजौ है तोय...?" अनारो कुछ हिचकिचाते हुए बोली–

"स...सूरजमल आप ही हो नै?" 'हाँ मैं ही हूँ" अनारो ने यह सुना तो अपने झोले में से मास्टर जी का लिखा रजिस्टर निकाला और सूरजमल की ओर बढ़ाते हुए बोली–

"चाँदघाटी के मास्टर किशनलाल जी नै थारां सूं मिलणे की बात इसमै लिखी है..." 'मास्टर जी ' शब्द सुनते ही सूरजमल अनारो को देख बोला–

"का...का नाम लियौ तैनै?" "मास्टर जी...मास्टर किशनलाल जी।" हिम्मत बटोर अनारो ने मास्टर जी का नाम लिया तो सूरजमल सोच में पड़ गया और फिर कुछ पल सोचने के बाद अनारो को देख बोला–

"का...अपने गाम कौ तैनै का नाम बतायौ?" 'चाँदघाटी' अनारो ने जैसे ही अपने गाँव का नाम लिया अनारो के हाथ से रजिस्टर ले सूरजमल ऐसे देखने लगा मानो रजिस्टर में से कुछ खोज रहा हो और फिर तुरन्त ही मानो जैसे उसकी खोज पूरी हो गई। वो जीप से नीचे उतरा तो साथ बैठे आदमी भी झट नीचे उतर आये। इन सबके जीप से उतरते ही जीप चला रहे आदमी को देख सूरजमल बोला–

"गाड़ी भीतर लगा दै...।" सूरजमल ने गाड़ी भीतर लगाने की बात कही तो बग़ल में खड़ा नौजवान चौंक कर बोला–

"भैया मन्त्री जी बाट देख रऐ हैं आपकी...जो टैम पै नाय पौंचे तौ..." नौजवान की बात बीच में ही काट जेब में से तमंचा निकाल उसकी कनपटी पर लगा सूरजमल बोला–

"मन्त्री की माँ की..." अनारो को वहाँ खड़ी देख सूरजमल ने अपनी ज़ुबान को वश में किया और पास में खड़ी अनारो को देख बोला–

"स्साले देख नाय रौ है...मेरे गुरुजी के गाम तै आई है जे...जब तक याकी बात नाय सुन लूँ किसी मन्त्री-सन्त्री कौ नाम मत लीजौ..." बग़ल में खड़े आदमी को घूरते हुए यह कहने के बाद फिर अनारो को देख सूरजमल तमंचा जेब में रखते हुए बोला–

"चल भैन...भीतर चल कै बता का चावै है मोतै..." अनारो को यह कह सूरजमल भीतर की ओर मुड़ा तो उसके पीछे अनारो भी चल पड़ी।

तेज़-तेज़ क़दम रख सूरजमल लम्बे-चौड़े बैठकनुमा कमरे का दरवाज़ा खोल भीतर आ गया। अनारो ने कमरे में क़दम रखा तो निगाह फिराकर देखा, ऊँची-ऊँची आसमानी रंग पुती दीवारों पर कई जानवरों के मुँह चिने हुए थे। कमरे में दस-बारह ऊँचे-ऊँचे पायों वाली कुर्सियाँ रखी थीं और उन कुर्सियों के ठीक सामने चौड़े-चौड़े हत्थों वाली कुर्सी जिसके सिर की ओर शेर की आकृति उकेरी हुई थी। सूरजमल आगे बढ़ उस सिंहासन नुमा कुर्सी पर बैठा तो उसके सिर के ऊपर उकेरी गई शेर की आकृति साफ़ दिखलाई पड़ रही थी। कुर्सी पर बैठ सूरजमल इधर-उधर ताकती अनारो को देख बोला–

"बैठ भैन...और बता किस काम तै आई है...पर सबतै पहलै मास्टर जी की खबर सुना...का हाल है बिनकौ..." अनारो ने सूरजमल की ओर देखा और बोली–

"मास्टर जी अब इस दुणिया मै ना हैं...।"

यह सुन सूरजमल ने अपनी आँखें मूँद लीं और कुछ पल बाद आँखें खोल बोला–

"का हुऔ मास्टर जी कू...कैसै भयौ जे...?"

पुलिस की रिपोट मै तौ याई लिखां के कांई लुगाई के संग मूं काला करते कांई ने देख लियां...जिसकी बदनामी के डर सूं मास्टर जी नै आत्महत्या कर लई..."

अनारो का इतना कहना था कि सूरजमल अपनी कुर्सी से उठ खड़ा हुआ और गरजते हुए बोला–

"कौण मादरचौ...मास्टर जी के बारे मै एसौ कै रौ है...? मास्टर जी एसौ नीच काम कर ही नाय सकैं..." यह कह सूरजमल ने ज़ोरदार आवाज़ लगाई तो बाहर से एक आदमी भीतर आया और बोला–

"हाँ भैया..." आदमी को देख गरजते हुए सूरजमल बोला–

"पतौ लगा...चाँदघाटी गाम कौ कौन सौ थानौ है...व्हाँ के दरोगा कौ पतौ लगा..." तभी अनारो बोली–

"या सब मेरे ही कारण हुआं है भाई जी...ना मास्टर जी मेरे कूं सरपंच बनाणे को सपणा देखतां ना उनकी हत्या होती।" "हत्या...? कौन नै करी है मास्टर जी की हत्या...नाम बता वा सूअर कौ...जिन्दौ धरती मै नाय गाड़ दूँ तौ अपने बाप की औलाद नाय कहलाऊँ...बता नाम वा हरामी कौ..." अनारो सूरजमल के इस रूप को देख काँप उठी और मन-ही-मन सोचने लगी–

"कैसै बता दूँ वा हत्यारे को नाम...अपणे सुहाग की हत्या...ना...ना...मैं ईसो कोणी कर सकूं..." "नाम बोल वा हरामखोर कौ भैन..." अनारो सकपकाई हुई बोली–

"क...कोई एक आदमी नै मास्टर जी की हत्या करी हो तो बताऊँ...मास्टर जी को दुश्मण तौ वा पूरो समाज है भाई जी, जो हमारा समाज की तरक्की को दुश्मण है... ।" यह सुन सूरजमल समझ गया कि मास्टर जी की हत्या का क्या कारण है। मास्टर जी जैसे इन्सान अपने से छोटी जाति वालों पर ज़ुल्म करने वालों की आँख की किरकिरी तो हुआ ही करते हैं। सूरजमल अपने सिंहासन पर बैठ गया और बोला–

"समझ गौ तेरी बात भैन...अब वा वजै बता जा लई मास्टर जी नै तोए मेरे धोरै भेजौ है... " अनारो को समझ ना आया कि कहाँ से अपनी बात शुरू करे। बस उसने कहना शुरू कर दिया–

"अपणे बाप के घर मै रैह कै मैणै मैट्रिक की परीक्षा अव्वल दर्जे सूं पास करी...आगै पढ़ने की बड़ी इच्छा रही...पर मेरी माँ रामजी कूं प्यारी हो गई...बाप नै दूसरो ब्याह रचा लियां...अर सौतेली माँ ने पढ़ाई छुड़ा कै मेरो ब्याह चाँदघाटी मै रैहणे वाले एक शराबी, जुआरी, पूरे दिन नशे मै पड़े रहने वाले सूँ कर दिया... दो जून रोटी की बी वा आदमी नै परवा नाय करी...मैंणै अपणे समाज अर हरिजण बस्ती के बच्चा पढ़ा कै...कस्मीरियन के खेतण मै मजदूरी करकै गुजारा करां...जब मजदूरी करकै इस्कूल के सामणे सूं गुजरती तौ व्हां बैठे पढ़ाई करते छोरे-छोरियां कूं देखती रह जाती...बचपण सूं सपणा देखती आई के पढ़-लिख कै अपणे समाज कूं इस ऊँच-नीच की दलदल सूं बाहर निकालूँगी और मेरो वा सपणा मास्टर जी नै बी मेरी आखण मै पढ़ लियां...इसी बीच एक कश्मीरी जमीदार मेरे जीवण मै आ गयां...उस आदमी नै मेरे बुरे वक्त मै मेरो बड़ो साथ दियां...वा कश्मीरी ब्राह्मण सूं मेरो एक छोरा बी हुआं...मेरे आदमी के मरणे पै जिस दिण पूरे समाज के सामणे मेरो सिंगार उतारणे की रसम होण लगी तौ मेरे मूं सूं निकलगां के मैं रांड ना हूँ...मेरे छोरा को बाप अभी जिन्दा है ...बस मेरी इस बात पै वा आदमी नै मेरी चौखट पै आणो छोड़ दिया...वा कां मेरे जीवण सूं जाते ही सारा गाँव मेरो दुश्मण हो गयां...बस एक मास्टर जी...मास्टर जी नै मेरे सूं मूं नाय मोड़ा...बल्कि मेरे भीतर समाज सूं लड़ने की शक्ति पैदा करी....मास्टर जी के कारण मेरी नौकरी लगी...मैणै मास्टर जी की शिक्षा सूं अपणो कारोबार शुरू करां...जब म्हारा बावरिया समाज नै मेरे सूं मुँह मोड़ लियां तौ हरिजन बस्ती की लुगाइयन के संग मैणै अपणा कारोबार शुरू करां...और आज बस्ती की लुगाइन के संग म्हारा समाज की लुगाई बी मेरी कम्पनी मै काम कर सिर उठा कै अपणा रोजगार कमा री हैं...महारा समाज और बस्ती के छोरा-छोरी म्हारा पास पढ़ाई कर रां हैं...पर जो सपणा मैणै देखा है वह इन सब कामण सूं पूरो कोणी हो सकै...आजादी मिलणे के बाद बी म्हारा समाज गुलाम ही बणा हुआं है... जाति-पाँत, ऊँच-नीच, छुआछूत को कानून तौ बण गां...पर म्हारा संग ऊँच-नीच

रो खेल आज बी चल रां है...अर म्हारा सूँ या सब देखो कोणी जावै.. और इस बार जब सरपंच के चुनाव मै महिला सीट घोषित हुई तौ मास्टर जी नै म्हाणे चुनाव में उतारने कौ फैसला ले लियां...बस याही गलती कर दी मास्टर जी नै...मास्टर जी को या फैसला कुछ लोगण की आँख मै खटक गां...ना जाणै कैसे मास्टर जी कूं आभास हो गां के वह अब जिन्दा नहीं बचेंगे और मास्टर जी अपणी हत्या सूँ पहलै म्हाणे जिताणे की सारी तैयारी इस रजिस्टर मै लिख कै म्हारा तक पहुँचा दी...जिसमैं थारा सूं मिलणो भी लिखां..." और यह कहते-कहते अनारो सिसकने लगी। सूरजमल ने सिसक रही अनारो की ओर देखा और बोला–

"*इन ऊँची जात वालेन नै म्हारे समाज ऐ बरसन तै अपने पावन की जूती बना कै रक्खौ है...नौकर बने रहैं हम बस इनके...म्हारौ घर अलग...म्हारौ कुआँ अलग... सादी-ब्याह मै म्हारौ खानौ अलग...*" यह कहते-कहते सूरजमल तैश में आ गया और फिर गरजते हुए बोला–

"*इनके अलग-अलग करने तै तंग आकै मैंनै भी अपनौ अलग गाम बसा लियौ... मेरे या गाम की परजा बी मैं और सरकार बी मैं...मास्टर जी नै तोहै सरपंच बनाने कौ सपनौ देखौ है तौ मास्टर जी कौ सपनौ पूरौ है कै रहैगौ...जा...तू चुनाव की तैयारी कर...जा दिन परचा भरनौ है वा दिन तेरौ जे भाई खुद उपस्थित रहैगौ...देखूं किस माई के लाल मै हिम्मत है जो तेरौ रास्तौ रोकै...तेरौ जे भाई तेरे संग चलकै तेरौ परचा भरवायेगौ...*" यह कह सूरजमल अपने सिंहासन से उठा और अनारो के क़रीब जा उसके सिर पर अपना हाथ रख दिया। सूरजमल का अनारो के सिर पर हाथ रखना था कि अनारो की आँखों से लकीरें बह गालों पर आ गिरीं। अनारो ने दोनों हाथ जोड़ कर सूरजमल का आभार प्रकट किया और उठकर चलने लगी कि तभी पीछे मुड़ सूरजमल को देख बोली–

"*भाई जी...एक बात पूछ सकूं हूँ थारा सूं?*" सूरजमल ने 'हाँ' में गरदन हिलाई तो अनारो बोली–

"*म्हारा गाँव के विद्यालय के मास्टर जी होणे के नाते म्हारा सूं मास्टर जी के मिलणे मै कांई हैराणी की बात ना है...पर आप सूं मास्टर जी को मिलणा...मतलब... मेरो मतलब आप मास्टर जी कूँ कैसै जाणो हो...?*" अनारो की हिचकिचाहट को भाँप सूरजमल हल्का सा मुस्कुराया मानो उसे अतीत की याद हो आई हो। चेहरे पर मुस्कान लिए शून्य में ताकते हुए सूरजमल बोला–

"*समझ रौ हूँ भैन तू का सोच रई है...जे ई सोच रई है ना के मेरे जैसे डाकू-लुटेरा सै मास्टर जी कौ सम्बन्ध कैसे है...?*" और फिर एक गहरी साँस बाहर की ओर छोड़ते हुए अपने सिंहासन पर बैठे-बैठे ही सूरजमल बोला–

“आज कौ जे नामी-गिरामी लुटेरा कई बरस पहलै दो-चार आने कै लई इन ऊँची जात वालन के जूता-चप्पल खाने वालौ दो कौड़ी कौ बावरिया हतौ...जिसकी जात कू बावरिया ना कहकर ‘कंजर’ पुकारौ करते मेरे पुस्तैनी गाम के ऊँची जात के लोग...बामन होने कौ मतलब बे भगवान और हम नीच तै बी नीच...और तब का, आज भी हमै कंजर ही कह कै पूकारौ जाय...मेरौ बाप लोगन के घरन मै मजदूरी करतौ-करतौ मर गौ और अपने बदले मोय मजदूर बनाकै बेच गौ ऊँची जात वालन के घर...मैं ऊँची जात वालन के घर काम करन लगौ...बिनकौ अपनौ कोई चोरी करतौ और इल्जाम मोपै धर दीयो जातौ...और वाके बाद जूता-चप्पलन तै मार पड़ती सौ अलग...मेरी अम्मा बीमार भई पर इलाज ना मिलने की वजह तै बोऊ चली गई...छोटे-छोटे बहन-भइया बी लोगन के घर बँधुआ मजदूर बन गये...ऐसै ही एक दिन काम करते-करते मेरी भैन के संग एक बामन नै...गलत काम कर डारौ...” यह कहते-कहते सूरजमल की मुट्ठियाँ कस गईं और आँखों में लहू उतर आया–

“वा दिना मोपै रुकौ नाय गयौ...कमरा मै रक्खौ लट्ठ उठाकै मैंनै वा बामन कू मार-मार कै अधमरौ कर दियौ और फिर व्हाँ तै जो भागौ तौ बस फेर पीछै मुड़ कै नाय देखौ...और वा दिना कसम खा लई के इन ऊँची जात वालन के आगे झुकूँगौ नाय...बल्कि इनै अपने कदमन पै झुकाऊँगौ...काम कुछ सीखौ ना हतौ... पर पेट की आग तौ बुझानी ही...बस चाकू, छूरी चलाकै लूट-पाट करनौ सुरू कर दियौ...धीरै-धीरै मेरौ गिरोह बन गौ...रेलगाड़ी मै सवारिन तै चाकू-छूरी की नोक पै छीना-झपटी करकै अच्छौ-खासौ रुपैया बटोर लेते हम...ऐसै ही लूट-पाट के इरादे सै मैं अपने साथीन संग एक दिना एक रेलगाड़ी मै घुसगौ...” यह बताते बताते मानो सूरजमल के सामने वह दृश्य ज्यों-का-त्यों आ गया–

रेलगाड़ी प्लेटफॉर्म पर रुकी भी नहीं थी कि चलती गाड़ी में तीन-चार नशेड़ी से दिखने वाले लड़के एक बोगी में चढ़ गये और जहाँ-तहाँ जगह मिली बैठ गये और जैसे ही रेलगाड़ी स्टेशन से कोई सात-आठ किलोमीटर आगे बढ़ी कि मुस्तैदी से हाथों में चाकू और तमंचे लिए दो लड़कों ने दोनों ओर से बोगी को घेर लिया और एक लड़का तमंचे की नोंक से सवारियों से रुपये की वसूली करने लगा। जो व्यक्ति रुपये निकालने में ना-नुकुर करता उसे मारपीट कर घायल कर लड़के उससे रुपये बटोरने लगे। ऐसे ही एक-एक सवारी से रुपये बटोरते लड़का आगे बढ़ रहा था कि सफ़ेद पजामा-कुर्ता पहने बग़ल में झोला दबाए, हाथ में कोई किताब लिए पढ़ रहे एक नौजवान को सामने से तमंचा दिखा लड़का बोला–

“निकाल जल्दी जो बी तेरी जेब मै है ... चल जल्दी कर...” शख़्स ने किताब से नज़रें ऊपर उठा लड़के को देखा और फिर निगाहें किताब पर गढ़ा लीं। लड़का उस शख़्स की इस हरकत से झल्लाया और तमंचा उस शख़्स की कनपटी पर लगा बोला–

"जल्दी तै रुपैया निकाल...नाय तौ उतार दूँगौ जाय तेरे भेजा मै..." उस शख़्स ने फिर लड़के की ओर देखा और शान्त भाव से बोला–

"मैं पेशे के अध्यापक हूं...मेरे पास तुम्हें देने के लिए कुछ नहीं है...सिर्फ़ ज्ञान है और वो तुम मुझसे लोगे नहीं...।" मुस्कुराते हुए अपनी बात कह वह शख़्स फिर किताब की ओर देखने लगा। लड़का यह सुन तमतमा गया और बोला–

"भौत गियान मिल चुकौ है मोये...अब काऊ तै नाय लैनौ...चल निकाल जो जेब मै है...नाय तौ अभाल..." यह कहते हुए लड़के ने शख़्स की गिरेबान पकड़ ली। शख़्स फिर से मुस्कराया और बोला–

"ज्ञान यदि तुम्हें मिल चुका होता तो तुम ये काम ना कर रहे होते...।" अब तो लड़का बुरी तरह ग़ुस्से में भर कर शख़्स की कनपटी पर तमंचा लगा बोला–

"तू बी अब बोई कहैगौ...जो औरन नै कही...जे गलत काम है, पाप लगैगौ, जेई गियान बघारैगौ ना तू...? तोय का लग रौ है ...मै जनम तै ऐसौ ही पैदा हुऔ हूं...जब सराफत और म्हैनत तै कछु नाय मिलै तौ छीन्नौ ही पड़ै है...और जेई सई है..." "तुम्हारे लिए सही और गलत का फ़ैसला तो तुम ही कर सकते हो बेटा... पर हां जिस काम का कोई उद्‌देश्य हो और जिस काम के करने से किसी का भला हो रहा हो...फिर वो कोई काम गलत नहीं है...मेरी नज़र में तो तुम वैसे भी गलत नहीं हो...किसी-न-किसी उद्‌देश्य से ही तुम इन सीधे-साधे लोगों को लूट रहे होगे... वरना अपने ही जैसे इन मासूम लोगों को लूटकर तुम वही तो कर रहे हो जो तुम्हारे साथ तुमसे ताकतवर लोगों ने किया होगा?" उस शख़्स की बात सुन एक पल को लड़का ख़ामोश हो उसे देखने लगा और फिर झुँझलाकर बोला–

"मतलब...?" शख़्स उसी निश्चल मुस्कराहट के साथ लड़के को देख बोला–

"बेटा! भगत सिंह का नाम तो तुमने सुना ही होगा...और महात्मा गाँधी जी को भी तुम जानते ही होगे...क्यूं...जानते हो ना...?" शख़्स ने पूछा तो लड़के ने फौरन गरदन हिलाई और बोला–

"इनै कौन नाय जानै..." "जानते हो...इन दोनों का उद्‌देश्य एक ही था...पर तरीका अलग....एक ने गोली-बारूद, बम-धमाकों को अपना हथियार बनाया और दूसरे ने अहिंसा यानी किसी को ज़ख्मी न कर देश को आज़ादी दिलाई....और पूरे विश्व में उनका नाम हुआ...इसी तरह अब तुम्हें तय करना है कि अपनी तरह के इन लोगों को लूटकर तुम अपना उद्‌देश्य पूरा कर रहे हो या फिर....।" और यह कह उस शख़्स ने मुस्कराते हुए अपनी जेब में से बटुआ निकालकर उस लड़के के हाथ में रख दिया। शख़्स से बटुआ लेते हुए लड़के का हाथ काँपने लगा। उसका गला रुँध गया। बोला–

"आज तलक इस तरह मोय काऊं नै बात नाय समझाई...तू जो बी है एक बार मोय कह दै के मै बदमास हूं...गलत काम कर रौ हूं...मोय गाली दै...पुलिस के हवाले कर दै...नफरत तै देख मोय..." और फिर तमंचा शख़्स के हाथ में रख बोला–

"लै मास्टर ...चला तमंचा...कर दै खतम मोय...नाय तौ तेरी बातन नै सुनकै मै जी नाय सकूंगौ... ।" शख़्स ने लड़के की ओर देखा और बोला–

"मैं अध्यापक हूं...मेरा काम ज्ञान की रोशनी फैलाना है...किसी की हत्या मैं नहीं कर सकता...और फिर तुमने किया ही क्या है...बस ज़रा अपने उद्देश्य से भटक गये हो...पहचानो अपने आप को...तुममें बहुत शक्ति है बेटा...इसका प्रयोग किसी उद्देश्य की पूर्ति के लिए करो...अपने जैसों की तरक्की के लिए करो..."

और मास्टर जी के शब्दों को दोहराते हुए सूरजमल की आँखें नम हो आयीं। अनारो ने देखा सूरजमल के हाथ यह सब कहते-कहते एक-दूसरे से जुड़ गये थे और फिर आँखों को पोंछते हुए सूरजमल अनारो को देख बोला–

"वो छोरा मैं हूँ भैन...अर वो देवता समान आदमी मास्टर जी...वा दिना मास्टर जी नै मोय जीवन कौ वो पाठ पढ़ा दियौ जिसनै मेरी जिन्दगी बदल दी...गरीब, निहत्थे लोगन कू लूटने वाले वा छोरा नै वा दिना कसम खाई कि अब मैं उन लोगन कू लूटूँगौ जो हमारे देस कू लूट रऐ हैं...मैं उन्है लूटूँगौ जिन्नै हमारे समाज मै हमसै हमारे इन्सान होने कौ हक छीन रक्खौ है...और उस लूट कू मैं अपने समाज के गरीब लोगन मै बाटूँगौ...बस वा दिना तै मेरे अर मास्टर जी के बीच एक रिस्ता सौ बनगौ... मास्टर जी मोय चिट्ठी भेजते रहते और हर चिट्ठी मै कोई सीख मोयै मिलती...वाई सीख पै चलकै मैनैं अपने समाज के लोगन कौ पूरौ गाम बसा लियौ 'आजादपुर'... ज्हाँ सब आजाद हैं...कोई सालौ सरकार कौ नुमाइन्दौ या गाम मै कदम नाय रख सकै...मेरे इलाके की काऊ भैन-बेटी की तरफ कोई गन्दी निगाह नाय गेर सकै... बस भैन, आज जो भी हूँ मास्टर जी की वा सिक्सा की बदौलत हूँ...जिन्हैं लोग छोटी-जात, नीच जात, कंजर-जात कहकै पुकारौ करते...आज पूरे राजस्थान और उत्तर परदेस मै मेरे एक इसारे पै लोग अपनी जान देने मै बी पीछे नाय हटैं..." यह कह सूरजमल कुछ पल के लिए ख़ामोश हो गया और फिर अनारो को देख बोला–

"तेरे परचा भरने के दिन तेरौ जे भाई तेरे संग खड़ौ रहैगौ...तेरे सारे गाम कू तेरी ताकत कौ अन्दाजौ नाय लग जाय तौ मेरौ नाम सूरजमल नाय..." यह कह सूरजमल ने बाहर देख जोर से आवाज़ लगाई। बाहर खड़ा दरबान सूरजमल की आवाज़ सुन दौड़ कर भीतर आया तो उसे देख सूरजमल बोला–

"डिराइबर तै कैह अनारो भैन कू अड्डा पै जाकै बस मै बिठा कै आयेगौ..." यह सुन दरबान बाहर गया और कुछ ही पलों में गाड़ी में बैठ अनारो सूरजमल के घर से 'चाँदघाटी' के लिए रवाना हो गई।

26

सरपंच के नामांकन में अब बस दो ही दिन बचे थे। अनारो कमरकस के अपने मोहल्ले और बस्ती के लोगों के साथ चुनाव की तैयारियों में लगी थी। जैसे रजिस्टर में लिखा था उसी के अनुसार अनारो ने चुनाव के काम-काज के बँटवारे कर एक-एक व्यक्ति की ड्यूटी तय कर दी और ख़ुद लग गई मंच पर बोलने की तैयारी में। अनारो जानती थी कि उसके पास प्रचार करने के लिए रुपये नहीं है और ना ही वह किसी से रुपये माँगेगी। अनारो के पास तो बस अपनी योग्यता के बल पर ही इस चुनाव को जीतने का रास्ता था। उसने चुनाव प्रणाली और सरपंच के कार्यों के साथ-साथ तमाम सरकारी नीतियों को पढ़ डाला और मास्टर जी द्वारा लिखे कई कामयाबी के साथ काम कर चुके सरपंचों की जीवनियाँ भी पढ़ डालीं। गाँव में बाकी सब उम्मीदवार भी अपने-अपने खेमें में अपना पर्चा भरने की तैयारी कर रहे थे।

अन्तत: पर्चा भरने का दिन आ गया। हर दिन के जैसी एक और नयी सुबह का सूरज अभी पूरी तरह उगा भी ना था कि पूरा 'चाँदघाटी' गाँव रंग-बिरंगी झण्डियों से सज गया था। गाँव के कश्मीरियों के मन्दिर के बग़ल वाले चौड़े मैदान में जहाँ कश्मीरियों के घरों के शादी-ब्याह के मण्डप सजाये जाते हैं वहाँ चारों ओर शामियाना लग गया था और उस शामियाने के ठीक सामने एक लम्बा-चौड़ा मंच बना दिया गया था। मंच पर आठ-दस कुर्सियाँ भी रख दी गई थीं और कुर्सियों के ठीक सामने माइक लगा दिया गया था। वहीं मंच के एक ओर एक टोकरी में फूल-मालाएँ भर कर रखी गई थीं मानो किसी विशेष व्यक्ति के स्वागत की तैयारी में यह सब किया गया हो। जो कोई भी घर से बाहर निकलता तो बस एक ही सवाल करता–

"कुन अश्ने आलाया इत्थै...? कुस कराया ऐ सब...?"

(कौन आने वाला है यहाँ...? किसने कराया है यह सब?)

"कौण के स्वागत की तैयारी है भाया...? कौण आ रां है म्हारा गाम मै?"

और कुछ ही देर में लाउडस्पीकर से आवाज़ गूँजने लगी–

"बहनो और भाइयो...सुनो! सुनो! सुनो! चाँदघाटी गाँव के सरपंच पद की उम्मीदवार कुछ देर बाद आप सब के सामणै हाजिर होकर अपना पर्चा भरने जायेंगी... सभी गाँव वाले अपनी होणे वाली सरपंच को सुनणै बारह बजे पण्डाल में पहुँच जायें...सुनो...सुनो...सुनो..."

गाँव वालों के साथ-साथ यह उद्घोषणा वेद के कानों में भी आई पर उसने अनसुना कर दिया यह सोचकर कि यह सब शारदा बहनजी का काम होगा। वेद बाहर चल रही गहमागहमी से दूर घर में बैठा चाय की सुड़की लगा रहा था कि तभी कश्मीरियों के मोहल्ले से सत्ते, बिल्लू, सूरज अपनी-अपनी वोटियों (पत्नियों) को संग लेकर वेद के वेड़े में आ धमके और वेद को चाय पीते देख सत्ते गर्म-जोशी से बोला–

"ओये! ऐस वारी तै तूं कमाल करी शोड़ेया...बड़ा तगड़ा इन्तजाम कीता तू... तै आसां की दसैया वी नई...भई हुन किरना की कोई नी हराई सकना..."

(अरे इस बार तो तूने कमाल कर दिया...बड़ा तगड़ा इन्तज़ाम किया...और हमें बताया तक नहीं...भई किरना को अब कोई नहीं हरा सकता)। नीलम पास में आकर खड़ी हुई किरना को कोहनी मार बोली–

"कंजरिये...बड़ी अन्दर गुज्जी जनानी ऐं तूं...असां नाल तै चुप-चुपित्ती बनी रैनी ऐं...तै अज पूरे ग्रां ने सामनै पाशण देने तै तैयार होई गई ऐं?"

(कंजरी...बड़ी अन्दर वाली सोच कि औरत है तू तो...हमारे सामने तो चुपचाप बनी रहती है...और आज पूरे गाँव के सामने भाषण देने को तैयार हो गई है...)। किरना ने हैरान हो नीलम को देखा और बोली–

"केड़ा पाशण...?"

(कौन सा भाषण?)

"आय हाय...देक्खा तां सई...किन्नी पोली बनी तै आखनी केड़ा पाशण...?"

(आय-हाय...देखो तो सही...कितनी भोली बनकर कह रही है...कौन सा भाषण?)। तभी गुड्डो किरना को देख बोली–

"अड़िये सरपंच बनी तै असां की पुल्ली ना जायां..."

(बहन सरपंच बनकर हमें भूल मत जइयो)।

यह सब सुनने के बाद अब चौंकने की बारी वेद की थी। वेद इन सबकी बात सुन बौखला कर बोला–

"ओए कै गल्ल करनै हो...केडा इन्तजाम...हालै तै परचा परनै नी तैयारी ऐ... इतंजाम तै परचा परन तूं बाद करसां..."

(ओए क्या बात कर रहे हो...कौन सा इन्तजाम...अभी तो परचा भरने की तैयारी है...इन्तजाम तो परचा भरने के बाद करूँगा)। तभी बिल्लू सबको आँख मारकर बोला–

"भई ऐस बार तै ऐ दोऐ वोटी-मराज कुज नवां ई कम्म करसन... ताईं कुसै की कुज दस्ने नी..."

"(भई इस बार तो ये दोनों मिया-बीबी कुछ नया ही काम करेंगे...तभी किसी को कुछ बता नहीं रहें।)" तभी नीलम बोली–

"चलो भई चलो...पाशण शुरू होनेच थोड़ा ई चिर बचेया...इन्नां की तैयारी करन देयो...जुलो...जुलो..."

(चलो भाई...चलो...भाषण शुरू होने में थोड़ी ही देर बची है...इनको तैयारी करने दो...चलो...चलो) और यह कह सभी पण्डाल की ओर चले गये और वेद उन सबकी बातें सुन कशमकश में पड़ गया कि सुबह-सुबह ऐसा क्या दिख गया इन्हें। फिर किरना को देख बोला–

"तू तैयारी कर. दो-ट्हाई घण्टेच असां परचा परन जाना...बड़िया जे कपड़े लायां।"

(तू तैयारी कर...दो-ढाई घण्टे में हमें परचा भरने जाना है...बढ़िया से कपड़े पहनना)। यह सुन किरना अन्दर चली गई।

इधर अनारो नहा-धोकर पूजा-पाठ कर ईश्वर का आशीर्वाद ले नामांकन भरने जाने की तैयारी कर ही रही थी कि बस्ती और बावरिया मोहल्ले के कुछ लोग दौड़े-दौड़े अनारो के घर आये और बोले–

"भाबी...बड़ा तकड़ा इन्तजाम करां है कस्मीरियन नै...सारा गाम सजा दियां है...सुणी है पूरा गाम के सामणै भासण होऐंगा।" "मैणै तौ या बी सुणी है के इस बेर तौ नये ढंग का परचार पर्चा भरण सूं पहलै ही हो रां है।" और फिर कालू राम कुछ सोचते हुए बोला–

"पर या सब करां किसनै है?" "और कौण करैंगा...बेद कौ ही काम लग रां है या तौ...या फिर सारदा भैण को...इतणा पइसा और कौण लगायेंगा..." बीरमा सिर खुजलाता हुआ बोला।

अनारो के घर अभी बाहर के इन्तज़ामों की चर्चा चल ही रही थी कि दरवाज़े की साँकल बजी। सबने दरवाज़े की ओर देखा तो अनारो 'सूरजमल भाई' कह दरवाज़े की ओर दौड़ी। अनारो का 'सूरजमल' नाम बोलना था कि वहाँ खड़े सभी की आँखें सूरजमल को देख फटी रह गईं। अनारो ने आगे बढ़ हाथ जोड़कर सूरजमल का स्वागत किया और उन्हें बैठाने के लिए कुर्सी लेने के लिए भीतर जाने लगी तो सूरजमल बोला–

"बैठने कौ टैम ना है भैन....चल...सारी तैयारी है चुकी है...जो कैहनौ है मंच पर चल कै कैह दै सारे गाम तै...सारी पब्लक तोकू सुनने कौ इन्तजार कर री है।"

यह सुन कुछ पल को अनारो सुन्न पड़ गई। अभी-अभी बाहर के जिन भव्य इन्तज़ामों का ज़िक्र सुन रही थी क्या वह सारे इन्तज़ाम उसके लिए किये गये हैं? अनारो अब सब समझ गई कि यह सब किसने किया है। कुछ पल अपने आप से बात कर बच्चों का हाथ पकड़ अपने दल के साथ सूरजमल के पीछे-पीछे बाहर निकल गई।

चेहरे पर आत्मविश्वास लिए सूरजमल के पीछे-पीछे अपने काफ़िले के साथ अनारो आगे बढ़ रही थी। जिधर नज़र जाती गाँव की सजावट और दूर दिखते पण्डाल को देख अनारो हैरान थी कि रातों-रात जब सब गाँव वाले गहरी नींद सो रहे थे उसी बीच सूरजमल भाई ने यह सारा इन्तज़ाम कर डाला। अनारो ने मन-ही-मन मास्टर जी का स्मरण किया और ईश्वर का आभार प्रकट कर पण्डाल के पिछले रास्ते से होकर वे सब पण्डाल के भीतर पहुँच गये। अनारो हैरान हो गई यह देखकर कि सारा पण्डाल लोगों से भरा पड़ा था। अनारो को मंच के पीछे खड़ा कर सूरजमल मंच पर आ माइक के सामने आ खड़ा हुआ। उसने एक निगाह खचाखच भरे हुए मैदान पर डाली और फिर माइक के क़रीब आ अपना साफा मुँह से हटा बोला–

"मैं सूरजमल...आजादपुर वालौ..." सूरजमल का इतना कहना था कि मैदान में मौजूद सभी लोगों में सुगबुगाहट होने लगी और वहाँ मौजूद सूरजमल के आह्वान पर दूर और नज़दीक से आये तमाम बावरिया और अन्य अनुसूचित जाति और जन-जाति के लोगों ने उत्साह की ध्वनि से अपने दोनों हाथ ऊपर उठाकर 'सूरजमल जिन्दाबाद' के नारे लगाकर सूरजमल का स्वागत किया। पण्डाल में मौजूद लोग जिस सूरजमल का नाम और उसकी लूट के कारनामे अख़बारों और एक-दूसरे से चर्चा करके सुनते आये थे उसे आज साक्षात देख रहे थे और यह सोचकर हैरान भी थे कि सूरजमल 'चाँदघाटी' गाँव में किस मकसद से आया है। लोगों के इस सवाल का जवाब जल्दी ही उन्हें मिल गया जब सूरजमल ने मंच से गरजकर कहा–

"अब मैं थारे सामनै थारे ही गाम की सरपंच उम्मीदवार कू बुला रौ हूँ, जो थारे सामनै खड़ी होकै अपने विचार रखैगी...उन विचारन कू सुनकै आप सबै तय करनौ है कि वो थारे गाम की सरपंच बननी चइयै के नाय।" और यह कह सूरजमल मंच से नीचे खड़ी अनारो की ओर देख बोला–

"भैन अनारो देवी...मंच पर पधारौ..."

सूरजमल का 'अनारो' नाम लेना था कि 'चाँदघाटी' का कश्मीरी, ठाकुर, मेव और सिक्ख समुदाय हैरान हो मंच की सीढ़ी से चढ़कर मंच की ओर क़दम बढ़ाती अनारो को हैरान नज़रों से देखने लगा।

अनारो मंच पर आ माइक के सामने खड़ी हो गई। एक नज़र पण्डाल में आये लोगों पर डाल अनारो ने आसमान की ओर देख हाथ जोड़े और फिर सबकी ओर देखती हुई बोली–

"आप सभी को आभार के आप सभी मेरी हिम्मत बढ़ाणै इस पण्डाल मै पधारे...सबसूं पहलै इस पण्डाल मै दीख रहे मेरे गाँव के बुज़ुर्ग चाचा बाजखाँ, आदरणीय सरदार किरपाल सिंह जी, रिटायर मेजर साहब, हमारी बस्ती के बाबा रामदीन, दारोगा साहब और मेरे समाज के ताऊ हरबंस, ताऊ खचेड़ू...आप सभी सूं अनुरोध करूँगी के आप सब मंच पर पधार कै अपणो आशीर्वाद को हाथ मेरे सिर पर रक्खैं।" अनारो ने सभी समाज के बुज़ुर्गों को मंच पर बुलाया और एक-एक कर सभी मंच पर आ अनारो के सिर पर हाथ रख मंच पर रखी कुर्सियों पर बिराजमान हो गये। उन्हें बैठा अनारो फिर माइक पर आई और बोली–

"जिस जिम्मेदारी कूं पाणे की खातिर आज मैं अपणे नाम की अर्जी देणै जा री हूँ...उस जिम्मेदारी मै जो आप मेरे संग हो...तौ फिर मैं तैयार हूँ...आज इस मंच सूं बस इतणो ही ऐलान कर अपने नाम को परचा भरूँगी कि जो जिम्मेदारी सरपंच होणे के नाते मुझै सौंपी जायेगी...उसमै आपकी पूरी भागीदारी रहेगी...हर समाज के दो-दो व्यक्ति जिनमै महिला बी रहैगी मेरी कमेटी के सदस्य रहेंगा। आज आप सब के आगे मैं ऐलान करूँ हूँ के अगर मैं सरपंच बणी तौ एक रुपैया सूं ज्यादा एक आनो बी मैं वा पईसा मै सूं नाय लूँगी...ग्राम पंचायत के विकास को सारां पइसा इण कमेटी के मैम्बरन की निगरानी मै विकास के काम मै ही लगैंगा...जो पइसा जिस विकास के काम की खातिर दियो जायेंगा...वा पइसा उसी काम मै लगैंगा...इस गाम को एक-एक माणस जाणै है के मैणै सच्चाई को साथ कभी नाय छोड़ां...सारा गाम के सामने खड़ी होकै कै री हूँ के सच्चाई की बड़ी कीमत चुकाई है मैणै...पर पीठ दिखाणो मैणै नाय सीखां...हर मुश्किल घड़ी को सामणा करां है...बस एक ही शक्ति रही म्हारा संग...शिक्षा की...शिक्षा की ताकत सूं ही मैं आज, आपके सामणै खड़ी हूँ...और अगर मैं सरपंच बणी तौ मेरो पहला काम रहेंगा मेरा गाम मै हर छोरी, हर छोरा शिक्षित हो...शिक्षित होंगे तौ हमारे समाज मै कोई छोटा-बड़ा ना होयेंगा...सब मिल-जुल कै समाज की तरक्की की बात साचैंगा...अब आप सबणै तय करणौ है के जो आप सब इण सब कामण कूँ करणे मै मेरे संग हो, तौ मैं सरपंच के लिए अपने नाम को परचा भरूँगी...बोलो...कांई बोलो...हो आप सब ?"

लाउडस्पीकर के आगे बोल रही अनारो का एक-एक शब्द गाँव के घर-घर में पहुँच रहा था। अनारो अपनी बात कह ख़ामोश हो गई। पण्डाल में जमा लोग अनारो के ख़ामोश होते ही एक दूसरे को देखने लगे और फिर जैसे ही कुछ लोगों ने हाथ उठा कर कहा 'हाँ...भर दै परचा' यह सुन कुछ एक लोगों को छोड़ एक-एक कर पूरा पण्डाल हाथ उठा ऊँचे सुर में बोल पड़ा–

"हाँ, भर दै परचा...हम सब तेरे संग हैं..."

लोगों का उत्साह देख अनारो सभी की ओर देख बोली–

"ठीक है...तौ आप सबमै सूं कौण-कौण मेरे संग परचा भरनै चलैंगा?"

अनारो का यह पूछना था कि अनगिनत हाथ अनारो के साथ चलने के लिए उठ गये और जोश भरी आवाज़ें एक साथ उभरीं 'हम चलेंगे' अनारो ने मंच से सभी का हाथ जोड़कर आभार प्रकट किया और इसी के साथ मंच पर आ कई लोगों ने अनारो को फूलों की माला पहनाकर 'अनारो देवी जिन्दाबाद' के नारे लगाने शुरू कर दिये। कुछ ही देर में अनारो फूल-मालाओं से लद गई। अनारो ने फिर एक बार मंच पर बैठे एक-एक बुज़ुर्ग के सामने जा हाथ जोड़कर झुककर प्रणाम किया और फिर सूरजमल के सामने आ बोली–

"अब आपकी भैण परचा भरणे कूँ पूरी तरह तैयार है भाई..." यह सुन सूरजमल ने अनारो के सिर पर हाथ रखा और अनारो सूरजमल के संग मंच से नीचे उतर गई। मंच से नीचे उतर अनारो क़दम-दर-क़दम आगे बढ़ने लगी और लोगों का हुजूम अनारो के पीछे-पीछे हो लिया।

पण्डाल से निकल अनारो कश्मीरी मोहल्ले से होकर दगड़े की ओर बढ़ रही थी। अनगिनत लोगों का हुजूम अनारो के पीछे चल रहा था। उधर दूसरी ओर जीप में अपने कुछ आदमियों के संग किरना को अपनी बग़ल की सीट पर बिठा वेद किरना के नाम का पर्चा भरने अपने घर से निकला। अभी वेद की जीप गाँव के तिराहे की ओर बढ़ रही थी कि अनारो सामने से अपने लश्कर के साथ वेद की जीप की ओर आती दिखाई दी। अनारो का लश्कर इतना बड़ा था कि जीप को आगे बढ़ने का रास्ता ही नहीं मिल रहा था। वेद तिराहे पर ही रुका रह गया और कुछ पलों में लोगों से घिरी, गले में फूलों की मालाओं से लदी-फदी अनारो वेद के सामने से गुज़र रही थी। वेद की निगाहें अनारो पर टिक गईं। सामने से गुज़रते हुए अनारो की निगाहें भी चाहते-न-चाहते वेद से टकराईं। वेद को देख अनारो की चाल एक पल को धीमी पड़ी, पर इससे पहले कि किसी को कुछ समझ आता, अपनी निगाहें वेद के चेहरे से फेर अनारो तेज़ चाल से आगे बढ़ गयी और पीछे छोड़ गई भीड़ के क़दमों से उड़ती रेत का गुबार, जिसमें से वेद को अब कुछ भी साफ़ दिखाई नहीं पड़ रहा था। सिर्फ़ कानों में आवाज़ें सुनाई पड़ रही थीं 'अनारो देवी जिन्दाबाद'...'अनारो देवी जिन्दाबाद'...'अनारो देवी जिन्दाबाद'।